鸾凤和鸣 上

二分之一A ◎ 著

重庆出版集团
重庆出版社

图书在版编目（CIP）数据

鸾凤和鸣 / 二分之一 A 著 . — 重庆：重庆出版社 ,2015.6

ISBN 978-7-229-08880-4

Ⅰ.①鸾… Ⅱ.①二… Ⅲ.①言情小说 – 中国 – 当代 Ⅳ.①I247.5

中国版本图书馆 CIP 数据核字 (2014) 第 260515 号

鸾凤和鸣
LUANFENGHEMING

二分之一 A 著

出 版 人：罗小卫
责任编辑：郭莹莹
责任校对：刘小燕
装帧设计：艾瑞斯数字工作室 clark1943@qq.com
封面插图：清　茗

重庆出版集团
重庆出版社 出版

重庆市南岸区南滨路 162 号 1 幢　邮政编码：400061　http://www.cqph.com
自贡兴华印务有限公司印刷
重庆出版集团图书发行有限公司发行
E-MAIL:fxchu@cqphcom　邮购电话：023-61520646

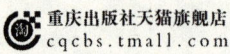

重庆出版社天猫旗舰店
cqcbs.tmall.com

全国新华书店经销

开本：710mm×1000mm　1/16　印张：39.25　字数：841 千
2015 年 6 月第 1 版　2015 年 6 月第 1 版第 1 次印刷
ISBN 978-7-229-08880-4

定价：58.00 元

如有印装质量问题，请向本集团图书发行有限公司调换：023-61520678

版权所有　侵权必究

目录

1/ 楔　子

4/ 第一章　路漫漫有美相伴花解语

29/ 第二章　意绵绵慧眼能识金香玉

56/ 第三章　风戚戚牛刀小试破凶案

87/ 第四章　宫深深悍妃专宠风波起

114/ 第五章　音袅袅林中谪仙踏月来

150/ 第六章　情寂寂别有幽怨暗恨生

182/ 第七章　娇滴滴请君入瓮凤似凰

219/ 第八章　酸溜溜一语惊醒梦中人

253/ 第九章　急切切你方唱罢我登场

283/ 第十章　夜沉沉暗潮汹涌天地变

楔　子

"小师妹，这个是大师兄拿后山千年玄铁铸就的宝剑，吹毛断发，你带在身上，能弥补你武功不足这个缺点！"

"小师妹，这是二师兄给你做的弓箭，弓用的是犀牛角，还有二十支箭，用的是雕翎的毛，可得好好藏着，别被识货的人给抢走了。你那点花拳绣腿，用远距离的攻击比较好！"

"小师妹，这个是三师兄给你的暗器匣，你绑在手上，手一抬就可以发射，不是一根，是无数根细如牛毛的暗器。这里有三盒暗器针，不够了自己往里装，另外，这里装着吸铁石，到时候要是发射出去了，能收回来就收点回来，别让人占了便宜……"

点苍山，天机老人的三个弟子，正在送他们的小师妹姬小小下山。

"三师兄，你好啰唆啊……"姬小小终于受不了了，抓住其中一个白衣男子的袖子，"你和大师兄二师兄联合起来，无外乎就想说我武功不济呗，你们放心啦，我知道我武功是最差的，所以我一定不会冲动，一定不会随便动手，好不好？"

那白衣男子刮一下她的鼻子，一副吊儿郎当的样子："这就对了，乖，记得保护好自己，不是每次闯祸都有我们三个帮你收拾烂摊子的！"

"臭独孤，坏独孤，我要咒你孤独一辈子！"姬小小愤愤不平地控诉，"上次人家在竹子顶上站得好好的，你非要踢它一脚，让我在师父面前丢脸；还有上上次，挖个陷阱让我跳，差点摔断我的腿；还有上上上次……"

"好了好了，我们这是欢送会，不是独孤谨批斗大会，小小你放过三师弟吧！"身为大师兄的柳暮云赶紧出来劝解。

姬小小嘟嘟嘴，对这白衣独孤谨做了个鬼脸，然后跑到大师兄面前，亲热地挽着他的手："大师兄，我不要跟三师兄玩了！"

"都要下山了，还像个长不大的孩子！"柳暮云摸摸她的头，宠溺地道，"下山以后，记得保护好自己，知道吗？"

"大师兄,你从进门说到现在,就是这句话,累不累啊?"二师兄月希存终于看不下去了。

"哈,二师兄,你说到点子上了!"姬小小大笑起来,"大师兄最啰唆了,以后娶了大师嫂,估计耳朵都能长茧!"

月希存和独孤谨"扑哧"一声笑出声来,柳暮云一脸尴尬,却又有些无奈。

"都在干什么?"洪钟般的声音响起,内堂走出一个白袍白须仙风道骨的老人,满面红光,看上去,身体十分健硕。

"师父!"四个人停止了嬉闹,赶紧恭恭敬敬行礼。

天机老人捋一下胡子,坐在上首的位置,一脸慈祥地看着大厅上的四个得意弟子。

"师父,三师兄欺负我!"姬小小一下凑上去,挽住老人的胳膊。

天机老人立刻瞪了独孤谨一眼,然后回头笑嘻嘻地看着自己最小的徒弟:"师父待会儿教训他!"

"谢师父!"姬小小一脸得意地看着满脸黑线的独孤谨,心情顿时好了起来,立刻拿出刚收到的礼物,献宝一样递到师父面前,"看,这是师兄们送给我的礼物!"

"嗯,做得不错,有进步!"天机老人笑起来,"小小啊,你的武功不高,跟人动手要小心点!"

"知道了,师父!"姬小小嘟嘟嘴,她知道她武功不好嘛,在山上十六年了,怎么都打不过三个师兄。

"还记得师父之前让你记住的话吗?"

"记得!"

"说来听听!"

"出门在外,一切便宜行事,放聪明点,吃什么别吃亏。"

"嗯,看到不爽的事情,千万别忍着,但记得安全第一,别招惹惹不起的人,小心吃亏。"天机老人的眼中闪过一丝狡黠的神采,可惜姬小小没发现。

姬小小点点头:"也是,我已经很弱了!"

"嗯嗯!"三位师兄立刻点头。

姬小小很颓然地叹口气,要不要这么打击她啊?

"好了,下山去吧!"天机老人挥挥手,送别了依依不舍的小徒弟,不带走一片云彩。

等姬小小的身影一消失,独孤谨立刻跑上前,拉住天机老人:"师父,你干吗让我们骗小师妹她武功差啊?"

"是啊!"大师兄柳暮云也接口,"这世上,小师妹算是当世第五的高手了,师父为何不告诉她?"

前五名武林高手分别是:天机老人,独孤谨,柳暮云,月希存,姬小小,都在点苍山上。所以,要骗十六年从来没下过山的小师妹,她的武功很弱很弱,实在是很简单的事情。

"嘿嘿!"天机老人高深莫测地摸摸胡子,"因为,你们师父我……高兴!"

三位高徒顿时满脸黑线，齐齐瞪着他们师父看："一定有原因！"

　　天机老人往后靠一下，赶紧说出正确答案："你们小师妹从来没下过山，不知道人间险恶，要是告诉她武功高，一定目空一切，现在告诉她武功低，自然就会小心谨慎一点……"

　　开玩笑，单打独斗，他对付这三个徒弟任何一个都没问题，不过嘛，要是三个一起上，也是蛮难对付的。

　　典型的教会徒弟饿死师父，赶紧让他们早点消失的好。

　　打定主意，天机老人赶紧坐稳，摆出一副世外高人的模样："嗯，小小走了，你们还留在这里做什么，该干什么干什么去！"

　　"是！"三个男人互相对视一眼，赶紧飞速回房拿包袱，也下山去了。

　　保护小师妹，责任重大呢！

　　"嘿嘿，自由了！"天机老人一下跳起来，蹲在椅子上，伸了个懒腰，"这山上都快待得长霉了，总算把四条跟屁虫都赶走了！"

　　山下，三位师兄弟正要分道扬镳。

　　"你们说，师父真的算出小师妹的姻缘了？"独孤谨对他们那位老不正经的师父持保留意见。

　　"算出来肯定是没错的！"柳暮云一点都不怀疑他们师父的推算能力，"不过嘛……"

　　"让我们三个下山辅佐师妹，这师妹的姻缘到底是什么来头？"月希存表示怀疑，"我们三个联手，这天下都能翻个个儿了！"

　　哪个妹婿需要这么大的力量？

　　"你们说，那老头是不是要我们玩呢？"独孤谨眼珠子一转，觉得不大放心。

　　月希存和柳暮云不由对视一眼，这个可能性太大了。

　　"要是让我知道这老头耍我们，我要他好看！"独孤谨握着拳头，狭长的桃花眼一挑，咬牙切齿。

　　点苍山上，正兴高采烈的天机老人忽然后背一凉，打了个寒战，之后给自己占了一卦，不由脸色一变，赶紧收拾包袱，趁着月黑风高，溜下山去了。

　　那三个魔王一起惹上，可就太麻烦了。

【楔子】

第一章　路漫漫有美相伴花解语

话说姬小小恋恋不舍告别三位师兄和师父，离开自己待了十六年的点苍山，走过几个村庄，没几日，便到了一个大集镇外面。

问过过往的行人，前面的集镇名叫常乐镇，算是方圆几十里内，最热闹繁华的集镇了。

"看来，我到前面住几天玩玩也不错！"姬小小摸摸背篓，里面放着大师兄的宝剑和二师兄的弓箭。

因为她知道自己"武功低微"，所以一早将武器藏了起来，只当个赶路的小老百姓，为的是免生事端。

过了常乐镇便是魏国国境，也就是她奉了师命要去的地方。

师父说，让她到了魏国以后往北走，自有事情会来找她的。虽然她不知道是什么事情，不过既然是师父说的，她当然一一照办。

"哈哈哈，你小子可落在我手上了！"

"三哥，夜长梦多，先解决了吧！"

刚走了两步，姬小小便听到旁边树林中传来猥琐嚣张的笑声，那声音十分刺耳，让她听得极不舒服。

皱一下眉头，她不由自主循着声音方向而去。

远远便见到十几个壮汉围在一棵树旁边，隐隐可以看到树前应该是倒着一个人的模样，只看到紫色的，绣着流云的袖子，却不知道是男是女。

空气中弥漫着一股淡淡的香味，姬小小眉头皱得更紧。

是软筋散？

师父和师兄说过，这种软筋散是江湖上下三滥的手段，用的人绝对不是什么好人。

既然如此，就算她"武功低微"，这事她也不得不管了。

"喂，你们住手！"她叫起来，决定先礼后兵，先跟他们讲讲理，或者那些家伙会良心发现也说不定。

毕竟，自己未必能打得过他们。

那五六个人回头，看看姬小小，都面面相觑，愣了半响之后，竟齐齐放声大笑起来。

"你们笑什么？"姬小小也不恼，满脸好奇地问了一句。

她是真的好奇，反正在山上早被三位师兄取笑惯了，对于这几个人的哄堂大笑，除却好奇，并没有其他的任何感觉。

"哟，我当是谁多管闲事，原来是个小姑娘！"其中有一个人笑着看着她，一脸不屑。

"这小姑娘还没断奶呢，就来管爷爷们的闲事！"又一个男子大叫起来。

"哎呀，要是个大美人儿也就算了，原来是个黄毛丫头！"

……

污言秽语，让姬小小睁大眼睛，她之前从来没听到过这样的话，甚至根本听不懂什么意思。

"爷爷不是我爹的爹吗？爷爷们……我哪里来这么多爷爷？"她莫名其妙地脱口而出。

几个男人在短暂的停顿以后，忽然又爆发出山洪一样的笑声："啊哈哈哈，原来这丫头是个傻子，哈哈哈……"

傻子二字姬小小是听懂了，不由嘟起嘴："你们才是傻子呢！"

前面的话，她大半也能听懂，不就说她不够漂亮嘛。她确实不算倾国倾城的大美人，没有惹眼的五官脸蛋，也没有傲人的身材。

可是她肤色粉嫩，脸圆眼大，双目有神，五官小巧圆润，身材不算高挑，但也匀称，哪里有他们说的那么差劲？

她哪里知道，眼前这几个，可是江湖上数一数二的黑道帮派黑风寨的三当家和护法们，平日里看惯了花街柳巷，高官府邸的顶级美色，自然对她这种只能勉强算中等偏上的姿色格外挑剔。

再加上她多管闲事，他们自然更不会有什么好话了。

不过姬小小这话一出，立刻引起反弹，想黑风寨这些男人们，哪里被女人骂过，当下其中一个男子一下冲了过来，就要捏住她的下巴，给她一个狠狠的教训。

"你干什么？！"姬小小只是直觉很讨厌那只手，一个错步，很轻松就躲了开来。

"喝，原来有两刷子！"那男子一愣，随即又笑了起来，刚刚他可没用上功夫，躲过了也正常。

当下，他不再犹豫，用了五成功力，化手为爪，向姬小小的脸抓了过去。只听到掌风呼地一下过来，姬小小下意识伸手，竟然不避不让，直接抓住了那男子的手掌，接着"咔嚓"一声，便传来了骨头断裂的声音。

"哈哈哈……"一群大男人大笑起来，还有个声音传来，"蓝护法，这小丫头身子单薄得很，你怎么忍心下这么重的手啊！"

"啊——"笑声未停，就有杀猪一样的喊叫传了出来，众人齐齐住了口，惊讶地看着倒地握着手满地打滚惨叫的男子，一下变了脸色。

伤的人，怎么会是他？

这么多人在场，居然没有一个人看清楚刚才那小丫头是怎么出手，怎么让一个大男人痛成这样的。

他们是强盗土匪没错，可也是江湖上排得上名次的，虽然不需要像什么英雄好汉一样泰山崩于前而不动声色，但是忍痛，那绝对也不是什么难事。

"兄弟们，一起上！"眼见形势不对，带头的三当家一声喝，大家挥着武器就冲了上去。

"别过来，我武功不好，我们讲道理吧！"姬小小一见这么多人，吓了一跳，她以前最多就是接受三个师兄的围攻，哪里和十几个人一起打过，当下有些吓到了。

不过，看看这些人凶神恶煞的样子，听到她的话根本不见停下，不由也有些生起气来。

算了，打不过又怎么样，不拼一拼，谁也不知道是不是？

当下运起十成功力，往前拼命推出一掌，只听得"轰"一声，尘土飞扬，黄沙漫天，普通人根本不清楚眼前发生了什么事，不过姬小小是练过武功的人，自然看得清清楚楚。

那十几个男人，就这样凭空飞了出去，半晌都没有落地。

见他们飞了出去，姬小小飞快拉起靠在树上的男子就跑，她轻功卓越，很快后面的人已经不见了踪影。

男子只是中了软筋散，头脑还是清醒的。

见没了危险，姬小小才放下他问道："你没事吧？"看看刚才被她一掌激起的灰尘弄得灰头土脸的男子，掏出手帕帮他擦了一下脸，刚擦完，不由惊讶地"咦"了一声。

"扶我起来，去常乐镇！"男子抬眼看她，那语气，带着不容置疑的命令意味。

姬小小仿佛没听到他的话，只是愣愣地看着眼前的男子。刚刚用手帕擦出来的五官，精致如画，眉眼之间，因为吸进了软筋散，眼神迷离却不慌乱，抿唇而坐，自有一番镇定自若的气度，好似与生俱来一般。

但是那脸，实在是美得天上有地下无，姬小小从小就看着三位江湖上有名的美男子长大的，天机老人常说，一般男子绝迷不倒他的小徒弟，可这个男子，只一眼，便让她的脑袋轰的一下，再也听不到任何话语了。

天底下，怎么有这般美貌的男子？

只是露出了五官，连脸型都没有露全，就已经能将人迷得半死不活了，这要是洗剥干净了，还不迷死天下人了？

啊呸，她怎么居然想到"洗剥"二字？

算了，想到就要去做，想到这里，她二话不说，轻轻松松将手拉住男子的腰带，往上一提，放在肩上，像扛麻袋一样往前走去。

"你……咳咳，放我下来！"紫衣男子显然从未想过自己会被这样扛着，顿时感觉受到了从未有过的侮辱，不由用尽力气大叫起来，"谁让你这样扛着我的？"

"那你想怎么样？"姬小小并没有停下脚步，只是有些奇怪，"拎着，提着，难道要抱着？"

那多浪费力气啊？

这男人看上去长得挺好的，原来并不怎么聪明，难怪会着了那些坏人的道。

紫衣男子一下气结，竟然语塞回答不上来。

他让一个女人扛着，而且还健步如飞就已经很丢脸了，难道还要她拎着，提着，抱着？

那他的脸可就丢到奶奶家去了。

算了，扛着就扛着，横竖人家看不见他的脸，权当鸵鸟了。

想到这里，紫衣男立刻闭嘴，噤声，甚至闭上了眼睛。

我看不见看不见，等他恢复了，一定要杀了这丫头，这么丢脸的事情，绝对不能让第二个人知道。

不过这个丫头的功夫实在是……

算了，走一步算一步吧，他就不信千军万马会杀不了这个丫头。

见身上的人忽然不说话，姬小小只当他是想通了，不由点点头："嗯，还不算笨，知道这样最省力……"

紫衣男伸伸无力的手，很想握紧拳头，做咬牙切齿状，奈何浑身一点力气都没有，只能让她这样扛着往常乐镇走去。

做梦，他一定是在做梦。

虽然可以清楚地感觉到已经进了集镇，来来往往的人都朝着他们看过来，一个娇小玲珑的女子，扛着一个灰头土脸的大男人，走得一脸轻松，那模样，别说这只能算比较热闹的集镇，就算是在各国的京都，那估计都是难得一见的奇事。

"掌柜的,开一间房吧！"姬小小走进常乐镇最大的常乐客栈，毫不在意过往行人的目光。

那掌柜的一愣，看看小姑娘，心道这小姑娘好大的力气，扛着男人走过来，脸不红气不喘的，不过脸上可不敢表现出来，赶紧笑道："有，有，姑娘这边请……"

"为什么开一间房？"紫衣男心中警铃大作，难道这小姑娘不知道男女之间要避嫌吗？

"方便照顾你啊！"姬小小理所当然地回答。

呃——

她真的没其他意思，比如……见色起意什么的！

"咚！"正胡思乱想，紫衣男发现自己一下被放到了床上，此刻正是春季，被褥并不太厚，这女人像卸货一样将他丢在床上，还是有点疼的。

想他活了二十多年，几时受过这样的待遇？顿时只知道气鼓鼓地看着姬小小，不知道说什么好。

"喂，别把嘴巴鼓得跟青蛙似的！"姬小小关上门，从怀里拿出一个小瓷瓶，倒出一粒药丸，递到他面前，"张嘴，吞下去！"

紫衣男明明满心的不情愿，但是竟然不由自主张大嘴，照做。

"你给我吃什么？"吃完了，他才想到应该问一下。

姬小小没好气地敲了一下他的脑袋，"那是回魂丹，你吃的是软筋散的解药，吃完了还不睡，这么啰唆！"

"哦？"紫衣男还想问什么，忽地一阵倦意袭来，他竟然一点都抵挡不住，瞬间陷入黑暗。

姬小小看看手中的瓷瓶，叹口气："无忧丸，解天下所有迷药，不过吃完了得睡五个时辰，果然不假！"

这些药丸都是天机老人在她下山之前给她的，不过之前她从未见过疗效。

就好像回魂丹，听起来神奇，天机老人也只给了她一瓶十粒，不过不是自己的东西不用心疼。

她哪里知道，天机老人知道自己这个小徒弟已经是天下排名第五的高手，就怕她一出手没轻没重杀了人，所以才特地让她带了最珍贵的回魂丹下山。

看看天色渐晚，姬小小再看一眼床上的男子，衣服上，头发上，脸颊两侧都是灰尘，不由皱了一下眉。

太影响视觉效果了。

当下也不犹豫，叫来伙计，拎了一桶热水进来，也不管伙计走之前，挤眉弄眼那暧昧的眼神，直接找了汗巾就丢在水桶之中。

将紫衣男的外衣脱了，浑身只留下一条大裤衩，便用干净的汗巾帮他擦起身子来。

她从小在点苍山长大，从未下过山，和三位师兄一起生活了十六年，小时候常常跟他们下溪游泳，也会在他们沐浴的时候递上浴巾，从不避嫌。

可能是因为一起生活，三位师兄竟然从未发现，他们的小师妹，已经及笄，长大成了一个亭亭玉立的少女，只是依然将她当小时候一样看待。

除了不再一起游泳，其他一切照旧，天热的时候，他们也经常穿着一条裤衩，光着膀子，满山晃悠。

在这样的"家教"教育之下，姬小小并不像那些俗世女子一样，看到男子光着身子就会脸红。

在她看来，那不过就是男女在身体构造上有些不同而已。再加上天机老人不光教他们功夫，也教他们医术扎针认穴道，因此对她来说，很多人在她眼中，不过就是一堆经脉加穴道，骨骼加肌肉而已。

不过嘛，目前床上这堆"经脉"确实是长得漂亮了一些，不光身形和脸蛋，在温水的擦拭下，完美的脸型也露了出来，再将头发也细细擦干净，那样子，让人不忍离开眼睛。

点苍山位于四国交界，每年到山上求医的男女老少也有不少，经她手诊治的一年也至少有十个，她还从未见过比三位师兄更加好看的人。

可眼前这个男子，跟他们比竟然绰绰有余。

相比之下，柳暮云显得太过严肃，沉稳得不适合他的年纪，除了对几个师兄妹以外，对其他人，多少有些距离感。

二师兄月希存则太过儒雅，话都不会高声说一句，哪里像个高来高去的江湖人士，乍一看，倒像个进京赶考的文弱书生。

三师兄独孤谨，算是三位师兄中长得最美的，不过太美，则显得过于妖媚，加之性格轻佻，一双狐狸一样的桃花眼到处惹是生非，有不少红粉知己。不过嘛，在姬小小心中，这位三师兄，其实是如同三师姐一样存在的人物。

就好像她十三岁第一次月事初潮，当时吓坏了，山上都是大男人，谁都没跟她说过这个。还是独孤谨帮她搞定的，教她一些女孩子要注意的事情。

又找了山下之前刚搭上的一位女子，上山亲自教导了她一些日子，这才让她从小女孩感觉真正变成了一个姑娘家。

所以说，见的女人多了，也不见得都是坏处，不是？

终于将床上的男子跟煎鱼一样翻过来、倒过去擦拭干净，幸亏他是已经睡死了，不然见到这个场景，估计又该气得七窍流血了。

"太美了！"将水桶放好，再坐下来的姬小小，在烛光下看着床上的美男子。

乌黑的发丝，白皙的脸颊，纤长的睫毛，高挺的鼻梁，轻抿的红唇。比美女都不遑多让，只是比女子多了几分阳刚，五官越发立体一些，不过这并不影响他的美，反而多了几分韵味，也不会让女子将他当做"姐妹"相处。

"出门在外，便宜行事。"姬小小脑海中立刻浮现出师父天机老人的"谆谆教诲"，眨巴着眼睛看着床上的绝色美男。

"好东西呢好东西！把好东西弄到手就是占便宜吧。"没有比这更好的东西了。

想到这里，姬小小帮那男子穿上亵衣，自己则把外衣脱了，便抓过他的手臂，枕在自己脑袋下，沉沉睡去。

上次二师兄教训三师兄说，男人睡了女人，男人就应该对女人负责的，山下男人和女人睡在一起了，就能成为夫妻。

还有那天上山来的女人，搂着三师兄的腰说："哎呀，你都把人家睡了，人家现在就是你的人了……"

嗯，男人睡了女人，女人就属于男人了，现在她姬小小睡了这个紫衣男，那么，这个男人就属于她姬小小的了。

没错，就是这样！

想到这里，姬小小嘴角一下弯了起来。不错哇，有个绝色美男属于她了，以后看着也赏心悦目，执行任务的时候把他带在身边，心情也会好很多。

【第一章　路漫漫有美相伴花解语】

想到这里，姬小小笑得越发甜美，睡得越发安心了。

当清晨的阳光斜射入室内，姬小小睁开了眼睛，算算时间，不由得去碰碰他的脸蛋，嗯，吹弹可破呢，不错不错。

"你干什么？"紫衣男显然被吵醒了，但是看到大咧咧躺在身边的女子不由皱起了眉头，"你……你怎么睡在我床上？"

"别动！"姬小小从怀里拿出一根七彩羽毛，用跟绳子一串，直接往他的脖子上一挂。

"你做什么？"紫衣男眉头皱得更紧了，要命啊，她挂的是什么东西，自己居然摘不下来，不行，得找把剪刀。

"别扯，这是天蚕丝做的，用我点苍山特殊的手法打的结，除非我本人，不然没人能解下来。"姬小小抓住他的手，让他别白费力气了。

紫衣男颓然地松手："你到底要干什么？"

"你叫什么名字？"姬小小答非所问。

"哦……玄墨！"要死，他干吗乖乖回答她的问题！

"不是，我问你要干什么！"他终于找回自己的思路。

"小子，你是我救的呢，我知道你一定很感激，所以我想了想，已经帮你想好了报恩的方法，以身相许好不好，以后你就是我的人了！"姬小小理所当然地看着紫衣男，或者说是可怜的玄墨。

"我……我什么时候答应过要报恩？"玄墨结结巴巴地看着眼前这个女人。

他见过的女人也不少，从来没见过这样将个男人据为己有的，难道真是江山辈有才人出，长江后浪推前浪。

"不答应也没关系！"姬小小挑一下眉，"反正我是已经把你睡了！"

呃——

这是什么逻辑。

"当然，我会对你负责的！"三师兄睡了那个女人，三师兄就应该负责，她睡了这个男人，当然也应该对他负责。

道理是一样的嘛！

玄墨顿时满脸黑线，他也不是什么处男，自然清楚姬小小所说的"睡"是什么意思，也清楚知道昨晚两个人虽然衣衫不整，但是绝对没有发生什么事。

但是……最重要的问题是，这种情况下，不是应该男人说这样的话才对吗？

她是不是弄反了？

这个大陆上有四个国家，晋国，魏国，楚国，鲁国，民风彪悍者有之，可女子如此彪悍的，好像真没听说过。

这女人到底是从哪里来的？

"看来你还是需要我来负责的！"见他许久没说话，姬小小以为他是默许了，顿时拍拍他的肩，"放心了，我的东西，我都会保护得很好的，绝对不会让你受到伤害。"

玄墨此刻不光是满头黑线，连吐血的冲动都有了，当下气不打一处来："谁要你负责，谁要你保护？"

想他玄墨从小都是被女人围着要求负责的男人，几时轮到个黄毛丫头来对他负责了？

他的颜面，他的自尊，他的骄傲，统统都丢尽了。

该死的！

说完这句话，他怒气冲冲披衣站起来，就要往外走。

"喂，你回来！"姬小小见他要走，一下急了，推出一掌，往后一拉，那玄墨整个人竟然一下后退，又回到了床上，"你的衣服脏了，我让伙计给你买一套新的去！"

玄墨睁大眼睛，努力挣扎，竟然一点都动弹不得。

他从小可是不知道拜了多少名师，学了多少功夫，内力也是不弱，昨天碰上黑风寨的那些人，纯粹是江湖经验太少，才不小心着了道。

若是没中软筋散，就算双拳难敌四手，逃命还是没问题的。

眼前这个小丫头倒好，不光一掌打了十几个江湖高手，还轻松将他扛沙包一样扛着满大街跑，今天自己又莫名其妙变成了"她的东西"。

最最关键的是，自己想走居然还走不掉。

阴沟里翻船啊，内伤，吐血啊，他这到底是倒了几辈子的血霉？

其实他哪里知道，这不能怪姬小小。这是她在点苍山上从小养成的习惯，小时候天机老人每次从山下带礼物回来，那都是没有名字，就一个字——抢！

谁抢到就归谁，所以她从小养成了抢到东西挂上七彩羽毛的习惯，表示那个东西是她所有的。

玄墨的心思百转，姬小小自然是不知道的，此刻吩咐完店伙计去买衣服，就端着水送到他面前："渴了吧，喝点水吧！"

吃了无忧丸是会口渴的，刚才玄墨被她一惊一气，居然连味觉嗅觉等都忽视掉了，听她一说，才发现自己真的渴得厉害。

虽然还是很生气，不过那水，真的挺吸引人的。所以他决定不跟自己过不去，接过杯子，先喝再说。

等有力气了，慢慢处理眼前这个女人吧。

正喝着，外面忽然传来一阵喧闹声，门被拍得震天响："姑娘，公子，不好了，不好了……"

"怎么了？"姬小小打开门，"没买到衣服？"

"不是……"小伙计脸色苍白，上气不接下气，"黑风寨的大当家来店里了，说昨天有个姑娘打死了他的兄弟，带走了他们要找的人，小的心想，该不是找二位的吧？"

姬小小皱皱眉头："黑风寨，那是个什么东西？"

"就是昨天被你打伤的人！"玄墨皱皱眉头，这小姑娘到底是不是江湖中人，连他这个非江湖人士也听说过的黑风寨，她居然不知道？

算了，算他多嘴，他还是喝水好了。

"哦，我知道了！"这么一说，姬小小反应过来了，"就是那些武功比我还差，居然还出来混江湖的不入流的匪帮吧？"

"噗……"玄墨刚喝进嘴里的水一下喷得到处都是。

在她口中说黑风寨不入流，还可以相信，毕竟她武功如此高强，可是什么叫做"武功比我还差还出来混江湖？"

小妹妹，你武功很高好不好？如果比你武功低的都不能出来混江湖，江湖上估计都没人了！

"就是我，带他们上来吧！"姬小小拍拍胸脯，昨天一役，让她对付这个所谓的大当家有了一些信心。

不过即使如此，她还是一手握紧了宝剑。

师父说了，强中自有强中手，一山还比一山高，绝对不能自满。

这个人既然是昨天那几个男人的大当家，想必有两把刷子，还是小心为妙。

"让本当家看看到底是什么小姑娘，居然敢杀我黑风寨的兄弟！"来人的嗓音十分粗犷，可偏偏带着几分扭捏作态之感，让人听着一阵反胃。

"砰！"一声，门被推开，一个彪形大汉，提着一把三尺长剑，踩着小碎步走了进来。

"大当家的，就是她，就是她！"他的身后，是昨天被姬小小捏碎了手腕骨的那个男人，"你看那个，就是我们的货！"

那个被叫做"大当家"的男人，在看了一眼还在床上因为呛水咳嗽不停的玄墨以后，忽然双目圆睁，长大嘴巴，连口水都流了出来。

"呕——"玄墨刚平复了咳嗽，抬头一看，发现一个留着络腮胡子的小眼睛彪形大汉，正努力睁大他的老鼠眼，满目猥琐地看着他，嘴角甚至流着口水。那表情说有多恶心，就有多恶心，竟然让他忍不住，干呕起来。

"好啊，竟然敢抢我们的货！"大当家被玄墨一吐，回过神来，忽然伸手，狠狠地一跺脚，瞪着姬小小，目露凶光。

"呕——"姬小小终于也忍不住，跟着玄墨干呕起来。

一个彪形大汉，学千金小姐生气跺跺脚已经让人反胃了，伸手指着人的时候，居然还是……还是兰花指！

苍天啊，大地啊！

"还好，还好我没吃早饭！"姬小小干呕了半天，没吐出东西来，不由一下感激起他们来得太早，以至于她还没来得及吃早饭。

"你们,你们干什么?"大当家的兰花指翘得更高,声音竟然尖锐起来,"好你个黄毛丫头,敢动我黑风寨的人,今天本当家要将你碎尸万段!"

说完,一点准备的时间都没给,举着他那把细长的剑就朝着姬小小砍了过来。

"喂,剑不是这样用的!"姬小小大叫起来,不避不让,伸出两根手指,一下对上了剑尖一夹,那来势汹汹的剑,竟然动弹不得。

"太慢了,我都能看清你的来势,这样走江湖是要吃亏的!"姬小小叹口气,怎么她这两天尽遇上一些功夫很差,还非要强出头的人啊。

大当家被个黄毛丫头夹住剑,已经在手下面前丢了面子,此刻还见到对方一脸真诚地让他不要再走江湖了,那种侮辱哪里受过!

不由怒从心头起,恶向胆边生,大喝一声,就要拔剑再刺。

可只听得"嘣"的一声,那剑尖居然从姬小小的两根手指间脆生生折断,而始作俑者还一脸迷茫地看着手中的断剑,喃喃自语:"这是什么废铁做的剑啊,大当家的,是不是造剑师傅骗你的?"

"你……你你!"大当家气得脸都歪了,姬小小说起来很真诚的语言,在他耳中听起来,那绝对是尖锐的讽刺。

"啊——"当下,不管不顾,他使出最快的速度,用尽全力往姬小小头上砍了过去,只把这长剑当做了大砍刀用。

他的最快,那是在普通人的眼中,而姬小小却还是叹了口气:"都说太慢了,真是的……"说完,等剑到了她眼前,她手往前一伸,谁也没看清楚她干了什么,就听得"铮"一声脆响,再回头看的时候,大当家手上,就只剩下剑柄了。

他那把剑,居然被姬小小从根部折断,一点铁屑都没给他留下。

"都说你的剑太烂了,不关我的事,你应该去找铁匠算账才对!"姬小小一本正经地说着理所当然的话。

"啊——黑风掌!"大当家终于抓狂了,双掌上忽然绕起一团黑气,就朝着姬小小打了过去。

玄墨有些急了:"小心,这是他的成名绝招!"

话还没说完,只听得"砰"一声,震得整个屋子都晃了两晃,那些跟在大当家身后的帮众们正想来两句"大当家神功盖世,千秋万代"的祝贺话,就听得一声惨叫传来。

很明显,那惨叫,不是发自女人的。

所以……

"啊……啊,弟兄们……给,给我砍死她!"大当家已经从抓狂改成崩溃了,他这招在江湖上可都是有排名的绝招,就算是六大门派的高手们见到了也要让三分。

眼前这个小姑娘倒好,根本没人看到她是怎么出手的,一双平淡无奇的肉掌,就对了上来。结果,双手粉碎性骨折的人居然是他!

【第一章 路漫漫有美相伴花解语】

"哎呀，打架不是靠人多的！"姬小小看着一群帮众拎着大刀长剑就扑了上来，昨天情急之下，没看那些人的出手，所以用了十成掌力。

今天听说那些人死了，此刻是有信心了，所以看那些人出手，在她眼中根本就跟慢动作没差别，当下脚步一错，在场的众人只感觉眼前一花，只听得"铮"一声，看自己的刀剑，居然都折断了一半。

而他们十几个人，就只听到一声金属折断的声音。

这是什么速度？

再看看姬小小，还站在原地，好像从来没有动过一样，只是她的手中抓着一大把刀剑的残骸，好像完全不在乎它们是不是会割伤她的手。

"哗"一声，所有的残骸都落到了地上。

"鬼啊，妖精啊……"帮众们忽然惨叫一声，丢下武器夺门而出。

就算江湖上顶尖高手真有这么快的速度，那么，那小姑娘小小一只手，怎么能抓这么多刀剑的残骸？

不是两三把，是十几把啊！

人类绝对做不到这样！

其实他们不知道，这可是姬小小和三个师兄抢东西抢出来的，一手可以抓下很多东西，十几把刀算什么，就算十几个坛子、盒子，她都能一手抓起来。

"喂，我不是鬼，我是人，明明是你们武功太差了！"姬小小跺脚。

刚刚还在地上惨叫的黑风寨大当家，听到这句话，忽地吐出一口鲜血，连滚带爬地跟着他的弟兄们跑了。

黑风寨，一夜之间在江湖上消失了。

玄墨翻了个白眼，看着有些气鼓鼓想不明白的姬小小，不由叹口气。她的武功确实挺吓人的，再加上昨晚这么一闹腾，他还真觉得她好像不是这个世界上的人一样。

"喂，你到底从哪里来的？"想了想，反正暂时逃不掉，不如问清楚她的底细再说。

"我不叫喂，我叫姬小小，从点苍山来。"姬小小歪着头，"我是天机老人的徒弟，我之前告诉过你的，不过你不能告诉别人，师父不让我往外说。"

"那为什么告诉我？"玄墨挑一下眉，天机老人的徒弟啊，多少国家都想得到他们的辅佐啊，没想到居然这样被自己得来全不费工夫地碰到了。

他忽然不想离开了，这样的人，收为己用，不是更好？

"因为你是我的东西，我为什么要对你隐瞒？"姬小小理所当然地回答。

玄墨立刻又内伤中……

他想辩驳说他不是东西，却发现那是在骂自己。

算了，这个女子一根筋，也不知道怎么会被闻名天下的天机老人收做徒弟，不过，她的武功确实不错，昨晚给他喂药，看上去医术也懂一些，就是不知道精湛与否。

要知道，这个世上四国鼎立，唯独位于四国交界的点苍山附近十几个村庄和集镇，一直都处于"四不管"的地带。

也不是没有国家想将这里收归己用，据说最近一次围剿，就在百年前，四国难得通力合作，率兵攻入点苍山附近。

然而百万大军如入了个葫芦之中，进来容易，出去的时候，路却被堵死了。

找不到出路的大军，居然也找不到任何一个人。

要知道，点苍山附近的村子人口众多，十分繁华。可是从出兵到攻城不过几天，百万大军分头搜查连个鬼影都没看到。

这一下，人心惶惶起来。

大军们带的粮食本就不多，个个又对传说半信半疑，存了轻视之心。这样子，百万大军在点苍山困了足有半个月，"葫芦口"忽然又开启了。

等他们出来之时，才知道天机老人在他们困于阵中的时候，出使四国，以各国主力军队为人质，逼着各国签下了和平条约。

而半月以后，这些各国的精英们，一个个因为缺水缺粮，饿得奄奄一息，但是神奇的是，没有一个人丧命。

四国顿时传言，天机老人乃是天神下凡，统领点苍山一带的民众，给他们和平安定。

也因此，点苍山附近换来了百年稳定。

至于天机老人的年龄，世上没有人知道，只知道几百年前有了点苍山，就有了他。

直到十六年前，天机老人再次下山，收了三位徒弟，近几年据说学有所成，经常下山救助百姓。

另外，上点苍山求医问药的人一直络绎不绝，不过天机老人每年只会选二十个病重的有缘人来治疗。

但是凡传言种种，却没有一条传言说，天机老人还有个女弟子。

玄墨上上下下打量姬小小，她的身手，如果说不是天机老人的弟子，确实还真令人难以相信。

"你打算去哪里？"玄墨想了想，还是问清楚行踪的好。

如果是去魏国最好，要是去其他国家，他说什么都要改变她的想法，让她去魏国——虽然，他知道那很难。

"师父让我到了魏国往北走。"对于他，姬小小并不想有任何隐瞒。

真是踏破铁鞋无觅处得来全不费工夫，玄墨本来准备了一套长篇大论的，现在竟然毫无用武之地。

"你是我的人，就得跟我走，这一路上，我会保护你的！"姬小小又加了一句，玄墨立刻再次内伤中……

不过算了，那个本来也就是他的打算。

"好吧，我们什么时候启程！"到了魏国境内，那还不是他的天下吗？到时候千军万马之下，表露身份，再晓之以理，动之以情，封个贵妃头衔，牺牲一下，以色诱之，这个小丫头，不是手到擒来？

想到这里，玄墨嘿嘿奸笑一声，不再那么抗拒了。

"听说过这里有个集市，我长这么大都没见过，所以我想逛完了集市再走！"姬小小笑起来，随即好像想到了什么，"对了，你是不是有什么事？你要是有事的话，我可以帮你去办的，你现在是我的人了，你的事就是我的事！"

玄墨立刻汗颜，赶紧摇头，干笑一声："啊，没事没事，我也是随便游山玩水的，正要去魏国，同路，同路！"

他有什么事，也不需要一个小姑娘为他出头啊，要不然，丢脸丢大了。

"那就好，我们就在这里住几天的，我去问问伙计集市具体什么时间。"姬小小高兴起来，看起来，她还真没找错人。

"姑娘，公子，衣服买来了！"叫了半响，终于有个小伙计战战兢兢应声，声音都带着颤音。

姬小小一脸迷茫地看着一脸苍白、看到她像看到鬼一样的伙计，将衣服往她手上一放，逃命似的跑下楼梯，甚至在楼梯上还滑了一跤，连滚带爬都不为过。

"他怎么了？"姬小小回头看看玄墨，"是不是黑风寨的人又来了，是被他们吓到了吗？"

玄墨翻个白眼："是被你吓到了！"

"我很吓人吗，我那么可爱！"姬小小嘟嘟嘴，看上去确实挺可爱的。

玄墨再次翻个白眼，直接沉默。

算了，跟她说话，就是对牛弹琴，还是少说为妙，免得自己没被黑风寨的人弄死，却被这个小丫头气死了。

刚才那些黑风寨的人可是叫着"妖怪，鬼啊……"下去的，又有小伙计亲眼看着姬小小出手。这些非江湖中人，看到这一幕，不吓坏才怪。

"对了，还没给他钱呢！"姬小小看看衣服，随即丢给玄墨，自己转身就冲下楼去。

"喂，别去……"去了他们也不会收的，后面那句话没说完，姬小小早就不见了踪影。

玄墨叹口气，看起来，这丫头真的如她说的十六年都没下过山，对俗世都不怎么了解。

这世上，哪个大活人敢去收妖怪或鬼的钱？

常乐镇的集市还是很热闹的，在多见树木少见人头的点苍山住了十六年，这山下任何事情，对于姬小小来说，都是神奇的。

至于玄墨，见惯了京城的繁华奢靡，难得见到这么朴素又充满特色的集市，倒也有些新鲜。

特别是一些当地的土特产，他更是见所未见闻所未闻。要知道，他以前出来的时候，后面随从三五个，还有那么一大批人在暗中保护着他，哪里能逛得这么自在？

这一次甩脱了随从们，独自一人越境到点苍山，一下子感觉跟出笼的小鸟一般快活。

有些事情，目前暂时不去理会，该有多好。

而且现在身边有个武功高强的保镖，也不用担心黑风寨事件重演，也是不错的选择。玄墨觉得自己不用逃了——当然，他也逃不掉。

自我安慰一番，玄墨觉得上天还算待自己不薄，至少没有让他落到黑风寨主手里。

想到那个体型彪悍，却娘娘腔的黑风寨大当家，他的胃顿时又有些不舒服起来。

"哎哟，这美人儿哪儿来的，以前怎么没见过啊？"刚一路被姬小小拉扯着东游西逛的玄墨，正神游太虚，耳边却被嘈杂的声音惊醒。

原来他的美貌，早就引起了一阵不小的骚动。不过路人们也仅止于欣赏，但现在，有人挑头了。

玄墨对那个声音有些反感，因为让他产生了不良好的联想——黑风寨大当家！

对面是个公子哥儿，穿着鲜艳的金色绸缎衣服，戴着金冠，张大嘴巴看着玄墨眼睛眨都不眨一下，就差流哈喇子了。

"喂，你干什么？"姬小小本来就拉着玄墨的，此刻一见来人，心中也没什么好感，一下把玄墨拉到自己身后，跟老母鸡保护小鸡一样的姿态，"他是我的，你难道想抢？"

玄墨的力气哪有她大？

一拉之下，整个人就到了姬小小身后，自己明明比她还高出一个头都要多，现在却躲在一个女人身后？

只是，他刚要张嘴站到前面去，姬小小却已经开了口。

然后，汗水又再次流下他的脸颊。

算了，他最近内心已经很强大了，不在乎了。

"哟，小姐，你长得可没你男人好看，走开走开，小爷我看不上你！"那锦衣公子手中拿着把扇子假装风雅，推了一把姬小小。

姬小小一皱眉头，伸手搂住玄墨的腰，就往后退了一步。

"我自己来对付！"玄墨皱眉，他可是个大男人。眼前这个纨绔子弟，他还不放在眼里。

"你是我的人，自然应该由我保护！"姬小小翻了个白眼，这人怎么说了这么久都不明白？

呃——

好吧，他放弃跟她沟通！

"哈，一个大男人，居然躲在个小女人身后！"锦衣公子一脸讽刺。

"哈，还没到夏天呢，你怕热就自己扇，别敲到别人身上！"姬小小眉头皱得更紧。

以前她那三个师兄跟她抢东西，她都从来没感觉这么厌恶他们过。

可是眼前这个男人，她很讨厌很讨厌，连他的扇子，也不可以让玄墨碰上！

【第一章 路漫漫有美相伴花解语】

那锦衣公子见姬小小用他的口吻回他的话，脸上便有些不好看，冷笑一声："别敬酒不吃吃罚酒，我王家家财万贯，乖乖跟着我享福，不然，绑着去，结果还是一样的！"

"强扭的瓜不甜！"姬小小嘟嘟嘴，第一次感觉自己竟然有那么强烈的愿望去揍一个人。

不过师父也说了，做事要先礼后兵，先忍！

"哼，我王家园子里扭出来的瓜，都是甜的！"锦衣公子一抹鼻子，头一歪，"你们几个，给我把这美人儿和这小妞儿带回府去，这小妞儿挺辣的，小爷我也换换口味！"

敢情是想男女通吃啊？

"废话什么，直接打啊！"玄墨有些着急了，这小丫头怎么回事，还跟他们讲道理？

当下，也不管姬小小出不出手，自己一挥手，朝着一个冲过来的家丁就打了过去，一边道："对于不讲理的人，你一定要比他更不讲理才对！"

"原来是这样！"姬小小点点头，半途截下那个玄墨想打的家丁，一拳就挥了出去。

玄墨的双手落了个空，不由有些懊恼地看着身边还抓着他腰带的姬小小，他的速度，哪里有她快啊？

"放着我来吧，这些人还伤害不了我！"玄墨实在忍不住了，这些人都是冲着他来的，自己不打，真的有点手痒。

"我的东西我自己保护，不用你帮忙！"姬小小咬牙，将他拉在自己身后。

玄墨无奈地翻个白眼，明知道答案自己还提，真是找罪受。

自己明明武功不弱，可是跟她一比，自己就跟没学过武功一样，天壤之别啊，只有干瞪眼的分。

"上，都给我上！"那个锦衣公子见一个家丁被姬小小只一拳就打得在地上起不来了，当下就急了，气急败坏地跺脚叫嚣。

十几个家丁一哄而上，出拳毫无章法可言，只知道往玄墨和姬小小身上打。

玄墨一见这么多人，一下子来了兴趣——这还不被他踢到打到几个，以泄心头之恨？

正兴奋中，自己不管是脚尖还是手指尖，连那些家丁的衣袖都没碰到一下，也没看清楚姬小小是怎么出手的，那些家丁便已经一个个倒在地上直哼哼了。

抓空的脚和手，让玄墨瞬间有了吐血的冲动。

苍天啊，大地啊，为什么他的仇想自己报，这样渺小的希望，都这么难以实现？

玄墨觉得自己的内伤很严重，而且目前为止无药可医。

"你……你们，你们给我等着！"锦衣公子跳起来，却不敢冲上来，气急败坏地就要走。

"你让我等着就要等着啊，你又不是我师父长辈！"姬小小歪着头，有些不明白地看着锦衣公子，手一伸，一股巨大的吸力，让他根本走不掉，反而步步后退，到了她身边，"你让我等着干吗，没有理由我不等！"

"咳咳咳咳……"玄墨实在忍不住了，一口口水呛在喉咙口，不由剧烈咳嗽起来。这小丫头果然是"山里"来的，实在是单纯得可怕。

"你你你你放手，快放手！"一个不注意，那个王姓锦衣公子居然已经在半空中了，问题是，姬小小连手都没碰他的衣服一下，就这样悬空让他吊着。

他的扇子差点就碰到玄墨了呢，姬小小越想越生气，嘟起粉嫩的小嘴："谁让你乱碰我的东西的，我师父说了，别招惹惹不起的人，我现在比你强，我就可以招惹你！"

玄墨一下停了咳嗽，不是说天机老人是世外高人吗，怎么是这样教徒弟的？

他还以为天机老人的教育，肯定是除魔卫道，行侠仗义，结果，居然是——恃强凌弱？

眼前这个小丫头，真的是天机老人的徒弟？

"喂喂喂，你放手，快放手，不然我叫我师父打得你满地找牙！"锦衣公子又叫了起来。

"你师父，你也有师父？"姬小小一脸愕然。

玄墨一见，不由摇摇头："就你这三脚猫的功夫，想必你那个师父也没多大本事，不然你都这么大了，还被个小姑娘打得没有半点还手之力，还好意思抬出你师父！"

有了姬小小在身边，他觉得不管来什么人，他都不需害怕。

实在是对她太有信心了，虽然她的武功很吓人，不过反正又不害自己，何乐而不为？

这一时刻，某人彻底忘记了，其实自己也是个要走走不了，莫名其妙变成她的"所有物"的受害者！

"是你让我放手的！"姬小小手一松，那个半空中的锦衣公子"砰"一声就摔在地上，捂着胸口痛苦哀嚎，也不知道摔断了几根肋骨。

"公子，公子……"那些折了手脚的家丁们刚恢复了点力气，赶紧去扶他们家主子。

"快，快去请师父！"几个家丁抬着他，就冲出了看热闹的人群。

"我们就在这里等着吧，待会把他师父也打得满地找牙，杀杀他们的锐气！"玄墨摩拳擦掌，他不信这世上还有人能打赢姬小小。

"哎呀，公子，姑娘，你们快走吧，那个王员外的公子王学才，是咱们常乐镇一霸，他那个师父武功了得，几十个大汉都打不过他，你们还是快走吧！"有个年逾花甲的老人，好心好意地过来提醒他们，"我老头子活了一大把年纪了，你们还年轻，还是走吧！"

玄墨得意地道："放心吧，怕什么，没看到我们出手吗？"

"嗨，两年前也来了三个公子，武功很高，将那王学才打了，结果顾教头一来，没几招就被废了武功，你们还是走吧，顾教头和王学才不一样的！"老人叹息一声，不同意玄墨的说法。

玄墨刚要再反驳，姬小小一下拉住他："我们走吧！"

"咦，不等了？"玄墨一脸惊异，他以为姬小小被惹火了，一定会闹得天翻地覆的。

"哎呀，你没听老爷爷说了，那个王什么的师父很厉害吗？我武功可不怎么样，万一被打败了，你不就被他们抢走了吗？打不过就溜，这是上上策！"姬小小一本正经地说道。

"你……"玄墨顿时无语，为什么她总觉得自己武功差呢？

"走啦走啦！"姬小小一把拽住他的胳膊，就将他拖出人群。

19

玄墨一脸不甘心，但是经过连日观察，跟这丫头说道理，要说得通，比通天还难，特别是要让她相信她的武功天下无敌，就更难了。

人群围了里三圈外三圈，此刻陆续散了，两个人走得不是很快。主要是玄墨真的很想见见那个什么"顾教头"是何方神圣，所以一直拖拖拉拉。

走了不知道多久，眼前忽然冒出一个大胡子男人，穿着一身青绿色的褂子，看上去倒是好料子，只是穿在他身上，多少有些泥腿子穿官袍的感觉，怎么看怎么不搭。

"就是你们把我徒弟打了？"大胡子身边一下多了几个拿着棍棒的家丁，上下打量着姬小小和玄墨。

玄墨看看家丁的穿着，一下子兴奋起来了："就是刚才那个王公子的家人，穿着是一样的！"

虽然人换了，但是大户人家的下人都是同一着装的。

"快走！"没想到，他话音刚落，姬小小居然一把揪住他的腰，脚下生风，一下到了"包围圈"外面。

"你怕什么啊？"玄墨叹气。

姬小小还没回答，那个大胡子已经跟在后面跑到了她面前。

玄墨不由皱一下眉头："没想到他脚程还挺快，居然能追上你！"

"他武功高，我才用了三成功力，他能追上也不稀奇！"姬小小一本正经地回答，"我们还是走吧，别跟他打，不然你就被他们抢走了！"

"站住！"话音刚落，大胡子大喝一声，"打了人就想跑？"

"打了人不跑做什么？"姬小小眨眨眼，"帮忙疗伤吗？"

"噗——"玄墨一下笑出声来，这个姬小小，一本正经的话，都能把人气死不偿命，偏偏她还一脸迷茫，都不知道对方为什么生气。

果然，大胡子的胡子都翘起来了："好你个刁钻的丫头，是哪里来的，敢惹老子我的徒弟！"

玄墨这次嘴比姬小小快："佛曰不可说！"

"哼，肯定是个无名小辈，才不敢说吧！"大胡子冷哼一声，"可知道老子我师承何处吗，说出来吓死你们！"

"哦，那就不要说了，吓死不划算！"姬小小呆呆地看着他，玄墨已经笑到内伤。

人家说这句话，为的就是旁人好问，可偏偏眼前这个是"非常人"。

"你……"大胡子睁大眼，气得眼都红了，"老子可是点苍山天机老人的徒弟，怎么样，吓着了吧？"

姬小小一皱眉头，上下打量着他，旁边的玄墨忍不住了，小声道："怎么，你师兄？"

"我哪有这么难看的师兄？"姬小小睁大眼，"难道我师父在山下收了徒弟没告诉我们？可是也不大可能啊，我师父说，他就四个徒弟！"

"那你哪里又钻出个师兄来了？"玄墨一脸不解，"是冒充的吧，你还不帮你师父清理门户……啊，不是，应该是帮你师父打这个冒牌货！"

"啰唆什么，我要你们给我徒弟偿命！"说着，大胡子一拳快速朝着姬小小和玄墨打了过去。

"你徒弟死了……咦，流云拳，你怎么会流云拳？"姬小小抓着玄墨的腰快速后退一步，轻松躲过那一拳，然后嘟嘟嘴，"哎呀，才三成火候，吓死我了！"

"怎么了？"玄墨不解地看着她，已经彻底放弃动手的想法。

姬小小皱一下眉头，再次轻松躲开大胡子再挥过来的一拳："那是我大师兄的功夫，我们四个师兄妹每个人的武功都不同的！"

天机老人教徒弟和别人不同，都是因材施教，看谁适合学什么便给他们专门写一本"教程"，让他们自己揣摩，自己练。

经过他的观察，写出来的"教程"，里面的那些功夫，他四个徒弟，基本上都可以练到十成火候。

武功之道，没有什么多的样式，一样功夫能练到十成，便可以对付很多高明功夫三四成的功力。这样练法，比那些杂而不精的功夫有用多了。

"咦，怎么又是流云拳？"姬小小躲了几招以后，看出了点端倪，随即醒悟，"你不会来来去去就这一招吧？"

"呀，打死你！"大胡子毛了，不知道为什么打来打去总是打不到这个丫头，而且看她的样子，躲得还挺轻松。

"别打了，看腻了！"姬小小一掌过去，轻松握住大胡子的手腕，让他丝毫动弹不了，"我师父说了，武功没到十成，就不能拿出来现眼，你这三成功力居然还不停地打，太丢人了！"

手腕上的力道惊人，大胡子痛得面呈猪肝色，用尽所有力气，用另外一只手打了过来。

玄墨心想来得正好，姬小小一手抓着自己的腰，一手抓着对方的手，没有空，这一拳，还不是正好让自己接个正着？

暗中得意，赶紧提起全身真气，摆了架势准备迎接，没想到，半空中忽然劈过一条腿，一下踢在大胡子的那只手上。

"咔嚓！"一声，接着传来一声怪叫："啊——"

众人齐齐看过去，只见那大胡子一只手挂着，已经完全没了力气，另外一只手在姬小小手中，由于刚才那一脚，已经脱臼。

姬小小手一松，神色一凛："说，你怎么会流云拳的？"

"我……我……"大胡子脸色变了变，才流着冷汗道，"四年前，我的手长了个毒瘤，正好遇到一个男人，教了我这一招，练以后毒瘤就好了。我不知道他是谁，只知道是从点苍山上下来的，所以我想，一定是天机老人了，就一直认为自己是他徒弟……姑娘饶命，饶命，以后小的再也不敢了！"

"哼，四年了，才学了不到三成，看你资质也不怎么样，掀不起什么风浪！"姬小小过去踢了他一脚，"不过不能让你整天冒充别人的徒弟，这流云拳不能再用了！"

玄墨翻白眼，这还没掀起风浪，她到底知不知道点苍山的武功，随便一点，就可以在山下掀起大浪？

"是是是，小的以后再也不用了！"大胡子点头如捣蒜。

"不过你说了不算！"姬小小拉过玄墨站在一边，自己蹲下，看着他的手，"我师父说过，死人才会保守秘密，若要让人做不到，就应该彻底毁掉使用的工具！"

在玄墨还没反应过来之前，只见她出手如电，双指点上大胡子的双手脉搏处，不知道怎么地，往下一按，那大胡子的惨叫声一下停止了。

"好了，你的手，以后不会长毒瘤，养两个月，以后不会影响你的生活，但是不能再使用流云拳了！"姬小小起身，神色难得严肃。

"啊！"大胡子张大嘴，"你……你废了我的手？"

"只是阻碍了你的真气流通的经脉而已！"姬小小很自然地回答，"省得你学艺不精害了自己，你的资质，就算练到一百岁，也练不到十成！"

这理由，还真是冠冕堂皇！

玄墨挑眉，朝着姬小小看去，忽然觉得有些看不大清楚眼前这个女子。她到底真的是太单纯了，还是极端聪明？

"对了，回去告诉你那个徒弟，他实在没什么学武的天赋，还是不要学了，以后好好读书或者还有点出息，不然，迟早有一天会被人打死！"正想着，姬小小又出声，看着大胡子，叹口气。脸上的光彩，颇像个世外高人，天下智者。

说完，她站起身，看着身边的玄墨，笑靥如花拉住他的胳膊："我们走吧，耽误我们逛街呢！"

玄墨傻乎乎地看着她，刚刚那一切，莫非是幻觉？

姬小小在点苍山，方圆不算太小，可总没见过这么多人，新鲜劲一会儿就把刚才那点不愉快的"小"插曲给忘记了。

现在是平地，走起来可比山地方便多了，足足逛了两个多时辰之后，玄墨摸着咕咕叫的肚子，终于忍不住开口："姬……呃，小小姑娘，我们是不是该坐下来吃饭了？"

姬小小一拍脑袋："哦，也是，一高兴忘记肚子饿了，走走走，吃饭去吃饭去，玄墨，你要吃什么？对了，以后叫我小小，不用带姑娘的！"

一连串的话，让玄墨顿时感觉反应无力。

跟她在一起，真的是，反应稍微慢那么一点点都不行。

"好吧，我们刚才路过前方有个汇珍楼，是个酒楼，我们去那里吃吧！"事实上，在被挟持到小树林之前，他在常乐镇住了几天。

"好吧，自从我下山以来，真的吃了好多从来没吃过的东西呢！"姬小小笑起来，"以前都是师兄师父从山下带上来的少少几样，可从来没吃过这么多好吃的！"

山上倒有的是山珍，可惜海味就少了，虽然种了点蔬菜，也可以狩猎吃肉，可哪有山下的饭菜好吃？

加上山上五个人里面四个是男人，就她一个女孩子，这做菜做饭的任务，自然就交到她手上了。想想当年吃着师父师兄做的饭菜，那简直就是对肠胃的极端摧残。

现在到了山下，还不吃个够本？

"哇，你知道吗，我第一次吃到带鱼，黄鱼，海蟹呢！"姬小小将几十个空盘子叠在一起，又挥挥手，"小二，再上盘螃蟹！"

玄墨摸一下自己早已经吃饱了的肚子，看看桌上的几十个盘子，目瞪口呆。

点苍山属于内陆，海鲜自然是少得可怜，难得这汇珍楼各种海鲜齐全，姬小小这个"山里人"自然吃得津津有味。

但问题是，就算海鲜并不是那么容易吃饱的食物，吃上几十盘怎么也该够了吧？

可眼前这小丫头，也不知道她的肚子是什么做的，居然还能再吃？

"啊，吃饱了！"姬小小"扫荡"完眼前一盘大螃蟹，终于很知足地摸摸肚子，"真好吃！"

"你几天没吃饭了？"玄墨眨眨眼，虽然这几天饭菜都是人家送到房间里吃的，不过看小小吃得并不多。

"十六年了，我没吃过这么好吃的菜！"姬小小抹一下嘴，"前几天的那些饭菜，山上都有，还比这里新鲜呢，就这里的菜，山上没有！"

呃——好像是这么回事。

"就是他们，就是他们……"两人正大眼对小眼，门口忽然一阵喧哗。两人抬头一看，只见是一个花白胡子的胖老头，带着几个衙役模样的人，正朝他们走来。

"是在说我们吗？"姬小小一头雾水，回头问玄墨。

"好像是的，估计又是那个王家什么的！"玄墨在这方面，脑子比姬小小转得快多了。

既然王家是地方一霸，那就没理由不勾结官府。

不过这些当官的可是撞到枪口上了，要知道，点苍山这块地方，其他四国是不管的，唯一的"当家"是天机老人。

在这块地方，天机老人有任命官员的权力，甚至有生杀大权，说白一点，他就是这里的皇帝，只是换了个称呼而已。

玄墨很镇定，姬小小更镇定。

这些事情，她在点苍山上的时候，自然都是知道的。

"就是她打了我儿子，还有我的家人！"那个花白胡子老头，经过身边家丁的指认，整个人直直冲上前来。

"你就是王员外？"姬小小终于也反应过来了，"明明是你儿子冲上来打我们的……"

"好个刁民，还狡辩！"那个衙役也不知道收了王家多少好处，就要拿着铁链往姬小小身上套。

姬小小往后一推，套了个空，不过看看那几根铁链有些生气："你家老爷怎么不自己来？当个乡侯，架子倒是挺大！"

玄墨不由有些惊讶，这姬小小的官威倒是挺大，就是个头小了一些，让人害怕不起来。

果然，那些衙役根本不为所动："就你这样的，还指望我们乡侯大人来亲自接你不成？"

姬小小本来一脸官威，摆得挺到位的，听到这句，忽然回头看看玄墨："咦，九品乡侯也能自称大人的吗？"

她问的这句，根本没有轻视的意思，纯粹就是表示好奇，却让玄墨笑出声，让几个衙役气青了脸。

算了，不管怎么变，姬小小总归还是姬小小，本质还是一样的。

"好个刁民，快跟我们走！"衙役其实不算正式衙役，因为只有县衙才有正式衙役，乡侯手下的，虽然也是正式着装，一来就两三人，二来不算正式编制，他们只是乡侯手中召集的民夫而已。

天机老人作为"世外高人"，是不会管这些俗世之事，基本上都是大徒弟柳暮云在管，二徒弟月希存和三徒弟独孤谨辅助。

乡侯最多只能招三个民夫，就是柳暮云制定的，姬小小自然是知道的。

现在所谓的"衙役"倒是只有三个，不过王家的家丁也是跃跃欲试，准备帮着抓人，让姬小小皱起了眉头。

"你们乡侯自己不来，我去见他吧！"姬小小瞪了那三个衙役一眼，就往前走。

"喂，戴上这个才行！"那衙役把铁链子一抖，又朝她背后丢过来。

姬小小看都不看，双手往后一抓，抓个正着，手松开，那被她抓住的铁链，顿时变成了铁粉，落到了地上："想锁我，你们没那个资格！"

三个衙役和王家的人都变了脸色，面面相觑跟在身后。

咚咚咚走了几步，姬小小忽然"嗖"地停了下来，身后是玄墨一下刹不住，咚一下，正好撞到她的背，还好不是很重。

"怎么了？"他抬头，有些茫然地看看姬小小。

小小在他耳边小声道："我……我不认识去衙门的路！"

呃——

刚才不是挺器宇轩昂的嘛，敢情不识路！

"喂，你们几个，前面带路！"姬小小忽然皱了一下眉头，瞪着那三个衙役。

这话说得，倒是理直气壮。

不过也是，她也是第一次来常乐镇，怎么可能知道衙门的路怎么走？

三个衙役面面相觑，再看看地上那堆铁屑，不由二话不说，乖乖跑到前面带路。

算了，这位姑奶奶，他们哥儿几个可惹不起。脑袋哪有铁硬啊，别被这丫头一掌给劈喽！

姬小小拉着玄墨雄赳赳气昂昂地跟在衙役身后，他们身后，是一脸郁闷的王员外和他的家丁们。

"到了！"三个衙役不敢造次，竟然用了个"请"的手势，让姬小小两个先进去。

要是这姑娘砸了乡侯办公的地方，就不关他们的事了。

"你找谁？"屋内，正上首坐着个人，面白无须，四十多岁年纪，大概就是乡侯。右边坐着一个人，留着山羊胡，貌似文书。

"我找你！"姬小小走上前，大咧咧坐在左手边的空位上，"你是常乐镇乡侯？"

"正是！"坐在上首位置的人点点头，有些看不准眼前这个小姑娘是谁，但是，除却天机老人和他三个弟子，他是什么人都不怕的。

这个小姑娘，更没理由怕了。

"王大人，就是这个丫头打伤我儿子！"王员外不知道什么时候冲了进来，"大人，帮我抓她！"

"来人，给本官将这没大没小的丫头拿下！"乡侯脸色一变，开始指挥那几个衙役。

姬小小冷眼看着这一切不说话，那三个衙役自然不敢上前。随即她忽地笑了起来，笑得周围的人莫名其妙。

三个衙役自然没有人敢上去自讨晦气，他们谁的脑袋也不比铁条硬啊。

好在姬小小也没有笑很久，只是走到乡侯的案台前，从怀里拿出一块玉牌递了过去："先看看这个再跟我说话！"

那乡侯一看玉牌立刻变了脸色，站起身："你是……"

"你的位置是我大师兄给的，我就有资格把你拉下来！"姬小小皱着眉头，瞪着眼，"说，王家到底给了你多少好处，这样在常乐镇作威作福你都不管？"

"没……没有啊！"乡侯慌了，赶紧走到姬小小面前就跪下了，"真的没有，真的没有！"

"哼，衙役都成了他王家的家仆了，还说没收好处，难道是他王家胁迫你的不成？"姬小小的脸色更加阴沉，"别人告状恐怕也没这么快吧，这一没审二没问，就王家一句话，你就来抓我，就认定我犯了法，不是收了好处，就是昏官一个！"

玄墨听着一段话，差点鼓掌叫好。

看不出来，姬小小居然也有说话条理如此清晰的时候，眼前这个，没有换人吧？

乡侯一下子浑身发抖说不出话来，后面走进来的王员外完全不知道发生了什么事情，一脸不解地看着姬小小和玄墨，大概正思考着眼前这个小丫头到底是什么人。

一见事情不对，他赶紧往门外走去。

"你回来！"姬小小这次居然没使用武力，而是直接对着三个衙役道，"把他押回来！"

一见自家老爷都跪下了，三个衙役哪有不听的道理？

王员外，哪里走得了。

【第一章 路漫漫有美相伴花解语】

"即日起，褫夺你的乡侯之位，王员外纵子行凶，横行乡里，呃——那个，就由下一任乡侯来责罚吧！"姬小小踢了那乡侯一脚，"把官袍脱了！"

刚刚还对姬小小赞许有加的玄墨顿时翻了个白眼，什么叫"由下一任乡侯来责罚"？她是根本不知道该如何来责罚吧？

"那……那个姑娘，新的乡侯，什么时候来？"有个衙役大着胆子走上前，看着姬小小。

"先把王家一家收监，这个乡侯……他叫什么？"

"王有才！"

"哦，都是王家的人？"

"是，王大人，哦，不，王有才，是王学才的表兄！"

"原来如此，难怪帮着！"姬小小嘟嘟嘴，"都收监了吧，我们重新选个乡侯好了。"

玄墨有些好奇："选谁？"

姬小小看向那三个衙役："去让百姓选吧，看百姓喜欢哪一个。"

三个衙役对视一眼，其中一个道："这常乐镇不大，可也不小，也有几千户人家，这选起来，可得几天呢！"

姬小小歪着头想了想："那你们有没有合适人选？"

衙役们面面相觑，又一个道："不如牙伯吧！"

"牙伯是谁？"

"是镇上出了名最好心的老人家，对了，就是今天在街上提醒你们的老人家，当时我二弟也在！"

"是他？"姬小小一脸沉思。

"他倒是个好人！"玄墨点点头，微笑地看着她，却也不提意见。

"不行，他不适合！"姬小小却摇头。

"为什么？"玄墨和其他几个一脸惊讶的衙役不同，依然微笑地看着姬小小。

"他为了提醒我们，连命都不要了，以后他要是为了救人，把命丢了，谁来审案，谁来给百姓做主？"姬小小一本正经地道，"而且，他是个好人，听上去，应该是个烂好人。做好人可以，但是不能做烂好人，很容易影响判断的！"

众人都点点头，一脸崇拜地看着姬小小，就连玄墨，都觉得似乎应该对她刮目相看了。

"那你有什么合适的选官方法吗？"玄墨替大家问出心中所想。

"有啊！"姬小小毫不犹豫地回答。

"那就好，就按你的方法选好了！"玄墨和众人大喜。

"你跟我来！"姬小小拉着他往后堂走，冲着空中打了一声口哨，口哨声尖锐入云，不多时，空中飞来一只小鸟。

却见那小鸟通身的羽毛每一根都是七彩渐变的颜色，看上去鲜艳夺目，叫声动听，大概只有手掌长短，飞得远一些，根本就看不见。

"阿彩，好久不见了！"姬小小高兴地迎上去，伸出一只手，那鸟便稳稳地停在她的手掌心，不停地叫唤。

"好了好了，我知道你想我！"姬小小笑起来，口型一变，喉间居然发出和那叫做"阿彩"的鸟儿一样的叫声。

就这样，一人一鸟，互相叫唤，半响，那鸟展翅高飞，一会儿就不见了踪影。

"你会说鸟语？"玄墨惊讶地看着她，随即看到她手心多了一根七彩的羽毛，"这羽毛……不是和我的一样？"

"是啊，阿彩每次来都会用它的羽毛做礼物送给我的，谁让三师兄说什么，千里送羽毛，礼轻情意重啊！"姬小小嘟嘟嘴，从怀里拿出一个锦囊，将羽毛放了进去。

"走吧，我们回客栈收拾行李，明天去魏国。"做完这一切，姬小小就拉着玄墨往外走。

玄墨茫然地看着她："你不是要帮常乐镇选乡侯吗？"

"我什么时候说过？"姬小小歪着头看着他，"我只说有办法选官，没说我来选啊！"

"那……"

"我刚才让阿彩去通知大师兄了，这种事情我又不懂，他倒是驾轻就熟，让他来一趟就是了，何必让我来费这个脑筋？"姬小小一脸"你好笨"的表情，让玄墨顿时汗涔涔起来。

原来，她说的有办法，就是将责任推给别人啊？

想法倒是不错，自己把这里折腾了一遍，然后让她大师兄来擦屁股。玄墨忽然开始无限同情起她的师兄们来。

在大堂上众人莫名其妙的眼神中，姬小小拉着玄墨离开了。

玄墨又同情地看着那些充满希望的眼神，觉得自己总算不是那个最值得同情的人了，心情顿时好了很多。

"我们立刻走吧！"姬小小趁大家还没反应过来之时，就拉着玄墨出常乐镇，往魏国境内走。

"为什么我们得偷偷走？"玄墨这样问。

"师父不让我表明身份，我违背了他的嘱咐，当然得赶紧走！"

他还以为，她是觉得自己做事不地道，又怕众人拦截呢……

到了魏国国界，玄墨顿时感觉有种游子归家的感觉。

只是从进入边界之门的那一刻开始，他全身上下的毛孔感觉都张开了，带着一种与生俱来的警惕，就好像一只公鸡，到了斗鸡场一般。

点苍山和魏国的国界，是百年难得一见的和平国界，所以镇守的士兵并不多，只是用于维持秩序。

这座边界城市，叫做敦州。并不似那些边界一带没什么人居住，反倒是通商往来，客商云集。

四国在点苍山边界，都有这么一座城市，虽说是边界，不如说是商埠，而

且，可以算得上是绝对稳定和平的商埠。

由于这些商埠的开设，最大的受益人莫过于点苍山一带的居民了。他们的丰衣足食，绝对要感谢这些往来的客商们。

天色渐晚，姬小小毫不避嫌地拉着玄墨的手道："今天我们要住在这里了，找个客栈吧！"

玄墨这几天已经习惯被她拉着挽着搂着，甚至"顺便"忘记了魏国的民风并不是那么开放。特别是，当一个面容只能算可爱，却不能算貌美如花的女子，大大咧咧地拉着一个美得倾国倾城的男子进城的时候，所有人的目光，几乎都已经集中在他们两个人身上了。

然后见怪不怪的两个人，完全没有在意。

"我知道这里有一家客栈不错，不如我们去那里好了！"玄墨眼珠子一转，忽地和姬小小有商有量起来。

"既然你认识，我们就不找了！"姬小小倒是从善如流。

两人相偕而去，走了半晌，太阳已经落下山头一半，姬小小终于松开玄墨的手，叹口气："究竟到了没？"

"我……"玄墨咽一口口水，"其实，我也从来没来过，只是这个客栈的老板，和我是旧识，但是我从小在京城长大的……"

事实上，他是路过敦州时想到这家客栈的，只是在准备来的前一天晚上，忽然出了事，快马赶到常乐镇住了几天，结果碰上了黑风寨的那些人。

"你不知道怎么不早说？"姬小小对着他怒目而视，"我去问路！"

"问路？"

姬小小看着他叹气："你不会连问路都不知道吧？"

他需要问什么路啊，要去哪里，都有人会带路的……

当然，这句话玄墨可不敢说出口。

还好路上人还算多，玉生香客栈的名号，好像还算响亮，所以姬小小和玄墨很快便到了客栈门口。

玉生香不是敦州最大的客栈，不过胜在干净整洁，老板虽然年轻，不过倒是八面玲珑，很会做生意，所以也算有点小名气。

"客官里面请！"店伙计一看到姬小小和玄墨两人背着包袱行囊，便知道是赶路的客人，赶紧往里面拉，"两位客官是要几间房？"

"一间！"姬小小快速作答。

玄墨翻了个白眼，没有出声了。算了，他这几天已经习惯给她做"抱枕"了。

"一间上房，一两银子一晚，客官里面请……"那小伙计叫一声，将他们往里面让。

忽地，姬小小一拍额头，大叫一声："哎呀，糟了！"

第二章　意绵绵慧眼能识金香玉

"怎么了？"见她一惊一乍，把玄墨吓了一跳。

"我们在汇珍楼吃东西，付钱了吗？"姬小小睁大眼睛看着他。

玄墨低头沉思，当时她吃完最后一盘螃蟹以后，乡侯的人就带着王家的人来了，当时那种场合，汇珍楼的老板伙计恐怕是脑子被敲伤了才会上来要饭钱呢。

"没有，我没给过！"敢情他们吃了一顿霸王餐啊。

"我吃了好多东西呢，是不是该回去给他们钱？"姬小小后知后觉地摸摸脑袋。

"走回头路吗？"玄墨顿时感觉乌鸦从头顶飞过。

"算了，我还是让大师兄帮我去付了吧！"

玄墨立刻对自己无限庆幸，外带无限同情那位天机老人的大徒弟。

"对了，你不是说这个客栈的老板你认识吗，怎么不见人？"姬小小左右看看，没看到玄墨和谁比较熟络。

"待会我去找她就是了，你待在房里！"玄墨垂眸，将有些情绪掩盖。

姬小小有些好奇："为什么我不能去？"

"呃——她脾气怪，不见生人！"玄墨纯粹瞎扯，要是被那个谁知道他这么说，估计才不管他是不是爷，先瞪了再说！

"小黑，有客到了吗？"正想着，楼上传来一声低沉温润的声音，好似温水过喉，很是舒服。

玄墨不由有些尴尬，还真是说曹操，曹操就到，他这是走了哪辈子的霉运？

楼梯转弯处，很快出现一个人。只见他脚蹬黑色薄靴，穿着玄色的暗纹长袍，面容沉稳，肤色白皙，头上发髻一束，用和衣服同色的丝带绑住，丝带轻轻散落在发间。

再看他的长相，脸白无须，琼鼻薄唇，眉眼间英气勃发，看上去，不似个生意人，倒多

了几分书生和侠士之气。

"呵，我来介绍，这就是这家客栈的老板，金玉公子！"玄墨干笑一声，先不让姬小小发问，先来了个介绍，"金玉，好久不见，这是我在路上认识的朋友，姬小小！"

"原来是姬姑娘！"金玉拱手，倒是很豪气的感觉。

然后姬小小却忽地不说话了，只是上上下下打量着这位客栈老板。

"怎么了？"玄墨有些好奇她的反应。

"明明是个女子，怎么要叫公子呢？"姬小小喃喃低语，好在声音不大，却让玄墨和金玉齐齐变了脸色。

那叫小黑的店伙计，赶紧跑过来，看一眼不远处吃晚饭的客人，手巾一甩，笑道："两位客官，先楼上请！"

金玉和玄墨这才换了正常的脸色，拉着姬小小往楼上一间空房里走。

刚坐定，姬小小便想继续发问，却让玄墨抢了先："你胡说什么，金玉明明是男子，怎么成女子了？"

姬小小嘟嘟嘴："你不会连你的朋友是男是女都不知道吧？你看她，身上有体香，喉间没喉结，脸上没胡楂，耳朵上还有耳洞，就算是用布把胸口裹起来了，可是这么瘦的身子，胸口怎么也不可能有这么大！"

玄墨的脸色阴晴不定，倒是金玉，大大方方笑了起来："我金香玉扮男子近十年，还是第一次被人一眼看穿的呢！"

姬小小从小的生活环境很是单纯，只有四个男子和她，小时候甚至经常穿几位师兄穿剩下的衣服。

直到大了一些，师兄们也经常下山，便会从各国带回各种漂亮的发饰和女装，她才慢慢改穿女装。

而那些复杂的发饰，她至今很多都不会用，倒是独孤谨，因为阅女无数，倒是学会了很多女孩子该学会的"技能"。比如画眉，比如梳头——那可是花花公子必备的泡妞绝招。

在山上，独孤谨就是姬小小的专用化妆师和梳头师傅。每每被人提起，这家伙都是一脸的郁闷和不甘，可是没办法，能者多劳嘛，谁让他会，而别人不会呢？

在这样环境下长大的姬小小，她的眼中自然只有男女之分，而没有服饰之分了。

再加上她自幼学医，望闻问切，是医者所要具备的基本技能，因此看人也比别人要细很多。即使没有她所说的那些喉结耳洞等原因，她观气色，也能看出金玉是女儿身。

直觉这个东西，是最难训练的，不过姬小小可谓是其中的佼佼者。

见金玉，或者说是金香玉大方承认，玄墨也不好再隐瞒，只得笑道："小小，你总是让我对你刮目相看！"

"真的吗？"姬小小大喜，"还是第一次有人这么说过呢，从小师父和师兄都说我太笨！"

金香玉一脸好奇地看着玄墨："爷，这位姑娘到底是什么来历啊，我都有些好奇了！"

姬小小顿时一瞪玄墨："我只告诉你，你可不许告诉别人！"说完，也不让玄墨开口，对着金香玉道，"我师父不让我说！"

玄墨顿时一脸郁闷地看着她，一旁的金香玉吃吃笑出声来："爷，看来我错过了不少好戏，有人把你吃定了吧？"

"他是我的人了，他身上有我的标记，以后什么都得听我的！"姬小小大方承认。

"噗——"金香玉本想喝口茶润润嗓子，听到这一句，一下子毫无形象地喷了出来，她随即看看玄墨，再看看姬小小，忽然爆发出惊天动地的大笑，"哈哈哈——"

"够了！"玄墨的脸色越来越黑，"香玉，再笑我可就不客气了！"

金香玉一手抓着桌沿，整条手臂不停地发抖，手上的青筋都清晰可见，可见抓得何等用力。

只见她听到玄墨的大喝，赶紧用牙咬住嘴唇，结果却成了浑身颤抖，特别是两个肩膀，不停地往上耸，眼泪都从眼眶里流了出来，可见憋得有多辛苦。

姬小小一脸不认同地瞪了一眼玄墨："干吗这么凶香玉姐姐，想笑不能笑，想哭不能哭是最痛苦的！"

金香玉还在使劲憋着笑，看着玄墨作何反应。

没想到，还没等他反应过来，姬小小已经冲她笑道："香玉姐姐，虽然我不知道你为什么笑，不过想笑就笑吧，不用管他的，他现在属于我，他说的不算，我说了才算！"

玄墨的脸，顿时黑得如锅底灰。

"哈哈哈……爷，你……哈哈哈！"金香玉再也忍不住，整个人都附在桌子上，要不是一手死抓着桌子沿，恐怕早就滚到桌子上面打滚去了。

"金香玉！"玄墨的声音从牙齿缝里进出来，"京城蓬莱阁还少个当家的，我忽然觉得你很合适！"

"呃——其实没什么好笑的！"金香玉立刻变了脸色，坐直身子，眼观鼻，鼻观心，不过那依然耸动的肩膀，和一手揉着眉心，一手揉着肚子的动作，依然出卖了她内心的真实想法。

玄墨没好气地瞪她一眼，再看看姬小小，脸色越发暗沉，却不得不柔声道："天色不早了，你赶路累了，不如先去休息，我与香玉多年未见，有很多话要谈！"

姬小小看看玄墨，再看看金香玉，摇摇头："你的事不就是我的事嘛，你要谈，我就陪你谈，要不然，你像上次在常乐镇那样，被人看上抢走怎么办？"

金香玉浑身颤抖一阵，看看玄墨的脸色，只得加入劝解的行列："姬姑娘，放心吧，我这客栈安全得很，不会有人抢走……呃，你的东西，大可放心，我帮你保管着，就聊两个时辰，到时候，一定完璧归赵！"

"呃，叫我小小就好了！"姬小小笑起来，露出两颗虎牙，看着金香玉道，"谢谢香玉姐姐好意，可是，我自己的东西，还是喜欢自己保管！"

金香玉看着脸色已经黑得转紫的玄墨，浑身抖得越发厉害了。

"那这样吧，这是我的房间，你去我床上坐着，要是累了就躺着睡，我和爷一谈话，都

【第二章　意绵绵慧眼能识金香玉】

不知道什么时候才能结束呢！"见玄墨已经快要爆发了，金香玉这才想来个两全其美的解决办法。

"也好！"姬小小一脸感激地坐到床边靠着。

玄墨瞪了金香玉一眼，那意思是：早有两全其美的办法，怎么不拿出来？刚才还一口一个"你的东西"，还"完璧归赵"，摆明了就是在玩他。

"对了，这里的环境怎么样？"玄墨瞪完，正色问了一句。

金香玉也收了玩笑之心，面色严肃地道："势力太大了，几乎渗透了魏国上下，想要连根拔起，实在是有些困难！"

"京城附近和几个大的城市，几乎安插不进人手，是有些棘手！"玄墨皱起眉头，"可是这么多年了，这傀儡玩偶，我真的是当腻了。"

金香玉叹口气，再看看姬小小，看上去，她坐得十分无聊，已经开始靠在床头，打起瞌睡来。

"爷，你都已经忍了这么多年了，也不在乎这点时间。难道，我就不想为我相公报仇吗？"金香玉压低声音，劝解着玄墨。

玄墨摇摇头，看看姬小小的方向："你不用刻意压低声音，她的耳力绝对比你我要好，如果她想听，就不会打瞌睡了！"

金香玉一愣，随即嘴角往上一弯："看起来，还真是人不可貌相，这小姑娘什么来历？"

玄墨动动唇，本想实话实说，不知道为什么，话到嘴边，竟然变成了："她答应她师父不说出去的，既然如此，我也不能说！"

"扑哧！"金香玉掩嘴，"看起来，爷还真是被她吃得死死的了！"

玄墨瞪了她一眼："这边的事情抓紧一点，你知道，我的耐心是有限度的！"

金香玉赶紧点头："我知道了，蓬莱阁那边进行得怎么样？京城形势恐怕很紧张吧？"

"我走了，估计他们会有所动作的！"玄墨叹口气，"我怀疑，黑风寨的人，跟他们有关系，我看他们不像是劫财！"

"看起来，他们真的是开始行动了！"金玉再次点头。

玄墨回头看了一眼姬小小，这丫头已经闭上眼睛靠在床头沉沉睡去，显然对他们的对话并无多少兴趣。

"好了，我先去休息，这里的事情交给你了。"起身，他毫不犹豫走到床边，弯腰抱起床上的人儿。

"爷，你们……"金香玉睁大眼睛，"睡一起？"

玄墨一愣，他好像已经习惯天天跟她一起睡了，连他都忘记了男女大防这件事情。

"那个……只是睡一起！"难得他也会感觉有点腼腆。

"哦——"金香玉拉长音，"只是'睡'一起！"

"别瞎想！"玄墨瞪她一眼，手已经碰到了姬小小。

"嗯，你们谈好了？"姬小小一下醒了，"没人来抢你吗？"

"放心吧，完璧归赵！"金香玉笑着看着玄墨越来越黑的脸，推了他一把。

姬小小赶紧挽住玄墨的手："我们去睡吧，我好困！"说着，那小巧精致的五官都皱成了一团。

几乎是很自然的，玄墨想都没想，伸手刮了一下她的鼻子，然后一弯腰，打横把她抱了起来："困就睡吧，我带你去房间里！"

"好！"姬小小一脸自然地回头看看金香玉，"香玉姐姐，我们回去睡了！"

说完，就把头埋在玄墨的怀里，舒服地闭上眼睛。

全身心的那种信任，让金香玉忍不住从心底笑出来。

或者，玄墨真的需要一个这样的女子，这样的女子，才容易走进他的心中吧？

他实在见过太多的勾心斗角，他需要休息。

回到房中的玄墨，当然就没有看到金香玉的笑容，他只是把姬小小放到床上，帮她脱了外套，然后很自然地抱着她沉沉睡去。

因为"他是她的"关系，姬小小在最早的那两天一直要保持她搂着他的姿态。也就是说，让玄墨靠在她怀里睡觉。

玄墨为此，费尽了口舌，甚至摆出"我的身高比你高，你在我怀里更能全面正确完整地保护我"的理论，才算说服了她。

而如今，这丫头似乎也越来越喜欢他的怀抱，每次睡得十分惬意。甚至每天早上起身，都需要他当"公鸡"才能将她弄醒。

想到这里，玄墨不由看了一眼怀里的女子。

那不是倾国倾城的美女，只是清秀之间带着一股江湖儿女独有的英气，让人忍不住怦然心动……

怀里的女子动了动，发出均匀的鼾声，长长的睫毛覆盖住了她原本纯净的大眼睛，嘟起的小嘴，轻皱的鼻子，似一个初生的婴儿。

沉睡中的玄墨，被怀里人儿的动静给吵醒了，看了一眼怀里睡得安稳的小人儿，不由叹口气，又闭上了眼睛。

从什么时候开始，其实也不过几天而已，他开始习惯当她的"抱枕"？

而她，似乎也是给他全身心的信任，总是睡得那么安稳。

她的世界里，是不是就从来没有争斗，血腥，尔虞我诈？

这样的一个女子，能融入他的世界之中吗？如果有一天，她发现了他是一个怎么样的人，生活在那样的世界之中，她还会如此纯净，对他如此信任吗？

想到这里，玄墨的心没来由地一窒。

眼前这个女子，就好似一张白纸，没有任何污点，让他不忍心将她玷污，甚至，在这一刻，他觉得世间万物，都是肮脏的，包括他自己！

【第二章 意绵绵慧眼能识金香玉】

"咔……"正思索着,一丝轻微的响动从窗外传来。那声音很轻,如果是熟睡中的人,根本无法察觉。

玄墨睁开眼,皱了一下眉头。

在常乐镇的日子太过逍遥,他甚至都忘记了自己是谁,忘记了自己的使命,忘记了自己要做什么。

但是现在不同了,现在在敦州,在魏国境内,他自有他未尽的责任,也有他必须要去完成的事情。

该来的,终究是躲不掉的!

他试图推一下怀里的人,可惜怀里的人儿却把他抱得更紧了:"嗯,怎么了?"

作为练武之人,姬小小的耳力自然非常人可比,只是在点苍山上悠闲单纯的日子,让她的警觉性稍差了些。

但是有动静,自然瞒不过她。

"有人!"

"什么人?"姬小小揉揉睡眼,对即将到来的危险,没有一丝一毫的防备。

玄墨叹口气,这样的女子,他怎么放心将她带进自己的世界之中呢?

不过……

算了,是她自己要闯入他的世界的,他没有强迫不是吗?

一切怨不得他!

"看来今晚我们都不用睡了!"他嘴角泛起一丝邪魅的笑意,看不出是苦涩还是嘲讽。

第一次,他发现自己要做一件事,居然需要做一番挣扎才能作决定。

优柔寡断,可不是他的性格。

"为什么?"姬小小显然不明白,只是感觉外面的动静越发大了,还能听到各种脚步声——虽然很轻,但是又怎么能瞒过她的耳朵?

"起来穿衣服!"玄墨快速起身,将外衣递给她,"听我的,先别乱动!"

姬小小不明所以,但是有些原则,她却很固执很坚持:"你是我的,我为什么要听你的?"

"非常时期,先听!"玄墨不多做解释,将衣服给她披上,自己已经拎起放在凳子上的包袱。

这次姬小小很乖地没有发出反对声,而是快速穿好衣服。

师父说了,如果不懂,就先听先看,到时候再做决定。看起来,玄墨也明白这个道理。

"砰"门一下被推开,玄墨赶紧一抓姬小小,躲到床后面。

来人是金香玉。

"是你?"玄墨松口气,现身相见。

"爷,你的行踪暴露了!"金香玉手中拿着"峨眉刺",皱起眉头,"你跟我从密道走,这客栈保不住了!"

刚说完，外面就听得店伙计们在大喊："着火了，着火了，快救火啊！"

金香玉一跺脚："该死的，他们是要赶尽杀绝！"

"先去密道！"玄墨拉过一脸茫然的姬小小，一边往外走，一边问道，"他们消息怎么这么快，我今天刚到，他们就到了！"

金香玉脚下没停，一边皱起眉头："莫非……他们察觉到了什么，是冲着我来的不成？又或者，他们在城外就已经监视着你了，只是在境外不方便下手？"

玄墨忽地想起黑风寨来，常乐镇上他也和他们打了照面。

还有王员外和乡侯……

他的行踪，恐怕早就不是什么秘密了。只是没有人想到，半途杀出个姬小小，灭了黑风寨，以至于他们一下子在境外无兵可用了。

"后面那个可能性大一些！"玄墨叹口气，"你应该还没有暴露，不然，他们不会光烧店。这一点，说明他们非常确信能把我烧死在里面，如果知道有内应，不会这么大意，早就应该冲进来了。"

"该死的，他们居然连无辜的人都不放过！"金香玉咬牙，"改天最好别落在姑奶奶手里，不然，我将他们碎尸万段，真是丧尽天良的东西，就该绝子绝孙才对！"

玄墨忽地脸一黑，不再说话。

金香玉回头看了他一眼，随即意识到自己似乎是说错话了："对不起，爷，我不是那个意思，我只是……"

"别说了，到了吗？"玄墨看到金香玉走到一楼一个房间内，早有"玉生香"客栈的几个伙计，等在那里，看到他们以后，恭恭敬敬地道，"爷，老板！"

"不用多礼，先离开这里再说！"玄墨挥挥手，抓紧身边的姬小小。曾几何时，他已经习惯了这个总是站在他身前，说要保护他的女子——实际上，他们认识也不过短短几天时间而已。

而现在，姬小小的脸上和眼中都可以看出好奇的神色，不过却很聪明地不发一言，只是听着，看着。

玄墨心中暗叹一声，这丫头，到底是聪明还是笨？

聪明地闭嘴，观看事件发展，还是笨到随便相信一个陌生人，就不怕他把她卖了吗？

那种被人信任的感觉，事实上还是挺好的。

虽然玄墨的这些心思，不过发生在一瞬间，不过已经足够让他嘴角起了一个弧度，然后让两个伙计打着火把前面带路，让姬小小走在他身后。

"我走在你前面！"姬小小终于说话，她坚持，"我要保护你！"

虽然不知道发生什么事，但是她能感觉到，玄墨有危险！

玄墨看着她的表情，没有坚持，只是默默让开道。不知道为什么，这春季的夜晚，即使在屋内，他都能感觉到有股暖意在流淌。

密道看上去应该是刚凿好没多久，很多地方还在掉灰，也没有基本的照明设施。不过好在防火，而且大家都随身带着火折子，再加上都是练过外功内功的人，眼力也比普通人要好些，所以路也不怎么难走。

姬小小拉住身后的玄墨，跟着前面打着火把带路的伙计，她的手始终没有松开。

玄墨脑海中，忽然闪现出一个词：执子之手！

"到了！"带路伙计的话语，让他回神，甩掉脑海中奇怪的想法。

两个伙计让开路，众人鱼贯而入，只见已经到了一处破庙之内，只是不知身处何地。

"这是敦州城外的废庙，这地道凿得有些仓促，前几日才刚刚挖通，没想到就派上了用场！"金香玉叹口气，"可惜了，住在我店里的那些客人，怕是很多都做了替死鬼！"

玄墨听这话，脸色一沉："无辜的人，他们也不放过吗？"

金香玉看他脸色，劝道："没办法，我们若是留下，必然暴露大家的身份，你一个人走又不现实，为了防止更大的伤害，我只能带大家先走。不过放心，我留下一些人救火了，希望能走一个是一个！"

"他们都是我的子……"

"爷！"金香玉看看身边的伙计和姬小小，打断玄墨脱口而出的话语，"我们先进去从长计议！"

说着，走上前，转动庙内破烂菩萨身前的香炉，香案下面，顿时出现一个口子，大概每次只能进入一个人。

陆续钻入那开口，里面居然别有洞天。

走了几十步，眼前便是豁然开朗，桌椅板凳一应俱全，周围放着几粒夜明珠照明，将地下室照得犹如白昼。

"不错啊，香玉，才这么几年，倒是弄得井井有条！"玄墨忍不住赞叹。

"是爷的领导有方！"金香玉笑起来，"这是我设在敦州的总部，从外面走，总是不方便，这才想起挖个地道。爷，你说，要不要让敦州附近的人都过来？"

玄墨摇摇头，看看周围的几个伙计，问："你带的人……"

"放心吧，都是可靠的！"金香玉自然明白他的意思，"爷的意思，是不是怀疑，我们内部有人泄密？"

"也许是我身边的人！"玄墨敛眉沉思，"他们似乎并不知道我们这边的势力，不然，他们不会只烧店。但是他们对我的行踪，似乎了如指掌，这就有些奇怪了！"

金香玉点点头："看起来，还是慎重点好。爷，你这一路到京城，怕是颇多坎坷，你打算怎么办？"

"我失踪许久，他们至今没有公布我的死讯，看起来，对于我，他们应该还有些忌惮，总是想彻底杀了我才能永除后患！"说到这句的时候，玄墨的眼中忽地充满了戾气。

金香玉看着他，再是悠悠一叹："虎毒尚不食子，这世上，人心竟然如此狠毒！"

见玄墨一脸阴霾，金香玉忙住口不言，只是笑一声，转移了话题："爷，这京城，你打算怎么个回法？"

"现在他们可能并不知道我还活着！"玄墨皱一下眉头，"趁他们没注意，我尽快离开这里！"

金香玉略一沉吟："爷，我跟你一起上京吧！"

玄墨盯着她，半晌："你确定吗？"

"这么多年了……"金香玉的眼光飘向别处，似是想起什么遥远的事情，良久才道，"也该回去看看了，我爹娘和……他的坟上，该是又添了新草了！"

玄墨没有说话，他们都是有故事的人，所以这个时候，最好的办法，就是互不相问。

"放心，敦州这边的事情，我会先行处理的。"金香玉叹口气，"客栈起了这么大的火，敦州上下肯定统统都知道，如果我还出现在城里，必定会引起他们的怀疑，而且，官府那边，不管怎么说，都要过个堂，太浪费时间了。"

"好，三天，够不够？"玄墨没有迟疑，给出他所能接受的最少的时间。

"两天就够了！"金香玉摇头，"虽然我们已经在城外了，但还是越快离开越好。不过在这两天里，只能委屈你们先留在这里，我会吩咐下去，凡是玉生香客栈的伙计，都不许出现在敦州城中，免得引起怀疑！"

"如此最好！"玄墨的眼中有些欣赏之色，就知道这个女子是个厉害角色，当初自己真是没有错看了她，"不过，你别忘了，你是老板，目标更大！"

金香玉低头，忽地散下头发，将贴在额上的假眉毛撕去，再简单弄了一个发辫，走到内室换了一套衣服出来，笑道："玉生香客栈的老板是个男子，我是个女子，我想，应该不会有人弄错的！"

看她狡黠的神采，仿佛刚才那个叹息忧伤往事的女子是其他人一般，玄墨不由松了口气，也跟着笑了起来："我倒是忘记这事了！"

女装的金香玉，身材高挑，柳眉淡扫，少了几分阳刚，多了几分柔媚，只是眉宇间英气尚在。举手投足之间，那份优雅和贵气，仿佛与生俱来一般。

这样的女子，便是只有三分颜色，如今看上去，也有了七分。多看了两眼，竟让人移不开眼睛。

"我会让人送吃的过来的，这两日你们好生待着，无须担心！"金香玉忽地想起什么，转移了视线看到玄墨身边，"她倒是荣辱不惊！"

玄墨顺着她的目光看去，不由失笑。

那个紧紧拉着自己手臂，说要保护自己的人，竟已趴在桌上沉沉睡去。

只不过嘛……

荣辱不惊？

这个趴在桌上，还流着口水，发出均匀的鼾声睡得这样安稳的女子，配得上这四个字吗？

说缺心眼还差不多！

可问题是，有时候，她又会忽然聪明得让他刮目相看。

到底，是不是白痴和天才只有一线之差？

地下室里感觉不到白天黑夜之分，姬小小醒了的时候，睁大眼睛看着屋内的一切，然后参观了隔成几间，桌椅甚至连床都齐全的密室。

这里面，足可容纳百十来人，隔成好几个房间，可以休息和办公两不耽误。和那豪门大宅，几乎没有任何区别，除了——不分昼夜！

他们只能根据送餐的次数，来分辨到底过了多少时间。

到现在为止，他们已经吃过六餐，也就是说，已经到了玄墨和金香玉约定的时间了。今晚金香玉再不出现，玄墨就不会再等下去。

而姬小小，从进入这里开始，从未发出任何疑问。她只负责吃完睡，睡了吃。

玄墨从来没发现，他身边的小丫头，居然是个"睡神"。特别是在气氛如此凝重的时候，大家都睁着布满血丝的眼睛，就算是打个瞌睡也会努力睁着一只眼睛，唯独她，跟没事人一样，睡得那叫一个舒服惬意。

她到底知不知道发生了什么事，还是，她从来就不在意会发生什么事？

看着挽着自己手臂熟睡的女子，玄墨嘴角泛起一丝苦笑。

根据前段时间的观察，他一直以为，她是个精力充沛的女子，永远精神奕奕。如果不是确定她的体温正常，而且她自己本身就懂医术，他会以为她生病了。

"爷，玉姐回来了！"正思索着，有人走了进来，他的身后，正是女装的金香玉。

"我从来没有怀疑你不会回来！"玄墨眼中满是自信，再看看身边依然闭着眼睛熟睡的女子，紧紧挽着他的手臂，不由失笑了一下。

难得，他没有动，只是看着金香玉走进来。

也许自己的镇定，这丫头有一半的功劳。

每次看到她睡得翻天覆地，好像天塌下来都自有高个子顶着的架势，没来由地心便会格外安静。

"爷，你宠坏她了！"金香玉笑着摇头，丢上几件衣服，"换一下衣服吧，不然目标太明显了，他们做事，一向细致入微。客栈的伙计和老板一夜失踪，也有可能会引起他们的怀疑，虽然我已经让人传言说里面的人全部烧死了！"

玄墨忙摇了摇手臂上挂着的人："小小，醒醒！"

姬小小揉一下睡眼，竟然立刻变得精神奕奕："是不是要出去了？"

"这回怎么这么聪明？"玄墨笑一笑，"我先去换衣服，你也换一下吧！"

姬小小看看金香玉拿回来的衣服，只是"哦"了一声，也没问为什么，只是听话地到了隔间换衣服。

等她出来的时候，却听得玄墨怒叫了一声："金香玉，你给我拿的什么衣服！"

话音刚落，就传来金香玉止不住的笑声。

姬小小有些诧异，看到玄墨只着里衣，拿着一堆衣服走了出来。她定睛一看，竟然是几件绸缎做的女式春衫。

金香玉，要玄墨男扮女装？

声声燕语明如剪，呖呖莺声溜得圆。

春光明媚，一辆精致的马车，正一路行驶。马车后面，坐着两个男人，一个身材高挑，一个身形瘦小，眼中嘴角有掩饰不住的笑意。

这两人，正是女扮男装的姬小小和金香玉。而马车之中的，不用说，自然就是男扮女装的玄墨。

目前，他们两个是震远镖局的镖师，护送鄜城一位大家闺秀进京成亲。

金香玉看了一眼姬小小，想想此刻在马车内一脸郁闷的玄墨，就忍不住想笑。

姬小小说了："衣服头饰，不过就是一张皮，男装女装，也不过就是人们自己给自己限定的服装而已，其实干吗这么介意呢？"

她还说了："师父说，做大事的人，不用太介意自己的外形！"

她说完的时候，玄墨就黑着脸就把女装给穿上了。即使连金香玉，都忍不住对她竖起了大拇指。

不过说实在的，玄墨扮作女儿装确实是倾国倾城，再加上姬小小居然拿出一瓶特殊的药水，将他的眉毛洗淡，又画了柳叶眉上去，那美艳脸上的阳刚之气一下荡然无存。

除却比她们两个"男子"还要高很多的身高，和藏在裙子下面的一双大脚，其他的，真的和闺阁千金无异，而且，还是绝色！

这样女儿装的玄墨，让姬小小和金香玉自惭形秽了很久。

一天无事，乔装以后的三人，根本引不起任何人的注意。

反正往京城出嫁的女子，每年总有那么几个的，不算什么稀奇事。

"前面就是宁州，我们今晚宿在那里，大概六天就可以到京城了！"金香玉指指前方，指路。

姬小小点点头："我知道了！"

是夜，客栈之中，灯火通明。

玄墨看着盘腿坐在凳子上的闭目养神的男装女子，不由失笑："小小，你干吗坐在那里，很晚了，睡觉吧！"

姬小小睁开眼睛，笑道："你睡吧，我睡够了！"

玄墨一头问号："啊？"

"我知道你有危险，所以在密室里面足足睡了两天，这样我就有精力保护你了！"姬小小一脸平静，"这六天，我会保护你的！"

玄墨愣愣地看着她："你……知道？"

"不知道我是傻子！"姬小小笑起来，"不过密室里面有那么多人，所以不用我担心，我只要使劲休息就好了。现在只有我和香玉姐姐了，我贴身保护你，如果我失败了，还有香玉姐姐，然后才是你，这样你就会安全很多！"

玄墨动了动嘴唇，想要说什么，却又被她打断："你别担心，我不会轻易失败的，如果我失败了，就是我死了。不过我师父给我算过命，我命硬得很，所以应该可以保护你到京城。你知道的，我一向都认为，我自己的东西，要自己保护的！"

保护到死为止！

曾经，有多少人，对他说过这样的话——死命效忠。

曾经，也有不少人为他挡过危险，甚至为他死，他一向冷眼看着他们，只觉得他们这般做，只是在做分内的事情。

而现在，这个比他矮了一个头的小丫头，说要保护他，没来由地，让他的心竟然轻轻悸动了一下。

是多久，没有这样的感觉了？

他以为自己早已枯井无波，心冷如铁。

然而姬小小的话太平淡了，平淡地好像在说今天天气真好。没有激昂的誓言，没有炽热的，非要他相信的眼神。

只是在告诉他一个事实，她会保护他，至死方休！

说完之后，她甚至闭上了眼睛，开始调息。

玄墨看着她平淡的脸庞，不由得动了动嘴角，露出一抹似有若无的笑意。然后他闭上眼睛，听话地睡去。

这一夜，他睡得格外安心。

六天的行程，难得安稳。金香玉看着玄墨，忍不住偷笑，他的嘴角，最近总是挂着若有似无的笑意，连她这个旁观者，心中都忍不住有些喜悦之意涌了上来。

或者，玄墨身边真的需要一个这样的女子。

只是，她也有些发愁，入了京城以后该怎么办？

金香玉的担忧，很快被另外更重要的事情打断了。

"最近京城治安不太好，摄政王爷有令，凡是入京的车辆和百姓，都必须在城外十里坡驿站接受检查，确认不是朝廷通缉要犯，才可以进城！"守城的士兵，将一行三人齐齐拦住。

姬小小和金香玉面面相觑，京城何时有了这个规矩？

金香玉下马，佯装和玄墨商量，玄墨倒是十分沉着，只道："先去了再说！"

三人只好郁郁而返。

到了十里坡驿站，发现这里居然已经有不少人，很多人甚至睡在门口。驿站的官员将房间的费用提高了足足五倍，好多人根本住不起。

金香玉跑去问了几个人,才知道,他们最少的也在这里待了有两天以上的时间了。

有些投亲不遇,有些疑似某个钦犯,无人证明清白的情况下,都不能进城。

在这么多天里,已经有很多人踏上了返乡的路。有些人,则还想观望一下。

有个孤女前来投亲的,官府的人非说她和一个江洋女侠盗"金鳞子"有些相似,不让她进城。

她不知道自己亲戚的住址,又没有地方去,只好在驿馆屋檐下栖身,状态煞是可怜。

可惜,他们三人自顾不暇,也没法去帮他们。

金香玉多看了那投亲不遇的孤女一眼,眼中有些别人看不透的东西,然后,她放下了一锭二十两的银子:"进去喝杯热水吧,老睡屋檐下对身体不好!"

说完,她连正眼都没看那个女子一眼,就跟着姬小小,让轿夫把轿子直接抬到了他们定下的房间。

既然是大家闺秀,断没有自己下地抛头露面的道理。

三人刚到房内,金香玉就道:"小姐,你放心,我已经通知了你的'夫家';明日会出城来迎娶你的!"

玄墨脸色有些黑,不过还是点了点头,表示知道了。

"既是在驿馆,万事小心,今晚,小小你不能留在这里了,我们到门口站着保护小姐,省得闲言闲语!"金香玉看看姬小小,有些担心她保护欲过于强盛。

好在姬小小虽然占有欲极强,倒不是不讲理的人,点点头:"好,在门口站着也是一样的,反正我在里面也是不睡的!"

金香玉提醒道:"今晚少不得有人要来盘问的,我们得小心回答。"

正说着,便见两个驿馆小吏模样的人走了过来,盘问一番。金香玉与姬小小自然是照着商量好的话语来回答,那两个小吏见问不出什么,便道:"我们总该看看你家小姐的样子才能确定不是朝廷钦犯之类的!"

金香玉大怒:"我家小姐是大家闺秀,她的容貌,岂是可以随便给你们看的?若是被人看了容貌去,明日她的夫家来接人,我们要如何交代,你可知道我家小姐要嫁的是什么人吗?"

那两个小吏见此,倒也不坚持,毕竟京城藏龙卧虎,随意从路上揪一个人出来,估计官位都比他们要大。

不过嘛,他们还是表达了自己的疑惑:"既然是大家闺秀出嫁,怎么连个陪嫁丫鬟都没有,让两个大男人守在门口,这像什么话?"

金香玉这下心中打起鼓来,不当大家闺秀太多年,有些规矩她都给忘记了,早知道,就算是买,也要给玄墨买个丫鬟来呀。

"回答不上来了,有问题!"那两个小吏顿时嚣张起来,"我们可是奉了摄政王的命,来查今日京城的人员的,你们要是回答不上来,可别怪我们不管你们嫁的是谁!"

"你们……"金香玉皱一下眉头,想不出更好的办法,只得虚张声势,"皇城跟前,天

子脚下,你们还有没有王法,毁了我家小姐名声,小心我去刑部告你!"

"别说刑部,告到皇上面前都不行!"两个小吏见此越发嚣张了,"当今皇上,不都听摄政王爷的吗?"

"你们……"

"小姐,是不是小姐?"两边人正对峙,不远处忽地传来女人带着哭腔的声音,"小姐,奴婢可找到你了,你不要再赶奴婢走了,奴婢知道错了!"

金香玉和姬小小面面相觑,看着眼前穿着破旧的女子,一头雾水。

眼前这个,正是那个投亲的孤女,金香玉之前给了她二十两银子,她倒真还进驿馆来了。只是,她现在这唱的是哪一出?

"两位大哥,我是金玲,里面郾城姚家的小姐,是我的主子!"她低着头,"我本是小姐的陪嫁丫鬟,可是出门才两天,就摔了小姐陪嫁的合香杯,被小姐赶了出来。之前在门口,我只觉得轿子相像,但是不敢肯定,后来见这位大哥给了一锭银子,我就知道,小姐对我心里虽然有气,可是不会不管我的,我要见小姐,我要求她原谅!"

金玲一番话,说得合情合理,跌宕起伏,再加上她脸上恰到好处的表情,真是搭配得天衣无缝。

如果不是金香玉和姬小小太过了解屋内那位"小姐"是个什么人物,连她们都忍不住要相信眼前这个金玲,就是和小姐失散多日的忠心丫鬟了。

看起来,刚才她们跟两位小吏说话的时候,这个金玲一定是在一旁听得十分仔细,所以才会说出这样一番话来。

不过,她这番话,倒是似乎没有恶意,反而帮了她们一个大忙,解了两个小吏之围。

金香玉本就是个八面玲珑的人物,当下快速反应过来:"这位姑娘,你求我们没有用,我们也是拿人钱财帮人办事的,再说了,我们也没见过你,不知道你说的是真是假。这样吧,我去告知姚小姐,如果她愿意见你,你便再进去!"

金玲赶紧满脸感激地点点头:"谢谢大哥,小姐心善,一定会原谅我的!"

那一脸诚恳的样子,让金香玉忍不住暗自赞叹,这丫头该不是戏班子出身的吧?

敲门进去,跟玄墨商量了一下,他们一致决定接受金玲这个外人。不管怎么说,先把目前的危机先解决了再说。

两个小吏见此,便也没再坚持,因为即使有摄政王撑腰,他们的底气终究还是不足的。

屋内,三个人看着一脸镇定的金玲,还是金香玉沉不住气:"姑娘,你……"

"受人恩惠,需报答!"金玲笑起来,柳眉杏眼,倒是个挺漂亮的姑娘,"我见他们为难你们,就想着过来帮忙。何况,我也有事求你们。"

金香玉和玄墨对视一样,随即道:"什么事?"

"我进不了城,这几天用尽办法,都没法进去。我见你们是富贵人家,一定有人在城内接应你们的,所以,我想……"

"你想借助我们进城？"金香玉皱一下眉头，盯着金玲看，直觉告诉她，这个女子不简单，"我们为什么要相信你？"

金玲低头，轻道："我也是没办法才出此下策，两年前，我父母双亡，家中伯父逼我嫁给邻村的财主为妾，我誓死不从，逃了出来。只想到京城找我的姨母一家，没想到盘缠不足，只好跟了个戏班子一路一边演出一边攒钱。如今好不容易攒够了路费，却停在这京城门外不得入……"

金香玉翻个白眼，原来她会算命，没想到这金玲还真是戏班子出身的。

姬小小看看玄墨，见他还在犹豫，不由道："刚才我们帮了金玲，现在她帮了我们，其实应该两清了的，不过我讨厌刚才那两个当官的，所以，我想带她进城去！"

玄墨一愣，小小的话带着赌气的意味，看起来，刚才确实受了气。

想到这里，他竟然笑起来，忍不住点了点头："事情都到这个地步了，想要不让她当我的丫头都不行了！"

"我看着那驿馆的人也不爽！"玄墨一脸笑意，好似玩兴大起。

金香玉皱一下眉头，再看看姬小小，有些不解，有些疑惑，却没有当场问出来。

这般爱玩，不似玄墨的个性。

"不过我有个条件！"玄墨笑着加了一句，"金玲姑娘，如果你进城找不到你的亲戚，不如就待在我身边做丫头如何，我付你工钱！"

金玲一听，赶紧跪下："这样最好了，多谢小姐！"

"我身边其实不缺丫鬟，不过我有个朋友缺，到时候，你跟在她身边做丫鬟，由我来付你工钱，你可愿意？"玄墨又加了一句，"放心，是个姑娘，脾气也是很好的。"

"金玲正愁到了城内没有活计，如果小姐的朋友肯收留，即使是找到了我的姨母，我也愿意继续给那姑娘当丫鬟！"毕竟寄人篱下总是麻烦，若是有收入，便会好很多。

玄墨看看金香玉探究的眼神，不由笑了笑，目光瞟向姬小小的方向。

金香玉心中一动，莫不是……

人多，金香玉也是欲言又止，终究有些不放心地看了一眼金玲，却也不多话，推门出去。

姬小小和她站在门口，好奇地问道："玄墨有认识姑娘需要丫鬟的吗，他这也算救人救到底了！"

"你刚刚的做法，不也是救人吗？"金香玉笑起来，罔顾左右而言他。

姬小小嘟嘟嘴："我是真的看那些人不爽，凭什么不让人进城啊，就算是江洋大盗，有本事，就拿出证据来，不要动不动就让小老百姓遭殃！"

金香玉苦笑，看来她还是祈祷金玲真的找不到她姨母为妙，不然，以玄墨的个性，他想留住一个人，恐怕不管用什么手段，都会让她永远找不到。

这一次，那金玲，自求多福吧，谁让她自作聪明呢？

不过照目前的情况来看，那金玲也不是个什么笨角色。留这样的女子在身边，玄墨会不

会是引狼入室？

一夜无事，蓬莱阁的人做事果然有效率，第二日一早，便有一队迎亲队伍吹吹打打，站在了驿馆门口。

鞭炮震天响，唢呐吹着欢乐的节奏，一看就是富户娶亲。

玄墨依然坐在轿子里面出的门，主要是他的身高实在不像个女子，而那双大脚恐怕也会暴露他不是大家闺秀的身份。

至于金玲，自然是做陪嫁丫头，跟在花轿后面。

这位落魄富商的千金小姐，顿时也被演绎得淋漓尽致。

瘦死的骆驼比马大，人家好歹也能请得起镖师，配得起丫头，不过要嫁到京城来，看起来，家境也是需要人扶持了。

这个是迎亲的人对驿馆众人说的，驿馆几个小吏顿时连连点头，这样子，就更符合事实真相了。

迎亲的是一个京城富商的儿子，是个进士，在家等待官职空缺。这种进士，在京城多的是，全国也多的是，不算什么稀奇事，也不会有人去查。

但是官商结合，本来也是一件美事，所以，也不能怪人家小姐肯千里迢迢嫁过来。

一路吹吹打打，场面热闹，但是算不上奢侈，在京城，这样的人家多的是。

等进了一处大宅子，音乐声停了，宾客满堂，不一刻，便传来司仪的声音："一拜天地，二拜高堂，夫妻对拜！"

而在大宅子的后面，玄墨早就恢复了男儿身，姬小小和金香玉则换了女装。金玲倒是一点都不诧异，看着玄墨变成男儿身以后只笑了一句："这就对了，我刚刚还想着，怎么有这么高的女子呢，原来是个男的。"

"这就是我的朋友，姬小小，以后你就是她的丫头了！"玄墨的语气，不是商量，而是命令，对下属的命令。

金玲愣了一下，随即笑起来："是，主人！"

"以后，你的主人就是她了，你可以谁的命令都不听！"玄墨冷着脸，很严肃地回答。

"如果有一天，姬小姐让我杀了你，也应该听吗？"金玲有些诧异。

"我怎么可能杀他？"姬小小赶紧拦下，"他是我的人，我哪有毁掉自己东西的道理？不过玄墨，我不要丫头，我的生活都能自理。"

玄墨不容置疑："你必须有！"

"为什么？"姬小小一脸问号。

"以后你就会知道了！"金香玉看着前方不远的马车，笑道，"先上车吧，我们去一个地方。"

姬小小一脸疑问，却得不到解答，只好跟着大家一起上车。

蓬莱阁，京城最大的青楼。

至于大到什么程度，看这豪华的建筑就知道了。这么说吧，在这里的姑娘，十有八九都是小有名气的，而只要达到"小有名气"这个地步，每个人都会有一幢自己的两层小楼。

在最里面，有一幢三层小楼，那是给蓬莱阁的头牌花魁住的。

蓬莱阁中，任何一位"小有名气"的姑娘，不管放哪家青楼，那都是头牌的料。可偏偏这些姑娘们就是不愿意去别家当头牌，宁可在这里当个红牌。

金香玉跟金玲和姬小小解释完，然后盯着她们两个看。

"哦，原来是这样啊！"这是姬小小的反应。

"早就听说京城最大的蓬莱阁有很多漂亮的姑娘，没想到今日可以见识到了。"金玲是这样的反应，"等一下，你们只是让我当丫鬟吧，没有让我当姑娘吧？"

金香玉回头看看玄墨，这俩人，怎么跟别人反应不大一样？

一般姑娘家进了青楼，第一个反应先是厌恶反感，再是怀疑自己是不是被卖了，然后再挥手离开才对。

金玲虽然问了，可算得上是后知后觉了。姬小小最好，连"后知后觉"都没有，人家直接就"不知不觉"了。

"我好困，我要睡觉！"姬小小打着哈欠，"玄墨是不是安全了？我六天没睡了！"

在这种情况下，只想到睡觉的人，大概也就只有姬小小了。

"你知不知道青楼是做什么的？"金香玉看她一脸坦然，忍不住相问。

"当然知道。"姬小小点点头，"这里有很多漂亮姑娘，迎来送往啊，这里的客人都是男人，比如我三师兄那种，就常来。但我是女的，这里的姑娘应该不做我生意吧？"

金香玉汗一下："你就不怕我们把你卖到这里当姑娘吗？"

姬小小露齿一笑，两个可爱的酒窝深陷下去："玄墨是我的人，你是我的朋友，怎么可能把我卖了？要卖，也是我把玄墨卖了才对，他哪有资格卖我？"

金香玉默，回头看着玄墨。一旁的金玲使劲捂着嘴，双肩不停地抖动。玄墨的脸色，比他的名字还要黑。

"墨爷，您来了？"大堂内，走过一个小丫头，看着大家，"香玉姐，妈妈等你们很久了。"

"小菊，这位是姬小小姑娘，这是她的丫头金玲，一路上是姬姑娘保护墨爷回京的，你们给她找间房间休息一下。"金香玉直接不看玄墨的黑脸，先吩咐做事再说。

"两位姑娘跟我来吧！"那叫做小菊的丫头见金香玉如此说，当下满脸堆笑，赶紧在前头引路，"前面的烟翠楼还空着，二位姑娘就暂时住那里吧！"

姬小小打个哈欠："好，我先去睡一觉，睡完了再去找玄墨。"

【第二章 意绵绵慧眼能识金香玉】

45

蓬莱阁主楼，拢烟楼。

环佩叮当，走出一个穿着鹅黄色春装的女子。只见她高挑身段，鹅蛋脸儿，比金香玉还要略高几寸。

"美目盼兮，顾盼神飞！"金香玉忍不住赞叹，"几年不见，三阁主出落得越发标致了，这要让天下女子见了，该自惭形秽到何等程度啊？"

那被称作"三阁主"的女子也不恼，只是看向玄墨："墨爷，你倒是说说香玉，几年不见，这嘴皮子，倒是越发地碎了！"

"好了，江晚月，你当墨爷是天下那些被你玩弄于股掌之间的男人们吗，少来撒娇吹枕头风那一套！"金香玉瞪她一眼，"你就没个正经的时候。"

江晚月笑起来，眉眼弯弯："哪里呀，我是听说墨爷这次回京，可是带了个姑娘回来的，这不是怕我自己的地位受威胁嘛，如果我不得宠了，可不给墨爷卖命了！"

金香玉忍不住上去捏了一下她的脸颊："你少来，墨爷何时宠你了，还不都是你造的谣。别人面前说说也就罢了，敢到我金香玉面前装神弄鬼，小心我让你去摄政王府当宠奴！"

"哎呀，好姐姐，饶了我吧，再也不敢了！"江晚月跟两人嬉闹完，正好小菊过来送茶，三人便恢复了正经。

等坐定，江晚月看着玄墨道："墨爷，你打算怎么处置那个姑娘？"

"我想，让她在你这里留一段时间！"玄墨对刚才江晚月的"人来疯"完全不予理会，只是正色道，"但我一定会来接她走！"

江晚月沉吟："爷是为了保护那位姑娘，还是怕她入了泥泞难以清白？"

"都有！"玄墨点头。

金香玉赶紧问出心中许久的疑问："爷，那个金玲肯定有问题，你怎么留她在小小身边？"

玄墨摇头："金玲是有问题，她的问题在哪里，我迟早会查出来。但是她够机灵，够聪明，最重要的是，反应够快。即使以后小小真的免不了要进入那个漩涡之中，金玲是跟在她身边最合适的人才。"

"还是爷想得长远！"金香玉点点头，"金玲倒确实适合那个地方，就怕她跟着别人学坏了！"

"我不会让她有学坏的机会！"玄墨沉了脸，"在那之前，她已经死了！"

金香玉和江晚月顿时感觉周身一股寒气冒上来，让人有些毛骨悚然。她们忘记了，眼前这个男人，不是普通人。

也许只有在姬小小面前，他才会变成普通人，也只有姬小小这样大条的性格，才会感觉不到他的真实面目。

这么多年的隐忍和隐藏，让他彻底变成了一个两面派。甚至他们这种跟随他多年的亲信，也会一不小心就混淆了。

姬小小……

或者玄墨身边，真的需要一个这样的女孩。

在他的世界中，他从来没见过一张纯粹的白纸，所以，他不想让那张白纸上有任何的污点！

玄墨心中这样告诉自己。

几人正聊着，门口忽然传来敲门声，小菊去而复返："爷，金姑娘、晚月姑娘、姬姑娘她……说要找墨爷！"

话音刚落，就看到姬小小揉着睡眼走了进来，视别人如无物，径直走到玄墨面前："玄墨，我好困，可是睡不着，我要抱着你睡！"

说完，也不等他回答，就一屁股坐在他怀里，抱着他的腰，找了个舒服的位置，就闭上了眼睛。

江晚月是第一次见这场景，一下子惊得下巴都快掉地上去了，一脸疑问地看了一眼旁边神态自若，一副见怪不怪样子的金香玉。

不会吧，见怪不怪？

难道玄墨他……经常这样吗？

这下，江晚月的好奇心和玩心大起，一扭腰就坐到玄墨身边，伸出一只手，勾住他的脖子，另外一只手，稍微加重力道推了一下姬小小，娇媚之极地道："哎呀墨爷，这小丫头是谁呀，明明爷可是答应过晚月的，你的怀里，只有晚月才能坐的，墨爷说话不算数！"

姬小小睁开蒙眬的睡眼，拉开江晚月的手，有些迷茫地看着眼前这个不算是绝美，但绝对是媚到骨子里的女子，忽然露齿一笑："玄墨是正常男人，他才不会喜欢你坐在他怀里呢！"

江晚月脸色一变："你什么意思？"

再看玄墨和金香玉，也忍不住面露惊异之色。玄墨忍不住问："小小，你知道什么？"

姬小小笑起来："你们好奇怪哦，明明知道我在说什么，还问我？"

江晚月摸摸自己的脸，脖子，还有胸口，忽然尖叫一声："不可能，这怎么可能？"

玄墨赶紧推了一下姬小小："小小，先别睡，你告诉我，你怎么知道的？"

小小勉强睁开眼睛，对着江晚月道："你刚才把手放到我肩上，我拿开的时候碰到了你的脉搏，当然就知道了。不过……"她有些担忧地道，"你练的这个异术，虽然可以让你内力大进，可是毕竟阴气太重，很容易被反噬的，到时候，就真的变不回去了！"

江晚月脸色变了变，刚才她的手在姬小小手中停留不过一瞬，这就被她知道了这么多？

"晚月，你告诉我，你是不是已经快控制不住了？"玄墨一听这话，不由有些担忧。

江晚月低头没有回答。

"应该还没有啦，才练到五成，不过也快了！"姬小小嘟囔一句，面朝内，将额头抵在玄墨的胸口，"真的好困啊……"

"最后一个问题！"玄墨轻声道，"你有没有办法解决？"天机老人的徒弟，既然能探出来，也许能帮一下晚月。

姬小小摇摇头："除非能找到更强烈的阴气来压制，不然没有办法！"

金香玉和江晚月还想问，玄墨却冲她们摇了摇头，"嘘"了一声："算了，等她睡醒了再说吧，都六天没睡了！"

眼中，竟闪过一丝怜惜。

江晚月和金香玉对视一眼，便没有再问，只是换了话题。

"最近有什么大事发生吗？"玄墨一手跟抱婴儿一样抱着姬小小，压低了声音。

江晚月又看了金香玉一眼，见她一脸平静，好像眼前两个人是空气一样，顿时叹口气，也放低声音道："倒真是出了件大事。"

"哦？"玄墨挑一下眉，"说来听听！"

"最近一个月，京城常有命案发生，类似的命案已经发生了十起！"江晚月神色有些凝重，"而且死去的，都是即将临盆的孕妇！"

"孕妇？"玄墨皱了一下眉头，"为什么要找孕妇呢？"

江晚月摇摇头："我也不知道，不过每一个孕妇死状都十分凄惨，而且腹中胎儿也都不见了。"

玄墨的手，在姬小小身上紧了一下："那京城盘查得这么严格，是不是和这件事情有关？"

江晚月点点头："不错，刘鉴雄怕京城还有动乱，所以下了这个命令，不过只是治标不治本，如今京城境内都是人心惶惶，谁家有妇人快要临盆都想办法藏着掖着，甚至连京城的镖局价格也飙涨了，不做押镖生意，做起看门护院的保镖来了。"

"看起来，就算为了这件事，我也得赶紧回去了。"玄墨有些不放心地看了一下怀里的姬小小，"等她醒了，我与她商量一下。"

江晚月忍不住抿一下嘴："爷，你将她宠坏了。"

玄墨摇头，不予理会："还有事吗，没事我带她回房睡。"

"没别的事了。"江晚月摇摇头，忽道，"对了，那杀手杀人时间很是固定，三日一次，一月正好十个。刑部那边卷宗上，好像前几个月也有孕妇被杀的事情，不过没有这月这样频繁，就当一般凶杀案处理了。"

"我知道了！"玄墨点头，将姬小小打横抱着，小心翼翼地站起来，"开门吧！"

"嗯！"江晚月打开房门，加了一句，"对了，昨晚发生了一起命案，所以，还有两天，凶手应该又会下手了。"

"我今晚就回去！"玄墨点点头，抱着姬小小大步往外走。

金香玉见两人走远，不由对着江晚月嗔怪道："你干吗这么急着赶墨爷回去，难道你还真爱上他了不成？"

江晚月忽地笑起来："我只是想看看墨爷怎么甩掉他怀里的橡皮虫。"

金香玉"扑哧"一声笑出来："你这比喻倒是真准确，看来，应该是有一场好戏看了。"

夜幕低垂，玄墨看着怀里的小女子，再感觉了一下被她当做枕头，已经麻木了的手臂，不由苦笑一声。

是不是真的太宠她了？

他想起江晚月的话，不由苦笑了一下。难道自己真的是"受虐狂"，这丫头这样缠着自己，从之前的反感到利用，到现在，居然有些习以为常了。

不行，这可不是个好习惯！

他是玄墨，他不能有任何牵挂，因为他还有更重要的事情要做。

床上的人儿嘤咛一声，眼睛睁开一条缝："咦，什么时辰了？"

"过了晚饭时候了，是不是饿了，睡饱没有？"心中微弱的声音立刻被眼前小人儿的声音打翻到角落里，低到尘埃里看不到的地方。

姬小小揉了揉眼睛："想再睡呢，但是……"话没说完，肚子里顿时发出"咕咕"的声音。

"我饿了！"她嘟嘟粉嫩的嘴，可怜兮兮地看着玄墨。

玄墨顿时觉得平时彪悍得跟大家说着他"归属权"的女子，此刻看上去像条被抛弃的，跟主人乞食吃的小狗狗。

"咕咕……"又有声音传来，这次姬小小一下笑了起来："你也没吃啊？"

玄墨一脸的无奈，指指自己被她堂而皇之枕着的手臂："这样我怎么吃？"

"那我们一起吃好了！"姬小小一脸的自然。

玄墨叹口气，算了，反正不指望她有任何负罪感了，在她心中，他是她的嘛——自己的东西，怎么用都不为过不是？

"好吧，我叫人去！"玄墨活动了一下自己终于获得自由的手，顿时感觉连室内的空气都清新起来。

可是不知道为什么，手上空了，心中好像也缺了一个角一样。

小菊很快让人送了不少吃食过来，姬小小看得眼睛都直了："哇，好多好吃的呀，我看都没看到过！"

玄墨宠溺地摸摸她的头："以后会有更多好吃的，想吃什么，以后跟晚月或者小菊说，让她们给你送来。"

姬小小有些奇怪："为什么要我说，你说不就行了？"

玄墨停下筷子，正色道："小小，我想跟你商量个事。"

"什么？"姬小小继续吃饭，满嘴都是菜，只是睁眼瞟了他一下。

"你应该有很多东西吧？"他想着找个合适的解释，"是不是每一样都每时每刻都带在身边的？"

"当然没有！"姬小小摇头，口齿有些含糊。

【第二章 意绵绵慧眼能识金香玉】

"所以……我有事，想离开你一段时间。"玄墨慢慢地说出自己的目的，"但是你放心，我不会失踪，不会不见，等一切安定了，我一定会回来找你的！"

"多久？"姬小小这回盯着他，没有移开。

玄墨低吟一阵："三个月！"

"三天！"姬小小咽下口中的饭菜，"没你我睡不好！"

"两个月！"

"半个月，最多了！"

"一个半月！"

"一个月！"

"成交！"

"这菜很好吃，你多吃点，我帮你夹。"

"嗯，我要这个，还要那个，帮我放盘子里吧！"

……

烟翠楼门口，江晚月和金香玉两个人一头黑线地对视着。这屋子里两个人的话题转得也太……跳跃了吧？

刚刚还在讨价还价，一瞬间就变成吃菜了？

正两两对望，门却被"吱呀"一声打开，露出玄墨美到极致却毫无表情的脸："你们两个，听够了吗？"

弯腰低头的江晚月和金香玉，再也不能假装鸵鸟，只好齐齐抬头，尴尬地顶着一脸干笑看着他，用从来没有用过的恭敬语气道："墨爷！"

"进来吧，把饭菜撤了！"玄墨看着她们，依然没有什么表情，连语气都十分平稳。

江晚月却叫了起来："我们收拾？"

玄墨垂眸，看着她们："不是你们是谁？"

"这……"江晚月还想着打打马虎眼，"我这就叫小菊去！"

"不许去！"玄墨沉了脸。

江晚月和金香玉哀嚎一声，只得到屋内收拾碗碟去了，顺便还问了一句："金玲呢？"

"我让她先去休息了，反正我也就是睡觉，没有什么需要她帮忙的。"姬小小耸耸肩，说实在的，她还真不知道带个丫头在身边到底是干什么用的。

玄墨不理会苦着脸的两人，只是走过去道："小小，还困吗，要不要接着睡？"

"嗯，好！"姬小小老实不客气地点点头，"你陪我睡，等我睡着了你再走，我不喜欢送人！"

"好！"玄墨点点头。

江晚月忍不住道："爷，你可是答应晚上回去的！"

玄墨瞪她一眼："天亮之前都叫晚上！"

江晚月看看金香玉，耸耸肩，有些无奈："好吧！"

直接抱着姬小小到床上，他就坐在床头，看着两人收拾完了，也不走，不由有些奇怪："还有什么事吗？"

江晚月看看姬小小并没有闭眼，便道："其实我想问问她……那个，我的事。"

姬小小撑起头，刚吃饱倒是一时半会还睡不着，便道："你要找到比你体内更加强烈的阴气来压制，这个事情可遇不可求。何况，你练的功夫我只在师父给我的书上看到过，并没有在现实中遇到过。"

"真的没有办法吗？"江晚月叹口气，神色悠悠，然后又似乎如释重负了一般，"也好，当初练了就没想要回头，只要还有足够的时间就行。"

"也不是完全没有办法！"姬小小接口道，"刚才你们谈论的那个凶杀案，可能和一种邪功有关。"

"邪功？"

"凶杀案？"

三人有不同的反应。

玄墨的反应是："你刚才不是睡着了吗，怎么还能听见？"

"我太困了，是睡着了，但是不代表我听不见。"姬小小摇摇头，"我只是困得不想说话而已。"

听完这话，满屋子的人持续黑线中。

"对了，小小，你说的那个邪功，到底是怎么回事？"毕竟是事关自身，江晚月自来熟地叫着小小的名字，先开问。

"这种功夫，我也是只在师父给我的书上看到过，好像叫什么婴灵大法。"姬小小苦苦思索，"据说，快要出生而尚未出生的婴儿，如果因为非正常原因死去，它的怨气会格外大，是天地之间，怨气最大的怨灵……"

"等一下！"江晚月皱眉打断她，"什么怨灵，怨气啊，你是在讲神话故事吗？天下真有这种神神怪怪的事情？"

姬小小一本正经地道："这有什么好奇怪的，这世上本来就有很多说不清楚的事情。我师父说，人们所谓的灵魂，魂魄，多半都是生前怨气太甚所幻化的，你见过谁家有人自然死亡闹鬼的，不都是死于非命才有出事的吗？这些，有一半是怨气所致，另外一半，是人们心里有鬼！"

见她说得这么自然，好像就是随随便便和别人聊天唠嗑一样平淡，另外三个人，也只好收起自己有些发毛的心，继续听她讲下去。

"所谓婴灵大法，是要吸收婴灵的怨气来练功的，每练一次，又需要吃下婴儿的胎盘。这个胎盘，另外一个名叫紫河车，是一种补气养身的好药，对练内功也很有效。不过婴灵大法的胎盘，也需要充满怨气，也叫阴气，跟晚月你身上的阴气属于一脉，不过更加恶毒一些。"

江晚月喜道:"那你说的有救,是不是因为这个阴气可以压制我身上的阴气?"

姬小小点点头:"不过有些困难……"

"为什么?"

"婴灵大法前期所需要的怨气比较少,练得越高就需要越多。既然这个人已经开始三天杀一个胎儿,那么,他起码练到了七八重。而晚月,你的东瀛异术虽然也是练的阴气,可是你本来阴气就弱,而且只有五重,就是你练到十重,也不是他的婴灵大法的对手!"

江晚月不由有些泄气:"也就是找到他,除非他心甘情愿,也不可能让他来救我?"

玄墨看看姬小小,有些担心:"你会是他的对手吗?"

姬小小皱皱眉头:"师父说过我武功低微,很多事情还是不要去冒险的好。"

玄墨一下松了口气:"这就对了,听你师父的,这事让我来处理就好了。"

"可是你的功夫还不如我呢,怎么处理?"姬小小一下有些激动起来,拉着他的胳膊就阻止。

金香玉和江晚月都没有见识过姬小小的武功,听到这句话,明显一愣。

她武功低微……玄墨还不如她?

这个是什么对比?

看玄墨一脸的自然,对这件事情毫不反驳,江晚月和金香玉不由诧异地对视。

玄墨的武功不算顶尖高手,可也绝对可以排到一般高手的行列。而武功达到这个级别的人,一般都不会轻易承认自己武功比别人低的。

但是姬小小一句话,他居然连一点不悦都没有,更不用说直接恼羞成怒什么的了。那只能说明一个问题——玄墨的武功,在姬小小面前,估计根本不值一提,是天壤之别!

那么,她还说自己武功低微?

两人满脑门子问号,可是看看眼前这两个人,一个是根本不打算解释,一个是根本不知道要解释,便只好无奈地作罢。

反正也得住上一个月,以后还有时间接触,再说是他们之间的事情,她们这两个外人,还是不要瞎掺和算了吧。

当务之急,是先解决正事。

"怎么找到那个练婴灵大法的人?"江晚月比较想知道这个答案,不管怎么说,先找到,再想对付的办法,总比目前双手空空,什么都没有强。

"一般这种功夫要晚上练的,而且要找阴暗潮湿的地方,比如山洞之类的,最好有瘴气毒雾之类的做隐蔽,我想,肯定不会在京城之内,不过这里我不熟,不知道城外哪里有这样的地方。"

江晚月有些感激地道:"你我才见过一次面,你就这样帮我,也不问我为什么要练那诡异的东瀛异术。"

姬小小笑道:"师父说,每个人做每件事都有他的理由,我们无须也不该多问。如果你把他当朋友，你就去帮他，如果你把他当敌人，你就尽力破坏他。因为，我也不需要向任何人解释我的原因。"

好一个做事不需要理由，金香玉不由脱口道："你就那么相信晚月，不怕她有一天会成为你的敌人？"

"她是玄墨的朋友，就是我的朋友。"姬小小很随意地道，"如果有一天她成为我的敌人，我就会以对付敌人的方式对付她……不过，一切等到了那个时候再说呗，现在还是朋友，所以我会尽全力帮她。"

玄墨见聊得差不多了，看看天色道，拉着姬小小的手道："睡吧，虽然你醒来以后见不到我了，但是一个月以后我一定会出现的。"

姬小小眨眨眼，笑得高深莫测："就算你不出现，我也会出现在你面前，你跑不掉的！"

玄墨皱一下眉头，她这是什么意思？

莫非，她在自己身上做了什么手脚？

天还很黑，启明星已经在空中升起，路上，春露湿了青石板路，让人的脚底也沾了湿气，好像随时会滑倒。

此刻，魏国的京城秦都，万籁俱寂，连出早市的人们都还没有起床。而就在守卫森严的皇宫侧门边上，一道黑影顺着墙根慢慢走动。

黑影在城墙上徘徊了一阵，很快消失不见……

天亮了，朝霞映红了半边天，又是一天新气象。

姬小小从烟翠楼中醒来，床前已经空无一人。心中，忽然有些空荡荡的。

而就在她醒来的时候，有一个消息，传遍了整个京城——到鄌城一带南巡的元帝，今早忽然毫无预兆地出现在早朝之上，满朝文武哗然，而关于他已经失踪或遇害的种种传闻，一夜之间不攻自破。

这事，姬小小自然不知道，此刻她正百无聊赖地坐在烟翠楼中，任凭金玲将她的头发梳成从来没见过的美丽形状，然后开始往上插发簪。

"喂，好了好了，好重，不要再把这堆东西插上去了！"姬小小觉得自己的脖子越来越重，赶紧叫停。

金玲笑道："玄墨公子不见人影，想必小姐一定非常无聊，正好我要去找我姨母下落，不如跟我一起去如何？"

姬小小歪着脑袋想了想："也是，反正没事做。"

两人起身，出得小楼，往蓬莱阁大堂走去。没办法，她们昨日刚来，只知道这么一条出门的路。

还好，蓬莱阁是晚上营业，此刻的大堂一个客人都没有。

刚到门口，一股酒气就扑面而来，姬小小和金玲掩鼻，还没看清来人是谁，就听得耳边悠悠传来吟诗声："帘外春风正落梅，须求狂药解愁回。烦君玉指轻拢捻，慢拨鸳鸯送一杯。来，干杯！"

紧接着，"扑通"一声，一个紫色的身影，就倒在了两人脚边。

姬小小和金玲对视一眼，赶紧蹲下身子，将那人翻了个面，想要扶他起来。那人的脸一转过来，两个女子都抽了一口冷气。

好俊的男人。

只见他双目微眯，鼻梁挺拔，薄唇轻抿，面如刀削，分明冷峻刚烈，却偏做轻狂之态。虽然是个登徒浪子，却不会让人心生反感，反倒觉得他身上的狂态仿佛与生俱来一般，相得益彰。

紫色的衣衫，上面薄纱轻拢，布料上乘，手感舒适，再看头顶，金冠高束，熠熠生辉，一看就是大家公子哥儿，到青楼来寻欢作乐。

"呀，妞儿，怎么以前爷没见过你，是刚来的清倌儿吗？"那男子微微睁开迷蒙的醉眼，忽地伸手勾了一下姬小小的下巴，一脸的戏谑。

"大胆！"金玲急了，"别碰我家小姐，我家小姐才不是这里的姑娘！"

"哎呀，侯爷，怎么是您啊？"早有两个小丫头听到响动跑了过来，一看到来人，立刻迎上来，并且也认出了来人的身份。

侯爷？

姬小小和金玲面面相觑，蓬莱阁可真是好地方，这堂堂侯爷，也堂而皇之，大白天逛起妓院来了？

"快快，扶侯爷进去！"小菊不知道什么时候也出来了，赶紧指挥着那两个丫头将紫衣男子抬进去。

姬小小和金玲还是一脸的迷茫，小菊忙解释："这是金矛王爷的独子，皇上封的逍遥侯，小侯爷，常客，常客！"

逍遥侯？

这倒是好名字，一看这就是个不务正业的败家子！金玲嗤之以鼻，不过姬小小却走了过去，有些好奇地盯着他看。

"姬姑娘，这里的事情交给我就行了，你们两位有事赶紧去忙！"小菊一看姬小小走近，赶紧拦住，小声道，"这侯爷啊，喝醉了，爱发酒疯！"

"谁……说的？"逍遥侯抬起头，等着小菊，"你说的，我听见了！"

姬小小没理会小菊，而且径直走上前，坐到逍遥侯对面，双手支着下巴看着他仔细瞧。

"看……什么？"逍遥侯舌头有点大，不过还是不忘最重要的事，"拿酒，拿酒来！"

姬小小嘟嘟粉嫩嫩的嘴，开口道："干吗要假装呢，不累吗？"

逍遥侯一口酒含在嘴里，没咽下去，眼睛却睁得老大。

"你明明不是那么轻狂的人，却要装得轻狂，你的眼神其实是清澈的，说明你没有醉，可偏偏要装醉，唉……"姬小小老成持重地叹口气，然后以最快的速度一偏头。

"噗——"一口酒，急速喷了过来，一滴不剩地喷在姬小小身后的使唤丫头身上，满身满脸都是。

"咳咳咳……"剧烈的咳嗽声传来，姬小小又回到原位坐好。

"你……你你……"逍遥侯瞪着她，半晌说不出话来。

"哎呀，姬妹妹总是能轻易让人喷茶啊！"少顷，有鼓掌声传了出来，江晚月一身粉色绸缎春衫，轻纱拢起朵朵花儿，堆在颈边，只觉得人在花中立，婷婷绽放。

逍遥侯站起来，终于找到了语言："晚月，你可是越来越漂亮了！"轻佻的语气，完全就是一个风月场所的老手。

"侯爷都醉成这样了，你们几个愣着干什么，赶紧扶他去我楼上！"江晚月见逍遥侯身子摇摇晃晃的，赶紧吩咐几个丫头。

姬小小歪着头，满脸的不解。

"小小，你是不是要出去？"江晚月看了她一眼，"这里的事交给我处理就好了，你有事就先走吧！"

"那他……"姬小小有些不放心，"他不是真的……你得当心！"

江晚月笑起来："侯爷和我是老朋友了，他的事情，我都知道，你不用担心。"

姬小小这才放心点点头，跟着金玲出门而去。

在她身后，站在楼梯口的逍遥侯忽地眯起眼睛，小声道："这丫头是什么人啊？"

江晚月干笑一声："这是我刚认的干妹妹，怎么样，被说中心事了？"

"切！"逍遥侯冷笑一声，摇摇晃晃往拢烟楼楼上走去。

一走进房间，江晚月一下倒在他怀里："侯爷就这么想我，这么早来？"

逍遥侯一下推开她，掸掸身上看不见的灰尘，皱眉："别碰我，恶心！"看他的神色，一点醉意都没有。

江晚月站直身子，一点都不介意，而是款款走到琴架前坐下，轻轻拨动了一下琴弦："侯爷今儿要听什么曲子，只管点！"

逍遥侯皱一下眉头，上下打量她："你还真是越来越像女人了，小心将来变不回来！"

江晚月掩嘴一笑："侯爷多虑了，说说吧，到底什么事啊？"说完，她拨动琴弦，一曲清幽慢慢倾泻而出，铮铮作响，飘扬得很远。

"他……是昨天回来的吧？"良久，逍遥侯才慢慢说出一句，"今早他一出现，可是让刘鉴雄有些措手不及呢！"

江晚月的琴声丝毫不乱："不然呢，给他杀爷的机会吗？"

"接下来什么计划？"

"先查凶杀案吧！"

【第二章　意绵绵慧眼能识金香玉】

55

第三章　风戚戚牛刀小试破凶案

　　姬小小跟着金玲走出蓬莱阁，还是忍不住疑惑地往后看看。
　　"小姐，是不是还担心他？"金玲眨眨眼，自从换下粗布衣衫，穿上蓬莱阁的绸缎衣服，她看上去精神了好多。跟人说话的时候，双眼精神奕奕的，小小的瓜子脸配上精致的五官，倒也是小美人一个。
　　姬小小听得这话，摇摇头："只是觉得奇怪，为什么人要伪装呢，多累啊？"
　　金玲叹口气："有时候，是被生活所逼，有时候，是被环境所逼，有时候，可能只是为了保护什么，也有可能，仅仅是因为要保护自己……"
　　"保护自己？"姬小小若有所思。
　　"保护自己，有时候，就必须把自己藏起来。"金玲说到这里，忽地转了语气，"哎呀，你就别担心他了，不然墨爷回来可要吃醋了。"
　　"吃醋，吃什么醋？"姬小小莫名其妙。
　　金玲掩嘴一笑："你呀，口口声声说他是你的，其实，不只是把他当个物件而已吧？"
　　"他是我的，难道不是吗？"姬小小一脸迷茫。
　　"看起来，墨爷可是有得受苦了！"金玲拉起她的手，"快走吧，再不走，天都要黑了。"
　　拿着金玲早年收到的她姨母的信，在京城中找了大半圈，总算在一处宅院门口停了下来。
　　"应该就是这里了。"金玲抬头看看，"柳宅，我姨父姓柳的！"
　　姬小小点点头，不过有些好奇："那牌匾上怎么挂着白花，莫不是有人过世了？"
　　金玲摇摇头，忽然皱了一下眉头："我有些不好的预感，先敲门吧！"
　　门"吱呀"打开，钻出来一个小老头："两位姑娘要找谁？"
　　"我找柳夫人，她是我的姨母！"金玲赶紧答话。
　　那老头上下打量了一下她，又看看姬小小，叹息一声："唉，你说柳夫人啊……她，前天过世了！"

"啊？"金玲张大眼睛，"怎么会，去年六月她还让人捎信回来说成亲这么多年，好不容易有了身孕，怎么现在会……"

"唉，还不是那个恶魔……"老人叹口气，欲言又止，"两位姑娘你们等会儿，老奴去告知老爷一声。"

很快，门被打开了，那小老头在前面带路，让两人进去。

柳宅的院子不算很大——至少和蓬莱阁比起来是这样的。不过看上去也应该是个小康人家，几进几出的院落，并有三两个丫鬟仆人进出。

走不到多远，就看到前方大厅，门口飘着不少白布，一片凄惨萧条的景象。

姬小小和金玲明白，这大概就是灵堂了吧？

进得里面，金玲和姬小小行过礼，便看到旁边站着一个素服的中年男子，一脸的悲恸之色，金玲走过去行礼："姨父！"

"节哀顺变！"金玲上去给他行礼，抬头，已经是泪水涟涟。

"金玲，既然来了，就住下，你姨母膝下无儿无女，都嫁入柳家十几年了，好不容易怀了个孩子，如今又……"中年男子一脸惨然，说了一半，低下了头。

"哟，听说家中有贵客到了，老爷，不介绍一下？"两人正相对无言垂泪，内堂忽地飘来清脆的女声，紧接着，一个素衣女子走了出来，身边站着一个男童和一个女童，正睁着乌溜溜的眼睛打量着姬小小和金玲。

那中年男子一见到那女子，赶紧擦擦眼泪："紫烟，这是金玲，是月和的外甥女，特地来看月和的，没想到……"

"唉，我那苦命的姐姐啊……"原来，来人竟是柳老爷的小妾，此刻一听这个，就过来拉着金玲，叹口气，"好不容易有个孩子，你看还……唉，膝下连个守灵的都没有。"

金玲的眼泪再次模糊了眼睛。

"娘，我要吃糖，我要吃糖！"两人正看着，紫烟身旁的那个男孩忽地大叫大嚷起来。

紫烟倒是一点尴尬都没有，蹲下身子就去哄他："好好好，娘带你去吃！"

金玲一见，不由皱了一下眉头："姨父，我姨母膝下无子，可这两个孩子，总是你的孩子，我姨母是大夫人，似乎应该是他们来守孝的吧？"

这话问得很直接，很尖锐。

事实上，她看到这个柳二夫人就已经狠狠瞪了柳老爷一眼。要知道，当年她姨母是有名的美人儿，当年柳老爷为了娶到她，那可是山盟海誓，一哭二闹三上吊的戏码都演了，才感动了她姨母，千里迢迢嫁到京城来的。

可如今，红颜未老恩先逝，居然跑出个小妾，看这两个孩子的年纪，估计她姨母过门没两年就纳了妾了。

想到这里，金玲抹干眼泪，狠狠地瞪了柳老爷一眼，一脸的鄙视。

柳老爷大概心中有愧，见到金玲的眼色，立刻低下了头。而那紫烟却不同了，听到这话，

【第三章 风威威牛刀小试破凶案】

一脸不满地道:"这是什么话,我生的孩子,可是柳家的长子嫡孙,金贵着呢,这守孝多累啊,要是跪坏了,你从哪里赔个孩子给柳家?"

金玲冷笑一声,根本不理她,只是紧紧盯着柳老爷:"姨父,我现在还叫你一声姨父,那么,请你告诉我,当年你的山盟海誓呢,你说要对我姨母好,现在,却连让自己儿子尽一下对大娘的孝道都不行吗?"

"笑话,自己生不出孩子,现在想着让别人的孩子去为她守灵,她倒是什么便宜都占到了,我凭什么?"大概是被冷落了,紫烟的口气一下变了。

"你闭嘴!"金玲回头瞪她一眼,再看看柳老爷,"姨父,柳老爷,你回答我,为什么不敢看我?"

"如果是来给姐姐吊唁的,就留下,不然请离开!"紫烟并没有被金玲的气势所吓倒,反而越发生气起来,一把拉住柳老爷哭道,"老爷,你看这哪里来的野丫头,咱们家出这事本来就已经够晦气的了,她还来闹?莫非姐姐家的人,都是这般没教养的吗?"

这话,等于把金玲的姨母加全家都给骂进去了,可柳老爷显然一声都不敢吭。

"来人,把这吵吵闹闹的两个丫头给我轰出去!"紫烟在柳家,看上去很有威信。

姬小小忙摆了个防御的姿势,金玲一拉她:"小姐,我们走,这地方,我不稀罕待着!"说完,冲着她姨母的棺木一鞠躬,转身就走。

看她挺直脊梁,走得迅速,姬小小也不好再说什么,只得跟在后面。好在她也不知道主仆尊卑的分别,跟着金玲走也不介意。

只是一到门口,金玲整个人一松,一下就靠在不远处的墙上痛哭失声:"小姐,其实我真的想去送我姨母最后一程,她是这个世上最关心我的人了。"

"那就去送嘛!"姬小小不明白,刚才,不也是她自己走出来的吗?

金玲拉着她的手,哭道:"刚才看到那个女人,我就忍不住自己的怒气,我其实是个很能忍的人……可是你知道吗,他们的地址根本没有变,我拿着姨母给我的地址,给了守城的大哥,三四天了,他们根本没人来接我,我还以为他们搬家了,原来是当家的人换了!"

说到这里,金玲的眼中有些怨恨之色:"就是故意的,肯定是那个女人刁难我姨母,不让我姨母派人来接我,你看柳家上下,个个都听她的,也不知道她什么来历,我姨父这么听她的!"

"就算紫烟没有背景,可是她强势,你姨父弱,全家上下当然就听她的了!"姬小小理所当然地回答,"我师父说,恃强凌弱,是正常的现象,你要打倒一个人,你就必须比她更强大!"

金玲点点头:"是啊,如果我有强大的靠山就好了,可惜……"

"谁说没有?"姬小小眉眼一挑,"我想起一个人来,或者可以用得上,不过得找晚月帮帮忙!"

金玲立刻反应过来:"你不会是说……可是我们跟他不熟!"

"可是晚月跟他熟啊！"姬小小想了想，"去试试吧，反正我们总得比柳家强才行，紫烟总强不过皇亲国戚吧？"

金玲叹口气："我想先给我姨母去买个棺材，你看她那个棺材，薄得跟纸似的，就比草席强那么一丁点而已，我看着都心寒。"她从怀里拿出之前金香玉给的二十两银子，"也不知道够不够买个好棺木！"

"我帮你先垫着吧！"姬小小笑起来，"我不缺钱！"

点苍山附近百姓生活富庶，每年税收比例虽少，可是养活他们师徒四人和各地官员，绝对是绰绰有余的。

金玲犹豫了一下，点点头："从我工钱里扣！"

姬小小脱口而出："你似乎很不愿意欠人家东西！"当初金香玉给她钱，她就过来帮他们解围，虽然还有交易，不过相对也算公平。

"是，这世上最难还的就是人情债！"金玲悠悠地说了一句，似乎想起了什么，却没有说。

两人跑到寿材店里订了一副上好的棺木，姬小小又给金玲买了一身孝服，想想她姨母膝下无人送终总是凄凉，金玲又哭了一阵，两人才往蓬莱阁赶去。

直觉上，两人都觉得她们要找的人，不会这么快离开蓬莱阁。

而她们刚到蓬莱阁，就已经有人通知了江晚月。江晚月看看斜靠在床榻上的逍遥侯，笑道："她回来，怎么，你要不要回避一下？"

逍遥侯翻个白眼："我是那种胆小的人吗？"

"可她能一眼看穿你！"

"这让我更有兴趣。"逍遥侯一托下巴，眯起一双狐狸似的眼睛，"她有犀利的目光，可以洞穿世事，可是又似乎什么都不懂，就在那种地方把真相都说出来……有意思，有意思！"

江晚月瞪他一眼："别动歪脑筋，那是爷的女人！"

逍遥侯挑一下眉："情场之中无尊卑，人人都是平等的！"

"你……"江晚月气结，"小心引火烧身！"

正说着，姬小小和金玲已经到了，说想跟她单独谈一下。

"什么事？"见两人面色严肃，江晚月也就没多问就走了出来。

姬小小让金玲将事情说完，便接着道："我师父说过，要让别人臣服就得比别人强，可是我们现在没有强大的后盾，只好来求你让侯爷帮帮我们了。"

一面之缘就找人做后台……

江晚月忍不住额头三条黑线："我可以帮忙去说说，应不应我可就不知道了。"

姬小小看着她，想了想："我未必是那个人的对手，但是如果你这回帮了我，我帮你找那个人出来……"

江晚月顿了一下才反应过来，不由喜道："你知道那个人在哪里？"

"不知道！"姬小小回答得很干脆，"但是看你们的反应，比我知道的更少，所以我想，

你们应该需要我的帮助。"

江晚月还在犹豫，玄墨走之前可是说过的，不让姬小小碰这个案子。

"还有，金玲的姨母也是被那个人杀的，或者我们可以找到线索。"姬小小又加了一句。

"这忙，我帮了！"她话音刚落，就听到内室传来声音，正是逍遥侯。

江晚月皱一下眉头，没好气地道："凌未然，你干吗答应这么快？"

逍遥侯……或者说凌未然，此刻呵呵一笑，倒是贵气逼人："本侯自己的事情，本侯不能做主吗？"

"你……"江晚月走过去，拉一下他的袖子，小声道，"可是墨爷不让她碰这案子，太危险！"

"他是我的人，他归我管，而不是他管我！"

姬小小是什么耳力，早就听清楚了江晚月的话，立刻接了上去。

这话江晚月已经听过一次了，凌未然却没有，此刻一听，嘴巴一下张成"O"形，下巴都快掉到地上了。

"她对我那堂兄也是这么说的？"半晌，某人才找回自己的声音。

江晚月深吸一口气，耸耸肩，点点头。

"天哪……"凌未然仰天长叹，忽地走到姬小小面前，"姬姑娘，你的忙，我帮定了，记得以后多多关照！"

"凌未然！"江晚月差点河东狮吼了。

"还不赶紧拍马屁啊！"凌未然置若罔闻，拉着江晚月走到姬小小面前，"快快，跟姬姑娘表决心，我们两个不用要求什么，只要是姬姑娘的事情，赴汤蹈火，刀山火海，都帮你去闯！"

"小人！"江晚月跺脚，"要拍马屁你自己去拍！"

两人的对话逗得姬小小捂嘴直笑，连伤心中的金玲都忍不住莞尔。

"本侯陪你们走一趟吧，不过我想我应该跟令姨母的遗体告个别，到时候我想单独跟你姨母说些话可以吗？"凌未然笑嘻嘻地看着金玲，一脸的地痞流氓相。

"你……"金玲皱一下眉头，没看出他到底有啥企图。

姬小小想了想："我替金玲答应你了。"

"小姐……"金玲拉了她一下。

姬小小压低声音，用凌未然能听到的声音道："侯爷只是想检查一下你姨母的死因，我听刚才那个家院说，好像跟最近的连环凶杀案有关，都死了十几个人。"

凌未然摸摸自己的脸，有些无奈地看看身边的江晚月，那意思好像是在说："怎么我想什么她都能知道？"

江晚月翻了个白眼，直接没去理会他。

不一会儿凌未然和姬小小主仆二人便跟着浩浩荡荡的人群出发了，虽然是个闲散侯爷，不过如果要讲排场，再大的官儿都不可能比侯爷大不是？毕竟除了皇上和王爷就是侯爷最大了。

随便点了几个人，看上去阵势便已经很强大了。到了柳家，吓坏了一屋子的人，大大小小都跑到前堂来跪着行礼。

特别是紫烟，看到金玲和姬小小去而复返，两次差距这么大，有些发抖。

而柳老爷，睁大着眼睛看着金玲，面如死灰。

"呵呵，小小是我妹子，她让本侯来，本侯就来了，大家不用拘礼！"凌未然很自然地拍拍姬小小的肩，让打扮成家丁站在他身边的江晚月狠狠瞪了他一眼，皮笑肉不笑地低声道："侯爷，你不怕墨爷看到杀了你吗？"

凌未然神色丝毫不动，依然我行我素，不过也没忘了正事："哎呀，听说金玲那丫头一片孝心买了上好的棺木来，柳老爷，你不介意换了吧？"

"不介意，不介意！"柳老爷已经开始抹汗。

"嗯，来人，跟本侯一起去换了吧！"凌未然潇洒地一挥手，顺便拉着姬小小一起往里走，外人看上去，有多暧昧就有多暧昧。

"这个这个……哪敢劳烦侯爷的人啊，老朽自己去换，自己去换！"柳老爷赶紧阻止；却被凌未然一把挡下："本侯说要给柳夫人行个礼，我亲自去！"

"姨父，我还给姨母买了上好的寿衣，你让我亲手帮她换上吧！"金玲说着，眼泪又落了下来。

"这……"柳老爷有些迟疑，"内子死于非命，死状十分凄惨，老朽是怕王爷和姑娘受惊！"此刻他看姬小小的脸色也有点变了，这女子看上去和侯爷交情匪浅啊。

"不用了，本侯要亲自去，本侯答应姬姑娘了！"凌未然目光轻佻，甚至将搭着姬小小的肩，整个重心都快转移到她身上去了，别人看上去，就好像他靠在她身上一样。

再加上他还没完全消散的酒气……

实在是容易让人想歪啊。

好在姬小小对男女大防这种事情向来很大条，倒是江晚月快气歪鼻子了。不过想想凌未然平时做事胡闹归胡闹，还算有分寸，也就只好隐忍下来。反正这家伙都不怕死，她替他担心做什么？

柳老爷和紫烟面面相觑，也没有办法，只得在后面跟着。

眼前这个侯爷，虽然是京中最没权势的侯爷，也是最懒散的侯爷，不过人家老爹可是王爷，当年统领过大军的兵马大元帅——人称金矛王爷，那可是个厉害人物。

可惜了，十几年前，老王爷忽然中风，下身瘫痪，如今只能靠坐着，靠人推动行走。所以估计也没力气去好好教育他唯一的儿子了，于是就有了现在这个败家子。

唉，家门不幸啊！

不过不管怎么说，眼前这个总归是侯爷，皇亲国戚，他要杀一个人，那还不是砍瓜切葱

【第三章 风威威牛刀小试破凶案】

61

一样的?

还是听话为妙。

棺材铺的人送了楠木棺材过来,装着柳夫人遗体的棺木被移到了后厅。因为天热,打开棺木的时候,尸体已经有股奇怪的味道飘了出来,血腥味尤其重。

很多人已经开始掩鼻,紫烟的脸色尤其难看,一边护着两个孩子,一边皱紧了眉头,一脸的嫌恶。

"侯爷,有些话,我想单独对姨母说!"金玲一见此情景,赶紧大声对凌未然提出要求。

"你们出去吧!"凌未然挥挥衣袖,再看看姬小小,"小小,你可要留下?"

忽略他自来熟地越过"姬姑娘"直接叫她"小小",姬小小回答道:"金玲留下,我自然就留下!"

算起来,这话也不算撒谎吧?

柳家人如蒙大赦,一溜烟走了个精光,连礼仪都顾不上了。凌未然摇摇头,看着金玲道:"这就是你要投奔的亲戚?"

见人都走光了,姬小小从怀里拿出一张黄色的纸,上面画着红色的花纹,又拿出一个瓷瓶,打开瓶塞,托在手中。另外一只手的手心,忽地蹿起红色的火苗,将手中的纸烧成了灰烬。再从瓷瓶中倒出一点液体,将手中的灰烬浸透,均匀地撒在柳夫人的身上。

动作太快,以至于在场很多人都没有反应过来。

"你在干什么?"等她一切做完,凌未然才找回自己的声音,身边唯一留下的家仆——江晚月,也忍不住睁大眼,满脸好奇地看着姬小小一连串类似神棍开开坛作法一样的动作。

手心能冒出火焰?

这要多大的内力才能做到,还是说,姬小小本就天生异禀,能自动生火?

"这样气味不会很浓,而且我们上去看,也不会中尸毒。"姬小小放好瓶子,掸掸手,神态自若。

"看不出来,这丫头会的挺多。"凌未然这次看的是江晚月,"你怎么没跟我说过?"

"我哪知道?"江晚月没好气地瞪他。虽然她很想知道刚才姬小小手心的火焰是怎么回事,不过现在不是时候,还是先看尸体吧。

柳夫人的尸体看上去是匆忙收殓的,寿衣也很一般,肚子上方还有干涸的血渍,也就是说,血渍未干,他们就已经帮她换好寿衣了。

"这种事情,应该是要报告官府的吧,怎么血迹未干就收殓了?"江晚月皱皱眉头,"这事,照理官府也是知道的。"

"哼,你指望秦都衙门那帮庸才,还不如指望猪!"凌未然一脸鄙视,"这案子都发生十几起了,每个人死状都是一样的,我估计啊,仵作也就过过场,反正验尸的宗卷都写过十几份,改个名字照抄就行了,何必浪费精力?"

"倒也是!"江晚月点点头,"如果我是仵作,看了十几个一样的尸体,估计也会这么干的。"

大家围着尸体看，金玲只知道掉眼泪，姬小小过去帮她一起将柳夫人的衣服换了，将尸体移到楠木棺材之中，又细细检查起来。

"一刀剖开，应该没有伤及胎儿，取出来的胎儿估计应该还是活的，不过不出一刻钟，应该就会死去……"姬小小皱眉。虽然她的是非观念不算很强，可是这样的功夫，练起来实在太残忍，"胎盘拿走，当晚吃下，孩子就倒吊起来，挂在山洞中对着月亮阴干，吸取阴气……"

大家的脸色都有些苍白，好在如今在场的人心理都比较强大，没有一个人真的呕吐出来。就算弱一点的金玲，此刻全副心思在她姨母身上，根本没有心思去听姬小小在说什么，倒也没有什么大的反应。

"应该可以肯定是婴灵大法了，跟我师父说的一模一样！"姬小小难得小脸皱成一团，"可是师父说，这功夫应该失传了很久才对啊！"

见姬小小验得差不多，江晚月跑出去让人来盖棺，将棺材盖钉上铆钉，再次抬到灵堂之上。整个过程，凌未然难得地没发一言。

"喂，怎么了，是不是吓到了？"没走到灵堂，趁没人，江晚月轻轻戳了一下凌未然，有些轻蔑。

凌未然深吸一口气，握紧拳头，森冷地道："我一定要抓到那个凶手！"

"呃？"江晚月有些错愕，这是她认识的那个游戏人生的逍遥侯？

正在诧异，凌未然忽然好像发现了什么，叫了一声："哎呀，小小，你走那么快干吗，也不等等我，真的，我要走在你身边才行嘛，你的肩靠起来是最舒服的……"

江晚月：……

果然是狗改不了吃屎，刚才绝对是幻觉啊幻觉！

接下来的两天时间里，凌未然并没有再出现在柳家。不过出现了这么一会儿时间，就已经够让柳家人震撼的了。特别是之前十分嚣张的紫烟，甚至还特地跑过来问金玲，要不要让她儿子给大娘守孝，被金玲一句"你们不配"给拒绝了。当时她的脸色，可谓十分精彩。

至于姬小小，这几天来受着柳家的最高礼遇。坐上首，喝好茶，一言既出，比军令还快，早就有人做好了。

柳家上下难得上下一心，只想着赶紧把两位姑奶奶给伺候好了，反正丧礼也就几天，到时候，就都松口气了。

至于姬小小，倒是一点不自在都没有，该吩咐吩咐，该发威发威，好像柳家人就该这么做。用她的话说，那就是："之前他们强，所以我们没欺负没话说，可是现在我们强了，就该欺凌他们没商量！"

只不过，金玲处处与紫烟为难，姬小小倒是觉得没必要，她说："犯错的是你姨父，他不该骗你姨母，而紫烟嘛，充其量只能算是想要保住自己喜欢的东西，欺负过你姨母罢了。

63

根源还是柳老爷,他当年如果坚定一点,不娶她回家不就什么事都没有了。"

不过金玲有没有听进去她就不知道了,反正她也就说说自己的看法。

丧事热热闹闹举行了三天,虽然紫烟看着钱财拿出去的时候脸色不大好看,但是也不敢多说什么。

眼前两位姑奶奶,她可是得罪不得的。

金玲的脸色终于好了很多,在柳夫人下葬的时候,决定跟柳家撇清所有瓜葛,也不会再找柳家麻烦。

柳家人显然松了口气,好似送走了一尊瘟神。

"小姐,看来以后我也就只能跟着你了。"从柳家出现,金玲叹口气,口气有些幽怨。

"跟着我不好吗?"姬小小笑起来,露出可爱的虎牙,"至少,不会被我欺负,有人欺负你,我会第一时间站出来帮你。"

金玲点点头:"那我以后就是你的人了。"

姬小小一听,来了精神:"你说真的?"

"自然是真的!"金玲更卖力地点头,"以后我一定一心一意照顾小姐,不会再去认什么亲戚了。"

"那好吧,把这个戴上!"姬小小从怀里拿出一根红色的丝线,上面吊着一根七彩羽毛,"挂上这个,你就属于我了,我会保护你周全,除非我死!"

金玲有些诧异:"啊……这话不是应该我说的吗?"她们到底谁是仆谁是主?从来只听说下人要对主子誓死尽忠的,到姬小小这里怎么反了?

"来,我帮你戴上!"姬小小神态自若地将天蚕丝挂着的七彩羽毛挂在她的脖子上,对她的话置若罔闻,只说道,"既然要当我的人,就该听我的,照我说的做,我让你干吗你就干吗,当然,我也绝对不会让别人把你抢走。"

这句话挺霸道了,倒是有点像主子说的。

金玲这才相信姬小小是真的没搞糊涂主仆关系,只不过她这个主人和其他主人有些不大一样罢了。

两人回到蓬莱阁,江晚月和金香玉已经等在那里,凌未然靠在床榻上,一脸的慵懒相。

"小小,你来得正好,大家就等你了。"金香玉一见到姬小小,就跟见到亲人一样,拉着她就往身边坐。

"怎么了?"姬小小一脸的茫然。

金香玉指指桌上的一张地图:"你不在这几天,我将京城之中的受害人都去探访了一遍,那十几家都在这里了,就等着你回来看看究竟呢。"

姬小小往地图上看去,只见有个角落很多地方都被点了红点,想必就是受害人所在的地方。

"小小，这事，你比我们懂得都多，现在只能指望你了。"金香玉将期盼的目光投注在她身上。

"是啊，当初墨爷说不让你碰这个案子，我们也不勉强，可是现在你既然答应了，就当是帮我吧！"江晚月也加入劝说的行列，"如果最后抓人的时候太危险，你可以不去，我们去就行了，你帮我们分析就行。"

姬小小很久都没有说话，金香玉和江晚月有些急了，面面相觑，不知道该说些什么了。

"哎，你们发现没有，这受害者，好像都在城东面啊！"良久良久以后，屋子里安静得可以听到大家的心跳声，姬小小忽然指着地图叫了起来。

金香玉和江晚月只感觉头顶有只乌鸦哇哇飞过，有些哭笑不得。敢情她们两个说了半天，是在对牛弹琴，人家压根一句都没听进去。

倒是凌未然一脸坦然，一手托着下巴支起身子，痞痞又凉飕飕地说了一句："还是我好，一点唾沫星子都没浪费！"

金香玉和江晚月立刻把怒气全部转移到他身上："你去死！"

"我是侯爷，一点都不尊重我！"可惜，这句话被淹没在两人的瞪视之中，凌未然往后一推，缩成小小一团，表示认错投降。

"好男不跟女斗！"更不跟不男不女的斗，他弱弱地吐出一句平衡心态，至于后面那句，只敢想想而已。

"小小，这个我们已经看出来了。"金香玉跑上前，一脸讨好的笑意，"除了这个，你还看出什么来了吗？"

姬小小想了想："我想，那个杀人犯应该是在城东那边吧，不过京城我不熟，不知道东郊是不是有阴暗潮湿的地方适合练功的。"

"有！"江晚月回答得最快，"东郊那边有几座山，肯定有山洞。而且那边地处潮湿，是京城最湿润的地方，春夏之时，经常有人会去采苔藓。"

"嗯，那一定要在一个很隐蔽的地方了，这么多人去的地方，不好藏身啊。"姬小小托着下巴，想不出个所以然来。

"这些我们都想到了。"金香玉打断道，"我们也知道不好找，所以才需要你的帮忙，你知道，练这个功夫的地方，附近会有什么蛛丝马迹留下，或者需要什么样的地方，那个地方要有什么样的特征？"

姬小小皱了皱眉头："我只知道要阴暗潮湿，而且是半夜练的，书上说，婴灵大法是要晚上和着婴灵们的怨气来修炼的，如果能一边吸取月亮的阴气，那就最好了。另外，那些胎儿，也需要放在月亮之下晾干的！"

"那就是要月亮照得到的山洞！"江晚月皱一下眉头，"但是白天又要不让百姓们发现，那个山洞必定很隐蔽。"

"为什么就必须是东郊呢，死的人都在京城东边，那个人，不是把目标暴露了吗，这个

人也太傻了吧？"许久没出声的凌未然忽然冒出一句，"他好像是在正大光明告诉大家，他就在东边，你们有本事来找我呀！还有，这几天京城府衙的人把东郊方圆几十里都搜遍了，你们觉得，我们几个人，有府衙那几千人搜起来快？"

屋内的人瞬间陷入沉默，好像，他们确实被误导了。

"可是京城附近，只有东南方向最过潮湿，不是东郊，莫不是南郊？"江晚月皱了眉，在场的人之中，京城的地理她最熟悉。

即使是土生土长的京都人凌未然，因为是侯爷，也不可能总是去郊外。

"其实我还有事情想不明白。"凌未然托着下巴，"这个人为什么非要在京城练这个功夫呢，难道他图的是京城孕妇多？"

"也是，京城又不是最潮湿的地方，阴暗少人的地方更是难找，他这不是为难自己吗？"金香玉连声附和，"要是换了我，肯定找个偏远一点的城镇，哪儿没孕妇啊。"

江晚月一拍手："那么，这个人如果不是京城人，而且不方便离开，那就是京城之中有人资助他练功，或者两者都有，他才会不离开。"

"脑子转得真快！"凌未然笑着点点头，又看看姬小小，"有没有可能在自己家里练的？"

姬小小皱皱眉头："我真不知道，师父只说要阴暗潮湿的地方，一般人家里，会有这样的地方吗？"

她从小在山上长大，直觉上，感觉没人会在家里造个阴暗潮湿的地方吧？

"如果有人资助，未必没有这种可能！"金香玉摇摇头。

姬小小嘟嘟嘴："其实何必这么麻烦，师父给过我几道符，专门针对一些练邪功的人的。"

"你不早说！"三人开始咆哮，敢情他们又浪费了口水！

"你们不是也没问我吗？"姬小小觉得很委屈。她觉得打断大家的推断过程是很残忍的事情嘛。

不过……

"等一下，小小！"江晚月正和凌未然金香玉一起治疗各自的"内伤"，忽地发现有些不对劲，"你说的是……符？"

"是啊！"姬小小点点头，有什么不对吗？

"又不是抓鬼，要符干吗？"

"找阴气啊，到时候找到阴气最盛的地方就行了。"姬小小理所当然地回答，"这么多婴灵，阴气肯定是整个京城最盛的，到时候顺着找就行了。"

又是阴气……

她师父到底是谁啊，元始天尊还是太上老君？

不会是个神棍吧？

"昨天刚发生一起，我们得赶紧行动了。"宁可信其有不可信其无吧，金香玉想了想，还是死马当活马医算了。

说实在的，看姬小小娇娇小小的一个，难道还是个得道修行的人？

"就今天晚上吧！"姬小小想了想，"我先去拿点东西，今天是十五，月圆之夜，阴气特别重，是好时候！"

想到这里，她有些担心地看了一眼江晚月："晚月，你……今晚参加吗？"

"反正没有外人，再说这事和我有点关系，我没理由不参加的！"江晚月很爽快地点点头，看着凌未然，"侯爷，今晚又要麻烦你了。"

"哼，就知道利用我，本侯的名声就毁在你手里了。"凌未然嗤之以鼻。

江晚月笑起来："没有我，你的名声也好不到哪里去。"

当夜，蓬莱阁花魁江晚月被金矛王爷之子逍遥侯包下整夜，没有出来应酬。这种事情属于司空见惯，连坊间都没有人有兴趣当新闻来传了。

知道的人，只摇头叹息，这金矛王爷，估计又该在家气得青筋爆裂了。

然而没有人知道，这一夜，有四个人，到了京城郊外，从东门出去，一路寻找。

他们，是两男两女。

没错，就是两男两女，姬小小和金香玉，凌未然和……一个男人。

确实是男人，只比凌未然矮一个额头，穿着月牙白色的衣衫，同色的丝带束起了头发，披散下来，衬着他如玉的脸，明净如瓷器。阳刚之中，偏多了几分阴柔的味道，别有风味。

只是看那喉结，看那胸口，看那身高，又分明是个实实在在的男子。

"晚月，你女装男装都好看，真是把天下人都给气坏了。"金香玉笑看身边的男子，"说起来，好久都没见过你男装的样子了呢！"

原来，这个男子，竟然就是江晚月。此刻，他的身高忽然拔高了半个头不止，玲珑有致的身段，变得扁平，分明就是一个男子无疑。

不过在场的人都一脸的平静，看上去，应该是早就知道这事。

金玲因为不会武功，被姬小小留在蓬莱阁，现在，就他们四个人。

夜风习习，她手中托着一个罗盘，正在努力寻找路径。京城郊外的夜间，一个人都没有，显得格外阴森凄凉。

又想想他们要做的事情，除却姬小小外，其他三个人都忍不住起了一身的鸡皮疙瘩。

到了一处空地，姬小小从后面的背篓里拿出两卷黄色的布料，忽地从手中抖开，只见上面画着红色的奇怪花纹，没有人能看懂。

"朱砂画的符，阳气最足，它们会往阴气最盛的地方照！"姬小小解释着，将符抛到空中，看着那两道符已经在空中转了方向，正是东方。

"奇怪，是东郊？"江晚月和凌未然对视一眼，月白色的长袍，对着凌未然黑色的劲装，倒很是赏心悦目。

姬小小没有理会众人，只是收了符，便往刚才符指的方向走去。

走不多远，众人忽地听到身后传来急促的马蹄声，很快，一个黑衣人从马上起身，一个

【第三章　风威威牛刀小试破凶案】

飞跃,已经到了大家面前。

"玄墨,你怎么来了?"姬小小眼力最好,早就看清来人,不由大喜。

"不是让你不要碰这事吗,你怎么还是来了?"玄墨一走到姬小小面前,就满脸怒气地抓住她的手,"走,回去,这事我会处理的!"

他身上散发着一种凌厉的怒火,用眼神将凌未然狠狠瞪了一遍,害得凌未然委屈地缩了一下脖子,看看江晚月,那意思就是:你告的密?

江晚月耸耸肩:"我只是实事求是地报告而已!"

"八婆!"凌未然怒视,回头想起还有好戏可看,立刻转头。

"我答应晚月帮忙了!"姬小小理直气壮,拍拍玄墨的肩,"乖,既然来了,就在我身后躲着,有危险我会保护你的!"

那语气,就好像对自己喜爱的宠物在说话。

玄墨的脸,在月光之下,和黑夜融为了一体。

凌未然三人停止了争吵,肩膀在春天的月夜中很不正常地抖动着。

"你答应我不碰这事的!"玄墨的语气很不友好。

"我没有答应啊!"姬小小反驳,"我只是说自己武功低微可能没法管这事罢了,不过既然答应了晚月,我就应该尽尽人事的。你怕的话,要不先回去,别不小心误伤了你,不然就躲在我身后!"

"我说不让你碰这事!"玄墨怒了,怒气很盛,一个个字都是从牙缝里蹦出来的。

姬小小很自然地将了一下他的头发,好像在爱抚自己养的小狗狗:"你是我的,要听我的,不能命令我,怎么一点都不听话?"说完,一个缩手,成功将手从玄墨手中脱出,然后反握住他的手,"走吧,跟在我后面!"

玄墨挣扎:"不……"

"啪!"姬小小伸手一点,玄墨噤声,再一点,浑身无力。

"把你一个人丢在这里我也不放心,要不跟我们走吧,好歹我还能保护一下你。"姬小小看看玄墨,然后拉着他的手,对其他目瞪口呆的三人示意,"我们继续!"

"他……"金香玉有些担心地看着玄墨。

"没事,找到了我再解开他,不会让他有危险的。"姬小小笑起来,"我以前在山上,驯阿彩的时候就是这样的。"

"阿彩?"众人不明白,玄墨已经青筋爆裂。

这小丫头,居然把他当宠物来驯!

"咦,这是什么?"姬小小踩踩自己脚下的地,忽然吸了吸鼻子,冲旁边发出奇怪的"呲呲"叫声。

很快,旁边树林中一阵窸窸窣窣的响动,引得众人全神戒备。

姬小小蹲下身子,对着地面一阵"呲呲"声,大家都是练过武功的人,自然眼力不差,才发现她脚下，居然趴着一条三角头小蛇，正对着她吐信子。

江晚月拔了剑，金香玉手中的峨眉刺开始转动。

"好了，走吧！"姬小小伸手摸摸那条小蛇，然后站起身看到一脸戒备的众人，"我知道那个地方在哪里了，走吧！"

凌未然第一个反应过来："你懂兽语？"

姬小小一脸坦然："很奇怪吗？"点苍山上人人都懂，有什么好奇怪的？

三人默然，好吧，他们真笨，居然连兽语都不懂——这是什么逻辑啊？

"跟我走吧！"姬小小继续道，"那个人虽然用包袱包着胎儿，不过血腥味还是很浓，附近的动物都能闻到，特别是蛇，他们对血腥味很敏感的。"

符只能找到大致的方位，方向找对了，附近的动物可以告诉她具体方位。

大家跟着姬小小走，玄墨停步了，姬小小拖一下他走一下。

"怎么了？"姬小小回头看他，想了想，忽地道，"想通了？"

玄墨无奈地点点头。

"好吧！"姬小小手往他肩上几处大穴轻打，玄墨的穴道立解。

"可以去，但是必须保证安全。"玄墨看上去余怒未消，不过还是很不爽地开口命令。

他倒是忘记了，姬小小的武功高得很，却总是说自己武功低微。

姬小小摇摇头："是要跟我保证，你属于我，得听我的，别搞反了！"

另外三人的肩膀，再一次颤抖在春风里。

玄墨决定闭嘴，都已经到了这一步，沉默是金——如果这话是真的话，他觉得自己大概可以发财了。

小蛇很小，像一条线一样，饶是众人都是练武之人，也看得不大清楚，不过有姬小小在，问题不大。

和煦的春风变得越来越阴森，江晚月的感觉最灵敏，大概因为都是练习阴气很重的功夫的原因，同宗的气息，越来越近。

不过他依然很讨厌，讨厌这种残忍的功夫。那与自己单纯只是吸收月光阴气的功夫是不同的。

"应该不远了！"姬小小忽地停下脚步，"小蛇不愿走了，它说就在上面！"

众人抬头，才发现已经到了一处悬崖之下。

"这里？"金香玉皱眉。

"是，在上面！"姬小小点点头，"我们得上去！"

悬崖峭壁，连个攀爬的藤条都没有，而且十分光滑。

"原来在这里，难怪没人上去，这地方，一般人根本上不去！"凌未然沉思。

"先回去，明天派兵过来包围！"玄墨还是忍不住开口。

"这地方，易守难攻，一般衙役可能上不去。"凌未然摇头，"况且，一则不知道明天凶手是否在，二则，晚月需要用他的阴气，如果被官府抓走了，恐怕就不是我们所能控制的了！"

他说这句话的时候，看着玄墨，眼底有些叹息。

玄墨的脸色很不好看，转头，继续沉默。

"我先上去看看吧！"姬小小举举手，"这悬崖并不难爬啊！"她不明白大家怎么愁眉苦脸的。

不难爬？

这么多人之中，恐怕就只有她会这样说了。

见大家一脸愁容，姬小小足尖一点，拔地几丈高，停在一块凸出的、拳头大小的石头之上，做金鸡独立姿势。

崖下的四人顿时目瞪口呆，其中三人看向玄墨，仿佛在问：她的轻功怎么这么好？

玄墨叹口气，从怀里拿出随身携带的铁索。他的轻功在剩下的人当中是最好的，但是不靠工具，他也绝对不可能爬这么高。

这悬崖，比宫墙高多了，当然，稍微比宫墙要粗糙些，比宫墙落脚的地方也马马虎虎多了一些。

但是姬小小已经跳了下来，看看他的铁索，叹口气："知道你武功不济的，我带你上去好了！"说完，没收了他的铁索，提着玄墨的腰就蹿了上去。

这一次，比刚才还好高上好几丈，用铁索的头扎住光滑的悬崖，再往上看，有些惊讶："奇怪，也不见有山洞啊。"

"我先下去，你一个人好找！"玄墨皱皱眉头，当初在常乐镇还没人认识他，现在这么多人看着，他被个女人提着，他以后的面子要往哪里搁啊？

"没事，不碍事，你抱着我腰就行了！"姬小小将他甩到身后，脸不红气不喘，看上去一点都不累。

玄墨无奈，在悬崖壁上狠狠地捶了一拳，谁让自己学艺不精呢？

"轰隆隆"一声，两人头顶忽地露出一个大洞来，黑漆漆的，看不清楚里面是什么。

"难道是那里？"姬小小大喜，"我们先上去看看！"说完，一个翻身，已经到了洞内。

洞很黑，让姬小小皱了眉头："月光照不进来啊，怎么会是这里呢？"

"让他们上来，我们一起进去！"玄墨皱皱眉头，看看崖底如蚂蚁大小的三人，有些不甘心。

"好！"姬小小从来不敢托大，"人多好办事，如果我武功不济，他们可以救你出去！"

虽然不知道玄墨的身份，可是她也知道，下面三个是他的下属，遇到紧急情况，肯定会先救他的。

放下绳索，姬小小跳下去，跟崖下三个人说明了情况，好在三个人武功不算弱，铁索也够长，除却金香玉让姬小小帮忙托了一把，另外两人都是自己蹿到铁索根部，顺着铁链爬到江晚月正不由自主往那束光线中走，听到姬小小的话不由赶紧停下。

"这月光之中胎儿的怨气太重，和你练的阴气不同，你若是被照了，就无法停止了，只能练下去！"姬小小大声解释，却看到江晚月握紧了拳头，全身颤抖，停下自己的脚步。

同宗连气，这月光，对他有致命的吸引力。

好在金香玉和凌未然反应够快，一人一边，一个飞跃就到了江晚月身边，将他强行带离法坛附近。

"小丫头，好见识啊！"法坛忽然裂开一道缝，从里面传出阴森森的声音来。不一刻，一个白面无须的男人从底下升了上来。

"你就是杀了这么多孕妇的那个人？"玄墨皱眉，大声问。

"还用问吗，肯定是啊！"姬小小没等那个男人回答，直接翻了个白眼给他。

你意思就好像说："你白痴啊，不然谁会在这里？"

玄墨噤声。

"小丫头，你知道得可不少啊，谁告诉你的？"见姬小小年轻，那男人完全没把她放在眼中，"就来了你们几个人，怎么，想抓人去官府领赏，这么不想让人分一杯羹？"

"退后！"姬小小把玄墨推到身后，"你的绳索还挂在洞口，如果不行你就先跑！"

玄墨刚想发表一下"我是男人，为什么要躲在你一个小女子身后"的言论，话到嘴边，他还是聪明地咽了回去。

"好，先打你这个知情者！"法坛中的男人忽地目光一凛，腾空而起。

大家忍不住都往姬小小的方向看去，却见姬小小忽地把玄墨往后推出去老远，一个斜身直接飞到江晚月等三人面前，那男人也刚刚到，和姬小小狠狠对了一掌。

"砰！"一声，地动山摇，山洞内不少岩石掉了下来。男人退后三步，姬小小纹丝不动。

"好聪明的丫头！"白面男人眼睛眯了起来，再不敢小觑。

"你说话都不看人的吗？"姬小小皱皱眉头，"你说打我，眼睛却看着晚月这边，谁都知道你要打谁啦！"

那表情，就好像在说：关聪明不聪明啥事啊，白痴都知道你要打谁嘛！

白面男人只感觉气血上涌，怒道："好狂妄的小丫头，刚才老夫只用了三成功力，如今，我要打得你们尸骨无存！"

"三成对我二成功力，婴灵大法原来没这么可怕嘛……"姬小小忽地跳了一下，刚才她要分神照顾玄墨，又要飞江晚月三人身前，还得接对方一掌，能用出二成功力已经是极限了。

"狂妄！"姬小小的话本来只是很自然的反应，虽然其他人脸上有些黑线，不过都习惯了，不过对方那个白面男人却不同了。

一个十六七岁的小丫头，能接下他练了这么久的，自以为天下无敌的功夫就已经是一种差辱了，现在居然说"不过如此"，他不恼羞成怒更待何时？

"再接我一掌！"说时迟那时快，他飞身而起，已经出掌。

洞口。

"这里一点都不符合我们的要求,除了潮湿!"闻着一股发霉的气息,凌未然嘟嘟嘴,"是不是找错了?"

"小蛇应该不会骗我吧?"姬小小摇摇头,她相信人会骗人,可是动物不会骗她。

那些都是她的好朋友呢。

五个人开始往里走,姬小小从怀里拿出一枚珠子,洞内便一片光明。

"夜明珠?"凌未然是识货的人,"你随身带这个?"那珠子有只比拳头小一点点,价值连城啊。

"我三师兄送给我的,说让我照明用!"姬小小很自然地回答,"怎么了?"

"没事!"凌未然低头,看上去,她从来没把这个当什么值钱玩意儿,在她眼中,那就是个照明的工具。

算了,不解释。

众人往里走,血腥味越来越浓,姬小小从背篓里拿出几条丝巾递给后面的人:"还好带得多,上面有防尸毒的药,你们戴上,防止阴气入侵!"

他们所过之处,连石壁都是黑色的,看上去,毒气侵入很厉害。

"到了,看前面!"姬小小忽地停下,指指前方,将手中的夜明珠往前探了探。

众人倒抽一口冷气。

只见前方,空中用绳索吊着很多胎儿,有近二十个之多。

一阵阴风吹过,姬小小身后的人脸色已经变成菜色,还好大家都很坚强,个个小时候都有不平凡的遭遇,从死人堆里爬出来的,此刻都忍着没有呕吐出来。

而姬小小更是百毒不侵,又有心理建设在先,加上每年还得看各种病人,反正开膛剖肚的事情也是干过的,不能说比这更恶心,但是也不会让她呕吐出来。

当然,更加是没人说话,因为在场的人不知道他们能坚持多久——不吐出来!

"没人啊,今天应该是会练功的才对啊!"只有姬小小可以用正常的语气来说话。

众人开始寻找任何可能找到人的地方,但是没有,这个山洞是空的,除了那些风干的胎儿外,根本连一点人气都没有。

"这应该是婴灵大法的法坛了,好像跟师父说的有点不一样啊。"姬小小皱眉,"月圆之夜,阴气最盛,练功的好时候啊!"

众人左顾右盼,只敢看,不敢碰。这地方很邪门,他们怕沾了一手毒,况且,还有这么多阴干的胎儿,一般人,恐怕连看都不敢看了。

"咦,你们看,月光!"江晚月忽地叫了一声,众人回头,见一束月光正神奇地从胎儿围成的圆圈之中照射下来,落到了法坛正中央。

"晚月快走开!"姬小小急了,"你照不得那个!"

【第三章 风威威牛刀小试破凶案】

姬小小摆摆手指："二成对三成，十成，那我九成好了……"说完，推出一双手，动也不动，就等对方来到。

其他四人都来不及往脸上加黑线，两人的掌已经对上。

"轰隆隆！"

这次不光飞沙走石，好多倒吊着的胎儿也纷纷落了下来，满山洞都是灰尘，那白面男人已经成了"灰面"男人。

还掺杂着……他口中喷出的鲜血。

"山洞要塌了！"金香玉大叫一声，赶紧扶着满身冷汗的江晚月往后退，"大家快走啊——"

姬小小一看，赶紧拉着已经石化的白面男人，往后疾退，到玄墨身边，再抓住他，人已经迅速来到洞边。

抬头看，才知道刚才洞中的月光是哪里来的。

原来，洞口不知道什么时候露出了一串水晶，月光正好照在上面，经过几道折射，就到了法坛中央。

不得不说，这山洞正是练婴灵大法难得的天然法坛。

好在洞不深，凌未然三人虽然没有姬小小速度快，但是轻功毕竟也不弱，不一刻也已经到了洞口。

"走！"姬小小见人到齐了，拉着刚才已经被她点了穴道的白面男人，对着玄墨道，"你能自己下去吗？"

玄墨点点头，顺着铁索就跳了下去，到尾端，微一借力，在悬崖壁上点了两下，就已经到了地面。

另外几人同样为之，除却江晚月让凌未然帮了一下忙，其他人都十分顺利。

姬小小收了铁索，抓起白面男人，没有犹豫，直接就跳了下去。

幸亏此刻没有其他人看到，不然，估计还有人以为这姑娘想不通，跳崖自杀呢。

中途没有任何停留，两人直接就到了崖下。

"晚月，这个人身上怨气太重，阴气需要提炼，估计要过几天才能被你所用！"姬小小将白面男人跟货物一样丢在地上，再看看江晚月奇道，"你怎么了，怎么这么多汗？"

江晚月牙齿打战："我……也不知道，好冷，好冷……"

姬小小一把捏住他的手，看了一下，惊道："糟了，你手上刚才被怨气侵蚀了。"

大家有些急，江晚月更是脸色苍白："怎么……办？"

姬小小从背篓里拿出一张黄色的小符，缠在一串手珠之上，给江晚月戴上："治标不治本，先用着吧，改天等我三个师兄或者师父来了，或者有其他办法，我学艺不精，没办法。"

她这还叫学艺不精？

在别人看来，那都已经是天神下凡了好不好？

大家齐刷刷的目光不是看姬小小，而是瞪向玄墨。

想起他刚来的时候这么激动，这么着急，大家还以为姬小小真的是"学艺不精"呢，敢情是高手中的高手啊。

"好多了！"江晚月终于不打战了，抹抹额头的汗，有些虚脱，"感觉已经恢复正常了。"

"这串珠子你千万别取下来，我已经做了特殊的处理，不管是遇水还是遇火它都不会有事，这个能暂时镇住你体内的怨气。"姬小小叹口气，"其实我早就该想到的，本来以为，找到这个人，将他的阴气打出就可以用了，却忘记了还有怨气……"

"这个人要怎么处理？"金香玉看看地上的男人，有些头大。

"先把他的怨气和阴气分开，可能需要三天的时间。"姬小小看看那人，"然后再把阴气提出来给晚月用，这个得靠晚月自己了，不过三天以后，这个男人可以交官了，没用了！"

玄墨点点头，看向凌未然："未然，三天以后，你把小小接到王府去，她是要跟我回去的，你知道怎么做了？"

凌未然惨叫扶额："皇兄，你就知道丢难题给我，你不知道我家老爷子最烦我带这些人回去的！"

"那是你的事！"玄墨面无表情，半点同情都不打算施舍给他。

"我说好歹堂兄弟一场，你换个方式行不行？"凌未然一脸郁闷。

"不行！"玄墨的话，落地铿锵有力。

"好吧，她以什么身份去你身边？"凌未然忽地促狭一笑，"刚才看你这么激动，是不是该给个高位置？"

玄墨黑了脸："你到时候负责送就行了，其他事情你别管。"

凌未然哼了一声："怎么，怕我抢人啊？算了，看你刚才这么激动，我就不跟你抢了，认识你二十五年了，也没见你这么激动过……不知道的，还以为小小真是一点武功都不会呢，敢情是高手啊……我总算是知道什么叫关心则乱了。"

关心则乱……

这四个字一出，玄墨的心，忽然就真的乱了！

"你们在说什么？"见两人你一句我一句，完全把身边的人当透明的，姬小小实在忍不住开口询问。

堂兄都叫了，皇兄都叫了……她居然不知道他们在说什么？

其他人立刻绝倒。

刚才那个聪明得一塌糊涂的姬小小莫不是别人假冒的？

"先回去吧！"玄墨觉得刚才的感觉一定是自己的幻觉，立刻拉住她，"过几天你去金矛王府住段时间，过不了多久，我就可以来接你了，具体我回去慢慢跟你说！"

"哦！"姬小小点点头，"你是要让我见你的家人吗？也是，你原来是他们家的人，现在我拿了人家的东西，是该跟你家人去说一声的！"

冷风"呜"一声吹过，所有人都缩了一下脖子，连被姬小小提在手中的白面男人，都忍不住浑身颤抖。

天刚亮，大家就已经到了蓬莱阁。

本来一件很复杂的凶杀案，因为有姬小小的存在，一夜之间就已经搞定。

三天提炼怨气，姬小小一个人关在房间里，除了送饭之外，没有人进去过。

三天以后，她将一个大瓷瓶放在江晚月面前："我已经将阴气倒入特殊的阴水之中，你每七天沐浴一次，倒两滴进去，可以压住你体内和你阳气相撞的阴气。"

"谢谢！"恢复女装的江晚月一脸的感激，"你帮了我，我将来一定会报答你的。"

"我帮你不是为了报答，只是因为你是玄墨的朋友。"姬小小摇头，一脸正色。

隔一天，凌未然的轿子就到了。当然是从后门抬进来的，一路上，他不停地嘱咐姬小小："到了我家，别人问起来，你就说是我的义妹就行，其他的不用多说。"

知道她不会撒谎纯真个性，凌未然倒是没编造其他话让她说。

"我知道了！"姬小小点点头，不过还是有些好奇，"你对家人说话，也要隐瞒的吗？"

"我家里情况不一样，去了你就知道了。"凌未然叹口气，"反正你别多说就行了，到了我家，叫我义兄。"

"哦，好啊，我们结拜一下好了。"姬小小来了兴致，"我听我师兄说，山下很多人都是这样结为异姓兄弟兄妹的。"

"……好吧！"凌未然叹口气，看起来，这丫头除了会隐瞒，真不大会说谎。

也好，反正迟早也是要办的，就当弄假成真吧！

轿子到了金矛王府，几个轿夫都是心腹，一挥手，立刻没了踪影。姬小小盯着偌大的府邸门口看了半天，再看了一眼上面朱漆牌匾上的金字：金矛王府。

下面的落款是：乾兴，那是魏国上一任皇帝的年号。

这牌匾是先帝御赐的，可见当年金矛王府一定是相当鼎盛的，可惜现在看上去，门可罗雀，只有个守门人过来开了侧门，连大门都懒得打开了。

"老爷子在干吗？"凌未然进门先问守门人。

"还是老样子，早上去了书房，在门口树下站了很久，然后去给王妃上了香，现在去了兵器库待着。"守门人叹口气，让凌未然进门，又上下打量了一通姬小小，眼神很平淡，只是微微有些叹息。

凌未然指着她道："姬小小，我新认的义妹，以后就是咱们王府的大小姐，待会让管家把下人召集起来，我给大家介绍。"

"是！"守门人点点头，收回目光，一句也不多说。

"走吧！"凌未然亲自引路，幸亏姬小小身边还有个丫鬟金玲，不然到了这王府之中，还得侯爷亲自领路，似乎寒碜了一些。

王府倒是很大，一路上只见了零星三四个下人，看来这王府就爷俩住，不需要太多人伺候吧。

"到了，我让人打扫出来了，你就住这个院落，比较清静，旁边的小屋让金玲住，要是人手不够，我再给你弄几个丫鬟来。"凌未然指指前面的院落，果然是比较偏僻的地方，不过看上去很精致，上面匾额写着"清雅小筑"，连名字都透着一股子清静的味道。

"不用了，我不用什么丫鬟。"姬小小没有让人伺候的习惯。

"那就好，你看看还缺什么，我让人去添置。"凌未然带着主仆二人进屋。这是一个相对独立的院子，一间主屋，四间偏房，看上去很适合一家人独立居住。

"我不喜欢太复杂的东西，所以都是简简单单的。"凌未然介绍。

"简单就好，我也喜欢简单的。"姬小小很满意。

"侯爷，人都齐了！"守门人再次出现，这次带来了十几个王府下人。有男有女，不过看上去都有那么一些年纪了，估计这王府有许久都不曾招人了。

"这是新来的大小姐，本侯的义妹，以后大家看她就跟看到本侯一样，她的话，就是本侯的话，听明白了吗？"凌未然拉拉姬小小，又指指金玲，"这位金玲姑娘，是大小姐身边的丫鬟，以后有什么事找大小姐，可以先通过她！"

"是！"众人有气无力地点点头，一点精神气都没有。

"好了，散了吧！"凌未然挥挥手，让众人散去，又看看姬小小道，"他们都认识你了，以后他们碰到你，会把你当主子的。"

姬小小不解："可是我还没认清楚他们……"

"没事，他们认识你就行了。"凌未然摇摇头，"对了，你平时别的地方可以去，不过东边的书房香堂还有仓库，最好不要过去。"

"为什么？"姬小小不明白。

"我父王不喜欢我带生人回来。"凌未然的眼底有些黯然，随即又笑道，"收拾一下，我晚一点带你去见他老人家，还是得跟他打个招呼的。"

"唉……"凌未然叹口气，难得在他脸上看不到轻浮和游戏人生的嘴脸，"我父王年轻的时候是个战将，结果误中敌人的圈套，中了毒，下半身动不了了，自那以后，性格也有些古怪。"

"哦，原来如此。"姬小小点点头，让金玲留下，对凌未然道，"走吧！"

凌未然有些诧异："你不怕？"

"不过一个生病的老头嘛，很多病人的脾气都很差的，我每年都要见几个，有什么好怕的？"姬小小很自然地整整衣服，笑道，"走吧，再不见，该吃中饭了，我们一起去叫你父王吃中饭吧！"

凌未然很想说，十几年了，他们父子从来没有坐在一起吃过饭。

金矛王府虽然看上去有些落败了，不过底子还在，王府还是很大的。从清雅小筑走到兵器库也需要一段时间。

兵器库的门虚掩着，凌未然难得一脸严肃加一言不发地带着姬小小走到门边，然后敲了敲门："父王，我带个朋友来见你！"

屋内良久都没有声音。

凌未然推门进去，屋内的光线很暗，好在姬小小的眼力非凡，一眼就看到了坐在兵器架前的背影。

是的，那是一个坐着轮椅的背影，看头发花白的程度，应该是个老者，想必就是金矛王爷了。

"父王……"凌未然又小声叫了一句。

"滚出去！"屋内的人忽然爆发了，从架子上拿出一把剑就劈头盖脸地往凌未然两人的方向丢了过来。

凌未然有些挫败，拉了一下姬小小："算了，走吧，也算见过了。"

姬小小不动，反而向前走了两步。

"滚！"金矛王爷也不知道哪里来的这么大火气，"带着你的莺莺燕燕滚！"

"伯父！"姬小小低声，温和地叫唤，"我不是侯爷的莺莺燕燕，我是大夫，可以让我帮你号一下脉吗？"

屋内的人忽地沉默了，过了一瞬，忽地如火山般喷发："好，本王的好儿子，知道找个小姑娘来讽刺老父亲了，本王养的好儿子的，哈哈哈，好儿子！"

凌未然叹口气，并不出口解释，只是对姬小小道："我父王心情不好，我们改日再来拜访还是一样的。"

姬小小依然不为所动："伯父，听您说话中气很足，看上去，毒气并没有侵入你的五脏和脑髓，目前应该还在血液之中，如果伯父只是腿不能动的话，是不是当年伯父自己将毒素封在了腿下？如果是这样，当年伯父应该把腿砍掉，但是伯父舍不得，所以就变成现在这样的情况了，是不是？"

屋内的人忽然沉默了，许久都没有出声。

姬小小再接再厉："伯父你的内力不是很高，所以只能用来封住毒气，就没有多余的内力来动武了。不过从伯父你不用转头就能听到是两个人，凭脚步就知道走过来的是我，而不是您儿子，想必你对你儿子的脚步声格外留心，才会立刻分辨出来吧？"

沉默，继续沉默，屋内死一般的寂静。

"你其实很关心凌大哥！"姬小小这句是肯定句。

凌未然竟然有些紧张，手紧紧地握成了拳头，手心都是汗。

"你……真的是他认的义妹？"金矛王爷终于开口，第一句，居然问的不是自己的病。

"当然。"姬小小笑起来，"我知道莺莺燕燕的意思，我三师兄就有很多，凌大哥有很多红颜知己没错，不差我一个。"

【第三章　风威威牛刀小试破凶案】

凌未然开始冒黑线，这是在帮他还是抹黑他？

"但是我知道凌大哥和我三师兄不同，他人花心不花，我三师兄是人花心更花。"关于独孤谨的评语，可是天机老人下的，不会错。

"哼！"金矛王爷冷哼一声，"你真是大夫？"

"是！"姬小小点点头，"我每年只看十个病人，今年一个都没看过。"

"小丫头好大的口气！"金矛王爷皱了一下眉头，不过还是伸出手，"你想看就看吧，看了好死心。"

姬小小回头朝着凌未然笑开颜，一副"你看，你爹还是很好说话的"表情，让凌未然哭笑不得。

走上前，扣住金矛王爷的脉搏，姬小小仔细地看诊。再看看金矛王爷的脸色，虽然有些苍白，倒是没有显出中毒的迹象，大概是很久没晒太阳所致。

再卷起他的裤腿，腿呈乌黑色，而且由于长年不走，肌肉有些萎缩。

"你的毒已经经过肌肉，渗入腿部骨髓了。"姬小小叹口气，"伯父，你快压不住毒性发作了！"

"那会怎么样？"凌未然急了，"会不会有事？"

"压不住的话，毒会流遍全身，你父王就会毒发身亡！"姬小小很平淡地回答，生老病死，她看得太多了，不足为奇。

"小小，你有办法是不是，救救我父王！"凌未然蹲下身子，拉着姬小小的手，有些激动，"你那么厉害，你可以打败婴灵大法的练功者，你一定有解毒的良方，是不是？"

姬小小摇头："没有，这毒年深日久，已经没法解了。"

"小小，求求你，你要什么，大哥帮你去办，说吧，就算是灵芝雪莲，我都能拿到⋯⋯"

"未然！"轮椅上的老人怒了，"生死由命，这事早就在我的预料之中，你这么激动做什么，我们王府的面子都被你丢尽了！"

姬小小按住凌未然激动地乱舞的手："不能解，但是伯父你也可以不死的！"

"小小，你有办法？"凌未然大喜。

"这个办法，其实你父王也知道的。"姬小小看着金矛王爷，没有说话。

金矛王爷深吸一口气："是，本王知道，可是那样的话，还不如死了。"

"王爷，我师父常说，旧的不去新的不来，人生要舍得，有舍才有得。你舍去了，未必比现在的情况差，你这十几年，舍去或不舍去有差别吗？"

凌未然一头雾水："你们在说什么？"

"人家有舍有得，可本王舍去了，就永远舍去了，得不到了。"金矛王爷此刻看上去有些悲凉，早没了之前的气焰。

"未必啊！"姬小小笑，"王爷要是对我有信心，我可以让你舍去之后得到，虽然得到的未必有你十几年前的好,但是绝对比你现在的好,我保证你可以不用这个东西了!"她一边说着,一边拍拍轮椅。

金矛王爷大喜:"你说真的?"

"自然是真的!"姬小小拍拍手,"我姬小小说出来的事情,绝对可以做到,不然我就不会答应。"

"那要是做不到呢?"金矛王爷大概是失望太久了,谁也不愿意相信。

"那到时候伯父要是觉得生不如死,你再自杀就好了,反正结局都一样,伯父为什么不搏一下?"

这话一出,凌未然顿时哭也不是笑也不是怒更不是,听说过拿自己的命来赌的,没听说过要拿别人的命来赌的,这个姬小小,亏她想得出来。

没想到,金矛王爷忽地一拍大腿:"好,本王赌了!什么时候开始,要本王做什么?"

姬小小站起身,伸一下懒腰:"第一步,现在不早了,我们一起去吃中饭吧!"

呃——

"我是大夫,饿着大夫谁给你治病是不是?"姬小小调皮地做个鬼脸,"伯父,我们一起去吃吧,作为病人,你应该讨好我这个大夫哦!"

……

"来,我推你出去,你应该多晒晒太阳,对你的身体有好处,到时候我治好了你,后面要靠你自己锻炼的。"

凌未然目瞪口呆地看着姬小小推着自己的父亲出了门,而且很神奇的,他那位固执的老父亲居然没有提出任何异议,更没有拒绝。

怪事,为什么任何难事到了姬小小这里,都变得这么简单?

他苦笑,忽然有种强烈的被冷落感——事实上,他已经被冷落了十几年了不是吗?怎么今天这感觉忽然强烈了?

他的人生真失败。

姬小小陪着金矛王爷吃完中饭,陪着他晒了一下午太阳,凌未然这个正宗亲儿子终于被彻底冷落。

凌未然感觉很郁闷啊很郁闷,连着几天都是如此,姬小小说,她在给他父王治病之前,先要让他父王锻炼好身体,多晒晒太阳,有利于健康,到时候方便治病。

他开始觉得那一对在院子晒太阳的,比较像父女,而他是个外人。

郁结在心啊,郁结在心。

原本游戏人间对啥也不在乎的侯爷,忽然变得郁郁寡欢,王府的下人们都感觉很好奇。

让他们更好奇的是,他们的王爷居然愿意出屋子了,而且最近有人居然在院子附近听到他许久未有的笑声——当然,那个人说是幻觉,众人觉得也绝对是那个人幻听。

但是王爷的脸色确实好多了,红润有光泽,脾气也好了很多——这些,是大家有目共睹的。

【第三章 风威威牛刀小试破凶案】

于是金矛王府的人猜测，这位姬大小姐大概是菩萨下凡，来拯救他们王府的。也有人说，她是妖精变化，来迷惑王府这爷俩的。

不管怎么样都好，反正他们下人的日子是好过多了，除了——他们嬉皮笑脸的侯爷，忽然沉静了很多，每天眉头紧锁，没事就酸溜溜地看着那对有说有笑的父女……呃，不对，目前好像是干父女。

反正侯爷和大小姐都结拜了，轮辈分，人家认个义父义女也是正常的不是？

可是侯爷看上去心情很不好，非常非常不好。

这样的情况，终于在一个月黑风高的晚上解决了。

那一晚，王府来了一个不速之客。所谓不速之客，就是，他来的时候，没有人知道，走的时候，一样也没人知道。

"玄墨？"看着推门进来的黑衣人，姬小小大喜过望，"你来了，可是接我走的？"

没错，这个不速之客就是玄墨。

听到问话，他点头："是，我已经全部安排好了，不出三天你就可以进宫了。"

"进宫？"姬小小不解，"不是跟你回家吗？"

"我家在宫里。"玄墨决定跟她好好解释解释，"我是魏国的皇帝，我的全名叫凌玄墨，是凌未然的堂兄，因为我登基，所以玄字辈的凌家子孙要避讳，都改成了未字。"

说完，他沉默，等着姬小小的反应。生气、爆发、抱怨、战战兢兢？

她到底会是哪种？

姬小小看着他，沉默了很久，忽地点点头："哦，你是皇帝呀，难怪家就在宫里了，那你让我进宫就是回家喽？这不一样嘛，反正都是回家，你干吗说进宫这么复杂？"

……

喂，我是皇帝，我是皇帝，我是一国的皇帝耶！

"我是皇帝……"玄墨忍不住重复。

"嗯，我知道了啊，我没忘！"姬小小点点头，"怎么了？"

"我是皇帝啊！"如果不是在王府，又是深夜，玄墨都想咆哮了。

这个女人，她是不是不知道什么叫皇帝啊？

"你知不知道皇帝做什么的？"

"不就是管理一个国家的那个人喽！"姬小小点点头，"我怎么会不知道，听师父说，一个国家最大的那个人就是皇帝嘛，可以管什么王爷啊，侯爷啊，官员啊，百姓啊……不过如果他对百姓不好的话，也可以谴责他，屡教不改的话可以推翻他，再选一个出来……玄墨，当皇帝还挺苦的，要全国上下这么多人满意，真不容易！"

敢情在她眼中，皇帝是个苦差事啊？

玄墨有些哭笑不得，想了想，还是直接跳过这一篇吧，反正目前他这皇帝当得也确实没值得别人羡慕的地方。

"我今天来，是想跟你商量几件事的。"玄墨将之前早就想好的话说出来，"跟我进宫以后，你需要练习宫里的规矩，这个嬷嬷会教你的。另外有几件事情，你不能跟别人说。"

"为什么？"

玄墨想了想，才道："因为说出这几件事情，会让你陷入危险的境地……"

"那你呢？"

"也会让我陷入危险的境地！"

"那好，你说，我都遵守，我不能让你陷入危险，我要保护你的！"

好简单，总算是抓住她一条软肋了。原来只要她的东西有危险，她就会乖乖听话——玄墨福至心灵，总算是找到规律了。

"首先，你不能告诉任何人，从常乐镇回到京城是你一路保护我回来的，你只能说是凌未然的义妹，其余的事情，我会安排妥当的！"

"好！"

"第二，你不能告诉任何人关于蓬莱阁的任何事情！"

"嗯！"

"第三，你是抓连环凶杀案的有功之人，人是你一个人抓的，没有任何人帮你，更不能告诉别人，那晚我曾经出现过。总之在你入宫之前，你是没有见过我的，听懂了吗？"

姬小小点点头，半晌没说话。

"还有什么要问我的吗？"玄墨有些不清楚她心里在想什么。

姬小小嘟嘟嘴，半天才道："既然进宫这么危险，你干吗还要回去？当皇帝又这么辛苦，不如陪我闯江湖好了，跟着我，保证你有肉吃！"

看她豪气干云地承诺，玄墨再一次不知道该哭还是该笑："小小，不是每个人都和你一样的，每个人身上有不同的责任，而魏国就是我的责任，是我父皇交到我手上的担子，我答应了他，就必须挑起来。可是现在，有人不愿意让我挑这个担子，而且要从中破坏，而我的能力还不够强大，所以只能忍辱偷生，找一个合适的机会来夺回原本属于我的东西。"

姬小小似懂非懂地点点头："对，既然是你的东西是应该自己抢回来的！"

"是的，我必须更强大，才可以去抢回自己的东西，所以，我现在只能隐忍。"

"嗯，我明白了。"姬小小再次点头，"就好像小时候三师兄抢走了我最喜欢的竹帽，我哭了很久。后来师父说，没什么值得哭的，我打不过三师兄就活该被抢，什么时候我能打得过他了，就可以名正言顺抢回来。这个世界就是这样，可以恃强凌弱，需要优胜劣汰！"

类似的话，玄墨听小小说起过，当时没太在意，现在再听，似乎意思就有些不一样了，这个世界，原本就是这样。

"你收拾，三天以后带着金玲进宫，目前我只能先封你做个贵妃，你不要介意。"玄墨叹口气，心中竟感觉有些亏欠了她一般。

"贵妃？"姬小小眨眨眼，"对，皇帝的老婆好像是妃子，还有很多人，是不是？"

"是？"

"那有皇后吗？"

"有！"

想了想，姬小小忽地又笑了："她们之中有很厉害的吗，嗯，我的意思是比我厉害的，可以把你抢走的，有吗？"

"……没有！"玄墨无奈地回答。

"那就好，你还是我一个人的，当什么都无所谓！"姬小小耸耸肩。

关于名分一类的，她不计较，甚至不太懂，实实在在抓在手中的才是真的，不然什么都是虚的。

不过玄墨嘛……

好吧，在姬小小面前，无奈已经成了他唯一的心情。

"我先走了，三天后让未然送你进宫。"玄墨将一下她的发丝，"对了，这几天你待在这里都做了什么，让未然如此郁闷？"

想想刚才进来的时候，凌未然一脸看到救星的样子，就差扑进他怀里了，叫一声："你怎么才来啊，是不是今晚就把她接走了？"

"这几天，我只是陪着义父……就是老王爷晒晒太阳，然后吃吃饭，然后给他号号脉。对了，三天以后如果进宫的话，以后我义父的毒怎么办啊，我可以出宫给他看病吗？"

只言片语，立刻让玄墨明白了到底发生什么事了。

同时，他同样好奇："小小，你真神奇，你到底是用什么办法让皇叔愿意走出黑漆漆的屋子，又和你一起吃饭，甚至跟你一起晒太阳的？"

难怪凌未然要郁闷了，他们父子不和都十几年了，姬小小一来就打破僵局？

"我就是说要帮他治病呀！"姬小小一脸坦然地回答，"然后义父就跟我一起吃饭了。"

"你有办法治好皇叔的腿？！"玄墨讶然。

"没有！"姬小小摇头，"他的腿废了，只能舍去！"

"你这么跟皇叔说的？"

"是啊！"

"皇叔同意了？"

"嗯！"

……

"哈哈……哈哈哈哈！"玄墨低着头，尽量不让自己的笑声传到外面惊醒了不该惊醒的人。

凌未然，朕很同情你，哈哈哈！

"我该回去了！"看看天色不早，玄墨站起了身。

姬小小嘟起了嘴："为什么我自己的东西都不能随便用……人家都好久没有好好睡一觉

了！"

玄墨……

好吧，他不光是人形抱枕，还同时具备安抚和催眠的作用。

唯独……他没有属于自己的主权，该小女人只将他当做一个物件，还是一个属于她的物件。

悲哀啊！

"再忍忍，还有三天！"但是他没法发火，而且一点都不想发火——他好歹是一国之君呢，怎么如此奴性坚强？

真没骨气，该打自己三十大板！

"以后虽然你不能随便出宫，但是皇叔可以进宫去看你，你可以帮他治病的。"再加一句，好让她放心。

没出息啊没出息！

门外，凌未然正一脸郁郁地站在院子里放风，一见到玄墨出来，立刻问道："怎么样，说清楚了没？"

"说清楚了，你跟她大概说一下宫里的礼节，具体我已经叫了老嬷嬷来教她，三天以后进宫吧！"玄墨叹口气，他也不想让宫里的规矩束缚住了姬小小，但是人在深宫，身不由己啊。

"唉……还要三天！"凌未然垮了脸。

他这一表情，倒让玄墨想起刚才和姬小小的对话来，不由莞尔，拍拍他的肩道："朕很同情你，不过朕什么都不打算赏给你！"说完，扬长而去。

凌未然看着远走的身影目瞪口呆，真要命，他到底是跟了一个怎么样无良的君主啊？

"我要背主投敌……"他念叨一句，颓然地回头看看还亮着灯清雅小筑，有些无力。

他明明是那个最无辜的人，为什么要波及他嘛。

还得负责当礼仪先生，教她上礼仪课？

算了，他还是收拾收拾，到第三天一大早就把她往宫里塞就行了。就告诉她册封的时候需要做些什么，他的责任也就尽到了，其他的事情，就交给那个无良君主去忙吧。

宫里很快就有好戏看喽，玄墨这个时候把姬小小接进宫，绝对是为了给某些人添堵，这下好玩了。

凌未然想到这里，精神大振，连日来的郁郁之气一扫而空。

哼哼，想看他的笑话，看谁笑话谁，横竖自己的主权还在自己手中呢！

一般他平时这么高兴的时候都是去青楼喝花酒的嘛，这会儿每天乐呵呵的，居然连门都不出了，指挥着全王府的人做这个做那个。

当然，高兴也是正常，听说大小姐要进宫了。

但王府中人还是摇摇头，叹息一声。老王爷压根没把王位传给他的意思，自己父亲都瞧不上儿子那德行，朝廷能看上？

不过算了，总算感觉能见到那么一丁点天日了，王府上下的人倒也还算齐心，不管怎么说，金矛王府算是出了个贵妃，大家脸上也有光啊。

三日后，一切准备妥当，两辆豪华马车，一队人马吹吹打打，直往皇宫而去。

前面的马车，坐的是凌未然，后面的马车，坐的自然就是姬小小了。马车旁边，站着的是金玲。

两人都是盛装，金玲着粉色宫装，姬小小则穿着紫色镶红边的礼服，因为不是皇后，所以即使大婚，也是不能穿大红色的。

至于她的头上，戴着黄金打造的凤凰吐蕊的簪子，另有不少金贵首饰。虽然不能和皇后大婚一样戴凤冠霞帔，不过其隆重程度已是不凡。

这些，玄墨和凌未然在一月之前就已经开始准备了。

当然，这么重的衣冠，凌未然可以费了不少口舌，甚至最后搭上玄墨的安危，才说服姬小小穿上。

老实说，这些东西贵是贵，可是对于穿惯了轻便服装的姬小小来说，绝对是受罪！

一入宫门深似海，想要再出来，便有些困难了。

当然，姬小小并不会这么想。她只是抬头看了一眼高高的宫墙，笑着对金玲道："都说宫墙高高困住了一堆人，这宫墙根本不高嘛，我很轻松就能跳出来了。"

金玲：……

轿子从宫门进入，走了许久，才可以看到前面有一座白玉栏杆的石桥，栏杆上都雕着张牙舞爪的龙。

走过白玉石桥，前方便是大臣们上朝的地方——政和殿。

政和殿的大殿，自古女子都是不许入的，因为今天情况特殊，大臣们都搬到了侧殿上朝。

姬小小的轿子一停下，就立刻有人进去禀报。

很快，侧殿门口出来一个宦官打扮的人，高叫："宣逍遥侯、姬姑娘进殿！"

台阶下面站的太监又赶紧传了一句："宣逍遥侯、姬姑娘进殿！"

声音一层层传出来，经过了五六个太监，离姬小小他们最近的那个太监才跑过来道："侯爷，姑娘，进殿吧！"

姬小小和凌未然跟着那太监拾级而上，往政和殿侧殿走，金玲则只能在殿外候着。

见四下没人，虽然已经了解了封妃的具体流程，姬小小还是小声对凌未然道："这宫里的人是不是耳朵都不大好啊，刚才那个公公一出来说话我就听清楚了，为什么非要那么多人一个个传过来。个个距离又不远，如果是悄悄话，也该小声点说才是！"

"啪！"凌未然脚下一绊，差点撞倒在前面忽然停下脚步的小太监身后。

"哦，呵呵，侯爷，姬姑娘，这边请……"那名太监自然也是听到了姬小小并不算太小声的"低语"，此刻的表情既尴尬又无奈，对自己的失礼只能就势当做是给身后两人引路。

礼乐齐鸣，洪大端庄的号角声，响彻云霄。

姬小小拖着长长的裙摆，缓缓走进侧殿。凌未然说，进殿的时候，要走得慢一些，因为这是宫里，和外面不同，和爬山更不同。

"逍遥侯携妹进殿参见万岁！"太监抑扬顿挫的声音再次响起，两人终于进殿。

"凌未然拜见吾皇万岁万岁万万岁！"凌未然拉一下姬小小的袖子，先行跪下。

姬小小点点头，也跪下："姬小小拜见吾皇万岁万岁万万岁！"

虽然对面那个是属于"她的"，但是好在姬小小从小心中没有"膝下有黄金"的想法。她觉得，要保护自己的值得保护的东西，连命都可以不要，屈个膝又有什么关系？

也多亏她这种异于常人的想法，让凌未然少费了不少口水。

皇位上首坐着魏国元帝凌玄墨，他的身边，是穿着盛装的袁皇后。纳妃的时候，皇后自然是应该在的。

玄墨看了看她，对着身边的总管太监挥挥手。

那总管太监拿起案台上的圣旨便开念："奉天承运，皇帝诏曰：姬氏小小，虽出身山野，然德才兼备，有柔明之姿，懿淑之德，京城凶案当属首功，金矛王爷怜其才德，招为义女。朕重其性资敏慧，训彰礼则，幽闲表质。册封为贵妃，赐居长乐宫，钦此！"

姬小小早知这步骤，不过却不知道这圣旨比裹脚布还长，差点打起瞌睡来。幸亏凌未然拉了她一把，方才觉醒，磕头领旨谢恩。

很快，一个太监端了托盘过来，上面放着两杯茶，让她给皇上皇后敬茶。

姬小小接过来，给玄墨递上茶，还真做到了纹丝不露，惹得玄墨原本一颗七上八下的心此刻安然了不少。

匆匆喝过，姬小小又托着盘子走到皇后面前："皇后娘娘，请喝茶！"

皇后半晌没动，一双凤目扫过姬小小的脸庞，上下打量，良久，才伸出纤纤素手，端起杯子轻呷了一口。

放下杯子，回头看了一眼玄墨，小声道："臣妾道皇上看上了什么绝色之姿，原来不过尔尔！"

姬小小抬头看了一眼皇后，皇后凤眼柳眉，樱桃小口，脸蛋只有巴掌大小，肤色白皙，倒是大美人一枚。

听凌未然说，这位皇后是摄政王刘鉴雄的外甥女，娘家背景大得很。此言果然不假，没听说哪个皇后会这么对皇上说话的。

不过姬小小倒是无所谓，她不漂亮，从她懂事起第一天就知道。

只是玄墨可不是这么想的，他看一眼低着头的姬小小，竟有些手足无措起来，气不打一处来，只得回应道："这世上除了皇后自己，还有哪位女子的容貌是可以入你的法眼的？朕这不是体恤皇后，给皇后省事嘛，省得皇后总想着找人家麻烦，人家没有容貌被你毁，不是正好？"

袁皇后的脸色忽青忽紫，一下子竟然无法反驳，只得气呼呼地坐在座位上。

当然，他们的谈话，大臣们是听不见的。

姬小小置若罔闻，将托盘交给旁边伺候的太监，就退了下去。

"带贵妃娘娘去长乐宫！"玄墨挥挥手，不理会身边的皇后，起身叫一声，"退朝！"

大臣们山呼万岁散去，只留下脸色有些发青的皇后。忽地她站起身，跟着玄墨走了出去，叫道："皇上，今晚请到凤仪宫留宿，悦儿想父皇了！"

这话，不是请求，仿佛是命令，让玄墨眉头紧锁。

第四章　宫深深悍妃专宠风波起

是夜，长乐宫内人头攒动。

姬小小百无聊赖地坐在桌前，头上的发饰已经全部去掉，长长的秀发披散在脑后，一直垂腰。厚重的盛装也已经除去，只留下中衣。

"娘娘，天不早了，要不早些休息吧！"金玲叹口气，看着充满希望的姬小小，不忍心告诉她，刚才打听过消息，皇上已经去了凤仪宫袁皇后那里了。

"是啊，天不早了，玄墨怎么还没来啊？"姬小小嘟嘟嘴，"他说今天开始就可以陪我睡觉了的，我都一个月没好好睡觉了。"

金玲不知该如何劝解，只好道："娘娘，反正都在宫里了，不在乎一天半天的，明后天让皇上多来几趟也是一样的。"

"傻等着也没用！"姬小小站起身，金玲大喜："娘娘可是要安歇了？"

"我去找玄墨！"说完，姬小小的已经大步往门外走了。

"娘娘……"金玲大惊，"娘娘，你这样去不妥啊，你又不知道皇上在哪里，再说了，宫里有宫里的规矩，不能随便去打扰皇上的！"

姬小小挑眉："什么皇上不皇上的，他还不是我的？我说让他来陪我，就得来陪我。"说完，一抬腿，已经迈过了门槛。

金玲一脸的无奈，也知道打是打不过她的，这几天相处下来，也知道她决定的事情，九头牛都拉不回来，只好跟在后面道："娘娘，你等一下，这样出去可不行，总得整理一下衣衫和头发。"

"这是玄墨的家啊，在家里穿什么有什么关系？"姬小小一脸不在意，随手从金玲头上拔下一根发簪，将自己头发绾了个简单的髻，接过金玲递上来的披风，就这样简简单单出了长乐宫。

"娘娘，你知道皇上在哪儿吗？"金玲觉得是不是应该把自己知道的情况告诉她。

没想到姬小小摇摇头，笑道："我自己的东西，怎么可能会不知道在哪儿？"

金玲正在诧异她的消息怎么如此灵通，只见她从袖中拿出一个炮筒状的东西，不知道怎么一弄，一枚闪亮的粉色信号弹就飞了上去。

不一会儿，一只七彩羽毛的小鸟儿就落在了两人面前。

"阿彩，带我去见玄墨！"姬小小轻轻拍拍鸟儿的头，那鸟儿立刻转头，往凤仪宫方向飞去。

"走吧！"姬小小拉了一下金玲，紧紧跟在阿彩后面。

不是吧，这样也行？金玲有些目瞪口呆，不由自主摸摸脖子上的七彩羽毛，不由有些汗涔涔起来。

她是不是一不小心，把自己给卖了？

主仆二人很快到了凤仪宫，宫门口站着两个当值的太监，一见到她们只当是哪个宫的宫女，不由大声道："你们是哪个宫的，怎么擅闯凤仪宫，可知道这里是皇后的住所吗？"

"大胆，这是皇上今天新封的贵妃娘娘，见到了还不行礼？"金玲大喝一声，摆出威严，怒视着两个太监。

两个小太监吓了一跳，赶紧赔笑道："贵妃娘娘请恕罪，不知道娘娘深夜到此，有何贵干？"

姬小小好奇地看着他们两个，半晌不说话，惹得两个小太监心中直打鼓，不知道这个新来的主子脾气如何，他们位卑职小，虽然有些势利眼，也是因为自己是皇后宫里的人。不过如果新主子真介意，恐怕少不了他们一顿好打的。

皇上和皇后置气的时候，拿下人出气的事儿可多了去了。

"咦，你们变脸真的好快啊，怎么做到的？"好半晌，姬小小才冒出一句谁也想不到的话来。

金玲终于做出以后将黑线长期挂在脸上的准备，而那两个小太监可不明白这位新主子的意思，只是"扑通"一声跪下："娘娘饶命，小的以后再也不敢了。"

"你们干吗跪下，其实该我跪才对，我挺想学学的。"姬小小一本正经地想了想，"不过今天没时间，我要先见玄墨！"

玄墨？

哎呦喂，那不是皇上名讳吗？

两个小太监吓得把头都点到底了，这宫里，谁敢直接叫皇上名字？

"娘娘，你不能直接叫皇上名讳，应该叫皇上！"金玲小声提醒。

姬小小不解："真奇怪，名字取了不就是让人叫的吗？不让人叫，那大家取名字有什么用？"

这个……

"玄墨……呃，皇上就在里面，我们去里面找他！"姬小小一向都是从善如流的，皇上

88

就皇上，横竖不就是个称呼不是？

说完这话，也不再看地上跪着的小太监，带着一脸无奈的金玲就直接往凤仪宫里走。

阿彩对自己羽毛是十分敏感的，很快便到了凤仪宫主殿凤仪殿，在门口停滞不前了。

好在凤仪宫人多手杂，经常来新的宫女太监，同一个宫的经常互不认识。姬小小和金玲都是轻便的打扮，看上去都不像主子，一路上的人只道是新来的宫女，完全没有人拦着。

"他就在里面呀？"姬小小笑得眯了眼睛，"太好了！"

"娘娘……"金玲还是想劝一下，"皇后娘娘也在里面。"

"哦，原来是在皇后这里啊。"姬小小点点头，"如果他们要谈事情，那我就像上次在蓬莱阁一样，睡在玄墨怀里就好了。"

"……"

要怎么解释皇宫不是蓬莱阁，皇后也不是金香玉和江晚月呀！

"玄……皇上！"在金玲发愣期间，姬小小已经一步踩进了凤仪殿。

这边袁皇后正和玄墨拉着一个三四岁的小男孩说着什么，一见到姬小小，不由愣了一下。

"小……姬贵妃，你怎么来了？"玄墨没想到姬小小会忽然出现，看她轻便的装束，想是刚从长乐宫过来的。

这急着出来，出什么事了？

"你说陪我睡的，可是你又不来。"姬小小伸个懒腰，"我睡不着，就来找你了，我要抱着你睡！"

没有抱怨，没有指责，几乎和在蓬莱阁一样的对话，说完，她也不管不顾，直接坐在玄墨腿上，抱着他的腰，找了个舒服的位置。

玄墨有些内疚，本来是答应今晚开始陪她睡的，可是，高处不胜寒，他也是身不由己啊。

小小，给我点时间好吗？

轻轻捋了一下她的长发，玄墨心中暗叹口气。

一旁的皇后则是看得目瞪口呆，到此刻才反应过来，立刻怒道："皇上，姬贵妃这样子成何体统？！"

"小小来自山野，不懂宫里规矩，今天就算了吧！"玄墨口气有些软，"朕还是跟她回宫去吧，毕竟她第一天入宫，人生地不熟！"

"皇上，悦儿难道还比不上一个山野女子吗？"皇后气急，没想到他还要包庇这个女子。

"悦儿都已经困了，朕也陪了他许久，不管怎么说，今晚都是贵妃的新婚之夜，看在皇叔分上，朕也应该去长乐宫！"说完，玄墨面无表情地搂着姬小小站起身，看着坐在一旁打瞌睡的小男孩，对着身边的宫女道："奶娘，悦儿困了，带他去休息！"

"是！"奶娘赶紧行礼，将悦儿抱起来。

"不许走！"袁皇后拦住奶娘，"皇上，悦儿说今天要跟父皇一起睡！"

玄墨皱了眉头："他几时这样说过？"

【第四章 宫深深悍妃专宠风波起】

89

"臣妾是悦儿的亲娘,他想什么,臣妾难道会不知道吗?"

"照你这么说,太后也知道朕心中所有的想法了?"玄墨冷笑一声,"那以后宫里和国事就全部让太后来处理好了,也让太后来陪伴你,反正都是一样的!"

这话的理有些歪,袁皇后气得不轻。

她自然知道自己是怎么进宫,怎么当上这个皇后的,既然提出来了,她也不怕了:"皇上,太后也希望自己的孙子能开开心心,皇上千万不要为了儿女情长而忽略了自己的孩子!"

"皇后这是在教训朕?"

"臣妾不敢,臣妾只是进谏!"袁皇后傲然行了一礼,站在原地,直视玄墨,再看看他怀里昏昏欲睡的姬小小,一时有种恨不得剥其皮,食其肉的冲动。

玄墨冷声道:"皇后的谏言朕记下了,等回去三思以后再来答复皇后!"说完,搂着姬小小继续要走。

"皇上,你今天就这么走了,臣妾明天如何面对这六宫三千嫔妃?"

"那是皇后的事。"玄墨不理会她,"皇后不是六宫之首吗,这内宫之中,还需要跟谁交代吗?朕在这内宫之中,似乎也在皇后的管辖之中,是吗?"

"皇上!"皇后张开双手,"今晚臣妾绝对不会让你走,就算闹到太后那里,此事也不会是臣妾的错!"

"她当然不会说你错!"玄墨眯起眼睛,终于不耐烦,"让开!"

"不让!"皇后一跺脚,忍了这么久,费了这么多口舌,她早就不想忍下去了。

反正撕破脸也不是这么一回了,她恨就恨,这次他们吵架的源头,居然是个刚进宫的野丫头!

两人大声吵嚷,玄墨怀里的姬小小自然也睡不好,她看看皇后,又看看玄墨,叹口气:"玄墨,你好笨哦,路这么大,你干吗非要从皇后拦着的地方走呀!"

说完,搭在玄墨腰上一提,脚下一错,已经到了皇后身后。

皇后眼前一花,连姬小小怎么转身的都没看到,只觉得一阵微风闪过耳际,眼前两人都不见了踪影。

转身,两个人已经站在自己身后,甚至刚才姬小小还没忘拉了一把身后的金玲。

"反了,想在凤仪宫造反吗?!"皇后已经在崩溃的边缘了,"来人哪,来人,给本宫抓住这个野丫头!"

很快有两队侍卫跑了过来,看着玄墨怀里的姬小小面面相觑。

他们都只是吃公粮的,皇上怀里的人,他们可不敢抓。

"给本宫抓住这个野丫头,她挟持了皇上,抓住有赏!"皇后跺脚,柳眉倒竖,"还愣着干什么,还不快动手!"

侍卫们还在犹豫……

虽然皇上在大家眼中不过是个挂名的主子,可是好歹是皇上不是?

"动手啊，本宫的话这么不可信吗？"皇后继续叫嚣。

侍卫们动了一下，刀剑对准姬小小。

"谁敢动！"玄墨怒视着那些侍卫，"谁敢伤了贵妃娘娘？"

是贵妃，新封的贵妃？

到底是什么情况啊？

"动手啊！"皇后咆哮了。

姬小小叹口气，看着皇后，再看看那些侍卫："你们的姿势不对，抓人不是这样抓的，唉……"

说完，一提玄墨的腰，一个飞跃，就已经到了凤仪殿对面的屋顶上，并叫道："皇后，技不如人就要认输，人我抢走了，你也得好好练练，这样抢东西可不行啊！"

抢东西……

皇上是东西吗？

难道不是东西？

凤仪殿外的侍卫们头脑有些凌乱。

皇后气得脸色发青，刚要发作，又觉得眼前一花，刚刚站在不远处的金玲一下不见了踪影。

"哎呀，差点把你忘了！"姬小小在屋顶上拍拍额头，"不过你放心，只要是我的东西，不管在哪里，我都一定会抢回来的。"

说完，一手一边，拉着玄墨和金玲，就翻出了凤仪宫的宫墙。

"来人哪，把本宫的马鞭拿来！"皇后气得七窍生烟，什么规章礼仪全部顾不上了，手抓着门沿，嘎嘎作响。

"娘娘……"一个看上去有些年长的宫女小声道，"皇后何必跟个野丫头置气，她一进宫已经犯了大忌，皇后娘娘你可不能学她啊！"

皇后发飙的手停在半空，有些冷静下来："嬷嬷，怎么说？"

"从凤仪宫当众劫走皇上，这里这么多人都看到了，明天到太后那儿告上一状，皇后觉得太后站在谁那边？"那宫女低头小声道，"皇后何必纡尊降贵，和她斗气，自有人会替咱们出气的！"

刚才事出突然，再加上这皇后原本就性子刁蛮，要得到的东西一定要得到，又有强大的后台，让她一时没忍住，现在听这嬷嬷一说，倒也沉思了起来。

"娘娘，您先消消气，喝杯水。"那宫女扶着她进屋，递上一杯茶，"奴婢看那丫头，只会些蛮力，却不长脑子，这种人好对付得很！"

"可是今日这口气本宫不亲自出心中总有些不甘！"皇后咬牙，"明日这事传出去，本宫岂不是成了六宫之中的大笑话？"

那嬷嬷道："皇后，来日方长，你急什么？皇上也不过是看金矛王爷的面子，您也不想想，这一个过气的王爷，能有咱舅老爷大吗？过几天，他还不是得乖乖回来给娘娘道歉？"

【第四章 宫深深悍妃专宠风波起】

皇后一听，这才得意起来："说得也是，月嬷嬷，舅父他老人家把你放在本宫身边还真是明智之举！"

"多谢娘娘夸奖！"月嬷嬷低头，越发谦卑，"再说了，皇后你想想，这后宫之中，只有你有个皇子，将来还不是太子，您就是太后，这天下，还不是您的？"

皇后笑着点点头，随即撇撇嘴："话虽这么说，可本宫看太后和舅父一心向着那个常陵王……"

"不管向着谁，娘娘总是舅老爷的嫡亲外甥女，怎么都亏不了！"月嬷嬷看看奶娘，冲她使了个眼色。

那奶娘赶紧抱着悦儿过来，显然是之前没有听到两人的窃窃私语，也知道皇后刚才气着了，也忙劝道："皇后娘娘请看，小皇子的眉眼跟皇上多像啊，皇上一定爱极了他，断不会为了其他女子怠慢了皇后和小皇子的！"

"啪！"皇后忽然扇了那奶娘一耳光，"你的意思就是说，悦儿和本宫不像？"

"奴婢不是这个意思！"奶娘赶紧跪下，浑身打战。

"不会说话的东西，滚下去！"月嬷嬷嫌恶地瞪了奶娘一眼，那奶娘连滚带爬地抱着怀里的皇子出去了。

见她走远，月嬷嬷才道："娘娘越是介意，越是会惹人怀疑！"

皇后神色一凛，挥挥手："你退下吧！"

"是！"

凤仪宫终于在一阵鸡飞狗跳之后，归于平静。

而长乐宫，才开始真正热闹起来。

宫人们远远就看到有什么越飞越近，朝着宫门而来，近了一看，大家都吓了一跳，齐刷刷跪了一地。

洗漱完毕，姬小小伸个懒腰，一把抱住玄墨，把他往床上一放："好了，困死了，今晚终于能枕着你睡了！"

玄墨的额头有疑似青筋的东西突出来，满屋子的人开始东张西望，有些夜观星象，准备投考国师，有些抱负小些，开始研究自己的掌纹，将来万一出宫也好谋个算命的差事，不至于饿死。

还有一些很明显是女红爱好者，此刻正低头研究着各人脚上的布鞋绣花鞋以及各种鞋的做工和绣工。

剩下的那些最没出息，正研究地板的铺设，为将来做个合格的泥瓦匠而努力奋斗。

所有的人都表达出一个统一的信息，那就是——奴婢们什么都没听到，什么都没看到，请主子们继续！

多有上进心，又多么体贴的下人们啊，太有前途了！

"你们都退下吧！"实在懒得去计较，也无力去计较这些失礼的宫人们了，要是搁在平时，翻水绊倒的，都够杖毙的了。

宫人们如蒙大赦，赶紧脚底抹油，生怕溜得比别人慢一步。

人走光了，姬小小一把按倒玄墨，在他怀里躺好，叹口气："终于都走了，终于可以安心睡觉了。"

玄墨脸上黑线未退，青筋未消，有些无奈地问道："你刚才大费周章从皇后那里叫我回来，就真的只是为了能好好睡觉吗？"

"当然啊，抱着你睡真的好舒服。"姬小小嘟囔道，"这一个月，我换了好几个枕头，有鹅毛的，棉花的，蚕丝的抱着睡，可是怎么都没有抱着你舒服！"

……

得，他在她眼中还是只是个抱枕。

"你费这么多事，就仅仅为了睡个好觉？"不甘心啊不甘心，好歹找出点别的作用也好啊。

"嗯，睡觉是很重要的，睡得好才能精神好不是吗？"可惜，怀里的人回答得理所当然，不给他任何幻想的空间。

"你不怕皇后生气，给你惹来一身麻烦？"

"不就是技不如人抢不到东西吗，我被三个师兄把东西抢走就从来不生气，改天练好了功夫再抢回来就是了。"姬小小的声音越来越小。

玄墨苦笑，想想明天有可能发生的事情，他不由有些头大。

翌日一早，玄墨抽出自己有些麻木的手臂，准备去早朝。

看看床上睡得香酣的小丫头，他苦笑一声，迟早自己这手大概会因为血行不畅而废掉。可这丫头却是用着"自己的东西"，一点负罪感都没有。

魏国早朝制度由来已久，一般十日一大朝，会四品以上官员，在政和殿正殿，大小文武官员有几百人。五日一小朝，一般在政和殿左侧殿，只会正二品以上官员，只区区数十人。

昨日封妃，则属例外，在右侧殿进行册封，不算朝事。所以今早加补小朝一次，商议国事。

玄墨叹口气，商议什么国事啊，有什么国事真的叫到他手上来商议过吗？

奏折早就让"那人"给压下了，什么事能真的呈到他眼前啊？

好在三日前京郊附近州县"不知为何"、"忽然"出现一批乱民，那人为了体现自己亲民，爱百姓的良好形象，亲自前去镇压，这才让他得了空，纳了小小为妃。

在人前，他却还要叫他一声"亚父"，每叫一声，便起一身鸡皮疙瘩。

在玄墨走后不到一刻钟，正在睡梦中的姬小小被外面嘈杂的声音吵醒。毕竟是练武之人，她的耳朵其实很灵敏，不过对于玄墨，她并不设防，所以即使知道他已经起床，也不去管他，继续睡自己的觉就是了。

不过这一声，让她想忽略都不行。

【第四章 宫深深悍妃专宠风波起】

"太后驾到——"抑扬顿挫，阴阳不分的声音，让她起了一身寒意。

"娘娘，快起床吧，太后来了！"金玲急匆匆赶了进来，推着床上酣睡的人儿。

"我听到了！"姬小小揉揉眼睛，坐起身，"不就是玄墨的母亲嘛，人家儿子现在归我了，总归也是要来看看的。"

这是哪儿跟哪儿啊？

金玲叹口气："赶紧洗漱一下，穿上外衣去迎接！"

姬小小起身，顺从地穿上外衣。虽然她觉得自家人没什么必要，不过对方既然是老人家，也需要给些尊重。

至于梳头，实在是来不及了，因为随着嘈杂的脚步声，已经有一大帮子人闯进了她的房间。

姬小小看着那一队浩浩荡荡十几个人，中间站着一个大概看上去顶多三十岁出头的华贵女子，沉重的金器压在头上，身上穿着金丝绣成盛装，虽然看上去一片金灿灿的。

那些金器锦衣，竟只是用来给她当衬托用的，丝毫没有喧宾夺主。这个女人，好像就应该生活在一堆金银珠宝里面，因为她美得够霸道，美得够嚣张，没有任何一样物件可以掩盖她绝世的容华。

正因为如此，她身上完全看不出一个"老"字，根本不像是一个二十五岁儿子的母亲。

不过姬小小真替她的脖子表示担忧，真心的！毕竟这么重的金器，得用多少支撑力啊？

当然，她也从这里明白了另外一个道理——这个世界上，并不是所有的老人家都是值得尊重的。

至少眼前这个和"老"完全没有关系的妇人，那嚣张不可一世的态度，以及直接闯入她房间的行为，已经被打上了"不值得尊重"的记号。

"奴婢参见太后，太后千岁！"金玲先行跪下，顺便拉了一下姬小小，身边的几个宫女也忙跪倒在地。

昨天刚进宫的姬小小自然不明白宫里的规矩，不过想了想，大概这里的人都是这样见礼的，于是便学着样子跪下，不过不知道该说些什么。

她还没开口，有人却先开了口："一个嫔妃，皇上走了不伺候皇上更衣洗漱，大白天居然还在睡觉，见了太后衣衫不整，成何体统？"

这个人，是太后身边的老嬷嬷，趾高气昂，不输太后。

于是姬小小满怀不解，一脸无辜地看着那老嬷嬷问道："你是太后？"

"你……"那老嬷嬷脸色一青，"奴婢哪有太后这般高贵？"

"哦，我想也是，太后好歹是玄……皇上的生母，都说母子应该有些相像，应该没有这么不讲理的！"好吧，昨天说好的，人前她称皇上，人后她才可以叫玄墨。

不过她这话一出，太后的脸色可不大好看了，冷笑一声："姬贵妃可是在责备哀家不知如何管教下人吗？"

姬小小摇摇头："我没这个意思啊，不讲理的人天生就是不讲理的，怎么管教都是没用的！"

她在点苍山上一直属于"放养"的状态，天机老人一般都不会太去管教他们，所以他们四个师兄妹性格迥异。

这回换太后身边的那个老宫女脸色发青了，立刻跪倒在地："太后，奴婢只是看不下去，奴婢多嘴了，请太后恕罪。"

姬小小已经站起身，很不解地看着跪在地上的老宫女："你怎么吓成这样，我说你不讲理，又没说要杀了你。再说不讲理不过就是一个人的态度性格罢了，还没上升到犯罪的地步，有什么好恕罪的？"

"够了！"太后往前走到上首坐定，狠狠地瞪了姬小小一眼，一脸的不屑，"贵妃娘娘，你刚进宫，不懂规矩，哀家不怪你。但是既然已经入了宫，也被封了贵妃，宫里的规矩还是要懂一点的。听说皇上已经帮你找了尚仪局的两个司仪教你礼仪，哀家身边这个溶华，也在宫中多年，知晓各种礼仪，以后，就让她们三人一起教你规矩礼仪吧！"

姬小小看看跪在地上的溶华，想了想："拜师要心甘情愿的，一个不讲理的人，除非她比我强大，否则我不会拜她为师的！"

太后脸色从青变绿，好在那个溶华反应还算快，赶紧道："贵妃娘娘，奴婢哪敢做贵妃娘娘的师父，奴婢只是告诉贵妃娘娘宫里面的一些规矩，贵妃娘娘不用拜奴婢为师的！"

姬小小一听就笑了："这可是你说的，不是我师父，那你说的话我就不一定听了！"

溶华的脸色变了，求助的眼光看向太后。

"姬贵妃，你太不懂规矩了，你可是皇上亲选的妃子，若是再这么不懂规矩，以后皇上的面子往哪里搁？"太后皱着眉头，想了想，还是拿皇上出来压人。

"面子有什么用，又不能把人打倒，又不能拿出去卖钱，再说皇上听我的，他是我的！"姬小小很自然地脱口而出。

师父说了，强者为王，没听说过面子为王。

"大胆！"此话一出，太后的脸色终于彻底变了，敢情一国之君成了这小丫头的私人所有物了，她居然还敢大声说出来。

不管怎么说，那也是她的儿子，一个小小的妃子，居然敢这样跟她说话？

"你这丫头好生嚣张，居然敢说皇上是你一个人的，成何体统，皇家的脸面，皇家的规矩还要吗？"太后一拍桌子，"哀家都已经不计较昨日你大闹凤仪宫的事情了，今日居然还不知感恩，来人哪，把这小丫头给哀家拖下去，关入掖庭服役！"

掖庭？

姬小小想起来了，好像听独孤谨提过，那是宫里专门关押女子罪犯的地方，很多犯了错的宫女和嫔妃，都关在那里服役。

"我没犯错，干吗要去掖庭？"她睁着无辜的眼睛，看着如狼似虎跑进来的侍卫，忽地恍然大悟，"我知道了，你说凤仪宫，是皇后跟你告状去了吧？她也太输不起了，抢不过我

【第四章　宫深深悍妃专宠风波起】

就找你去告状，有本事，让她自己变得比我强，再把玄墨抢回去就是了，我保证不生气，她这样的行为最让人看不起了！"

"大胆，敢直呼皇上名讳！"太后气得浑身发抖，指着那些侍卫，"你们愣着干什么，还不把这个以下犯上，不知天高地厚的嚣张丫头给哀家押下去？！"

"是！"侍卫们赶紧领命，朝姬小小扑了过来。

姬小小看着几十个侍卫扑过来，不由摇摇头："这动作真是太慢了，连我都不如，怎么可能抓得住我？"

一边说着，她一边抓起床头梳妆台上一串珍珠项链，说时迟那时快，她时候手中的珠子断了线，所有的珠子跟长了眼睛一样往那些侍卫们身上射了过去。

"哎呀……"几声嚎叫传来，所有的侍卫在中途都感觉手脚一阵发麻，就浑身无力躺倒在了地上。

"怎么回事？"太后坐不住了，站起来看着一片混乱的场面，冷笑一声，"好个小丫头，难怪能抓住连环凶杀案的凶手，看来有两把刷子！"

姬小小一本正经地看着太后："太后，你让他们去抓人，难怪都抓不住，这么武功平常的凶手，武功居然还没我高。我听我师兄说，皇宫有很多什么大内高手，武功都很高的，怎么你身边的人这么平常？靠他们保护你，可不行！"

太后浑身抖得更厉害了，忽然大叫一声："达莫尔，达斯尔，你们还愣着干什么，还不帮哀家抓人！"

话音刚落，从外面窜进来两个长得一模一样的人，穿着一等侍卫的服装，一起拱手抱拳道："是！"

说完，就朝着姬小小一掌拍了过来，姬小小叹口气，连打都懒得打了，直接往旁边凳子上一坐，一提丹田之气，用内力在周围铺了一张保护网，那两个所谓的大内高手一掌居然好似拍在铁桶之上，怎么都进不去。

"这就是大内高手？"姬小小好奇地睁大眼睛，"长得一模一样呢，不过没有三师兄说的厉害嘛，我就知道他老骗我！"

说完，将内力往前一推，两个大内高手就凌空飞了起来，"砰"一声，整齐地落到了屋外的青石地砖上。

"噗！"又是同一时刻，两兄弟一捂胸口，喷出一大口血来。

"我才用了三分力，就把你们内脏震伤了啊，武功太差了吧？"姬小小嘟囔一句，"三师兄又骗我，臭师兄，老骗我！"

这话虽然是嘟囔，可屋子里的人都听见了。

"废物，一群废物，连个小丫头都抓不住！"太后终于咆哮了，甩着袖子，摔了茶具，连形象都不要了。

"太后息怒！"宫女太监战战兢兢跪了一地，唯独姬小小还在莫名其妙。

"有什么好生气的，这次打不过，下次再打过就是了，有必要气成这样吗？"说完，从桌上拿出一个瓷瓶，走到门口还躺在地上的两个"大内高手"面前，拿出两枚药丸递给他们，"内伤最难受了，吃了这个就好了！"

达莫尔达斯尔面面相觑，却一下子不敢拿手来接。

"我一年才治十个人呢，你们正好是第二第三，过了这村就没这店了！"对于医术，姬小小还是比较有信心的。

她的信心来自于师父和三个师兄。

反正师父说，她学医比学武有天赋。

"拿着呀！"姬小小蹲下身子，将药丸塞在他们怀里，"这样好了，不记你们号，这药丸不算我医治你们的，反正你们也是我打伤的，这样我今年还能给九个人治病！"

地上的两兄弟此刻从发愣中慢慢反应过来了，看看太后铁青的脸，他们也只好无奈地把药放到嘴里，道："多谢贵妃娘娘赐药！"

"好了，你们回去好好练练，练好了功夫随时找我切磋！"姬小小站起身，拍拍手，太后双手抓着桌子，手指关节都泛了白。

"太后息怒，来日方长！"溶华跪着走了上去，抱了抱太后的腿。

话音刚落，外面传来一声："皇上驾到！"

不一刻，一个穿着黑衣的人走了进来。魏国以黑色和金色为尊贵的颜色，龙袍都是黑色绣上金色的五爪龙纹。

黑色，金色，衬得玄墨肤色格外白皙，脸色红润，看上去越发地吸引人眼球了。

"好好看！"姬小小一下看呆了，眼神都直勾勾的。

她下手还是不够快呀，应该从他来到这个世上就把他抢过来，然后放到角落里藏起来，这样今天就不会有这么多人来跟她抢了。

不过太后是他母亲，好像就算一生下来就抢走了，也还是会来跟她抢吧？

"你以后都这样穿好不好，真好看！"姬小小无视跪了一地的人和脸色铁青的太后，先走上去拉着玄墨左看右看。

"咳咳！"玄墨看看倒了一地的侍卫，和门口还只能勉强坐起来的两个"大内高手"，不由轻咳一声掩饰情绪。

实在是……他怕自己不小心笑出声来。

"母后！"不理会姬小小，先上去给太后行礼，低头，掩去嘴角的笑意。

"哼！"太后一甩袖子，背过身子。

"母后息怒，儿子听说新来的姬贵妃冲撞了母后，下朝以后就赶紧赶过来了。"玄墨语气十分平静，"不过姬贵妃刚进宫，什么规矩都不懂。从小又是山野之中长大的，母后您出身高贵，又贵为太后，想必不会跟个野丫头一般见识。"

一番话，绵里藏针，表面上责备了姬小小，实际上又说太后大题小做，堂堂一国太后跟

【第四章 宫深深悍妃专宠风波起】

个山野小丫头较真,真是丢了身份和面子!

关键的关键是,这位高贵的太后,从那所谓的山野小丫头身上,半点便宜都没占到!脸都丢到姥姥家去了。

太后的脸色一阵红一阵白:"皇上是在说哀家的不是喽?"

"不敢!"玄墨继续恭恭敬敬地行礼,"这教育贵妃的事情,儿子已经有了安排。儿子只是来请求母后,您大人不记小人过,大人有大量,念在贵妃是初犯,饶了她这一回吧!"

溶华轻扯了一下太后的袖子,冲着她使了眼色。

太后若有所悟,冷冷地看了一眼玄墨:"好好好,哀家教出的好儿子,今日哀家再闹下去,倒成了小人了,哀家走就是了!"

"恭送母后!"玄墨看着气冲冲出门的太后背影,恭敬地行礼。

不走成吗,再闹下去,她也已经拿不出任何东西来跟小小斗了。玄墨想到这里,嘴角的笑意忍不住扩大了。

屋内的宫女侍卫也都相互搀扶跟着走了。

走不多远,太后回头看了一下溶华,冷声问道:"王爷什么时候回来?"

溶华一愣,立刻反应过来:"说是就在这两天了,太后耐心等待几日吧!"

"你那个侄女传个消息都这么慢,也是个废物!"太后眉头一皱,满脸不高兴。

溶华连连称是,又道:"太后,不就是个小丫头嘛,奴婢听说她才十六岁,能有多大本事?武功再高,能和王爷相比吗?太后且先等上两日,等王爷回京了,有那丫头好果子吃的!"

太后这才脸色平和了很多,点点头:"说的也是!"

一行人渐行渐远,他们不知道,在点苍山上,天机老人是每天拿着灵芝雪莲炼出来的丹药当饭给四个徒弟吃的。

姬小小在点苍山住了十六年,她从到山上的第一天开始,就吃那些丹药。那些丹药最大的作用就是增长内力,所以她练一年内功,起码抵人家几十年。

也就是说,她体内的内力现在抵得上普通人修炼几百年的样子。

这世上的普通人,谁能活上几百年?更别说是练几百年的内功了!

当天下午,凤仪宫

屋内太监宫女们黑压压跪了一地。

"废物,都是一群没用的废物!"皇后袁敏用袖子扫了一桌子的茶具,气恨恨地坐在上首的位置上。

"娘娘息怒,这话传出去可不好听,别被太后听到了。"月嬷嬷小声提醒,"依奴婢之见,太后在那个野丫头那里吃了亏,此刻正是需要人关怀劝解的时候,娘娘此刻先过去安抚了太后,省得被人捷足先登了。"

皇后冷笑一声:"哼,本宫自己心情都不好呢,谁有心思去伺候她?"

月嬷嬷神色一凛，看看跪了一屋子的太监宫女，心中嘀咕着，怎么跟了这么一个脑筋不清楚，却刁蛮任性的主子。

然后她挥挥手，让那些人全部退了出去。

"皇后娘娘，不管怎么说，她总归是太后，又跟舅老爷走得近，咱们该巴结的时候，还是得巴结！"

"哼，本宫凭什么巴结她？"皇后一拍桌子，"我就不信，舅父为了她能不管我这个嫡亲的外甥女？她算什么，不过就是命好嫁给了皇帝，后面又知道巴结上舅父，不然她那太后的位置，还能如此稳定吗？"

"哎呀娘娘，你可小声着点！"月嬷嬷赶紧到外面看看，见隔墙无耳，这才放心，"这事儿您心中知道就好了，别时不时放在嘴边。不管怎么说，夫人都是嫁出去的人了，您也不姓刘，虽然身上有一半刘家的血，可总比不上人家枕边的……"

皇后不耐烦地挥挥手："行了行了，本宫知道了，待会去赔个笑演演戏得了。现在先想想，有什么办法对付那野丫头，这口气不出，本宫心里憋得慌，对谁都装不出个笑脸来。"

月嬷嬷叹口气，眼珠子一转道："其实也并非没有办法！"

"哦，说来听听！"皇后一下来了精神。

"那小丫头功夫了得，可还能比过咱们舅老爷去吗？"月嬷嬷很得意地道，"咱们舅老爷可是魏国第一勇士，武功天下第一，这些年，别的不说，送上门的刺客就不少，哪次伤了他一根毫毛？"

皇后立刻领会："你是说，让舅父去对付那黄毛丫头？"说到这里，她顿了顿，有些不耐烦地挥挥手，"舅父还不知道什么时候回来呢，再说让他去对付个黄毛丫头，太给她长脸了。"

"哎，到时候让舅老爷找几个黑旗军的兄弟，跟那丫头过过招就行了，都是舅老爷亲手教出来的，虽然比不上舅老爷，可好歹也得了几分真传！"

"哼！"皇后冷笑一声，"达莫尔达斯尔那两个草包还号称得了舅父真传呢，还不是被打飞了？"

"那不一样，那两个是舅老爷半路收来的，不算得了真传。"

皇后还是不耐烦："要是舅父十天半个月不回来，难道本宫就在这里忍着不出去见人吗？"

忍个十天半个月都忍不了？

月嬷嬷心中翻个白眼，却还是低下头出主意："娘娘要立刻给她个教训，倒也不难。娘娘想想，当年贤妃的事儿，是谁干的，咱们还找谁去！"

"你是说……"皇后目光朝向皇宫的一个方向，点点头，"也是，养兵千日用兵一时，她在宫里待了这么久，也该帮本宫做点事情了。"

"是！"月嬷嬷点点头。

皇后深吸一口气："行了，说说皇上后来干什么去了？"

月嬷嬷点点头："听说，带着那个野丫头逛皇宫去了，走了好些个地方，又带她去了御花园，又带她去了尚仪局，见了两位教习司仪！"

"什么？"皇后拍了一下椅子上的扶手，"皇上亲自陪着的？"

"是！"

"怕她不识路？"

"是！"

"一整天都陪着吗？"

"是，奴婢回来时，还在一起！"

"太过分了！"皇后勃然大怒，站起身，浑身发抖，"我就知道，他就是故意想气我。故意找个野丫头，既没有修养也没有美貌，他就是要恶心本宫，就是要跟本宫对着干，其实这世上谁不知道，不管家世和容貌，本宫才是那个和他最相配的人！"

"娘娘说的是！"月嬷嬷有些无语。

"走吧！"皇后站起身往外走。

"娘娘，此刻可不能去找皇上！"月嬷嬷急了。

"谁说去找他，本宫去找太后聊聊天！"皇后冷声道，"想让我主动去找皇上？他做梦，放心吧，过几天舅父回来了，他一样要亲自到本宫这里赔礼道歉！"

"娘娘说的是！"月嬷嬷对于这一点深以为然。

准备了凤辇，主仆二人起程往慈宁宫而去。

连着两日，姬小小都处于无聊的状态。

皇宫很大，两天了才走了个七七八八。想想以前在点苍山，就这么大的地方，走了十六年，现在忽然跑到山下，才发现原来自己是个路盲。

偌大的皇宫，在姬小小看起来，真的跟个迷宫一样。

幸亏之前有阿彩帮忙才找到凤仪宫，后来又是直接从屋顶"飞"回长乐宫，才没有迷路。

若真是走路，还不知道自己会走到哪里去呢。

尚仪局的司仪也见过了，不过还没正式教她礼仪。看上去，玄墨对教她礼仪这个事情也是兴致缺缺，也不着急上心。

既然皇帝不急，她这个做妃子的，自然更不用急了。

加上之前大闹凤仪宫，又教训了太后的手下，一时间她在宫里的名声大震。倒也让她省了不少事，各宫嫔妃宫女太监，见了她基本上就绕路走了，谁也不敢得罪了她。

这样，她在宫里就很自由了，不用每天跟太后皇后请安，走路也有玄墨陪着，不用跟各宫嫔妃客套唠家常什么的，真是舒服到极致了。

只是，她以前在山上听说皇帝每天要批奏折，处理国事，理应是很忙的，可玄墨这个皇帝好像和传说中不大一样，似乎啥事也不用干。这几天，净陪着她逛皇宫了。

当然，她是不会去问的。

自己的东西自己用，管别人是不是比她更需要呢？

玄墨只有一个，又不能分一半给人家。

不过，再没有主权，玄墨好歹也是个独立的人，这不，傍晚不到，就有人匆匆跑来汇报："皇上，摄政王回来了，正在政和殿左殿等候！"

玄墨神色一凛，回头看看姬小小，皱了一下眉头，随即笑道："小小，我去处理一下事情，马上回来。你要是闷，到处逛逛，记得让金玲和小红跟着你，别迷路了！"

小红是长乐宫中资格还比较老的宫女，对宫里各处环境地段都比较熟悉。

"知道了！"姬小小拍拍他的肩，"放你两个时辰的假，记得准时回来哦！"

当年她养的那些小动物，也没有全部每天每时每刻跟在她身边的，总要有自由喘气的时候。

玄墨连黑线都懒得冒了，直接叹口气："我尽量吧，两个时辰应该也差不多了！"

只不过……

晚上未必能回这里啊，不管怎么说，现在表面功夫还是需要做的。

到时候，恐怕又要上演一场凤仪宫抢人事件了。

那么，是让小小来抢，还是现在告诉她，让她忍一夜？

玄墨想到这里忽然笑了，横竖他也不想待在凤仪宫，如果这丫头有能力再次把他劫走，他大可以当做不情不愿，反正他也是真的打不过她不是？

明天说起来，就把责任推这丫头身上好了。

只是这样，会不会有些卑鄙？

眨一下眼，看看眼前的小女人，玄墨笑得越发灿烂了。反正这小丫头"用"他的时候，从来不会考虑是不是会"使用过头"，他这也算一报还一报了。

这丫头本来就说过要保护他的不是？

想到这里，心情就忽然大好起来，连离开的步伐都格外轻盈。

姬小小毕竟在山上野惯了，整天让她待在长乐宫里不出门真的有点受不了。再说了，前几天她在长乐宫后面找到一片紫竹林，离这儿不远，走过去也不会迷路，她想着去那边种点药草什么的。

下山的时候，她带了好几包草药的种子，因为师父下山的时候跟她说，她一年半载之内是回不了点苍山的。

如今到了皇宫，看来是要住上许久了——玄墨说他有他的责任，必须完成。

好吧，她也不是不讲理的人，既然如此，她就等他把责任尽完了，再带他走吧。

到时候他跟着她，也会更心甘情愿一点。

【第四章 宫深深悍妃专宠风波起】

金玲和小红很听话地跟在她身后。

"小红你没有必要跟着了,我走不远的!"想想带着金玲一个人去就行了,对这皇宫里的人,姬小小多少有些喜欢不起来。

做事拘泥规矩,一板一眼,动不动就跪在地上磕头,好像得了软骨病似的。

"这……可是皇上吩咐的,奴婢……"

"皇上听我的,放心吧,没事!"姬小小拍拍她的手,"安心待着,我一定准时回来的,以后走远路,一定让你带着。"

"是!"小红低头,她是奴婢,总是拗不过主子的。

紫竹林确实不远,不过姬小小并不知道有多大,当初只是看了一眼,玄墨并没有带她进去逛逛的意思。

今天进去一看,才知道这紫竹林居然有半个御花园这么大了。看上去那些竹子都长得很好,应该是有专门的人在打理的。

竹子不是很密,所以种点草药应该没有任何问题。种过竹子的土地格外肥沃,这些草药应该会长得很好。

锄地,翻土,好在此刻刚刚傍晚没过多久,月亮也升起来了,倒是还看得清楚。

不过在影影绰绰的紫竹林中,两个女子,在里面来来去去说着话,本身就是一件很诡异的事情。

等种得差不多了,姬小小拍拍手松了口气:"终于差不多了!"

直起身子,居然已经月上中天,想必至少已经过了一个多时辰了。

"娘娘,我们该回去了吧,皇上该回来了。"金玲看看时间,还是急着拉她回去。

姬小小刚走了两步,忽地停了下来。

"怎么了?"金玲不解。

"你听到了吗?"姬小小凝神。

"听到什么?"

"琴声啊!"

"嗯?"

"好好听的琴声呢!"姬小小拍手,"比我二师兄吹的笛子还好听,我去看看去!"

金玲急了:"娘娘,你可别乱跑,皇上快回来了。"

"你先回去告诉他一声呗,我自己去看看!"姬小小说完,灵巧地穿过竹林,很快不见了身影。

"哎——"金玲脚下一动,就想跟上去,随即又叹了口气。算了,她怎么追都追不上她的,还是回去告诉皇上的好,一切都让他去头大好了。

姬小小三下两下,掠过竹林,顺着琴音走了一段,才走到一处清静的别院。抬头看去,见是一处院子,前方有个小楼。

院子四周也种上了紫竹，只留下一小块青石铺成的小院落。此刻，一个白衣男子，坐在琴架前，纤长的手指正轻轻拨动着琴弦。

琴架前方，放着一个香炉，炉中插着一支香，在月光下，一股清幽的白烟袅袅升起，青烟很淡，却不知道为什么，却将眼前这个白衣男子的脸庞笼罩起来。

好似下凡的仙子，总是在纱物之中若隐若现，虚无缥缈。

男子侧身而坐，姬小小更看不清楚他的真容，只觉得他五官清秀出尘，长发简单地束起在背后，用一根白色的丝带轻轻绑着，一切看上去那般随意安然。

他的手仿佛有魔力，一串串音符从他手下飘出来，平静，婉约，波澜不惊，仿佛这世间已经没有任何事情能乱了他的心性。

听着他的琴音，即使暴躁之人也会变得冷静，哀伤之人亦会停止落泪，让人从迷茫，到平静，再到看开一切。

香炉中烟尽，琴声缓缓收起，余音袅袅，犹自在耳，似乎可以绕梁三日。

"何人深夜到访？"男子转过头，看着姬小小，那脸庞，果然如他的人一般隽秀。

姬小小觉得他长得好像有点像一个人，又有些不像，可又不知道是什么人，一下子，竟然看呆了，没有反应过来。

"你是哪宫的？"见姬小小不回答，白衣男人又笑着柔声问了一句。

为了干活方便，姬小小今日穿得比平时还要轻便，将满头的头发都盘了起来，找了两根银簪子固定，身上穿的是宫外带进来的便装。怎么看都不会有人把她认作是贵妃娘娘的。

"长乐宫的！"她也没想解释，想想这个宫里，一听到她是那个什么贵妃，就有一堆人对她又跪又拜，还有几个人常来找她麻烦，她就觉得挺不舒服的。

眼前这个谪仙一样的男子，可别也落了俗套了。

下意识里，姬小小总觉得任何俗世的东西，都不应该沾到这个男子身上，不然，就是一种亵渎。

"你叫什么名字？"男子再次柔声问。

"小小！"姬小小老实回答。

男子上下打量着她，随即嘴角泛起一丝笑意："倒是人如其名。"

"你叫什么？"姬小小仰起头，眼神有些迷茫。

这男人，笑起来好好看呢，真的是仙子下凡吗？

"好没规矩的丫头，刚进宫的吗？"男子还是在笑，随即吐出两个字，"玄尘！"

玄尘？

姬小小歪着头想了想："玄尘，也是人如其名呢……不过我听玄墨说，他当了皇帝以后，玄字不是不能用了吗，为什么你可以用？"

玄尘脸色微微一变："你……认识他？"

姬小小点头："是啊……你也认识他吗，他是我的人，你是他的什么人？"

玄尘听到这里，脸上倒是平和了很多，只是有些微微的诧异："你说……他是你的人？"

"是啊，我觉得他长得好看，就收他做我的人了。"姬小小很自然地回答。

"是吗？"玄尘嘴角的笑意在扩大，"你可知道他是谁？"

"魏国的皇帝喽。"

原来她知道啊，那似乎很有趣啊！

玄尘嘴角轻动，将脸凑到她面前："那么，你看看，是我好看，还是他好看呢？"

"嗯……"姬小小认真地看着玄尘的脸，想了很久才道，"你们两个都好看，可是不一样。玄墨是那种特别特别漂亮的，让人一看，就忍不住想收为己有。不过他的美，属于入世的那种，可以近看。你嘛……好像应该装个架子供起来，让人仰起头来看，就连你的衣角都不可以让人摸到，不然就是亵渎。"

一个入世之美，一个出尘之美，这两种美，似乎真的没法放在一起比较。

难得听到这么精辟的话语，玄尘笑意更浓："呵呵，原来，我是应该放到架子上供起来的，那我岂不是成了菩萨？"

"你不是菩萨，菩萨太木讷，哪有你灵动？"姬小小一本正经地回答，"应该是谪仙才对！"

"哦？"玄尘大笑起来，"不错，谪仙……哈哈哈……"

"我的话很好笑吗？"姬小小被笑得莫名其妙。

"不！"玄尘摇头，"是你很好笑！"

"我？"

玄尘笑而不语，指指不远处的台阶："要坐下吗？"

坐台阶上？

姬小小四周看看，除了琴架前面的凳子，果然是没有其他坐的地方了。好在她自小在山野长大，随到随坐，倒也不介意，当下很爽快地点点头："好！"

说完，自己就先走了过去，一屁股坐了下来。

玄尘看着她毫不客气的做派，眼中闪过一丝疑惑。

他大概可以猜到她的身份了，可是看她的做派，又似乎有些不确定起来。

"对了，你的名字和玄墨这么像，难道你和他是堂兄弟或者亲兄弟？"姬小小想到一个问题，凌未然似乎并没有告诉他玄墨有亲兄弟。

玄尘听到这个，嘴角牵动了一下，笑道："我什么都不是，只是宫里一个闲人罢了。"

"哦！"姬小小点点头，"跟我差不多，不过我不会弹琴！"

玄尘看看天色，笑道："你这么晚不回去可以吗？"

姬小小这才"哎呀"一声站了起来，"你不说我还忘了，是该走了。对了，这里离长乐宫这么近，我以后可以常来吗？"

这里，离长乐宫近吗？

玄尘有些诧异，随即看看不远处的紫竹林，不由失笑。

这宫里，大概也就是她会从紫竹林里直接穿过来了吧？那里都是泥地，别说嫔妃们，就连宫女，都不愿意走那里的路，怕沾了一脚的泥。

从长乐宫到这里要绕一大圈才可以到。不然，以玄墨的性子，怎么可能让他们两人如此接近？

恐怕，连他都没想到这条近道吧？

"好，只要你有空，随时恭候！"也许是日子太过平静了，玄尘忽地心中有些恶作剧的念头冒出来。

"太好了，以后总算有点事情可以做了！"姬小小说完，身影已经消失在竹林深处。

长乐宫内一片平静，没有丝毫来客的情景。

"玄墨还没回来吗？"姬小小看着金玲，四周看看也没有找到自己要找的那个人。

"来过了。"金玲叹口气，"我说你要待会才回来，他便说不等了，今晚不能宿在长乐宫，说要去凤仪宫。"

凤仪宫？

想起那个皇后，姬小小心中顿时有些不是滋味。

她这辈子最痛恨的就是技不如人，却非要使小手段，背后告阴状的人。

可是今晚，"她的人"——玄墨，居然敢私自抛下她，去了凤仪宫见那个阴险小人，这让她满心不爽。

"我去找他！"姬小小难得有些生气，站起身就要往外走。

"我的姑奶奶，你可别再惹事了。"金玲赶紧拦住她，"皇上已经很伤脑筋了，左右为难，又不想让你伤心，可是后宫之中，讲的就是个公平，不可能天天待在长乐宫，要雨露均沾。"

"什么公平，雨露均沾？"姬小小没好气地道，"这个世界上自有人以来，就从来没有公平的事情过，只能说怎么做最合理。这公平对嫔妃们是公平了，对玄墨公平吗？怎么没人想过他到底愿意不愿意去呢，怎么没人想过要给他公平呢？"

"这……"金玲有些哭笑不得，只得哀声道，"就当看在我的面子上，别去闹事了，我让她们给你整理被褥去，要闹，也明儿再闹可好？"

"这闹不闹，还得讲时候吗？"姬小小总是感觉有些气不顺，她是脾气很好的那个人，很少很少生气的。可是现在，她真的有点生气，不光是生气，胸口还有些发闷，甚至有些酸溜溜的，让她很不舒服。

金玲见她不动了，想着她在犹豫，赶紧让身边的几个宫女去收拾被子去，让这姑奶奶赶紧睡下。

"啊——"刚过一会儿，床边忽然传来几声宫女的尖叫。

【第四章　宫深深悍妃专宠风波起】

金玲和姬小小回头,却见床边地上坐了三个瑟瑟发抖的宫女,还有原本站着的两个宫女,也是浑身发抖,从这里看过去,可以看到她们惨白如纸一样的脸。

"怎么了?"姬小小顾不得和金玲辩论了,两人一起往床边走去。

"蛇……蛇啊——啊——"终于有个宫女找回了自己的声音,整个人连滚带爬就往姬小小她们的方向退来。

这声一出,那些手中拿着物什的宫女们,齐齐丢了手中的物件,手脚并用往门口跑去。

"蛇有什么好怕的?"姬小小走前一步,果然看到自己的床上,正盘坐着一条足有五六尺长的眼镜蛇,正虎视眈眈地盯着她看。

金色的蛇身,琥珀色的眼睛,吐着长而红的蛇信子,看样子,是饿了很久了,随时准备攻击别人。

姬小小笑起来,口中发着"呲呲"的声音,不一会儿,那条眼镜蛇竟然一下来了精神,也吐着分叉的舌头冒出"呲呲"同样的声音。

"哦,饿了三天了啊!"姬小小笑,"我给你找吃的去……金玲,去厨房拿点生肉什么的给它吃……咦,金玲,人呢?"

姬小小回头,哪里还有金玲的影子,再看看整个屋子,半个人影都见不到。门口,那些宫女都偷偷往里面看,却一个个都发抖,不敢进来。

但是主子在里面,他们也不敢走远。

"娘娘,你别怕,奴婢……已经找人去叫侍卫来了,他们很快就来,你快跑出来吧!"金玲见姬小小终于回头,急得大叫。

"怕,为什么要怕?"姬小小莫名其妙地看着她,"它只是饿了,你们去找些肉来就行了!"

"快,快去找肉来啊,愣着干什么!"金玲的语气,听上去都快急哭了。

很快听到有两个宫女的脚步声急速跑走。

姬小小松了口气,上前轻轻碰了一下那眼镜蛇的头,嘴里发出"呲呲"的声音,告诉它,别急,很快就有吃的了。

屋外,忽然传来一阵凄厉的竹笛声,穿透力十分强。

就在笛声响起的瞬间,那条原本很温顺的眼镜蛇,忽地变了眼神,迅速蹿起,张大口就朝着姬小小扑了过来。

"畜生,找死!"姬小小见眼镜蛇居然变了脸色,她的脸色也一变,在那条蛇蹿起来的瞬间,手一伸,准确地抓住了那蛇的七寸,"怎么出尔反尔,我不是说了,帮你去找吃的了吗,一点点时间都等不了了吗?"

当然,她说的是兽语,外面的人根本听不见,却只是惊讶地看到他们的贵妃娘娘,居然单手抓住了那条眼镜蛇,和那蛇大眼瞪小眼。

眼镜蛇还是在吐着蛇信子,不停地扭动身子,想要攻击姬小小,却一直没得逞。

姬小小这才感觉到了有些不对劲，不由担心地道："小蛇，你怎么了？"

耳边的笛声让她很不舒服，不似玄尘那种让人清净的琴声，这笛声，好像能刺穿人的耳膜。

"笛声有问题，小蛇，你快醒醒！"姬小小使劲拍着眼镜蛇的头，可是怎么都拍不醒它。

正着急间，忽地，有悠扬的琴声响了起来，生生将那凄厉的笛声给压成了平和稳重飘逸出尘的音乐。

是玄尘！

姬小小很肯定那个琴声的来源，她虽然不会什么乐器，可是鉴赏水平被二师兄月希存锻炼得极高，听过便不会忘。

他在帮她！

姬小小心头一喜，看到手中的小蛇也慢慢清醒了过来，眼神还有些迷茫，却停止了攻击的动作。

"娘娘，肉来了，肉来了！"门外，传来宫女欣喜又气喘吁吁的叫声，却到门口停住，接着传来一声尖叫："啊……蛇啊！"

清脆的碗盘砸地的声音传来，应该至少有两个碗盘壮烈牺牲了。

"有吃的了！"姬小小高兴起来，抓着眼镜蛇就跑到门口。

"啊……"这回不是一声两声，而是一片尖叫声。

所有的宫女太监终于都受不了了，大难临头各自飞，一个个往长乐宫门口跑去。

"怎么都跑了，有什么好怕的！"姬小小蹲下身子，捡起地上的肉，"算了，我们吃，不过肉有点脏了，别嫌弃。"

一边围着眼镜蛇吞肉，一边听着耳边已经慢慢静下来的乐声。

很明显，笛声落败了，琴声占了上风。

她的危机也解除了。

"小蛇，你是谁养的，我送你回去吧！"姬小小见吃饱的眼镜蛇，想了想，还是问了一句，"虽然我是很想养你，可是这里的人都怕你，恐怕不能让你留在我身边了，唉……这么漂亮的小蛇！"

小蛇在她脚边吐吐蛇信子，"呲呲"了几声，眼中有些感激。

姬小小伸出双手："我知道了，来上来吧，我带你去找你主人去，让她不要这样对你，那种药，对你有伤害的。"

小蛇一下跳上她的双手，姬小小毫不在意地将它像条围巾一样围在脖子上，就悠闲地朝着宫门口走去。

"啊……"

"啊……啊啊……"

原本已经跑出宫门口的宫女们惨叫一声，跑得更远了。金玲的脸色有些白，却还有些担忧地看着姬小小："娘娘，你……你你，放下，快放下，多危险啊！"

但是她也不敢上前,只敢在远处大声嚷嚷。

"没事,它很可爱的,你不要怕!"姬小小拍拍眼镜蛇的头,"来,给这位姐姐打个招呼!"

小蛇立刻对着金玲吐吐舌头。

金玲脸色更白了,脚下一软,跑得更远了。

"算了,我还是把你送回去吧!"姬小小有些懊恼地叹口气,开始顺着眼镜蛇指的方向走。

渐行渐远,一路上还有执勤巡逻的太监宫女,提着灯笼一见到这一人一蛇,一个个都吓得丢了手中的东西就跑。

姬小小一路畅通无阻,只是心中有些郁闷,为什么人人都怕蛇呢,其实人和动物也可以好好相处的嘛。

走不多远,她停下脚步,仿佛自语:"是这样啊,到了!"

抬头,只见眼前是一处宫殿,上面挂着牌子,明晃晃地写着"惠淑宫"三个大字。

姬小小看着紧闭的宫门,走上前,敲了一敲。

很快,门被打开一条缝,钻出一个小太监的头:"什么人深夜……啊,蛇啊……"

"哐当……"小太监屁股着地外带灯笼落地的声音清晰地传来,姬小小无语地摇摇头,"喂,这本来就是你们这里的东西,你怕什么,真是的!"

说完,推开原本开了一条缝的门,就大步流星走了进去。

"啊……"

"啊……啊……"

"乒乓!"

"哐当!"

惠淑宫的场景比长乐宫更热闹,晕过去的宫女也比长乐宫要多——惠淑宫的人,本来就比长乐宫要多。

一时间,灯笼,脸盆,毛巾……甚至还有鞋子,满天飞。

姬小小再次叹息摇头,脚下没有停留,径直推开前面的一扇门。那是惠淑宫的正殿,亦是淑妃娘娘的寝殿。

之所以不敲门,是因为她已经吸取了一路上各种教训,反正有人看到也会惊叫逃走的。

惠淑宫正殿内,灯火辉煌,床上的人儿正刚起身,不耐烦地大声喝道:"谁在外面嚷嚷,打扰本宫休息?"

不过听她的声音,倒不似起床气,反倒是精神得很。

"你是周淑妃吗?"姬小小走上前,不客气地撩开蚊帐,果然看到里面一个艳丽的女子,穿着中衣,而不是睡觉的亵衣,就这样坐在床上。

"谁?"艳丽的女子抬头,看着姬小小,忽然尖叫一声,往床角落缩去,"啊……蛇,蛇……"

姬小小歪着脑袋，有些不解："这不是你养的吗，怎么你怕啊？"

她脖子上的小蛇忽然冲到前方，冲着那个妖艳女子大吐蛇信子，随即一转头，冲着她"呲呲"了两声，看上去，似乎在笑一般。

"好啊，你骗我！"姬小小狠狠拍了一下它的头，又对床上瑟瑟发抖的女子道，"淑妃娘娘，你身边阿雅和阿铎不在吗，我是把小蛇来还给她们的。"

"滚，滚出去啊，快走开啊……快走开啊，阿雅，阿铎，救命啊……救命啊……"周淑妃似乎完全听不到她的话，只是拼命挥手，赶着离她还有差不多一床距离的那条眼镜蛇。

门外闯进来两个女子，叫一声："娘娘，发生什么事了……啊，我的蛇！"

"你们就是阿雅阿铎？"姬小小顺着声音看过去，只见是两个穿着宫装的宫女，虽然穿着魏国的宫女装，但是从长相上，却还是不难看出是两个异族的女子。

"你……"进门的两个女子面面相觑，一时间竟然不知道该如何回答。

"喏，这是你们的蛇，以后别随便放别人床上了，遇上我还好，要是遇上害怕的，比如淑妃娘娘这样的，就麻烦了。"姬小小将脖子上的眼镜蛇拿下来，递了上去。

呃……

阿雅和阿铎更不知道该说什么了，只是用眼神盯着这个很不在乎手中拿着眼镜蛇的女子。

"快接着呀，要不是金玲她们几个也害怕，我真想自己养呢，不过现在……还是还给你们吧！"姬小小手动了一下。

"是，谢贵妃娘娘！"阿雅先反应过来，她们姐妹也不是笨人，如果此刻还猜不出眼前这个女子的身份，她们这么多年在宫里就白混了。

阿铎赶紧拍了一下阿雅，然后退后一步："贵妃娘娘，奴婢不明白你在说什么，奴婢怎么可能养这个？"

刚才还懵懵懂懂不打自招的阿雅一下反应过来，赶紧点头："是啊，我们姐妹虽然来自晋国，也不怕蛇，可是断不会在宫里养这种有毒的东西的，况且我们娘娘怕蛇，全后宫的人都知道。"

姬小小看看眼中的眼镜蛇，看着它："你不会又骗我吧？"

眼镜蛇"呲呲"几声，很是委屈的样子，又摇了摇身子，表示自己没撒谎。

"好吧！"姬小小抬头看着眼前两人，"养条蛇又没什么了不起的，干吗不承认呢？"

说完，把手中的眼镜蛇放在地上，出手如电，在阿雅面前闪了一下，她的手上，便多了一根竹笛："你就是用这个控制这条可怜的小蛇的吧？"

阿雅脸色一变，下意识要来抢那跟竹笛。

"这个东西太害人了，对小蛇也不好。"姬小小将竹笛两头分别放在自己手掌心，将笛子夹在中间，"这蛇比别的蛇都要大要长，是药粉吃多了的关系吧？你们这样养蛇可不行，会缩短它的寿命的！"

说完，两手一合，手中的竹笛顿时成了粉末，从她的手掌心纷纷落了下来。

【第四章 宫深悍妃专宠风波起】

拍拍手，将手中剩余的粉末拍干净，姬小小才高兴地道："你们不承认我也没办法，东西我已经送回来了，你们自己处理好了，我走了！"

刚走不了几步，身后的眼镜蛇忽地发出"呲呲"的声音，姬小小一回头，也露出调皮的神色，对着它吐吐舌头，同样也是"呲呲"两声。

"好好对小金！"姬小小歪着头，看着阿雅和阿铎，刚才这眼镜蛇真对着她自我介绍呢。跟眼镜蛇小金挥挥手，最后看了一眼床上瑟瑟发抖的周淑妃，"淑妃娘娘再见！"

说完，跨过门槛，留给她们一个华丽丽的背影。

屋内的俩人睁大眼睛，张大嘴巴，再看看床上吓得脸色发白的周淑妃，阿铎忙走了上去，跪下："娘娘，属下办事不力，请娘娘责罚！"

"拿开，快拿开，啊……"不想，那一边，阿雅已经捡起了地上的小金，朝着她们走过来。

周淑妃吓得面如白纸，竟然惨叫一声晕死了过去。

"快装起来，别让娘娘看到！"阿铎有些责备地看着阿雅，从腰间拿出一个小竹篓，小金一见，自动就游了进去。

阿雅见阿铎责备，不由不满地嘟嘟嘴："咱们晋国的公主，居然怕蛇，说出去，真的很丢人！"

"阿雅！"阿铎瞪她一眼，"不许这么说公主，还不帮她躺好？"

阿雅深吸一口气，不情不愿地走到床边，尽一个婢女应尽的义务。

月黑风高，姬小小出了惠淑宫，忽地想起还有一件很重要的事情没有做。

晚上没有合适的"抱枕"，睡眠质量会很差呢。

走了两圈之后，她有些挫败地站在原地。

好吧，虽然玄墨带着她逛了两天皇宫，可是这里的建筑实在是错综复杂，不是点苍山可以比的。点苍山虽然是山势险峻，道路纵横交错，可是因为她总是在山顶，看路就格外清晰，一般都不会走错路。

到了山下以后，她才发现，原来自己竟然是个大路盲。想想每次都叫阿彩出来似乎不合适，而且说不定会被那该死的鸟儿笑话。

登得高，望得远，这是亘古不变的原理。

想到这里，姬小小不再犹豫，一个纵身上了身边的宫墙，站在高处，俯瞰整个皇宫。

整个皇宫，政和殿是占地最大的，宏伟，又有气势，而皇后所在的宫殿，凤仪宫，则是最高的，那是整个后宫权力的象征，所以也不难找。

极目看去，姬小小几个起落，就已经到了凤仪宫内的最高楼，如果没有记错的话，下面就是皇后袁敏的房间了。

想到皇后和她一样，有可能抱着玄墨睡觉，就让她感觉十分不舒服，比刚刚在长乐宫感觉到胸闷气短还要厉害。

不行，无论如何，她都要带玄墨走。

从屋顶翻下来，一个"倒挂金钩"，姬小小牢牢勾住屋檐，朝屋子上面的翻窗里看过去。

玄墨穿着一身黑色镶金边的衣服，不似上朝时的龙袍那样宽大，有些贴身，更显得身材挺拔，玉树临风。

所相同的，是衣服上的五爪金龙，每一条，都炯炯有神，显示着皇家的威严。

此刻，凤仪宫主殿内跪着一溜宫女，手中都托着托盘，上面放满了精致的糕点。

"朕带了你最爱吃的糕点过来，这可是刚才让御膳房连夜做出来的，朕可是亲自在旁边督工的，来尝尝！"玄墨口中讨好的意味很明显，只是笑容有些勉强。

姬小小看着很不舒服，反正她看着玄墨的笑，好假好假。

"臣妾不饿！"皇后翻个白眼，一甩袖子，语带讽刺。

玄墨站在她身后，抓了一下袖子，又笑道："别使小性子了，朕听说你一天没吃东西了，肯定是饿了，吃点吧，要是不好吃，朕再让他们去做！"

"哼，那还不是被你气的？"皇后怒气冲冲地转过身，用手指着玄墨。

玄墨趁机抓住她的手："朕这不是来了吗，上次也是身不由己，可不能怪朕呐。"

皇后深吸一口气："那这么多天了，怎么一次都没到我这里来？"

"朕好歹是一国之君，那日在这里被个妃子掳走，哪还有什么脸面进来，总要让朕有些准备才行啊！"玄墨放缓语气，只有姬小小看到，他背在身后的另外一只手，紧紧地握成了拳头，微微有些发颤。

"是这样吗？"皇后眯起眼睛看着他，"难道不是因为我舅父回来了，逼你过来的吗？皇上，你当年不是说了吗，强扭的瓜不甜，如今怎么跑我这里当甜瓜来了？"

玄墨的脸色怎么样，姬小小看不大清楚，但是很明显，他停顿了一阵才道："好歹几年的夫妻了，我这人口硬心软，难道你还不了解？"

"这么说，皇上这是来跟我道歉来了？"皇后抿嘴，"就拿这些个糕点，臣妾可没看出诚意来。"

"那皇后要如何才肯跟朕和好呢？"玄墨背后的拳头，握得更紧，抓着衣袖，几乎要生生把衣袖捏烂。

皇后想了想，看看地上跪着一溜的宫女，忽地笑道："我要你跟他们一样，托着托盘，跪在地上，求我吃！"

"你……"玄墨的怒气，即使身在屋外的姬小小都能感觉出来，只是很久之后，他才冒出一句，"你不要欺人太甚，朕毕竟是一国之君！"

真能忍啊，姬小小还以为玄墨会一拳挥过去呢。

玄墨忍得很辛苦，这是她第一个反应。

于是，她没有再犹豫，一个翻身悄无声息地落在凤仪宫主殿门口，守卫宫殿的太监宫女还没反应过来，只觉得眼前一花，一道人影风驰电掣地闪进了屋内。只是一眨眼的工夫，站

在皇后身前的皇帝玄墨，从殿内消失了个无影无踪。

"人我带走了，皇后别老想着去告状，还是练好本事再来抢吧！"不远处的屋顶上，姬小小一手托着玄墨的腰，一边冲着里面喊话。

飞行中的玄墨一言不发，到了长乐宫门口，忽道："小小，我还不想进去，陪我走走可好？"

"好！"姬小小很爽快地落地，"你要去哪里？"

"随便走走！"玄墨听问，拉过她的手，自己边信步走了起来。

"你不喜欢去皇后那里，干吗还要去？"姬小小低头，喃喃冒出一句，好似自言自语。

"你怎么知道我不喜欢去？"玄墨嘴角微微一扯，有些好奇。

姬小小快速伸手，抓住他另外一边，此刻藏在袖子里的手，摊开，只见食指外侧早已破了皮，还有血珠渗出来。

"我看到你刚才紧握拳头，拇指不停地使劲摩擦着食指，甚至磨出血来！"姬小小从怀里拿出个布囊，倒出一枚药丸，捏碎，撒在他的伤口上，抹匀，才心满意足地笑道，"明天就会痊愈了，一点疤痕都不会留下的。"

玄墨笑一笑，满不在乎地将手垂下，另外一只手继续拉住她："你的药都好神奇，你身上怎么能带这么多东西？"

"都是师父师兄给的，他们说我武功低，怕我受伤，就给了我很多药！"姬小小老实回答，说完顺便吐了吐舌头。

"你师父和师兄都很疼你！"玄墨若有所思，有感而发。

"是啊，他们是世上对我最好的人了。"姬小小聊到山上的事显然很开心，不过很快，她就叹了口气，"要是这里的人也跟我师父师兄一样就好了，不过玄墨，你不乐意做的事情，为什么要勉强自己去做呢？你自己不开心，别人也不会开心的。"

"有些事情，不是你不想去做就可以不做的，生活在这个世上，实在有太多的无奈。"说到这里，他停顿了一下，"不过有你担心我，我还是很高兴。你让我知道，至少这个世上还有一个人是真心关心我的。"

"都没人关心你吗？"姬小小皱着眉头，忽然感觉心中什么地方被抽了一下，有些疼。

玄墨摇摇头："是有些人的，不过他们关心我也是有目的的，不像你，只是单纯关心我，不是想要从我身上得到什么。你不会算计我，不会去猜我喜欢什么，不喜欢什么，不会想着讨好我，也不会想着打压我，控制我。你跟我说的每一句话，都是你心底想说的真话，对我做的每一件事，都是你自己真正想做的事情，你喜欢的，不喜欢的，你都会说出来，在我眼中，你是最真的，跟你在一起，我从不感觉到累。"

姬小小张张嘴，想说些什么，却又被他打断："小小，我喜欢跟你在一起，没有纷争，没有阴谋。可是，这个世上，并非只有你我，也不只有你和你的师父师兄，还有很多人。他们有的单纯，有的阴险狡诈，有的野心勃勃，有的善良，也有的恶毒……偏偏不是所有善良单纯的人都拥有你一样强大的力量，所以这些人，只能无奈地被恶势力打压着，敢怒不敢言，做着他们不爱做的事情，如果不做，可能会迎来严厉的惩罚，你明白吗？"

说完，玄墨长时间地沉默着。

姬小小似懂非懂地点点头："哦，明白了！"

玄墨叹口气，捋了一下她鬓边的发丝："算了，也不求你懂，你要是真的懂了，就不是现在的姬小小了。"

两个人继续随心地走在皇宫的地上，此刻已到半夜，路上没有什么人，只有几个值夜巡逻的太监宫女，之前也被姬小小的眼镜蛇吓得不轻，少了不少人。

而值夜巡逻的禁卫军，他们的路线，玄墨自然是清楚的，有心躲着走，不是什么难事。

一路上，月光明亮，竟只有他们两人，也算是这皇宫之中难得的清静。

"小小……"走了一路，玄墨忽然转头看着小小，语气很郑重。

"嗯？"姬小小仰起头，看着他。

"答应我，永远都不要改变，就这样吧，永远都跟现在一样，做一个单纯快乐的姬小小，可以吗？"

"嗯！"姬小小郑重地点点头。

【第四章　宫深深悍妃专宠风波起】

第五章 音袅袅林中谪仙踏月来

长乐宫，能长乐否？

玄墨看着不远的宫殿，有些担忧。

"唉……"清晨，一声叹息，从长乐宫传来，姬小小拿起饭碗，将连日来的第二十碗饭，外带菜，全部倒入了旁边的一个木桶之中。

"再这样下去，我都要饿死了！"姬小小托着腮帮子，无奈地看着身旁的金玲。

"娘娘，这样下去不是办法啊，总是往你饭菜里下毒，防不胜防，谁知道她们还会不会在茶水，糕点之类的地方下毒啊，万一你一个不查吃下去了，可不得了了。"金玲也很担忧。

"这个倒无妨！"姬小小无所谓地挥挥手，"我在山上吃了太多师父给我的药，已经百毒不侵了。可是就算这样，也不能让我把毒药当饭吃啊，不管怎么说，毒药吃多了总是不好的，会损坏五脏六腑的。虽然我能自己修复，可也不会明知是毒还吃下去。"

金玲听完，也叹息一声："我现在最怕的是有不清楚真相的宫女太监们见你吃剩下了，就偷偷拿去吃，这样就要搞出人命来了。"

姬小小点点头："是啊，玄墨这几天白天也不在，好在这宫里的人好像武功都不怎么样，不管他晚上去哪里我都能把他抢回来，跟着他，还能混一顿夜宵吃，不然，我就要饿死了！"

饿死倒是不怕，作为贵妃，饭菜不好吃倒掉以后，可以让御膳房重新做一份过来。不过第二次，也未必是无毒的。

似乎总有人想要试探一下姬小小到底有多火眼金睛，不停地挑战她。

还好她武功高强，跳上屋顶，随便跳上哪个角落就能出宫，跑到金矛王府或者哪个酒楼饱食一顿就是。

凌未然知道这个情况，也已经打点了几个宫女，让她们每天都给她送食盒进来。

要不然，若是换了别人，没被毒死，估计已经饿死了。

"玄墨这几天也不知道在忙什么，我答应白天给他自由，可是他这几天消失得也太彻底了吧？"姬小小有些无奈地摸摸肚子，"看来只能等凌大哥的食盒了，又得晚半个时辰吃饭。"

金玲看她郁郁寡欢的样子，忍不住开口："其实，有些事情，我不知道当不当对你说。"

"什么事？"姬小小回头，有些好奇。

金玲欲言又止："其实……这几天，据说后宫要选秀女，皇上忙着这件事呢。"

"秀女？"姬小小皱皱眉头，"我知道，听三师兄说，是给皇帝找老婆是不是？可是玄墨已经有好几个老婆了，怎么还要找？"

"这秀女是三年一届的，从皇上十八岁那一年开始，今年皇上二十五了，照理应该是去年选的，不过去年好像因为什么就没选，今年有人提起来，就又选上了。"金玲得到的也是些小道消息，语焉不详。

姬小小托着腮，嘟嘟嘴："选就选呗，多一个不多，少一个不少，反正玄墨是我的，谁也抢不走。"

"那可难说。"金玲有些担忧，"万一来了一个比你强的呢？"

"这……"姬小小想了想，"玄墨是我的，可是那些秀女，应该是属于玄墨的，玄墨说了算，玄墨面前我说了算，没事的。"

"你……"金玲深吸口气，再吐出来，"算了，当我没说！"估计玄墨听到了该黑脸了，眼前这个当妃子的，居然一点不吃醋，到底心有没有放在他身上啊？

"对了，没事做，我去后面紫竹林一趟，也许我不该种药，应该种点稻子小麦青菜什么的。"姬小小忽然想起正事来，"顺便去找玄尘玩玩去。"

"玄尘是……"金玲的"谁"字还没说出口，姬小小早就不见了踪影。

"唉，好快的速度！"摇头叹息一声，却见姬小小又跑了回来。

"怎么了？"金玲有些好奇。

"太后驾到——"姬小小还没回答，就听到外面传来太监独有的抑扬顿挫的声音。

"摄政王爷驾到——"又响起一声。

金玲和姬小小对视一眼，齐声道："都来齐了嘛……"

"他们又来做什么？"姬小小很无奈，"司仪姐姐说，见了太后要跪拜，见了皇后要行礼，真麻烦！"

"臣妾见过太后娘娘，皇后娘娘！"姬小小想了想，打算实践一下司仪所教的礼节，所以跪了一下，不过很快自己就站了起来。

让她跪很久，她才不干。虽然练过武功，可是这种姿势，很明显不利于身心健康，跪久了腿还是会麻的。

"就是这个野丫头？"一行人浩浩荡荡走了进来，太后身边站着一个男子，四十多岁的年纪，脸色微微有些偏黑，唇边留着淡淡的胡子，五官刚毅如刀削，仿佛雕塑一般立体，面无表情之中却透着一股子属于军人的威严。

此刻，他正以不屑的眼神看着姬小小。

第五章　音袅袅林中谪仙踏月来

"这是本宫的舅父，摄政王爷。"皇后满脸得意地看着姬小小，"当今皇上的亚父，武功卓越，天下无敌！"

"听说就是你，扰得后宫无安宁之日？"刘鉴雄上下打量着姬小小，完全没有臣子见到皇家贵妃的恭敬，而是一脸的鄙夷，那气势，仿佛他才是这个世界的王者。

三天前，政和殿侧殿内，刘鉴雄负手而立。

"皇上，叛乱已经平息！"他的态度倨傲，虽然拱手行礼，那眼神，却根本没看着玄墨。

玄墨倒不以为忤，似乎已经习惯，只是一脸平静地道："亚父辛苦了！"

刘鉴雄点点头，仿佛赞赏他是玄墨应该做的事情："听说臣不在这些天，皇上很是忙碌啊！"

"有亚父在外奔走，朕甚是欣慰，可以安心不少，也可以清闲不少！"玄墨揣着明白装糊涂。

"听说皇上新封了贵妃，据说还是个山野丫头？"可惜刘鉴雄并不打算让他蒙混过关。

"哦，亚父说的是这件事啊？"玄墨仿佛才想起来，"朕纳个妃子而已，又不是什么大事。况且，这名女子在前几日京城数名孕妇被杀一案中立了大功，朕纳她为妃，也是一种奖励。至于山野丫头，更提不上了，她是金矛王叔的义女，也算皇亲了。"

"皇上纳个嫔妃确实不算大事，原本也该是为皇家开枝散叶的喜事。"刘鉴雄眼睛朝下看，"不过，如果这名女子刁蛮桀骜，丢了皇家的脸面，又不顾宫中礼仪，扰乱后宫秩序，恐怕也是不妥吧？"

玄墨假装一愣："亚父初回京，怎么，是谁跟你嚼的耳根子？这女子入宫不过两三天光景，能闹出多大事儿？"

"哼！"刘鉴雄冷哼一声，"据说她进宫当天，就将凤仪宫闹得鸡飞狗跳，第二日又将太后的人给打了？"

"原来亚父是说这件事。"玄墨早就有了一套说辞，"这事本就是个误会，那日贵妃刚入宫，朕本就应该去她宫中才对，不过皇后说悦儿想父皇，朕便去了她宫里，这事是朕做得不对……"

也不说皇后不对，说自己不对，总行了吧？

"若是皇后心中有些郁结，朕今晚去她那里便是，夫妻哪有隔夜仇？"玄墨继续装着谦卑，简直就是低到了尘埃里。

"那新贵妃呢，不该跟太后去道歉吗？"见他这样说，刘鉴雄一下没了可挑剔的地方，随即转了话题。

"贵妃新入宫，对宫里的礼仪不太清楚，贸然让她给太后去道歉，怕是要弄巧成拙，不如等她学好了礼仪，朕再让她给母后去道歉，亚父你看这样如何？"

言下之意：如果这会儿让姬小小去慈宁宫，出了什么事情，朕概不负责，亚父你自己担当吧!

刘鉴雄一时无语，忽地又淡然笑起来，拍拍玄墨的肩："皇上，敏儿是臣最疼爱的外甥女，虽然有些被她娘亲宠坏了，但本质不坏，还望皇上珍惜啊！"

玄墨闭一下眼睛，又睁开："亚父放心，皇后乃是朕的妻子，朕自然会善待她的！"

翌日一早，刘鉴雄气冲冲跑到政和殿质问玄墨："皇上，听说昨日有妖妃从凤仪宫劫走了皇上？"

玄墨苦笑："朕打不过她！"

呃……

"这样不守规矩的丫头，留在后宫迟早是个祸害，皇家礼仪都不顾了，皇上应下旨废了她！"刘鉴雄眉头紧蹙，几乎是在下命令了。

"亚父每日有忙不完的政事，这后宫一个小小妃子，亚父就别操心了吧？她不过一个丫头片子，不值得亚父这么大的阵势打压，知道的，是亚父真心为朕着想，不知道的，还以为亚父连朕的家事也要插手管呢！"

"你……"刘鉴雄怒目而视，可是玄墨的话软绵绵的，虽然带刺，却没有剑拔弩张。

刘鉴雄最终都没有发怒，倒是呵呵一笑："既然如此，算是老臣多事了。既然是政事，这里老臣倒是有一桩政事，想请皇上定夺。"

"哦，什么事？"玄墨挑眉，他有心理准备，绝对没什么好事。

"三年一届官员调动，有些官员已经告老还乡，很多位置空着，臣草拟了一份名单，请皇上过目！"刘鉴雄从袖子里拿出一份奏折，状似恭敬地递了上去。

玄墨打开只瞄了一眼，就知道这老狐狸又要往朝中安插自己的幕僚耳目了，但如果不答应他，他一定会不依不饶，要废了姬小小的贵妃之位。

况且，朝中原本就都已经是他的人了，多几个不多。

想到这里，玄墨豪气地将奏折送回去："这事亚父定夺就是了，朕还年轻，不如亚父考虑得周全！"

刘鉴雄心中暗松一口气，看上去，这个小皇帝还是他手中的傀儡，不足为虑。

至于后宫的事情，他插手太多了，反而让天下人耻笑，不过提点一下还是需要的，另外那个新来的丫头，他也必须给予一定的教训，要不然，还真以为天下无人了。

"皇上！"

"亚父还有何事？"玄墨的语气一贯的平稳，好像早就习惯了被他操纵，甚至对政事毫无兴趣的样子。

"皇上似乎应该选秀女了！"

玄墨一愣，随即道："本是去年该选的，敏儿不是不同意吗？"

"呵呵，倒是我这个做舅父的教女无方了，这为皇家开枝散叶是好事，怎么能由她一个人说了算？"刘鉴雄打着哈哈，一边心中嘀咕着，这个皇帝怎么说话这么不知道转弯？

不过也好，说话直，就说明他没什么花花肠子，好控制。

"既然如此，亚父说了算！"玄墨一推二六五，一副"朕非常相信你"的样子。

让这老狐狸越忙越好，现在的状况，越忙，越乱，越是好！

"这好歹是皇上的终身大事，老臣怎么好全权做主？"可惜这次刘鉴雄并不打算独揽大权。

"姜还是老的辣，朕的眼光哪有亚父的好啊，到时候，让母后和皇后都来看看，她们喜欢的，朕一定喜欢！"

刘鉴雄正色道："皇上，这事儿还得皇上真心喜欢为妙，若不是真喜欢，又怎么为皇家开枝散叶呢？"

"朕有悦儿就知足了，其余的，能散就散些！"

"皇上！"刘鉴雄一下单腿跪在他面前，"臣恳请皇上亲自定夺！"

"这……"玄墨轻轻皱了一下眉头。

今天这老狐狸很反常啊，以前不是恨不得将他的家事国事一把抓的吗？怎么现在反倒非得让自己管起来了？

看他毅然决然的样子，玄墨忽地心中一动。

这老狐狸，是想让自己没法动，想去找小小的麻烦吧？

哼哼，他倒要看看，到时候是谁比较麻烦。

"既然如此，朕便应下了！"玄墨假装为难地点头。

秀女，好，既然让他来选，可就怪不得他了。

"是不是朕喜欢就行？"玄墨加了一句，谦卑有礼，真心请教。

"这个自然，只要家世清白，又让嬷嬷验明正身，就可以进宫！"刘鉴雄愣了一下，不过没多想，只是老狐狸总归是老狐狸，先决条件还是加上比较好。

"如此，朕明白了！"玄墨笑起来，好像受益匪浅的样子。

真是个没主见的小皇帝啊！

这几天发生的一切，姬小小自然是不知道的，玄墨也不会说。

因为他答应选秀女，又答应过一段时间带姬小小给太后道歉，所以即使这几晚她从不同的地方将他掳走，刘鉴雄也没有任何意见。

这老狐狸，隐忍了这么久，自然就是等这一刻了。

"姬贵妃扰乱宫闱，不尊皇家礼仪，理应处罚！"太后有人在身边，似乎很是得意，看了刘鉴雄一眼，有些什么东西，在他们两人之间流动了一下，随即便抖了起来。

"来人，姬贵妃违反宫规，杖责一百！"皇后柳眉一蹙，冷笑一声，看着姬小小。

魏国第一勇士就在这里，看这小丫头还有什么招。

"杖责，凭什么打我？"姬小小斜睨皇后一眼，从现在开始，她决定讨厌眼前这个女人，"就因为你打不过我，不比我强，所以要打我吗？那也得看你有没有能耐打我！"

对于皇后的能耐，她可没放在眼中。

"好狂妄的小丫头，让老夫来试试你的身手！"刘鉴雄怒了，双手握拳，就迈了一步出来。

姬小小一皱眉头："这是我和皇后的事情，要打就单打独斗，为什么要外人插手？"

"我是他舅父，怎么不能管？"

"舅父也不行，抢东西这事，就应该靠自己的本事，自己没本事就得认输，凭什么找救兵，就算赢了也没面子！"

皇后气得牙痒痒："舅父，啰唆什么，让这丫头看看魏国第一勇士的风范，让她看看什么是天外有天，人外有人！"

"好，接招！"刘鉴雄一拳就挥了过去，只用了五成力。

毕竟，真的在宫里闹出人命也不好，打残了就行了。

姬小小一听是什么"第一勇士"，当下提起十分内力，准备先防守。有了黑风寨的前车之鉴，她现在都是先看清楚了再出拳。

只是一瞬，她叹了口气："唉，这就是第一勇士，你们没见过江湖高手吧？你这功夫，连我都打不过的！"

刘鉴雄的拳头，就这样轻易地被姬小小一掌挡下——那还是在她撤掉了八成内力之后。

"我知道了，江湖高手都不愿意入朝为官的，所以叫做那个什么……对了，山中无老虎，猴子称大王，是不是？"姬小小看着刘鉴雄往后退了三步，不由想起三师兄跟她说的俗语来。

"你……居然说老夫是猴子！"刘鉴雄的脸都青了，立刻提起十成内力，不管了，他今天要这小丫头血溅当场！

刚才他试了一下，五成内力，他虽然退后了三步，却没有受伤。而这丫头，应该是出了十成力了吧？

自己可是机缘巧合拥有百年功力，这丫头，就算吃了灵丹妙药，有个几十年撑死了，怎么也不可能是自己的对手。

当然，他一拳出去以后，就后悔了。

要知道姬小小四个师兄妹是天天拿着千年人参百年首乌当萝卜青菜来吃的，一天至少吃一顿，每天都有吃。

见他咬牙切齿地出拳，姬小小留了个心眼，提了五成内力上来，脚下轻旋，先躲过这一招，看清楚他全力施为也就不过如此，便一掌朝着刘鉴雄拍了过去。

刘鉴雄只觉得掌风凌厉，好在对敌经验十足，险险躲过，不想身后的太后和皇后却被掌风扫到，齐齐飞了出去。好在只是掌风，伤害不大。

见自己舅父并没有占到便宜，皇后柳眉倒竖，从袖子间抽出一根六尺长的鞭子，手下一撑地，站了起来，就朝着姬小小甩了过去。

【第五章 音袅袅林中谪仙踏月来】

姬小小一个下腰，躲过那一鞭，不由有些真怒了。脚下一点，从地上直接划到桌边，拿起桌上的玄铁宝剑，一抽出来，便一剑扎了过来。

这一剑看似平平无奇，也并没有太多花哨，可是等她站直身子的时候，皇后的铁鞭已经断成数十节，而冰凉的剑尖，正好抵在刘鉴雄的喉咙上。

"行了，别逞强，你们根本不是我的对手！"姬小小看着虎口被震裂，却还想再上来挑衅的皇后，"好好练练吧，什么时候强过我了，随时欢迎你们来找我挑战，但是我讨厌你们这种手段！"

说完，将剑往后一仰，手一松，看也不看，那剑就直直飞到桌上，准确无误地插入了剑鞘之中。

所有的人都目瞪口呆，皇后第一个反应过来，大叫："舅父，你快动手……"

"噗！"一口血，从刘鉴雄口中喷了出来，皇后大惊："舅父，你……你受伤了？"

刘鉴雄捂着胸口，深吸一口气，瞪她一眼："我们走！"

刚刚他用了十成功力，觉得姬小小非死即伤，所以完全没有留下任何内力保护自己。刚才虽然险险躲过姬小小一掌，却是强行提气，经脉已经倒流。

姬小小砍铁鞭的时候，他趁机想上去偷袭，却不想对方比他不知道快了多少倍，一掌扫过来，顺便将剑架到了他的脖子上。

这一下，不受内伤，就不是正常人了。

其实这一架，姬小小本可以赢得更快，只不过她对敌经验不足，所以慢了一点，好在她的内力和武功都足够，没有受伤。

见三人蹒跚离开，姬小小摸摸了怀里的药丸，本想给刘鉴雄送一粒，可心中竟然不愿意。

算了，随心而为吧！

她从不勉强自己做不愿意做的事情。

"娘娘，你没事吧？"金玲有些担忧，走过来看着姬小小。

"没事！"姬小小叹口气，随即皱皱眉头，"不过这样的人也敢称第一勇士，连我都打不过呢，我真替玄墨感到担心，他是井底之蛙吗？没见过武功真正高强的人？"

金玲低头翻了个白眼，算了，不跟她计较了。

"娘娘，逍遥侯送食盒来了。"主仆二人正说着，只见一个小宫女跑了过来，满脸通红的样子，看样子是羞的。

看她这样子，不用说也知道是凌未然来了。

她可是宫女们心中，除却皇上最理想的夫婿人选啊！

"有吃的了，打了这么久，好饿！"姬小小揉揉肚子。

凌未然提着食盒跑了进来："还好还好，我今天是亲自来的，总算让我看到一场好戏！"

"凌大哥，你看到了？"姬小小翻个白眼，"别提他们了，今天有什么好吃的？"

凌未然看她的样子，不由开怀大笑："小小啊，那三人可是魏国最位高权重的人，也就只有你，得罪了他们还能想到吃东西！"

"位高权重有什么用，我只知道他们连我都打不过，迟早会被优胜劣汰的！"姬小小满不在乎地甩甩头，开始打开食盒，大快朵颐，"对了，今天怎么亲自送食盒来？"

凌未然挥挥手，让宫女们退下，只留下金玲一个，才道："我父王的腿，你打算什么时候去治？"

姬小小一边吃，一边道："日子还没到，起码再让他晒十天的太阳，等时间到了，我让玄墨去接他，他说可以接义父到宫里来医治的。"

"他啊……"凌未然苦笑，"他估计自顾不暇呢，你还是先想想其他办法比较好！"

"怎么了？"姬小小听到是玄墨的事情，连吃东西都忘了，"怎么了，玄墨有危险吗？"

"他的危险，是一直都存在的！"凌未然叹息一声，摸摸她的头，"他真是把你保护得太好了，只是有些事情，我觉得你还是应该知道的好！"

"什么事？"姬小小放下筷子，"他不说，你说！"

"刚才出去的三个人，我得让你知道他们的关系，他们，并非你武功比他们高，就可以与之抗衡的。你能打得过一个，两个，甚至一百个，你能打得过千个万个，甚至几百万的军队吗？"

姬小小眯起眼睛想了一会儿："他们手中有千军万马是吗？"

"是！"凌未然点点头，"魏国六成的兵力都在摄政王手上，另外他手上还有一支黑旗军，都是他的亲信，大概不到五千人，但是所有将领都是他自己亲手提拔和训练的，维持京城的布防和治安。"

"玄墨手上没有兵权？"姬小小想了想，道，"我听三师兄说，一个国家里面，如果君王没有兵权，就等于是个傀儡，那么，玄墨就是个傀儡？"

"是！"

"那他还做这个皇帝做什么？"姬小小嘟嘟嘴。

"有些事情，不是你不想做就可以不做的。"凌未然叹口气，"玄墨身上有责任，现在，他只有隐忍，找机会反抗。"

姬小小一听就明白了："我知道了，就好像我的东西被师兄们抢了，然后我就多练练功夫，等功夫可以把东西抢回来了，就去抢！"

凌未然翻个白眼："差不多就是这个意思。"

"那他还要练多久？"

"这……看时机！"凌未然也答不上来，"所以这段时间，你估计会经常见不到他，给他点时间！"

姬小小似懂非懂地点点头："行，我给他时间，不过晚上一定要陪我睡！"

这个……

"这个玄墨同意我没意见！"凌未然很大义凛然地挥挥手，反正这事儿他管不着，现在

是要给他干妹妹做点心理准备，接下来的事情，恐怕会愈演愈烈，也会越来越纠结。

到时候，恐怕光靠蛮力是不行的。

当然了，有了姬小小这个有力的同盟军，绝对只对他们有百利而无一害。

"好了，我吃完了！"姬小小将空盘子放食盒里一放，伸个懒腰。

"拿回去吧！"姬小小看看天色，有些担忧，"天气越来越热了，看起来，得早点给义父治病，不然的话，伤口不好愈合。"

凌未然垮了脸："你真当我是个送饭的？"

"呵呵，你是我义兄啊，做什么都是应该的。"姬小小很得意，"我还有事呢，走吧走吧！"

这个赶人也太直接了，半点都没跟他客气。

凌未然很郁闷，不过他来这趟的两个目的也达到了——他的父王和玄墨，算起来，也是该走的时候了。

见凌未然走远，姬小小抹抹嘴就站了起来，金玲赶紧道："娘娘，你要去哪里，可别迷路了！"

"附近走走，不会迷路的，你就别跟着了。"紫竹林中的闲人，那天帮了她，她似乎应该去道谢的。

不过那天玄尘说，让她不要将他们见面的事情说出去，她亦尊重他的做法。

金玲摇摇头，叹息。刚刚才折腾了太后他们三人，又听了凌未然说的那些事情，她居然还能这般喜笑颜开，莫非真是没心没肺的人吗？

若是人人都能活得这样自在该多好？

金玲叹息一声，仰头看看头顶的蓝天，皇宫就算再大，天也是有边际的。自由和随心所欲，是多奢侈的想法？

姬小小熟门熟路地穿过紫竹林，便到了玄尘所在的幽尘居。

"来了，好几天了。"玄尘似乎总是很喜欢坐在幽尘居的院子里。

姬小小忽地想起，自从上次的眼镜蛇事件以后，好像再没听到他弹琴了。

"你知道我会来？"姬小小表示很诧异。

"也该来了，若是再不来，我该去找你了。"玄尘依然淡淡地笑，表情很是柔和，"我以为第二天你就会来的。"

姬小小也不客气，坐在他身边——不知道为什么，院子里多了一条凳子。

"师父说了，人情债是这个世界上最麻烦的债务了，得恩惠的人，要还债的话，可能要还上十倍百倍都不止。"姬小小说到这里顿了一下，"虽然没有你我也能自己搞定，不过这份情我还是欠了，说吧，要什么，最讨厌欠别人东西了。"

玄尘愣了一愣，随即忍不住莞尔："我以为，你是过来跟我道谢的呢！"

"对啊，光用嘴说谢谢有什么用？"姬小小歪着头，"三师兄说，嘴巴说说的事情最简单了，也最没有诚意。"

"呵呵……"玄尘低头闷笑，忽地摸了一下她的头，"你真的很特别。"

姬小小忽略他这突兀的动作，有些着急地道："你快说，欠着别人我心里很不舒服。"

"你会讨厌别人骗你吗？"玄尘忽然前言不搭后语地冒出一句。

姬小小认真地想了想："要看出于什么原因，大师兄曾经跟我说过，这个世界上，有善意的谎言和恶意的谎言，如果是为了我好而骗我，我不会生气，如果是不让我好而骗我，如果我比他强，一定要欺负回来，如果不比他强，至少我会很生气，会很讨厌他。"

"那你会怎么对付你讨厌的人？"

姬小小立刻想起了太后三人组，毫不犹豫地道："不理他，不关心他们的事情，死活都不管，把他们当陌生人，不让他们牵动我的情绪，如果他们骂我，我连生气都懒得气他们。也不会去故意欺负他们，那样倒显得我在意他们了。"

这个倒是个很奇怪的想法，一般人对讨厌的人，不是恨不得他们死了，甚至恨不得他们生不如死吗？

"哎，你还没跟我说过，你要我怎么还你的人情债呢！"姬小小想起之前的话题，他们好像跑题了。

"答应我！"玄尘很郑重地看着她，眼神深邃望不到底，"永远不要讨厌我！"

"我为什么要讨厌你？"姬小小有些不明白，随即反应过来，"这就是你的要求，这么简单，你不后悔？"

"不后悔，这就是我要你还的人情债！"玄尘的眼神很坚定，神情很郑重。

姬小小点点头："好，我答应你，我们之间的账，就一笔勾销了！"

"好，以后我们平等交友，谁也不欠谁！"玄尘这才弯起嘴角，仿佛得到了很大的满足。

姬小小松了口气，放下了心头一块大石，随即站了起来："你这里的环境正好，悠闲又幽静，我那儿这几天太热闹了，真是让人头大。"

"有人去长乐宫找麻烦了吧？"玄尘仿佛一眼就能看穿她。

"是啊，也不知道什么时候才是个头。"姬小小哀怨地耷拉着脸，"玄墨也没能力和他们抗衡，只能由我来扛，虽然帮他是应该的，毕竟他是我的嘛。不过如果能不去理会那些人，那就是最好的了，可是我不去找他们，他们却总是来找我，连吃个饱饭都不行，饭菜里都是毒药。"

玄尘眉头一皱："她们在你饭菜里下毒，你……没事吧？"

姬小小耸耸肩："他们下的毒实在是太好解了，不是鹤顶红就是砒霜，顶多就是蛊种，真没新意。再说我本来就百毒不侵，吃点也没事，可也不能天天让我吃毒药啊。"

玄尘点点头："这事确实有些麻烦，我帮你想想办法吧！"

"你不是宫里的闲人吗，你有办法？"姬小小大喜。

【第五章 音袅袅林中谪仙踏月来】

123

玄尘也站起身，依然很自然地摸了一下她的头："我是闲人，所以爱管闲事。"

姬小小莫名觉得安心，便点点头，喜笑颜开："好！"

"我新作了首曲子，正好没人听，不如今日弹来你听听？"玄尘笑着在古琴前坐定，"难得今天有娇客，这里没什么可招待的，就以这曲子待客吧！"

琴声悠扬，如淙淙泉水，有小桥，又有高山，开阔悠远，又不失幽静，偏有种遗世独立的感觉。

只一会儿，铮铮琴声好像一个过渡，又似见夕阳西下，渔歌晚唱，晚霞似锦，炊烟袅袅。恍惚间，有渔民高亢而歌，岸边，茅草房静悄悄，似乎是等待晚归的家人。

琴声停，人却还沉浸在那画面之中，久久不能脱离。

"怎么样？"玄尘笑着拍了一下有些迷离状态的姬小小，"说来听听。"

姬小小仰头看着他，半响才道："上次听你的琴声，似乎都是高山流水，没有人烟。可这一次，怎么忽然有了人气？我觉得上次那个才比较像你，这回这个……很好听，可是，总觉得，不像是你弹的。"

玄尘一愣，勉强笑道："是吗？"

"是啊！"姬小小很认真地点头。

"可能……有感而发吧！"玄尘苦笑摇头，"天色不早了，你可要留下一起用膳？"

姬小小连忙点头："那最好了，我可不想吃那些毒药餐。"

幽尘居在这个皇宫里似乎是个独立的小王国，这里只有一个门童，冷着脸，连一丝笑容都没有，似乎是个哑巴。

送饭菜的是个三十岁左右的宫女，面容也是一丝不苟，将饭菜一一放出来以后，会当着玄尘的面，一一尝过，然后点点头，再一声不吭地走开。

姬小小和玄尘就在院子里的石桌上用餐，食物并不是很多，也不奢华，却非常精致。

原来幽尘居的膳食，都是这里独立制作的，不需要通过御膳房。

这样看起来，玄尘说他是个闲人，果然没错。连御膳房都不做他的饭菜，可不就是个被人遗忘得很彻底的人吗！

不过姬小小却吃得很开心："真好啊，不用一堆人围着看着，也不用吃那些有毒的饭菜，这样好自在，以后我每天都来你这里吃饭好了。"

"欢迎之至！"玄尘笑起来，只是用筷子夹了几口，就放下，"你喜欢吃什么，我让他们做。"

"好啊，我喜欢吃海鲜，吃一切山上吃不到的东西！"姬小小快人快语。

"好！"玄尘点点头，仿佛一点都不担心，魏国的京都是内陆，要吃新鲜的海鲜几乎是很奢侈的想法。

京都的人吃海鲜，都必须连着海水一起从海边运过来，路上快马加鞭，连着水缸，也要五六天。现在天气炎热，海鲜到了京城，起码要死掉一半以上，这成本，即使是王公贵族，也不见得是人人都吃得起的。

"在这个宫里，每个嫔妃都各凭本事，要有强大的靠山，又要有绝美的姿色，可是你们长乐宫好像什么都没有，所以总被人欺负，这样下去，不是办法啊！"玄尘仿佛是无意间提起。

姬小小苦恼地嘟嘟嘴："我也不想他们老找我麻烦，我真的挺讨厌他们的。如果不是他们说玄墨身上有责任，我早就把他劫走了，到山上去，那日子多美好？"

"你不喜欢皇宫？"

"一点都不喜欢。"姬小小摇头，"这里的人都戴着面具，笑起来都是假的，赞美也是假的，大概只有生气的时候才是真的吧！"

玄尘听到这里忍不住大笑："你倒是看得仔细。"

吃罢饭，姬小小伸个懒腰："算了，我得走了，还有重要的事呢！"恐怕又得去抢玄墨了，也不知道他是在惠淑宫还是在凤仪宫。

玄尘也不拦着，只道："以后饿了就来这里吃饭！"

"嗯，我们是饭友嘛！"姬小小吐吐舌头，做个鬼脸，"我会经常来的。"

饭友？

这个称呼似乎不错！

玄尘笑起来，看着姬小小快速消失的背影，又沉了脸，低喝一声："老秦，去送封信给淑妃，让她不要再搞小动作，不然，她应该知道后果的。"

门口一道人影闪过，竟然是那个门童，此刻，面色阴沉地应道："是！"

这门童看上去不过十三四岁，而玄尘竟然叫他"老秦"，这场景，极其诡异。

门童刚走，之前那送饭菜的宫女便现身走了出来，对着玄尘行礼："主人似乎很在意那丫头？"

"与你无关！"玄尘一甩袖子。

"主人，大事要紧，可千万不能儿女情长！"宫女依然冷着脸。

"那是你们的大事，不是我的！"玄尘冷笑一声，"我从来没想过什么大事，你们非要强加在我身上，我再说一遍，我对那张椅子，没有兴趣！"

宫女单腿跪下："自古成者王侯败者寇，老主人也是想为主人铺好路子而已！"

"他凭什么左右我的人生？"玄尘声音有些发抖，"还有，别一口一个老主人和主人，是生怕世人不知道我这龌龊肮脏的身世吗？"

"主人身份高洁，怎么能如此自薄？"

玄尘狠狠瞪她一眼："你不是我，如果你是我，可乐意接受这样的身世？！"

"属下……"

"答不上来就滚，少在我面前嚼耳根子，这么多年了，你们不烦吗？"玄尘说完，一甩袖子，大步往幽尘居里面走去，走到门口，忽地转身，"今晚你哪里都不用去，给我跪在这里，反思你刚才所说的每一句话，我不想在里面见到你！"

【第五章 音袅袅林中谪仙踏月来】

那宫女不亢不卑，只是点头："是，属下遵命！"

幽尘居内，空无一人，满园梨树，却已经是梨花飘零的季节，地上几片梨花瓣飘过，只留几朵残花在枝头。

那一夜，谁的玉箫在夜半响起，悠悠远远，仿佛低泣。

那一夜，黑影闪过，姬小小将玄墨再次抢回长乐宫。

而这一夜，两道人影，在慈宁宫内来回走动。

"母后，这口气，我无论如何咽不下。她不光是没将我这个皇后放在眼中，更重要的是，根本没把母后放在眼中！"金色锦服的皇后，气急败坏，脸色发青。

太后叹口气，只问："你舅父……他的伤，如何了？"

皇后深吸一口气："太医看过了，死不了，不过得躺上十天半个月！"她又举了一下自己裹着白纱布的右手，"这回好了，我们舅甥两个，都负了伤，那个凶手却逍遥法外！"

太后有些幽怨地看了她一眼："敏儿，不如算了吧，我们不是她的对手。不过她也只是在后宫兴风作浪罢了，若是玄墨真喜欢，就随她去吧……"

不管怎么说，也是她亲生的儿子。

"母后！"皇后一跺脚，"若是安安稳稳做她的妃子，您也知道我的为人，就跟淑妃一样，当年她得宠的时候，我也从不与她为难。可如今，那丫头连你都没放在眼中，简直可恶，我是替您不值！"

太后还在犹豫，皇后又下了一剂猛药："您可别忘了，我舅父还在床上躺着呢，下手这般没轻没重的，谁知道下一个会是谁？若是在皇上那儿吹了枕头风，对哪个王爷侯爷下个重手的，太后后悔可就来不及了！"

太后眉头紧皱，眼中透着怒意："她敢！"

"母后这几天可看到了，没有她不敢的！"皇后继续挑唆。

"可咱们对她不是没办法吗？"太后皱眉，"就算要把她赶出长乐宫，废了她的妃位，她一面有玄墨保着，就是没有玄墨，她那功夫，恐怕也没人能把她赶出去！"

皇后冷笑一声："不能从她身上下手，难不成，还不能从她身边的人下手吗？"

"敏儿，你的意思是……"太后陷入沉思，随即点了点头。

玄墨带来个好消息，他说："小小，你在宫里的熟人太少了，过几天，宫里会多几个你的老朋友，不过你只能假装不认识她们，知道吗？"

"又是为了你的安全？"有了凌未然的话打底，现在姬小小有很多事情都能接受了。

玄墨点头，于是姬小小毫不犹豫地也点头："行，以后我在宫里见到熟人都会假装不认识！"

玄墨放心地走，他一走，姬小小就想起幽尘居的玄尘来了。虽然这几天送到长乐宫的饭菜已经没有放毒药了,也能吃上几口了,不过玄尘昨晚托人传信来说,她要吃的海鲜运到了,今天应该就能吃了。

姬小小的馋虫一下就被勾了上来,今天无论如何都要去大快朵颐一次。

到幽尘居看到一大堆海鲜的后果就是——从上午到傍晚,姬小小一直在宫里处于失踪的状态,在幽尘居前面的石桌上,整整吃了大半天的海鲜。

玄尘看着她有些哭笑不得:"我以为,这小半车至少可以吃上七天,还怕到时候不新鲜呢,没想到你一天就吃完了!"

"呃……是不是很贵,我付你银子好了。"姬小小后知后觉地从一堆螃蟹、虾、贝壳、海螺等的"残骸"中抬起头来,抹抹嘴角,依然意犹未尽。

"不用!"玄尘苦笑,这可不是有钱就能吃到的,不过看她吃得这样满足,他也禁不住觉得满足起来。

她的笑容会传染,她的好心情,能让他的心情也一天大好。

什么时候,他竟也这么容易受人影响了呢?

好像是从她出现的第一天,就已经是这样了,这到底是个什么样的女子?

分明单纯得好似一张白纸,可是越靠近,就越觉得有很多内蕴可以探索,但越探索,却又觉得越神秘。

好像是深渊,却是吸力强大的深渊,让人不由自主陷下去,怎么都拔不出来。

也……不想拔出来!

伸手抹去她嘴角的蟹黄,玄尘的笑意从未停止:"喜欢吃,就经常来,我这里,永远都给你准备着!"

"太好了!"姬小小满不在乎地抹抹嘴,"要是每天都能吃到,我肯定天天来……咦,你好像没怎么吃也,不饿吗?"

后知后觉永远都是她的专利,玄尘温柔地笑:"看你吃得这么开心,我不吃都饱了,再说又不是完全没吃!"

"嗯,对对,我好像递给你吃的了!"至于递上去的是什么,姬小小已经完全忘记了。

"天色不早了!"玄尘搓了一下手,"我这里,也没有吃的可以提供了。"

"哦,对,我该走了,明天来看你,给你带礼物!"姬小小笑起来,"我师父说,不能欠别人的,这顿饭,我不白吃你的!"

"先欠着也无妨!"玄尘依然淡淡地笑,能让她欠着自己,感觉挺好的,最好一辈子都不要还清。

姬小小的身影一消失,幽尘居内立刻闪出一个宫女的身影,她的手上,拿着一个瓷瓶。

走到玄尘面前,眼中有些责怪之意,拉起他的手,撩开袖子,上面早就布满了红红的一点点,密密麻麻,好像被无数细小的蚊子叮过。

"知道自己吃不来海鲜,却非要吃,你就这样糟蹋自己吗?"宫女瞪他一眼,眼中倒是

【第五章 音袅袅林中谪仙踏月来】

有些慈爱之色。

玄尘却全不在意，语气很冷："晴姑姑，这是我自己的事！"

那被叫做"晴姑姑"的宫女，正是那天在门口被罚跪的那个，此刻，却满心只关心着玄尘，一点都没有积怨的感觉。

"让属下帮你上药吧！"她面上表情全无，只是眼中有些担忧。

玄尘这次没拒绝，只是不动，任由她将那些清凉的药膏涂在自己身上。

姬小小奔奔跳跳地回到长乐宫的时候，一屋子宫女太监都顶着浮肿的脸颊跑了出来："娘娘，不好了，金玲姐姐……她，她被皇后娘娘带走了！"

姬小小皱一下眉头："她把金玲带走做什么……你们的脸是怎么回事？"

几个小宫女开始抽泣起来，小红走上前："娘娘，您不知道，您不在这大半天，皇后来闹过了，拿着咱们长乐宫的人出气。每人掌嘴三十，还带走了金玲姐姐……"

深吸一口气，姬小小告诉自己，不许生气，不能生气，生气不值当。

"太可恶了，有什么事冲着我来就是了，为什么要动我的人？！"最终，她还是捏紧了拳头。

她生气了，很生气！

走到屋内，她翻出两个瓷瓶递给小红："这是清瘀消肿的药，你们抹两滴在脸上，隔日就可以消肿。"

小红一愣，她在宫中多年，倒是很少看到有主子给奴婢们送药的，当下满怀感激，又有些担忧："娘娘，皇后这次来者不善，见惹不起娘娘，便转到了长乐宫的宫人身上，金玲姐姐怕是凶多吉少，这很明显是冲着娘娘来的。"

"所以……"姬小小打断她的话，"我要去救金玲，你们只能自己上药了，这一次，我要来个了断！"

她拿起桌上的玄铁宝剑，脸上怒容未消。

"娘娘，您要做什么？"小红忙拦住她，"咱们这些下人受些委屈也就受了，娘娘可千万别冲动之下坏了事，若是能救出金玲也就算了，千万别让皇上为难哪。"

姬小小翻个白眼："你以为我要去杀皇后吗？"

小红不语，等于默认。

"我有这个能力，不过我不会让玄墨为难！"姬小小大步往外走，"但是我要让她知道，我不是不敢动她，我若要她死，她早就死了千百回了。等她死了，我把玄墨劫走，一了百了！"

小红捏着瓷瓶有些忐忑，但是又拦不住姬小小的步伐。

姬小小出了长乐宫，直接从几个屋顶跳到凤仪宫内，这条路她已经很熟悉，用不了多少时间。

"皇后，你把金玲还给我！"她站在凤仪宫正殿门口，看着坐在上首的皇后。

"哟，本宫以为是谁呢，原来是姬贵妃，怎么，金玲……哦，不就是你身边那个丫头吗？"皇后不紧不慢地道，"怎么，她不见了？哎呀，贵妃妹妹，有没有找找你宫里少了什么呀，是不是这丫头偷了，畏罪潜逃啊？"

姬小小翻个白眼："从前我师父教过我六个字：卑鄙无耻下流，我一直不知道应该用到哪里，今天，我总算找到用的地方了。这六个字，皇后娘娘当之无愧！"

"你……"皇后倏地要站起来，又很快就平静了情绪，"贵妃妹妹，捉贼捉赃，捉奸拿双，你在这里信口雌黄，有什么证据证明是本宫将金玲藏起来了？"

"长乐宫的人都看到了，听到了！"

"哎呀，刚才本宫是叫金玲那丫头过来问问话，也不过是看妹妹缺什么，本宫好为妹妹置办。问完了，本宫就让她回去了，怎么，她没回来吗？"皇后一派闲淡。

姬小小深吸口气："皇后，我最后问一遍，人，你交还是不交？"

"没有人，本宫拿什么交给你？"皇后一副胸有成竹的样子，"妹妹要不信，自己进来搜就是了，不过要是没有搜到人，妹妹可要接受宫规的惩罚啊！"

姬小小冷笑一声，摇摇头："不用搜了，我已经给了你最后的机会，你没有珍惜，所以你一定会后悔的！"

说完，她打了个口哨，空中顿时飞来一只七彩羽毛的小鸟，在她头顶上空盘桓。

"阿彩，带我去见金玲！"姬小小面色凝重地下令。

阿彩展翅飞起来，却不是朝着凤仪宫方向，而是另外一个方向。

那个方向，是慈宁宫的方向。姬小小心下一计较，再笨的人也明白了。

皇后和太后本来就是一根草绳上的蚂蚱，先由皇后出面带走金玲，这样子，姬小小不管怎么搜，在凤仪宫也是搜不到金玲的。

难怪她刚才这么胸有成竹。

当下，姬小小不再犹豫，几个起落，紧紧跟着阿彩，已经落到了慈宁花园内。

"什么人？"慈宁宫的防卫显然比凤仪宫要紧密，她一落地，立刻有几个侍卫围了上来。

姬小小根本不理他们，径直往里走。

"什么人擅闯慈宁宫！"已经有几个侍卫冲上来攻击，只是很可惜，姬小小的速度太快了，他们连衣角都没有抓到。

等他们眼前一花，原本在慈宁花园中的女子，早就不见了踪影。

"要命，见鬼了？"人类哪有这么快的速度？

侍卫们面面相觑，他们是军队中的精英，前两天忽然被摄政王刘鉴雄调到慈宁宫，大家还是一头雾水呢。

今日一见这个场景，所有的人后背都有些发凉。

莫非，是因为慈宁宫闹鬼？

"吱呀"一声，大家赶紧转头看去，却见刚才那个女子，已经一脚踢开了慈宁宫内殿的

【第五章 音袅袅林中谪仙踏月来】

大门。

太后正坐在上首位置,一见到姬小小,很明显愣了一下,不过随即反应了过来:"姬贵妃,你好大的胆子,到了慈宁宫,也不通报,就直接这样闯进来!"

姬小小理都不理她,只是跟着阿彩往里走。

"你们愣着干什么,快帮哀家拦住她!"太后大叫,屋外的侍卫一下冲了进来。

姬小小闭一下眼睛,忽地将自己的内力提出八成,那些冲进来的侍卫,一下子被弹了出去。由于人太多,慈宁殿的大门,也在同一时间报废。

"姬贵妃,你反了!"太后一拍椅子,站起来,浑身发抖。

然而招呼她的,是一阵劲风,将她整个人托了起来,"吹"到一边。

"看在你是玄墨的亲生母亲,我不伤害你,但是下一次,就很难说了。"姬小小看着平稳落在地上的太后,直接朝着她所坐的地方踢了一脚。

椅子移开,后面露出一个暗室。

昏暗的光线下,可以看到月嬷嬷和溶华两个人,正面目狰狞地拿着皮鞭,对着地上一个鲜血淋漓的人拼命地挥打。

"金玲!"姬小小一个箭步冲进去,出手如电,夺下两人手中的皮鞭,顺便掰断了她们的手腕。

杀猪般的惨叫声传了出来,姬小小根本不去理会,只是扶起地上的金玲:"金玲,你怎么样?"

"……娘娘……"血水,从金玲的额头流了下来,让她的眼睛几乎都睁不开来。

也不知道她们虐打了多久,金玲浑身皮开肉绽。

此刻,她一见姬小小,最后撑着的那口气终于也没挺住,竟一下闭过气去。

幸好姬小小来之前就做了十足的准备,见金玲这个样子,赶紧掏出一粒回魂丹喂她吃了下去。

再抬头看看溶华和月嬷嬷,厌恶之情溢于言表。

看看地上的皮鞭,她单掌一抓,两根皮鞭竟然跟被磁铁吸住一般,到了她的手上。

这两个老宫女是见识过姬小小的厉害的,她们也没想到她居然这么快就能找到这里,这会儿,都吓得有些腿软,几乎都忘记了自己手腕折断的疼痛。

姬小小举起皮鞭,"啪啪啪"一口气抽了十几鞭,那两个老宫女顿时惨叫连连,不一刻皮开肉绽,脚踝骨和手腕,该露骨头的地方一个地方都没放过。

受伤的地方和严重程度,居然和金玲几乎一模一样。

要知道,她们可以打了差不多大半天的时间,而姬小小,不过就是用了一眨眼的时间。

"反了……反了!"刚刚被掌风"吹"晕的太后,此刻才反应过来。毕竟是见过大场面的,此刻虽然瑟瑟发抖,可还是没忘记抖抖威风。

姬小小回头瞪她一眼,她一下有些不敢出声了,畏惧地缩了一下脖子。

"我说过，你是玄墨的母亲，我今天不动你！"姬小小抱着金玲走出来，"虽然我知道这一切都是你和皇后策划的，但是也有我看管自己东西不力有关系，今天我放过你，但是我不希望有下一次。如果有下一次，我会劫走玄墨，荡平整个皇宫，我可不管那个摄政王手中到底有多少兵马，我听说，调兵遣将也需要时间的，等他的兵到了，你和皇后早就没命了！"

太后脸色一白，想要辩驳什么，却什么都说不出来。

"我知道，这个皇宫里，至少没有人是我的对手！"姬小小一脸鄙夷，"明明不比别人强，却非要耍威风，我瞧不起你们！"

一边说着，她人已经到了慈宁花园里面，那些侍卫们畏畏缩缩，不敢上前。

"还愣着干什么，快出来，放箭！"太后怒了，一拍地面，旁边的两面墙移开了，走出大概二十个弓弩手，搭箭，对准姬小小。

姬小小回头一望，不由叹口气："这弓也太次了，箭不过是普通的铁皮头，这样的箭，真的是皇宫里用的吗？"

点苍山上的箭，可都是用雕翎毛做的尾，玄铁做的头。

"放箭，放箭，射死这个野丫头！"太后盛怒。她就不信，慈宁花园这么小的地方，这么多弓箭会射不死她。

姬小小叹息一声摇摇头："都告诉你们这弓和箭不行了，怎么就不信呢？"

说完，竟也不躲不藏，那些箭，射出来以后，到了她面前一尺左右的位置，竟然都不动了，仿佛被什么东西挡住，并且很快弹了回去。

"啊……啊啊……"

一声声惨叫响起，所有的箭，好像长了眼睛一样，射入了每一个弓弩手的右手肩胛骨。

他们拉弓的右手算是废了。

慈宁花园内的侍卫们更加惶恐了起来，姬小小往前走两步，到花园中间差不多两人高八九个人合抱的假山面前。

"我很烦你们，所以，以后不要再来惹我。如果不来惹我，我可以保证和你们相安无事，若是来惹我，这就是你们的下场！"

说完，姬小小抱着金玲飞起身，跳上假山最顶上，狠狠拍下去一掌。

假山纹丝不动，看不出任何异样。

就在大家都愣神间，姬小小已经上了屋顶，几个起纵跳跃，便消失了踪影。

太后被两个眼尖的宫女扶了起来，却听得慈宁花园里传来"咯咯"的声音，很快，便听得"轰"一声，原本在花园之中，用坚实的花岗石做的假山，竟然在众人面前化为了粉末。

挫骨扬灰，这个就是那丫头要表达的意思吗？

春末夏初的傍晚，太后在那粉末旁边，狠狠地打了个冷战。

而那一边，姬小小回到长乐宫的时候，玄墨早就等待在那里。

"小小，有没有怎么样？"他的担心溢于言表。

【第五章 音袅袅林中谪仙踏月来】

131

"先让金玲进去吧,她的伤很严重!"姬小小低头,走进内殿。

将金玲放到床上,姬小小探了探她的心脉,不由"咦"了一声。

"怎么了?"玄墨有些奇怪地看着她。

"没事!"姬小小摇摇头,"我要给她上药换衣服,你先出去!"

玄墨觉得眼前的丫头有些奇怪,可是又说不出怪在哪里。现在她要给一个宫女上药换衣服,自己也确实不适合待在这里,当下满怀疑惑地就到了门口。

将金玲的衣服脱了,有些沾了血水的地方已经凝固,和布料粘在一起,很难分离。

一点点小心地处理着伤口,床上的金玲似乎昏迷得很死,一点感觉都没有。衣物从她身上扯下来,都没有让她清醒一些。

上好了药,又将几个重伤的地方包扎了一下,姬小小便帮她盖好被子。

旁边帮忙的宫女都抹了一把汗,看看天色,已经是下半夜了。金玲满身的伤口,她们处理了大半个晚上。

"去,把长乐宫的人都叫来!"见金玲的伤势已经处理好了,姬小小一脸郑重地吩咐下去。

很快,长乐宫所有的宫女太监都聚集到了金玲所在的内殿门口。

姬小小从带进宫的背篓里面拿出一个锦囊,打开,里面竟是极其漂亮的七彩羽毛。

"每个人都拿一根,如果你们之中任何人出现像金玲今天这样的情况,我可以在第一时间找到你们。"姬小小看着那些宫人,"既然皇上把你们交给我,说你们是我的人,我就有责任保护你们。"

宫人们早看到了她亲自为金玲上药,换衣服,盖被子。原本这几天对她野蛮的形象根深蒂固,到了今天才发现,他们的主子不光功夫强大,对下人还那般细心,一个个都是感动在心。

见姬小小现在这么一说,大家也不再犹豫,赶紧上前拿了七彩羽毛,放在最贴身的地方。

在这吃人不吐骨头的宫里,谁都不知道自己会不会是下一个金玲。姬小小的彪悍功夫,他们心中都是有数的,能从皇后太后那儿抢人,有了这么强大的靠山,以后至少自己的小命应该能确保无疑了。

发完七彩羽毛,姬小小挥挥手,让大家都出去,只坐在金玲床边,笑道:"人都走了,该醒了吧?"

金玲的眼睫毛动了动,良久才睁开。

"早知道我就不浪费那粒回魂丹了!"姬小小还是在笑,金玲的脸色却是变了变,"不过吃了回魂丹会浑身无力,就算以前有武功的也会废掉,这里有盒糖果,天山雪莲做的,每天吃三片,不出三天,你的力气就会恢复了。"

金玲的脸色瞬息万变,直到看到姬小小拿出一个长方形的檀木小盒子,她才松了口气。

"没了力气,就没法伺候娘娘了呢,有这个就好了。"金玲虚弱地笑。

"嗯,先吃三片吧,然后你自己调息一下。"姬小小看看天色,"天快亮了,我要去睡了。"

金玲愣了一下,她说"调息"?

"多谢娘娘!"姬小小站起身的时候,听到金玲轻轻说了一句,仿佛呢喃。

姬小小点点头,打开门,却看到玄墨还站在院子中。

她没说话,只是走到正殿门槛上坐下来,双手托着腮,一言不发。

玄墨有些急了:"傻丫头,你怎么了,倒是说句话啊!"

姬小小冲着他翻了个白眼,随即又一脸沮丧地道:"我不想说话!"

"那……我陪你坐会儿吧?"玄墨小心翼翼地探问,见她没反对,便在她身边坐了下来。

一个皇帝,一个妃子,就这样坐在长乐宫正殿的门槛上,一言不发。

好在此刻长乐宫中的宫人们都被折腾得很累了,姬小小便让他们去休息了,连清早扫地的宫女都还没起床。

不然,这事儿传出去,可也算奇事了。

两人久久都没有说话,夜空渐渐转明,启明星升起又落下。玄墨转头看着姬小小,却见她已经闭上了眼睛,打起了盹。

"傻丫头,困了就睡吧!"玄墨揽过她的肩膀,靠在自己身上。

姬小小微微睁了一下眼睛,半迷糊地呢喃了一句:"玄墨,我好累……"

心,仿佛被什么东西狠狠揪了一下。

这般强悍的小小,这样开朗的小小,如今,她说……她好累。

她累的,是身,还是心?

抱起她,将她放到床上盖好被子,玄墨悠悠叹了口气。

或者真的是自己太没用了,什么事情都让她来扛!

看她的身材,这般娇小,却有这么强大的爆发力和意志力,仿佛还记得,她六天六夜未曾合眼,为的就是要保护他的安全。

她一直说,他是她的!

可是却也并非蛮横不讲理,她有强烈的占有欲,也知道何时应该适当地放手。

这样的女子,普天之下,恐怕也就只有姬小小一个了吧?

想到这里,玄墨叹了口气,咬咬牙,狠了狠心,大步走出了长乐宫。

有些事情,需要速战速决。

只是,十八年了,谈何容易?

"其实,我想跟玄墨说,我累了,跟我一起离开这里!"姬小小睡了一天一夜,睡醒以后,就到了幽尘居,跟玄尘说了这样一句话。

"你不喜欢这里?"虽然早就知道答案,玄尘还是问了一句。

"不喜欢,我厌恶这里!"姬小小坐在幽尘居的小院里,托着腮,看着天边飞过的鸟儿,"我好累!"

"你不是说玄墨是你的吗,为什么不直接带他走?"玄尘难得看到她一脸的苦恼,五官都要皱成一团了,不由好心地提议。

"我也很想。"姬小小叹口气,"可是他们都跟我说,玄墨身上有责任,师兄们也告诉过我,男人必须有担当。再说我知道,我如果强行带走玄墨,他一定不会高兴的,我不想他不高兴。"

"所以你宁可自己不高兴,累着自己,是不是?"玄尘越发觉得眼前这个女子有些扑朔迷离。

明明是很爽直的性格,却偏能为别人想到很多,容别人容不下的事情。

"偏偏我武功低微,又没有千军万马做后盾,不然,或者可以帮他早点解决现在的事情。"姬小小叹口气,"宫里的人,虽然武功不怎么样,可是那个摄政王,听说手上有百万兵马,还有什么黑旗军,所以将整个国家都控制在他手掌之中,玄墨也没有办法。"

玄尘听到"摄政王"三个字,表情微微停滞了一下,不过姬小小并没有注意到。

"你想帮玄墨夺回政权?"

姬小小茫然地摇摇头:"我想他开心,也想自己开心!"

玄尘忽地伸出手,捋了一下她鬓边的发丝,最近这个动作,他做得得心应手,快要上瘾。

"我能帮你什么?"他淡淡地开口,却仿佛在下一个艰难的决定。

"不知道,弹首曲子让我高兴一下吧!"姬小小嘟嘟嘴,懒洋洋地靠在门边,"如果我的日子也能过得跟你一样闲散,即使天天待在宫里也无所谓,反正这宫墙也拦不住我。"

玄尘眼中有些东西,一闪而过,他往下看去,长长的眼睫毛投出一个淡淡的暗影,遮去一切情绪。

姬小小连着三天没有去别的宫抢玄墨了,当然,这三天,玄墨也没有去任何宫里过夜。

他就在政和殿,不过每当夜幕低垂,他总是会习惯性地抬头看看大门外,以为会见到那个熟悉的身影。

但是三天了,他每天都很失望。

那丫头,也不知道心里在想什么,居然三天对他不理不睬了。难不成,她忘记自己还有件"东西"遗落在外了?

呸,不对!

玄墨摇摇头,自己八成是被洗脑了,居然还真的把自己当做她的所有物了。

但心头的失落,却真真切切地在提醒着他——他有些想那个丫头了。

之前虽然有离开她一个月的经历,可是他心中明白,那丫头是盼着他去接她的。

可现在的情况不同,他完全不知道那傻丫头心里在想什么。

被冷落的滋味,可真的不好受。

他忽然开始同情起宫里那几个被他冷落许久的嫔妃来,但是心中也明白,有些东西,世上仅有一件，是无法被很多人分享的。

算了，三天了，就算那丫头心头再有什么气，也应该平静下来了吧？

玄墨看着眼前的秀女画像全部变成了姬小小，有笑的，有愁的，还有她迷糊躺在他怀里的模样。

疯了疯了，他一定是疯了。

居然为了个半路跑出来的女人，完全没有任何心思做事情。

想到这里，玄墨索性一丢手上的朱笔，大步往政和殿门口走去。反正这个皇帝也没有什么国家大事要做，选秀女的事情，随便他们去折腾，他只要把自己的人安排进来就好了。

到时候，小小就不会独自一人站在风口浪尖上了，应该也不会这么累了吧？

也罢也罢，去看看那丫头到底怎么了再说吧！

长乐宫内还亮着灯，有一阵悠扬的琴声从旁边不远的紫竹林传了过来，透着一点点欢快的感觉，却依然遗世独立。

玄墨放慢了脚步，皱了一下眉头。

"他"的琴声？

第一次发现，原来"他"的住所离长乐宫这么近。因为习惯了绕着走，倒是没发现原来长乐宫和幽尘居，竟然只隔着一层紫竹林。

小小每天都能听到这琴声？

她……有没有去寻找过琴声的来源？

玄墨心下有些疑惑，不过想想这么多年了，好像"他"的习惯就是如此，又不喜与人多接触，怎么可能和小小有什么接触呢？

排除心中这莫名其妙的想法，也不让人通报，就跑进了长乐宫。

"小小！"姬小小正坐在之前的门槛上一脸凝思状，也不知道是在听琴声，还是在神游太虚。

玄墨的那一声叫唤，竟然没有让她回神。

"傻丫头！"玄墨的手，在她眼前晃了晃。

"哦！"她木然地回神，对上玄墨的脸，"你来了！"说完，继续低下头，托着腮。

"在想什么？"玄墨坐在她身边，他身后的那几个太监惊得差点把下巴掉到了地上。

"我在想人为什么要撒谎，为什么要戴面具。"姬小小嘟嘟嘴，"不是说，强者为王，弱者就应该好好去变强，然后靠真刀真枪把失去的抢回来就是了。可是为什么总要搞这么多小动作，甚至不惜伤害根本不相干的人。"

玄墨一下沉默了，这些，都是他从小看到大的，他觉得没什么大不了的。可是姬小小从小在山上长大，她的生活中只有师父和三个师兄，她的生活很单纯，天机老人的教育也很单纯。

可是下了山以后，姬小小忽然发现这个世界好像不是她听说的样子。阴谋，算计，背地里的小动作，这些都是她从来没有接触过的，她觉得很讨厌。

【第五章 音袅袅林中谪仙踏月来】

玄墨揽过她的肩头,将她搂在怀里,叹息一声:"小小,我忽然有些后悔把你带到宫里了。"

他好像忘记了当初带她来这个皇宫的初衷,为的就是搅乱宫中一团浑水,好转移某些人的视线。

"算了,既然来了,陪我睡觉吧!"姬小小很自然地坐到他怀里,"不想动,我困了!"

玄墨愣一愣,看着慵懒的姬小小,没来由地心头有些发堵:"好,我陪着你睡,好好睡吧,什么都不用想,交给我来做,好不好?"

明天,就明天吧,秀女该册封了!

正殿安静了,而侧殿,此刻在黑暗中似乎开始苏醒了。

门发出轻微的"吱呀"声,一条黑影,从里面钻了出来。黑暗中,可以看到那黑影身形窈窕,应该是个女子。

她去的方向,是慈宁宫。

她的速度很快,应该是有功夫底子的。

不多远,便是慈宁宫,黑影停顿了一下,到了侧门,仿佛犹豫了很久,才一个纵身上了墙头。

她的目的似乎很明确,直接沿着墙头朝着慈宁宫正殿行去。

慈宁宫是亮着灯的,太后睡觉,自然是有很多人随侍。除了卧室以外,几乎站满了人。

屋顶的女子轻手轻脚地掀开几块瓦片,可以清晰地看到里面的场景。

三枚银针,出现在女子的掌心,对准了床上的人。

刚一扬手,忽觉得手腕一痛,黑影回头,才看到身后不知道什么时候不声不响站了一个穿着黑色斗篷的人。

"你跟我来!"黑色斗篷的主人,声音听上去很苍老,是男子。

黑影没有反抗,乖乖站起身,跟着黑色斗篷到了慈宁宫外。

"师父!"到偏僻处,黑影才跪了下来,声音清脆,是个很年轻的女子。

"你想杀太后?"黑色斗篷之下,看不清楚男子的脸,但是听声音,似乎有些生气。

"师父,我……"黑影一下有些解释不上来。

"你就没想过,这样会暴露了你的身份?"黑色斗篷的男子似乎更生气了,"你别忘记了,你好不容易才混入魏国皇宫,还有很多重要的事情要做。"

黑影沉默了良久,才道:"师父,徒儿知错了。"

"嗯!"男子点了点头,"为师也知道你受了委屈,不过这笔账,总会算回来的。只要把这水搅得越浑,君上才更容易下手,到时候整个魏国都是咱们囊中之物,你还怕不能对付一个老太婆吗?"

"谢师父教诲,徒儿明白了!"黑影点点头,语气听上去很是郑重。

"好了,你的内力还没全部恢复,早点回去养着。"黑色斗篷男子的声音越发柔和,甚至伸出手摸了摸黑影的头，好似很慈爱的样子。

黑影点点头，走了两步，忽地转头，轻轻叫了一声："师父！"

"嗯？"

"徒儿有一事相求！"

"什么事？"

"如果有一天，君上将魏国收入囊中，师父可不可以让君上放过这宫里两个人？"

"谁？"

"元帝和姬贵妃！"

黑色斗篷很明显沉默了一下，随即道："你的心，动摇了？"

黑影摇摇头："我欠他们的恩，所以还他们一命，其他的事情我不会管。也是师父您教徒儿的，做人应该知恩图报！"

"好，为师答应了！"黑色斗篷的男人倒是爽快，直接就应承了下来。

黑影这才再次转身，这一次，她离开得很是决绝。

然而她没有看到的是，此刻在黑色斗篷的帽子之下，男子的眼睛眯了起来，花白的眉毛紧紧皱在了一起。

有些冷光，从眼睛的缝隙中透了出来。

【第五章 音袅袅林中谪仙踏月来】

最近天亮得越来越早了，正预示着炎热的夏天正在慢慢靠近。

今天，是新进秀女进宫册封的日子。

那名单，已经确定，也送到摄政王府，给重伤卧病在床的刘鉴雄过目了。他要安排进来的人，一个都没少，所以，他也不会注意到，那些用来滥竽充数的其他秀女。

玄墨整理好衣衫，坐上长乐宫门口等待的龙辇，嘴角勾起一丝笑容，更显得容颜焕发，隽秀之色，让路边春色在刹那都失去了光彩。

就在他离开长乐宫的那一刹那，原本躺在床上的姬小小睁开了眼睛。

没有迷离，没有朦胧，完全不是初醒的样子。

"娘娘，你醒了？"伫立一旁许久的小红，忙迎了上来。

"嗯！"姬小小应了一声，坐起身，任由几个宫女上前，帮她梳头洗漱穿衣。

这几日倒是难得平静，自从在慈宁宫大闹了一场以后，皇后太后那边，也终于消停了，据说玄墨这几日也没去皇后淑妃还有其他嫔妃那儿，也没听说有什么怨言。

"娘娘，今儿是秀女册封的日子，按理，妃子们都得过去的。"自从上次皇后掌掴事件以后，小红是彻底死心塌地地跟着姬小小了，处处为她着想。

只是不知道为什么，素来开朗爱笑的主子，这几天总有些郁郁寡欢。

"哦！"姬小小心不在焉地应了一句。

宫里的规矩，她学了一些，也忘了一些，总归记下的不多，也不想去记。

她不明白这里的人为什么动不动就要双膝跪地，虽然她从不认为这是一种卑微或者屈辱的表现，但是她至少觉得这个动作会让她不舒服。

她要求长乐宫的人，都不用跪她。并非她有多高尚，只是觉得对着矮自己一截的人说话挺累的。

她越来越爱去幽尘居了，独爱这里的悠闲清净。

"娘娘……"思绪被小红拉了回来，她看上去很不满姬小小心不在焉的态度，"皇上没让你去吗？"

"去哪里？"姬小小显然已经忘记了她们刚才对话的内容。

"娘娘……"小红一跺脚，这主子脾气好，所以她也会随意不少，"册封秀女的事儿啊，皇上没让你今天去侧殿吗？"

姬小小摇摇头："去那儿干吗，不就是给皇上选老婆吗，有什么好看的。"

"娘娘……"小红有些着急，"皇上若是不叫上你，会被各宫嫔妃看不起的，以后，大家都会欺负咱们长乐宫的人了。"

姬小小听到这里倒是无所谓地笑了笑："要让她们看得起做什么，若是有人欺负长乐宫的人，我会保护你们的，至少这宫里，还没有人是我的对手！"

奇怪，下了山以后好像还没碰上武功比她高的呢？

莫非师兄们又骗她？

可那好像是师父说的呢！

甩掉脑海中忽然而来的疑惑，姬小小看着一脸无奈的小红，看看整理干净的自己，跳起来："我走了，我的中饭就不用传了！"

"娘娘……要自称本宫！"小红真的有些无奈了，亦有些担忧。

现在幸亏是皇上宠着娘娘，可是若是有一天，娘娘失宠了该怎么办？

"不就一个称呼嘛！"对于小红的担忧，姬小小耸耸肩，表示无所谓，"我去看金玲，待会出去转转。"

如果那个册封秀女真的所有妃嫔都去，那么皇后也会去，眼不见为净，能不去自然是最好的。

"娘娘，不行啊……"小红就差直接出手阻拦了，"即使皇上没有叫上娘娘，娘娘自己也应该过去，这是后宫的规则，或者只是皇上忘记了。"

"或者皇上想让我轻松一下呢？"姬小小深吸口气，一溜烟就往侧殿去了。

金玲的伤势已经好得多了，点苍山的药自然不是山下这种普通药可以相比的。

"金玲！"姬小小过去查看伤势，"嗯，好得差不多了呢，应该可以下床了吧？"

"娘娘……"金玲有些感激，"可以下床了，若是娘娘身边的人用得不称心，可以叫金玲回去伺候的。"

姬小小摇摇头："我没有虐待自己人的习惯！"

"娘娘……"金玲有些忧虑地看着她,"听说今天是皇上册封新进宫秀女的日子?"

怎么人人都在说这件事?

姬小小心头有些发闷:"你不是也在劝我要过去的吧?可是玄墨已经走了一个多时辰了,估计现在过去也来不及了。"

金玲皱了一下眉头:"皇上怎么没叫你?"

姬小小老实地摇头:"不知道!"

金玲的眉头皱得更紧:"娘娘,若是有一天,皇上不宠你了你怎么办?"

姬小小愣一愣:"他不宠我,他为什么要宠我?他是我的人,这是他应该担心的事情。"

金玲眼中担忧之色明显:"自古无情最是帝王家,娘娘,若是有一天,皇上敢对你始乱终弃,我决不会放过他!"

说完这一句的时候,金玲握了一下拳头,手腕上的疼痛传来,让她忍不住呻吟了一声。

"干吗这么用力?"姬小小耸耸肩,"我都说了,我不会让他离开我的,除非有一天我不喜欢他了,否则,就算坑蒙拐骗,我也会把他留在我身边。"

帮着金玲换了药,又嘱咐她吃雪莲片,看看快中午了,姬小小才起身准备离开。

刚站起身,便听得外面有个小太监跑了进来:"娘娘,有几个今天新册封的秀女,前来参见娘娘。"

金玲一听,大喜:"娘娘,看起来皇上并没有忘了你,让新秀女来参拜你了,说明你在宫里的地位啊!"

姬小小倒是一脸沮丧,看来不能去幽尘居吃海鲜大餐了。

"娘娘,是让她们一个个进来,还是一起进来?"小太监小心翼翼地看着她不大好看的脸色。

姬小小就是这样,高兴不高兴,都表露在脸上,这个倒是比别的主子强,不用他们这些下人去猜主子们的心思。

"一起进来吧!"也好快点。

很快,一群莺莺燕燕井然有序地走了进来,也不敢大声说话,恭恭敬敬地对着姬小小行礼:"参见贵妃娘娘!"

"起来吧!"礼仪好歹还记着点,姬小小抬一下手。

传令的小太监忙一个个介绍:"这是沈贵嫔,吏部尚书沈大人的千金,这是王美人,两江总督王大人的女儿,这是江美人……"

"停!"姬小小有些诧异地看着眼前这个"江美人"……

江晚月?!

他……怎么是他?

"晚月见过贵妃娘娘!"江晚月见姬小小这个样子,不由有些着急,赶紧上来行礼。

该死的,墨爷是没有跟她打过招呼吗?

可不要穿帮了才好！

她这次召集着众人来看所谓"偶染风寒"的姬贵妃，也是想让姬小小有个心理准备，不然，万一哪天被不该看的人看到了什么场景，那可就不好了。

"娘娘……"那小太监赶紧上来，"可有什么不妥？"

江晚月刚才上前了一步，跪在最前面，所以此刻，她正微微抬头，拼命朝她使眼色。

玄墨的话在姬小小耳边回响，她顿了一下，对那小太监道："就直接介绍封号和名字好了，不用把家世都给报上，这得介绍到什么时候啊？别把这么多人的膝盖都跪麻了！"

听她这么一说，江晚月松了口气，而身后的那些嫔妃们也有些感激。这个贵妃娘娘，似乎没有传说中那般彪悍，倒是个很能为人着想的好主子呢。

传令太监终于将十几个嫔妃一个个介绍完，姬小小赶紧让她们站起来，很快便有宫女送上了茶点，还有凳子。

不大的长乐宫正殿厅堂，一下子变得有些拥挤。

这次册封的人之中，都是些美人、才人，没有特别出挑的，只有个吏部尚书的女儿封了贵嫔。

不过姬小小的心思目前不在这上面，只是想着，原来玄墨说的老朋友要进宫，竟然是江晚月？

只是，江晚月……他怎么可能做嫔妃的？

姬小小心中有满肚子的话，连海鲜大餐都忘到脑后去了，只是对着这么多人，她实在不知道该怎么开口。

玄墨说，要假装不认识啊。

"娘娘，听说你感染了风寒，妹妹这里有张方子，给娘娘看看，不知道用不用得上！"

"娘娘，您如今可是宫里最风光的主子了，怎么，如今病了，怎么不见皇上叫御医来看看啊？"

"娘娘，今儿天气好，又没风，娘娘要是病了，该出去呼吸新鲜空气，不该在屋子里闷着！"

刚坐下的那些嫔妃们，有谄媚的，有讽刺的，有凑热闹的，中庸的，各成几派。

看起来，宫里最近发生的那些事情，她们可是都打听过了。只不过站队不同，不过那敢出言讽刺的，自然是有够硬的后台。

那人姓袁，和皇后一个姓氏，是皇后袁敏的堂妹。

新封的才人。

她心中是不服的，毕竟她后台如此强硬，居然只能封得个才人。

不过因为摄政王还躺在床上，这封妃子的事情他也没多上心，只要把自己的人送进去就行了，所以玄墨故意假装什么都不懂，来了个乱封点。

一来，表示自己对朝政大事，确实不懂，不知道后宫制衡。二来，也是告诉这位袁才人，资质太差，不能怪朕看不上你！

这些花花肠子，姬小小自然是不懂的。

但直觉上，除了江晚月，她不喜欢其他所有的人。

以前好像只有看到玄墨和皇后在一起的时候，她才会有一点这种感觉。但是现在，这种感觉似乎越发浓郁了起来，听着耳边叽叽喳喳的声音，她忍不住打了个哈欠。

"贵妃娘娘乏了，各位娘娘先回吧，下次再来！"见她半晌不说话，小红赶紧在一旁打着圆场。

"既然如此，臣妾等告退！"众嫔妃行礼。

江晚月抬头笑道："娘娘今日身子不好就算了，不过听说娘娘医术不错，臣妾对此有些兴趣，不知改日可得娘娘指教否？"

姬小小不笨，这话一听就是要给她们制造单独相处的机会，赶紧点头："好啊！"

一众嫔妃看向江晚月的神色顿时带了羡慕妒忌恨。她们费了这么多口舌，只换来贵妃娘娘一个哈欠，她这一说医术，贵妃娘娘立刻抖了精神。

敢情这位不知道什么来头的江美人，才是真正的深藏不露啊！

江晚月没有回头，也感觉到那些女人们的目光，不由嘴角泛起一丝冷笑，他要的就是这番高调呢。

"哎呀，我的海鲜！"等女人们的身影刚消失，姬小小这才跳了起来，想到"更重要"的事情。

小红等人听得莫名其妙，却见姬小小的身影早就消失了。

唉……不知道跟着这样的主子，对她们来说，是福是祸啊！

"唉……"这一声叹息，是姬小小在幽尘居发出的。

"又怎么了？"玄尘看着她。

"没事！"姬小小摇摇头，"我饿了！"说完，抓起桌上的大螃蟹。

玄尘定定地看着她："小小，这几天你都不高兴。"

"也不是不高兴！"姬小小摇头，"我觉得这里不舒服！"她指指自己的胸口，"憋得慌，有点闷。"

玄尘不说话了，他不知道该怎么去劝慰一个人。

她喜欢吃，他就给她准备吃的，她喜欢听他弹琴，他就弹琴给她听。

"撒谎很难受！"姬小小忽然冒出一句，"不知道为什么，那么多人喜欢撒谎。"

玄尘彻底一愣："撒谎？"

"嗯，今天我……也算不上吧！"她说了一半，摇摇头。

"这个世上很多事情，都是身不由己的。"玄尘忽地叹息了一声，"比如出身，比如父母，比如你出生以后身上肩负的东西。有些东西，很沉重，却必须担着，有些东西，你根本不想担着，却有人强加在你肩上，这些东西快把你压垮了，但是你却不能拒绝。"

姬小小似懂非懂地眨眨眼："你在说玄墨吗？"

玄尘眼神中有些东西闪过，也不回答，只是起身道："我弹琴给你听吧！"

琴声悠扬，有些淡淡的愁绪。

晚上的姬小小，有些郁结难消。

她已经三天没有主动去抢玄墨了，今天，她还是坐在长乐宫里。在有些事情想不通之前，她不会有任何行动。

"娘娘，皇上今晚不会来了。"小红以为她在等玄墨，有些担忧地道，"今晚皇上去了袁才人那里。"

姬小小沉默，心头不舒服的感觉又上来了。

"是太后和皇后安排的，不是皇上的意思！"小红忙加了一句，宫里的人都知道，皇上不容易。

"他爱去哪里去哪里！"姬小小的话有些赌气的意味，"反正我什么时候要他来陪我，我都能找到他！"

他是她的，这是不会变的！

"江美人到……"话音刚落，外面传来一声通报。

姬小小疑惑地抬头，江晚月，她来得好快呀！

来的是两个人，江晚月，还有她的贴身丫头……金香玉？

姬小小遣走了屋内所有的人，才过去看着他们两个，疑惑地道："你们两个怎么进宫了？"

"是墨爷……呃，不，是皇上的意思。"江晚月觉得改口有些困难，还是强行让自己改掉这个习惯。

姬小小不解："玄墨在搞什么鬼？"

"为了保护你啊。"江晚月笑起来，"我若是站在风口浪尖上，那你在宫里的威胁就小了，再说，我本来也是有任务的。"

"什么任务？"

"这事儿你就别管了，你只要每天吃饱了穿暖了玩好了，等着现成的皇上送到你面前就好了。"

见江晚月这么一说，一旁的金香玉不由"扑哧"一声笑出声来。

姬小小皱了皱眉头："玄墨是我的，应该我保护他才对，现在我好像成了那个需要保护的人了。"

江晚月见她这样的表情，不由想起之前玄墨的嘱咐："听皇上说，这几天你兴致不高啊，金玲那丫头伤得不轻吧？"

姬小小点点头，眉头不展。

"你是不是……有点想放弃了，不想要皇上了？"金香玉忍不住插话。

姬小小摇摇头，又点点头。

江晚月和金香玉面面相觑，不知道什么意思。

"要放弃也是放弃皇宫，如果我放弃皇宫，就会带玄墨走！"姬小小坚定地道，对于玄墨，她从未放弃过，"可是我怕他会不高兴。"

明明是自己的东西啊，可是好像越来越在意他的情绪。

可是转头想想，即使是阿彩不高兴的事情，自己也不会去做吧？

对玄墨，也是一样的吧？

想到这里，她倒也释然了。

"他肯定会不高兴。"江晚月肯定地道，"因为那代表着不负责任，小小，你一定不知道，责任对一个男人来说，有多重要！"

"我知道很重要，但是不知道到底多重要！"小小老老实实地回答。

这也是她没有直接带玄墨走的原因，也是她这几天苦恼的根源。

金香玉想了想："听说你以前的生活环境很单纯，我们举个最简单的例子吧。如果你很郑重地答应了一个人，要去完成一件事情，可是到头来，你因为逃避，因为懒，或者因为别的什么原因，没有努力去做，最后没有完成你答应的事情，你会怎么样？"

姬小小陷入沉思："我从来没有失信过……如果真的是那样，我一辈子都不会快乐！"

"嗯，如果努力了，最后结果没有做到，还情有可原，如果没有努力，就因为各种原因和理由就放弃了，我估计任何人都不会高兴。"江晚月也点头，"我不惜损害身体修炼东瀛异术，就是想做最后努力搏一搏，不然，我绝对不会甘心的。"

姬小小有些明白了，却不说话。

"你很少见人，所以可能没有见识过人心的险恶，特别是一开始就把你放到皇宫这样最险恶的地方来，你可能真的会不适应。"金香玉和江晚月交替上场，"可是，除非你永远躲在你以前住的地方不出来，不然，你总是要面对一些现实而改变一些的。"

"对，你必须做出一个选择，然后为这个选择而努力。"江晚月看看金香玉，"当年，我全家被灭门，我是唯一的幸存者。墨爷看到我以后，让我做个选择，报仇，或者从此隐姓埋名，过无忧无虑的日子。"

姬小小抬头："你选择了报仇？"

"有所选择，必然要有所牺牲。"江晚月淡笑，"即使隐姓埋名，也会提心吊胆一辈子，这是我所要付出的牺牲。可是报仇呢，如果成功了，我付出的是前半生，后半生，可能就逍遥了，而且过得心安理得！"

金香玉连连点头："当断不断，反受其乱。一味逃避，最后可能什么都得不到，还不如趁早下定了决心，就朝着一个方向走，即使撞了南墙也不回头，直接拆墙而过！"

姬小小沉默着，陷入沉思。

在山上十六年，她最想的不就是下山看看山下的世界吗？

现在下山了，山下的世界和她想象中不一样，可是师父说，人不能靠想象过日子，得看清楚现实。

但是现实往往是残忍的，有的人躲了，可能也能安逸一辈子。有的人闯了，虽然头破血流，可是他觉得很有成就感。

那么，她的选择呢？

"我不可能放弃玄墨！"至少在现在绝对不行，一想到彻底放弃玄墨，或者玄墨一辈子不开心，这两种可能都让她胸口有些发闷。

金香玉和江晚月对视，眼中已经隐现笑意。

"所以……"姬小小像是下了很大的决心，"我决定留在这里，我要改造这里，改变这里，将那些不好的东西，不好的人，优胜劣汰！"

金香玉和江晚月眼中笑意消失了，换成满脑的黑线。

"优胜劣汰，什么意思？"

"这宫里劣质的人太多了，当然要淘汰一些掉。"姬小小很理所当然地回答，"优秀的才可以留在玄墨身边，我的能力可能不够，但如没有我强的话，就只能让我淘汰了！"

敢情人家不是去适应环境的，而是去改造环境的！

金香玉和江晚月对视良久以后，又有笑意现了出来。

也好，反正她是振作起来了，只要振作就行。至于宫里那些女人们，确实也太"劣质"了，淘汰淘汰也是应该的。

所以说啊，懦弱的人逃避现实，聪明的人适应现实，强大的人才会去改造现实！

金香玉和江晚月边走边聊："看来我们可以给墨爷一个交代了。"

他们今晚就是奉命来做说客的，不过结果好像跟他们预料的有点点出入。

"只怕到时候他要我们给他一个交代！"江晚月不看好，不过眼中笑意未退。

"难道你就不想看好戏？"金香玉很豪气地拍他的肩。

江晚月瞪她一眼："大内重地，注意身份。"

金香玉吐吐舌头："知道了，娘娘！"

"哼！"江晚月摆摆架子，随即道，"也不知道那老家伙伤好了没。"

"这么迫不及待？"

"是有些急，可想到要接近他，我又忍不住起鸡皮疙瘩，真是矛盾！"江晚月叹着气，和金香玉两人越走越远。声音也越来越小。

翌日清晨，阳光穿透云层，也晒干了嫩枝上的露珠。

姬小小在长乐宫门口伸了个懒腰，神清气爽。

"小红，带我到处走走吧！"她顺手"抓"过小红，玄墨说的，她对宫里的环境比较熟悉。

"好啊！"见主子心情和精神奇佳，一扫之前的颓废之气，小红的心情顿时也变得明朗起来。

真是舒服晴朗的好天气啊！

"我们先去哪里呢？"想要改变环境，就要先了解环境。

这是姬小小一夜未眠得出来的结论。

以她现在走出长乐宫拐个弯都有可能迷路的状况来看，绝对是不够了解环境，因为排斥这里，所以从来没有用心去了解过。

但是昨天江晚月和金香玉的话，让她有种醍醐灌顶的感觉。她恍然大悟，不是任何地方都是点苍山，也不是任何地方都有师父师兄们跟在她后面收拾残局。

现在，只有靠她自己。

"天气这么好，娘娘兴致又好，我们不如去御花园好了，现在春末，想必开了好多花儿。"小红好心地提议。

姬小小点点头，无论从哪一块地方开始了解起，都是无所谓的，关键的就是，要全面，彻底地去了解。

御花园离长乐宫并不远，和凤仪宫只是一墙之隔。

正是春末时分，花儿格外娇艳。树枝也开始郁郁葱葱，带着翠绿的颜色，还没有到夏天那种墨绿色，独有一份属于春末的新鲜且成熟。

御花园的东南方向是一处深潭，种植着荷花，因为还没到荷花开启的季节，此刻只是绿绿的风荷连翩，微风吹过，波光粼粼，荷叶在水上轻微地浮动，别有一番清爽的韵味。

"臣妾见过贵妃娘娘，娘娘万安！"正看得入神，身后不远处忽地传来一声娇滴滴的请安声。

姬小小和小红转头，见一女子，穿着粉色的宫装，华丽的锦缎面料，外面罩着粉色的薄纱。看她低眉顺目的样子，柳眉淡扫，美目流转，琼鼻薄唇，不算天姿国色，倒也算得上赏心悦目。

只不过，在这美女出没最多的皇宫，她这姿色，不过中上而已。

"是袁才人！"见姬小小满脸的疑惑，一旁的小红赶紧小声提醒。在后宫，是需要惊人记忆力的。

"哦，袁才人啊，起来吧！"姬小小想起在尚仪局学过的礼节，便照着做了一遍，之后便再没有多话了。

对着一个她本来就不怎么关心的陌生人，说实在的，还真不知道说什么好。

不过刚才也是看荷叶入了迷，不然以她的身手，早该察觉到这御花园中另外有人了。

"贵妃娘娘怎么今日有兴致到御花园中观赏？"不过袁才人好似很想跟她套近乎的样子，堆着一脸笑意。

小红不由有些戒备，要知道这个女人昨日还因为册封的品阶太低，所以对着主子冷嘲热讽的，今天一早起来怎么就跟变了个人似的，进退有度了？

【第五章 音袅袅林中谪仙踏月来】

145

仅仅是因为昨天初承恩露，所以翌日一早性情大变？

"闲着也是闲着，出来逛逛！"反观姬小小，似乎一点戒心都没有，估计早就将昨天那些嫔妃的对话忘到爪哇国去了。

但是人家现在在场，小红又不好正面提醒，只好紧紧跟着姬小小。

"贵妃娘娘兴致这么高，皇上昨晚到琉璃宫的时候，让臣妾多熟悉一下宫中的环境，不如，今日就跟娘娘作伴，一起游览御花园如何？"袁才人说这话的时候，眼中透着一丝娇媚和害羞。

特别是……说到"皇上昨晚"四个字，她咬得特别响亮。

姬小小深吸口气，将胸口那股莫名其妙的郁闷之气消散，因为这个迁怒于别人，似乎不是她的做派。

"好吧，我新入宫的时候，皇上还特地带着我逛了三天皇宫，袁才人是应该逛一下，这么久了，我还经常搞不清楚路呢！"

姬小小这话原本是无心的，可是在外人听起来，倒成了另外的意思。

袁才人进宫，皇上只是提了一下，让"自己去"熟悉皇宫，而姬小小呢，人家可是皇上"亲自"带着逛了三天啊。

趁着姬小小转身，袁才人眼中有些什么东西闪过，快速消失不见。

走得离荷塘近了些，姬小小很随意地靠在旁边的杨柳树上，吹着暖风。

她在山上长大的，树木泥土倒是见得多了，这种荷塘深潭确实没见过，也有些好奇。

袁才人带着贴身丫头跟在后面，笑盈盈地走到姬小小面前："贵妃娘娘，这荷叶可好看？"

"挺好看的！"姬小小点点头。

袁才人背朝着荷塘，也点点头："是挺好看的！"

姬小小有些奇怪："你都没看，怎么知道好看？"

"待会不就知道了？"袁才人的笑容有些奇怪，忽地整个人往后一仰，就朝着荷塘一头栽了下去。

姬小小猝不及防，不过她的姿势太过休闲，而且脑子也没有这么快反应过来，直到听到"扑通"一声，才叫起来："哎呀，袁才人，你做什么？"

"来人哪，娘娘落水了，娘娘落水了！"袁才人的贴身丫鬟忽地叫了起来，不一刻就听到很多人的脚步声朝着这边跑了过来。

姬小小轻点地，快速拉住袁才人在荷塘之中挣扎的手，将她提出了水面，放在岸边。

"怎么回事？"那些侍卫来得倒是很快。

小红皱起了眉头，好像来得也太快了一些。

那一边，过来的居然还有凤辇……

对，凤辇，是两尊凤辇。

太后和皇后？

"怎么回事？"太后下了辇，一脸的严肃。

　　"太后娘娘，皇后娘娘，要为我家主子做主啊！"袁才人身边的小宫女忽然扑了上去，也不管她家主子还在姬小小她们手中，"刚刚贵妃娘娘将我家主子推到荷塘里去了！"

　　"有这种事！"太后一脸震怒。

　　皇后冷哼一声："母后，贵妃妹妹可越来越大胆了，以前闹闹凤仪宫慈宁宫，劫走皇上也就算了，这回倒好，谋杀嫔妃这种事情都做得出来了。"

　　太后脸色也是阴沉得可怕："让皇上下旨废妃吧！"

　　好，很好，知道打不过她，索性连动手这个环节也省了。姬小小冷笑一声，站起身："太后，你不问不审，就给我定了罪了吗？"

　　太后冷笑一声："事实摆在面前，哀家还要问什么，审什么？"

　　"太后亲眼看到我把袁才人推下水了？"

　　"这……"太后一愣。

　　"小桃亲眼看到了！"见太后发愣，一旁的皇后急了。

　　姬小小也不慌，只是道："那小红也看到了，怎么不听听？"

　　"她是你的人，自然帮你说话，怎么可能说实话？！"皇后一脸不屑。

　　"原来在皇后心中，说了对我有利的话，就不是实话，对吗？"姬小小翻个白眼，"那皇后身边的人，都是不帮皇后说话的喽？"

　　"你……"皇后一下说不出话来，气急败坏之下，一跺脚，"你将本宫的堂妹推下荷塘，小桃可以作证，这些侍卫们也可以作证。你这妃位，就算是皇上，也保不住了！"

　　"一向都是我保他，用不着他保我！"姬小小深吸一口气，回头看看袁才人，笑道，"这么拙劣的戏码，亏你演得出来！"

　　说完，众人之觉得眼前一花，袁才人的身子凭空被抛了起来，在她还没来得及尖叫出声的时候，以一个优美的弧度，"扑通"一声掉进了荷塘之中。

　　"救……救命！"袁才人在水中拼命挣扎。

　　"娘娘，娘娘……"小桃急得跺脚。

　　"还愣着干什么，快救人啊！"皇后也跺脚了，好歹那人是她堂妹呢。

　　侍卫们纷纷上前，姬小小右手内力一凝，往外一扫，那些上前的侍卫连荷塘的边都没沾到，纷纷倒在周围地上，起不来了。

　　"反了反了，快救人，快救人啊！"太后也有些着急了。

　　姬小小看差不多了，一个纵身，从水中将袁才人捞了出来："你们让我背黑锅，我当然要把黑锅坐实！"

　　说完，她用力往袁才人的肚子和背上一拍，袁才人一下子将肚子里的水一股脑儿都吐了出来。

　　"不过我要杀人，怎么可能用这么拙劣的招数，我有的是让人痛不欲生，或者不知不觉

【第五章　音袅袅林中谪仙踏月来】

147

死去的办法！"姬小小鄙夷地看着袁才人，从头发上拔出三根银针，"嗖"一声，扎到了袁才人几处大穴之上。

"啊……哈哈哈，痒，啊……痛啊，啊，救命啊……救我……堂……堂姐……"惨不忍睹的叫声，让在场的每一个人心肝都忍不住颤一下。

这到底是疼，还是痒，是哭，还是笑啊？

"啊……哈哈，救……救命，我……我不敢了……不敢了！"惨叫还在继续。

"你……你对她做了什么？"叫声实在太惨烈，太后和皇后忍不住变色，特别是皇后，那人好歹是她堂妹，看她五官扭曲的样子，自己忍不住心惊胆战。

姬小小一脸的悠哉："我只是给你们看看，怎么样的死法最痛苦，如果你们下回还想惹我，我不介意你们自行选择死去的方式……她这个集合了，痛死的，痒死的，笑死的，嗓子叫哑撕裂死的……你们觉得选一种比较好，还是一起来比较好？"

说完这些的时候，她很配合地加以阴恻恻的笑容，让周围在场的人忍不住毛骨悚然。

要命，春末的暖风吹过来，怎么这么刺骨的寒冷。

"你……你快解开！"太后忍不住转头，"难道你真的想要杀了她不成？"

"我记得谋害妃子的罪名，好像最重是赐死。"姬小小眯了眯眼睛，宫规她在尚仪局读过，虽然读一半记一半，不过大罪都记着，"她都要我死了，我为什么要留着她的命？"

"贵妃……贵妃娘娘，求求你了，我家娘娘好痛苦，你放过她，放过她，是奴婢，奴婢擅自做主陷害你的，你饶了娘娘，杀了奴婢吧！"难得小桃倒是个忠义的丫鬟，此刻跪在地上，拼命给姬小小磕头。

姬小小摇摇头："师父说了，愚忠这种事情最不可取了！"

再看看地上翻滚的袁才人早就没了力气，脸色苍白，牙关紧闭，竟晕了过去。

姬小小五指一张，那三枚银针已经回到了她的手中，而地上的袁才人，也悠悠醒了过来。

"这回这么多人都看到了，皇上呢，皇上怎么还没来？"皇后见袁才人危机解除，顿时来了精神，"这么多人作证，姬贵妃谋害袁才人，让皇上下旨废了她的妃位！"

"皇后，你急什么，皇上不来，你也可以下懿旨，太后也可以下懿旨，要废了我的妃位，有很多种方法！"

其实早知道玄墨没什么地位，不知道这对婆媳今天唱的是哪一出，还非得让他亲自过来废了她这个妃子。

姬小小回头看看小红，她也是一脸的不解——当然，不排除她刚才已经被自己忽然发作的主子给吓傻了。

谁见到刚才袁才人那模样，估计是人都会失眠三晚以上。

"下面，我给大家演示一下怎么让人死于无形，死得找不到证据！"姬小小从怀里拿出一枚白色药丸，用手拍碎，忽然朝着袁才人洒了过去，然后拍拍手，"嗯，让御医来看看吧，她还有一个月的命！"

"快,快去叫太医,堂姐,快叫太医啊!"袁才人急了,用虚弱的声音求助地看着皇后。

"去,传御医过来!"太后皱了眉头,事情到了这步田地,她想不宣也不行了。

很快,就有御医匆匆赶了过来,也顾不上礼仪了,只在袁才人手腕上盖了手帕,便搭了脉。

"启禀太后娘娘,皇后娘娘,袁才人得的是心疾……恐怕……"

"恐怕什么?"太后的声音已经有些颤抖了。

"恐怕活不过一个月了!"

"胡说!"皇后瞪那御医一眼,"她分明是中了姬贵妃下的毒,怎么可能是心疾?"

那御医有些难色,硬着头皮道:"回皇后娘娘的话,微臣确诊无误,是……心疾!"

太后和皇后面面相觑,事情到了目前这个地步,都不知道该如何收场了。

"看到没有,我要让一个人死,绝对可以连别人怀疑都不怀疑,更不用说证据了!"姬小小掸掸身上看不见的灰尘,挑了一下眉。

"贵妃娘娘……臣妾错了,臣妾错了……您大发慈悲,救救臣妾,救救臣妾……"那袁才人也不知道哪里来的力气,爬过来揪住姬小小的裙摆。

姬小小正要回答,却听外面传来太监的高唤:"皇上驾到——"

太后和皇后深吸口气,接下来,也不知道该怎么面对。虽然皇上不敢对她们怎么样,可这事儿闹成这样,她们该怎么找台阶下?

"母后,敏儿,发生什么事了,这么急着找朕过来?"玄墨扫了一眼御花园的场景,没等她们回答,又道,"听小景子说,姬贵妃把袁才人撞到荷塘里去了?"

说完,他若有所思地盯着姬小小,又看着地上一身湿,惨无人色的袁才人。

他可是找准时机进来的,但愿结局不要让他失望才好。

姬小小耸耸肩,看看玄墨,又看看袁才人,一脸的笑意:"袁才人,皇上在了,你可要说实话哦!"

袁才人看看姬小小,又看看太后和皇后,谁都不敢得罪,只好一咬牙道:"皇上,是臣妾不好,臣妾知道贵妃娘娘深得皇上宠爱,刚才在荷塘边,一时起了歹念,自己跳下水中,想诬陷贵妃娘娘,是臣妾不对,臣妾有罪!"

"好大胆的贱婢,竟然敢陷害贵妃娘娘!"玄墨勃然大怒。

"皇上恕罪,皇上,请看在袁家为国为民劳苦功高的分上,求皇上饶臣妾一命。"说完,她又看向皇后,"皇后娘娘,看在我们堂姐妹一场的分上,求你帮忙说句话!"

这话一出,皇后想不说话也不行了,赶紧跪下道:"皇上,臣妾这个妹妹胡言乱语,是被姬贵妃吓坏了,被姬贵妃威胁才如此说的,请皇上明察啊!"

说完,看着太后:"刚才……刚才母后也看到了,是不是,母后?"

太后的目光正朝向别处,听到这话,赶紧转过身:"啊?"

"啊……"忽地,一声尖叫从不远处传了过来,引起了在场所有人的注意。

第五章 音袅袅林中谪仙踏月来

149

第六章　情寂寂别有幽怨暗恨生

众人转头看去，只见不远处的台阶上一个穿着青绿色春装的女子正斜躺在一个男子的怀里。

再仔细一看，那女子竟然是江晚月，而那个男人正是刚刚伤愈的摄政王刘鉴雄。

太后的脸色由青转白，由白转绿，姹紫嫣红，色彩纷呈。

玄墨的脸色沉了一下，对旁边的总管太监道："小景子，既然江美人也在御花园游玩，让她也一起过来吧。亚父何时进宫的，朕怎么不知道？"

原本江晚月和刘鉴雄离得也不远，景公公跑过去一说话，两人才齐齐往这边看了过来，江晚月站起身，右腿好像有点瘸，景公公赶紧扶着就走了过来。

"臣妾参见皇上，参见太后娘娘，皇后娘娘！"跪下行礼的只有江晚月一个人。

刘鉴雄是皇上的亚父，只要点个头就行了："臣参见皇上，太后，皇后娘娘！"

"哼！"太后眯起眼睛，侧过身子，好像不愿意搭理他。

"亚父，你什么时候进宫来了？"玄墨还保持着礼貌。

"臣今日身体大好，所以想着进宫给太后……皇上请安！"刘鉴雄说这话的时候，眼光一直瞟着太后看。

可惜太后头朝上，根本没有搭腔的意思。

"舅父，您怎么到御花园来了？"皇后也被转移了视线，下意识地问出一句。

"回娘娘的话。"刘鉴雄转过头，"臣本来打算进宫给太后请安的，不过听说太后和皇后娘娘到了御花园，便过来看看。"

"怎么跟江美人在一起？"皇后也是满脸疑惑地看着跪在地上的江晚月。

刚才那场景确实有些暧昧，不得不让人产生不良好的联想。

"回娘娘话，臣刚刚到御花园，见到江美人在花园游玩，便上前行礼！"美人的品阶自然是没有他这个摄政王高的，不过不管怎么说都是皇帝的老婆，作为臣子是应该行礼的。

太后始终不发一言，倒是皇后，犀利的眼神看向江晚月："江美人，刚才的事情你是不是该解释一下呢？"

江晚月有些委屈地抬起头，再哀怨地看了一眼刘鉴雄才道："臣妾刚刚在花园中游玩，见王爷过来行礼，便聊了一阵，后来不想踩了石阶上的青苔，滑了一下，幸亏有王爷拉着，不然定然要摔在地上，失了仪态。"

"你出门怎么也不带个丫鬟？"皇后皱眉。

"臣妾见有些起风，便让她回去帮臣妾拿披风过来。"江晚月回答得滴水不漏。

刘鉴雄都松了一口气："正是这样了！"

"既然如此，起来吧！"玄墨面无表情地看着江晚月。

江晚月这才撑着地面慢慢站了起来，刚站起来，右腿一软，差点又要跪下。好不容易站稳了，才一瘸一拐地走到一旁站定。

"看上去江美人是脚扭伤了？"许久不开言的太后瞥了一眼她那娇滴滴的样子，终于开口。

"谢太后关心，只是扭了一下，幸亏有王爷扶着！"江晚月说这话的时候，诚心诚意，才不管是不是更让人遐想。

"既然如此，御医也在，江美人不如把脚给御医看看吧！"太后面无表情，也不看刘鉴雄，只是盯着江晚月看。

"这……"江晚月睁大眼，有些不可置信。

周围的人都抽了口冷气。

先别说有刘鉴雄这个外臣在场，还有不少侍卫，就算是只有太监宫女皇后太后几人，也不可能让一个后宫妃子当众脱了鞋袜来给御医看的。

"怎么，江美人似乎不领哀家的情？"太后挑眉看着她，脸上挑衅的意味十分浓重。

大家沉默着，不知道该怎么帮江晚月解围。

姬小小倒不是不想，而是她在点苍山上长大的，对这种规矩礼仪没有多大的感想。

见大家都不说话，江晚月眼圈都红了起来，不看别人，只把目光投向刘鉴雄。

毕竟，刚才是他救了她，她希望还可以延续。

不过刘鉴雄别过了脸，假装没看到。

只是这一幕，大家都看到了，太后当然也看到了。

"林御医，怎么还不过去给美人看看脚？"眯起眼睛的太后，转头看着那御医的时候，眼中忽地精光乍现。

"是，微臣这就过去！"林御医心中一颤，虽然不大清楚目前这是什么状况，可是太后的话，可是比圣旨还厉害，他是不敢违抗的。

所以他行完礼，便连滚带爬地到了江晚月面前："江美人，请将鞋袜除去，让微臣帮美人看看！"

【第六章　情寂寂别有幽怨暗恨生】

"娘娘……"正在大家为难期间，却见那边金香玉拿着一件披风跑了过来，见到这么多人，不由愣了愣，才赶紧跪下："奴婢参见皇上，太后娘娘，皇后娘娘……"

摄政王爷嘛，她一个刚进宫的宫女，自然必须不认识的。

"这是摄政王爷！"玄墨表现对刘鉴雄的重视，特地介绍一下。

"奴婢参见王爷……"抬头，又看到了姬小小，"奴婢参见贵妃娘娘，袁才人！"

"起来吧！"玄墨冲她挥挥手。

"谢皇上！"金香玉起身，走到江晚月旁边，见她紧皱眉头，忙道："娘娘，怎么了？"

"脚崴了一下。"江晚月皱了一下眉头，"没事，御医正要给我看。"

"在这里？"金香玉有些不可思议地看着她。

江晚月看看太后，看看玄墨，主要还是看了看刘鉴雄，然后点了点头，又示意金香玉不要多嘴。

金香玉一看这场景，赶紧将手中披风一抖，对那御医道："大人，有劳了！"说完，将披风横过来，想要围住江晚月。

姬小小一见，想上去帮忙，却被小红阻止了，换了自己过去。

披风够大，林御医和坐在地上的江晚月待在里面刚刚够。不过太后的脸色不大好看，却也不能再去阻止什么了。

"哀家有些累了，回宫吧！"闭一下眼睛，太后就径直朝着凤辇走去。

皇后一见太后要走了，一个人也不可能孤军奋战，也赶紧告退。

刘鉴雄也不管玄墨还在场，赶紧行礼："臣去慈宁宫给太后娘娘请安！"竟然就急急地跟着太后的凤辇走了。

玄墨连眉头都没皱一下，只是挥挥手，遣退了那些侍卫，而姬小小和袁才人那边似乎已经被人遗忘了。

这事儿就这样不了了之了，不过袁才人可没忘记姬小小给自己喂了药，此时此刻又叫嚷起来："贵妃娘娘，臣妾错了，将解药给臣妾吧！"

姬小小皱了一下眉头，虽然没想要她的命，不过也不想就这样放过她，便道："解药需要时间，看看来不来得及吧！"

袁才人顿时面如死灰，拼命给她磕头："娘娘饶命，娘娘饶了贱妾的命吧，贱妾再也不敢了！"

"皇上，您看这……"景公公看着走远的太后一行人，小心翼翼地过来提醒玄墨。

玄墨皱了一下眉头，看看身边的总管太监，淡淡地道："虽然太后没有说什么，不过这事儿总该给她老人家一点交代，这样吧，拟旨，袁才人德行缺失，诬陷姬贵妃，本应废黜，念其主动认错，姬贵妃又对她小惩大诫，即日起闭门思过三个月！"

"是！"景公公点点头，再看看姬小小，"那皇上……贵妃娘娘呢……"

玄墨往地上看了一下，掩去眼中不明所以的情绪，又抬头，云淡风轻地看着景公公道：

"姬贵妃虽则被袁才人陷害，然而惩戒手法有些过了，罚闭门思过一个月吧！"

说完，嘴角微微一翘，看着袁才人。

"皇上，皇上，臣妾愿意替贵妃娘娘接受惩罚！"袁才人一听一个月，那还了得，一个月以后她小命都要不保了，怎么可能让姬小小一个月不出门啊？

"小景子，你看这……朕要如何是好啊？"玄墨也不看她，倒是回头问景公公的主意。

景公公一脸惶恐："皇上，这是后宫之事，奴才不敢多言！"

"既然如此，那朕做主，袁才人闭门加一个月，姬贵妃有错不能不罚，就减一半吧！"玄墨看着姬小小，似笑非笑。

姬小小皱了一下眉头，看着他，也不谢恩——或者从来没想过要谢玄墨什么恩。

"还不快送袁才人回去？"玄墨瞪了小桃一眼，小桃吓得不轻，赶紧扶起自家主子，半背半搀凄凄惨惨地走了。

"皇上，江美人的脚已经没事了，只需静养就行了！"那一边，林御医如释重负地走出了披风形成的围栏。

"你退下吧！"玄墨挥挥手，似乎有些不耐烦，又看看金香玉，"你们也退下吧！"

金香玉赶紧和江晚月告退，也互相搀扶着走了。

御花园内，就只剩下姬小小和小红了，玄墨也看了小红一眼："送贵妃娘娘回宫吧！"

小红忙走过去对姬小小道："娘娘，我们回宫吧！"

姬小小眨眨眼，不知道在想什么，倒是很安静地跟着小红走了。玄墨松了口气，他还真怕姬小小不明所以闹将起来，不好收拾呢。

这是要做给太后他们看的，虽然他们不能亲眼看到，不过肯定会有人去传话，比如——景公公。

而长乐宫内的姬小小，正跷着二郎腿，吃着小红端上来的糕点。

"娘娘，太可恶了，明明错的人是袁才人，皇后太后肯定是幕后主谋，怎么你也要罚？"刚能下床的金玲一脸的义愤填膺。

姬小小一脸的不介意："我知道玄墨肯定有他的打算，不然他不会一开口先关一个月！"

明明他就是听到袁才人只有一个月的命，他却下令关她一个月，这不是明摆着变相在惩罚袁才人吗？

姬小小伸个懒腰："放心吧，别说长乐宫了，皇宫都关不住我，这个闭门不闭门，对我来说都是一样的，没有门，还有墙啊！"

金玲和小红对视一眼，各自翻了个白眼。

长乐宫，夜。

"你倒是睡得着！"黑衣人叹口气，完美的容颜露出无奈又溺爱的神色。

"你不是去晚月那儿了吗，怎么大晚上跑我这里来了？"床上的人翻个身，连眼睛都没

【第六章 情寂寂别有幽怨暗恨生】

睁开,"我还在犹豫,要不要去劫你回来陪我睡觉呢!"

说完的时候,姬小小睁开眼睛,调皮地做个鬼脸。

原来那黑衣人,正是玄墨。

"你没睡着?"玄墨没好气地看着她。

"睡着了!"姬小小坐起身,"不过你翻墙进来我就醒了,你的轻功真不行,我隔着老远就能听到了。"

玄墨脸上持续出现黑线,轻功可是他最得意的强项,在刘鉴雄面前都可以摆摆谱,现在却被个小丫头说得一文不值。

"以后我去晚月那边,晚上一定会到你这里来的,你也知道晚月到底是什么身份啊。"没办法,忍不住刮了一下她的鼻子,"不过,你好像一点都不在乎我关你半个月禁闭的事情?"

姬小小笑起来:"有仇一般我当场就报了,比如袁才人,你心里比我清楚,这禁闭到底能不能关住我。你知道还给我这样的惩罚,根本就是在放水,我干吗要生气?"

玄墨歪一下脑袋,不由失笑:"你到底是聪明呢,还是聪明过头了?"偶尔的白痴,他不敢说出口,怕床上的丫头暴走。

"好困,陪我继续睡吧!"姬小小张开手,就要抱上去。

玄墨赶紧闪开:"我大半夜不睡觉,不是专门跑来陪你睡的,有事跟你商量呢。"

姬小小停下手,看着他:"有事?你穿着夜行衣……难道要夜游皇宫?"

玄墨叹口气:"皇宫有什么好游的,我们要出宫去!"

"出宫?"

"对,也不知道半个月时间够不够!"

"够什么?"

"够给金矛王爷看病啊!"玄墨一本正经地看着她。

"哦,对,我差点忘记了。"姬小小拍拍额头,"是差不多时间了,要是天气热了,伤口不好愈合,还容易溃烂。"

"我已经想到了,当年金矛王府建过一个冰窖,前两天我已经偷偷运了点冰块过去,到时候,帮着皇叔的卧室周围降降温就行了。"

姬小小连连点头:"这主意好。"

"事不宜迟,走吧!"玄墨带着她走出门。

好在姬小小睡觉也不喜欢有人在旁边伺候着,因为经常会出点惊天动地的事情——劫皇帝回宫!

到了宫墙根上,玄墨本来想拿出缠在腰上的铁索,却被姬小小阻止了:"我带你上去!"

姬小小提了一下他的腰,就上了皇宫的墙头,人在半空中,居然飘来飘去飘了很久才找了个人迹罕至的地方跳了下去。

"你这轻功好厉害,什么时候教我吧!"出入宫门方便,玄墨不由起了点贪心。

154

一般的轻功顶多就是跳得比别人高些，下降比别人慢些，从来没见过能在同一个高度停留这么久啊。

姬小小嘟嘟嘴："我这个是御气飞行，凝聚脚下的空气，让人变轻，可以站很久。就算是悬崖旁边也可以站很久。不过你没必要学，以后我会带着你的。"

天机老人教徒弟，个个都不一样，都教适合他们的武功，所以姬小小的武功玄墨未必能学。

到了金矛王府跟前，二人翻墙而入，凌未然似乎早就知道了消息，在府中等待。

金矛王爷一看到姬小小和玄墨，差点就要拜倒——如果不是腿脚不方便的话！

姬小小赶紧给他做了全身检查，发现他的身体果然比初见时好了很多，便定下了明日开始治病。

玄墨想了想：道："也好，今晚有些仓促，明日开始，你就住在金矛王府，等禁闭期满了再回去。今天回去以后，我帮你安排一下。"

姬小小点点头："那最好了。"

给金矛王爷开了点药，让他今晚好好睡，姬小小和玄墨便回宫而去。

一切似乎十分顺利，两人都松了口气。

"我得去兰陵宫了，不然景德安早上起来不见我，会起疑心的。"玄墨看看天色，"以后，你就要一个人出去了，我不能天天陪你。"

姬小小想了想："我跟你一起去吧，我也想看看晚月，不知道他的脚怎么样了。"

玄墨点点头："也好，若是有人，你就躲一下。"

老朋友相见，又见姬小小一扫之前的颓废之气，精神奕奕，江晚月和金香玉自是格外高兴。

"让我看看你的脚。"姬小小见江晚月还是一拐一拐的，有些担心。

"放心，没事的，小伤。"江晚月笑起来，"自己扭的，顶多伤筋，动不了骨的。"

"自己扭的？"姬小小有些不明白。

江晚月看看她："算了，你也不需要明白。"

天色将明，江晚月赶紧走到床边，割破了自己的手指，将血滴到了床单之上。

姬小小有些好奇："为什么要这么做？"

"处子血啊！"江晚月笑道，"进了皇宫的女人，都必须是处子之身，第一晚就要有处子血才能证明你是干干净净的女儿家。"

姬小小这才想起来："对，我上次在医书上看到过，一直不大明白，师父又不在，就跑去问师兄他们，大师兄二师兄不告诉我，三师兄就告诉我，女子第一次和男子行房会出血，那个就是处子血。"

"难道，处子血是从手指上出的吗？"本来姬小小的话还惹得屋内的人连连点头，不过她后面那一句，却让整个屋子的人都把同情和疑问的眼光看向了玄墨。

"难怪进宫第一天，尚仪局的姑姑就来问我要床单！"姬小小想了想，"可是我的床单

【第六章　情寂寂别有幽怨暗恨生】

上并没有血啊！"

玄墨一脸尴尬地看着江晚月和金香玉两人，"那天床单送出去以后，是我在上面滴了血。"

"哦！"姬小小点点头。

床单送了出去，为了防止景公公闯进来，玄墨穿戴整齐先出了门。

后宫的规则，一向都是后妃早上起身要为皇上整理衣冠，所以景公公也没有任何怀疑。

而还在兰陵宫的姬小小，却陷入了沉思："既然是手指上的血，为什么三师兄不肯跟我说明白呢？"

"这……"江晚月和金香玉面面相觑，他们应该怎么跟她解释？

算了，齐齐为皇上默哀一下吧，这种事情，还是交给他去处理好了。

回到长乐宫的姬小小，立刻传出消息，要为袁才人配制解药，要在屋内闭关半个月，其间不许任何人打扰，连饭菜都只能放在门口，不能送进里面。

到了晚间，玄墨领来了一个女子，身形与姬小小有几分相似，穿着贵妃的宫装。

"这个人，以后就代替你待在屋内。"玄墨指指那个姑娘，看她的样子，大概二十岁上下的样子，模样清秀，不过面无表情。

"她？"姬小小眨眨眼，"那要是小红金玲来屋外跟我说话，她怎么回答？"

玄墨刚要说话，身后忽然传来一句："那要是小红金玲来屋外跟我说话，她怎么回答？"

那声音，那语气，竟然就跟刚才姬小小说的一丝不差，根本分辨不出来。

姬小小吓了一跳，随即才镇定下来："她的声音怎么跟我这么像？"

玄墨笑道，"她会口技，任何人只要开口说过十个字以上，她就能学得惟妙惟肖。"

"真的，太厉害了。"姬小小大喜，"这东西改天我也学学，真好玩。"

这边事情一搞定，姬小小便启程前往金矛王府。

因为长乐宫还在禁闭中，自然没有嫔妃敢去打扰。

在御花园事件以后，玄墨开始雨露均沾地宠幸宫内新册封的嫔妃们，几天时间内，几个嫔妃都纷纷升了一级以上。

这样一来，原本几乎得到专宠的皇后，反而倍受冷落。

可因为这原本就是她舅父出的主意，而且当初她自己也参与其中，也不好说什么，虽然胸口生着一口闷气，却也无处可发泄。

好在嫔妃们每日都要上凤仪宫请安，她便有意刁难一番，却也做不出其他事情。

至于太后那边，这些天忽然消停了，又或者……更忙了，谁知道呢，反正后宫的事情，她忽然不管了，只有刘鉴雄天天往慈宁宫请安没有发生变化。

就这样，再没了姬小小，一时间，这皇宫里倒慢慢安静了下来，仿佛暴风雨前夕……

相较于后宫的安静，此刻在金矛王府，却是鸡飞狗跳之中。

姬小小入宫的事情全王府都是知道的，所以原先伺候王爷的人，除却管家白霄是金矛王爷的心腹之外，其他的人，都被拒绝在了金矛王爷的小院落外。

对外，凌未然只是宣称家中来了一位贵客，和王爷十分投缘，便让那人在王府住段时间，好跟王爷多多聊天解闷。

另外又从外面买了两个机灵的小丫头和两个粗使的家仆，供姬小小差遣。又购置了一套男装，让姬小小穿上。

现在，姬小小在所能见到她的有限几个人眼中，是一个精瘦的小矮个男人。

不过，这个是在别院内的人看起来的，在王府其他院落的人看起来，可就不是那么回事了。

这位传说中的神秘公子来到王府第一天开始，他们的侯爷就开始到处采购东西，锯子，剪刀和匕首，白布，白酒，还买回了很多很多补药，就差把药铺直接搬回王府了。

搬运这些东西的只有新来的那四个下人，其他人甚至连看都是不许看的。

关于那位神秘来客的身份，一时间众说纷纭。

紧接着，有人从别院附近走过的时候，听到传来凄厉的闷声惨叫，然后不知道侯爷又从哪里搞到很多冰块，放到院子里面，一下子，原本春末有些暖意的别院，变得有些凉飕飕的。

很多恐怖的传说，开始弥漫在王府上空。

好像在很多传说中，只有某些"非生物"，才是怕阳光，喜欢冷，喜欢黑夜之类，之类的……

金矛王府人心惶惶，不过凌未然可没空去理会，他现在比较担心他自己的亲爹。

看着给自己老爹扎针的姬小小，凌未然早收起那副玩世不恭的态度。

"东西都准备好了！"他让人将东西搬了进来。

分别是，一碗黑乎乎的药汁，一把锯子，一把匕首，还有一匹用白酒浸泡过，洗干净，在阳光下消过毒的白布。

下方是一个铜盆，还有一盆清水，一盆白酒，一盆火。

姬小小让金矛王爷喝下那药汁，提醒道："这是麻沸散，可以让你不痛，不过等完成以后，你的伤口还是会疼上好几天，做好准备。"

金矛王爷豪气地呵呵大笑："放心吧，在战场上本王什么伤没受过，哼一声，本王就不算好汉！"

"好！"姬小小大声称赞，将锯子在火上烤过，再放到白酒之中消毒，捏了一下王爷的腿道："王爷，痛吗？"

"不痛！"金矛王爷摇摇头。

所有的人到门口站着，等候传唤。想到里面可能发生的事情，两个新入府的小丫头，早就脸色都开始发白。差不多大半天的时间，门终于被打开："好了，你们进来吧！"

姬小小将一个白布包裹的东西递上前："去找个地方埋了吧，这上面有毒，千万别被人吃了，就算被狗吃了，也是会出事的。"

【第六章 情寂寂别有幽怨暗恨生】

"啊……"小丫头一声尖叫，终于晕了过去。

"算了，我来吧！"凌未然无可奈何地接过来，"我来处理好了！"说完，交给管家白霄，自己则有些担心地看着屋内，"我父王他怎么样了？"

"现在没事，不过等麻沸散的药性过了，可能有些痛，你进去找块湿布让他咬着，别咬断了舌头。"姬小小抹了一把额头的汗，虽然门口放了很多冰，让整个别院的温度比外面低了很多，可是刚才干的那些，还是让她出了不少汗。

那边金矛王爷却转身，叫着她："丫头，你可是答应本王的，会给本王找一条腿！"

姬小小笑起来："义父放心好了，不过这事急不得，得等义父的腿完全结疤，长出新肉来的时候，才可以用。所以义父你现在赶紧把伤养好，你十几年都等了，还怕这一月半月的？"

金矛王爷点点头，深以为然，不一刻，他的脸色忽然煞白，额头渗出了点点汗珠。

"麻沸散的药性过了。"姬小小叫一声，赶紧让凌未然将湿巾给他咬住。

一切安排妥当，白霄也已经回来了，顺便带来了一大盘饭菜——以海鲜和肉类为主。

姬小小看了一眼，对凌未然道："接下来，就看义父腿伤的恢复快慢了，我先吃饭，饿死了。"

说完，让白霄将饭菜就放在院子内的石桌上，开始大快朵颐。

红色的螃蟹，红色的大虾，红烧肉，糖醋排骨，油炸带鱼……

满满一桌的菜，红烧为主，姬小小开始大快朵颐。每一次看完一个病人，她就会有些体力透支，多吃点东西对她的体力有很大帮助。

凌未然花了九牛二虎之力弄到了海鲜，但他看到这些红彤彤的菜，立刻就想到了刚才血糊糊的场景，顿时胃口尽失。

"你们不吃吗？"姬小小夹起一块红烧肉，看着周围的人。

吃，是人生中最美妙的事情了。

"呕……"凌未然带头，别院内的人，全部开始倒地干呕起来。

他们的心理承受能力真的是非常有限的。

而此刻，在皇宫内院，某天晚上，一道白影，跃过长乐宫的宫墙，到了主殿的屋顶。屋顶上的瓦片被揭开，然后又被盖上。

此时此刻，整个长乐宫的人都在酣睡之中，没有人惊醒。

就在那条白影离开不久，侧殿的一扇窗户被打开了，好像只是被风吹开一样，许久都不再有任何动静。

宫外的日子，姬小小过得很悠哉。

金矛王爷是个很配合的病人，为了让他的腿伤快些好，多苦的药他都能一口干，就跟喝白酒似的。

没过几天，他就已经可以撑着拐杖用没有截掉却有些萎缩的腿慢慢走上两三步了。

这样配合的病人，并不需要她去多操心。

于是她便开始扮成公子哥儿，跟着凌未然到处去看热闹。

凌未然无疑是个很好很称职的向导，当然，也是很好用的下人。

"小小，你都买了很多东西了，到底还要买多少？"从怀里一大堆东西里面钻出脑袋来的凌未然，有些无奈地看着她，"还有时间的，下次再来买就好了。"

"不行，想到的先都买了，不然下次肯定会忘记的。"姬小小可不认同。

"可是你给我堂兄买的礼物就已经有十几份了，还有晚月五份，香玉五份，还有金玲的，小红的……"

"我看这个腰带给玄墨很合适，还有这个围脖，坎肩，内衬，手珠……"姬小小一本正经地看着自己的"战利品"，一脸欣慰。

凌未然苦笑："你在一个美男面前提另外一个男人，是对他的巨大打击呢！"

看着周围对着自己猛抛媚眼的大姑娘小媳妇，凌未然觉得自己从来没有这么失败过。即使玄墨不在身边，可是自己手中拿着的却有一半以上是小小买给玄墨的礼物。

简直就是视他这个大帅哥为无物啊，失败再失败！

不过，好像不对……

怎么还有不少男人也看过来了？

平时自己魅力虽然很大，可也算不得上是男女通吃，现在，好像男人的数目似乎不少。他平时对别人注视的目光已经习惯了，所以逛街的这几天，似乎没发现。

他们，是对着姬小小？

可问题是，姬小小扮公子哥儿也算得上唇红齿白，但看上去顶多是个没发育好的十五六岁小男孩。

不至于引起围观吧？

越想越不对劲，凌未然皱了一下眉头，看着姬小小："饿了吗，我们先吃饭再逛好不好？"

姬小小摸摸肚子，赶紧点头："你不说还没发现，真的好饿！"

"跟我来吧！"凌未然用眼角余光朝周围看了一眼，笑道，"我带你去个好地方！"说完，雇了一辆马车，将东西全部放在马车上，便搂过姬小小的肩，一副"哥俩好"的样子，往东城走去。

京城西南的柳烟巷，是京城青楼聚集地，凌未然是这里的常客。

"小老弟，看大哥给你找个好地方！"轻轻搂一下姬小小的肩，凌未然大声嚷嚷。

"你干什么？"姬小小皱一下眉头，觉得凌未然的行为有些反常。

凌未然压低声音："别说话，跟着我，好像有人盯着我们。"

姬小小刚要回头，凌未然又道："别回头，别乱看！"说完，拉着姬小小就熟门熟路地往旁边的巷子里一拐。

"哎呀，是侯爷啊，好久都没见你来了！"怡红楼的老鸨，一见到凌未然，满是褶子的

【第六章 情寂寂别有幽怨暗恨生】

脸上，堆满了谄媚的笑容。

"是啊，最近忙着照顾我这小兄弟啊！"凌未然笑起来，"柳妈妈，最近有什么新到的姑娘啊，我这小兄弟可是腼腆得很啊，你得多照拂着点！"

柳妈妈一见姬小小，立刻喜上眉梢："哎呀，这小公子看上去面生啊，放心，妈妈给你找个经验老到的，保证你呀，爱上这个……"

凌未然立刻递上一锭银子："那就有劳妈妈了！"

说着，拉着姬小小就进了怡红楼内。

凌未然是这里的熟客，姑娘们一见到他，都一个个恨不得飞扑到他怀里，惹得他左拥右抱，连姬小小也顾不上了。

"小兄弟，跟我来……"柳妈妈拉着姬小小就上楼去了，叫一声，"烟翠，出来接客，好好伺候这位公子！"

"来了！"随着一声回应，楼上走下来一个高挑身段，二十岁上下的姑娘，穿着桃红色的衣服，薄纱之下，可以看到曼妙的身段。

柳眉粉腮，瘦长脸儿，一见她那笑容，就知道是在烟花之地待了有些年头了。

"哟，小公子，快随我上楼吧！"烟翠拉过姬小小的手，差不多整个人都靠在她身上了，一边拽着她往楼上房间走。

那一边，凌未然好不容易挣脱了姑娘们的包围圈，到了柳妈妈那儿递上两锭金子："待会有人来问，你就这样回答……"

一阵耳语结束，柳妈妈眉开眼笑，连连点头。

不一会儿，便有一桌丰盛的酒菜搬进了烟翠的房间内。不到一炷香时间，听得里面有低低的女子呻吟传了出来，或高或低，媚透人心。

直到太阳落了西山，凌未然才从另外一间房内出来，姬小小也走了出来，不过脸上带着一些莫名其妙的神色。

"吃饱了吧？"凌未然笑嘻嘻地看着她。

"嗯！"姬小小点点头，酒菜很丰盛，不过她不知道为什么烟翠要发出那种声音。

"天色不早，我们回府吧！"凌未然拉起她，依然是那副"哥俩好"的架势，坐上了之前放满礼物的马车。

马车慢悠悠地往金矛王府而去，凌未然偷偷撩起帘子往外看，似乎盯着他们的人少了一些，不过，并没有放弃盯梢。

而就在他们两个走后不久，有两个黑衣男子到了怡红楼，给了那柳妈妈一锭银子："说说，刚才逍遥侯都来做了些什么？"

柳妈妈的眼睛眯成一条线，好像眼中就只有银子，再也看不到其他东西了："两位爷，到这烟花柳巷的男人还能干些什么啊？"

"他们要了哪两个姑娘？"其中一个男子阴沉着脸。

柳妈妈赶紧高叫一声："烟翠，柳眉，快出来，有客人找！"

柳眉是怡红楼的头牌，凌未然虽然花名在外，不过上青楼的话，却是很挑剔的，基本上，非头牌不要。

"柳眉是伺候逍遥侯的，烟翠，是伺候那位小公子的，不知两位公子要哪个？"柳妈妈堆着一脸的笑容，看着那两个黑衣男子。

那两个黑衣男子冷着脸，只是盯着烟翠看："那个小公子……真的是个男的？"

烟翠笑起来："哟，这位爷说哪里话来，到咱们这儿来找乐子的，不是个男的，还是个女的不成？"

柳妈妈也道："若是个女的，妈妈我早就拦下她，让她在咱们怡红楼挂牌接客了……"说到这里，她好像意识到自己说漏了嘴，将"逼良为娼"挂在嘴边了，赶紧住嘴。

"妈妈，若是女的，女儿可就该哭了。"烟翠脸上有些红晕，"那小公子，可是个真正的雏儿，还未经人事呢……"

"烟翠姐姐，可是真的，我听侯爷也这么说，初时还不信呢！"柳眉眼中放光，又有些惋惜，"早知道，我也该见见……"

两个黑衣男子皱了一下眉头，看着两个姑娘，脸上一片鄙夷之色，随即对视一眼，出门而去。

"哎哟，两位爷，可是姑娘们让你们不满意啊，我这儿还有的是姑娘，任君挑选啊……"柳妈妈赶紧在后面紧赶慢赶地招揽客人，可惜两个黑衣男子头也不回地走了。

金矛王府，凌未然已经将整个王府逛了一遍，很显然，盯梢的人似乎还不少。

都怪他大意了，这些人，恐怕不是今天忽然冒出来的，应该已经跟了他们几天了吧？

据他的猜测，他们估计都是冲着姬小小来的。不过目前皇宫之中好像没有传出什么风声，想来，玄墨一定还不知道。

当然，对方也应该还在猜测之中，不然，如果确定的话，应该早就闹开了。

玄墨的帝位本来就不稳，如果出了这点事情，被废黜应该是很简单的事情。

既然如此，事情应该还有得救。

不知道今天怡红楼一事过后，能不能打消他们的疑虑。当务之急，应该是早点进宫去通知玄墨，不然事情怕是不好收拾。

"一共二十八个人！"正在凌未然苦思冥想间，姬小小不知道什么时候到了他身边，莫名其妙地冒出一句。

"什么？"凌未然没有听明白。

"就是你所谓的暗哨啊，一共二十八个！"姬小小一脸自然地回答。

"你怎么知道？"

姬小小拍拍他的肩："笨啊，听心跳就能数出来了嘛！"

【第六章 情寂寂别有幽怨暗恨生】

心跳？

他凌未然的耳力，可还没好到这个程度，顶多只能听到稍微重些的呼吸声。而现在对方的人，似乎都是高手，他无法听见他们的声息。只能凭借自己对王府的熟悉程度和直觉，来推断应该有不少人在王府的周围。

"小小，你现在必须立刻回宫去！"凌未然皱了眉头，"这些人多半是冲着你来的，你不在宫里的事情，可能已经有人起了疑心。"

"可是义父的伤……"

"你开下药方，等下回有机会再说，你也说了，他的伤没有一两个月恐怕好不了。"

姬小小点点头："那我今晚就回宫。"

是夜，一条黑影从金矛王府上空飘过，试图寻找一个突破点，最后，仍然落在王府内院，并没有出去。

"他们的内力应该都不如我，不过这么多人，肯定会有人发现我的。"姬小小有些苦恼地看着凌未然。

凌未然想了想："我让人引他们离开，你再出去。"

金矛王爷好歹当年也是领兵出身的，王府内会武功的人总能找出一两个。

一炷香时间以后，姬小小凝神听听周围："应该走了，我现在走！"

说完，也不见借力跺脚，整个人就已经飞了起来，轻飘飘飞过墙头而去，好似仙子，将个凌未然看得有些呆了。

姬小小下了墙头，果然没见到任何一个人，心下稍安，便开始往皇宫方向而去。

才没多久，眼前忽然闪过一个人，手中似乎挟持着一个人。

看身形和衣服……是金玲？

姬小小一愣，脚下便慢了一步，那人离得远，此刻已经看不见了。

心下有些着急，便也顾不上回皇宫了，赶紧往刚才那个地方行去，不见人影，只看到一个箭头。

有人在引她过去？

姬小小皱一下眉头，没有犹豫，为了金玲，也顾不上什么了。保护自己的东西，即使豁出命去，也在所不辞。

一路走，每一次想要放弃的时候，总会在路口适时地出现箭头，一直走到京郊的一处小楼。

"悦仙楼"三个字明晃晃地刻在小楼的匾额之上，这小楼看上去并不新，周围没什么人家，比较荒凉。

姬小小推了一下门，门没有关，轻轻一推就开了。

地板发出"咯吱"的声音，也没有灯光，姬小小拿出怀里的夜明珠，看了一下环境。

小楼还算整洁，不远处还有楼梯盘旋而上，也算精致。

凝神听一下，似乎有人在头顶，应该是在二楼了。

没有犹豫，姬小小也没有踩楼梯，一个旋身就上了二楼。

低头，准确无误地推开一扇门就走了进去。

桌上的蜡烛一下就亮了，弹指点蜡烛，房间内，站了二十几个黑衣人。

"金玲呢？"姬小小皱了一下眉头。

一个什么东西飞了进来，姬小小用手一抓，只见是一个做得相当精致的假人，上面穿着金玲经常穿的那件衣服。

上当了，姬小小丢下假人，这假人做得太精致了，脸上覆的是人皮面具，惟妙惟肖。

刚丢下假人，她忽地感觉小腹有股热气升了上来。

"你们……做了什么？"姬小小是百毒不侵的身子，所以不可能是中毒，那是什么？

"哈哈哈……"那几个男人大笑起来，"贵妃娘娘，私自出宫已经是死罪，如果再挂上一个不贞不洁的罪名，你这贵妃，还能当下去吗？"

姬小小一下醒悟过来："……春药？"

听说春药才会让人全身发热，不过在点苍山上她没有见过这个东西。

那春药的药劲十分强劲，竟用去了她大半的内力。

"不用强行压制了，你刚才在楼下推门的时候，就已经沾上了。"其中一个黑衣人冷笑一声，"长得真不怎么样，如果不是为了任务，我根本懒得碰你。"

话音刚落，另外二十多个黑衣人脸上立刻展现出一样鄙夷的神色。

楼下推门的时候？

姬小小想起来，那门上是有些灰尘，她没有在意，进门的时候，又闻到一股子花香。

那花香很浓，现在想起来，应该是为了掩盖什么。

她的武功不差，差就差在对敌经验之上。那些阴招损招，她从来没有遇到过，更不知道怎么去提防。

强行压制药性的发作，让她的脚步有些虚浮，甚至连御气飞行也无法使出来。

"行了，别反抗了，我的贵妃娘娘！"两个男人先扑了过来，姬小小一个反手，打了过去。

只剩下不到四成的内力，虽然将那两个男人逼退，可是要将二十多个男人一起打退，实在是有些难度。

挥手间，她看到了手上独孤谨给的袖箭，皱了一下眉头，往后退了一步。

"还挺辣的！"两个退后的男人捂着胸口，好像受了内伤。

他们可是黑旗军中的精英，居然被一个小姑娘一掌挥退，而且还受了内伤——这小姑娘很明显在用内力压制体内的药性。

这么霸道的春药，居然被她压制了下去，现在还没有发作的迹象。

这说出去，可太丢脸了。

"兄弟们一起上，不然没法跟王爷交代！"一个似乎带头的男子大喝一声，不大的屋子

里，所有的人都涌向姬小小的方向。

姬小小一抬头，往上一看，用剩下的内力狠命往上一拍，那屋顶摇摇欲坠，掉下不少瓦片和横梁，很快裂开一个洞来。

没有时间思考，姬小小用尽全力使用轻功飞身上屋顶，另外一只手往下一挥，无数如牛毛一样的细针往屋内的人扫了过去。

独孤谨独门制作的暗器，天下无敌，屋内的男子没有一个幸免。

到了屋顶，姬小小已经气喘吁吁，咬咬牙，在屋顶上使劲一拍，飞身而起，几个起纵，往皇宫方向而去。

身后，那原本精致的小楼，忽然化为废墟。

翌日一早，京城街头巷尾都流传着这样一个传说：京郊悦仙楼一夜之间倒塌，最神奇的是，居然压死了二十多个黑衣男子，据查证，他们都是摄政王旗下最厉害的亲卫军——黑旗军的精英！

当然，这是第二天的事情了，当天晚上，姬小小就落在了皇宫的兰陵宫寝殿，看着那个金黑色的身影，心中莫名有些安心："玄墨……"

"小小……"玄墨大惊失色，"你怎么了，怎么回来了？"

离半月还有三天，小小怎么会出现在这里？

扶起她，上下看看："你怎么了，脸怎么这么红，身上怎么这么烫？"

姬小小深吸口气："我中了春药，快去拿纸笔，我写药方给你，现在用内力压住了，我不知道能压多久！"

江晚月和金香玉赶紧飞奔去拿了纸笔，让姬小小趁着还清醒，写下药方。

"这春药很霸道，一个男人根本解不了，他们下的就是十个男人以上的分量……"姬小小写好药方，递给金香玉，人就忍不住瘫软下来。

"可恶！"玄墨震怒，一拍桌子，"真当朕这么无能，治不了他们吗？"

已经到底线了，动他可以，但是绝对不能让小小受到伤害。

一直以来，他以为小小够强悍，够厉害，没有什么可以伤害到她的。可是他错了，他一点点地退，小心翼翼地布防，换来的，却是他们这样侮辱小小。

将姬小小抱起来，放到床上，想要脱开手，却发现根本挣不开。

拉扯之下，他的唇碰上了小小的唇。

"爷……啊……"金香玉自然没想到进门以后会是这个场景，她再见过大世面，也是个云英未嫁的姑娘家，差点把手里的碗都给翻了。

"还不快给她喂药！"玄墨既狼狈又尴尬地轻咳了一声，如果不是他的力气实在没有姬小小的大，她以为他不想先挣脱了，再到一旁当做没事发生吗？

也亏得金香玉也不是一般女子，开过客栈进过青楼，所以很快就平静了下来。

端着药碗走过来，拿起小勺，开始往姬小小嘴里灌药。

药汁顺着姬小小的唇角流了出来，渗进去的少，流出来的多。

"幸亏我聪明，抓了三帖药，又让晚月和我用内力将炉火催旺，有备无患，总是没错！"金香玉拍胸口自言自语。

原来，这么快把药熬好，是有原因的。

不过此刻玄墨根本没有心思去听她说什么，只是怜惜地看着一脸难受的小小。

看看外面的天色，已经慢慢转明，玄墨也顾不得其他，让金香玉帮忙给床上的人儿整好衣衫，自己则一蹲身子，将她抱起来，就往外走。

关她禁闭的时间是不是到了，管他宫里的人猜测贵妃娘娘为什么会出现在江美人的房内，管他以后会发生什么事情，要接受什么样的压力。

现在，他是绝对无法放开她了。

二十五年来，玄墨是第一次这么不顾任何后果，随性而为。

皇上从兰陵宫江美人那里抱出姬贵妃上了龙辇的事情，很快就传遍了整个后宫。

一时间，关于姬贵妃狐媚惑主的传言，越传越邪乎。而兰陵宫的江美人，自然成了整个皇宫取笑的对象。

本来整个后宫之中被宠幸过的新进秀女们，除却之前很被看好，却犯了大错的袁才人之外，所有的人几乎都升了一级以上。

只有江美人，直到现在，也只不过是个"暂居"兰陵宫的身份。不像其他嫔妃，都有了完全属于自己的宫殿——因为只有位列九嫔，才可以拥有自己的宫殿，不然都只能是暂居的身份。

据说这位京城远郊小县城县令的女儿，原本居然是京城第一青楼的红牌。虽然进宫的女子，都是要经过上了年纪嬷嬷的检查，非处子之身不得入宫。不过这个出身，就已经让后宫那些千金小姐小家碧玉所瞧不起了。

失散多年父女团聚，女儿即刻就被送进宫，那位父亲对这个女儿，恐怕也没多少感情可言了。

没有庞大雄厚的家族，没有父母的慈爱，又有个不清不白的青楼经历，这样的女子，在后宫受欺负实在太正常了。

现在，好不容易盼到了皇上留宿，翌日清晨从她房中走出来的，居然是另外一位妃子。

这样的笑话，后宫多少年才能遇到一次？

先不管后宫之中的传言，难得我行我素一次的玄墨，此刻带着姬小小回了长乐宫，将所有闲言碎语都抛诸脑后。

那是以后要管的事情，况且，他有信心，江晚月和金香玉，对于这点小事还是能处理好的。

他看上的人，不会这么没用。

【第六章　情寂寂别有幽怨暗恨生】

没敢走正门，直接从墙头跳入，让那个冒充姬小小的女人先找个地方躲了起来，玄墨才叫来金玲和小红。

姬小小的衣服上已经沾了很多药汁，所以必须换一套了。

金玲和小红显然吓了一跳，满脸的担忧："皇上，这……娘娘她怎么了？"

"先别问，给她换好衣服，等她醒了再说。"玄墨顿了一下，板起脸，"这事谁也不许说出去，若是有人问起，就说是朕的意思，不然，后果自己承担！"

金玲和小红忙跪下，郑重地道："是！"

姬小小的药方果然是很有效，她脸上的潮红已经慢慢退了下来，此刻身上也不再是滚烫。

金玲又和小红两个用温水帮她擦拭了身子，身上的温度便又降低了不少，几乎和正常人一样了。

只不过到现在还没醒来，着实令人担忧。

玄墨看看自己被捏得发红的手，叹口气。

似乎……若有所失。

难道自己还真恋上了刚才那种被捏得生疼的感觉？

果然是有些奴性了，玄墨又叹口气，看着床上眼睛和牙关都紧闭的人儿，喃喃低语："什么时候，才能醒来？"

床上的人好似听到了他的呼唤，竟在此刻发出嘤咛一声，紧闭的牙关松了一些，纤长的眼睫毛微微动了一下。

"小小……"玄墨有些着急，上前捏住她的手，"醒醒，快醒醒！"

"嗯……"睡梦之中的姬小小，仿佛很不耐烦美梦就这样被打扰，皱了一下眉头，终究是抵抗不住身边的人催命似的呼唤，颤动了一下眼睫毛，缓缓睁开眼睛。

白天的光线太明亮，让她一下子没有适应。

伸手挡了一下阳光，她才看清屋子里的人："玄墨……金玲，小红，发生什么事了？"

"你被人下了药，幸亏回来得快，不然后果……"玄墨咬一下嘴唇，"是我不好，对你太放心，没有保护好你！"

姬小小这边总算是平静了，玄墨虽然是个傀儡皇帝，可是他下的旨只要太后摄政王没有反对，宫里的人还是要遵守的。

长乐宫基本处于风平浪静之下，而整个后宫就不同了。

每一日要进宫向太后请安的摄政王刘鉴雄，在路过御花园的时候，听到了嘤嘤的哭声，那声音有些熟悉，让他忍不住停下了脚步。

想起不到半个月之前，他也是在这里见到一个娇媚的女子，与自己谈笑风生。那种话题，本应是男人感兴趣的，他没想到，一个女子也会如此有学识内涵，而且居然与他志趣相投。

很可惜，那个女子是皇上的妃子，而自己也早就有了最爱的女子，不然，或者能成为知己。

而这一次，这哭声，似乎……

"江美人……"循着哭声望去，刘鉴雄愣了一愣，果然看到想象中的那个人。

"王爷！"江晚月转过头，泪痕未干，拉着一旁的金香玉赶紧行了一礼。

刘鉴雄回礼，有些愕然："娘娘……您这是？"

江晚月赶紧拭了一下眼泪，强颜欢笑："没事，多谢王爷关心。"

"娘娘，你这样还没事啊，都被人欺负死了，娘娘您就是心太好了……"金香玉在一旁不满地嘟囔起来。

"香玉！"江晚月瞪她一眼，"王爷是大忙人，哪有闲情管这宫里的小事儿，咱们不能耽误了王爷的正事！"

说完这句话的时候，江晚月朝着刘鉴雄看了一眼。只这一眼，感觉上似乎很自然，但是眼波流转之间，有种让人心动的媚态忽然展现出来，让人根本无法转移视线。

有种大男子保护弱小的心态，忽然从刘鉴雄内心澎湃而出。

"娘娘，有什么委屈，尽管说与本王听，这后宫虽然是皇家之地，但本王在这里说句话，还是管些用的。"豪气干云，好像一辈子都没这么有豪气过。

江晚月摇摇头，眼圈红了一次又一次："谢王爷，王爷真是好人，不过……真的不麻烦了……"

"娘娘，现在有人帮咱们出头，为什么不要？"金香玉不满意了，看着刘鉴雄连珠炮地道，"还不是昨日的事情啊，皇上昨夜留宿兰陵宫，却宠幸了姬娘娘，这下好了，这事成了整个后宫的笑柄。今早后宫嫔妃们给皇后请安的时候，没少笑话咱们娘娘，所以咱们娘娘才躲到这角落哭来了。"

"又是那个野丫头！"刘鉴雄皱眉，气得握紧了双拳。

昨日他明明布了局，那丫头居然没事，真是可恶。

"王爷，怪不得贵妃娘娘的，昨日她也是迫不得已有事相求。"江晚月一见刘鉴雄将气撒在姬小小身上，不由有些着急，赶紧为她开脱。

"是啊，这事倒还真不怪贵妃娘娘。"金香玉也明白江晚月的意思，赶紧补充，"是那些根本不清楚状况的人瞎猜，再说了，就算没有昨晚的事情，咱们娘娘也被她们笑得够呛了。上回第一次侍寝的时候，皇上根本对娘娘不好，人家侍寝一回就升了九嫔，咱们娘娘一点没动，皇上就是对咱们娘娘有气……"

"香玉！"江晚月赶紧瞪了金香玉一眼，"说话口没遮拦的，皇上的事儿，是咱们该说的吗？"

金香玉忙噤声，退在一旁低了头。

刘鉴雄一下想起来，好像就是那日自己在御花园和江晚月邂逅，之后玄墨夜宿兰陵宫，那小子莫不是对自己和江晚月那天的表现有意见？

不过想想也是，自己当时也是焦头烂额。

想到这里……他忽地有些犹豫，万一这事儿由自己去闹，那阿祯那儿，估计又该掀起什

【第六章 情寂寂别有幽怨暗恨生】

么风雨了。

可是再看看眼前的女子，泪盈盈的眼中，满是期盼和委屈，自己竟然就这样狠不下心来。

在江晚月的眼神注视之下，刘鉴雄挥挥手："本王说过这事本王会管，那就管定了，请娘娘不要担心，回去等好消息吧！"

江晚月愣了愣，随即有些痴痴地看着他，叹口气："晚月时运不济，幼年与双亲分离，相认之后，没来得及得享天伦，便入了宫，幸亏还遇到了王爷这样的好人，总算老天怜悯。"

被这么一看一赞美，刘鉴雄甚至有些轻飘飘起来，似乎有种志得意满的感觉，离得很远还回头看看，心中竟有些舍不得就这样离开。

见他走远，江晚月赶紧抓过金香玉的袖子擦干眼泪，怒瞪道："你给我袖子里放了什么东西，让我的眼泪都停不下来了，眼睛好辣，差点就破功了。"

金香玉见四下无人，不由笑道："好了，我的好娘娘，你的天狐媚笑可是天下第一媚功，就算你的眼睛瞎了，也能勾引人。"

"去，哪有这么神奇，若不是用眼神，怎么能将这功力发挥到极致？"江晚月瞪她一眼，"说实在的，我本也担心，刘鉴雄也算老奸巨猾，内力又在我之上，恐怕不好降住，没想到，竟然有些进展。"

金香玉道："我们不是分析过了吗，他是摄政王，平日里绝对不缺投怀送抱的女子，若是有女人仰慕他，他会觉得理所应当，没什么好奇怪的。他是大男人，但太后却不是什么小女人，两个人怎么可能没有摩擦，这个时候，来个柔情似水的女子，就算不用这功夫，怕也上钩了呢……"

江晚月深吸一口气："但愿一切顺利，能为你我亲人报仇……"

两人越走越远，阳光下的御花园，变得有些阴暗起来。风起，树枝树叶落了满地，一场暴风雨，眼看就要来到。

狂风夹着骤雨，带来京城本年度第一场雷雨。

初夏的下午，好似黑夜一般，天被乌云层层盖住，透不出一丝亮光。

幽尘居周围的紫竹林，在狂风暴雨中摇摇欲坠。

被雨水冲刷的小院中，跪着一个褐色宫装的女子，看上去三十多岁的年纪，笔直的脊梁，没有被雨水的气势所打倒。

如果再看得仔细些，她的脖子上，还有两道清晰的紫红色痕迹。像是——刚刚被人狠狠地掐着，那力道，绝对可以将她的脖子折断。

她的耳际，响着刚才的那段对话。

"你告的密？"一袭白衣的男子，眯起眼睛，阴狠代替了原本的温润。

"主人，属下是为主人好！"

"你知道……他，准备怎么对付她，你居然还帮他？"伸手，那手再也不是抚琴弄笛的手，而是杀人的利器。

那一刻，她从未怀疑自己会死在这只手下。

其实，她宁可自己死在这只手下，至少她还会欣慰，她的主人狠戾不输老主人，将来一定能青出于蓝而胜于蓝。

死前，她也要忠言相告："那个女人对你的影响太大了，属下不能看着主人一步步地沦陷！"

"我的事情，还轮不到你来插手管！"白衣男子缓缓松开手，离开的身形，再不似之前飘逸，"你滚吧，我再也不想见到你，你自由了！"

凄厉的雨，从午后一直下到傍晚，直到天边的云层慢慢退去，雷声闪电也跟着偃旗息鼓。雨停，云开，一道彩虹宛似这个世间最美的拱桥，挂在天边的角落。

雨后的初夏傍晚，空气中透着潮湿的泥土芬芳，清新自然，沁人心脾。

姬小小吃饱喝足，狠狠睡了一天，总算是恢复了体力。

这一点，得感谢师父天机老人，整天没事给她吃那么多的珍稀补品，让她整个人恢复元气特别快。

然后，她又想起之前很重要的事情来："金玲，我饿了……"

"奴婢这就给娘娘传膳！"进宫多日，金玲总算开始学会自称"奴婢"。

"不，我不要吃那个……"姬小小摸摸自己的唇，"我想吃玄墨的嘴，那天迷迷糊糊，但记得好像很好吃……"

"……"

"那个……娘娘……哎，娘娘你要去哪里？"金玲刚结结巴巴想说什么，姬小小一个闪身已经不见了踪影。

"我去找玄墨要吃的！"门口不远处，姬小小很自然地回答。

"娘娘，你的禁闭期还没满呢，别给皇上找麻烦了！"小红在门口急着跺脚。

再抬头，哪里还有姬小小的影子？

姬小小走了几步，觉得空气难得新鲜，便放慢了脚步。毕竟从点苍山下山以后，真的很少能嗅到这么清新的空气了。

"嘶嘶……"路边草丛有轻微的声音传来，引起了她的注意。

"小金？"走入草丛，她惊喜地看到那条金色的眼镜蛇，此刻正在草丛中摇晃着脑袋。

雨后，正是蛇类最喜欢出洞的时候，这个时候的气候和湿度，都是它们最喜爱的。

"嘶嘶！"小金对她摇晃了一下脑袋。

姬小小嘟嘟嘴："没什么利用价值了，就懒得理你了，你好可怜！"

说着，她蹲下身子，想去摸一下小金的头，没想到小金嗖地一下就躲开了，并快速往前面爬了过去。

【第六章 情寂寂别有幽怨暗恨生】

"哎，你去哪里啊？"姬小小急了，赶紧跟在它身后。

小金爬得更快了，顺便还翻了个身，一会儿立起来，舞动着身子，一会儿就地打个滚，盘成一团。

"好啊，你想跟我玩啊？"姬小小立刻明白了它的意思，上次毁了阿雅阿铎的笛子，它真的很久没人理会了。

一人一蛇玩得不亦乐乎，不一刻，天就已经漆黑了，宫里各处都掌了灯，道路倒也还算清晰。

"咦，小金，你哪里去了？"姬小小眼前的小金忽然消失了，让她不由有些着急。

等抬头，却看到小金不知何时爬上了一处高墙，正得意扬扬地看着她。

"瞧不起我？"姬小小一个旋身上了墙头，快速抓住小金，一脸的嘚瑟，"看你往里跑！"说完，看看周围，才发现，不知何时居然已经到慈宁花园上方。

"咦，那白色的身影好熟悉！"姬小小皱一下眉头，看着一道白色的身影正走入慈宁宫的大门。

玄尘？

他怎么会在这里，他不是宫里的闲人吗？

姬小小一脑袋问号，忍不住拉着小金一路跟了过去。

小金见有正事，也不闹了，乖乖地将身子卷在她的手上，不发出一点声音。

见玄尘熟门熟路地走进慈宁宫正殿大门，姬小小一个翻身，上了屋顶，再掀开琉璃瓦往里看去。

凭借着比常人灵敏很多倍的耳力，她听到门口的小太监惊喜地叫道："太后娘娘，常陵王来了！"

屋内传来太后更加惊喜的声音："尘儿，是尘儿来了吗？"

姬小小往下看去，见到太后正从座位上站了起来，而她的身边，则是多日不见的摄政王刘鉴雄。

"太后……是尘……是常陵王来了，是他来了！"他的表情，和太后不遑多让，几乎是同时和太后一起迎了出去。

姬小小皱了一下眉头，还没反应过来这"常陵王"是何方神圣，却已经见到玄尘走了进来。

"尘儿，你怎么来了？"太后上前，拉住他的手，激动地上下打量。

刘鉴雄也是一脸的激动，不过不敢上前，只是拱手行礼："臣见过常陵王！"

玄尘抬头看他一眼，冷声道："摄政王也是王爷，又是皇兄亚父，何必跟本王行礼！"

刘鉴雄被这么一说，有些尴尬，那行礼的手，停在半空，行也不是，不行也不是。

"这么晚了，摄政王是外臣，在母后行宫似乎多有不便，恐惹人非议，不如先行回去了吧！"玄尘又冷冰冰地加了一句，便背过身，自顾自地走到旁边的紫檀木椅子上，坐了下去。

刘鉴雄面有窘色，停顿了一会儿，才道："如此，臣告退了！"

"王爷，你先等会儿！"太后拉住刘鉴雄的手，冲着他摇摇头，再走到玄尘身边笑道："尘儿，摄政王是你皇兄的亚父，也不是什么外人，你难得来一趟慈宁宫，就让他一起陪着坐会儿，你看……"

玄尘脸上闪过更冷的神色，回头看看刘鉴雄，那眼神，犀利凛冽，好像一把尖刀。

不过没有持续多久，他点了点头："既然如此，本王正好有事找摄政王商量，那便坐下吧！"

太后大喜，赶紧挥退了左右，坐到原来的位置上。

刘鉴雄刚想坐到上首的位置，玄尘轻轻咳嗽了一声："摄政王虽然也是王爷，可不管怎么说都不算皇亲国戚，那个位置，似乎不妥！"

"尘儿……"太后有些无奈。

"不妨事，不妨事！"刘鉴雄赶紧摇摇头，"常陵王能让老臣留下来就行了，坐哪里都一样！"

说完，移动到玄尘下首的位置坐下，一脸笑呵呵地看着玄尘。

姬小小从来没见过这么小心翼翼的刘鉴雄，在她的印象中，这个半大老头是个很嚣张跋扈的人物。

偏偏对玄尘，他似乎完全看不到任何嚣张的痕迹，一下变得谨小慎微，几乎已经到了卑躬屈膝，谄媚讨好的地步。

"尘儿，难得你肯来，母后就已经很高兴了，吃过晚饭没有，母后让人传膳……"太后见此，有些无奈，不过很快被一些高兴的情绪掩盖了过去。

那种絮絮叨叨的问候中，姬小小看到了一个慈母的形象。

只是很可惜，这种慈母的形象，从来没有对玄墨展现过。

等等……

他一口一个母后……

她是玄尘的母亲？

她又是玄墨的母亲？

这样说起来，玄尘不就是玄墨的亲弟弟吗？

而且还是同父同母的那种亲弟弟？

他骗她？

姬小小想到这个事实，心中顿时有些不舒服起来。

随即想了想，她也没说自己是长乐宫的贵妃娘娘，这样一来，也算扯平了。

再看看下面三个人，太后一脸兴奋，刘鉴雄则是又尴尬又讨好地笑着，唯独玄尘油盐不进的样子，只是冷着脸："不用了，我不是来吃饭的！"

"看起来，是有事跟母后说，是吗？"太后也不恼他的态度，只是一边赔着笑脸，"说说吧，是下人不够，还是不好用，母后再给你派几个人过去……"

【第六章 情寂寂别有幽怨暗恨生】

"不用了！"玄尘冷冷地打断她的话，"晴姑姑，我已经放了她自由，以后她不再是幽尘居的人了！"

"为什么？"太后一脸惊愕。

玄尘冷着脸道："既然要做人下属，就应该照着主人的话去做，主人让她做什么，她就应该去做什么，而不是试图去改变主人的想法。太有主意的人是做不了奴才的，这样的人才，我觉得还是放她自由比较好！"

他说最后一句的时候，是盯着刘鉴雄说的。

刘鉴雄被这么一盯，脸上顿时白一阵红一阵的，有些难堪。

"是为了那个野丫头吗？"太后的笑容有些挂不住了，"之前阿晴跟我说，你迷上了那个野丫头，我还不信，没想到是真的。"

玄尘一拂袖子："跟任何人都没关系，我只是不喜欢有个奴才比我还像主人，每天来告诉我应该做些什么！"

"难道那个姓姬的野丫头，还比母后和陪着你一起长大的阿晴重要吗？"太后有些垮了脸。

"太后，常陵王还小，有些不懂事，你别发火，听他慢慢说。"刘鉴雄一见，忙过来做和事佬。

"王爷，我和母后之间是我们的家事，王爷是以什么身份在这边说话呢？"玄尘冷冽的目光投向刘鉴雄，刘鉴雄赶紧低头："老臣知错了！"

"尘儿，你怎么跟王爷说话的呢！"太后皱了一下眉头，"为了个野丫头，你真的连亲疏都分不清了吗？"

玄尘冷笑一声："母后，我是您生的，与你是亲，和皇兄是兄弟是亲，即使是皇嫂和皇兄的其他妃子，我理应叫声嫂子，也是亲。但摄政王，恕我直言，他与我有何关系？非亲非故，只有疏，没有亲，这亲疏关系，我自然是理得清的！"

"你……"太后的脸色一下不好看了，有些白，却也说不出什么话来。

"太后，常陵王还是孩子，你跟个孩子就别动气了！"刘鉴雄赶紧给太后使眼色，"不就是一个宫人吗，不要也就不要了，千万别为了点小事坏了你们母子的感情！"

太后深吸了一口气，叹道："也罢，不要就不要了吧，不过以后没人给你做饭了，我再派个人过去吧！"

"那母后就找个哑巴过来吧！"玄尘皱了一下眉头。

"这……"太后抿一下嘴，"这让我去哪里找？"

"母后有的是手段，儿臣是很相信母后的！"玄尘一脸"你看着办"的表情，丢下一句话。

太后看看刘鉴雄，最后叹了口气，妥协道："如此，我明白了！"

刘鉴雄见此，仿佛松了口气，有些笑意露出来："见太后母子和睦，臣甚感欣慰。"

"皇家的事，王爷似乎还没有权力置喙，你协助皇兄管好国事就行。"玄尘回头看着刘鉴雄,"不过本王听说,最近王爷对后宫之事,也十分上心?"

"这……"刘鉴雄大概心里明白他说的是什么,但是既然没有明说,他也不可能不打自招,"臣只是协助太后……"

"太后管理后宫多年,什么事情该做,什么事情不该做,她比你有分寸!"玄尘冷哼一声,"摄政王是在质疑母后的能力?"

"臣不敢!"

"既然如此,最好拿捏好分寸,做好自己的本分!"玄尘冷冷地看着他。

"臣知道了!"

玄尘见说得差不多,站起身,走到他面前:"今天本王来,是跟摄政王讨一样东西!"

"什么东西?"刘鉴雄既惊又喜,"常陵王要什么,臣一定尽力奉上!"

"本王要……"玄尘眯起眼睛,"黑旗军!"

刘鉴雄一愣:"黑旗军,常陵王要这个干吗?"

"听说摄政王治下不严,黑旗军经常在京中闹事,本王觉得,是时候好好管一管了。"玄尘一本正经地道,"摄政王年事已高,这么多年都没管好,不如就让本王来代劳!"

"尘儿,你胡闹!"太后有些急了,"这黑旗军是魏国的精英,你又没有带兵的经验,岂是你能拿来儿戏的?"

玄尘笑起来,眼睛都眯成了一条线:"儿戏?国事,皇室,都可以拿来儿戏的人,有什么资格指责我儿戏?!"

"你……"

"太后别动怒,老臣这些东西,将来还不是都要给常陵王的吗,如今不过是早些给罢了!"刘鉴雄对着玄尘点点头,"既然常陵王要黑旗军,老臣给就是了!"

说着,从袖子里拿出一块令牌:"这是黑旗军的令牌,此令牌一出,所有人都得听常陵王的!"

"是吗?"玄尘毫不客气地接过来,放入袖子里,然后转身,看着太后,行一礼:"儿臣告退!"

说完,也不管屋内目瞪口呆的两个人转身离去。

背影依然那般飘逸,只是似乎少了几分仙气,多了几分烟尘。

姬小小原本想要跟上前去问个究竟,却听耳边传来太后的叹息:"这孩子……"

"阿祯,他还小,只是闹闹脾气,以后就会知道我们是为他好了!"刘鉴雄也叹口气,上前拉住太后的手。

姬小小皱皱眉头,这两个人,怎么……

对了,刚才刘鉴雄叫太后叫什么?

阿祯?

他居然如此亲密地叫太后,他们是什么关系?

173

"哼，你现在知道我们了，帮着那个女人的时候，可有想过我们还有一个尘儿？"太后斜眼一看刘鉴雄，甩开他的手。

刘鉴雄忙上前，再次拉住她的手："阿祯，刚才我不是解释过了吗，不过是看她哭得可怜，想想当初的你，我的心就软了。"

"当年的我？"太后回头看着他，"怎么，看到年轻的女子，怀念起我当年的青春美貌了吗？我现在老了，你看不上了？"

刘鉴雄忙赔笑："你知道我不是这个意思，你永远都是最美的。我为了你，一生都未娶，忠心唯天可表！"

"哼，一生？"太后冷笑一声，"话别说得这么早，你离一生还早呢，今后的几十年，谁知道会发生什么？当然，如果你一直只喜欢后宫的女人，说不定这一生不娶，还真是无可奈何之举！"

"阿祯，我都陪了你整整一天了，反正江晚月也封了淑媛，是九嫔之首，想来没人能欺负她了，以后，我不再见她就是了！"刘鉴雄举手发誓，"若是违背了，就让我死无……"

"哎，谁让你发誓了？"太后瞪他一眼，"我又没说不信你，那些个小妖精什么水准，我还不知道？少惹她们，知不知道？"

"知道了，我的好阿祯！"刘鉴雄抱着太后，在她脸上狠狠一亲，"今晚不如我就不走了吧！"

太后把他一推："不行，尘儿刚来过，你不能不走，等大事成的那一天，还不是由着你吗？"

刘鉴雄一脸沮丧："唉，要不是为了你，我早就把那小皇帝……"说完，他用手做了个割脖子的动作。

太后一把拉下他的手，叹口气："都是我身上掉下来的肉，我是亏欠了尘儿太多，可我也不想另外一个儿子赔上性命！"

刘鉴雄赶紧搂了她一下："好好好，我知道了，反正不管怎么样，我都会给他留条命，可好？"

太后这才勉强笑了笑，刘鉴雄搂了她一下，便出了慈宁宫的正殿。

门外，两个小太监冲着他点点头："王爷这就走了吗？"

"嗯，小心伺候着太后，她今晚心情不好！"刘鉴雄一脸担忧地拍拍其中一个小太监的肩，"出了什么事，本王唯你们是问！"

"是，奴才知道了！"两个小太监不敢怠慢，赶紧点头，连连称是。

刘鉴雄走远了，姬小小才从屋顶上原路返回，看着手中的小金，五官都皱成了一团："这个宫里的人都好奇怪，他们的话也好奇怪，我都没听懂，小金，你听懂了吗？"

小金发出"吱吱"的声音，仿佛在嘲笑她太笨。

"刚才刘鉴雄的嘴也碰了太后一下，难道太后的嘴也很好吃？"姬小小有些不明白，忽然又像想起了大事一样，一拍额头："哎呀，我还要去找吃的呢！小金你自己玩吧，我找玄墨去！"

说完，将小金放在屋顶，几个翻身，就朝政和殿而去。

政和殿内，玄墨正在看着小太监递上来的牌子，皱起了眉头。

每天这个时候，他就很烦躁。

感觉自己像个货物一样，要被推出展销，又觉得那些被称之为他的妻子的女人们，也像货物一样，让他挑挑拣拣。

他要综合考虑，这些女人今后会在后宫给他什么助力，以后就可以借助她们背后的家族势力。而同时，又必须让太后，皇后，特别是刘鉴雄，觉得他不过是随意选择，没有任何动机。

曾经看到过寻常百姓家，即使住着茅屋，生活艰辛，可是看他们脸上的笑容，他都能感觉到"幸福"二字的真正含义。

但是自己的幸福，又在哪里呢？

不由自主地，脑海中出现了一张巧笑倩兮的脸。她的眼神，干净得没有一点瑕疵，她彪悍，有着极强的占有欲，可是那种最坦率的，不带丝毫阴谋诡计的情绪，让他没来由地感觉舒服。

"玄……皇上！"姬小小闯了进来，看到屋内还有旁人，才想起不能直呼玄墨的名字。

"小小……"玄墨擦了擦眼睛，以为眼前还是自己的幻觉而已。

一旁的景德安皱了一下眉头，对着玄墨大声道："皇上，贵妃娘娘的禁闭期似乎并没有满，这是有违宫规的！"

玄墨皱了一下眉头，瞪了他一眼："朕自有分寸！"

"皇上，我饿了！"姬小小直接把景德安当做透明的，走到玄墨面前，忽然地抬头，就直直地往他的嘴上贴了上去。

"唔……"恢复力气的姬小小，哪里是玄墨能挣脱得开的？

只能被吻没商量。

突如其来的吻，让玄墨脑海之中竟然开始浮现那日在兰陵宫的场景。

一屋子的太监宫女都低下了头，总管太监景德安暗自摇头，上前小声提醒："娘娘……注意仪态！"

"呼……"姬小小松开玄墨，大口喘着气，"嗯，这个……这个虽然，好吃，可是，会，喘不上……气来！"

若不是碍于身份，玄墨此刻就想暴走。

敢情被"白吃"了，还要嫌弃过程不够完美，被"强吃"了，还要嫌弃有后遗症？

"小小……"开口，声音却不由自主放柔了，"不要这样，这种事情，不可以当着这么多人的面做！"

【第六章 情寂寂别有幽怨暗恨生】

175

"为什么？"姬小小歪着头，"我只是觉得好吃，还得偷偷摸摸地吃？"

忽然想起慈宁宫看到的那一幕，好像，当时，屋内是都没有人，刘鉴雄才亲了几下太后的。

"这个吃和别的不一样！"玄墨不知道该怎么解释，"这是夫妻之间才能做的私密的事情，没人的时候才可以做？"

姬小小皱皱眉头："要夫妻才能嘴对嘴吗？不是因为好吃才吃的吗？"

呃……

这个……

"那你饱了吗？"玄墨想了想，只好做出对比，"你吃过只会感觉很满足，但是吃了食物，你才会饱，是不是？"

姬小小沉思良久，才点点头："好像也是，吃这个吃不饱！"

"嗯，这个只能偷偷吃！"

"好像也是，三师兄带着那些姑娘们上山的时候，也从来没看到他和那些姐姐们嘴对嘴！"

整个点苍山都是男子，这夫妻之间的事情，还真没人去详细告诉她。多半都是医书上看到一点，说一男一女同躺在一张床上，便是洞房，然后就可以作为夫妻。

这些医书，当然是天机老人给她看的，所以更不可能找一些太露骨的描写。

所以，姬小小虽然医术高超，对这男女之事，却真的是懵懂得很。只不过，目前算是苦了玄墨一个人了。

良久不说话的姬小小，看了看玄墨，忽地道："跟我走吧，我们找个没人的地方！"

说完，她一伸手，就要来拉玄墨。

"娘娘，您还在禁闭期间……"景德安终于看不下去了，说的话虽然还算尊敬，只是语气和态度就不那么回事了，多了几分倨傲和蔑视。

果然是山野丫头，这么不知廉耻。

"这和你有关系吗？"姬小小皱着眉头看着这个涂着满脸白粉的总管太监，说不清楚为什么，有些厌烦。

"这……"景德安开始在脑海中思考一些冠冕堂皇的理由，但是苦于被姬小小问得有些舌头打结，竟一下不知道说些什么。

"走吧！"姬小小拉紧玄墨的腰，不由分说就往外走。

"娘娘……皇上……"景德安急得在后面跟着，"皇上，刚才皇后娘娘还说大皇子想皇上了，皇上……皇上……"

冲到政和殿门口，哪里还有玄墨和姬小小的影子？

"哎呀，真是的，这个野丫头……"说到这里，景德安赶紧捂住自己的嘴。不管他是什么身份，总不能光明正大称个贵妃娘娘为"野丫头"的。

随即又想了想："算了算了，太后和皇后都吃了亏，据说连摄政王也没讨到什么好处，咱家还是别去招惹那姑奶奶的好！"

想到这里，他有些哀怨地指着旁边两个小太监："你们两个还不赶紧跟咱家去长乐宫伺候着？"

"是！"两个小太监赶紧点头。

回头，景德安又看了一眼那个托着盘子等翻牌子的小太监："去去去，告诉敬事房，皇上去长乐宫了！"

这也算是告诉皇后和太后知道了，让那些主子们自己去做决定吧。

景德安在宫里这么多年，最知道什么时候该做什么事情。

目前，最要紧的是先到长乐宫，看看那个傀儡皇帝，和那个野……呃，贵妃娘娘。

到时候太后皇后问起话来，他也不会一问三不知不是？

而此刻匆匆赶回长乐宫的姬小小，一手提着玄墨，一手摸摸肚子，叹息一声："好饿！"

玄墨赶紧让人传膳，又看看她似乎并没有再强吻自己的意思，不由松了口气。

御膳房的食物很快送了上来，姬小小也不管什么礼节不礼节，拉着玄墨一起坐下："一起吃吧！"

"嗯！"玄墨宠溺地看着她，也就没有客气。

通常皇上用膳，一般是需要有人当面试毒的，如果太监宫女不在身边，那就由最近的那个妃嫔来试毒。

不过让眼前这个女人……

玄墨想了想，笑起来，直接自己下了第一筷。

有没有毒，作为天机老人的高徒，应该看一眼就知道了吧？

"好吃！"姬小小一天攀高爬低的，现在天色又这么晚了，实在是饿得很了。

"慢点吃，都是你的！"对于眼前这个女子的"大胃王"吃法，玄墨是已经很习惯了。

"嗯，吃完了这个，再吃你的嘴！"姬小小扒拉几口饭进嘴里，含糊不清地蹦出一句。

玄墨顿时有些头大起来，这个丫头，还真是迷恋上自己的唇了。

"对了，只有你的唇才这么好吃吗？"姬小小一边吃，又一边很疑惑地看着他，"还是所有人的人唇都这么好吃？"

玄墨一听这话，赶紧抓住姬小小的手，坚定地道："没有，你只许吃我的，别人的绝对没有我的好吃！"

算了，食物就食物吧，到时候千万不要动不动跑去"吃"别人的嘴，然后一对比，发现居然比他的味道还要好……

还好姬小小对他的话倒是也不怎么怀疑："我以前救过一个病人，亲过她几个月大的孩子，确实没有你的香甜！"

还好只是个婴儿，玄墨松了口气："这事只有夫妻之间才可以做，你是我的妻子，所以

177

只能对我做，知道吗？"

姬小小似懂非懂地点点头，不过还是有些疑惑："可是，太后的丈夫，不是应该是你父亲吗？为什么我看到摄政王的嘴也碰了太后，他们又不是夫妻……"

"咳咳咳……"一口汤呛在喉咙里，玄墨忍不住剧烈咳嗽起来。

"皇上……"

"皇上……"

屋外等候的金玲和小红冲了进来，又给玄墨抚背，又帮他顺气，好不容易才把这气给顺过来了，玄墨又挥挥手，赶紧让她们出去。

"你在哪里看到的？"屋子里没人了，玄墨这才瞪着眼睛看着姬小小发问。

"屋顶啊！"姬小小想了想，终究没说玄尘的事情，她答应人家要保密呢，只是将和小金玩闹，上了屋顶，看到太后和刘鉴雄亲密的事情说了一遍。

玄墨皱起眉头，握紧拳头，深吸一口气，才将心头即将喷出的闷气给压了下去。

已经压了太久了，终究还是会有爆发的一天的。

良久，他才说道："小小，把你看到的忘记吧，记得跟谁都不能提起！"

姬小小想了想："是关系到你的安危吗？"

"是！"玄墨抚着胸口，有些内伤。

"那好，我不说！"姬小小郑重地点点头。

"这才乖！"玄墨摸摸她的头，勉强笑一笑，再看看整桌子的菜，看起来，他今天是别想有胃口吃下去了。

姬小小依然是那副没心没肺的样子，一阵风卷残云，将桌上的菜扫了个精光，碗筷撤了下去，很快有人摆上了一些甜点和水果，供两人晚上食用。

姬小小见四下无人了，忽地又欹身上前。

"你干什么？"玄墨到底是被她之前的动作搞得有些发毛了，此刻一见，条件反射一样跳了起来，站在离她几尺远的地方警觉地瞪着她。

"你说没人的时候可以的！"姬小小身形一晃，已经到了他的面前，出手快如闪电，已经揪住他的衣领。

玄墨挣脱不掉，只得结结巴巴地道："小……小小，这事得看气氛，环境，心情，不能动不动就……"

"现在的气氛环境就很好呀！"姬小小使了使劲，揪住他的衣领往下拉，踮起脚尖，另外一只手勾住他的脖子，将他的头往下压，自己则仰起头，将自己的唇凑了上去。

"小小……"玄墨有些无奈，最后停止了争辩。

算了，她喜欢，随便她去吧，总比喜欢别的男人的唇来得强不是？

"嗯……"没想到，唇上才蜻蜓点水一下，玄墨就感觉自己被松开了。

这下他有些郁闷了："怎么了？"

"你喝了鱼汤,好腥!"姬小小捂捂鼻子,有些嫌弃。

好吧,又被嫌弃了!

玄墨翻个白眼,开始无限同情起自己。

"给!"姬小小从桌上拿起切好的甜橙,不由分说塞到他的嘴里,"清清口!"

呃——

人家暖床的,需要沐浴净身,才能上床。

他算什么?

甜唇的?

所以要清理好口腔,做到口气清新,对方才能看得上?

玄墨觉得自己很悲哀,却还是认命地嚼了几口橙子。

也好,清口清胃,刚才晚饭本就没吃多少,就当把刚才听到的那些龌龊事情一块儿给清了吧!

"嗯,这回更甜了!"姬小小踮起脚跟,在他唇上轻轻掠过,又深吸了一口气,闭上眼睛,很是享受的样子。

她的表情让玄墨心中一动,竟然忍不住,低头,将自己的唇凑了上去。

就这样,慢慢地,温柔地,轻轻地含住,好像珍宝,慢慢品尝着,一点一点,不肯错过任何一点细枝末节。

姬小小只感觉一种酥酥麻麻的感觉遍布全身,身子有些发软,竟然站不稳。

"皇后驾到——"然而,外面尖锐的传唤声,终于打破了屋内的和谐宁静。

玄墨睁开眼,在姬小小腰上的手也松了一下,却被姬小小一把拉住:"别管她!"

说完,凑上自己的唇,堵住玄墨想要说出的话语。

门是关着的,门口,又传来景德安的声音:"皇上,皇后娘娘来了……"

玄墨叹口气,看着脸颊泛着红潮的姬小小,他现在就是想松开,也松不了不是?

"皇上……"景德安的声音有些着急。

"皇上在里面吗?"外面传来皇后几乎有些撕心裂肺的声音,"是不是?"

"是!"景德安的声音有些小心翼翼。

良久没有声响,玄墨又试着挣扎了一下,不过还是挣脱不出来。

"砰!"一声,门被踹开了,"皇上,你……"

"砰!"皇后的话还没说完,姬小小一挥手,一道劲风闪过,两扇门又被关上了。

"皇上!"皇后快疯了,拼命拍着正殿的门,"那个丫头禁闭期还没满呢,你就这样宠着她,这后宫还有没有规矩,有没有章法了?!"

姬小小继续堵着玄墨的嘴,一手用内力压住房门。

"皇上,为了一个山野丫头,你真的置宫规不管了吗?"皇后让人撞门了,可惜没人可以强得过姬小小的内力。

"皇上,你连悦儿都不管了吗?"皇后依然在大叫,"皇上,你不要被那个野丫头蒙蔽了,你看清楚,这个世上配得上你的人,只有臣妾,只有臣妾才是这个世上和你最相称的人……"

玄墨一偏头,躲开姬小小嘴,叹口气:"小小……"

姬小小抚着胸口,气息不稳:"我……没气了,喘,不上来!"

说完,内力一收,那些撞门的太监宫女,一下子骨碌碌就滚了进来。

"皇上……"皇后刚想说一句,却忽然发现眼前豁然开朗。

玄墨皱了一下眉头:"皇后,你好歹是一国之母,这样隔着门叫骂成何体统?"

"体统,皇上还问臣妾要体统?"皇后柳眉倒竖,"皇上如今到一个禁闭期还没满的妃子宫中,还问臣妾要体统?"

姬小小立刻拦在玄墨面前:"皇上是我掠来的,不是他自己来的,跟他无关!"

"皇上,瞧瞧姬贵妃说的什么话,皇上是物件吗,说掠来就掠来?"皇后大怒,瞪向玄墨。

姬小小翻了个白眼:"这世上的事情就是这样,强者为王,有本事,你打赢我,自然可以将皇上带走,不然,靠这样闹也没用!"

"你……你!"皇后气得七窍生烟,"你这个悍妇,皇上,留这样的悍妇在宫中,还位居三夫人之首,让宫里的嫔妃们如何心服?"

"家有悍妇,如有神助!"姬小小挑一下眉,"打不过我,不服你也得服!"

"你……"皇后狠狠一跺脚,头上的珠翠金饰咣当作响。

"皇后娘娘,大皇子来了!"身后,忽地传来奶娘的声音,"大皇子,快去见过父皇母后。"

皇后一见,仿佛见到了救星一般,一把抱过奶娘手中的凌悦:"悦儿,快快,给你父皇行礼,告诉你父皇,你想他了,让他经常去凤仪宫看看你!"

悦儿揉揉蒙眬的眼睛,看看玄墨,五官皱成一团,再看看皇后,只得摇摇摆摆地跑过去,拉住玄墨的衣袍:"父皇,悦儿想父皇了,父皇好久都没来看悦儿了!"

玄墨蹲下身子,抱起他:"悦儿,是不是很困啊,怎么这么晚了还没睡?"

凌悦皱皱眉头,回头看看皇后。

"别怕,跟父皇说!"玄墨笑起来,倒真有几分慈父的味道。

"悦儿已经睡了,可是奶娘把悦儿叫醒了,说母后让悦儿来找父皇!"小孩子往往都是很好骗的,何况是面对自己的父亲,很容易就被哄出真话来。

玄墨不满地抬头瞪了一眼皇后:"你就是这样对孩子的吗,还好意思跟朕说体统不体统。特意吵醒悦儿来骗朕去凤仪宫,你不知道这个年龄的孩子需要多睡觉吗,你是怎么当人家母后的?!"

皇后一下语塞,竟说不上话来,只好瞪了那奶娘一眼:"悦儿困了,还不带他去睡觉?!"

用儿子勾引父亲的计划,算是宣告失败了。

"皇上，后宫有后宫的规矩，若是没有规矩，你让臣妾以后如何治下？"一计不成，皇后又把话题绕到了老话题上面。

姬小小看了她一眼，忽然冒出一句："皇后娘娘，袁才人还好吧？"

……

"你什么意思？"皇后缩了一下脖子。

"还有半个月！"姬小小嘟嘟嘴，很可爱的样子，拿出一枚白色的药丸，笑道，"如果用这个，半个月就行了！"

皇后退后一步："你……想干什么？"

姬小小把药丸放回一个瓷瓶里："这种药有好几种的，有三天药效的，也有七天的，也有半月的，也有一个月的……"

说着她忽地叫起来："哎呀，我忘记哪些有解药，哪些没解药了！"

"皇上，姬贵妃她威胁臣妾！"皇后睁大有些惊恐的眼睛，看着玄墨，"皇上可是听到了，听清楚了？"

玄墨隐忍住眼中的笑意，瞪了皇后一眼："皇后说的什么，朕不明白。姬贵妃只是在自己宫里查阅一下自己身上带来的药，有什么问题？再说了，她现在还在给你的堂妹袁才人配解药，难道不应该看吗？"

"皇上，你在帮她？"皇后跺脚。

"朕只是实话实说，不知道皇后从哪句话听出来姬贵妃是在威胁你呢？"玄墨一本正经地看着她。

皇后看看姬小小，再看看玄墨："好，你们好，你们……"

姬小小从桌上拿起一个瓷瓶递上去："喏，这是袁才人的解药，拿去吧，她是你堂妹，你去送最好！"

"不，为什么要本宫去？"皇后看到那瓷瓶，跟看到毒蛇猛兽一样，"要是出了什么问题，是不是要本宫负责？"

姬小小把瓷瓶收回来，抿一下嘴："你就是这样一直怀疑别人的吗，是不是从来没试过去相信人？"

皇后伸手指着她："凭什么要相信你，本宫为什么要相信你？"

姬小小耸耸肩："随便你喽！"

"回宫，回宫！"皇后又退后两步，终于受不了了，跺脚大喊大叫。

两边的宫人赶紧扶着脸色发青的皇后出了长乐宫。

而屋内，玄墨不由看着姬小小失笑。

【第六章 情寂寂别有幽怨暗恨生】

第七章　娇滴滴请君入瓮凤似凰

笑完，玄墨皱了一下眉头："小小，以后这种事情，你就不要做了！"

姬小小就好像一张白纸，从点苍山上下来以后，如果有人在上面画了红色，就是红色，画了黑色，就是黑色。

现在她学会了算计，用那样的语气说话，那么以后呢？

玄墨忽然有些害怕起来，一把拥住姬小小："小小，不要变，不要变得和她们一样，我讨厌那样算来算去。"

"我不过以其人之道还治其人之身而已，我才不会变得跟她一样讨厌！"姬小小冲着皇后离开的方向做了个鬼脸，吐了吐舌头，"玄墨，我变不变，不是你该管的事情，反正你永远都是我的人，除非哪天我不想要了！"

"你敢！"玄墨一下沉了脸，"你敢抛弃我看看，我……"

"你怎么样？"姬小小抬头，好奇地看着他。

"我……我……"玄墨竟然一下子说不出话来，忽然又感觉自己这样说话似乎有些像怨妇，整一个男女颠倒的感觉。

"那个……天色不早了，我们睡觉吧！"除了岔开话题，真的找不到其他解决尴尬的办法。

看看天色，姬小小立刻打了个哈欠："还真是困了！"

金玲和小红赶紧进来帮两人洗漱，姬小小一下跳到床上，张开双手："哈哈，不过刚才皇后吓得脸色发青还蛮好玩的！"

见她还是如此可爱，玄墨提到喉咙口的心一下放了下来。心一安，忽地又想起刚才那个吻，玄墨眯起眼睛，或者他们可以继续。

"你干吗？"姬小小睁大眼睛看着他，"你的眼神好奇怪！"说完，拍拍枕头，"睡觉吧！"

"好！"玄墨眯起眼睛，连嘴都抿起来。

姬小小嘟嘟嘴："你真的好奇怪！"说完，一把拉住他的手，"好了，有什么事情明天再说！"

玄墨被使劲一拉，整个人都倒到床上。

"嗯，还是你的手枕起来比较舒服！"姬小小将他的手伸开放平在脑后，然后整个人就躺了上去。

"小小……"玄墨咽一下口水，声音有些沙哑，另外一只手，拂上她的脸颊，捋了一下她的发丝。

"嗯？"姬小小在他怀里缩了缩，眼睛闭起来。

"刚才，感觉怎么样？"

"嗯。"

玄墨皱一下眉头，再看看怀里的人，早就闭上了眼睛，不由叹口气："算了，睡吧！"

他的魅力真是需要再商榷了，明明是每天都有一大把女人等着他，可是他宁可在这里给这小丫头当抱枕。

他想要灵与肉共同的交流，特别是灵魂之上的，而不是纯粹的占有。

他的手轻轻摩挲一下怀里的女子，柔软如婴儿一般的肌肤，在她睡着的时候，五官皱起来，更像一个初生的婴儿。手指缝隙间，是如丝绸一样滑润的秀发，泛着健康的黑色光泽。

分明是那样单纯无害的容颜，甚至绝对算不上绝色美人，却在一步步的深入了解以后，被一步步地吸引。

好似罂粟，头几次的忽略，等到醒悟过来，却已经上瘾，再也戒不掉。

由于昨天傍晚的雷阵雨，让翌日清晨的空气也变得格外清新。

姬小小醒来的时候，意料之中没有看到玄墨的身影。伸个懒腰，小红和金玲早就进来帮她洗漱，顺便吩咐传膳。

快速解决完早饭，姬小小想起还有件很重要的事情要做，便赶紧挑了件简单的春装，就往紫竹林而去。

幽尘居的门开着，那个矮个子门童老秦正在扫地。

"咦，玄尘呢？"姬小小看看老秦，不过老秦根本不理她。

好吧，不说就不说，她自己找就是了。

已经落光了叶子的梨花树下，一个白衣男子，手中舞着一把剑。

跳跃，落地，回身，剑光挽出一朵朵花儿，让身后的梨花树增色不少。

银剑发出"铮铮"的声音，剑风一阵阵，让他的衣袂飘得格外飘逸。

少顷，立身，收剑，再长长嘘出一口气。

"这剑舞真好看！"姬小小拍手，"玄尘，只有你才能舞出这么漂亮的样子！"

"剑舞？"玄尘皱了一下眉头，"你觉得这像舞蹈吗？"

姬小小郑重地点头:"不是舞蹈是什么?难道你是在练剑?"
……
"练剑可不需要这么多花样,我师父说,和人过招,花式是最讨人厌的,关键是要能打到人的要害,不管用什么招式都可以!"
……
"你这套剑法,如果去攻击别人,花样太多,杀伤力太小,还没等你把起式舞完,就已经被人一剑扎在心窝了。"
……
"咦,你的脸色好难看啊!"姬小小后知后觉地看着眼前脸色一阵青一阵白的男人。
"我知道了,我的武功确实不济!"玄尘有些闷闷地一丢剑,背对她而站。
姬小小有些莫名其妙地看着他:"我只是说了实话,我的武功也不高,所以,如果比我低的话,我怕你跟人动手会吃亏啊!"
玄尘深吸一口气,转过身,平息了一下心情,才道:"今天怎么这么早来?"
"嗯……"姬小小不知从何说起,索性就不说了,只问道,"我想到个问题,你说你是宫里的闲人,可总也有个身份吧?"
玄尘一愣,看着她,良久才道:"很快我就要搬出去了,到时候你大概就会知道我的身份了。"
姬小小沉吟了一下,抬头笑起来:"好,我等你告诉我!"
既然人家不想说,自然有人家不想说的理由。
"你怎么不问了?"玄尘对她的态度有些奇怪,"难道不问问我,为什么要搬出去吗?"
"你为什么要搬出去?"姬小小从善如流。
玄尘走上前,摸摸她的头:"我想更好地保护你!"
似乎玄墨和玄尘都喜欢摸她的头呢,难道是兄弟两个有相同的遗传?
姬小小有些好奇地道:"保护我,为什么要保护我?"
"你……上一次,是不是被人暗算了?"玄尘有些艰难地说出一句话来。
"你怎么知道?"姬小小皱了一下眉头。
"你不用问我怎么知道,我有我的办法,你只要回答我,伤到了吗?"玄尘有些紧张。
姬小小摇摇头:"其实他们给我下的药不算很厉害,就是很霸道,分量也下得重,幸亏我及时回宫,给自己开了解药。"
"对不起……"玄尘的手,放在她的肩上,语气带着一些沉痛的感觉。
"为什么要说对不起?"姬小小皱皱眉头,有些不解。
"没事!"玄尘淡淡一笑,冲掉眉宇间的忧愁,"总之以后我会尽最大的能力保护你。"
姬小小摇头:"我又不是你的,你没有责任保护我。"
"不是你的?"玄尘觉得这个说法有些新鲜。

"嗯，玄墨是我的，金玲是我的，现在，所有长乐宫的人都拿了我给他们的七彩羽毛，他们就都是我的人了，我就有责任去保护他们。"姬小小理所当然地道，"但不是我的东西，我就没有责任保护他们。你也一样！"

玄尘听到这个解释，若有所失："不是我的，是啊，你不是我的，我又有什么资格去保护你？"

感觉到他的情绪不高，姬小小赶紧安慰他："如果你能打赢我，比我强，或者你也可以把我据为己有。就好像玄墨一样啊，他打不赢我，所以只能我来当他的主人，还有我的阿彩啊，小白啊，绿墨啊……"

"嗯，他们是谁？"玄尘一愣。

"它们是我养的鸟，白兔，还有一条绿色的小蛇……"

……

"你把他们跟玄墨放在同一个位置？"玄尘嘴角狠狠地抽搐了一下。

"同一个位置？"姬小小有些不懂，"没有啊，我没有把他们放在一起。"

"呃……我的意思是说，在你的心目中，玄墨跟你养的那些鸟啊、蛇啊、兔子啊，是一样的吗？"

姬小小想了想，点点头："差不多吧！"

玄尘低头，嘴角的笑意在慢慢扩大，良久，忽地摇头，"嗤"一声，笑出声来。

"你笑什么？"姬小小觉得今天的玄尘很是奇怪。

玄尘拍了一下她的肩，笑道："你就尽力去保护玄墨吧，我来保护你！"

"都说不用了，你保护不了我的！"姬小小嘟嘟嘴，这玄尘是听不懂人话吗？

玄尘笑着摇摇头，屋内，走出一个穿着粉色宫装的年轻女子，手中拿着一件白色的披风，缓缓走过来，将披风披在他的肩上。

"晴姑姑真的走了？"姬小小四处张望，没有看到那个经常给他们端饭菜的宫女。

没有去注意到她的用词，玄尘点点头："换了一个，她叫小茜，不会说话，是个哑巴！"

姬小小听到这里，愣了愣："我学过医的，我帮她看看吧，或者能治好呢！"

"不用！"玄尘拦住她，"不会说话，对她来说是最好的！"

姬小小忽然想起昨晚偷听的话来，想了想，点点头，看着小茜道："什么时候想要治病，来找我，我给你留个位置！"

每个人都有自己对生活的选择，我们要尊重——如果这个人，对你无害的话。

"我有了宫外的府邸以后，还是会经常住在幽尘居，你还是可以经常过来看我！"玄尘看着姬小小，竟有些不舍。

也许她说得对，只有变得强大，才可以保护她，甚至……拥有她吧？

如今这皇宫之中，若是还有什么他舍不下的话，那就只有眼前这个女子了。

心情没来由的有些沉重，姬小小浑浑噩噩地在幽尘居吃了中饭，即使满桌的海鲜也无法

【第七章 娇滴滴请君入瓮凤似凰】

让她雀跃。

告辞出来的时候，烈日当空照——事实上还没到六月最热的时候，但是今天的太阳，似乎格外让人发闷。

从幽尘居晃荡出来，穿过紫竹林，不知不觉，抬头间，竟然到了御花园。

幽尘居四周都是紫竹林环绕，除却门口正对外开了个出入口，便似没有其他路子一般。

事实上，只要不怕鞋上沾泥，这里到哪儿都挺四通八达的。

御花园的景色依然迷人，春末夏初，很多名贵的花朵也开放了，只是这些花儿看上去富贵逼人，却总是被圈在这一方小小的天地里，被局限了性格，又有铁丝、木片箍成各种漂亮的形状，可怎么看都不如山花一般烂漫怒放。

"花儿真可怜！"姬小小叹息一声，用手碰了一下就近的一株牡丹。

"王爷一向安好？"站在花前发愣，却听得耳边传来熟悉的声音。

江晚月？

姬小小愣了一下，循声看去，却见江晚月带着金香玉，正跟刘鉴雄行礼。

刚要迈出去的步子停住了，她讨厌刘鉴雄，倒不是怕他，不过想想真的懒得跟他打架动手，想着，等他走了再跟晚月去打招呼不迟。

正好姬小小的身形娇小，前面几株牡丹加一树海棠，正好可以挡住她的身形，从花丛中，她又可以清晰地看到对面两人的面貌和动作。

"江美人……哦，不对，应该叫江淑媛了！"刘鉴雄一见到来人是江晚月，下意识地竟然想躲一下，不过出于礼貌，还是回了一礼，"本王有些要事，不打扰娘娘赏花了！"

江晚月拦在他面前："王爷，晚月是特地在这里等王爷的！"

"等本王？"刘鉴雄一愣，看着他。

不看还好，一看，竟然就忍不住被眼前温柔似水的眼神所吸引住了，那眼神好似一汪深潭，让人泥足深陷不可自拔。

只是远处的姬小小看到这个场景，不由皱了一下眉头。

天狐媚笑？

那是一种媚术，可多半是女人修炼的，男人练恐怕……

而且对象竟然是刘鉴雄，晚月他到底要做什么？

"妾身昨日得蒙皇上降旨，封了淑媛，乃九嫔之首，宫里那些流言秽语虽然未曾停歇，总算无人敢歧视我们主仆二人了。"江晚月行了个万福之礼，"妾身知道王爷一定在其中出不少力，不然只过一日，不可能发生这么大的变化，妾身在这里，特地等王爷进宫，向王爷道谢的！"

刘鉴雄一见眼前娇滴滴的女子行礼，腿下兀自一软，竟然赶紧伸手过去："娘娘客气了，本王也不过跟皇上提点了两句罢了！"

江晚月竟然"扑通"一声跪下来："王爷大恩大德，晚月今生无以为报，若有用得上晚月的地方，即使做牛做马，粉身碎骨，亦万死不辞！"

"娘娘言重了，原本只是几句话的事情，娘娘别往心里去，快快请起！"好在刘鉴雄此刻的脑子还不算糊涂。

"哟，这是唱的哪一出啊？"不远处，忽地传来凉飕飕的声音，"舅父，你可是想将这宫里的女人都收入麾下，还是打算成立个娘子军，好配给你的黑旗军啊？"

姬小小转头看过去，却见是皇后袁敏正带着月嬷嬷，似乎也是在赏花。

"皇后娘娘千岁千千岁！"江晚月本来已经被刘鉴雄扶起来了，一看到皇后，又赶紧跪了下去。

皇后慢吞吞走过来，也不让他起来，只是看着刘鉴雄，笑道："舅父许久不见了，可是给母后请安？"

刘鉴雄躬身行一礼："娘娘千岁，正是如此！"

皇后睨了一眼跪在地上的江晚月和金香玉，忽地笑道："真是难得，江淑媛似乎总是能在御花园碰到舅父！"

刘鉴雄被这么一说，不由有些尴尬："兰陵宫离御花园本就相近，本王每日从神武门到慈宁宫总要经过御花园，见着了，并不奇怪。倒是皇后娘娘，凤仪宫没开后门，走到御花园，需要一段时间吧，今日倒是巧了！"

皇后愣了愣，竟也找不到话来反驳，只得摆摆手，对着江晚月主仆道："哎呀，妹妹竟然还跪在地上，快快起来吧。你可是刚升的淑媛，本宫可别把人家的心尖尖给折腾坏了。"

刘鉴雄皱了一下眉头，垂下眼眸，掩去一些情绪："不打扰两位娘娘赏花，本王告退！"说完，理都不理皇后，转身就走。

"舅父……"皇后看情形有些不对，想要喊住，却发现刘鉴雄早就走远了。

看着他的背影想了想，皇后撇撇嘴，然后无所谓地挑了一下眉，再看看江晚月："淑媛好本事啊，竟让舅父帮着你说话。"

江晚月退后一步，一本正经地道："王爷是好人！"

"哼，本宫的舅父，还轮不到你来品评！"皇后冷笑一声，"淑媛这名号怎么来的，本宫一清二楚，别真以为得了皇上的心了！"

"臣妾不敢！"江晚月低头，一脸的谦卑。

"月嬷嬷，去端点点心果子来，本宫和淑媛到前面凉亭里好好叙叙姐妹情！"皇后看了看江晚月，回头看看月嬷嬷，使了个眼色。

江晚月见月嬷嬷一走，看了金香玉一眼，竟有些暗自松气的感觉。

姬小小正感觉奇怪，却听得金香玉叹口气："娘娘，你不过也是要为王爷做事，何必让皇后娘娘觉得你好似攀附上王爷的感觉，无端给自己招来个敌人，不值当！"

"你这贱婢，胡说什么？！"江晚月假意瞪她一眼，"哪有的事情，别乱说……摄政王，可是皇后娘娘的舅父！"

【第七章　娇滴滴请君入瓮凤似凰】

187

金香玉赶紧低头，不再说话。

"怎么回事？"皇后眯起眼睛，一指金香玉，"你知道什么，从实说来，不然别怪本宫不客气！"

"这……"金香玉有些为难地看看皇后，又看看江晚月。

"皇后娘娘，真的没什么事，王爷真的是个好人！"江晚月拦在金香玉面前，多少有些言不由衷。

皇后看了看江晚月："也罢，本宫不问她了，本宫问你！"说着她盯着江晚月看，"若是不说，本宫的手段，不知你听说过没有，今天，恐怕你是走不出这个御花园了！"

姬小小在远处，其实能看到，刚才月嬷嬷将皇后身边最近的两个侍女带走了，另外几个，离皇后都有一段距离。

说到这里的时候，江晚月看了看皇后身边不远处的宫女，冲着她摇摇头。

皇后毕竟在后宫多年，立刻会意，对着剩下那些宫女道："本宫和淑媛妹妹聊天，你们不用跟过来了，就在这里伺候着吧！"

"是！"一众宫女赶紧应声。

皇后便带头往御花园内的凉亭走去。

姬小小稍稍转身，便可以看到那凉亭的位置。

她比那些宫女离凉亭更近些，听清楚两人的对话根本不成问题。

"说吧！"皇后凤眸一眯，等着江晚月的话。

江晚月状似还在犹豫，金香玉忍不住了："娘娘，您就别犹豫了，王爷不过把你当做在宫里的一枚棋子，迟早等他大事成了，是要被抛弃的。还不如此刻跟皇后娘娘把话说清楚了，不管怎么说，娘娘虽然是王爷的外甥女，可毕竟是皇上的妻子，大皇子的母亲啊！"

皇后皱了一下眉头，她的舅父有什么"大事"要图，她自然是再清楚不过了，不过，她居然不知道舅父还安插了"棋子"在宫里。

江晚月这才似下定了决心："摄政王的心思，娘娘想必比臣妾清楚，特别是常陵王成年以来，他更是加快了脚步。娘娘也知道，皇子十八岁若是没有立为太子或者继承大统，是要搬到宫外去的，今年常陵王已经十八岁了。"

常陵王？

姬小小皱了一下眉头，那不是玄尘吗？她在慈宁宫，听刘鉴雄就是这么称呼他的。

"这倒无妨，他不管怎么说都是本宫的舅父，将来常陵王若真有那么一天，舅父说过，不会忘了悦儿的。"皇后自信笃笃。

"娘娘，果子和点心到了！"皇后话音刚落，月嬷嬷就带着两个宫女去而复返。

"月嬷嬷，放下吧！"皇后对这个月嬷嬷倒是十分信任，也没让她走。

江晚月轻咳嗽一声，看着皇后。

皇后看看月嬷嬷，笑道："月嬷嬷是自己人，但讲无妨！"

江晚月和金香玉对视一眼，却不发一言了。

皇后有些无奈，只得对着月嬷嬷道："先下去吧，本宫有些体己话要跟淑媛妹妹说。"

月嬷嬷见皇后已经开了口，她只能满脸郁闷地便退了下去。

"现在可以说了吗？"皇后看着江晚月二人，却见这主仆二人叹了口气，忧心忡忡地看着她道："皇后娘娘真信王爷将常陵王和大皇子一样看重吗？"

皇后一愣："难道不是？"

金香玉摇摇头，最快地道："常陵王和王爷什么关系，大皇子和王爷算什么关系？常陵王又不是生不出孩子，等他娶妃纳妾，那可是嫡亲的，大皇子，横竖只能算个外姓孙，皇后您说呢？"

"香玉，不可多嘴造次！"江晚月回头瞪了身后的金香玉一眼，抿一下嘴，"皇后娘娘，香玉这话，话虽糙点，可理却是通的。这亲疏，连她这种粗人都能看得出来，娘娘难道就没有怀疑吗？"

"这……"皇后皱了一下眉头，陷入沉思，"可是月嬷嬷说……"

"那月嬷嬷，还不是王爷送给皇后的！"金香玉又插了一句，江晚月拉了一下她的袖子："香玉，越来越没规矩了！"

可那眼神，却有些殷切地看着皇后。

有些间隙，种下了，就很难消除。

皇后抬头忍不住看了一眼不远处的月嬷嬷，皱紧了眉头。

深吸一口气，皇后不露声色，看着江晚月主仆："难得，你们肯告诉本宫这些！"

江晚月赶紧低眉顺眼地道："皇后娘娘言重了，臣妾一直觉得，皇上才是大统，所以才忍不住说的。"

"哼，你倒是聪明！"皇后冷笑一声，"本宫看，你是一边抱着摄政王的大腿，一边又怕他大事不成，你成了替罪的羔羊，于是不如拉着本宫一起倒向皇上这边，你倒是很会左右逢源啊？"

江晚月一听，赶紧站起来跪了下去："娘娘……"

皇后笑起来："行了，本宫不会揭发你的，反而会同意跟你合作！"

江晚月赶紧点头："娘娘，皇上毕竟是臣妾的夫君，女子一生，若是嫁了一个男人，那么一辈子都是他的人了，其他人，再怎么样，都比不上自己的夫君的。"

皇后听到这句，若有所思，点点头："倒也是这么个理，看来，你还是偏向皇上多些。"

江晚月点头："臣妾自然一心向着皇上皇后的！"

"哼，就别把本宫算上了。"皇后翻个白眼，"这么有手段，又长得这么狐媚，可别真把皇上的心给勾走了！"

说完，一手托起江晚月的下巴，仔细看了起来。

江晚月眨了眨眼，眼波之中，媚态流转，竟然让人无法转移目光。

【第七章 娇滴滴请君入瓮凤似凰】

姬小小皱了一下眉头，这江晚月莫不是疯了，他现在可是女儿身，居然对着个女人使用媚术？

可看皇后的神情，竟然有些恍惚了起来。

难道，因为江晚月的特殊"异能"，他竟然可以男女通吃吗？

姬小小眉头皱得更紧了，之前还奇怪他练那异术只是为了让自己的内力提升。刚才看到刘鉴雄，也知江晚月和刘鉴雄之间的内力相差甚大，若不是晚月练过那"异术"，硬生生让内力"假意"提升，那天狐媚笑恐怕早就被刘鉴雄发现了。

"臣妾是一心向着皇后娘娘的……"因为皇后的内力比刘鉴雄差得很远，所以江晚月用起天狐媚笑来有些明目张胆的意味。

江晚月的声音，带着很浓的蛊感意味，让皇后的神情忽然一下变得恍惚起来，梦呓般的念叨："嗯，你的心，是向着我的！"

"娘娘明白就好，臣妾告退！"江晚月磕头，起身，带着金香玉离去。

皇后过了好久，皱了一下眉头，只是又念叨了一句："明白，你的心，是向着本宫的！"说完，叫过远处的宫女，便往凤仪宫方向去了。

远远的，飘来月嬷嬷的话："娘娘，江淑媛刚才跟您说了什么？"

"没什么，不过就是想要讨好本宫罢了，这么多年，这种人见得多了，随便应付她两句就行了。"皇后很明显是敷衍月嬷嬷。

看起来，江晚月的做法已经有了明显的效果。

皇后一走，姬小小赶紧跟上了江晚月，她想问问，这主仆俩到底要干什么，是不是和玄墨有关。

穿行过御花园，一路有还有宫女和太监，姬小小想了想，还是直接去兰陵宫等他们算了。有树木的掩护，再加上姬小小的轻功本就是一等一的，几个翻身，到了兰陵宫后墙，不被人发现根本不是什么难事。

来得太快，江晚月和金香玉根本没回来，姬小小想了想，不如就在墙头等他们一会儿。

由于在墙上，倒是可以看一下兰陵宫四周的环境。

已经是快傍晚了，天边飘来一大片乌云，估计又是要下雨了吧！

姬小小左右看看，竟发现兰陵宫后面，似乎有个废弃很久的院落，杂草丛生，好像也没什么人。

足尖一点，姬小小攀过中途几棵树，便已经落在那个院子里面。

正是春夏交接的时候，院子里的杂草已经长得有半人高，搞得一个院落，就跟在山野之间一样。

在山上长大的姬小小，对此倒是并不在意。

她在意的是……

这屋子里，这样荒芜的院子，居然有人？

这太不可思议了！

姬小小的耳力不是常人可比，所以，她听到的绝对不会有错。有心跳声，虽然那个人，应该没有走动，连呼吸和心跳都很微弱，但确实是个活人。

当然，她感觉不到那个人有任何的内力，说明不是一个练过武功的人。

顺着声音的方向，开始往那个地方靠近。

眼前是一幢破旧的房子，门上盖着一层厚厚的灰尘，上面还挂着一块破旧的牌匾，仔细辨认，还可以看出"静心苑"三个字。

轻轻一推，那门"吱呀"一声就开了，姬小小的周围一下飘起大片的灰尘。

"咳咳！"她轻轻咳嗽一声，看看屋内的光线十分微弱，不过对姬小小的影响倒是不大，毕竟还不算完全的伸手不见五指。

"是谁在屋子里？"姬小小小声问，顺着听到的气息声走了过去。

没有人回答她，不过她还是看清楚了，那是一个女子，坐在屋内一把陈旧的椅子上，衣服也很陈旧，甚至看不出来原来布料的颜色，只是灰白灰白的。

"你是谁？"姬小小轻轻走近她，屋子并不密封，不停地有风吹进来，扬起那女子的头发。

那头发，黑色之中，掺着白色，因为只有侧脸，看不出来她的年纪。

但是看看她的衣着，似乎不像是个老太太。

那个女子一直不说话，好像也没有听到姬小小的话。

"你……是谁啊？"姬小小加重声音。

"呜……呜……"外面狂风骤起，屋子在风中，发出"哐当当"的声音，好像随时会倒塌。

她的声音未完，忽地，椅子上的女人发出凄厉的大笑："哈哈哈哈哈，我是谁啊，我是谁啊……我到底是谁啊？我是鬼啊哈哈哈，我不是人啊哈哈，我是妖孽，我生了个妖孽！！"

那笑声，和着屋外的狂风，听上去极其阴森恐怖，好似来自地狱的修罗。

"喂……"姬小小觉得自己的耳膜都快被震破了，只好大声喝止她。

"你叫我什么呢，你叫本宫喂，好大的胆子！"椅子上的女人忽然缓缓转过头来了，声音变得威严庄重。

只是她的脸，却让姬小小吓得下意识后退了一步。

刚才出现在她面前的半张脸，虽然看不出年龄，却还算正常，而那转过来的另外半张脸，却似骷髅。

"你……你的脸？"姬小小歪着头，伸一下脖子，想要看清楚一点。

"哈哈哈，是不是很像鬼，我是鬼，是鬼啊……"椅子上的女人又叫了起来，声音跟之前一样凄厉。

"不是，你不过是被毁容了，鬼是没有形态的，不过是人的怨念怨气凝聚成的气体罢了，你怎么会是鬼呢？"姬小小一本正经地回答，一边伸出手，"让我帮你看看，我是大夫，可以帮你看病的！"

"看病……不是鬼？"那女人的眼神变得有些迷茫，"我……我不是鬼吗？不不不……我是妖孽……本宫没有罪，你们为什么要这么对我……你们这样对待本宫，一定会付出代价的，本宫要你们付出代价！"

那女人疯疯癫癫的，加上那张恐怖的脸，在这个乌云密布，光线瞬间又暗了许多的破屋子里，显得越发狰狞可怖。

幸亏姬小小是学医的，虽然第一眼还是下意识吓了一跳，不过看清楚以后，倒也不怕了。

眼前这个，在她眼中，顶多算个普通病人。

"你的脸……可以让我看看吗？"姬小小直接忽略掉那女人的疯言疯语，只是先搞明白，她的脸为什么会溃烂。

因为光线比较昏暗，姬小小甚至拿出了怀里的夜明珠，放在桌子上。

屋内立刻亮堂了很多，里面的陈设也已经展现出来了。

其实不过一张桌子，一条那个女人坐着的椅子，还有一张床。

桌子看起来应该很久都没有擦过了，油腻腻的，甚至还粘着一些菜叶子。

整个屋子除了床，似乎没有任何可以坐的地方了。

姬小小耸耸肩，站着就站着吧，反正她脚力好，又不是娇滴滴的千金小姐。

椅子上的女人脑子似乎终于变得有些清楚起来，眼神中渐渐有了点好奇的光芒："你……不怕我？"

"为什么要怕你？"姬小小挑眉，巧笑倩兮，没有任何害怕的情绪，反倒走近了两步。

"你……真的不怕我？"椅子上的女人瞪着她看。

"啪"闪电忽地让屋外的天空裂开了一条缝隙，"轰隆隆！"紧接着传来一声闷雷。

风更急，电闪雷鸣，越来越密集。

终于，豆大的雨滴，再也撑不住，落下地来。

很快，雨滴变成了一片一片的大雨，狂风伴随着滂沱大雨，屋外顿时被淹没在一片雨声之中。

"滴答！"姬小小听得耳边传来水滴声，赶紧让开，一大滴雨，已经落在她的脚边。

"滴答，滴答！"

屋外下着大雨，屋内就下了小雨。

有几滴雨落下来，正好落在椅子上面那个女人的脸上，腿上，她却一点没有躲闪，仿佛已经习惯。

"怎么，很脏是不是？"女人笑起来，露出一排整齐的牙。

姬小小再走近一些，看看她，眨眨眼："你……没事吧？"

"呵呵呵……"那女人闷笑起来，"你想问我是不是疯了？"

姬小小深吸一口气，索性点点头："是啊，不过我听你现在说话很正常，你是不是间歇性的，脑子偶尔清楚，偶尔糊涂？"

那女人又笑起来，半边烂脸上面的脓汁落下一滴，和着雨水，落在胸口的衣服带子上，很快渗进去，只落下一大片黄色的污渍，不过她似乎并不在意。

"所有的人都当我是疯子，你也可以当我是疯子！"那女人似乎对一切都不在意，也不愿意正面回答姬小小的问题。

不过姬小小却笑了起来："你正常得很，为什么要说自己是疯子？"

那女人似乎愣了一下："我正常，你看我像是正常人吗？"

"像啊！"姬小小很郑重地点点头。

"你看我的脸，像正常人吗？"

"像啊！"

"……"

"我不知道你为什么装疯子，但是我现在基本上可以确定，你没有疯。"姬小小耸耸肩，"而且我看你脸上的伤，应该是太久没有处理才会这样吧？你最早是怎么受伤的？"

"怎么受伤的？"那女人忽然又神经质地笑了起来，"居然有人问我怎么受伤的？呵呵，那个女人，这么多女人……不是都妒忌我吗，都妒忌我……"

"好了好了，你不用说了，让我帮你看一下好不好？"姬小小走到她面前，蹲下身子，细细看了一会儿，忽地皱了一下眉头，"我帮你把一下脉！"

那女人下意识地把手一下缩进袖子里，可惜她的手，终究没有姬小小的快，早就被她把住了脉搏。

"你中毒了？"半响，姬小小抬眸看着她，"最起码有三年了吧？"

"三年……三年了……"那女人眨了眨眼，嘴巴动了动，最后还是选择了缄默。

"好吧，我不问你三年前或者更早之前发生了事，不过有病就得治，你的病我有兴趣治，正好今年我应该还有治病的名额，算你一个吧！"姬小小也不管她说什么，只是自顾自给她定下了名额。

那女人这才转过头："治病……治好了又怎么样，我能走出去吗，我能走出这个鬼地方吗？"

"不治好，你怎么知道走不出去？"姬小小翻个白眼，"你都从来没有积极试过，就自己给自己下了事情的结果。我师父说，这是心里面的病，也是病，得治！"

"你……"那女人眨了一下眼睛，"随你吧，你想治就治吧！"

姬小小大喜："那我就当你答应了！"

说着，从怀里拿出一个瓷瓶："这里面有现成的解毒丸，不过只能解基本的毒素，不能根治你这种比较难解的。它的作用，能让你的伤口不再恶化，记得一天吃三次，每次饭后吃。"

那女人接过来，放好，然后冷笑一声："饭后……我这里饥一顿饱一顿的，你以为我是哪个宫的妃子吗，随便喊喊就有人传膳？"

"都没人给你送饭的吗？"姬小小看看这个女人纤瘦的身形，再想想刚才搭脉的情景，

【第七章 娇滴滴请君入瓮凤似凰】

那手腕，跟枯枝一样。

女人不说话，似乎是默认。

"好吧，我救人救到底，反正每天也没事做，不如给你送饭好了。"姬小小笑起来，"对了，说了这么久，你总该告诉我名字吧，不然我都不知道自己的病人叫什么，不是很亏？"

那女人看着姬小小良久，忽地问："你是宫里的医女？"

姬小小犹豫了一下："就算是吧，我叫姬小小，你呢？"

"名字……好久没听人叫我名字了。"那女人喃喃自语一般，"以前，在娘家有个小名，叫琳琳，只是我现在这个鬼样子，恐怕配不上这样的名字了。"

姬小小拍拍她的手，笑道："行，以后呢，我就叫你琳姐，你呢，就叫我小小好了，我每天会来给你送饭的。"

女人笑起来，忽然盯着她使劲看。

要是换了别人，恐怕早就被盯得浑身发毛了，幸亏现在是面对姬小小，她只是笑笑："干吗这么看着我？"

"你入宫之前，有没有人告诉你什么？"女人继续笑，有些高深莫测。

"什么？"姬小小一向都是不懂问到懂为止。

"在宫里，心肠太好，通常都活不长！"女人的笑意忽然变得阴森起来。

姬小小耸耸肩，毫不在意："无所谓啊，我看过了，这宫里的人没人能打得过我，她们那些手段实在不够看，再说了，如果真的有人能把我打倒了，我愿赌服输，活该我是那个被淘汰掉的，谁让我学艺不精呢！"

那女人眯起眼睛，看着她，许久许久都没有说话。

"行了，作为一个病人，一定要住在一个干净的环境里，你这里这么多灰尘，只会让你的病情恶化！"姬小小伸个懒腰，"你长期营养不良，看上去呢也不会做什么家事，我来帮你吧！"

说干就干，外面大雨，反正也回不去，不如找点有意义的事情来做。

姬小小找出一件看上去已经不能穿的衣服，把手伸出屋外，用雨水将衣服打湿，开始将桌上的灰尘抹去。

不一刻，窗门和屋子，都已经干净了不少，只是因为外面下雨，里面有些潮湿，还没有干而已。

"好了，明天我给你带几件衣服过来，不过你好像比我高一些，我的衣服你穿不上，我找点别人的衣服给你好了。"姬小小看看外面渐渐变小的雨，再看看床上已经露出棉花的被子，"索性，我再给你带床褥子和被子过来，再看看能不能帮你把屋顶的漏洞给补了。"

再在屋子里转了一圈，姬小小又自言自语道："看来，还得弄把扫帚，把屋子好好扫扫，再给你拿个铜盆和汗巾过来，干净一些，对你的病情绝对有好处。"

……

"啊，明天我得找小金过来帮忙，以毒攻毒，是最好的办法了。"
……
"对了，太阳不太烈的时候，记得多出去走走。这屋子又霉又潮，对你的病情没好处，待会雨停了，记得开窗通通风。你是不是好几年都没开窗了？"
……
"雨停了，我帮你开了窗再走吧，对着床的这个窗就不要开了，晚上别对着吹风！"
……

说了一大堆话，几乎都是姬小小在自言自语，不过她似乎也不介意，只是一样样都安排好了，才看看外面已经漆黑的夜色，跟屋里的女人告辞，翻墙朝兰陵宫而去。

屋子里的女人看着她离去的背影，空洞的眼神忽地有些奇异的光芒闪了一下，半晌，嘴里喃喃念叨出一句："优胜劣汰，呵呵，皇宫不就是这样一个地方吗，要赌，就得服输，为什么到今天我才想明白呢？"

屋外，雨停了，凉风习习。在这春末夏初的炎热季节里，显得格外舒适。
有道人影，在空中翻腾过去，没有人发现。
兰陵宫今晚挺安静的，看起来玄墨应该是没有过来。
姬小小翻下墙头，朝正殿而去。
江晚月晚上睡觉，一般都只要金香玉一个人伺候着，所以她要进门很是方便。
"你……怎么来了？"江晚月看到姬小小这个不速之客有些吃惊。
"我早就来了，后来下雨了，就先躲雨去了。"姬小小老实回答，"我在御花园看到你和摄政王还有皇后了。"
"你看到了？"江晚月倒是不在意，不过还是提醒了一句，"记得别跟别人说，我想，应该很快，皇上就可以是真正的皇上了。"
"嗯！"姬小小点点头，便也没缠着问，只是道，"你用异术催动天狐媚笑，强行和摄政王的功力相抗衡，这样很危险的，你的内力根本没有他高！"
江晚月一愣："这你都看出来了？"
"我只是从书上看到过，再说我站得远，所以才会感觉你的眼神有些问题。我想近距离的话，那个摄政王应该感觉不出来的，我没有感觉到他用任何内力来抗衡！"
江晚月松了口气："还好还好，我还以为有了什么破绽呢。小小，有你在真好，看东西也比别人清楚。"
"圣婴大法的阴气你应该已经全部吸收了吧？"姬小小看看江晚月，"好像没有什么后遗症，那我就放心了。"
江晚月略一迟疑，点点头："嗯，挺好的！"
随即她又道："对了，你可知道魏楚边境有些异动，皇上怀疑，楚国蠢蠢欲动，恐怕

【第七章 娇滴滴请君入瓮凤似凰】

195

是有战事要发生。"

姬小小皱了一下眉头："可我并不会打仗啊！"

"不用你去打仗！"江晚月笑起来，"我们和皇上商量过了，也许这是个好机会。目前兵权大部分都在刘鉴雄手中，另有皇后背后的护国公袁家，太后背后的敬国公田家掌握了朝中大部分政事，这三家一起坐大，要扳倒极为不利。为今之计，只能先夺了兵权，才能从长计议。"

"那我要做什么？"姬小小还是有些云里雾里。

"这刘鉴雄是魏国第一勇士，武功也是第一，打得过他的人，我们身边就只有你一个人了。"江晚月看看姬小小，继续道，"到时候，恐怕需要你将他打得到床上躺上一年半载的，也好让皇上有时间换将。"

"他的功夫不高，打他问题不大。"姬小小很正经地点点头，"到时候，跟我说一声就好了。"

江晚月看着她："不过说不定到时候，要委屈你一段时间了，毕竟他是摄政王。还有，这些天碰到我，最好绕路走，别太靠近我，不然，恐怕我不能把你当好姐妹了，你懂吗？"

姬小小似懂非懂，却还是点点头："嗯，我知道了，我不在你面前出现就好了。"

江晚月这才松了口气，想起之前的事情来："对了，你说去躲雨了，你去哪里躲雨了，我怎么没看到你？"

"我去后面那个院子了，对了，你在这里住这么久，后面静心苑住了什么人，你知道吗？"姬小小想起那个恐怖的女人，既然是病人，或者侧面打听一下也不错。

"静心苑？"江晚月愣一愣，随即醒悟过来，"你说的是冷宫吧！"

"冷宫？"原来那里是冷宫啊。

冷宫不是用来关皇上被废的妃子的地方吗，难怪那里那么荒芜。

"嗯！"江晚月点点头，"你是不是……见到什么了？"

"我看到一个中毒毁容的女人。"姬小小老实回答。

"中毒毁容……"江晚月皱了一下眉头，叹口气，"是啊，当初怎么没人查出来她是中毒呢？"

"你认识她？"姬小小高兴起来，"我已经答应为她解毒了，她也答应了，你跟我说说她是谁，说不定对她的病情有帮助。"

江晚月想了想，只淡淡说道："那是个可怜的女人，你常去看看，为她治病也是好的。"

"她是玄墨以前的妃子吗？"

"对！"江晚月点点头，"不过我一直在宫外，也只是听逍遥侯提起过一点点往事。她娘家姓萧，是镇西都尉萧震庭的独女，长得貌似天仙，倾国倾城。又是个出名的才女，据说她双手能书，诗词冠绝天下，琴艺棋艺都十分了得，和当年入宫之前的皇后齐名，人称京城双姝。"

"皇后？"姬小小想起皇后如今也已经二十出头，那美貌确实也算得上惊艳绝伦，特别是和玄墨站在一起的时候，在视觉上，确实十分享受。

"是啊！"江晚月继续道，"皇后是个美人坯子，不过若是有人说天下第一美人，非要选出其中一个的话，我想，大多数人会把这名号投给萧家千金。"

"为什么？"客观上来说，皇后已经够美了。

如果萧琳的美貌在皇后之上，那得美到什么程度？

"也不是那萧小姐比皇后美了多少分，而是因为性子的关系。"江晚月叹息一声，笑道，"萧小姐为人温柔贤淑，又出尘淡泊，性子极好。而皇后因为被刘鉴雄的妹妹，也就是她的娘亲宠得有些无法无天，骄纵妄为，脾气刁钻古怪，又有极强的占有欲，让人望而却步。"

姬小小想想，皇后那个人，好像似乎真是有点那么回事。

"皇后从小就喜欢皇上，据说她十岁的时候，皇上说她身边一个侍女脚上的绣花鞋好看，她就把那个侍女的手脚都剁去，送到了皇上面前。"

姬小小皱眉："她为什么要这么做，直接杀了不是更好？"

"剁了脚，她就不能再穿好看的绣花鞋，剁了手，她就不能再做出这么精致的绣花鞋。不杀她，是为了让皇上看清楚，凡是他喜欢的东西，她都会毁掉。"江晚月一脸嫌恶地道，"据说，她从小便说，这个世上只有她才能配得上皇上！"

"真不要脸！"姬小小都忍不住想骂人了。

江晚月深有同感："所以她不允许有萧小姐这样的人物存在，她当初和萧小姐一起进宫，她为后，萧小姐则封了贤妃。后来，两人同时怀了身孕，皇后还经常让萧贤妃罚跪。等两人十月期满，萧贤妃生下一个女婴，却已经死去多时了，据说，死状很是恐怖，后脑少了一半。这在宫中传为不祥之事，经过太后的干涉，萧贤妃被软禁了起来。这样还不算，不出半个月，原本花容月貌的萧贤妃，左脸忽然开始溃烂，太后不许御医上门看诊，致使病情恶化。最后，太后便以贤妃招惹邪灵附体，乃不祥之人，妖孽惑主，直接把她打入了冷宫！"

话说到这里，江晚月这才想起姬小小的反应："对了，这事在宫里说不得，你听了也就罢了，那是个可怜的女人，你若是能将她的病治了，也是最好，不过可千万别告诉别人。"

"玄墨呢？"

"皇上那儿，暂时你也别提了吧。"江晚月想了想，"事情太多了，他自己都已经焦头烂额了，你看那儿缺什么，就从我这里偷偷拿，没有的，我让香玉帮你准备着。"

姬小小沉吟了一阵，点点头："也好！"

随即，她又长长嘘出一句："这皇宫，真不是人待的地方！"

兰陵宫离静心斋很近，于是姬小小与江晚月商定，每日她传完膳，就让金香玉偷偷挑几个菜，用食盒装起来，放到后墙草丛之中，由姬小小偷偷带走送给萧琳。

另外，姬小小又让金香玉准备了绳子和几套干净的衣服，等她翌日过来取。

算算日子，她的禁闭日期也已经到了，好在这宫里的人似乎最近都忙得有些焦头烂额，

【第七章 娇滴滴请君入瓮凤似凰】

没有人来长乐宫挑衅了。

金矛王府怎么说都是没落了，再想起来，也得看魏国三大家族到底肯不肯。

这样一来，姬小小倒是比玄尘更像是宫里的闲人。

她的周围并没有发生什么显著的变化，但却总是隐隐感觉山雨欲来风满楼。

从兰陵宫回长乐宫，就看到金玲和小红急得眼睛都快红了，见她没事才松了口气。

想起江晚月的话，也没敢跟她们说冷宫中那个女人的事情，只是开始捣鼓自己从点苍山上带下来的那些药丸。

待到晚一点，长乐宫的人都处于熟睡中之时，她又到惠淑宫附近呼唤了半天小金。

小金看上去对她上回将它单独留在慈宁宫屋顶上的事耿耿于怀，好在姬小小又是道歉又是哄骗，这才让这小蛇喜笑颜开，同意帮忙。

万事俱备，姬小小心满意足。

小金成了长乐宫的常客，姬小小可不敢让宫里的人知道，想起上次造成的轰动效果，她决定让小金还是晚上过来。

不过金玲对她晚上的活动却有些好奇："娘娘，你最近晚上怎么也不见劫皇上过来了？"

姬小小笑道："他忙着呢，我也忙着。"

"你在忙什么？"

"我……"姬小小想了想，"我想着，给义父配点药，他的腿需要上药了。"

金玲微微蹙了一下眉，忽地道："娘娘，你告诉我，前几天，你说闭关制药，是不是出门了？"

姬小小一愣："你……"

"是不是去看金矛王爷和侯爷了？"金玲有些紧张地看着她。

姬小小不说话，算是默认了。

"我知道了！"金玲笑了笑，"放心，我会保密的。"

姬小小笑起来："嗯，我知道。"

想想这几天，萧琳总算是比较配合自己的治疗了，姬小小心中还是很高兴的。

虽然两人之间的对话还是少得可怜，但她愿意吃饭，愿意吃药，感觉上还算是个很配合的病人。

明天，小金就该派上用场了。

姬小小将小金放入了食盒，将它带到了静心苑。

将饭菜端上桌的时候，顺便将小金拿了出来。

萧琳的眼睛，只是这样轻轻瞥了一眼，没有任何惧色，好像见怪不怪一般。

"你为什么不怕？"姬小小有些好奇，"几乎全皇宫的人都怕小金，就你的反应最奇怪。"

萧琳往嘴里塞吃的东西，笑道："我见过比它恶心得多的东西，还有什么可以让我害怕的？"

难得她一口气说这么多话，姬小小来了兴趣："当年你的脸中毒，我看了一下，应该是蝎子毒，不过不是普通的蝎子，应该还掺和了红蜘蛛的毒素。你是直接被咬的吗？"

萧琳的身子几不可见地摇晃了一下，随即就不说话了。

习惯了她经常忽然地沉默，姬小小倒也不继续问了。

由于最近的伙食变好了，姬小小又将屋内打扫了一遍。床上的被褥也全部换过了，还挂上了蚊帐。前几天，金香玉甚至还送来一个木桶，让萧琳洗了个澡。换上干净的衣服，这让她整个人看上去精神了不少。

不过，依然很苍老。

根据江晚月提供的情况，萧琳入宫时才十五岁，一年以后怀了身孕，等孩子生下来，也不过十七岁，加上之后软禁了半年多，中毒，也就过了四年的时间，到这冷宫之中不过三年多一点的时间。

算起来，她今年不过二十一岁，比皇后还小了一岁呢。

可是看她的样子，真的已经堪比老妪。这是未老先衰的征兆，如果不是姬小小无意间发现这冷宫的所在，萧琳就会这样被遗忘在角落里。然后在二十多岁的大好年华里，老死！

想到这个可能，姬小小忽地感觉有些悲哀。

她最近好像总是有些憋闷，以前看着山下来求医的那些人，即使痛苦呻吟，痛得打滚，她都不会破例去看病。

她一年就只和十个病人有缘分，所以，那些看不上病的人，只能算作和她没有缘分。

但这皇宫，美轮美奂，在姬小小看起来，多少有些像披着天堂外衣的炼狱。

趁着萧琳吃饭的当儿，姬小小拿过一个瓷瓶，一手捏住小金的脖子，让它张开嘴，看着它牙齿间的毒汁一滴一滴地滴到眼前的瓷瓶里。

然后，又拿出一个瓶子，从里面拿出一粒药丸，捏碎，放入瓷瓶，又用清水调和，递过去："吃完饭，把这个喝了！"

萧琳吃饭的样子很优雅，看了那瓷瓶一眼，并没有多说一句，只是继续慢条斯理地吃着饭。

这是姬小小这辈子都学不来的，大家闺秀的做派。

她的动作很流畅，很自然，并不做作。好像与生俱来，她就应该这样吃饭，而并非是做给别人看的。

如果能配上高梁大宅，一屋子的丫鬟仆人，配上金银首饰，绫罗绸缎，这样的场景，真是再合适不过了。

可是现在不是，现在不过是在一间破烂的静心苑，姬小小不由开始佩服她的淡定起来。

终于吃完饭了，萧琳轻轻放下碗，再将筷子放在碗的右边，放下去的时候，没有发出一点声音。然后，她看了一眼桌上的瓷瓶，拿起来，一饮而尽。

"你不怕这是毒药？"姬小小有些讶然。

以毒攻毒的方法，她以前也是用过的，不过那些病人如果亲眼看着她调制药物的话，都

【第七章 娇滴滴请君入瓮凤似凰】

会产生怀疑。

"呵呵，你毒死我，对你有什么好处？"萧琳脸部皮肤抽动了一下，"是好跟皇后邀功吗？你还不如去毒死其他宫里得宠的妃子，我前几天看兰陵宫那边有动静，怕是又有新的秀女入宫了吧？"

原来，她也不是完全对外面的事情不闻不问。

姬小小想了想，点点头："要是这宫里的人都跟你一样会动动脑子就好了，这里很多人，就爱做些损人不利己的事情，也不知道浪费那些力气干吗。"

"不，我不是动脑子，我是不怕死。"萧琳冷笑一声，"我都已经是个被遗忘的人了，活着行尸走肉一般，死了或者对我是一种解脱。"

"那……"

"是不是想问我为什么不死？"萧琳又凄厉地笑起来，"是，我不甘心，还有一点不甘心，我不甘心恶人没有恶报，我想看着他们倒霉，我想看看老天爷到底会怎么惩罚他们，为我萧家三百八十四口人报仇！"

萧家三百八十四口……

姬小小皱了一下眉，怎么没听江晚月提起？

萧琳显然没有意提起当年的事情，整个人似乎陷入了一种狂热焦躁的状态，目光呆滞却又有一种让人看不懂的尖锐光芒。

姬小小知道像这样的病人，逼迫她是根本没有用的，那么，答案就只能靠自己去追寻了。

帮萧琳处理好伤口，又将晚饭留下——她不可能每天来送三次饭菜。

从冷宫走出来，姬小小有些叹息，想起两三天没见玄墨了，便不由自主朝着政和殿走去。

说实在的，想起萧琳的遭遇，姬小小的心中有些不舒服，特别是想到要面对的是玄墨，而当初，虽然是太后让萧琳进的冷宫，可是妃子入冷宫，是需要皇上的圣旨的。

想到玄墨便是这场悲剧的制造者之一，她的心里怎么都痛快不起来。

但是见不到他，就好像缺了些什么，心里痒痒的。

想想他深邃的眼神，还有……她最喜欢的，红润的唇。

忍不住，竟有些"饿"了。

姬小小不是一个愿意压抑自己真实情感的人，既然"饿"了，那她就决定去"吃"。

想到这里，她脚下再没停留，快速便到了政和殿。

对于她的忽然到来，景德安早就见怪不怪。倒是这几天她许久未出现，消停了不少，才让他奇怪了好几天。

景德安都觉得自己似乎松了一口气，啊呸，自己还就真是个受虐受累的命，没人来折腾惹麻烦，他还不爽起来了！

"贵妃娘娘，皇上在办公……"出于宫规，他还是下意识地阻拦了一下，当然，连手都没伸一下。

这位姑奶奶的身手他可是见识过的,自己这手,还得给皇上端茶倒水磨墨呢,可别折在这小丫头手中。

就在他一晃神的时刻,姬小小早就进了政和殿大门了。

"小小,你怎么来了?"玄墨抬起头,看到来人以后有些惊喜。

这几天他一直纳闷,为什么小小不来找他了呢,可是又怕见到她以后,无法克制体内的悸动,再加上昨天才满的禁闭期,他是皇帝,总不能明目张胆去违反宫规。

"我饿了!"姬小小走上前,仰起脸看着他。

不过她没忘记,这是夫妻之间的私事,所以不能当着大家的面开"吃"。

"快快快,都出去,都出去……"景德安是个惯会见风使舵的,赶紧冲着殿内伺候着宫人使眼色,顺便还关上殿门。

姬小小看看这些训练有素的宫人们,觉得很满意,一下坐到玄墨身上:"现在没人了,可以吃了吗?"

玄墨深吸一口气,轻轻碰了一下她的唇,有些无奈地道:"你这小馋猫,真是让我不知道怎么对你才好!"

"我还饿!"姬小小直接忽略他的话,一把揪住他的领子,就往自己唇上按了下去。

"皇上……逍遥侯求见!"

景德安小心翼翼的尖锐声音,一下打断了屋内两人的旖旎暧昧。

"咳咳,皇上好艳福呀……"景德安的话音刚落,政和殿大殿的门就被人推开了,凌未然大大咧咧走了进来,一下就看到了香艳的场面。

景德安和几个宫人们面面相觑,这果然是两兄妹,连不守宫规的习惯也都是一样一样的。

姬小小一下从玄墨身上跳了下来,跑上前:"凌大哥!"

玄墨怀里一空,连着心中都有些发空,不由黑着个脸,看着凌未然:"你能不能不要每次都这样冲进来,不知道让人通报完了再进来吗?"

"我一直以为我的堂兄是个勤政爱民的好皇帝,没想到居然光天化日之下,行昏君之事啊……"凌未然一脸叹息地摇摇头,"算了,看在对方是我这不争气的妹子的分上,谏言我就不提了!"

看他一本正经的样子,玄墨有些哭笑不得,冷哼一声:"就你这样子,还想当谏官,看皇叔什么时候愿意把王位传给你再说吧!"

凌未然很不在意地耸耸肩:"我家老头的脾气你还不知道,他是宁可把王位传给我这个妹子,也不会传给我这个不肖子的!"

说完,又看看身后的景德安:"去去去,没看到本侯和皇上兄弟情深吗,杵在这里做人形灯柱吗?"

景德安也已经习惯了,点点头:"奴才告退!"

凌未然和玄墨是一起长大的,虽然不是嫡亲的兄弟,不过因为年龄相仿,从小关系就很好。

【第七章 娇滴滴请君入瓮凤似凰】

两个人玩在一起，虽然让宫里很多人诟病，不过因为太后和摄政王看看这逍遥侯也是个不成气候的主儿，便也就乐意让他将皇帝拉下水。

只要皇帝没有拉拢权臣，培养势力，愿意老老实实做他们的傀儡，他们或者可以考虑晚一点夺了他的江山。

等景德安一走，凌未然摇晃着身子就走到玄墨面前的案台上，修长的身形斜斜靠在边上，"堂兄干妹夫，还在看着那一堆无关痛痒的奏折呢？""你可知道王府目前在水深火热之中了？"

玄墨皱了一下眉头："你又想说什么？"

"外面传言，我父王要出山啊，金矛王府要崛起，先出了个贵妃娘娘，现在的淑媛娘娘也和金矛王府的小侯爷我，有说不清道不明的关系，皇上是要大力培养啊……"

"查出哪里传出来的流言了吗？"玄墨脸色有些凝重。

流言是很可怕的，如果传到太后摄政王耳中，以他们多疑的性格，难免会不去调查。

"来不及了，他们已经知道了！"凌未然仿佛能知道玄墨心里在想什么，"刘鉴雄的拜帖今天已经送到王府了，说要晚上来探望我病重的父王！"

玄墨冷笑一声："多少年不闻不问了，怎么忽地就关心起来了？难怪，听暗卫说，他下午调走了三个御医，我真奇怪呢！"

"御医？"凌未然皱了一下眉头，"看来，他动真格的了。"

见他皱眉，玄墨忽地不在意地笑起来："紧张什么，皇叔的一条腿都没了，还能搅起什么风雨来？大大方方让他们看，记得让皇叔好好演出戏，若是王府的东西砸光了，到宫里来拿就是了！"

凌未然立刻心领神会，大笑："你是君王，一言九鼎，不许耍赖！"

"皇上堂兄，怡红楼新来个头牌，漂亮得很呢，可惜你在深宫之中，不能得见真面目，可惜啊可惜！"凌未然摇摇晃晃地打开政和殿的大门，一边又絮絮叨叨地一路念着。

景德安和几个宫人相互看看，俱都在心中暗自摇头。

"刘鉴雄又想干吗？"姬小小听了两人的对话，有些担心，"义父还在养伤，可经不起折腾。他要是对我有意见，冲我一个人就好了。"

玄墨叹口气，将她搂进怀里："别愁，我都会安排好的，相信我，好吗？"

刚才那些旖旎的气氛被凌未然打扰得荡然无存，玄墨心中有些郁郁起来。

金矛王府，确实是他暗藏了许久的底牌之一，但是现在时机并未成熟，这事连金矛王爷都不知情。

他倒不是怀疑皇叔的忠心，但是之前皇叔自己也是病毒缠身，所以他便只好和凌未然私下合计。

若是这个地方被刘鉴雄查出什么来，他只能不得不被逼亮出一部分底牌。只是，现在胜算未定，自己便会变得十分被动。

那么到底是谁放出这个风去的？

之前在敦州的时候，他和金香玉就怀疑他们内部好像出了奸细。但是到了京城以后，除了他突然出现在朝堂之上这件事情让刘鉴雄耿耿于怀了很久，其他的好像也并没有引起他的怀疑。

当然，这么多年来，他假装的懦弱和无能，已经深入人心，若不是还有一帮已经渐渐失势的老臣子保护着他，他哪里能当这十八年的傀儡皇帝，恐怕早就被废除了吧？

幸好他醒悟得早，早在十年前开始培养暗中的势力，训练出一支完全属于自己的暗卫。

再加上那些给刘鉴雄等三大家族迫害的老臣子的后人，带着复仇的心，一直隐忍着，等待时机。

到底是哪个环节出了问题？

对方造的谣……都不能算是造谣了，那几乎说的就是事实。

但是，造谣者或者也并不清楚自己的实力，又或者只知道金矛王府一点点鸡毛蒜皮的小事，更或者，他根本就不想置自己于死地。

那么，他的目的到底是什么？

而偏偏这个时候，楚国边境蠢蠢欲动，大有屯兵的迹象，这两者，到底是不是有什么联系？

自这银扇大陆被分成五部分，四国加点苍山以来，每个国家有野心的君主都从来没有放弃过一统天下的想法。

只是近千年下来，仗是打了不少，却都各有输赢。

晋国虽小，却是毒虫野兽丛生，又有驯兽一族相助，不是靠人力可以控制的。

楚国和魏国算起来旗鼓相当，当年玄墨父亲在世之时，魏国国力比楚国只高不低。

只是现在被刘田袁三大家族搞得民怨沸腾，国力衰退，但是瘦死的骆驼终究比马大。

再有鲁国，是个靠商业为本的国家。

多是做些进出口生意，离海岸又近，造船业发达，水上的优势无人能比。

从经济上讲，鲁国算是四国之中最富有的国家了。

有钱，自然也就有能力去买别家的兵器弓弩箭矢，不过鲁国不是一个崇尚战争的国家。若是有人挑衅，他们宁可花重金去贿赂各国的重要官僚，以达到求和的目的。

再加上鲁国生产出来的各种生活用品，包括大量的食盐，农牧产品，是其他三国所非常需要的，又只和楚国一国为邻，和其他两国并无接壤，倒是比其他几国过得平和得多。

若是战事起，除却点苍山外，鲁国是最好的避难地点。

如今被这不知名的黑手在这暗中这么一搅和，恐怕这本来就纷乱的局面，会更加乱得一塌糊涂，不可收拾。

江晚月的计划才刚刚开始，很多事情也刚刚进入正轨，刘鉴雄的实力，他也终于摸得差

不多清楚。

但是，暗卫恐怕还无法跟刘鉴雄的黑旗军抗衡，况且他手上还有魏国六七成的兵力，看朝野上下，没有人是他的对手。

魏国的精英都掌控在三大家族手中，他这么多年来，只能见缝插针地往里安排自己的人。

十年下来，数目也算可观，但是和三大家族的人比起来，绝对不够。

"你在想什么？"见玄墨神游太虚，姬小小有些不解地看着他，"是不是有什么事情为难，说出来我帮你！"

这样肯定的语气，就是说不管什么事情，只要是玄墨的，她能帮也要帮，不能帮也一定尽力去帮。

"给皇叔接腿的活儿，只有你能干吧？"玄墨觉得应该再问问清楚。

姬小小想了想："我不知道，不过义父和凌大哥都说，他们几乎找遍了整个天下的大夫，都没有人说可以治好义父的腿，截肢以后，义父就只能在轮椅上度过一生。"

"那我就放心了。"玄墨点点头，"刘鉴雄为人疑心重，不知道他会不会怀疑，一向倔强的皇叔怎么会同意截肢。"

姬小小很自然地道："因为毒已经进入血液，再不截肢就要进入骨髓，到了和生命相关的时候，有些东西也就只能舍弃了。"

玄墨一下站起来，抱着姬小小转了个圈："太对了，小小，你真聪明！"

"今天摆驾长乐宫！"玄墨拉着小小往外走，"准备龙辇！"

"是！"景德安看了姬小小一眼，指不定待会又是一场腥风血雨。

不过最近太后皇后似乎忙得很，都没空来找这小丫头的麻烦了。

"玄墨，今晚别去长乐宫了。"姬小小忽然拒绝，"我还有事要做，你不用陪我了。"

"你有事？"玄墨愣一愣，"什么事？"

"你别问，反正这几天你都别去，以后我会告诉你的。"姬小小想起萧琳来，那张恐怖的脸一直在她脑海中浮现。

她忽然有种偷了别人东西来享用的感觉，明明，她一向都是抢什么都不手软的人啊？

玄墨皱了一下眉头，也许，她是想给自己一个什么惊喜？

想到这里，他心中一松："也好，你什么时候想我了，就来找我！"

那边景德安已经张大了嘴巴，虽说玄墨这个皇帝是没什么地位，可是生得一张好皮囊，宫里的女人们还是争破了头皮想上他的龙床。

但现在，他显然是被眼前这个丫头招之即来挥之即去，这……这是什么现象？

而且，皇上看上去似乎还乐在其中，没有发怒，语气还这般温柔？

姬小小忽地抱了一下玄墨，将头埋在他怀里，嗅了一下他身上特殊的清香，有些恋恋不舍。

从来没有这么强烈的感觉，想去治好一个病人。

紫竹林的琴声再次响起的时候，姬小小才发现自己确实很久都没去见过玄尘了。

六月的午后，天气有些发闷，姬小小穿行过紫竹林的时候，发现早先种下的草药，此刻已经过了发芽期，开始茁壮成长了。

"你来了？"琴声停下，玄尘看着姬小小的身影有些喜悦之情，直接从他的眼神中透露出来。

"嗯，听你的琴声，我就想或者你有事找我！"长乐宫离幽尘居说远不远，说近不近。但若是要将琴声这么清晰地传过来，还是需要用点内力之类的。

"你果然是最懂我的。"玄尘一脸的喜色，"我宫外的府邸已经落成了，今天我就要搬出了，但是这里依然经常会回来的。"

姬小小点点头，有些不舍："那我不是不能随时见到你了？"

"你可以出宫见我啊！"玄尘很自然地回答。

"我是宫里的人，哪能随便出宫？"姬小小赶紧接上一句。

"呃……"玄尘欲言又止，半晌才点点头，"也是，那我入宫来见你好了。你若是有空，经常来这里，我让老秦留在这里照应。"

姬小小点点头。

玄尘忽地不说话了，就这样看着她。

姬小小摸摸自己的脸，再看看全身："怎么了？"

"我要离开这里了！"玄尘看着她，幽幽地道，"你是不是应该为我送行？"

"我不是来了吗？"姬小小有些莫名其妙，"再说你以后又不是不回来了。"

"以后再来，就不会像现在这样方便了。"玄尘叹气，眉宇间有些东西让姬小小有些看不懂。

似乎，和玄墨有时候看她的眼神有些相像，却又……有些不同。

她并不知道这眼神，这表情，到底代表着什么，心中却隐隐感觉有些不安。

好像玄尘此次出宫以后，他们之间有些东西在慢慢变化，有些感情，在逐渐疏远，终有一天，会一去不复返。

但是会发生什么，她却一点头绪都没有。

"不如……"玄尘说话似乎有些艰难，停顿了良久，才缓缓道，"你给我一个吻如何？"

吻？

就是和玄墨那样，嘴吃嘴吗？

姬小小愣了一下，可玄墨说，那是夫妻之间才可以有的亲密。虽然她也很好奇是不是每个人的唇都如他一样甜蜜。

毕竟，她才尝试过一个奶娃娃的嘴，其他人的她确实不知道味道。

见她愣着不动，玄尘忽地微笑起来，嘴角弯起的弧度，极其完美，连漂亮干净的眸子，都不由自主眯了起来："要不，我吻你吧！"

【第七章　娇滴滴请君入瓮凤似凰】

说着，趁姬小小还在发愣期间，竟然就这样吻了上去。

他的吻，与玄墨不同，只是蜻蜓点水，用自己的唇，滑过她的粉唇。

快得让姬小小都反应不过来，只有干瞪眼的分。

"嗯，很甜，很纯的味道。"玄尘此刻说话的时候，颇有些凌未然或者独孤谨的样子，少了出尘的气息，多了几分纨绔之气。

"没有玄墨的甜。"良久以后，姬小小默默冒出一句，让玄尘的笑容，一下僵在了嘴边。

玄墨的唇，带着香甜的味道，是一种腻死人不偿命，却又让她忍不住想一尝再尝，如罂粟一样会让人上瘾的感觉。

那是一种毒，甜蜜芬芳，却让人无法拒绝。

而反观玄尘的吻，轻得似风，淡得如水，干净得好像一张白纸。

好像虚无的空气，闪过她的唇畔。若不是他脸上得逞一般的笑容，小小甚至会以为刚才那个吻，从来都没有发生过。

玄尘很美好，他美好得好像不是人间的男子。

可是就因为这样，他的吻，特别特别的不真实，仿佛一切都是梦境。

梦很美，醒了，便只有淡淡的留恋。但是人，是不会想一直停留在梦境之中的。

玄尘看着一本正经说着话的姬小小，僵硬的笑容终于慢慢垮了下去："我真的比不上他吗？"

"谁？"姬小小刚才的话是脱口而出，说实在的，并非存心去比较，所以她再问了一句，"玄墨吗？"

"嗯！"玄尘很认真地点头，很认真地寻求答案。

"各有不同。"姬小小很老实地回答，玄墨的唇，让她迷恋，让她无法呼吸。而玄尘，太过干净，虽然同样是这样美的男子，吻下来确实感觉不错，但是却无法激起她的贪念，想将他的唇收为己用。

玄尘太飘忽，她觉得，不管谁"收"了他，都似乎是对他的一种亵渎。

也许是姬小小的回答让玄尘心中好受了一些，也许是他有另外一种理解。总之，玄尘的脸色终于缓和了许多，不似之前那般僵硬。

"或者我现在还比不过他，不过，如果有一天我和他一样了，你会不会多看我一眼？"玄尘看着姬小小，心中有些想法，开始慢慢萌生出来。

那萌生的想法，像是恶瘤，无法遏制，开始慢慢扩张，蔓延，乃至遍布全身，深入血液和骨髓。

仿佛是恶魔的呼唤，让人沉迷，深陷，不可自拔。

"你说过，恃强凌弱，优胜劣汰，都是正常的。"玄尘似乎沉浸在自己的世界之中，"那么，如果有一天，我足够强大，是不是就可以拥有你？"

他的眸子闪现出一种狂热，好像九天之上的神，终于决定跌落人间，成为俗世中的一员。

姬小小被他那种有些亢奋的表情，搞得有些莫名其妙，想了想，他的话倒也没有违反师父从小所教，便点了点头："若是你比世上的人都强大，自然是可以将你喜欢的东西占为己有，若是没有本事，就只能眼睁睁看着自己喜欢的东西被人抢走，与人无尤。"

"那就好！"玄尘有些兴奋起来，过来扶着她的肩道，"会有那一天的，一定会有的，你等着，等着我！"

"等……为什么要等着你？"姬小小看不明白今天的玄尘到底要做什么，似乎那层和人间隔阂的网，被他自己慢慢挣破。

九天仙子，要下凡尘吗？

脑海之中忽地闪现出这样一句话，姬小小吓了一跳，脱口而出："你现在这样，就挺好！"

"什么？"玄尘终于平静下来，一如往昔的平淡，不过脸上却带上了淡淡的，因为激动而引起的红晕，"你说什么？"

姬小小摇摇头，其实她也不知道为什么会有那样的幻觉，此刻见玄尘恢复了常态，松了口气："我会在宫里等你的，记得常回幽尘居。"

难得幽尘居又是这样世外桃源一样的环境，在这里听琴，聊天，也算是一种享受。

玄尘的双眼发了一下光，拉过她的手："幽尘居的东西我都不搬走了，出了宫，恐怕也没有那么多时间弹琴吹笛了。这些东西，我只吹给你一个人听，弹给你一个人听。"

"这么好听，其实应该让更多的人听到的。"姬小小觉得有些可惜，对于不属于她的东西，她的占有欲真的不是很强，"以后见到我二师兄，一定让他好好跟你切磋，你们一定会成为知音的。"

对于姬小小身边的人，玄尘倒是不排斥："也好，我也该多认识一下你身边的亲人。"

很自然地拉起她的手，玄尘将挂在腰上的玉笛递到她手上："这笛子先交给你保管吧，留在这里，也不过是积灰尘罢了。"

姬小小摇头："这个我又不会吹，拿了也没用，不喜欢的东西，我是不会去抢的。"

"只是让你保管，这种小东西，若是放在这里，说不定就不被人顺手牵羊偷走了。"玄尘一本正经地说着。

当笛子在她身边的时候，她至少，可以经常想起，曾经幽尘居，有个玄尘。他们在院子里听琴，他们的梨花树下聊天，他们一起吃海鲜……

这些事情，她不会忘记了吧？

"好吧！"不知道玄尘的心思百转千回，姬小小爽快地将笛子挂在了自己身上。

"如果你可以出宫有急事，你可以到宫外常陵王府找我，就在金矛王府不远，找人问一下就行了。"玄尘想起答应过她，等出宫那一天，不再隐瞒自己的身份。

"好！"姬小小点点头。

玄尘对她毫不惊愕的态度有些讶然："你不奇怪吗，还是，你早就知道我的身份？"

"嗯，前几天才知道的，不过你不愿意说，我也就不问了。"姬小小老老实实地回答，

"你现在肯说了,我就不用藏着掖着了。"

"你……不生气?"玄尘愣一愣,看起来,她之前确实不知道。

"师父说,谎言有善意的有恶意的,你对我并没有恶意,所以我想,你肯定是不得已才不说的。"姬小小有些哀怨地叹气,"就好像我吧,下了山以后才知道,有很多东西不能对别人说的,只能自己藏下来,但绝不是想害人,而是怕被别人害而已。"

"在宫里生活,确实应该小心点。"玄尘显然是往另外的方向在理解,"多保护一些自己!"

"嗯!"善意的提醒,姬小小很乐于接受,"不过,我只知道你是太后的儿子常陵王,具体不知道,能告诉我吗?"

玄尘点点头:"我是太后第二个儿子,是……是先帝最小的儿子。"他中间停顿了一下,姬小小没有太在意。

"我是遗腹子,皇兄……也就是玄墨登基的时候,是七岁,而我则在母后的肚子里。"他的目光飘远,仿佛想起很久以前的事情,"皇兄登基以后,母后便到慈宁宫养胎,朝事由……由摄政王刘鉴雄全权处理。我出生以后,摄政王便让皇兄下旨,封了我做常陵王,一直在宫里长到十八岁。我十八岁的生辰已经过了,照理,皇子十八岁之前都要出宫,住到自己的府邸里。母后怜惜我从小没了……没了父亲,便任由我留在宫里多了些时日,直到我自己提出来要出宫。"

玄尘说到中间几处名字的时候,似乎表情总有些不自然,不过姬小小也不过是听个大概,没想过去深究。

"那你和玄墨的父亲,只有你们两个儿子吗?"

玄尘摇摇头:"皇兄是最大的,其他还有三个兄弟,封了王,去了别的郡县,我和皇兄是亲兄弟,母后亦在宫里,所以我可以留在宫里住。"

"哦!"姬小小点点头,"你们是亲兄弟,怎么从没听玄墨提起你?"

玄尘的脸色顿时有些尴尬起来,勉强笑笑:"可能……他忙于政事,我们从小分开养着,不太亲,也是正常的。"

"哦!"姬小小有些惋惜,"我从小在山上长大,虽然师父师兄对我很好,也是这个世上和我最亲的人了。可是我听他们跟我说,山下的人个个有父母兄弟姐妹,和自己流着相同的血液,我就会很羡慕。要是这个世上有人跟我流着相同的血,我一定会很高兴的,也会对他很好。"

"呵呵,来,去里面看看吧,看你想要什么,都可以拿走。"玄尘眼神一阵闪烁,赶紧转移了话题。

姬小小看着他的背影心中隐隐觉得有些不对劲,总觉得玄尘还是瞒了她什么,不过……算了,她没有什么兴趣去深究。待会有空,还是去玄墨那儿多吃吃"香唇"比较好。

嘿嘿,有了对比,才发现,他的唇的味道,确实不是任何人可以相比的。

这几天姬小小都会去政和殿报到，不过今天过去的时候，玄墨的脸色似乎十分难看。

"怎么了？"难得基本不看人脸色的姬小小，此刻竟然看清楚了玄墨脸上笼罩的黑雾。

玄墨见到是她，心情顿时好了很多，只是摇摇头："没事，只是朝廷上的事情。"

"上次凌大哥的事？"姬小小只知道最近发生了这件事情，"是不是那个刘鉴雄又上门捣乱了？"

"那事已经过去了，皇叔的腿都断了，在他眼中看起来绝对兴不起什么风浪，后来他就没去过了。"玄墨皱了一下眉头，"不过本来常陵王府放在东街，忽然被迁到了金矛王府附近……虽然是现成的府邸，只是稍微整修了一下……"

姬小小皱了一下眉头："常陵王？"那不是玄尘吗？

"他是母后最小的儿子！"玄墨以为她不认识常陵王是何方神圣，赶紧解释。

他的话很奇怪，因为他说"是母后最小的儿子"。

"就是你弟弟！"姬小小点点头，她自然明白两人的关系，"他把府邸放在金矛王府旁边有什么问题吗？"

"他……"一时间，玄墨竟然不知道该从何开始解释起。

怀中的女子这般单纯，难道要跟她说那些龌龊肮脏的往事，还包括现在的事？

"常陵王与太后关系很好。"玄墨想了想，还是绕开本来想说的真相，只是提点了一下，"太后与刘鉴雄关系很好。"

"可你也是太后的亲生儿子啊。"姬小小皱皱眉头，"为什么太后对你总是挑三拣四的？"

想起之前在屋顶看到的那个场景，太后虽然后来有几句责备，可是对于玄尘，真的算是有求必应，宠爱有加。

而反观玄墨，她只会一直要求他做这个，不能做那个，每次说话都是命令的口气，让人感觉不出任何母子亲情。

玄墨的脸色有些黯然，他自然知道是什么原因，但是他不想让小小知道。

"没事了，母后喜欢玄尘多一些而已。"玄墨苦笑一下，随即换了话题，"最近好像连蓬莱阁都被人盯上了，若是有人问起，你小心点，千万不要告诉别人你在蓬莱阁待过，跟金玲也提个醒，不要乱说。"

姬小小蹙眉："为什么要查蓬莱阁呢？"

"或者，是我的某些部署出了些问题。"玄墨也不明白，"可能我操之过急了。"

那个放出消息来的人，似乎也是语焉不详，并没有非要一次性置他于死地的感觉。

好像，那个人很希望他和刘鉴雄早点斗起来，而且必须是在他现在还没有十足胜算，有些部署都没有全部完成的情况之下。

两败俱伤，对谁有好处？

玄墨皱了一下眉头，看看怀里的姬小小："你上次出宫给皇叔治腿开始，好像刘鉴雄就起了疑心，我转移了他们的视线，总算平安了一阵子，不过现在，似乎他们的疑心更重了。"

说实在的，他不知道他说这么多小小到底能不能懂，不过他想告诉她，不想隐瞒她。

而且，只有对着她，他才可以毫无芥蒂地说出心中所思所想。

他很想有一天，可以将所有的事情，从他出生到登基，到现在，所有的事情，原原本本都告诉怀中的女子。

可惜，怀里的女子太过单纯，听了也是似懂非懂，也不知道何时才会开窍。

他想与她交心，可又怕她变得和宫里那些女人一样功利，算计。

"算起来，义父的腿要做下一步的处理的日子了，我还是得出宫去，不然可能别人都不知道该怎么办。"姬小小皱了一下眉头，"我想玄……常陵王应该不会注意到我吧？"

准确地说，玄尘不会出卖她的，是吧？

她觉得宫里的人真的太复杂了，可是她还是愿意去相信玄尘。

"我不放心。"玄墨还是有些担心，"我找两个人陪你去吧，万一有什么事情，可以有个照应，"

姬小小看看一脸担忧的玄墨，点点头："也好……不过，怎么反过来你保护我了，明明应该我保护你才对。"

玄墨觉得有些观念应该有点改变了，便笑着握住她的手："我们是夫妻，没有谁保护谁，应该互相保护的。"

"是这样吗？"夫妻之间就应该这样吗？

三师兄身边的那些漂亮姐姐们，似乎都是一个个求着他来保护自己的。

所以她以为，一个人对另外一个人负责，就是保护另外一个人。

不管男女。

但是她们总是在说负责，那么，负责就是像她这样，"睡"了玄墨之后，就将他收为己有，是这样吧？

可是玄墨现在又告诉她，如果是夫妻，应该互相保护？

她不懂。

"我们是夫妻，是属于彼此的。"玄墨刮了一下她的鼻子，知道说了她也不明白，不过有些思想，他多灌输一些，估计还是会有些作用的，"你要保护我，我也要保护你。看谁需要保护的地方多一些。"

"是不是也要看谁强大一些？"这是天机老人教给姬小小，根深蒂固的观念，"我比你强，我就要多保护你一些。"

……

"是吧！"玄墨有些不情不愿地点头。

算了，被她保护着，其实也并没有那么糟糕。

姬小小一直没有找玄墨"侍寝"的意思，玄墨有些郁闷。

好在杂事繁忙，倒是让他因此无瑕多想什么。

过不几天，御医院呈来一道喜讯，说是吏部尚书的女儿，进宫时封为贵嫔，如今已经升为昭容的沈幽婉，已经有了不到一个月的身孕。

玄墨叹口气，其实他对于宫里这些女人生的孩子无感。

不过总要堵上悠悠之口，毕竟他即位以来，鲜少纳妃，选秀也不过一次，还被皇后袁敏从中破坏。

袁敏入宫以后，更是连选秀都不搞了，若不是因为姬小小的事情，这四年以后的选秀，她也不会松口。

可皇家嘛，毕竟是要开枝散叶的，要不然，三大家族又不知道要闹出什么事情来，恐怕真会迫不及待把玄尘推上皇太弟的位置。

好在袁敏还生了一个悦儿，又是嫡出，加上袁家又是三大家族之一，所以目前暂时还没人能找到什么借口说什么。

玄墨自开始纳妃，就立了一个皇后袁敏，同时进宫的还有萧贤妃，被谪贬冷宫。然后就是迟了半年左右进宫的，晋国和亲公主周淑妃，一直无所出。

另外还曾经有过一两个美人才人之类的，不过最后都被皇后和太后贬的贬，害死的害死，到后来，他也懒得再提升谁了，反正自己的心思也不在这上面。那些偶尔心动的女子，最后都落得凄惨的下场。

好在遇到了姬小小，够强悍，又让他心动，这样的女子，好似上天派来拯救他的一样。

但是正统皇室如果人丁太过单薄，难免会被人诟病的。

毕竟四年未曾有过一儿半女，确实让人忧心皇室从此人丁凋零。

如今沈幽婉有了身孕，总算能将朝野上下的议论压下去一些。顺便嘛，打击一下皇后的嚣张气焰，转移一下她的视线也好。

蓬莱阁那边总算有了消息，小菊上报说，前段时间是去了几个乔装的黑旗军中人，也有官兵以搜查为名，进去找了一圈。

不过因为谣言起来已经有了一段时间，加上蓬莱阁本身不过是个掩饰，一些乔装的官兵依然没有散去，看起来总归还是对他不放心的。

似乎有一只无形的大手，想要控制住什么，搅乱一池春水。

天气有些炎热起来，姬小小这几天也忙着研制药物，不过算算时间，也是该往袁才人那里送药去了。毕竟她觉得没有必要搞出人命，她估计也不是主谋。

"其实，让我去送就行了。"金玲见此，很热心地上来拿解药。

姬小小想了想，点点头："也好，你去送吧！"反正她还要去冷宫，萧琳那儿，她也没有天天去送饭了，只是让金香玉将每天准备好的饭菜放到冷宫草丛隐秘的地方，让萧琳自己去拿。

最近看萧琳的精神好了很多，以前不常走动，导致走路有些蹒跚的腿，在姬小小的针灸和有计划的锻炼之下，目前走点短路已经很正常了。

刚要出门，小红就跑了过来，冲着她嘟嘟嘴："娘娘，你可知道，沈昭容怀孕了，皇上让人传旨，升了昭仪，若是能生下一儿半女，估计封个贤妃德妃什么的，都不成问题。"

姬小小愣一愣，只感觉胸口闷闷的感觉又升了上来："怀孕了？"

"嗯，娘娘，奴婢看皇上也常来长乐宫，你这肚子，也该争口气。"小红不无忧虑地道，"娘娘不是学医的吗，总有法子让自己早些有身孕的。"

"有身孕干什么？"姬小小倒是被她十分郑重的语气逗得有些莞尔，"反正有没有身孕，玄墨他都是属于我的。"

小红叹口气："娘娘，奴婢十三岁进宫，现在已经五个年头了，宫里的人事，看得也算多。别以为皇上现在宠着娘娘，娘娘就高枕无忧了，这宫里的女人，还不是来一拨去一拨的，要知道花无百日红啊，娘娘还是膝下有个一儿半女的，才能保住自己的地位。"

姬小小皱了一下眉，不知怎地就想起萧琳了，立刻没好气地道："要靠个孩子来保住自己的地位，这算什么母亲。若是没生好，出了什么事情来，还让别人抓住把柄！"

即使她是在点苍山下被师父捡回去的，她也一直相信，她的父母一定是有苦衷的。可能是被强盗劫掠了，失散了。或者她只是被人贩子偷了，不小心遗落在山下了。

她相信没有父母会狠心故意丢弃自己的孩子的，师父也经常跟她说，如果有一天她找到了她的父母，一定不要心存怨恨，先去搞清楚，他们为什么会丢弃她，再做定论。

如果生个孩子只是为了保住自己的名利地位那些身外之物，那这孩子跟个工具有什么区别？

"娘娘，宫里的女人都一样，年老色衰了，都希望有个皇子公主傍身。"小红见姬小小有些生气，也不好深劝，"奴婢还是希望娘娘多为自己着想，奴婢听说，若是能多跟孩子接触接触，跟孕妇接触接触，也能沾些喜气，说不定娘娘就怀上了。"

"行了，我是不会为了什么地位去生孩子的。"姬小小摆摆手，"我走了，别跟我说这个了。"

小红见她起身就走，只好无奈地看着她的背影叹息。

姬小小往静心苑方向走，心中无端有些郁闷。

怀孕……那个沈幽婉，有玄墨的孩子了呢？

深吸一口气，摸摸自己平坦的小腹，这样的一个肚子，可以装下一个生命啊。

如果没有任何目的，不是为了名利地位，就是单纯地想要一个孩子，而那个孩子，是玄墨的……

似乎她也不排斥。

"殿下……殿下……"正在胡思乱想间，只听得耳边传来有些焦急的呼喊声。

顺着声音看去，只见不远处，凤仪宫的奶娘和几个宫女正的着急地到处寻找着什么。

殿下？

他们在找悦儿吧？

"窸窸窣窣"几声响，在自己身后不远处。姬小小停下脚步，她真是太大意了，刚才胡思乱想，有人跑到她身后这么近的地方都不知道。

转身循着声音找过去，身后是一片草丛，拨开草丛，她看到了一张圆乎乎的小脸，红扑扑的脸蛋，睁大眼睛看着她，有一点点惊恐，有一点点调皮。

"悦儿……"姬小小对这个孩子的印象，仅限于几次去凤仪宫抢玄墨的时候的场景，感觉这个孩子确实漂亮，像玄墨多一些，也不乏可爱。

只不过，想到他娘是皇后，姬小小心中难免有些疙瘩，从来没想过要主动亲近什么的。

不过现在看到他蹲在草丛之中，可怜兮兮地看着她，瘪着嘴："我会被母后打死的，贵妃娘娘，母后说你是坏女人，你一定不会帮她的，对不对？"

他的眼睛和脸型像极了玄墨，姬小小愣是从他身上看不到任何皇后的影子，心中原本的那个本就不大的疙瘩，顿时也就解开了。

脑海中，居然想起小红的话来。

"多接触一下小孩子，或者能沾上喜气呢……"

不过，这么小的孩子，就已经能算计人了。

想到这个，姬小小又不由自主皱皱眉头。

这宫里长大的小孩，难道从小学的都是这些乱七八糟的东西？

因为她和皇后不对盘，所以皇后要保护的她要毁掉，皇后不喜欢的她要保护？

这孩子是这样理解的吧？

"殿下……"

"殿下，你在哪里，快出来吧，别让奴婢着急！"

一声声的呼唤近了很多，姬小小看着可怜兮兮的悦儿，心不由一软，蹲下身子抱住他的腰："好吧，我带你走远一点，不过你待会得告诉我你为什么惹皇后娘娘生气。"

"好！"凌悦倒是大胆，可能他觉得既然有要求，姬小小自然不会对他怎么样。

姬小小看看身后不远处的那些人，一提凌悦的腰，没一刻，就已经蹿出去几十丈远近，到了冷宫附近。

"哇，你好厉害啊。"凌悦拍着小手，"贵妃娘娘，你教悦儿这个好不好，以后母后要是再要责罚我，悦儿就可以这样飞走了。"

姬小小笑起来："皇后娘娘不是说我是坏人吗，你愿意跟坏人学轻功？"

凌悦嘟嘟嘴，一本正经地道："母后眼中谁都是坏人，连悦儿有时候都会变成坏人呢，母后的话，我才不信！"

这个孩子有趣，难得他不偏听偏信，恐怕这其中，也有玄墨教导的功劳吧！

【第七章 娇滴滴请君入瓮凤似凰】

"那你怎么确定我不是坏人呢，也许你母后认为的坏人之中，确实有不少坏人啊！"姬小小觉得逗这孩子说话挺好玩的，她本来也是童心未泯，此刻更是多了几分恶作剧的意味。

"你刚才帮了我了，而且父皇说，你是好人。"凌悦眼中带着一点点崇拜，"我相信父皇的话。"

笑意慢慢上脸，掩饰都掩饰不住。

"你笑什么？"凌悦老气横秋地装大人，眨巴着大眼睛盯着姬小小看。

"我在笑吗？"姬小小摸摸脸，真的呢，嘴咧得这么大。

"唉，母后要是能经常笑就好了，她比你好看多了。"凌悦再加了一句，"可惜总是不笑，反而都没你好看了呢。"

小孩子总是有什么话就说什么，姬小小有些笑不出来了，只好敲敲他的头："小鬼头，知道你母亲比我漂亮，哼哼，小心我不教你轻功了。"

"没有没有，贵妃娘娘最漂亮了。"小鬼头嘴还挺甜，"而且父皇偷偷告诉我……"

"告诉你什么？"

"你答应教我刚才那个飞来飞去的我就告诉你。"还会讨价还价，这小鬼真的只有四岁吗？

可惜，姬小小遏制不住心中的好奇，再说反正也没准备藏私，便点点头："好，我教你就是了。"

"太好了，以后我也会飞了。"凌悦高兴地乱蹦乱跳。

"你现在可以告诉我，你父皇对你说我什么了吧？"

凌悦停下，看着她，犹豫良久才道："你得教会我了，我才能告诉你，不然你后悔了怎么办？"

这孩子……

姬小小皱皱眉头，眼前这孩子心思比她都细腻，比她都想得细致。

"走吧，带你去见个阿姨。"姬小小想了想，如果真的要教凌悦武功，不如就在静心苑好了，那里没什么人来打扰。

"阿姨？"凌悦显然对这个称呼有些好奇，从小到大，好像没有人需要他这么称呼的。

"嗯，住在这里面。"姬小小指指前面的冷宫，"不过那位阿姨不太爱说话，悦儿要乖，不可以惹她生气。"

凌悦聪明地点点头："我知道了，阿姨不说话，那悦儿也不说话好了。"

呃……

"也行！"姬小小翻个白眼，一把把凌悦抱在怀里。

"不要，我要自己走。"凌悦显然很不喜欢别人抱着，"整天被奶娘抱着，最不舒服了。"

四岁的小孩，本来就是最好动的年纪。

"那么，先学会跑步吧，对练轻功有好处。"姬小小摸摸凌悦的骨架，长期缺乏锻炼的孩子，看起来，皇后没让他学武功的打算，至少现在还没开始学。

想想每次见到他，不是奶娘抱着，就是玄墨抱着，不然就是皇后偶尔抱一下，根本没有下地乱走的机会。

想到这里，姬小小觉得大概知道要从什么地方开始教他练轻功了。

听说可以跑，凌悦显然很高兴："好，我先跑！"说着，不等姬小小回答，就朝着静心苑跑了过去。

姬小小双手抱在胸口笑起来，等凌悦跑得有些远了，才往前走一点，再远一些，她再走一点。

这样一来，倒是凌悦先跑进静心苑里面去了。

姬小小这才想起似乎没跟萧琳打招呼，她是个病人，而且情绪不太稳定，不会对悦儿做出什么事情来吧？

想到这里，她有些急了，赶紧三步两步跑进去，正好看到萧琳看着凌悦，竟然用难得温柔的声音问："你是谁，叫什么名字？"

她的一侧脸已经让姬小小用白色的纱布包了起来，所以此刻看上去并没有初见时那么恐怖了。

她一问话，凌悦居然不说话，只是点点头，再摇摇头。

"你不会说话？"萧琳皱了一下眉头。

凌悦点点头。

姬小小这才想起刚才凌悦说的那句"那我也不说话"。

这孩子，敢情当真了啊？

"琳姐姐。"姬小小小声打断他们的对话。

"小小……"萧琳今天的神色看上去格外柔和，"你来看这孩子，真可怜，也不知道谁家的，居然不会说话。"

呃……

宫里面的孩子，应该不是皇子便是公主，最差也应该是个小王爷什么的吧？

"他……他是悦儿，皇后娘娘的儿子。"姬小小想了想，还是说了实话。

"什么！"萧琳脸色一变，"那个女人的儿子，你带他来做什么？"

"路上碰到，就带来玩玩。"姬小小并不觉得这有什么问题。

"哈哈哈……"萧琳看着眼前的凌悦，忽然尖锐地笑起来，"报应，报应啊，那个女人生的儿子，居然不会说话，居然是个哑巴，报应啊！"

姬小小艰难地看了凌悦一样，再看了萧琳一眼，正色道："其实……他会说话，只是他怕你不高兴。"

她觉得，悦儿如果能展现他可爱的一面，也许萧琳会喜欢上他。

但是她显然忘却了江晚月所说的那些前情往事，也没有想到，人类的仇恨到底是什么构造。

"好，既然送到我面前，就别怪我不客气！"萧琳忽地站起来，蹲下身子，狠狠地推了一把凌悦，将他推倒在地上，"那个女人，能生出什么好儿子来？！"

"啊……呜呜……"被推得有些痛，再加上萧琳有些狰狞的脸色，凌悦吓得放声大哭起来。

"琳姐姐，你做什么，你吓坏他了！"见萧琳还想动手，姬小小赶紧一个箭步上前，将悦儿抱了起来，"他一个小孩子，什么都不懂。"

"不懂？"萧琳冷笑一声，"不懂我就教到他懂为止！"

"琳姐姐！"姬小小有些不悦地皱皱眉头，"你对皇后有什么气，就冲着皇后去撒，冲着一个小孩子算什么能耐？悦儿给你喂毒了，还是毁你容了，他什么都没做过，就因为是皇后的儿子，就活该被你欺负？谁能选择自己的父母啊，你若是不投生在萧家，说不定现在在民间夫唱妇随，生活幸福呢，那你是不是应该怨恨整个萧家？"

萧琳愣了愣，相处这么多天，姬小小都是一贯的好脾气，今天还是第一次看到她发火，而且感觉上，火气还不小。

不过她的话，确实条理清楚，而且自己根本无从反驳。

姬小小见萧琳有些发愣，知道她该是被自己说动了，语气便有些缓和了下来："再说了，悦儿身上不光有皇后的血统，还有皇上一半血统，他姓凌！"

说完，她一边哄着悦儿，一边看着萧琳的反应。

"不哭了，再哭我不教你轻功了。"姬小小小声威胁着，说实在的，她并不清楚该怎么跟个小孩子沟通。

"你这样抱着不对，这么大力抱着他的腰，他会被拉伤的！"良久以后，萧琳慢慢地开口。

姬小小抱着悦儿的样子，准确地说不能算是抱着，根本就是"夹着"，悦儿的衣服都缩上去了一段，还好她力气大，不然悦儿都掉地上了。

见萧琳这么说，姬小小有些不好意思起来："我没怎么抱过小孩！"

她只见过人家几个月的小婴儿，也只是抱了一下下而已，感觉婴儿好软，好像会被捏碎了一样，抱了一下赶紧还给人家娘亲了。

萧琳走过来，将悦儿往姬小小手上提了提，让她托住他的屁股："这样……"

悦儿刚才被吓了一下，扭扭捏捏不肯配合，本来只是抽泣，现在一下"哇"地哭开了。

悦儿还是哭个不停，姬小小只好再次出杀手锏："再哭就把你一个人丢在这里，不教你轻功了！"

悦儿抽了一下鼻子，再看看萧琳，赶紧往姬小小怀里一缩，倒是慢慢停止了哭泣。

"好了，琳姐姐也不是坏人，刚才谁让你不说话的，琳姐姐就以为你是坏人了，现在没事了，琳姐姐不会对你凶了！"姬小小一边看着萧琳，一边看着悦儿，"琳姐姐，是不是？"

萧琳有些无奈，看看姬小小怀里露出半边脸的悦儿，那脸蛋，确实像极了玄墨。

"他一点都不像他的母亲。"萧琳实事求是地冒出一句，脸上的嫌恶之色已经退去不少。

"嗯！"姬小小很认同地点点头，"还真没看出哪里像皇后娘娘。"

姬小小将已经停止哭泣的悦儿放到地上，再看看萧琳，对悦儿道："悦儿不要怕，琳姐姐是好人，过去跟她说说话。"

"不！"悦儿恐惧地看着萧琳，摇摇头。

"去，叫声琳姨，我马上就教你轻功，好不好？"威逼利诱，汗，这个，其实不是她姬小小擅长的。

不过在宫里这么久，倒是看了一些，学了一些，没想到居然要用在一个小孩身上。

悦儿小心翼翼地看着萧琳，姬小小忽地腾空而起，在半空停留了一下，又落下地："想不想学？"

"想学！"悦儿点点头，一脸羡慕地看着她。

"那去叫琳姨！"姬小小继续诱拐。

悦儿深吸一口气，不情不愿地走了过去，站在萧琳手够不到的地方，才低低地喊了一声："琳姨。"

萧琳听得两个字，缓缓抬头，看着悦儿，伸出了手。

悦儿吓得赶紧后退了两步，却见萧琳没什么反应，只是口中喃喃念道："如果我的孩子还在，也跟他一样大了。"

姬小小一听有戏，赶紧接口："那你就把他当自己的孩子呗，反正他有的那一半血统，你孩子也有！"

萧琳愣了愣，这丫头的思维方式，还真是和别人不一样。

人家看到悦儿，第一时间只会想到他的母亲是谁，可她想到的，却是他的父亲。

看着这张酷似他亲爹的脸，萧琳心头一颤。

那个让自己付出所有在所不惜的男子，是这个孩子的亲爹。

因为这个，她也该对这个孩子好，不是吗？

更何况，从悦儿身上，她确实没有找到一点点皇后的影子，这让她原本的厌恶之情退下去不少。

就因为这张酷似他父亲的脸，萧琳觉得，或者可以跟这个孩子好好相处。

"悦儿以后要跟我学轻功，不过我看宫里没什么合适的地方，就琳姐姐你这里最好，没人打扰，以后可不可以经常来啊？"姬小小有些得寸进尺。

她是看着悦儿点头的，因为他的脸简直就是缩小版的玄墨，这让她原本有些如死水一般的心，竟然无法再平静了。

或者，有个孩子在身边也好。

想想自己死状惨烈的女儿，她的心还是会有些颤抖。

但是看着悦儿，一开始的那股恨意，竟然再也提不上来了。

或者，她真的是斗不过皇后的，什么都输给她，她缺的就是那股狠劲吧？

【第七章　娇滴滴请君入瓮凤似凰】

"就知道琳姐姐是好人。"姬小小高兴得直拍手。

萧琳的情绪一直不大稳定，最近慢慢接触过以后，总算是往平稳方向走了，可是总觉得她似乎有些生无可恋的样子。

这样的心理很不好，她看过一些医书，对于一些木讷内向的病人，可以考虑给他们的周围适时制造一些快乐热闹的环境。

"悦儿，你每天什么时候有空，来这里和我会合，我就教你轻功。"姬小小蹲下身子，开始跟悦儿约定时间了。

悦儿想了想："母后每天中午要午睡一个时辰，那个时候我可以溜出来，不过贵妃娘娘，要练多久才能和你一样厉害？"

姬小小赶紧看了一眼萧琳，发现她对"贵妃娘娘"四个字没什么反应，看眼神，思绪恐怕早就飘到了别处，再加上她在屋内，自己在屋外，应该是没听到的，便松了一口气。

"悦儿，以后叫我姐姐吧，那个称呼怪怪的，我不喜欢。"姬小小赶紧修正。

她思想单纯，但也不傻。

萧琳对悦儿这个身份接受的过程那么勉强，如果知道自己是其他妃子，估计又不愿意让她医治了呢。

最近她好像也学会细致全面地去考虑问题了，不知道算不算是一种进步呢？

好在悦儿对称呼这个事情倒也不在意，便笑着叫了一声："师父姐姐！"让姬小小很是受用。

这边的事情搞定了，姬小小倒是想起来了："对了，皇后娘娘为什么要打你，你躲起来这么久，她估计也该着急了。"

她的心目中，还是觉得没有不爱子女的父母，皇后再坏，也应该会紧张悦儿的。

虽然私心里竟然有个阴暗的地方，幸灾乐祸地希望看到皇后着急上火的样子。

悦儿听到这句话，原本兴奋的表情一下跟霜打的茄子一样："我不要回去，回去会被母后打死的。"

"怎么了，你是不是惹事了，让你母后这么生气？"姬小小不太明白。

"我才没有惹事，惹事的明明是那个沈昭仪！"悦儿气愤地抬起头，"就是因为她肚子里装了孩子，母后说那是父皇的孩子，如果生下来就要夺走我的宠爱，说我不争气，不讨父皇喜欢！"

"就为这个打你？"姬小小皱了一下眉头，"太过分了，你们都是玄墨的孩子，哪有喜欢谁多一点的？"

虽然她听到这个消息心中也是闷闷的，可是却没想过要打谁出气。

"不是的，母后说了，太后娘娘就喜欢玄尘皇叔，不喜欢父皇。"悦儿奶声奶气地反驳。

第八章　酸溜溜一语惊醒梦中人

姬小小眉头皱得更紧了，不过听悦儿的话，似乎倒还真是这么回事。

那天在慈宁宫，她亲眼看着玄尘就算提出多无礼的要求，太后都会帮他办到，而玄墨就不一样了，每次太后看到这个自己的大儿子，都会阴沉着脸，好像对着自己的敌人一样。

姬小小忽然觉得心中的某些观念，似乎有些改变了。

或者，这个世上并非每一个父母都爱他们的每一个孩子。

"就算这样，也不应该打你啊。"姬小小摸摸悦儿的头，他身上真的有太多玄墨的影子，"你还这么小。"

自己四岁的时候在干什么呢？

满山野地跑，上山，下河，师父师兄宠爱得跟掌上明珠一样。被山上的野草割伤了都能收到四份药，大师兄没事就让她踩着他的肩去摘山上的野果子吃。

那样的童年，真的好幸福快乐。

再看看悦儿，虽然住在高墙琉璃瓦之下，锦衣玉食，可是却不得不面对复杂的宫廷环境。连亲生母亲，也不过是把他当做是取悦父皇的工具，争宠的砝码。

"母后用竹条打我的脚，还好我逃得快。"好在悦儿看上去还是很阳光的，并没有因为皇后的阴暗，而变得自闭或者恶毒。

"我看看，是不是打伤了？"姬小小刚才就觉得悦儿跑步的时候似乎有些不对劲，不由有些着急，撩开他的衣摆，果然看到小腿肚上有两根红色的长条形鼓起。

"已经不痛了。"悦儿看着姬小小的脸，赶紧安慰，"母后说用竹条子打最好了，一般一天时间就能消失，也不会打伤我。"

童言童语，让姬小小有些心酸，那边，萧琳不知什么时候走了出来，蹲下身子，摸了摸悦儿的脸："可怜的孩子，我若是有这么一个孩子，疼还疼不过来，哪还忍心下这么重的手？"

见萧琳的态度又比之前好了很多，姬小小知道她心中的那些疙瘩应该是全部消除了。

"来，我给你上点药，上了药就不疼了。"姬小小一般都随身带着伤药，赶紧把悦儿抱到椅子上。

"不要，不用上药，自己就能好的。"悦儿却使劲晃着腿，"母后每次都这样说，每次第二天就消了。"

"为什么不给你上药？"萧琳看看姬小小，再看看悦儿，有些奇怪。

"其实打完就不痛了，不过打的时候真的很痛。"悦儿的五官几乎皱成一团，好像在回忆之前的事情，"母后说，让我长记性的，不会打伤我的，而且这个伤消得快，不会被父皇发现的。"

姬小小的鼻子都有些酸了，再看看萧琳，眼圈都红了起来。

"没事，反正我会逃。"悦儿得意地晃着腿，"要是师父姐姐再教我那个飞来飞去的功夫，我就逃得更方便了。等母后消气了，再跑到父皇那边去一趟，她就不会打我了。"

萧琳摸摸他的头，叹口气："可怜的孩子，我帮你上药吧，伤虽然不重，碰到还是会痛的。"

姬小小倒也不推让，赶紧把手上的药递过去："涂在伤口上就行了，马上可以消肿的。"

萧琳接过来，小心翼翼地吹着气，帮悦儿上着药。

傍晚的夕阳照射进来，正好投射在她的脸上，今天她的脸色看上去格外柔和，格外美好。

姬小小想到一个自己很久都想不通的词——母爱。

想起悦儿被打的理由，姬小小越想越生气："悦儿，今晚就别回去了，去师父姐姐那儿睡，明天我让你父皇把你交给我带！"

玄墨都是她的，所以他的儿子，她自然有权力分配。

"好啊好啊……"悦儿拍着小手很是兴奋，不过很快又垮了小脸，"母后会不高兴的，会找师父姐姐闹的，母后说后宫她说了算！"

"呸，不要脸，什么时候轮到她说了算了？"姬小小狠狠地啐一口，"比她强的人多的是，她凭什么说了算！"

再看看悦儿，姬小小嘟嘟嘴："不管，今晚你就在我那儿睡，有什么事，明天让你母后来找我就是了！"

皇后自己都虐待自己的孩子，她还有什么资格拥有他？

姬小小对待"自己的东西"的态度一向是，我可以把你招之即来挥之即去，可"用"你，让你发挥最大的作用。

但是，一旦有外人想要欺负"自己的东西"，她绝对会拼死保护。特别是她也绝对不会去虐待"自己的东西"，顶多就是物尽其用罢了。

"可以吗？"悦儿有些担忧。

萧琳都侧过头看着姬小小："别跟皇后斗，你斗不过她的。"

姬小小耸耸肩："我师父说，恃强才能凌弱，她打不过我的。"

萧琳愣一愣，想起之前似乎也听过类似的话，不由叹口气："强弱，其实并非一定是在个人武功上面，还要看她身后的靠山，你打得过她一个人有什么用，你得打得过她整个家族！"

"家族？"姬小小很不解，她自小没有"家族"这个概念，只知道就事论事，从来都是一对一，谁负责的找谁。

怎么现在又牵扯进家族了？

"太后身后的田家，皇后身后的袁家，还有摄政王身后的刘家，合称魏国三大家族，你难道不知道吗？"萧琳有些奇怪，这丫头难道不是魏国人？

"三大家族？"姬小小倒是听说刘鉴雄的势力很大，不过确实不太清楚三大家族的事情。

"对，刘家主要掌管魏国军事上面的事情，兵权在握。至于田家和袁家，则几乎掌控了整个朝野上下的政事和经济。这三大家族又互有联姻，皇后的娘亲是摄政王的亲妹妹，嫁给袁家的族长为妻，而田家也有女儿嫁给了袁家族长的弟弟，还有很多盘根错节的关系……"

大概因为悦儿的到来，让今天的萧琳精神特别好，话也多了起来。

顿了一下，萧琳犹豫了一下，又道："当年我父亲就是因为想要反对田家和袁家的统治，结果被摄政王刘鉴雄胡乱捏造了个罪名，灭了我九族三百八十余口，幸亏那时我已经到了冷宫之中，也不知是被人遗忘了，还是什么原因，这样苟活了下来。"

当年的事情一定是很惨烈的，不过萧琳只是言简意赅地提了几句，似乎并不想细说。

知道大概发生什么事情就行了，姬小小点点头："家族就家族吧，可是悦儿这事，我还是得管，不然，他得挨多少顿打？"

萧琳看看悦儿那酷似玄墨的脸，终于也就长叹一声，不再劝了，只道："你小心点。"

姬小小这才抱起悦儿，笑道："去我那儿玩一晚吧，明日的事明日再说。"

悦儿还是个小孩，谁对他好自然也就愿意跟谁亲近一些，现在听她这样一说，倒也不反对了，直接点点头。

"走吧！"姬小小将他扛在自己肩上，"跟姐姐飞着走。"说完，轻轻跃起，到了静心苑的墙头上。

回头看看萧琳，竟见她嘴角弯起一丝似有若无的笑意来。

刚到长乐宫，小红和金玲看到悦儿很大了嘴巴："我的姑奶奶，你怎么把这个小祖宗惹回来了？"

"怎么了？"姬小小有些不解。

"刚刚凤仪宫那边还来了人，问奴婢等有没有见过大皇子。"小红皱眉，"奴婢自然说是没有看到，他们便走了。"

姬小小挑一下眉："没看到就没看到，你们确实没看到嘛，现在看到了，今晚他就住在这里，和我一起睡。"

"娘娘，你疯了，这是大皇子，刚才皇后娘娘宫里的人疯了一样的找，你倒好，就这样把他留在咱们这儿了？"金玲心直口快，脱口而出，"赶紧送回去吧，可别再闹出什么事来

【第八章 酸溜溜一语惊醒梦中人】

了。"

姬小小抱住悦儿："是该给她点教训，这么小的孩子也下得了狠手打，让她着急一下，不然，下次悦儿还有得受的。"

金玲和小红面面相觑，姬小小便把悦儿受伤的事情跟她们大致讲了一遍，也让她们唏嘘了一番，虽然还是反对把悦儿留下，可终究还是拗不过自家主子。

"没事，明天一早就去凤仪宫说一声，悦儿留在我这里了就行了。"姬小小思考问题向来是简单的。

那一晚，姬小小和悦儿两个人玩得不亦乐乎，却是愁煞了金玲和小红。

愁得一夜没睡的两个丫头，却被清晨得到的另外一个消息震惊了。

"娘娘，你可知道出大事了？"小红得到消息，一个箭步冲到姬小小房间，连礼节都顾不上了。

"什么事？"姬小小揉揉睡眼。

"皇后娘娘昨晚搜查了整个后宫，想要找出大皇子的下落，可是哪里都不见皇子殿下的人影，于是皇后娘娘认定是沈昭仪想要上位夺了大皇子的恩宠，让她在凤仪宫外跪了一个晚上，一定要她说出皇子殿下的下落。"

姬小小皱了一下眉头："沈昭仪？那个刚怀上身孕的沈幽婉？"

"对，听说昨天凤仪宫的人，是从碧霄宫拖着沈娘娘去的凤仪宫，沈娘娘一路叫骂，都没人听，据说那些人走得飞快，根本就是故意让她受罪！"

姬小小一下没了任何睡意："后来呢？"

"拖得这么远的路，又被迫跪了一夜，这不，今早就传来了消息，说是沈娘娘晕在了凤仪宫门口，地上一摊血，这皇嗣，怕是保不住了。"

姬小小一下站起来："我要去看看，皇后真不是人，人家怀着身孕却要这么对人家，我去看看还有救不。"

"娘娘，你就别管沈娘娘了，想想你自己该怎么办吧！"金玲此刻也走了进来，帮着姬小小穿衣服，"大皇子可是在咱们这里啊，现在沈娘娘已经为此丢了一个皇嗣，这事闹大了，皇后娘家有势力，她手中打死的才人美人不知道有多少，根本不会有人去理会，可她们一定会将黑锅扣在娘娘您头上的。"

对于这点，姬小小倒无所谓，反正又不是没被扣过。

"还有啊，即使娘娘您这次保住了沈娘娘的孩子都没有用，这个孩子，注定是不能出生的。"小红压低嗓音，小声道，"娘娘您看，悦儿都四岁了，这宫里还有其他孩子没？皇上之前也立过几个才人美人的，可都被皇后娘娘给……"

小红做了个杀头的手势，继续道："据说其中有一人就怀了皇嗣，可娘娘说她偷人，不是皇家的种，生生将孩子杖毙在娘亲肚子里了。"

这做法太过残忍，姬小小眉头皱得更紧："先把悦儿送过去，这孩子若是没有流掉，我保定了，管他是不是注定生不下来？！"

说完，她随意抹了一把脸，抱起还在熟睡的悦儿，就往凤仪宫而去。

小红和金玲根本拦不住，只得赶紧一阵小跑跟着往凤仪宫跑去。

还好，据说皇上一早已经赶过去了，有他在，也许她们主子不会吃亏。

可是，太后好像也在那里……

这种事情见怪不怪了，太后之前几次也从来没见责备过皇后。

不过这一次，沈幽婉怎么说也是吏部尚书的女儿，属于朝廷重臣之一吧，面子上还是要做得好看一些的。

那么，自家主子不是最好的替罪羔羊？

想到这里，两个丫头都是一头冷汗，她们家主子这祸事还真是闯大了。

万一到时候吏部尚书不敢找三大家族出气，又咽不下这口气，联合朝中大臣要她们娘娘好看，估计连皇上都会有些难办吧？

"让开让开，你们让开！"远远就看到姬小小抱着悦儿大喊大叫往凤仪宫闯，急得两个丫头用尽全力跑上去，再看时，哪里还有她家娘娘的身影？

凤仪宫的人都认识姬小小这号人物，谁也没敢真心上前全力阻拦，差不多是自动让出一条道就让她走了。

顺利进入凤仪宫的姬小小看着宫内黑压压的一群人，有宫女太监，有还有一大堆御医，不由大叫一声："悦儿在我这里，你们不能冤枉好人！"

大家一起转过头来，玄墨冲了过来，一看悦儿好好地在姬小小怀里，刚刚睡醒的样子，不由松了口气："怎么在你那儿？"

"我见悦儿可爱，有些做母亲的人恶毒打孩子，所以我就抱走带他玩了一个晚上，我宫里的丫头们都不知道，所以没有来说。"简单说完，姬小小继续往里走，"沈昭仪呢，我来帮她看看，孩子能救过来不？"

玄墨看着她，叹息一声摇摇头："晚了，来不及了！"

虽然对沈幽婉的感情不深刻，可是不管怎么说，那毕竟是自己的孩子，就这样没了，多少有些唏嘘。

"杀人凶手呢？"姬小小跺脚。

"悦儿，悦儿，你可回来，跑哪儿去了，担心死母后了！"屋内，皇后忽地冲了出来，过来就要抱悦儿。

姬小小退后两步，退到皇后碰不到的地方。

"姬贵妃，你要做什么，那是本宫的孩子，你想拿孩子要挟本宫吗？！"皇后厉声喝道，再回头看看玄墨，冲着屋内看一眼，尖叫起来，"皇上，母后，姬贵妃居然拿着皇家子嗣要挟起皇后来了，这事不严处，怎么跟整个后宫，整个朝野交代？！！"

"又是你这个野丫头惹事？"太后本来躲在屋内想不出来的，不过皇后都指名道姓了，

【第八章 酸溜溜一语惊醒梦中人】

不出来也不行了。

毕竟在姬小小那儿吃过几次亏，她心中多少有些忌讳的。

她可不会像皇后那么没脑子，她很清楚，如果真的要派大军拿到姬小小估计不成问题，可万一她死前要拉两个垫背的呢？

非自己，皇后还有刘鉴雄莫属啊。

"母后，小小不过是看到悦儿可爱抱去玩了。"玄墨赶紧打圆场，"再说悦儿好好的，小小也没说要挟皇后什么。"

他尽量做到温柔谦恭，几乎到了卑微的地步。

现在还不是发作的时候，不管怎么样，兵权他志在必得，在不影响国计民生的前提下，即使手段小人一些，他也会用。

不能因小失大啊！

玄墨皱皱眉头，看着太后。

太后过来抱悦儿，不管她多么不喜欢玄墨这个儿子，但是对于孙子，她多少还是有些真心疼爱的。

"告诉太后奶奶，昨天悦儿干吗去了？"太后难得一脸慈爱的样子，姬小小犹豫了一下，将悦儿交给了她。

反正即使要从这群人中再次夺取悦儿，对她来说，也不过是探囊取物一般容易。

"悦儿去了长乐宫！"悦儿很聪明，加上昨晚姬小小和他拉钩钩，约定不能说出静心苑那边的事情，所以他的脑子也算转得快。

"胡说，本宫明明去长乐宫问过，她们说没见过悦儿！"皇后脸色一凛，吓得悦儿赶紧往太后怀里躲。

"你凶什么凶，这是你亲生儿子！"姬小小狠狠地瞪了皇后一眼，"怎么，还想拿竹条打他不成？"

"什么竹条？"玄墨有些不解。

"皇后娘娘因为气恼沈昭仪怀了你的孩子，嫌弃悦儿不会讨好父皇，昨天那竹条将悦儿的腿打伤了，据说不是第一次。"姬小小一口气讲完，太后的脸色都变了变，赶紧捋起悦儿的裤腿。

一夜才过，还不到十二个时辰，悦儿的腿上虽然还有几乎看不见的、淡淡的红印，但是差不多可以忽略不计。

"小孩子不听话，轻轻打两下而已。"皇后见那伤疤，松了口气，"再说是本宫自己的孩子，难道本宫下手会没有轻重吗？"

太后见说，便也接口道："姬贵妃，你没有当过母亲，哀家不怪你，但皇后是悦儿的生身母亲，她有管教悦儿的权力。"

姬小小自然明白太后和皇后根本就是一丘之貉，不由有些气结："那么，皇后娘娘，请问悦儿犯了什么错，非要用竹条才能令其改正呢？"

皇后冷笑一声："本宫管教儿子，难道还要跟姬贵妃请示不成？"

"这孩子不光是你的，还是皇上的。"姬小小斩钉截铁地道，"难道皇上不该知道自己的儿子为什么会被母亲打吗？"

"你……"皇后柳眉倒竖，只好回头看着玄墨，"皇上，你看姬贵妃，竟然管起我们夫妻教孩子的事情来了，难道她想让臣妾将掌管后宫的凤印也交给她吗？"

玄墨眉头一皱，忽地瞪了姬小小一眼，佯怒道："小小，这本不是你该管的事，你越界了！"

"我……"姬小小顿时感觉有些委屈，却听玄墨又接着对皇后道："但是朕应该有权力知道悦儿为什么会挨打吧？"

皇后咽了一下口水，稍微有些结巴："小孩子调皮，贪玩，臣妾教训了几句没听，便轻轻打了两下，小惩大诫而已，有什么好大惊小怪的？"

玄墨皱了一下眉头，没有理她，径直走到悦儿面前，一脸温柔地道："悦儿，告诉父皇，昨天悦儿为什么惹母后生气了？"

悦儿嘟着小嘴，看看玄墨，再看看皇后，最后转头看看姬小小。

"悦儿，说实话，不要怕，有你父皇和我呢！"姬小小冲着他鼓劲。

"母后说沈娘娘要给悦儿生小弟弟了，母后说悦儿不争气，所以母后要打悦儿……"悦儿后面的话，越来越轻，慢慢消失在皇后的瞪视之中。

"皇上，小孩子的话，岂可当真？"皇后冷笑一声，看着姬小小，"再说了，谁知道是不是有人暗中教他说的？"

姬小小脱口道："小孩子的话才是最真的，小孩子没这么多花花肠子！"

"可小孩子也最好骗！"吵上了架，皇后一点都没有心虚的表现。

"行了！"玄墨皱了一下眉头，"现在不是吵架的时候，御医何在？"

"臣等在！"几个御医走了出来，恭敬地行礼。

"沈昭仪怎么样了？"

"沈娘娘还在昏迷之中，身体比较虚弱，不过性命已经无忧，只怕……"一个老御医欲言又止。

玄墨示意他说下去。

"只怕娘娘醒来之后，知道皇嗣没了，情绪会激动一些，臣等要给她开些安神静气的药。"

"还有，这凤仪宫乃是沈娘娘的伤心之地，臣想，最好将娘娘送回碧霄宫，也许能更好地稳定她的情绪。"

玄墨挥挥手："找人将沈昭仪送去碧霄宫吧！"

"是！"四个小太监跟着御医往凤仪宫里面走，不一刻，便将沈幽婉从里面用一副担架抬了出来。

【第八章 酸溜溜 一语惊醒梦中人】

"皇上，护国公携安国夫人进宫，求见皇后娘娘！"四个小太监刚走，一个小太监便匆匆忙忙跑了进来。

玄墨皱了一下眉头，看着皇后。

"爹爹和娘亲来了？"皇后大喜，也不管玄墨是不是答应了，赶紧冲着那小太监道，"还不快请他们进来？！"

早就习惯了她的嚣张，从不将自己放在眼里，玄墨没有任何其他表示。

那小太监赶紧跑了出去，过一会儿，便看到一个年约四旬的男子，穿着红色的官服，和一个穿着凤冠霞帔一身盛装，年约三十多岁，保养得宜的妇人匆匆往凤仪宫而来。

"爹，娘……"皇后迎了上去，满脸喜色。

"哎呀，孩子，你可受苦了！"安国夫人摸一下皇后的头，"怎么样，悦儿可找到了？"

姬小小在旁边看得直皱眉，皇后受苦了，哪里受苦了？

"悦儿没事。"皇后笑起来，"这不，母后帮女儿把孩子夺回来了。"

"夺"回来……

这事实可是歪曲得够厉害的了，一个"夺"字就可以解释所有。

玄墨也皱了眉头，有些担忧地看着姬小小。

如果真的有人要动她，那么，自己恐怕不得不提前翻脸了。

太后将悦儿递到奶娘手上，走上前去，安国公和安国夫人忙一脸感激地给她行礼。

最后，他们才走到玄墨面前，行了朝礼。

哼哼，皇上的地位，确实没有皇后和太后高啊！

玄墨在心中冷笑，脸上却还是一副无所谓的样子，让他们起身，还让他们进屋，赐坐。

对老臣子的尊敬恭维，已经做到极致。

"皇上，贵妃娘娘抢了老臣的外孙，皇上可要为皇后娘娘做主啊！"安国公看上去一脸恭敬地行礼，眼神却十分不屑地朝姬小小瞥了过去。

姬贵妃大名，他可是听说过的，才进宫两个月，就将后宫闹得鸡飞狗跳的，连自己的女儿还有大舅子，也在她手下吃了不少亏。

现在看看，不就是个黄毛丫头吗？

护国公没有武功，是个文臣，对于只会动武之人一概叱之为"武夫"，而现在这个姬贵妃，就是个野蛮的黄毛丫头，何足为惧？

"我什么时候抢过悦儿，是悦儿愿意跟我玩，跟我到长乐宫住一晚的。"姬小小平生最讨厌的就是被人冤枉，真刀真枪跟她干也就算了，这嘴巴上暗地里要阴招的太可恨了。

果然是什么样的父母就能生出什么样的女儿，别人的命不值钱，只有他们家女儿和外孙是世上最金贵的！

"皇上，皇上和太后皇后都未出声，这贵妃娘娘就先行开口无状，这样以下犯上，身为皇家嫔妃，似乎有欠礼数啊？"护国公也不恼，甚至看都不看姬小小一眼，只是盯着玄墨看。

"皇上都没说话，你一个做臣子的先行开口无状，这样以下犯上，作为朝廷重臣，似乎有欠礼数啊！"要说学东西，姬小小一向学得很快。

那几天在尚仪局，和两个司礼宫女学的可不是白学的。

"你……"护国公变了脸色，谁说这丫头是山野民女来着？

"小小，休得无礼！"玄墨赶紧喝止姬小小，他太了解护国公在朝廷上的影响力，如果他振臂一呼，大概有一半的臣子会跟着他同一个鼻孔出气。

"护国公，此事朕一定会秉公处理。"玄墨想到这里，心中有了一些计较，看着悦儿道，"悦儿，告诉父皇，昨晚是贵妃娘娘强行带你去长乐宫的吗？"

悦儿果断地摇摇头："自然不是，是孩儿想去贵妃娘娘那里玩儿。"

四岁的悦儿，天资聪慧，又从小长于皇家，这种勾心斗角也看了不少，虽然有些似懂非懂，但是什么时候讲什么话，心中多少还是有些明白的。

"护国公，安国夫人，你们可都看到了，悦儿只是贪玩，到了长乐宫中住了一晚，可不是贵妃抢人！"玄墨笑着看看悦儿，他的儿子，果然聪慧。

护国公一口气憋在胸口，安国夫人悠悠开口道："可这贵妃娘娘，似乎也犯了知情不报之罪吧？小孩子不懂人心，谁知道她安的什么心？"

姬小小气得一跺脚，想要开口，忽地转念一想，倒是笑了起来，看着太后和皇后道："你们忘记袁才人的事情了吗？"

太后和皇后面面相觑，不知道她想表达什么。

"你们知道我的脾气，如果有人想往我身上栽黑锅呢，我一定会把黑锅坐实的！"姬小小笑得十分灿烂，皇后和太后的脸色却一下变得惨白。

因为袁才人冤枉姬小小推她入荷塘，姬小小便真的将袁才人丢到荷塘里。

那么，现在冤枉她抢悦儿……

"你……你你敢！"皇后显然也想到了，声音都结巴了。

姬小小耸耸肩，无所谓地道："皇后娘娘说我敢不敢呢？"

"你你……"

"我若是想做什么，这里有人可以拦住我吗？"姬小小还是继续笑，一脸得意，眼神一瞬不瞬盯着悦儿看，眉眼弯弯，好像在逗他开心一般。

玄墨自然也想到了，不停地压抑心中想要喷薄而出的笑意，看着一脸迷茫的护国公和安国夫人，笑道："上次护国公的侄女，冤枉贵妃娘娘将她推入荷塘……"

袁才人也是袁家人，护国公的亲侄女，他怎么会不知道之前发生了什么事情？

"皇上，这贵妃娘娘太目中无人了，她……她她简直就是在威胁！"安国夫人果然是个沉不住气的，皇后的性子像谁，大家立刻心中有了答案。

姬小小不说话，一脸"我就是威胁，你能拿我怎么样？"的表情。

"皇上，还不叫侍卫将这刁妃拿下？"全屋子的人安静，听着安国夫人咆哮。

【第八章 酸溜溜一语惊醒梦中人】

当然没有人动，所有凤仪宫，慈宁宫，政和殿的侍卫，都见识过姬小小的身手。

估计所有人加起来都不是她的对手，就算车轮战有效，可是谁也不想成为第一个冲上去挨宰的。

"你们……你们都聋了吗，皇家的俸禄怎么养出你们这群饭桶？！"安国夫人叫得越发厉害了，害得护国公老脸都有些挂不住，赶紧拉住她："夫人，这是在皇宫里！"

即使小皇帝不足为虑，怎么也得给太后点面子不是？

"你……就你没用！"安国夫人一脸鄙视地看着自己的丈夫。

护国公脸色有些发冷，若不是当年看在刘鉴雄是她哥哥的面子上，他以为他想娶这个泼妇吗？

双方正僵持着，传令小太监再次跑了进来："启禀皇上，吏部尚书沈传风大人和夫人听闻宫中剧变，请求进宫见沈昭仪娘娘！"

玄墨看看屋内剑拔弩张的几个人，有些头大，对于沈幽婉，他确实有些亏欠，可如果沈传风两口子再一阵哭闹，估计事情更难办了。

想到这里，玄墨挥挥手："跟他们说，沈昭仪已经去了碧霄宫，带他们去碧霄宫吧！"

"是！"

小太监刚走，安国夫人经过了一段冷静期，此刻也有些冷静下来，看看纹丝不动的侍卫们，再看看自己的丈夫，却又不愿在一旁生闷气，只好把矛头对向玄墨："皇上，你可要为皇后娘娘和大皇子殿下做主啊！"

还是护国公脑子比较清晰，也比较狡猾："皇上，臣觉得皇上国事繁忙，后宫这种事情，不如交给太后和皇后娘娘来处理，皇上以为如何？"

玄墨心中咯噔一下，知道这老狐狸今天根本就是非要给小小一点惩罚了，不由心下有些着急起来。

若是现在翻脸，貌似只有四成胜算。

正犹豫间，却听得外面又有人来传："皇上，摄政王，常陵王在外求见！"

他们两个，怎么一起来了？

"宣！"玄墨点点头，一切都要见到两人后再做定夺。

刘鉴雄和玄尘一前一后走了进来，全程没有任何交流——包括眼神。

玄墨稍稍松口气，或者他的怀疑错了。

玄尘怎么可能和刘鉴雄走到一路去，从小他对此都是愤恨不已的。

"臣（臣弟）参见皇上，参见太后娘娘，皇后娘娘！"两人一起行礼，不过玄尘后面又对着姬小小多施了一礼："参见贵妃娘娘！"

姬小小有些发愣，不过好在还没忘记之前学的礼节，赶紧回了一礼。

玄墨有些好奇，这玄尘到底搞的什么鬼？

这么多人都在，谁都没把姬小小放在眼里，他们眼中只有太后和皇后，基本上，连他这个做皇帝的，都要先靠边站再说。

"亚父，常陵王，今日进宫，所为何事？"玄墨有些明知故问。

不过他一直想不明白，这事和玄尘到底有什么关系，他进宫来，到底要帮哪一个？

"臣听闻宫中惊变，涉及臣的外甥女，当今的皇后娘娘，还有大皇子殿下，此乃国之根本，所以臣赶紧进宫来了。"刘鉴雄的话，义正词严。

不光是玄墨，玄尘都忍不住冷笑了。

"那么，常陵王呢？"玄墨转头看看玄尘。

玄尘眯起眼睛，依然是一身白衣，出尘的面容上，冷笑之意十分明显："听说母后在凤仪宫，臣弟只是来请安的！"

"是哀家让他进宫来给哀家请安的！"见玄尘这样说，太后忙在后面加了一句，看着玄尘的脸色，一脸的慈爱。

玄墨深吸一口气，心中自嘲地冷笑，面色也忍不住微微转冷，却还是尽量用平静的语气道："母后多虑了，皇弟进宫给母后请安是尽孝道，即使不是母后要求的，朕又怎么会怪他？"

因为碰到了玄尘的事情，所以连母后都无法冷静了，是不是？

自七岁以后，他就知道，自己其实就已经是一个无父无母的孤儿了。

玄尘出生后，母后将所有的目光都投注在了他身上。

小时候，他总觉得或者哥哥让着弟弟是应该的，弟弟还小。

母后说："你弟弟生来就没有父亲，而你不同，你享受了七年的父母天伦之乐，就应该多迁就你弟弟。"

母后又说："你生来就是太子，没有了父亲，你还有皇位，而你弟弟什么都没有，你应该多补偿他。"

呵呵，当年的自己，还真是好骗。现在想起来，母后根本就是将他当做天底下最大的傻瓜而已。

"臣听说大皇子不见了？"刘鉴雄明知故问，悦儿在他面前了，他还假装看不见。

安国夫人站了起来，将之前皇后说的话重复了一遍，刘鉴雄的目光便投向了姬小小。

姬小小无所谓地耸耸肩，该说的她都说了，反正，她根本不介意让黑锅坐实。

玄尘一直不说话，好像一切与他无关，好像在他在这个时候进宫来，真的纯粹只是给太后请安而已。

刘鉴雄听完安国夫人的话，皱了一下眉头，就在玄墨以为他要发作的时候，他却上来说道："姬贵妃不懂礼数，所谓不知者不罪，臣以为，既然大皇子并没有受到伤害，就没必要将事情闹大了，大皇子平安回来，比什么都重要！"

玄墨一下竟没反应过来，他都已经做好撕破脸的准备了，现在居然来了一个想都想不到的大逆转。

刘鉴雄，居然会为了姬小小开脱，天要下红雨了吗？

【第八章 酸溜溜一语惊醒梦中人】

"舅父……"

"哥……"

皇后和安国夫人同时开口，一脸的不解。

"皇后娘娘，妹妹，得饶人处且饶人，就当是给悦儿积德吧！"刘鉴雄叹口气，眼神却朝着玄尘的方向瞟了一下。

玄尘的神色依然没有变，仿佛坐在那把椅子上，与世隔绝了一般。

"就这样吧！"刘鉴雄瞪了皇后和自己亲妹子一眼，回头看看玄墨："皇上，臣认为，此事不宜闹大，既然都无损伤，不如便各自回宫吧！"

玄墨正巴不得如此呢，赶紧点头："如此，便依亚父。"

"皇上……"皇后忍不住叫起来，可惜没人搭理她。

连刘鉴雄都这么说了，谁还敢有意见？

"都回宫去吧！"玄墨的眼神主要瞟向姬小小。

姬小小是单纯些，毕竟人不傻，赶紧顺势而起，行礼："多谢皇上，臣妾告退！"

那礼节，竟无丝毫错处。

"摆驾，去碧霄宫！"心中大石落定，玄墨才起身离开。

他故意说的碧霄宫，一则确实怜悯沈幽婉的遭遇，二则他想告诉在场的人，已经有人为这件事受了罪，大家最好都到此为止吧！

"舅父，你为什么帮那野丫头说话？！"玄墨一走，皇后就开始质问起刘鉴雄来。

刘鉴雄冷了脸："敏儿，你是在教舅父如何做事吗？"

皇后退了一步，忙道："不敢！"

太后见此，再满心欢喜地看看玄尘："跟母后回慈宁宫吗？"

玄尘站起身，看着刘鉴雄："我已经来见过母后了，告辞！"

刘鉴雄愣了半晌，再抬头，早就不见了玄尘的踪影。

"这孩子！"太后叹气。

"臣陪太后回宫吧！"刘鉴雄忙上前，哄着太后开心。

两人相偕离去，只留下皇后和护国公夫妇。

"为什么舅父要帮那个野丫头？！"皇后越想越不甘心。

"算了，你舅舅这么做，一定有他的道理！"护国公忙上前劝解。

"就是，悦儿回来就好了，你看悦儿多可爱？"虽然一样心有疑虑，不过安国夫人见事已至此，也只得加入劝说的行列。一边从奶娘怀里拉过悦儿，笑道，"快，跟你母后去说我错了，以后再也不会惹她担心，惹她生气了。"

悦儿乖乖地点点头，怯生生地上前拉住皇后的衣摆："母后，不生气了，悦儿以后会乖的。"

看着悦儿，皇后越发气结，忽地飞起一脚踹了过去："都是你，都是你，要不是你，本宫今日怎么会受这样的闲气？！"

　　悦儿被踢痛了，"哇"一声哭得惊天动地。

　　安国夫人见状，不由皱了一下眉头，赶紧让奶娘将悦儿带走，走上前道："女儿啊，这悦儿可是你的心尖尖，是你身上掉下来的肉啊，你不心疼着，谁心疼。"

　　"哼，反正也快没人疼了！"皇后冷哼一声，"宫里忽然来了这么多女人，今天是沈幽婉，明天就可能是江淑媛，后天……悦儿就该失宠了！"

　　"原来你是为这个发愁啊？"安国夫人听完这个，倒是平静了，"放心，你是皇后，悦儿是皇长子，后面又有你舅舅撑腰，你怕什么？"

　　皇后一跺脚，想起之前江晚月的话，赶紧让身边的人都出去，才道："娘亲，舅父的心思你又不是不知道。若不是早先朝中老臣反对厉害，加上常陵王自己无意于皇位，我这皇后，还能存在吗？"

　　安国夫人眉头一皱，没有说话。

　　"悦儿是我的孩子，也是皇上的孩子，若皇上都不是皇上了，这孩子，还能是太子吗？"皇后看上去，已经将江晚月的话想了许久，"亲孙子和侄孙子哪个亲，娘亲你心里难道不比我清楚？"

　　安国夫人和丈夫对视一眼，心中虽则已经有答案，却还是劝道："娘想，你舅舅不会这么不守信用吧？"

　　皇后冷哼一声："舅父若是守信用之人，天底下，恐怕就没有小人了！"

　　安国夫人赶紧"嘘"了一声："别这么说，小心点……行了，你的担忧娘知道了，现在当务之急，是保住悦儿这唯一一个皇子的地位，不能再让宫里出现其他什么皇子公主了。"

　　护国公也接口道："放心，你是我们的独女，过些天，爹就联合其他朝臣，让他们联名上奏，立悦儿为太子！"

　　皇后这才有了喜色："如此，女儿可就全指望爹爹了……娘亲，不让后宫产生子嗣，可有什么办法？"

　　安国夫人眼珠子一转："见一个杀一个肯定不行，时间长了，那些宫妃们便有了戒心，躲起来藏起来，你也是防不胜防，不如防患于未然！"

　　皇后凑上前去，安国夫人便"如此如此"一番交代，听得护国公在一旁直翻白眼。

　　果然最毒妇人心，他的子嗣稀少，不会也是如此吧？

　　刘鉴雄跟着太后的凤辇，走在回慈宁宫的路上。

　　太后皱着眉头，有些闷闷不乐。

　　"太后可是还担心常陵王？"刘鉴雄有一搭没一搭地问候着。

　　"这孩子从小性子太倔。"太后叹口气，"也怪哀家，没法给他最好的，总归是欠了他

【第八章 酸溜溜一语惊醒梦中人】

的。"

刘鉴雄深有所感地点点头:"是啊,咱们欠了他太多了!"此话几不可闻,连抬凤辇的小太监都没听到,不过离得最近的太后倒是听得很清楚。"

"所以要多补偿他!"太后点点头,深以为然,一声叹息,好似清风消散在空气里。

远远的,阳光里过来一顶轿子,是宫妃的轿子。

轿子在太后凤辇面前停了下来,江晚月盈盈走了出来,给太后行礼。

"是你?"太后有些不悦,回头再看看刘鉴雄,眼睛竟盯着出了轿的女子不停地瞧,心中不悦更盛。

"参见太后千岁!"江晚月的礼仪无丝毫错处,抬头,看向了刘鉴雄,"呃,摄政王也在……晚月多谢摄政王搭救之恩!"

太后愣了一下,见刘鉴雄面色如常的受礼,不由心中有了一些疑惑。

不过她是太后,总也不好过问,只得道:"大热天的,江淑媛这是去哪里啊?"

江晚月忙回话:"臣妾听闻沈昭仪身子不爽,欲往碧霄宫探望沈昭仪。"

具体他没多说,而小产一事,也只是用"身子不爽"代替,倒是个懂得进退的。

太后微一蹙眉,不好发作,只得道:"你们姐妹情深,哀家甚感欣慰,去吧!"

"臣妾告退!"江晚月行了万福之礼,再回头冲着刘鉴雄抿嘴一笑,点了点头。

刘鉴雄只感觉心神一荡,眼神竟然不受自己控制,追随她的身影而去。

"咳咳!"太后忍不住低咳一声,让他赶紧回神,脸色已经难看到了极致。

一路无话,到了慈宁宫,将所有的宫人都赶了出去,太后的脸色越发阴沉起来:"她为什么要谢你?"

"我……之前的事。"刘鉴雄一愣,随即反应过来,忙堆着笑脸,"不是早跟你说过了吗?"

"之前的事?"太后冷哼,"是今天的事吧?"

"今天什么事?"刘鉴雄莫名其妙。

"你今天为什么忽然帮那个野丫头求情?"太后语气咄咄逼人。

"你没看出来吗,是玄尘……"

"别拿玄尘当借口!"太后面色发冷,"看今天江晚月的样子,就知道她和沈昭仪关系不错,是她让你去给那野丫头求情的吧?想给皇后一点教训,是不是?"

"你……"刘鉴雄再好的脾气此刻也有些被挑动了些火气上来,"你真是无理取闹,有眼睛的人都能看出来是玄尘拉我来的!"

太后一听,倔脾气也上来了:"玄尘又没说,再说他怎么会让你帮那丫头求情,他们什么关系?"

"他们什么关系,你还不清楚吗?"刘鉴雄火气更大,"之前若不是她,玄尘会让你换了晴姑姑,要个哑女吗?"

太后一下答不上来，可想起他们之前的"眼神交流"那口气怎么都咽不下去："当年要不是我，你能坐上这个王位吗，现在好了，什么都有了，我变成无理取闹了是不是，你是不是嫌弃我老了，没有耐心了，说话都变得这么大声了？"

刘鉴雄脸色一变，男人的自尊让他放不下身段："当年要不是你任性，和我一吵架就进宫当秀女，我们早就儿孙满堂了，何至于到现在这个地步？"

"你在怪我？"太后眼圈都红了，"当年你不惹我生气，会到今天这个地步吗，现在错都是我一个人的了，当初你在干什么？"

"是是是，都怪我都怪我，我一个人的错，行了吧？"刘鉴雄吹胡子瞪眼，"我走行了吗，省得碍着太后您老人家的眼！"

刘鉴雄说完，一甩袖子，还真的就朝着慈宁宫大门而去。

太后一下坐在地上，趴在椅子上恸哭失声。

整个慈宁宫的人面面相觑，也不敢进去劝，也不敢拉着摄政王回头。大家对两人的关系其实都是心知肚明，这种时候，谁也不说话那是最好的。

半响，太后才抬起头，阴冷着脸色，整整衣衫站起来坐好，冷声对外面喊道："来人，准备笔墨，哀家要拟旨！"

好，让你答应那个小贱人，今天我偏就不让你们如愿！

有个偏执的想法盘踞在她脑海之中，怎么都消散不掉。

肯定是江晚月替姬小小求情去了，肯定是，肯定是！

而回到长乐宫的姬小小，正一头栽在床上补眠。小红和金玲对视一眼，这种事情，也只有她们家主子能睡得这么香甜。

金玲看看小红，有些担忧："碧霄宫那边不知道怎么样了，沈大人必不会如此善罢甘休，皇上赶过去安抚了，也不知道结果会怎么样。你先伺候着娘娘，我过去探听一下情况。"

小红点点头，也是一脸的忧郁。

事情还远远没有结束，以前被皇后杖毙的那个宫妃，位卑职小，又没有家族背景，可是现在这个，怎么说也是吏部尚书的女儿啊。

即使他的权势地位无法和三大家族抗衡，可是，也是朝廷重臣。

那么，以他这样的身份来说，恐怕不会和皇后对着干，如果真的要找个替罪羔羊，姬小小就是最好的选择了。

金玲往碧霄宫方向走，又找了几个宫人打听消息，才知道已经有很多宫妃去探望过了，都拿着各式各样的补品。

这宫里的人，一向都是见风使舵的。

虽然沈幽婉这次丢了孩子，可谁都看得出来，皇上对她补偿有加，又是破例允许父母进宫探望，又是亲自上门安慰。

【第八章 酸溜溜一语惊醒梦中人】

估计将来沈幽婉的荣宠怕是一时无两，皇上是个宽厚仁爱的主儿，一定会加倍补偿的。

这样一来，倒让人羡慕起沈幽婉来，不知道这算不算因祸得福呢？

反正她也还年轻，只要皇上多去几趟，要几个孩子会没有呢？

打听到了这些，金玲也赶紧回长乐宫备了份礼，往碧霄宫匆匆而去。

远远果然看到那儿门庭若市，比早上的凤仪宫还要热闹。见着几个宫妃出来，有的幸灾乐祸，有的算是真心唏嘘，叹息摇头的占了大多数。

通报以后再往里走，不一刻便听到哭声震天。

"孩子……我的孩子！"那是声嘶力竭的哭喊，即使现在身子虚弱，沈幽婉的哭声，还是让人感觉到一种撕心裂肺的疼痛。

"女儿啊，别哭了……"沈夫人的劝说，带着悲戚，却似乎毫无用处。

"女儿啊，没都没了，哭也没用，等把身子养好了，再生就是了。"沈传风的劝解更加苍白，"你看，皇上都亲自过来了，各宫的娘娘们都拿了这么多东西过来看你，别哭了……"

沈夫人也赶紧接道："你看，这是江淑媛送来的珍珠，怕你闷着，让你拿在手里玩的，那是……"

有个香囊，沈夫人不知道是谁的，愣在那里。

"这是皇后娘娘送来给沈娘娘的！"那个小宫女一脸的温和，"这香囊有凝神静气的作用，对娘娘的身子有好处！"

"滚出去，拿出去，别提那个人，都给我滚出去！"沈幽婉在听到"皇后"两个字以后，终于从痛苦变成了咆哮。

"女儿……"沈传风叹口气，"胳膊拧不过大腿，别这样……"

"拿出去吧！"玄墨将沈幽婉抱在怀里，冲那个宫女挥挥手，这个时候，皇后还要来刺激沈幽婉，真是太过分了。

"幽婉，你好好养身子，朕答应你，孩子以后还会有的。"玄墨眼中有些哀伤，虽然不爱眼前这个女子，可是她所受的伤害，确实是自己所间接带来的。

以后对她，多了份责任。

心中有些沉甸甸的，这样的时刻，他竟然想起了姬小小。

此刻，他竟忽然无法对怀里的人儿再温柔。

"其他人都回去吧，幽婉需要静养！"忍下心中的烦躁感，玄墨挥挥手，让众人退去。

沈幽婉还在哭泣，但是身子的虚弱让她的哭声渐渐小去，最终只留下了抽泣之声。

碧霄宫的事情，经过一天的鸡飞狗跳，终于慢慢平淡下来了。

也没有什么后续，大概因为沈家本来就从属于三大家族之一，他们不敢声张也在情理之中。

不过听说沈幽婉的情绪很不稳定，动不动就砸东西骂人，不然就是不声不响，眼泪已经流干了，但是所有人都可以在她眼中看出她心中的不甘。

能怎么办呢？

对方是皇后，皇上都要让七分，一个小小的吏部尚书，哪里是她袁家的对手？

凭什么，凭什么就要她认命，她不认，她不认！

沈幽婉将一个枕头丢在地上，眼神变得犀利起来。

"太后驾到……"一声传，让她抱着被子一下坐了起来。

"别多礼了，躺着吧！"太后走进来，一脸慈爱的样子，然后叹口气，"幽婉啊，你可受苦了！"

这一声叹，让沈幽婉的委屈一下又排山倒海爆发出来，已经有些干涸的眼睛里，又冒出了泪水。

"可怜的孩子！"太后拍拍她的手，招人进来，将礼物一个个放到桌上，"这是些补品，你好好补补身子，身子养好了，比什么都强。"

沈幽婉擦一下眼泪："身子好了有什么用，臣妾的孩子，再也回不来了……"

她眼中的怨恨如此深刻，让太后忍不住心头一震："唉，要说这事啊，也是命！"

"什么命，臣妾不认命！"沈幽婉现在哪有心思去应酬什么人，她在家中也是千人疼、万人宠的娇娇女，哪里受过这种委屈？

"哀家知道你怨皇后……"太后开门见山，却见床上的女子怨恨之色果然在听到那两个字以后加深，甚至连客套话都懒得说了。

"不过这事也不能全怨皇后，你也是差点做母亲的人了，知道母亲最紧张的就是自己的孩子。"太后循循善诱，"要不是有人将矛头指到你身上，皇后又怎么会盯着为难你？"

"谁，是谁要害臣妾，太后要为臣妾做主啊！"沈幽婉眼睛亮了起来，只要不是皇后，其他的嫔妃，让爹爹去说一声，还怕拿不倒吗？

太后已有所指："你也不想想，为什么悦儿会不见了，悦儿不见了，皇后就立刻怀疑上你了，难道不觉得你和皇后都落入了一个天大的圈套吗？"

沈幽婉的眉头皱了起来，眼神一下变得锐利。

"这样恶毒的女人，是不能让她留在皇上身边的。"太后继续，"哀家已经有了主意，不过，出了这口气以后，你可得答应哀家，好好养身子，早日再怀上子嗣，才是要紧！"

沈幽婉赶紧点点头："臣妾明白了，臣妾一定不会再任性。"

太后满意地起身："那哀家就不打扰你休息了！"说完，便让人抬着凤辇志得意满地回了慈宁宫。

懿旨早就拟好了，冠冕堂皇的理由也有了，还要等什么呢？

"来人，去长乐宫宣旨！"太后冷笑一声，召过一个太监。

而此刻，长乐宫内，姬小小正拿着一个香囊冷笑："金玲，所有各宫都收到了皇后娘娘赐的香囊？"

她闻着那香味，立刻就知道里面的成分。

【第八章 酸溜溜 一语惊醒梦中人】

睡了一天一夜，早上起来就说皇后赏赐。理由是，大皇子凌悦平安归来，各宫赐一个香囊，让各宫娘娘都放在宫里卧室里，算是为大皇子祈福。

"是的，听说皇后娘娘连夜让人赶工的，一早每个宫妃都收到了一个！"金玲点点头，有些看不懂姬小小脸上有些讽刺的笑意。

"要用也得用个无色无味的，非要用麝香，实在太拙劣了！"姬小小将香囊放到一旁，一脸不屑，"也不知道哪个大夫给出的馊主意。"

"怎么了？"金玲还是不大理解，回头看看小红，她也是一脸的迷茫。

姬小小解释道："麝香虽然可以提神醒脑，但是它有活血的作用，可以避孕，如果有人怀了身孕，很容易流产……我说呢，昨天一早去了凤仪宫，我就闻到一股淡淡的香味，当时人太多，我没注意，而且香味已经很淡了，所以懒得去辨别，现在想起来，就是这个味道。"

金玲和小红闻言大惊："凤仪宫放着麝香？"

姬小小肯定地点点头："我去的时候，沈昭仪出事已经很久了，我估计她出事以后，皇后就让人把麝香转移了。后来又一窝蜂来了这么多人，人多空气杂，那香味就消散得差不多了，所以我没太留意！"

"难怪啊，奴婢就说，沈昭仪的身子这么弱，怎么跪了大半夜就小产了？"小红恍然大悟，"奴婢小时候在家乡，经常看到有怀了身孕的女子下地干活呢，一点事都没有。"

姬小小摇摇头："这个因人而异，有些人确实劳动不得，不过麝香确实对孕妇的身体损伤很大。"

三人正讨论着，屋外走进一个传旨太监："太后懿旨到……"

姬小小皱了一下眉头："太后又来做什么？"

"太后没来，来了个传旨的小太监。"金玲解释，现在太后基本不跟姬小小正面冲突了，怎么忽然传旨过来了？

"先听听再说吧！"姬小小伸了个懒腰，兵来将挡水来土掩。

"太后有旨，姬贵妃跪听接旨！"传旨太监展开懿旨，"贵妃姬氏，自入宫以来，性格乖张，所行所为有欠礼仪，尚仪局多次教导以后仍无见效。近日又惹出隐瞒大皇子行踪一案，使得宫内人人自危，如此乖戾放肆，不治不足以整顿宫闱，不罚不足以展现皇家威仪。特此夺去姬氏贵妃之位，即日搬入静心苑闭门思过！"

静心苑？

就是冷宫喽？

金玲和小红立刻叫了起来："太后娘娘，请收回成命啊！"

"姬娘娘，接旨吧！"小太监抬起高傲的下巴，不过不敢太过放肆。这位娘娘的英雄伟绩，他可是亲眼看到过的。

刚才过来的时候，还想着这旨意一宣读完，会不会直接被一顿胖揍呢。

不过现在看起来跪在地上的女子没什么反应，或者，她还没反应过来？

不管了，小太监将懿旨往姬小小手中一塞，脚底抹油，溜之大吉。

开玩笑，小命要紧啊。

小红愤愤不平地看着溜走的小太监，赶紧过来劝慰："娘娘，别担心，后妃贬入冷宫，最后还需要皇上的圣旨才可以执行，奴婢这就找皇上去求情，让他下个圣旨，驳了太后的懿旨就行了。"

"是啊是啊！"金玲拼命点头，"不如娘娘亲自去求皇上，皇上最宠娘娘了。"

姬小小起身，坐到床上，面无表情。

小红和金玲面面相觑，她们主子这是怎么了，吓傻了，蒙了？

"不用了！"半晌，姬小小忽然喜笑颜开地吐出一句，"去冷宫挺好的，我们赶紧收拾收拾搬过去吧！"

她怎么没想到呢，搬到冷宫以后，就可以一心照顾萧琳了嘛。

冷宫那地方根本没人理会，到时候还可以溜出宫去看看义父，他的腿伤不知道怎么样了，也不知道能不能进行下一步治疗了。

当然，只要玄墨别忘了她就行了，不过嘛，她才不怕呢，她有的是办法强迫他记住自己。

不过小红和金玲就傻眼了。

什么叫"冷宫挺好的"啊？

她们的主子娘娘没有被气成失心疯吧？

"娘娘……你没事吧？"已经有人跑出去通风报信了，小红便也不急了，只是小心翼翼地看着姬小小。

"我有什么事？"姬小小挑个眉，随即沉吟一下道，"那边没几间房，你和金玲就别过去了，还留在这里吧，不过你们今天得帮我去打扫一下屋子，一个人打扫很累呢。"

呃……

"不过夏天了，晚上睡在那边还是挺凉爽的！"

她想表达什么？

"娘娘，就算你要过去，也还得等皇上的圣旨啊。"金玲急中生智，拉住姬小小正在柜子里找衣服的手。

"他的事情都是我做主的，我的事情，什么时候轮到他做主？"姬小小继续翻柜子，"嗯，这种拖地的裙子就别拿过去了，那儿脏，拿点短装过去就行了……"

小红和金玲再也劝不住，只好等着皇上到来，看看能不能唤醒她们似乎陷入魔障的娘娘。

姬小小大概是整个后宫，这么多年以来唯一一个听到要去冷宫还欣喜若狂，急着赶着要搬过去的宫妃吧？

就在姬小小把大包小包整理得差不多的时候，门外一声急传："皇上驾到……"

让金玲和小红彻底松了一口气。

救星来了！

【第八章 酸溜溜 一语惊醒梦中人】

"小小,你没事吧?"玄墨急急地跑进来,看到放在地上的大包裹和放在床上的若干个小包裹,生生把后面准备安慰关心等的若干话语都给咽了回去,"你这是……"

"搬去冷宫啊!"姬小小还在清点带过去的东西,一边漫不经心地回答一句。嗯,被子,药瓶,衣服也够了,对了,鞋子应该多带一双,那儿泥地里,容易脏。

玄墨上前急急拉住她:"小小,你放心,我决不会让你去冷宫的。"

姬小小皱一下眉头,摇头:"不行!"

玄墨一愣,不行,为什么不行?

"你放心,母后那边我去说,反正我决不会让你去冷宫的。"就算撕破脸又如何,大不了真的干一场,赢的未必是三大家族,他也未必输。

"去冷宫挺好的,干吗不让我去?"姬小小嘟嘟嘴,想起还有件很重要的事情来,"对了,小红金玲说,还要你写个圣旨,你赶紧写吧,写了我好搬过去了。"

"小小……"玄墨这才觉得姬小小好像冷静得有些奇怪,甚至……她的脸上,表现出来一种恨不得赶紧去冷宫的神情,加上地上已经整理得七七八八的行李……

"小小,你到底知不知道什么是冷宫?"莫非她以为真的只是搬个家,换个住的地方而已?

"我知道啊!"姬小小的点头,让玄墨睁大眼睛,"就是被废黜的宫妃住的地方嘛,住进那里,就没人理会了,会省不少事。就是条件差点,不过我自己会收拾,不碍事的。"

她知道,她居然知道,她知道还想去住?

玄墨有些挫败:"你就这么想离开我?"

"为什么要离开你?"姬小小不解,"我想找你的时候,你还是得出现,我还是可以出来找你,不过省了不少麻烦。"

省了不少麻烦。

这句话倒是和玄墨提了个醒,或者冷宫真的是个避世的好地方。

只是……

"那就要委屈你了!"给他几个月时间,他已经部署得差不多了,等时机一到,他一定亲自去冷宫把她接出来,让她当自己真正的妃子……

不,不是妃子,他要她当他的皇后。

小红和金玲眼珠子都快掉到地上了,这就是她们请来的救星?

这是什么情况。

"来人,准备笔墨,朕要拟旨!"玄墨卷一下袖子,很快有人送上文房四宝,黄色绸缎做的圣旨卷轴。

刷刷一挥而就,刚要给身边小太监念一遍,却已经被人迫不及待地拿走,随便卷卷放入袖子里:"行了,赶紧帮我搬家!"

呃……这个……

"我不太方便，以后得空会来看你的。"让皇帝帮她搬家？亏她想得出来，这传出去，可不光是面子的问题，太后皇后那边，恐怕又要多生事端。

"我叫的是金玲和小红！"姬小小翻个白眼，指责某人的自作多情和诸多借口。

呃……

好吧，他很无辜地被鄙视了。

事情到了这个地步，金玲和小红也无可奈何了，只得帮着提行李。不过她们还是提了个不大不小的要求："娘娘，奴婢也要跟你一起去！"

姬小小看看金玲，再看看小红："行，你们跟着就跟着吧，不过看起来，得多准备两副碗筷了，冷宫的伙食可不好。"

"没事。"小红率先笑起来，"奴婢在宫里这么多年，主子们赐的山珍海味也吃过，可每一次，总觉得吃得提心吊胆的，还不如跟在娘娘身边，就算吃得差一点，至少安心。"

主仆三人有说有笑地出了长乐宫的大门，好像她们要去的地方不是冷宫，而不过就是趁着天好，去郊外游玩一般。

彻底被无视的玄墨仰天长叹，再看看不声不响绷着脸站在身后的景德安，不由抽动了一下嘴角。

头大……

而此刻搬到冷宫的姬小小主仆三人，却快乐得像老鼠一样。

小红和金玲在初见了萧琳发出一声尖叫以后，一切都归于平静。

好在萧琳的脸经过包扎，没有之前那么恐怖，加上女人本来就心软，容易同情别人，所以两个丫头也很容易接受。

对于姬小小的到来，萧琳有些惊讶。姬小小索性也就不瞒着了，她们现在是同病相怜，想来萧琳不会介意和她共处一室。

"没想到，他还是什么人都保护不下来。"萧琳叹息一声，"在这后宫之中，难道真的没有出头之日吗？"

这么多年了，要说对皇上没有任何的怨怼之情，那是不可能的。

"你说玄……皇上吗？"姬小小耸耸肩，"是我说要住冷宫的，我想过了，住到这里，方便照顾你啊。"

"照顾我？"萧琳心中一动，"你是为了照顾我才来冷宫的？"

"一半吧！"姬小小老实回答，"宫里那些人太麻烦了，住到冷宫就没人找麻烦了，乐得清静。"

萧琳皱了一下眉头，有些担忧："冷宫之中，也未必有清静啊！"

当年她刚来冷宫那会儿，可也不清静了好久，要不是看着她的脸日渐溃烂，皇上慢慢将她忘却，加上后宫本来就是个多事之地，她才慢慢被人遗忘。

【第八章 酸溜溜一语惊醒梦中人】

而姬小小新来，恐怕还是会被人刁难一阵吧？

姬小小倒是无所谓："既来之则安之，先把你的病治了再说。"

刚说到这里，那边金玲叫了起来："娘娘，要不要去搬几把凳子过来啊，这里连个坐的地方都没有。"

"好啊……"姬小小应了过去，却看到萧琳一脸羡慕地看着她："你的丫鬟真好，这种时候了，还是愿意跟着你。"

姬小小却一点感激之色都没有："她们是我的人，为我做什么都是应该的！"

萧琳愣一愣，却见小红已经走了过来，听到这个话，似乎一点都不以为意。

这两个丫头是不是太傻太忠心了，自己主子这样说话，都不介意吗？

小红在宫里多年，惯会看人的脸色，见到萧琳满脸的疑惑，不由笑道："我们娘娘啊，自己人怎么用都不为过的，但是别人要欺负我们，就算是动一根头发，她都会拼死保护我们呢。"

这样好的娘娘，上哪儿找去？

萧琳一点就透，不由点点头："你们真有个好主子！"

即使当年性子柔和似她，也做不到有火的时候完全不朝自己身边的丫头撒。

看看自己，在冷宫三年，一个体己的人都没有，或者她该反思一下，自己当年是不是有地方做错了。

"娘娘，这屋顶有瓦片破了，都透光了。"那边金玲又叫嚷了起来，"怎么办啊？"

姬小小冲着萧琳摆摆手："我过去看看，这两个丫头，估计搞不定了。"

这样亲密无间的主仆关系，让萧琳的羡慕顿时上升到了极致。

从小的家教，让她无法和下人们做朋友，即使她从不体罚下人，可是那距离还是因为她的清高而保持着的。

现在看看姬小小，原来，和人亲近，竟然也是那般美好的事情。

姬小小一个旋身上了自己的屋顶，从其他几间废弃的屋顶上抓了几片瓦，就将屋顶的漏洞给盖了。之前帮萧琳的房子也防过漏雨，所以她很有经验。

"嗯，娘娘真厉害。"两个丫头毫不吝啬赞美之词。

三个人打扫屋子，收拾床铺，干得风生水起。一时间，冷清了很久了的冷宫，欢声笑语满天飞。

然而一声很不和谐的声音，瞬间打破了这边的欢乐气氛。

"皇后娘娘驾到……"

姬小小皱一下眉头，这皇后怎么总不见得吸取教训，真是屡战屡败还屡败屡战，要命。

"哟，贵妃娘娘，爬这么高做什么？"皇后走进冷宫，就看到了还在屋顶上到处找漏洞的姬小小，一手的灰，外带一脸的灰。

姬小小翻个白眼，纵身跳下来："皇后娘娘真有空，是要来帮我盖房子吗？"

果然萧琳说得对，冷宫未必清静啊。

"本宫是来看看，贵妃娘娘到了新的地方，是不是住得惯，让下人们别委屈了贵妃娘娘！"她一口一个贵妃娘娘，语言之间，极尽讽刺。好像这样就能打击到姬小小了一样。

姬小小翻个白眼，这女人也就只能在口头上逞能耐了，不去理她就好了。

见姬小小不说话，不回应，皇后只感觉心中的闷气没了出处。

想到这里，她冲着后面的小太监挥挥手："拿上来！"

那小太监赶紧拿上一个食盒，恭敬地道："娘娘……"

"都已经傍晚了，本宫想起妹妹应该还没吃过晚饭吧，这不，给妹妹送吃的来了！"说完，对着那小太监道，"小顺子，打开！"

食盒里面有鱼……骨头，肉……骨头，还有发黄的烂菜叶。

"鸡鸭鱼肉，可都全了，妹妹慢慢享用！"皇后一脸得意的笑。

姬小小看着一脸担忧的金玲和小红，冲她们摇摇头，继续不说话。

"妹妹不吃可以，不过这可是今天静心苑唯一一顿晚饭，再也不会有饭菜送来了。"皇后见姬小小继续沉默，不由有些心浮气躁起来，"妹妹不吃，你那两个丫头总要吃吧？"

说着，抬头看看金玲和小红："你们两个，赶紧吃了，不要跟着你们主子饿肚子！"

金玲皱眉，没有动，小红可是明白宫里规矩的人，皇后说没有饭菜了，就真的是没有了，当下动了一下脚步，就要上前。

"别去！"姬小小拉住小红的手，"相信我，不会让你饿着的。"

"不用想了，这冷宫之中有吃的就不错了。"皇后笑起来，"不信，你可以去问问本宫的老朋友，你的那位芳邻……如果，她还活着的话！"

"这些东西，皇后娘娘留着自己吃吧，我们消受不起！"姬小小终于忍不住了，都不理她了，这女人怎么还不走啊，啰里啰唆的，香玉的晚饭都送不进来了，她还真有些饿了呢。

"你……"皇后被噎了一句，不怒反笑，"哼，这个时候，犯倔对你没什么好处，本宫是一番好意，劝你还是吃了吧。"

姬小小快抓狂了，这女人怎么跟个鸭子似的，讲起来没完了？

忍不住，一个箭步上前，拎起食盒。

"这才聪……"皇后嘴里一个"明"字还没说出口，已经被塞了一块肉骨头，"皇后既然是好意，那我把骨头回赠给你，也是好意，你就吃着吧！"

"呸呸呸……"骨头整个塞进了嘴里，皇后一阵反胃，赶紧吐了出来，一旁的宫人都慌了，又捶背又抹嘴。

"你们帮本宫教训这个没大没小的丫头！"皇后跺脚，可她身后的人没敢动。

"敬酒不吃吃罚酒！"见没人动，皇后捂着胸口，却也不敢上前，只是一跺脚，"这几天都不用给静心苑送吃食了，本宫倒要看看，你这野丫头是不是铁打的，饿不死！"

"呕……"吐得脸色苍白的皇后被宫人们扶走了，姬小小拍拍手，回头看看身后的小

【第八章 酸溜溜一语惊醒梦中人】

红和金玲，耸耸肩："哎呀，终于可以按时吃饭了。"

那一边屋子，萧琳走了出来。

她承认，她没种，看到皇后到来的第一时刻，她首先想到的就是躲起来。

不过她没有想到，形势产生了大逆转，姬小小居然敢把肉骨头塞进皇后的嘴里，而皇后，显然还不敢有过多的反抗。

人善被欺，马善被骑，看起来，这句话真的有道理呢。

一个连皇后都不敢过度惩罚的女子，有些匪夷所思，萧琳觉得或者她应该重新审视眼前这个女子。

从未见过谁，是乐呵呵地住进冷宫的。也没见过宫里哪个主子，可以让丫鬟呼来喝去，在丫鬟为她做出什么牺牲的时候，她觉得理所当然，问题是，连丫鬟都觉得理所当然。

呵呵，真是个奇怪的女子呢。

"贤妃娘娘……"小红看到萧琳，赶紧上前搀扶。

这声称呼，好像是上辈子的事情一般，萧琳脸色一黯，叹口气："别叫我贤妃娘娘了，萧贤妃早就死了！"

小红知她是想起了不好的事情，不由忙改口道："那不如这样，奴婢学咱家娘娘，就称您为琳姐姐，不知道奴婢有没有逾越？"

"逾越什么，我早就不是主子了，有人称我声姐姐，那是看得起我。"萧琳对自己的处境心知肚明。

如果没有姬小小的出现，恐怕，她活不了多久了。

父母亲人的仇，或者她有生之年都看不到那些仇人的报应了。

多少年了，皇后还是那般嚣张，那般美丽。

她有容貌，还有皇上唯一的儿子。

她的命怎么这么好呢？

天理报应，根本就是自欺欺人罢了。

"琳姐姐，什么时候能吃饭啊？"见她仿佛陷入往事的魔障之中，姬小小忙上前转移话题。

看看天色，萧琳悠悠地道："也该是送饭来的时刻了。"

"笃笃笃"话音刚落，外面响起有节奏的敲门声，萧琳嘴角有了一丝笑意："这不来了吗，就是不知道有没有准备你们的呢！"

姬小小跳起来："我去看看！"说完，早就旋风一样冲到了门边。

门口，空无一人，只有一个大食盒。

看起来，金香玉是不想引起任何人的注意。

"晚饭来喽！"姬小小拿起大食盒，将它放在冷宫院落前面的石桌上。之前这个石桌早就七零八落，还是后来她修好的，现在一共有四个人，用来聚餐最好了。

打开食盒，香味扑面而来。

"哇，还有虾呢，香玉姐姐知道我爱吃海鲜，特地放的吧？"姬小小低头深深吸了一下香气，"她们的消息可真快，这就知道我进冷宫了。"

"宫里哪有秘密啊。"小红笑起来，还好她刚才没去吃那些残羹剩菜，原来娘娘说有饭，还真的有饭呢。

看来以后听主子的绝对没错。

"是谁送过来的？"金玲比较关心这个问题。

"老朋友。"姬小小笑起来，已经开始把碗筷放到桌子上，"大家开始吃吧，趁热趁热，好饿啊。"

老朋友？

金玲想了想，又想起刚才那句"香玉姐姐"，顿时就明白了。

吃完以后，收拾好，萧琳便拿起食盒，放到门口草丛之中很不明显的地方，下次金香玉来的时候，就会顺便拿走。

"哎呀，奴婢可不担心会饿肚子了。"小红摸摸鼓鼓囊囊的小肚子，心满意足，"没人管，没人理，跟神仙过的日子似的。"

"你呀，刚才还差点吃了皇后给的饭菜了呢。"金玲不由取笑，"幸好，娘娘手快，不过都便宜了皇后娘娘了。"

一众人大笑起来，继续收拾破旧的屋子。

破旧的冷宫，倒显得像世外桃源一般。

是夜，月明星稀，冷宫中的人都熟睡了，一条黑影，从房中闪了出来，跳上冷宫的墙，几个纵身，消失不见了。

皇宫某处，月亮照不到的地方，两条黑影窃窃私语。

"怎么回事，你怎么跟她去了冷宫？"

"师父……"

"啪！"一个耳光，狠狠扫过对面那条黑影的脸，"让你到宫里，不是让你真的给人当奴婢的！"

"师父，我……"被打的黑影声音有些委屈，"在冷宫之中还不是一样可以探听消息吗？再说之前徒儿给你提供的消息还不够吗？"

"哼，金矛王府，被他们糊弄过去了。"苍老声音的黑影冷笑一声，"只剩下蓬莱阁他们还在纠缠，水还不够浑啊，记得早点让那小皇帝和三大家族正面冲突！"

"是，徒儿知道了。"

"嗯，师父也不是故意打你的，打你，是为了让你长记性。"苍老声音的黑影从怀里拿出一个瓶子，递上去，"抹抹药吧，明天起来就消肿了。"

被打的黑影点点头："谢师父。"

【第八章 酸溜溜一语惊醒梦中人】

243

"最近有什么发现吗？"

"师父，徒儿发现，在冷宫之中，住着三年前的被废黜的萧贤妃，可江淑媛的丫头，却每天给她送饭，徒儿觉得可以从这上面做文章。"

苍老的黑影点点头："嗯，这是个很大的发现，江淑媛也算是小皇帝的宠妃，这其中肯定有猫腻。"

"那师父，我可要继续留在冷宫？"

"这个自然，留在冷宫，好好把这件事情搞清楚！"

"是，师父！"

挨打的黑影单腿跪下，然后起身，原路返回。

月亮慢慢隐退，太阳从东方升起，又是新的一天，天气很好，朝霞满天。

姬小小伸了个懒腰，空旷就是有好处，这冷宫的空气，就是比长乐宫好。

"今天的任务，拔草！"她插着腰，开始指挥。

从点苍山上带下来的种子还有很多呢，这一大块空地，光留着养杂草实在太浪费了。

"琳姐姐，我帮你换药去。"用罢早膳，姬小小拿着药箱就往萧琳屋里钻。敬事房负责送来的剩菜剩饭，还放在门口，孤零零地接受着阳光的照射，半天下来，就发出一股难闻的恶臭。

凤仪宫内，有人坐不住了："什么，没吃？？"

"嗯，奴才中午去送饭的时候，早上的食盒根本没人动过。"小太监恭恭敬敬地回答。

"那里面的人怎么样？"皇后凤眸一寒，"可是有气无力？"

"不呢，她们正忙着给院子里锄草，好像要种什么东西。"

"锄草？"皇后扶着凤椅站了起来，"都快一天一夜了，她们还有力气锄草种东西？"

小太监惶恐地道："奴才也不知道！"

"哼，肯定有问题。"皇后皱眉，"难道有人暗中帮着她们？"

"奴才没看到！"小太监的头更低了。

"本宫一定要查出来！"皇后拍了一下扶手，"帮她们，就是跟本宫作对。"

"是，跟娘娘作对的人，都不能放过！"小太监的话语变得谄媚。

皇后仿佛有些舒心了，想了想："对了，皇上说封沈幽婉为贤妃了？"

"是的，圣旨刚下，说让沈娘娘身体好了便搬去瑶华宫，不过奴才听说，沈娘娘不肯搬！"

"为何？"

"沈娘娘跟皇上请求说，要住……长乐宫！"

皇后一愣神，随即嘴角一弯，大笑起来："好啊好啊，沈贤妃做得真是妙啊，皇上怎么说？"

"皇上那边，奴才还不清楚。"

"行了，下去了，帮本宫查清楚谁在帮着冷宫里的人！"
"是！"

政和殿，玄墨一脸凝重地看着跑上来回馈消息的传旨太监。
"皇上，您看……"景德安小心翼翼地看着他的脸色，想看出些什么端倪来。
玄墨只是微微皱了一下眉头，却没有多余表情："御医说，沈贤妃情绪激动，身子又虚弱，最少需要静养一个月！"
咦，就这样好了？
景德安皱皱眉头，却不敢有太大的意见。
人都说皇上宠爱姬贵妃，可现在太后送她去冷宫，他照办，沈贤妃要她曾经住过的宫殿，他也没有太大的反应，只是往后拖了拖时间。
伺候了这位主子这么多年，景德安最近越来越觉得这位主子捉摸不定了。
之前总觉得他怯懦没主见，见到太后皇后刘鉴雄都是唯唯诺诺，而现在，他觉得这位主子周围绕着一层迷雾，离得越近，就越看不清楚。
在宫里浸淫这么多年，看人脸色是他的拿手好戏。可是现在，看了这么多年的人，忽然让他看不清楚了。
"今天是月半了吧？"传旨太监一走，玄墨的心思好像就完全不在沈幽婉身上了，倒是关心起其他事情来。
呃……
"是，六月十五了。"景德安点点头，这位主子越来越不按理出牌了。
不一会儿，一个小太监托着满盘子的牌子走了进来："皇上，晚上去哪位娘娘宫里留宿？"
玄墨皱一下眉，将牌子扫过一圈，然后翻了一块："就兰陵宫吧！"

六月十五的月光照射大地，今天皇上摆驾兰陵宫——那个据说被冷落了很久的宫殿。
那个被人笑话了很久的妃子，因为忽然之间升为淑媛，而让宫里的人对她刮目相看。
然而，皇上确实许久不去那里了，好像是赌气，有意冷落。
这让大家不由想起当年皇后和萧贤妃同时进宫的时候，皇上也是这样，故意宠着萧贤妃，冷落皇后。
若不是太后和摄政王逼迫，他可能这辈子都不会进凤仪宫大门一步。
所有的人都知道皇上娶皇后是迫不得已，那是皇上长这么大，第一次和太后大吵一架。
不过最后还是娶了，而且隔三差五还得去一次。
就这件事，奠定了皇上在后宫各种人心目中无比怯懦的形象。
皇上这么弱，被取而代之那不过是时日问题。

不管外面的风言风语，此刻的冷宫之中，来了一位不速之客。

"玄……"姬小小打开门，看到来人差点惊呼出声。

"嘘……"玄墨捂住她的嘴，看看屋内的环境，"住得还习惯吗？"

姬小小点点头："挺好的，还能种点草药，还能给琳姐姐上药……"

"琳姐姐？"玄墨一愣，"那是谁？"

"你的萧贤妃啊！"姬小小这才想起没有将这事告诉玄墨，不过此刻她都进了冷宫，有些事情也该告诉他了。

听完她的陈述，玄墨一阵沉默："或者，这几年，是我欠了她的。"

"放心吧，小小，不用多久了，你就可以横行整个后宫，不会让你在这里委屈很久的。"玄墨叹口气，搂过她的肩，"没有我，这几晚睡得可好？"

"哐当！"

一声尖叫，伴随着金属落地的声音传了过来，玄墨和姬小小赶紧分开，却看到一个素色衣服的女子，一脸惊恐地站在门口。

"琳姐姐……"姬小小一愣，再回头看看玄墨。

玄墨眼中的疑惑一点点散去："你……是琳儿？"

"皇……皇上，真的是皇上，真的是……"萧琳满脸的不可置信，睁大眼睛，双手都忍不住在发抖。

"是啊，是皇上。"姬小小笑起来，不过对于眼前女子的激动，心中却有些闷闷的。

因为女子眼中都是惊喜、惶恐，还有……眷恋。

她不知道自己这是怎么了，完全不了解这种陌生的感觉到底从何而来。

"是，是朕！"玄墨叹口气，"琳儿，这么多年，委屈你了！"

他是真心对她说抱歉，在他最没有能力去保护一个人的时候，让这个真心爱慕着他的女人，受尽了委屈。

"皇上，真的是你，真的是你！"萧琳大叫起来，干涸的眼眶之中，眼泪忽地夺眶而出，"臣妾就知道，皇上不会忘了臣妾的，皇上一定不会忘了臣妾的，皇上，是不是来接臣妾回宫的，臣妾……"

"琳儿……"玄墨眼中有些痛楚闪过，即使真话残忍，他也必须开口，"对不起，琳儿，恐怕现在不能接你回去。"

这句话，犹如晴天霹雳，将萧琳原本高亢的情绪打击得毫无踪影。

半晌，她又回过神来："那，皇上是来看望臣妾的是不是，臣妾不怪你，怪就怪皇后太后势力太大，皇上不是她们的对手，臣妾明白，皇上能来看臣妾，臣妾就心满意足了……"

面对一个在冷宫中寂寞了太久，毫无希望，此刻却在自欺欺人的女人，作为她的丈夫，他能说什么呢？

自己终究是没有将感情放在她身上过啊，当年宠她，不过是为了刺激皇后。还有她的温柔体贴，确实让当初被压制得快要发疯的他，得到了一些安慰。

可是，也仅此而已啊。

"是，朕来看看你，看你过得好不好！"即使知道她看到自己和姬小小亲热，但这个时候，除了顺着她的话说，让她心情好一些，他还能做些什么？

"皇上……是专程来看臣妾，专程来看臣妾的，是不是？"萧琳半边的脸上显出从未有过的红晕，甚至上来拉住玄墨，"皇上，你第一次来，走错了，臣妾，臣妾的房间在那边，你走错了，这是姬妹妹的房间，走，去臣妾那边，我们不要打扰妹妹了……"

"这……"玄墨有些为难，回头看看姬小小。

姬小小低着头，捏了一下自己的衣角。

她很想很想直接拦着玄墨，不让他出门，可是萧琳的眼神，让她想要伸出的手一下没了力气。

师父说的，要恃强凌弱，要优胜劣汰……

可是师父没有说过，强到底要强到什么程度，要淘汰的，是不是包括琳姐姐这样的。

"皇上，走啊，别打扰姬妹妹了。"萧琳的眼神从来没有这样亮过，亮得让姬小小心中一阵一阵地泛酸。

她不明白那是一种什么样的感情，后宫之中她见过不少嫔妃，她们的眼神在玄墨身上也是一阵迷乱，让她十分不舒服，可是在那些眼神之中，她总是可以看到不少其他东西。

算计，阴谋，占有，欲望……

但是如此纯粹的，就是想看到玄墨的眼神，她真的是第一次看到。

所以她只能一直不说话，一直狠狠地揪着自己的衣角，却不敢去看玄墨的眼神。

玄墨的眼神甚至透着求助，他无法拒绝，当然，其实他明白，小小也是无法拒绝的。平时脑子再好，此刻却想不出任何两全其美的方法。

姬小小始终低着头，玄墨用脚钩住了门槛，出了这个门槛，他就必须要离开了，必须去萧琳那里。

哪怕只是陪着她谈谈心，安抚一下她。

今晚，他注定无法当小小的抱枕了。

"皇上，怎么不走了？"萧琳看着玄墨，眼中的光芒，仿佛是一个未出阁的少女，那种活力四射，好像已经回到了十六岁，初见的时刻。

玄墨在看姬小小，一直这样看着。

然后，被盯着的女子，在听到萧琳的话以后抬起了头："你……去琳姐姐那儿吧！"

她和琳姐姐那么好，琳姐姐又那么可怜，她的东西，借给她用一晚又何妨？

是的，没事的，没事的！

只是心中酸溜溜的，即使面对玄墨那么多的嫔妃，她心中都没有那般发酸过。

她不明白,为什么唯独对萧琳她会有这种感觉,只是因为可怜琳姐姐,同情她的遭遇,是这样吗?

她很想给自己一个肯定的答案,可是始终未能如愿。

"好,我走!"玄墨赌气一般一抿嘴,大步跨过门槛,柔声对萧琳道,"琳儿,你的脸怎么了?"

"啊,皇上,臣妾是不是很丑,皇上还是不要看臣妾了,过几天,过几天就会好了……"萧琳慌张的尖叫声一声声传入姬小小的耳中。

有时候,她真的不希望自己的耳力这么好。

半晌,敲门声响起。

"不是让你去……"姬小小一把打开门,话只说了一半,停在了嘴边,"金玲……"

"怎么,看到我很失望?"没有外人,金玲就不自称"奴婢"了。

姬小小吸口气:"你应该比小红灵敏一点,听到我这里有动静了吧!"

自从上次号脉以后,她对金玲更了解了一些。

金玲对此倒不想隐瞒——反正瞒也没用,人家都知道了,不如大方承认。

"琳姐姐这么大的声音,若不是这地方太偏,估计隔壁宫殿都该听到了。"金玲笑笑,"怎么,看上去,娘娘的心情不大好。"

"不要叫我娘娘,我讨厌这个称呼!"姬小小觉得心中之火来得莫名其妙。

金玲笑意越浓:"皇上跟琳姐姐走了吧?"

"不要提这件事!"姬小小越发郁闷得慌,"我渴了,给我倒杯水!"

金玲忍着笑意,一般情况下,这种不过是自己动手就能完成的事情,姬小小是从来不会命令她们来做的。

今天情况果然有些反常。

不过金玲没戳破,只是听话地给她倒了杯水,这个时候眼前的女子是个炸药包,还是不要惹为好。

"咕咚咕咚!"姬小小一口干,"再倒!"

"行了,你当这个是酒啊!"金玲一边说着,一边还是给她倒了一杯,"这是茶,越喝越清醒!"

"喝酒做什么?"姬小小不解。

"借酒浇愁啊!"金玲理所当然地回答。

"为什么要借酒浇愁?"

"喝醉了,就能睡着了,现在你能睡着吗?"

姬小小摇摇头:"睡不着!"何止睡不着啊,她脑子里现在都是刚才萧琳拉着玄墨走的画面,还有玄墨温柔的问询声。

"什么感觉?"金玲凑近问。

"这里好酸!"姬小小猝不及防,傻乎乎地将手放在胸口,随即清醒过来,"你在问什么,什么感觉?"

金玲给自己也倒了一杯茶:"就是你想的那个!"

姬小小愣一下,本来想问,后来想想,之前师父师兄似乎也很容易看出她心中在想什么,金玲也不是第一个,也就释怀了。

"为什么会这样呢?"姬小小有些不解,很是苦恼地将五官皱成一团,"我不过是将玄墨借给琳姐姐用一会儿嘛。"

以前和三个师兄虽然经常互相抢东西,但是如果是问她借东西,她向来不会吝啬的。

这种酸酸的感觉,还是第一次呢。

"因为你借的是他啊。"金玲还是在笑,她这个主子真是脑子不开窍,在这方面啊,玄墨可是有的受苦了。

"他也是属于我的东西之一,有什么不同?"姬小小还是想不明白。

金玲没办法了,只好看着她道:"你想想,如果今天萧琳过来借的是我,让我晚上去陪她说说话,你会不会心里发酸?"

姬小小想了想这个可能,摇了摇头:"不会,琳姐姐挺可怜的,晚上陪她说说话对她的病情有好处。"

"那么,如果借的是小红呢?"金玲继续不疾不徐地举例子。

"也不会!"姬小小回答得更干脆。

"那为什么就是皇上会呢?"金玲丢下一个问题,让她自己去思考。

"皇上去别的嫔妃那里,你会不会不高兴,要是对哪个女子好一点,你是不是会不舒服?"金玲开始谆谆善诱。

姬小小又是很认真地想了想:"有点不舒服。"可是没有这一次强烈,反正那些女人也抢不走玄墨,她一勾手就能把他重新抢回来当"抱枕"了。

而且,玄墨从来没有一次反对过。

但是这一次,他的眼神,反正就是让她不舒服,非常不舒服,胸口发闷,胃里冒酸水,跟喝了两大勺米醋似的。

虽然一样可以一勾手就将他抢到身边继续当抱枕,可是不知道为什么,就是伸不出手。

但是今天面对一个她明明就可以抢赢的萧琳,自己居然退缩了。

什么是强,什么是弱啊?

她忽然有些迷糊了。

"在你的心目中,皇上和别人是不同的吧?"金玲加了一句。

好像是这样呢,好像是不同,可是哪里不同呢?

"对别人,特别是对别的男人,你会觉得他跟别的女人相处的时候,不舒服吗?"

金玲还在发问,老实说,她有些找不到切入点。

【第八章 酸溜溜一语惊醒梦中人】

"为什么会这样呢？"这回换姬小小问金玲了。

"你喜欢上皇上了。"金玲决定还是戳破的好，不然不知道要浪费多少口水才能让她明白。

"喜欢？"喜欢是什么？

"男女之间的喜欢，就是你总是会想见到他，一日不见如隔三秋。不喜欢其他女人接近他，他喜欢别的女人呢，你会难受，这个叫吃醋，你在吃醋！"金玲叹口气，看上去，姬小小依然不是太明白。

"我困了，你也早点睡！"打着哈欠出门而去，留下傻愣愣的姬小小。

男女之间的喜欢哦……

好像听师兄们提过，男女之间要互相喜欢，然后才在一起，或者成为情侣，或者成为夫妻。

不过当初在客栈一看到玄墨"秀色可餐"，直接就忘记这茬了，只想着抢来当"自己的东西"。

现在想起来，那个是不是就叫做"喜欢"啊？

可是她也喜欢三个师兄，也喜欢师父，也喜欢阿彩，也喜欢绿墨……

歪着脑袋的姬小小睡意全无，沉浸在自己的想法之中，直到敲门声响起。

"谁？"她本能地回了一句。

玄墨推门进来，脸色有些闷闷的："我要回去了，你还没睡吗？"

"嗯！"姬小小迷茫地点点头，忽地睁大眼，"咦，玄墨，你怎么回来了？"

玄墨的嘴角抽了一下，话都说了两句了，她才反应过来。

那她刚才又是"谁"又是"嗯"的，是在跟空气说话吗？

在他还没想明白之前，姬小小已经跳了起来，抓着他的胳膊摇晃："你回来，你真的回来了？"

"不然呢？"玄墨有些无奈，本来不是她让自己去的吗？

现在好像搞得自己抛弃了她一样，这神情，颇有些像刚才的萧琳。

这丫头是怎么了？

一扫刚才有些发闷的阴霾，玄墨此刻真心关心起姬小小的精神状态来。

这丫头是受什么刺激了？

"我以为你会一直陪着琳姐姐。"姬小小快人快语，将自己的担忧毫无保留地说出口。

一直陪着，什么意思？

玄墨一头雾水："她已经睡下了，我看天色不早了，也该走了，就跟你来说一声！"

天知道他用尽了浑身解数才哄着萧琳睡下的，忍不住便想再回来看看那个把他拱手"送"给别人的那个女人。

但是一看到她，先是一脸的迷茫，后是一脸的惊奇，就好像他不应该出现在这里一样。

"睡了啊？"玄墨一直陪到萧琳睡下了为止啊……

姬小小心中一阵怅然，忽地又睁大眼睛："那你是不是可以陪我睡了？"

玄墨指指外面的天色："已经不早了，我得回去了，我是偷偷来的，不能让宫里的人发现，你再忍耐几日，我们就不用再看人脸色了。"

黑旗军有异动，刘鉴雄隐忍了这么多年，看来是坐不住了。

现在，看来只能反击了。

不会太久，就在这几日。

可惜蓬莱阁被人死死盯住，有些情报根本送不出去，不然还可以再早一些的。

到底是谁在背后动手脚？

玄墨皱一下眉头，隐约已经有了一个方向，不过目前不是深究的时候，他想牵出幕后的黑手。

浮在水面上的，都是一些小喽啰罢了，他要等的是大人物。

"走走走，走吧走吧！"刚神游太虚中，耳边忽然传来某个小女人不耐烦的声音。

"怎么了？"被一通火发得有些莫名其妙的玄墨，摸摸鼻子。

他第一次看到姬小小发火呢，这火还是没有来由的……

"没事，我没事！"姬小小将地板踩得"咚咚"作响，跑到门边，"吱呀"一声狠狠打开门，"走吧走吧，走得越远越好，以后再也不要来了！"

"小小……"玄墨的话语之中透着无奈。

就算要死，他也要死个明白不是？

"走啊！"姬小小大声叫。

"嘘，轻点，别让别人听到！"玄墨赶紧捂一下她的嘴。

姬小小火气更大了："听到又怎么样，我行得正坐得端，我就大声了，就嚷嚷了，你怕就赶紧走，最恨偷偷摸摸的！"

原来她恨的是这个吗？

玄墨苦笑一声，放柔了声音："小小，现在没办法……"

"那就去想办法！"姬小小将他推到门口，然后"砰"一声关上门。

碰了一鼻子灰的玄墨只好继续苦笑，这位小姑奶奶到底是怎么了？

再回头想想，这样偷偷摸摸，又得不到自己最好的保护，或者换角度想想，他也会憋闷得慌吧？

小小神经大条，所以能到现在才爆发，已经很不错了。

如果换了其他女子，大概在隐忍中变成萧琳那样疯疯癫癫，或者就好像沈幽婉那样见谁都恨。

一国皇帝，被个小女子，这个小女子还是自己的妃子，深更半夜赶出房门，还被骂了一顿，心中居然愧疚多过窝火。

他这个皇帝，做得也够窝囊的。

他的奴性，也够坚强的。

【第八章 酸溜溜一语惊醒梦中人】

"是我太无能了，是我太没用了！"他的叹息声，一声不差地传入姬小小的耳中。

她不是个不分是非黑白的人，可是刚才那些话，根本不经过大脑嘛。

玄墨好像被她骂得有些可怜呢，明明是自己心情不好，却牵累了无辜的他受自己一顿炮轰。

现在的她和皇后太后之流，有什么区别啊！

外面的脚步声带着踌躇，来回几次，终究开始远去。

"吱呀！"姬小小快速打开门，果然只看到一个玄墨的背影。

"喂……"在那背影因为她的开门声停下的同时，她难得有些怯生生地叫了出口。

玄墨快速回身，脸上的郁闷之色却没减。

他也是男人嘛，有自尊的。

"那个……"姬小小抓着门，用手左右摇晃，让门发出"吱吱呀呀"的声音，"玄墨……"

……

"玄墨，你喜不喜欢我？"姬小小终于问出口。

她是直爽的女子，却不知道为什么，问出这句，竟然如此困难。

玄墨睁大眼张大嘴，他等了半天，郁结在心，快要闷死了，也做好了被继续骂的充分的心理准备，就换来这么一句？

他终于更郁闷了……

第九章　急切切你方唱罢我登场

我不喜欢你为你做这么多事？

我不喜欢你随便你把我抢来抢去，随便你拿我当抱枕？

我不喜欢你随便你骂不还口？

我不喜欢你，差点准备为了你在根基不稳的时候和三大家族闹翻？

啊啊啊啊？

玄墨抓狂，玄墨想捶地，玄墨想咆哮……

但是，结果的结果是……

他很没骨气地蹿上墙头，然后几个纵身就跑出好几个宫殿的距离。停下来时，他甚至还回头看了看，发现姬小小并没有追上来追问，才松了口气。

再回头，忽地一拍自己脑袋。

自己这是跑哪里来了，跟兰陵宫差了快十万八千里了，还好会轻功，回去还来得及，不然待会景德安就得上卧室来叫醒他了，一切都会露馅。

江晚月的事情也不知道办得怎么样了，好像还有很多事情要担心呢。

玄墨一个脑袋两个大，满脑子却都是姬小小最后那句话："你喜不喜欢我？"

那句话，在脑海之中开始慢慢放大，放到无限大……

而这一晚，兰陵宫中同样有个大忙人，那就是兰陵宫的主人——江晚月。

蓬莱阁的事情越来越麻烦，即使对方什么都查不出来，被这样盯着，他们也是什么事情都做不了。可惜他被困在深宫之中，计划也只完成了一半，还未成功，无法脱身。

今晚，是个好日子，即使出去被人抓住，他也是男儿身，不会暴露。

玄墨回到兰陵宫的时候，只有金香玉一个人在房内焦急地等候。

"晚月还没回来？"玄墨皱了一下眉头，大事当前，有些事情，只能先暂时抛诸脑后。

都已经四更天了,晚月没有回来的迹象。

"会不会出什么事?"金香玉也是来回踱步加搓手,"蓬莱阁附近一直有人监视,我本来在想,以晚月的武功,应该没事的,现在看起来……"

玄墨摆摆手,让她少安毋躁:"不行,待会等我出去的时候,你再出去找他一下,现在你和晚月要是都不在,会引起外面的怀疑。"

外面有个景德安,可是盯他盯得越发紧了。

两人正说着话,窗子轻轻一掀开,蹿进一个人来。

"我的娘娘,你可回来了。"看着一身夜行衣的江晚月,金香玉抚着胸口,一脸后怕。

"噗——"江晚月张了张嘴,竟然吐出一口血来。

"怎么了?"金香玉忙上去搀扶,让他坐到床上。

"遇上埋伏了。"江晚月的神志还算清醒,不过看上去受了很重的内伤。

玄墨皱了眉头:"是蓬莱阁吗?"

江晚月气短地点点头,将一些东西递给金香玉:"帮我串起来!"

金香玉定睛一看,竟然是一堆珠子,看上去,是断了手珠链子,就是那串姬小小送给江晚月,用来抵制圣婴大法阴气的手珠。

"怎么会断了?"金香玉大惊,和玄墨一起将真气输给江晚月,让他能缓过一些力气来,讲述今晚发生的事情。

原来,江晚月今晚顺利到了蓬莱阁。虽然发现有埋伏的人,可也算顺利躲过。

等到了蓬莱阁以后,事情处理完了,出来的时候一时大意,竟然惊动了一个埋伏的人,一下引起了连锁反应。

那些人都是黑旗军的精英,姬小小与之一战尚且差点伤筋动骨,江晚月武功也算一流,可对方人多,只能边走边退。

好在有圣婴大法的阴气撑着,他的轻功已经进步不少,对打过程虽然受伤,却还是被他甩脱了追随的人,顺利到了皇宫。

没想到,皇宫周围居然也埋伏着人。

惊动了侍卫的江晚月退无可退,千钧一发之际,他不得已,到凤仪宫内藏身。

他赌那些侍卫不敢闯凤仪宫,江晚月决定冒一次险。他还记得自己上次在御花园使用"天狐媚笑"以后,皇后的反应。

生和死就在一线之间,他进了皇后的卧室。

"谁?"皇后也是练过武功的人,自然比常人警醒些。

她一跃而起,拿过挂在墙上的鞭子,就朝着江晚月甩了过来。

她的武功对于江晚月来说,不过是花拳绣腿,虽然受了内伤,也不过一个回合,就被他揪住了:"皇后娘娘,救小的一命吧!"

风，从门缝里飘进来，扬起他的发丝，桃花眼微眯起，有些波光，接触着皇后的眼睛。

皇后心神一荡，身形一滞，竟然连脸颊都忍不住发烫起来："你……怎么救？"

"娘娘将门口那些人赶走吧！"江晚月循循善诱。

皇后立刻正了正心神，对着外面喊道："怎么回事，谁在外面？"

"皇后娘娘，有刺客闯入凤仪宫，属下是来搜查刺客的！"外面立刻有人回答。

"滚出去！"皇后凤目一凛，大声呵斥，"你们难道还怀疑本宫私藏刺客不成！"

"这……"外面有些犹豫。

"要不要进本宫的寝殿来搜一下，以示本宫的清白？"

"属下不敢！"外面的声音诚惶诚恐，却带着坚持，"皇后娘娘，属下认为，为了娘娘的安危，至少应该将凤仪宫搜查一遍！"

皇后看看江晚月，却见他只是笑笑看着她，还摆出一脸的信任。

面子上顿时有些过不去了，皇后噔噔几步走到门口，喝道："本宫让你们滚没听到吗，大晚上扰了本宫的好梦，是想脑袋搬家吗？"

外面的人犹豫了半晌，才不情不愿地道："是，属下该死，属下这就撤退！"

嘈杂的脚步声慢慢散去，皇后有些得意地看着江晚月："公子，他们都走了！"

迷茫的眼神，带着一些炫耀的意味。

"做得很好！"江晚月蛊惑一笑，捋起她的长发，"我要走了！"

男儿身的江晚月，有一种特别的味道，玉树临风，偏又带着一股阴柔的味道，举手投足，媚态藏都藏不住，男女通杀，端的是妖孽无双。

"要走了吗？"皇后有些急了过来抓住他的手，"什么时候再来？"

她的眼中有些无助，好像情窦初开的小女孩。

"会的，我会再来看你的。"江晚月用手轻轻抚一下她的脸，却不敢再多做什么。

不管怎么说，她都是皇上的正妻，勾引皇后，他可担不起这个罪名。

如果不是事情被逼到这一步，他不会冒这天下之大不韪。

"什么时候？"皇后的眼神慢慢变得犀利起来，强烈的占有欲，让江晚月看得暗暗心惊。

他倒是忘记了，虽然"天狐媚笑"可以蛊惑人心，可被蛊惑的人的基本性格还是不会改变的。

皇后的占有欲，他可是耳闻过，也见识过的。

"如果我能活下来，一定很快！"除了骗她，他不知道该做什么。

"你不能食言！"皇后抓着他的手腕，眼神之中带着坚定，"七天之内，我一定要见到你！"

江晚月暗暗叫苦，他惹了位什么姑奶奶啊。

"好好好，一定一定！"他敷衍着，试图脱开手腕。

皇后却死死抓着不肯放："不如不要走了，你藏在这里，没人敢进来。"

【第九章 急切切你方唱罢我登场】

255

"不行，娘娘，我还有事！"江晚月的力气毕竟是比皇后要大的，使了点巧劲使了点内力，一下脱身。

"哗……"一声，地上忽然落了满地的珠子。

手珠！

江晚月大惊，什么都顾不上了，赶紧弯下腰开始捡珠子。

圣婴大法的后遗症，他亲眼见过，从来不敢掉以轻心。

"我帮你捡！"皇后见他神情都变了，便摆出一副讨好的样子，帮着他捡珠子。

终于将珠子收集好，江晚月小心翼翼地放入怀里不敢有误，也不顾皇后的再次阻拦，便从窗户飞身而去。

他没有看到，身后的皇后，慢慢摊开手心，上面，放着一粒珠子。

"留个纪念吧，这么紧张这串手珠，不怕你不回来。"皇后一脸的神往，脸上的红晕越发明显。

听完江晚月的话，金香玉也已经将手珠串好了。

"怎么好像短了一点？"江晚月皱了一下眉，将手链上的珠子数了一下，"十一粒，我记得应该是十二粒，怎么少了一粒？"

刚才太匆忙，他并没有数过，只是将看到的都捡了起来，然后又从皇后手中将剩余的拿了回来，便越窗而出了。

"先戴着吧，我下次去凤仪宫帮你找找看。"玄墨皱一下眉头，"但愿不要太影响功效。"

姬小小说，若是想根治，估计只有她师父天机老人有办法，她没有那个能力。

他派人去请了，可是人家说，点苍山上根本没有人——当然，没有人能在没有天机老人师徒的辅助下，登上点苍山。

点苍山，四面都没有路，而且十分陡峭。

唯一一条路，上面只有凸出的石块可以攀登，如果没有绝顶的轻功，是上不去的。

据说至今除了天机老人师徒五人，就没人自己爬上去过。

"嗯，我先去问问小小，有没有备用的。"金香玉叹口气，事分两头做，成功概率会高一些。

玄墨点点头，私下里，金香玉他们还是愿意叫姬小小名字，毕竟入宫之前认识的，叫贵妃娘娘有些别扭。

天色微亮，玄墨整装离开兰陵宫。

今日不是上朝时间，一早却有不少大臣在政和殿等候。

玄墨眉头紧锁，这帮人无事不登三宝殿，要登，也应该登的是"刘家殿"，今天怎么想到来找他了？

自从他登基以来，刘鉴雄美其名曰帮助处理政事，其实就是独揽大权。九年前，也就是玄墨十六岁以后，刘鉴雄倒是美其名曰放权给少年天子亲政。只不过，丢给他处理的都是一些无关紧要的政事。

"让他们进来吧！"暗一沉吟，玄墨还是看看是什么事情再说。

要知道，昨日就是早朝时间，这些大臣基本都在朝上，却什么事情都没有。

此刻才过了一日，忽然集体求见，确实有些蹊跷。

带头的是护国公——皇后袁敏的父亲。

难得啊，三大家族居然没有全部出席，带头的居然是袁家人。

一般情况下，都是刘家带头的。

看起来，江晚月的计划，很是成功啊。

行过拜见大礼，玄墨很客气地让一帮老臣子坐下，等着他们开口。

护国公从袖子里拿出奏折，一脸冠冕堂皇，大义凛然，为国为民肝脑涂地的样子："立储是国之根本，如今大皇子已经四岁，臣等商议，是否可以早立太子，以安民心？"

玄墨心中一动，思索一阵立刻明白了。

难怪不找刘鉴雄，这袁家已经另存了异心了。

悦儿都四岁了，这四年来，刘鉴雄什么心思，三大家族心中有数得很。只不过，这几年来，袁家人一直等着刘鉴雄大事成了以后立他们孙子为储呢，对他可谓是全身心地信任。

只不过，江晚月一语惊醒梦中人。

该争取的利益，早就该争取了啊，敢情这几年他们都被人当傻子耍呢。

想到这里，玄墨抬头，展开景德安递上来的奏折，果然袁家有关的那些大臣都签了名字。

是联名奏折。

玄墨微笑，四两拨千斤："朕还正当盛年，悦儿也还年幼。况且，太子一事，关系国计民生，朕决定，应该到早朝上让众位爱卿一起讨论的好，特别是亚父，朕还要问过他的意见。"

说完这句，他瞥了景德安一眼。

可记得将这句话告诉刘鉴雄去哦，千万别忘了，朕还是很倚重亚父大人的。

殿上众大臣窃窃私语，玄墨耳边也飘来几句："袁大人，原来这事摄政王不知道的吗？"

"是啊是啊，你不是说经过他默许的吗？"

"你不是说，摄政王是你大舅子，你们商量好了的吗？"

"……"

玄墨心中暗笑，这护国公骗人真是一点技术含量都没有，三大家族的人，真是一代不如一代了，难怪能教出袁敏这样的女儿来。

"哎呀，悦儿不就是摄政王的侄孙嘛，他能不同意？"护国公赶紧制止他们，"只不过，老夫是想把这事办成了，给他一个惊喜啊。"

说完，他再次对玄墨道："皇上，此事即是国事，也是皇上的家事，臣觉得摄政王应该不会过多干涉，皇上不如亲自做决定为好。"

【第九章　急切切你方唱罢我登场】

那些被骗的大臣有些醒悟过来了，脸色可不大好。

可是联名的奏折送都送到玄墨手里了，他们不可能去把自己的名字划掉，也算是逼上梁山了，只得闷不作声，或者随声附和。

玄墨将奏折一合，还是带着微笑："护国公的意思朕已经明白了，朕会慎重考虑，几位爱卿先请回吧！"

"皇上……"护国公有些急了，他就是想趁刘鉴雄无法给意见的时候，让玄墨定下储君人选。

"下次早朝，朕一定给众爱卿一个满意的答复，可行？"玄墨算了一下日子，四天，应该可以布置一些什么。

见玄墨都这样说了，护国公也不好再勉强，心中暗叹一声，接下去的时候，就靠女儿你的了。

"如此，臣敬候佳音！"护国公带着一帮大臣浩浩荡荡离去。

玄墨回头看看景德安："小德子，今日你当值的时间似乎到了吧？"

景德安一愣，想了想："过了午时就该换人了！"

他是总管太监，忙的事情比较多，早上让皇上起床以后，伺候到午膳时间就可以离去休息。

"朕有些饿了，传午膳吧，你可以退下了！"早点去给刘鉴雄传个口信也好。

在景德安面前，玄墨一直是个很好说话的主子，所以也不疑有他，又正好合了自己的心意，忙告辞传膳而去。

虽近午时，天气炎热，加上之前一帮大臣唧唧喳喳一阵闹腾，其实他并没有什么胃口。不过依然勉强吃了几口，什么也不做，只是等着。

果然，就在护国公离开一个时辰左右，就看到凤仪宫的宫女过来传话："皇上，大皇子中午用完午膳忽然肚子疼，皇后娘娘急得没了办法，让奴婢来请皇上过去看看。"

时间差不多，希望另外两个人来得刚刚好，才有戏可看啊。

"是吗，怎么这么不小心，赶紧带朕过去看看！"玄墨"霍"地站了起来，几大步就走到了门口，对儿子的关心之色溢于言表。

"悦儿怎么样了？"扮演好一个父亲的角色，对玄墨来说不算什么难事。

即使再不喜欢皇后，悦儿总是他的亲生儿子。

从悦儿酷似自己的面庞来看，他从未怀疑过。

让他曾经怀疑的只有一点……他和皇后从来水火不容，而他们之间，只有那次皇后对他下药的一次而已，皇后便怀了孩子。

听说，那种药力影响下怀上的孩子，很容易得一些先天性的疾病。

好在，悦儿生下来以后什么病痛都没有，不知道算不算天佑皇家。

只是，就那么一次，皇后运气也太好了，这就怀上了孩子！

"上午还好好的，下午不知道是吃坏了什么，说是肚子痛，又冒冷汗，臣妾也是急得没了法子，才去叫皇上的。"皇后一脸的焦急……准确地说，她用力地表演焦急。

很累吧，演戏？

玄墨心中冷笑，也不戳穿："可叫太医看过了？"

"来过了，立刻就宣了。"皇后握住玄墨的手，"太医开了药，可悦儿还说疼，怎么办啊，皇上？"

难得她不嚣张，不趾高气昂，这样放低身段，很累吧？

"放心，药效没这么快，总要过一会儿的。"玄墨眼神扫过一旁忙碌的几个太医，"悦儿怎么回事？"

"回皇上的话，可能是天热，吃了些下火的东西。"太医院院政赶紧过来回话，"臣看了大皇子殿下中午的菜单，有酸梅汤，是冰镇的，大皇子空腹喝了两大碗，怕是胃受了寒气。"

院政是袁家的远亲，他能说出些什么，玄墨早就心中有数。

可看看悦儿，疼得小脸都缩成了一团，不像作假。

皇后啊皇后，为了争权夺利，你真的连自己儿子都能下得了这样的狠手吗？

玄墨心中窝火，他简直要怀疑这儿子到底是不是皇后亲生的了，虎毒还不食子，皇后对悦儿又是毒打，又是下药利用，这个女人的心，真的太狠了。

"可好些了？"他坐到床边，一阵阵的心疼。

明明知道凶手是谁，可是作为悦儿的亲生父亲，他不能去当面斥责。

他不配为人父啊。

"父皇，悦儿痛痛……"悦儿额头冷汗还在，不过没有新的冷汗冒出来了，看来药效开始发挥了，"父皇来了，悦儿就不痛痛了。"

悦儿真的是个很乖的儿子，可惜，他跟了一个那样的母亲。

事实上，他也不是一个合格的父亲啊。

如果悦儿没有一个那样的母亲，如果自己没有一个那样的母后，或者，悦儿生下来，就可以封做太子，根本不需要落入这场权力更替的战争之中作为牺牲品。

但在他这个父亲都自身难保的现在，保护自己的东西，需要有实力，强大了，才能保护他们。

姬小小的话，真的很对。

"去，把御膳房今天当值的人给本宫叫过来。"皇后满脸怒容，"悦儿虽然没有接受任何册封，可好歹也是皇上唯一的儿子，还是正宫嫡出，他们做事一点都没有将这些放在心上吗？"

玄墨暗皱一下眉头，看上去，这回皇后可是学聪明了，知道转弯抹角，先来个开场白了。

是有人教的吧？

计划很周密啊，可惜，他的计划更周密。

"皇上，他们就是欺负臣妾母子，看悦儿至今连个王都没封上，瞧不起凤仪宫的人，才

【第九章 急切切你方唱罢我登场】

259

会如此怠慢的。"皇后一转头,又冲着玄墨装可怜委屈。

跟他讨册封来了。

玄墨一脸怒气,佯装听不懂她话中的暗示:"什么话,悦儿是朕的亲生儿子,是皇子,封不封王都应该得到妥善的照顾……不过,太医不是说是悦儿自己多喝了酸梅汤才肚子痛的吗?"

皇后一愣,回头瞪了刚才那个太医一眼,然后又可怜兮兮地道:"那也是那些丫头们没看好,才让悦儿喝了这么多……"

"你在做什么?"玄墨平淡地问了一句,"这种事情,不是你这个母亲应该亲自做的吗?"

"臣妾……"皇后一下竟然回答不上来了。

"太后驾到……"

两人正相持,门口一声喊,皇后如蒙大赦。

不过只是一瞬间而已,随即垮下了脸。

太后和谁一伙的,她心里比谁都清楚。

"哀家的孙子怎么样了?"太后快步走进来,倒没觉得她有多着急,多半是听到有人嚼了舌根子,知道护国公请求册封太子的事情了,才会匆匆赶过来的。

"回母后的话,太医已经来看过了,没有大碍。"皇后只能装得表面上贤良淑德,心中恨不得这死老太婆赶紧走,"太医说悦儿要好好休息,进去的人越少越好,皇上在里面陪着,母后进去看看吧!"

言下之意,母后你进去看看就立刻出来吧,别打扰您孙子休息。

当然,太后肯定不可能看看就出来,她出来的时候,刘鉴雄已经到了。

"皇上,臣听说大皇子病了,赶紧进宫!"刘鉴雄对着玄墨,行点头礼就行了,不需要下跪的。

玄墨早已不在悦儿床头了,起身迎接:"亚父来得正是时候,悦儿已经无碍了。"

"那臣就放心了。"刘鉴雄假惺惺地一阵高兴,顺便狠狠瞪了皇后一眼。

袁家这次做的事情,让他有些措手不及。不过他不是别人,他是刘鉴雄,刘家权倾朝野,并非一个袁家就可以动摇的。

"皇后正在跟朕谈起要给悦儿封太子的事情,朕想着,悦儿年纪也不小了,这事也该考虑起来,亚父觉得如何?"玄墨见人都到齐了,开始将话题引入正轨。

刘鉴雄没想到玄墨说话这么直接,不由有些疑惑。

听说这小皇帝最近搞了不少小动作,可是今天看起来,一样没什么主见,也没什么脑子。

这种事情,摆明了就是袁家在暗中搞鬼,现在他居然拿出来跟他商量,那就是他一点面子都没给袁家?

果然是个没用的皇帝,看来只有尘儿……呵呵,只有尘儿才适合那张雕着龙纹的椅子,适合那件黑底上绣着五爪金龙的袍子啊。

至于小小的袁家，他根本不放在眼中。

他应该让他们知道，到底谁是老大。

"皇上，依老臣之见，太子人选需要德才兼备，大皇子还小，品性还难估算。皇上又值盛年，将来定会有不少子嗣，大皇子虽然是嫡出，可是帝王之道，贤者居之。而目前看来，大皇子身子又弱，恐怕需要再等上几年。"

刘鉴雄话中有话，第一不立悦儿为太子，这样，如果篡位成功，大臣们第一个时间想到的自然是太子而不会是常陵王。

而一个没有封王又没有封太子的所谓皇子，没有了父亲的庇佑，没有了朝臣的支持，是抵不过一个成年王爷的。

二则，他现在就提出帝王要立贤这个概念，也是为了到时候少一些舆论上的阻力。

先把这个观念深入人心，到时候，很多冠冕堂皇的理由都可以拿出来说。

"舅父说哪里话来，自古立太子都是立嫡立长，悦儿两样都具备了，怎么就不能立了？"皇后一听来气了，"悦儿今日只是吃坏了东西而已，平日里也是十分健康的，所有的人都说他聪明可爱，怎么就身子弱了？"

太后见皇后气急，忙劝解："皇后，皇上还年轻，悦儿也还年幼。你若是这么有信心，再等个几年又何妨？"

她这话，摆明了是在帮着刘鉴雄。

"再等几年？"皇后怒道，"再等几年臣妾母子就该被下人欺负死了，现在悦儿都四岁了，就已经有人看悦儿什么都没有，就欺负上门了，再等几年这后宫还有臣妾的立足之地吗？"

太后还要说些什么，忽地听到有人来报："江淑媛来探望大皇子了！"

皇后眉头一挑："赶快让她进来。"

因着上次那些话，今天也已经应验，她对江晚月还是很有好感的。

但玄墨有些担心，毕竟江晚月是昨天晚上刚受的内伤，恐怕到现在也没好好休息，不知道他待会能不能应付这复杂的状况。

而刚才他也已经将凤仪宫扫了一遍，完全没有发现他缺少的那枚珠子，看起来，他们两个要都完成任务，还有些困难。

江晚月缓缓走了进来，看得出来，她的脸色还有些苍白，不过用胭脂水粉掩盖了下去，看上去，只是瘦弱了一些，倒没其他不妥。

看她脚步还算轻盈，想必昨晚的内伤已无大碍。

玄墨松了口气，才发现太后看到江晚月进来以后，脸色一直不大好看，甚至在他行礼的时候，冷哼了一声，酸溜溜地道："江淑媛，快快请起，这么娇弱的身子，跪久了，怕是有人要心疼了。"

说这话的时候，太后看着刘鉴雄，已有所指。

刘鉴雄的脸色顿时不太好看起来，那次两人的争吵还没过去几日，他们也没有谁愿意先

【第九章 急切切你方唱罢我登场】

低头认错，就这样一直僵持着。

若不是今天的事情关系到他们两人共同的利益，让他们暂时忘记了争吵，此刻根本不会站在一起配合。

而江晚月的出现，根本就是在提醒他们，矛盾还没有解决。

不过吵归吵，刘鉴雄毕竟是男人，知道大事为重，见江晚月进去了，赶紧跟太后使个眼色，面色尽量保持温柔。

可惜他忘记了，这么多年来，太后是什么性子的人。

当年可以为了跟他吵架，一任性将自己的终身大事都当做赌气的筹码，现在一个跟自己几乎无关的封太子事件，又怎么能让她暂时放下愤怒？

"皇后说的不无道理，悦儿长期都没有封王位，似乎确实不妥！"说这句的时候，太后挑衅地看着刘鉴雄。

玄墨在一旁默默喝茶，看戏。

这狗咬狗的戏码，他还是很喜欢看的。

难受的是，他看戏的时候，不能表现出自己的任何喜怒哀乐。

不过也已经满足了，这足以说明江晚月的离间计已经基本成功。现在，三大家族已经开始分化。

袁家和刘家应该开始彻底决裂了，而太后嘛……作为中间人，左右摇摆，也起不了什么作用了。

刘鉴雄皱了一下眉头，用眼神示意："太后，这……"

"怎么，摄政王觉得哀家的话不对吗？"太后柳眉一蹙，目光一凛，冒出一声冷笑。

"皇上还年轻，还有不少变数，臣认为，不用这么早定下太子人选！"刘鉴雄是真的有些着急了，这位姑奶奶，有时候真的是油盐不进啊。

暗示啊，都变成明示了。

可太后她老人家还陷在自己的愤怒之中不可自拔。

"年轻？"太后冷笑一声，"先帝驾崩的时候也不过三十出头！"

咳咳……

这什么比喻，哪有做娘的诅咒自己亲生儿子早夭的？

"太后……"刘鉴雄冷了脸，他也是要面子的，不然当年不会看着她进宫而不去挽留。

气头上的两个人，其实跟普通人没什么区别。

江山易移，本性难改，这句古话，用在他们身上，真是再合适不过了。

"母后，亚父，你们先别吵了。"见火候差不多了，玄墨站了起来，"这事确实难办，朕以为，母后和亚父的话都有道理，不如再多给我点时间考虑一下，朕答应护国公，四日以后早朝，给他答复。"

又是护国公！

刘鉴雄受了太后的气，此刻听到他妹夫的名字顿时火气更旺。

若不是他，自己怎么可能跟太后大吵？（他压根就忘记了之前争吵的根源）都是这个多事的小人搅的浑水，不给点教训，还真不知道马王爷几只眼了。

"如此甚好，请皇上容臣慢慢考量，三日之后，必定给皇上一个满意的答复！"

三日，足够了，袁家的人，真以为娶了他刘鉴雄的妹妹就可以为所欲为了吗？

他为了自己的亲妹子，已经容忍太久了。

但是这事他之前一点风声都没有听到，很显然，他那位亲妹子在其中扮演了什么角色，已经很清楚了。

刘鉴雄想到这里，两只手拳头都握起来了，这几年他自问还算宠着自己的妹子的，现在居然为了"外人"跟他这个哥哥过不去。

而那一边，太后仰起头，鼻子出气，趾高气昂地看了他一眼，再回头看看玄墨："这样也好，既然悦儿没事，哀家也乏了，回宫吧！"

自始至终，她再没睁眼瞧过刘鉴雄一眼。

刘鉴雄心口的火苗，噌噌噌一下蹿得老高。

"老臣这就回去好好思量一下。"他不忘行礼，还算得上脑子清醒。

玄墨挥挥手："有劳亚父了！"

谦卑恭敬，和以往没有什么两样。

"你……你们……"最气的是皇后，大热天闹了这么一出，结果和没闹是一个样，白费了大半天的力气。

江晚月款款走了出来，看看玄墨，再看看皇后："皇后娘娘别生气了，好好照顾皇子殿下要紧，留得青山在，何必怕没柴烧呢？"

玄墨赶紧点点头："你好好带着悦儿，只要符合了亚父的条件，这太子之位，还不迟早是他的吗？"

"亚父亚父，你就知道看他脸色行事，你才是皇上啊，你才是一国之君啊，为什么事事都要听他的？"皇后终于绷不住了，装了大半天的贤良淑德，现在也已经到了临界点。

玄墨佯怒："怎么可以这么说亚父，不管怎么说，他也是你舅父，是你的长辈。朕问他的意见，也是尊重老臣，这是魏国一贯的传统，皇后，你逾越了！"

说完，一甩袖子，抬腿就出了凤仪宫的大门。

后面的事情，让江晚月去解决吧。

"皇上……皇上……"皇后跺着脚，想把他叫回来，却被江晚月一把拉住，"娘娘，你急什么，臣妾觉得，这事得从长计议，急不得的。"

今天因为要办这件事，月嬷嬷早就被皇后调离了，所以江晚月也就不藏着掖着。

而因为之前江晚月的话已经全部应验，皇后现在对他自然十分信任，不由问道："如何

【第九章 急切切你方唱罢我登场】

从长计议？"

江晚月凑近耳语："臣妾有个折中的办法，循序渐进，不知娘娘可愿一试？"

"说！"

"先封王，再求太子之位！"

皇后眯起眼睛："你的意思是？"

"先封了王，即使皇上以后再有别的子嗣出现，殿下也是所有皇子里面第一个封王的。"江晚月说到这里顿了顿，又道，"况且，即使摄政王大事成了，这朝中，也有两个王，舆论之上，他也得顾虑一下吧？"

皇后眉眼一挑，面露喜色："妹妹所言极是！"

江晚月见话已带到，当下行礼："见到殿下没事，臣妾也就放心了，天气热，娘娘自己也要当心身子，臣妾告退！"

出了凤仪宫大门，却见玄墨还在不远处等待。

叹口气，江晚月冲着他无奈地摇了摇头。

昨晚他所逗留过和没有逗留过的地方，什么都没有啊，一无所获，看来，只能去找姬小小了。

夜深人静，一条人影轻轻飘飘走进冷宫小院。

受过内伤，虽然很神奇地过了一个晚上就好得七七八八，但是能不用武功，便不要用的好。

"晚月？"姬小小的耳朵灵敏度异于常人，自然是早就听到了。

不过她以为是玄墨。

看到江晚月，她显然是有些失望的。

"怎么，不欢迎我来？"江晚月取笑着，"还是你希望来的不是我？"

姬小小的心事，其实挺好猜的。即使他不知道之前发生了什么事情，不过很明显刚才开门时候的高兴到失望的表情，应该是在等某个人吧？

江晚月掩嘴而笑，因为难得看到姬小小的脸色有些发窘。

其实她真的是个很可爱的女子，若不是自己身份特殊，"身子"又特殊，说不定，也会心动呢。

"怎么会不欢迎？"姬小小的眼睛，冲着漆黑的夜幕张望了一阵，确定今晚只来了一个人，当下垂眸，长长的睫毛盖住大眼睛，有些无精打采。

"看起来，我确实来得不是时候。"江晚月一边取笑着，不过完全没有离开的意思，反倒一脚迈进屋内。

那意思，我来了也就来了，难不成你还想赶我出去不成？

姬小小当然不可能把江晚月赶出去，只好陪着他坐下来，问："这么晚来找我什么事？"

"你看这个！"江晚月伸出手，柔若无骨的手腕上，一串黑色的珠子牢牢锁定，黑白分明。

这还真是一双标准美女的手，十指纤纤，犹如嫩葱。

"怎么变得这么黑了？"姬小小皱了一下眉头，这珠子是有吸收人体毒素的功效，不过这黑得也太快了些吧？

"你再仔细看看。"江晚月叹口气，揭开谜底，"少了一粒。"

姬小小睁大眼："什么，少了一粒？"

见她脸色有异，江晚月也不由慎重起来："很严重吗？"

"怎么会少的？"姬小小皱了一下眉头。

"绳子断了，掉地上，我已经尽量捡回来了，还是少了一粒。"江晚月简单说完，"你说说看，是不是真的很严重？"

姬小小嘟嘟嘴："早知道应该用天蚕丝穿的。"天蚕丝虽然牢固，却没什么弹性，不像普通穿珠的绳子，可大可小，不必计较手腕大小。

"这十二颗珠子，是根据十二地支排列的，子、丑、寅、卯、辰、巳、午、未、申、酉、戌、亥。"叹完气，姬小小开始解释这珠子的作用，"一天十二个时辰，由这十二地支来分配，每一粒珠子，主宰一个时辰，帮你吸去身上的戾气和多余的阴气。"

江晚月有些明白了："也就是说，现在少了一粒，每天就有一个时辰的时间，没法吸收我身上的戾气和多余的阴气？"

"对！"姬小小点点头，抓过他的手，一粒粒看过去，"少了子珠，子时正好是一天之中阴气最重的时候。"

"那怎么办，有没有办法补救，会有什么后果？"这个是江晚月急切想要知道的。

姬小小摇摇头："要补救，除非找到我师父，不然我也不知道该怎么办。至于后果……我也是第一次遇到这样的事情，后果会怎么样，师父没有说，书上也没有记载。"

结果基本上就是什么都解决不了。

江晚月有些忐忑，却也只能自我安慰："没有记载可能是不会造成多大影响，其余十一个时辰的珠子都在发挥作用，每天多一个时辰不吸收，应该也不会有太大的影响吧？"

"希望如此。"姬小小看看他，想想还是没给他增加压力。

因为书上圣婴大法讲得十分玄乎，而东瀛异术加圣婴大法，又是更上一层。

"你回去之后，不要擅动真气，好好调养，看能不能把多余的阴气逼出来。"姬小小想了想，"阿彩说我师父不在点苍山，一时半会儿估计也找不到他了，只能再想其他办法了。"

"皇上已经派人去找了。"江晚月觉得这事也没必要瞒着姬小小，"只不过，不能光明正大地找，只能暗中进行，有些麻烦。"

姬小小理解地点点头："我会让阿彩一起帮着找找看的。"

江晚月叹口气，事情还没有解决，不过目前看起来，好像也没有什么不对劲的地方，除了回去好好养着，真不知道还能干什么呢。

【第九章 急切切你方唱罢我登场】

十五的月亮十六圆，今天晚上的月亮，也格外明亮。

江晚月到兰陵宫的时候，是金香玉接他进去的，这里宫人比较少，地处也偏僻，不会引起什么人注意。

坐到床上调息一阵，子时时分，倒也没什么异样，只是感觉神清气爽，身上的内伤竟然全好了。

要知道，他的内伤虽然不算很严重，但是毕竟没有经过什么药物调理，现在只不过两晚的时间，居然已经完全恢复。

但是再坐息一阵，发现自己身上没有任何不对劲的地方，便也就微微松了口气。

将从姬小小那里打听来的消息告诉金香玉，两人很是提心吊胆了一阵，不过过了三五日，都没有什么异常的事情发生，两个人便也开始放松警惕起来。

而冷宫那边，姬小小这几天总是开着窗户睡觉的。

夏天了，天气炎热。

但是冷宫之中，却不受影响。

四面透风的屋子，本来就是冬寒夏凉，没有一天是暖和的。再加上姬小小的内力早就是登峰造极了，什么冷暖都无法影响到她。

但是，她还是坚持开着窗。

开的是那扇和房门在同一侧的窗，就是说，如果有人想要进来，从冷宫大门进，就可以直接看到那扇窗，也可以看到里面坐着的人。

但是连着好几天过去了，没有人从那里进来。

她到底希望谁进来啊……

姬小小心里居然都没答案了，只是一个身影，在脑海之中飘来荡去，怎么都抹不掉。

白天的时候，她总是能看到萧琳搬个椅子坐在院子里傻呵呵地笑。

姬小小不知道对着蓝天白云有什么可笑的，但是又可以感觉到那种发自内心的快乐从萧琳身上发散出来。

即使只是蓝天白云，即使天气已经炎热到不适合到外面来晒太阳，即使……玄墨只来过一次，再也没出现过。

或者在萧琳心中，只是这样一次的出现，已经足可以让她一生就这样笑下去。

原来快乐竟然是如此简单的事情，三年没见的人，只是见了一面，便一生足矣。

姬小小很不能理解这种感情，她只知道，若是玄墨只在她的生命中出现了一次，她会毫不犹豫地留下他。

即使绑起来，下迷药，点穴道，她也一定会要他留下——如果自己有萧琳这样强烈的希望的感情的话。

但是现在，她觉得自己可能还无法比上萧琳。

在萧琳面前，她甚至连出冷宫去找玄墨的心思，都给生生压了下来。

她也不知道那是一种什么感觉，只觉得，如果这一脚迈出去了，萧琳一定会很伤心。

她不想看到这个在阳光下傻笑的女子连笑容都失去——事实上，她其实已经什么都没有了。

"唉……"到了这个皇宫以后，她已经开始学会一次次地叹气。

可爱的脸颊上尽是愁容。

"喜欢不喜欢呢？"她嘟嘟嘴，实在搞不明白，为什么那天玄墨要逃走嘛。

其实很简单的问题，很简单的答案不是？

如果他说喜欢的话，她也一定会告诉他，她好像也喜欢他呢。

是的……好像！

如果金玲说的那些感觉就是所谓喜欢的话，那么，她应该是喜欢上了玄墨吧？

然后呢？

她其实很想让玄墨将宫里那几个"多余的"女人都赶出去，再也不要见到了，因为她会不舒服。

但是萧琳怎么办？

她可以赶走所有的宫妃，可以赶走萧琳吗？

"唉……"她再次一叹，现在想想，玄墨还不如不回答的好呢。

窗户一动，姬小小讶然地抬头，心口忍不住狂跳起来。

莫不是该等的人来了？

她该怎么应对呢？

继续问上次的问题吗，还是……装作和以前一样？

正在犹豫着，一道白影已经蹿了进来。

"玄尘？"姬小小睁大眼，随即便染上浓浓的失望。

唉，不是"他"。哦……算了，不是也好，现在她还不知道应该跟他说些什么呢。

追着他问喜欢不喜欢的问题，还是不追呢？

"怎么，还没睡？"玄尘靠在窗边，关上窗子。

虽然是半夜，不过谁知道有没有人在附近监视着。

最近宫里事情多，有人分散了注意力。但就在今日事情已经告一个段落，有些人的注意力，说不定会被转移一些过来。

"睡不着。"姬小小老老实实地回答。

"是不是住得不习惯？"玄尘看着她，"或者，我可以让你回长乐宫去的。"

他不是没想过去跟母后说，就在他听说她被贬入冷宫的当天，他就已经一脚迈出了常陵王府的大门。

但是，只走了三步，他就折返了。

冷宫呵……

【第九章 急切切你方唱罢我登场】

也好啊，进了冷宫的妃子，皇上就不会翻牌子，也不会得到皇上的宠幸。

这样，岂不是也很好？

他很清楚姬小小的能力，小小的皇宫，是关不住她的。皇宫里面没有吃的，她绝对可以到外面去吃。

他并不担心。

至于其他人，不在他的考虑和关心之列。

但是看她今天没精打采的样子，难道他的想法是错的？

"不要！"结果，姬小小反应慢半拍，半天才明白他话中的意思，赶紧来了个否定，"这里挺好的，还自由，没有那么多人进进出出，挺好的。"

玄尘坐到她对面，也不在意屋子里的凳子是不是干净，一身白衣，就这样毫不犹豫地坐了上去。

"你有什么要问我的吗？"上次他出现在凤仪宫，以常陵王的身份，看到她的贵妃身份，他也没有表示惊讶。

一般人都会问一下，他是怎么知道的吧。

不过很可惜，姬小小不是"一般人"。

"我早知道你是常陵王，你早知道我是姬贵妃有什么奇怪的？"她甚至都不想问他是怎么知道的。

不过，玄尘明显有些失望。

她对他，似乎一点点好奇都没有。

不过这只是一瞬间，随即他便还是那个温柔笑着的玄尘，看着她："这里住着还习惯吗？缺什么少什么，我让人送过来，可惜天气太炎热了，不然可以让人给你多送些海鲜过来。"

海鲜虽然还是可以运过来，但即使有冰块，也放不了太久就会坏掉。冷宫环境这么差，又没有冰窖，就更放不住了。

"尝尝，我给你带了一些过来。"玄尘手上提着的食盒，放到了桌子上，"晚上让小茜做的，应该可以吃的。"

知道别的东西她都有办法得到，海鲜却有些困难。

姬小小一拍手："太好了，我想了很久了呢。"

玄尘带的东西不多，关键是他只有一只手，一个食盒，而且还不能告诉小茜和老秦他要去哪里。

不过看到姬小小的笑颜，他依然是很高兴的。

看着眼前女子的笑颜，玄尘的思绪飘得很远。

如果……如果是自己拥有着她，他一定不会让她没精打采，不会让她住这么简陋的地方，不会让她受一点点委屈。

他会将她牢牢地保护起来，不让外界的任何风风雨雨影响着她。

可是那个人……那个人不但让她住进了冷宫，还让她愁眉苦脸。

心中有些地方隐隐作痛，如果，是在他身边，他一定会让她每天都高高兴兴的。

可如今，她身边的那个男人，恐怕被外面的事情弄得焦头烂额吧？

那个男人，凭什么可以拥有她呢，他似乎都不关心她。

据说，自始至终，都是她在"抢夺"他，她在"保护"他。而现在，他就将她丢在冷宫里，不管了。

现在，估计他正忙着对付皇后和他可爱的儿子吧？

今天，是魏国大皇子凌悦封为寿王的大日子，皇后在凤仪宫大宴群臣。

身为悦儿的父皇，玄墨自然是不可以缺席的。

虽然一切都在掌握之中，刘鉴雄的反对，还有护国公忽然由册封太子，转为求个王位，让刘鉴雄都有些措手不及。

不过这位摄政王爷自然是不会想到背后的推手是谁，只是将怨恨的眼神狠狠地瞪了护国公一眼。

只是一眼而已，便已经面色如常。

老狐狸终究还是老狐狸，拦着人家登上储君之位也就算了，王位……哼哼，他一甩袖子："既然如此，就由皇上定夺吧！"

都是王，常陵王已经成年，这个却还未成年。平等的身份，就看谁的背后势力大了。

另外，他也想测测这小皇帝的能耐，看他到底会怎么定夺。

玄墨见刘鉴雄一副老谋深算的模样，心中早就冷笑连连，面上却迟疑地看看护国公和他两人，沉吟了半天才道："既然亚父没有意见，那就听护国公的吧！"

瞧，这皇帝多没用？

当一个人不给他出主意，他就没主见了，转头就听另外一个人的。

"就封个寿王吧，但愿这孩子福寿绵长。"玄墨笑笑，说实在的，他对悦儿真的没有什么大的要求。

健康就好，如果可以，连皇位都不想成为他的负担。

这大概是每一个平常父母对孩子的期望吧？

只可惜，悦儿生在皇家长在皇家，必定不可能平凡——就好像，他一样。

若不是当年父皇临终将他叫到床头，谆谆叮嘱，让他担起这大魏的江山，扛起这凌家的责任，他或者现在早就拂袖而去，留下空位，爱给谁坐给谁坐。

事实上，这冰冷的龙椅，真的不是那么好坐的。

在这上面，有多少责任就有多少无奈，便会滋生出多少的身不由己。

父皇，根本就是早就算到了今日的场景，所以让他无论如何都要坚持下来。

因为他的父皇了解自己的儿子，自己的儿子是个重信守诺的人，只要他答应的事情，就一定会用自己最大的能力去做到。

【第九章 急切切你方唱罢我登场】

即使，当时的他，不过才七岁。

一晃，已经十八年了，玄墨内心苦笑。

他扛着这副沉重的担子已经十八年了，终于，等到快摊牌的日子了。朝野上下的争斗也已经日趋白热化。

这把椅子，说不定近日之内就要换主了——如果他失败的话，大概只需要不过几天的时间而已吧？

低头，看看朝中的大臣们，几乎都由三大家族分割了，究竟他们有几个是为了国家，为了百姓而站在这里的？

护国公此刻的眼神是幽怨的，若不是他那个大舅子反对，现在，他的外孙子，根本不可能只是个王，而应该是太子了。

但是事已至此，除却高高兴兴地接受封赏，他还能如何？

"臣叩谢吾皇万岁万万岁！"场面的话说完，护国公始终没给刘鉴雄好脸色看。

魏国第一大家族又如何，不过只是会舞刀弄棍的莽夫而已，说到玩弄权术，这些头脑简单四肢发达的家伙，未必是他的对手。

袁家盘根错节，算起来，起起伏伏历代都有官职在身，家族势力已过百年。

而刘家，若不是出了个刘鉴雄，此刻还不知道在哪里裹着草席要饭呢！

呸，什么玩意！

护国公和刘鉴雄怒目而视，有些话，不说，大家也都明白。

朝堂上的暗潮汹涌，玄墨看得明白，不过必须得装糊涂："难得悦儿封王，朕今日让皇后在凤仪宫摆下宴席吧，请亚父和护国公可都要赏脸进宫赴宴！"

"臣遵旨！"两个人心不和，面也和不到哪里去，不过却要一起谢恩，晚上还得一起吃饭，别提多别扭了。

晚上，后宫大开筵席，大臣们携眷参加。

内眷们便在凤仪宫，由皇后来招呼，大臣们则在政和殿，由玄墨亲自招呼。

太后自然免不了要出面的，田家的人，能来的也都来了。

大家各怀心事，护国公和安国夫人挂着笑容，眼神时不时瞄向刘鉴雄。

一半喜，一半恨。

当了这么多年傻子，还好醒悟得还算快。

刘鉴雄此刻倒是看不出喜怒来，只是笑着跟来来往往奉承巴结的人举杯饮酒。

刘家的势力如何，全朝野都知道，此刻不巴结，哪里去找这么好的时机来巴结？

刘鉴雄朝着袁家夫妇的目光挑衅地望过去，让他们看清楚，如今的天下究竟是谁做主。

即使当初那些被护国公忽悠着联名保举太子的大臣，此刻也急急忙忙跑到他这里表示忠心。明里暗里表示当初不过是头脑发昏，加上护国公一阵花言巧语，顿时上当受骗，决不是出自真心。

护国公夫妇气得鼻子都快歪了,却也无可奈何。

那一边,玄墨晃晃悠悠状似酒过三巡,不胜酒力——喝醉酒的人,说的话,是做不得准的。

"今天是大喜的日子,朕忽然想起一件事来。"他大着舌头眯起眼睛看着在场的大臣们,"袁家出了这么好一位皇后,为朕生了一个这么好的儿子,朕应该要褒奖。不如趁着今日大家高兴,朕再喜上添喜,这袁才人闭关多日也该反省了,虽然四个月的期限未到,不过今日高兴,就提前赦免了吧!"

刘鉴雄皱了一下眉头,这小皇帝是真喝醉了吧?

喝醉了,这么久远的事情还能记起来?

"臣叩谢吾皇万岁万岁万万岁!"护国公和他的弟弟——新上任的京兆尹袁天宝,激动万分地谢恩。

这恩,谢得可是真心诚意的。

悦儿封王,也算是了了袁家半桩心事。此刻袁家的女儿还能被放出来,这说明皇上对袁家多青睐!

现在想起来,扶持这个皇帝,确实比跟着刘鉴雄强多了。

虽然,袁天宝这个京兆尹还是不久之前刘鉴雄帮他们推举上去的。

但是,如今袁家两个女儿都嫁给了眼前这个皇帝,一个是皇后,一个是嫔妃。如果他们扶持这个皇帝将江山坐稳了,那得到的利益,岂不是比从刘家得到的多得多?

常陵王虽然和刘家有着不清不楚的关系,可总也不能昭告天下人知道吧?

到时候算起来,袁家和常陵王可算是一点关系都没有,不似皇帝,即使要提拔他们,也是名正言顺的。

看上去,皇上并没有多生她的气,估计当时也是骑虎难下,才定了闭门四个月的惩罚。这不,一有机会就放出来了。

玄墨可不去管他们几个七拐八转的心思,直接让人去雪阳宫通知了袁才人前来赴宴,眼神却是扫过在座那些人的脸色。

几家欢喜几家愁,多好的结果啊。

玄墨甩甩袖子,去了凤仪宫。

他是这里的最高住持,自然是得两头跑。大臣们那边,就有护国公和安国夫人两夫妇招待着,凤仪宫则是皇后。

等差不多时间了,算算袁才人也该来了,他便往凤仪宫赶。

皇上亲自迎接,多么大的礼。

再次出宫的袁才人看上去瘦了很多,长期不见阳光,也让她的脸,带上了不健康的白。

加上之前姬小小又是丢荷塘,又是下药,让她受了很大的刺激。此刻虽然出了宫,也很高兴,却对任何人都是小心翼翼的,好像惊弓之鸟,再也受不得一点惊吓。

【第九章 急切切你方唱罢我登场】

玄墨眯起眼睛，这样的袁才人，很好很好，至少是掀不起什么风浪了。先把她放出来笼络一下袁家的人心，也是很好的。

到时候，看皇后怎么调教了。

过不了多久，等一切风平浪静，他一定亲自去冷宫将他的小小接出来。

那里，现在应该是最安全的地方了吧？

不想让她陷入这争斗的漩涡中心，此刻也只能让她在冷宫之中多待几日了。

"你喜不喜欢我？"蓦地脑子里又想起那句问话来，他苦笑一声，该去回答那丫头吗？

喜欢？

是谁告诉她这个概念的？

以玄墨对她的了解，以前的小小是不可能会想到这两个字的。

玄墨眯起眼睛，心思微微一动，嘴角泛起一丝笑意，眼中原本的暖意，忽地慢慢转冷。

如果有人暗中要动手脚的话，就让他因势利导，奉陪到底吧！

玄尘的来访，让姬小小的心情好了很多。

她果然是个吃货，有吃万事足嘛，有些事情，虽然还萦绕在心头，却也没有影响她的日常生活。

金玲自然是听到隔壁的动静了，不过没有相问。

估计，依然以为是玄墨吧？

玄尘走的第二天，冷宫便来了位小客人。

"师父姐姐！"小人儿甜腻腻地叫一声，"我来跟你学飞来飞去的功夫了。"

呃……

姬小小都基本上把这事给忘了，关键是，悦儿似乎也没有跑到冷宫来找她，她还以为小孩子忘性大，也不记得了呢。

"今天怎么来了，不是说天天来吗？"姬小小弯下腰，刮一下悦儿可爱的鼻子。

"昨天我封王了。"悦儿很是得意，"父皇说，封我做寿王，母后很高兴，今天允许我随便玩，我就过来了。"

悦儿虽然才四岁，可是作为大皇子，身负重任，很小便要学很多东西的。

皇后现在已经找了武师，让他学一些基本的武功，强身健体，又每天由教习嬷嬷教他宫里的礼节。只等明年到了五岁，便要叫找朝中德高望重的大臣，成为他的先生，教他诗书经学。

"当个皇子真可怜。"姬小小嘟嘟嘴，"我要是生个儿子，绝对不会让他这么累……算了，我还是生个女儿比较好。"

她四岁的时候，还忙着跟三个师兄上山抓兔子，下河抓鱼摸虾呢。师父每天除了让她练点基本功，就是让她吃一堆补充内力的好东西，根本就不要学这么多乱七八糟的东西。

现在看看悦儿，小小年纪，就已经被剥夺了玩的权力和天性了，真是可怜。

带着悦儿到萧琳面前，萧琳依然还在阳光下发愣。不过她的脸，现在已经不包纱布了。

一来，因为伤口已经结疤，也没有脓水外流的迹象，二来，天气慢慢转热了，包着纱布不是很透气，还不如让伤口在阳光下，也有消毒的作用。

"琳……琳姨好可怕！"看着阳光下顶着半脸伤疤傻笑的萧琳，悦儿本能地退后了一步。

"……我，很可怕吗？"萧琳半晌才听到动静，缓缓转过头，声音听上去有些阴恻恻的。

"不……不是！"四岁的悦儿，已经很会看人脸色了。

姬小小忙把悦儿藏到身后："琳姐姐，你这样说话会吓着他的，你的脸不久就会好了，不用太在意。"

"是吗？"萧琳有些迟缓地看着她，忽地跳了起来，一把抓住她的胳膊，"小小，求求你，求求你，你一定要把我的脸治好，一定要啊！"

姬小小被抓得有些生疼，赶紧大声道："都说会治好了，就一定会治好。"

"什么时候，要多久？"萧琳摸摸自己的脸，"他一定是嫌弃了，所以这么多天了一直都没来看我，等我恢复了美貌，他一定会再次被我吸引的，他一定会接我出去的，一定会为萧家报仇，一定会……"

他？

姬小小皱了一下眉头，立刻想起了玄墨。

她要如何跟一个满怀希望的人说，玄墨当天根本就不是专程来看她的？

"大概要几个月吧！"除了拖延时间，继续留住她的希望，姬小小不知道还能做些什么，"你别急，毒已经在你体内三年多了，不是一天两天可以拔除的。"

"几个月啊……"萧琳很明显有些失望。

"三年都过来了，还怕多等几个月吗？"姬小小垂下眼眸，对付病人，她有很多方法，可是对着萧琳面不改色地说这些话，却多少还是有些心虚。

其实，再过一个月，她体内的毒素就应该被拔除干净了，至于脸上的伤，因为是陈年旧伤，比较麻烦，不过也不会超过三个月，就会弄干净。

只不过，她的白发，她比同龄人要苍老许多的容颜，恐怕需要吃很多药常年调理一下，才会停止过早衰老吧？

是的，只是停止，不是恢复。

所以说，萧琳口中的所谓"恢复美貌"，那基本就是不可能的。

她姬小小有本事让白发变黑，却不能让已老去的人变得不老……

返老还童，那只是一种传说。

可是给人希望，总比绝望来得强，不是？

萧琳笑起来："几个月啊，只要几个月了呢，太好了，三年了，我足足等了三年了！"

姬小小想，萧琳以前一定是个很开朗的女子，因为她会说"只要几个月"而不是"还要几个月啊"这样的话，就已经说明，她其实比一般人要乐观很多。

【第九章 急切切你方唱罢我登场】

只是，再乐观的人，知道那只是个谎言，恐怕也不能接受吧？

"来，悦儿，琳姐姐是好人，她的脸受伤了，现在痛呢，过几天就会好了！"只能找小孩在分散一下她的注意力了。

悦儿毕竟是个善良的孩子，听说这个，赶紧走上前，拉住萧琳的手："琳姨，痛不痛，悦儿帮你吹吹吧！"

其实没有人教他怎么对待一个受伤的人，不过带着他的老嬷嬷在他受伤以后，都会帮他吹吹。

凉凉的气吹在伤口上，确实会好很多呢。

萧琳笑着推开他，看看姬小小："不用了，将来，我也会生一个像他这样的孩子，到时候，我要我的孩子帮我吹！"

姬小小心头一惊，欲言又止，终是没有将真相说出口。

萧琳再也不可能生育了！

这是她第一天把脉就把出来的，她甚至怀疑，当初有人给她下药，主要不是毁她的容，而是想让她再也无法生育。

又或者，下毒的人，两样效果都想达到。

总之一句话，不管萧琳能不能出得冷宫，她以后，都不会再有自己的孩子了。

她和玄墨的孩子……

想到也许有这个可能，姬小小心头还是没来由地一窒，那种不舒服的感觉，又袭上心头。

玄墨多久没来了？

她没有像萧琳那样每天对着冷宫大门望，并不代表她就没有期待。

"走吧，悦儿来，姐姐教你轻功。"甩去脑中奇怪的想法，姬小小努力寻找转移视线的办法。

悦儿，真是个好焦点。

摸摸骨架，难得她还收了一个颇有天赋的徒弟，骨骼清奇，算是练武的好料子呢。

到了晚一点的时候，她送走悦儿，吃完晚饭便出了冷宫。

从北边神武门那边的城墙出去，几个纵身，再抬头，已经是金矛王府的门口。

而此刻，凤仪宫灯火通明，一个小太监恭恭敬敬地看着皇后。

"什么，这么多天了，她们没有吃过一口送去的饭菜吗？"皇后皱起了眉头，"你居然没有发现暗中周济她们的人？"

小太监诚惶诚恐地点点头："奴才白天一整天都盯着冷宫看的，没有发现可疑的人到冷宫去！"

不过盯久了，总是会眼睛发酸，腿脚发软什么的，偶尔也会眯一会会……他发誓，真的只是一会会而已。

金矛王府低调依旧，姬小小熟门熟路地走进内院，凌未然早就等待在那里。

"东西送过来了吗？"姬小小看着他，没有过多的客套。

凌未然从金矛王爷的床底拿出一个紫檀木的长方形大盒子："你看，是这个吗？"

姬小小打开盒子，一只银白色的物件出现在大家面前。

那是一只脚，准确地说，是按照小腿和脚的样子做的，用金属打造的。

"以后，这就是义父的腿了。"姬小小拿出那只金属腿，"有些重，适应起来，恐怕还要些时日。"

"重怕什么，本王当年一百几十斤的长矛一样举起来，这点重量，不算什么。"躺在床上的金矛王爷开了口，冷哼一声，根本不把这"腿"放在眼中。

姬小小笑起来："义父神勇一定不减当年，不过这腿你要适应起来可有些难，必须坚持才可以行走自如哦。"

"哼，你这丫头小瞧本王。"金矛王爷吹胡子瞪眼，"这点小事还难不倒你义父！"

"那我就放心了！"姬小小开始帮他装上假肢。

这个方法，还是天机老人自己发明的，据她所知，山下有截肢的治疗方法，却没有用假肢来帮助截肢病人走路的办法。

其实这东西也实用的，只要肯锻炼，有些人甚至比正常走路还利索呢。

不过就是需要持之以恒，看金矛王爷现在的态度，到时候有人多用用激将法，应该是问题不大。

姬小小松了口气，细细告诉凌未然和另外两个丫头怎么使用这个假腿。

山下的铁匠铺子工艺不如点苍山，三位师兄的手艺确实算得上天下无敌。但是现在只能靠着铁匠铺子了，早知道，当初在山上她也该学学冶炼技术，这样就不需要打个假肢还花了好几个月的时间了。

从金矛王爷开始答应让她治腿开始，她就已经画好图像，让凌未然去找最好的铁匠铺子，最好的师傅来打造这条"腿"了。

可惜，每一次，都有不完美的地方，于是修修改改，竟拖到了现在，好在还算来得及。

再详细说明了如何保养这条假腿，另外又让凌未然去打造一条备用的腿，姬小小这才抹了一把汗，表示满意了。

"义父，试试来走走，刚走有些疼，特别是长新肉的地方，还太嫩，等接口的地方磨出了硬茧，就会舒服很多。"姬小小让金矛王爷做好心理准备。

"哼，小瞧你义父！"金矛王爷吹了吹胡子，用手掰着伤腿放到地上，一下站了起来。

"砰！"接下来，他整个人以很不雅的姿势倒在了地上。

"都说让你慢慢来了。"姬小小嘟嘟嘴，赶紧让凌未然和两个小厮去扶住他，"有很多人，练了半年未必能行走自如呢，义父你也太心急了。"

"哼，当年本王学功夫的时候，人家用半年，本王只要四个月，现在，这玩意也是一样

【第九章 急切切你方唱罢我登场】

的！"金矛王爷很不服气，不过并没有拒绝身边人的搀扶。

姬小小被逗笑了，这怎么可以跟练功夫比呀？

不过看看时间也不早了，让这老爷子自己练去吧，估计，一时半会儿谁也劝不动了。

"我该走了，有空还会来看义父的。"她转头，跟凌未然说。

"哼哼，丫头，记得多出来看看我这老头子，下次你出宫的时候，本王肯定能行走自如了！"金矛王爷对姬小小的无视有些不满。

姬小小笑起来："义父，一口吃不成个大胖子，还是按我给你列的计划训练吧！"

说完，也不理会屋内的人了，轻轻一飘，便上了别院的墙头，往皇宫方向而去。

冷宫之内，黑漆漆的，不会有人在冷宫门前挂上灯笼。

好在姬小小的夜视能力极其强悍，不需要任何照明工具，也能视如白昼。更何况，现在天上还挂着一轮明月。

"呀……你……"刚推门进去，姬小小就看到屋内的人影。

白衣，柔柔的笑，不是玄尘是谁？

"去哪里了？"玄尘走过来，透着外面的月光确定她的方位。

"你怎么不点灯？"姬小小有些不解，"来了多久了，黑灯瞎火的，多不舒服？"

玄尘笑笑："不想引起别人的注意。"

"谁会注意这里？"姬小小觉得这冷宫挺好的，除了偶尔看到个把探头探脑的人之外——那人还是给她送饭的小太监，其他的，确实比在长乐宫清净了很多。

玄尘想了想，觉得还是应该提醒她一下："刚才我来的时候，发现外面忽然多了好几个人，我想他们是在监视这边。"

当然，那些人功夫平平，不足为虑。

"那些人已经不在了！"姬小小从怀里拿出夜明珠放到床头架子上。如果今晚冷宫周围真的蹲了一群人的话，她不可能不察觉。

玄尘点点头："后半夜的时候走了。"

估计是没发现什么情况吧，也不知道他们是谁的人。不过基本可以肯定，那些人肯定不是来保护姬小小的。

只是姬小小都已经到了冷宫之中了，那些人，还是不肯罢休吗？

"对了，出去那么久，饿了吧，吃点东西。"玄尘将食盒打开来，不用说，还是海鲜。

姬小小也不客气，累了一个晚上，确实应该补充点食物了。

"你说那些人盯着冷宫有什么好看的？"她其实也想不明白。

玄尘摇摇头，或者他该去查一查，到底是什么人在操控这一切。

不过，玄尘还没来得及去查，就有人主动送上门来了。

"袁才人？"姬小小有些惊愕地看着眼前忽然出现的人，算算日子，她起码还得好些日子才能被放出来吧？

"怎么，很惊讶看到我吗？"袁才人看着姬小小其实心里打鼓，可是必须摆出趾高气昂的样子。

没办法，她那位皇后堂姐，非要推她出来当先锋。

"告诉你，大皇子被封了寿王，皇上念袁家有功，早早把我放出来了。"袁才人挑挑眉。

她现在比姬小小可高了好几级，不过还是不敢有太高的自称，免得眼前这位一不高兴，将她丢出十万八千里去。

悦儿封了寿王的时候，姬小小自然早就知道了，那是悦儿自己说的。

不过她确实不知道袁才人也被放了出来。

"哦，是这样啊！"姬小小的语气很平淡，玄墨这样做，肯定有他的道理，但是绝对不可能是因为对袁才人的眷恋，或者不舍。

只要不是这两样，任何其他理由，在她心中都不可能起什么涟漪。

今天她来的目的就是想让姬小小生气抓狂，最好能顺便套出一点，为什么在冷宫这么久了，这里的人却还个个健康活泼，没有面黄肌瘦。

可是现在，人家根本就不鸟她。

"喂，我提前被放出来了！"她走近一步，却不敢走太近，"是皇上亲自来接我的！"

只是很可惜，眼前这个女人很无奈地看着她："那又怎么样？"玄墨还大半夜过来看她呢。

"那又怎么样？"袁才人身边的小桃忍不住了，她家主子变得这么小心翼翼，她是没料到的，可她没变呢，"说明皇上对我家娘娘宠爱有加！"

"哦！"姬小小点点头，看她们站在院子里，"你们不热吗？"

小桃忍不住跳脚了，她们是在鸡同鸭讲吗？

姬小小很正经地看着她们："这么热的天，你们过来就是为了跟我讲这个吗？好辛苦哦……"

……

袁才人和小桃顿时有些无语，看起来，她们好像确实不是一路人。

"哼，我现在是自由身了，想去哪里就去哪里，不像你，只能待在这个冷宫之中，一辈子都不能出去，死了也只能葬到乱葬岗上去。"袁才人说这些话的时候，一脚移动方向，朝着冷宫的大门。

如果姬小小真的被惹怒了，她就不会顾得了形象了，赶紧跑了就是了。

好在，今天她从凤仪宫借了几个侍卫过来，跑路应该是来得及的吧？

不过姬小小却是一脸迷茫地盯着她，算了，这个女人已经脑子不清楚了。

谁说这冷宫就出不去了？

谁说她死了会去乱葬岗了？

【第九章 急切切你方唱罢我登场】

谁说她不是自由身了？

她到哪里都是自由身，这个皇宫还没有什么地方是可以困住她的。

看来，这个袁才人被关了几个月，是不是把脑子关成糨糊了？

想到这里，姬小小一脸可惜地盯着她看，虽然长得不算绝色，不过也还算过得去，就这样疯了，比萧琳还可惜呢。

"你你你……你这是什么眼神啊？"袁才人心虚地回头看看小桃，"我的妆花了？"

"没有，娘娘是最美的。"小桃摇摇头，不忘拍马屁。

袁才人深吸口气，又抖了起来："喂，听说你在这里吃得不好，睡得不好，我特地给你送了点吃的过来，可别怪我不念当年旧情，我可是很善良的。"

小桃赶紧把食盒放到石桌上："喏，这是我家娘娘特地拿来给你的！"

食盒打开，里面居然确实放了些好菜。

一整只鸡，一整只鸭，还有鱼肉等四五个菜。

"很久没吃到肉了吧，今天你就可以好好吃！"既然是皇后让她来打探情况的，袁才人还是想了很久的。

如果她们真的是很久没吃过好东西了，那么，现在看到这么多吃的，肯定都疯了一样，狼吞虎咽。

金玲和小红现在站在门口张望，她们暂时没觉得自家主子会在一个小小才人面前吃亏，所以一直本本分分，一言不发

此刻一见食盒摆了出来，两人有些急，赶紧上来劝："娘娘，千万别吃！"

谁知道里面放了什么，这个袁才人跟皇后一伙的，她才没这么好心呢。

姬小小笑起来，拿起筷子夹起炖鸡的一味调料："用疯人果炖的鸡汤，好特别啊，袁才人一直吃这样的鸡汤，才会说话语无伦次吧？"

"你……"袁才人忘记了，姬小小可是个医药行家呢。

"这是疯人果？"小红有些不解，"这看上去像是桂圆啊。"

"这两个确实长得挺像的。"姬小小点点头，然后一脸同情地看着袁才人，"赶紧找御医去看看吧，我一年只能看十个病人，就不把名额浪费在你身上了。"

"你你……你才疯了呢！"袁才人一急，害怕都忘记了。

她本来想着，如果一个人长期缺乏好吃的食物，在见到鸡鸭鱼肉以后，肯定会狼吞虎咽，管什么疯人果和桂圆，看都不看就吞下去了。

金玲赶紧上前，将所有的东西都放回食盒里，瞪着袁才人道："你没疯想拿这种小手段来害我家娘娘吗？你没疯，上次的教训还没受够？亏我当天还好心好意给你去送解药，早知道就该丢沟里，让你病发身亡！"

一边说着，一边将食盒往袁才人手中一塞："这玩意太高贵，我家娘娘享受不起，袁娘娘留着自己慢慢享用吧！"

小红虽然受多年宫廷礼仪的毒害，小心谨慎，此刻也禁不住有些生气，不敢像金玲那般骂出口，也没有她那般的伶俐口齿。但却也忍不住怒目而视，对着袁才人冷冷地道："袁娘娘请回吧，静心苑庙小，供不起大神！"

"你们放肆！"小小的奴婢，也敢赶走她这位才人娘娘？

"我们放肆不要紧，等我家娘娘放肆了，袁娘娘就算想走也走不了了！"金玲冷眼看着她，直接威胁。

这话一出，袁才人果然惨白了脸，一跺脚，把食盒放到小桃手上："我们走！"

"太过分了！"金玲看看姬小小，再看看小红。

倒是姬小小，一脸的不在意，只是说了一句："这些人，分明不比人高端，却还非要争个高低，何苦啊！"

说着，起身回了屋。

夜幕降临，天上难得没有月光，只是零星几点星子，让整个天空，看上去不会那般黑得喘不过气来。

姬小小的开着的窗户闪进一个人来，在她起身想叫一声"玄尘"的时候，却生生把舌头转了个方向："玄墨？"

"小小，你没事吧？"玄墨一脸焦急地看着她，听说白天袁才人到了一趟冷宫，他就怕出什么事，好不容易焦急等到晚上，便赶紧赶过来了。

虽然也知道，其实眼前这丫头吃不来什么亏。

可是，万一呢……

万一再出一次类似春药事件，他一定会懊悔将袁才人放出来当诱饵的。

前几天金香玉也说过，她送饭菜来的时候，就发现周围有人盯着了，当时就怀疑是皇后或者太后在暗中做的手脚。

现在看来，确定是皇后无疑了。

幸好金香玉功夫不弱，每次来的路上，撒一把迷香，让监视的人睡一觉，一直到小小她们吃完饭，再醒来。

那几个监视的人，恐怕到现在为止都只以为自己是累了打瞌睡吧？肯定没人敢把这个情况老老实实告诉皇后，不然估计受一顿责罚是免不了的。

"我能有什么事，挺好的啊！"姬小小觉得玄墨的着急有些莫名其妙，不由嘟嘟嘴，耸耸肩，表示没事。

"嗯，没事就好。"玄墨皱皱眉头，一拍桌子，"这个袁才人，太不像话了，刚放出来就不安安分分待在雪阳宫，却来找个不相干的人麻烦！"

见他生气的样子，姬小小不由有些担心地往萧琳的屋子方向看了看："你小声点！"

玄墨顺着她的视线，顿时有些明白了。

【第九章　急切切你方唱罢我登场】

这丫头是怕萧琳又被惊动，又来抢他走吗？

脑海之中，忽地想起那句问话来："你喜不喜欢我？"

忽然，想要赌一把看看，或者，她的答案不是"不准喜欢"，而是"我也是"呢？

玄墨握紧了手，坐到姬小小对面："小小，你有没有问题问我？"

再问一遍，他也好知道，那天她的问题不是心血来潮。

"什么问题？"姬小小有些迷茫，今天的玄墨，让她一头雾水。

但是很快，她想起来了。

好像很久很久以前，她确实问过他一个问题。

不对，其实也就几天时间吧，就好像已经过了很久的样子。

那么，现在要不要再问一次呢？

姬小小动了动嘴，话到嘴边，忽地敛眉："有人来了。"

玄墨一皱眉，他的耳力没有姬小小好，但是静心下来以后，也听到了远处的脚步。

应该是在冷宫不远的地方了。

谁跟他一样，这么晚了到冷宫来？

姬小小心中却已经有了答案："你先出去吧，可能是来找我的！"

这几晚，玄尘天天来找她，给她送吃的。

气息已经越来越近，玄墨虽然满肚子疑问，却没有时间发问，只是起身，走到后面的窗户那边，一个纵身，跃到了窗外。

不过他没有走，他想看看，到底是谁大晚上的，来找姬小小。

是女人，还是男人？

想到后面那个可能，玄墨心中忽然有种酸溜溜的感觉涌上来。

直到他透过窗子的缝隙，看到屋内那个穿着白色衣衫的男子，那心头的酸意，排山倒海，充斥着整个胸膛。

温润的笑意，白色飘逸的衣衫，出尘的面容，眼睛就这样，一瞬不转盯着前方的女子，递上一个食盒："都是你爱吃的！"

"玄尘，你真好！"女子的笑容玄墨看不清楚，可是听她的语气，也知道高兴极了。

估计她都忘记了窗后还有个人在偷看了吧？

玄墨很郁闷的凝神，闭气，站着原地，尽量不动。

虽然看着他们欢笑，他很想一走了之算了，眼不见为净，可是脚步就是挪不开。

他知道他站在这里是瞒不过小小的，也就只能瞒住玄尘而已。

玄尘的武功到什么程度他不知道，但是他对自己的轻功还是很有信心的，凝神静气，对他来说不难。

体内的酸意噌噌往上蹿，手握成拳，咯咯作响，关节都泛成了白色。

"吃完了！"姬小小伸伸懒腰，她自然知道玄墨没走，所以她加了一句，"好困，我想睡了。"

不说谎的人偶尔说一次谎言，总是很容易让人相信。

"那你好好睡，我先走了。"玄尘眯起眼睛，眼中的宠溺毫不掩饰。

姬小小看着他提着食盒离去，然后转头看着窗子，松了口气。

窗户闪了一闪，玄墨黑色的身影已经到了屋内，有些闷闷地看着姬小小："你们认识多久了？"

姬小小也不隐瞒："进宫没几天就认识了，他就住在长乐宫后面呀。"

长乐宫后面？

明明要绕一圈啊。

玄墨仔细想了想，明白了。

姬小小的个性，不走寻常路太正常了，一片紫竹林之隔，当然是很近的。

还有他经常在长乐宫听到的琴声，笛声，早就该想到两人有联系。

"好像很熟嘛，他每天来给你送饭吗？"玄墨闷闷不乐地坐在他对面，"香玉给你送来的饭菜不合你的胃口？"

没错，他最近是很忙很忙，忙得焦头烂额，忙着对付三大家族，忙着……

好吧，忙着想那句"喜不喜欢我？"的问话。

但是不代表他对冷宫这边的情况一点都不知道，至少，金香玉每天都会跟他汇报——事无巨细，包括送去的饭菜是不是全部被吃光了。

一路上，姬小小陪着他到京城，她爱吃什么，他也是清楚的。

海鲜，河鲜，凡是山上没有的那些东西，她都爱吃。

听说香玉给她送的饭菜她也都是吃完的，知道她胃口大，他都会让香玉尽量做多一些。

为什么她还吃玄尘晚上给她送的饭菜？

"香玉姐姐送的饭菜很好吃，都是我爱吃的。"姬小小摇摇头，"玄尘就这两天给我送饭菜呢，不过难得看到海鲜，我当然要吃个够。"

这个解释让玄墨皱了一下眉头："你要吃海鲜，直接告诉香玉就好了，以后全部给你改成海鲜好了。"

"不用了不用了。"姬小小忙摇头，"这东西虽然好吃，也不能顿顿吃啊，有玄尘拿来的海鲜就足够我吃了。再说小红金玲她们未必喜欢，琳姐姐有毒有伤，更不能吃。"

玄尘玄尘，叫得挺亲热的，当天玄尘来宫里给太后"请安"的时候，怎么没见她表现出来一点认识的感觉？

"你们怎么认识的？"到了如今，玄墨发现自己不太了解眼前的女子，虽然有时候她好像很容易被人一眼看穿心思，可是若是要瞒住一样东西，即使精明如他也看不穿。

好在姬小小倒也不隐瞒，开始说起自己怎么被琴声吸引，怎么和玄尘成为朋友，然后偶尔一次看到他去慈宁宫知道了身份等等过程。

【第九章 急切切你方唱罢我登场】

当然说的过程有详有略，她只挑自己认为重要的告诉玄墨，不重要的，例如玄尘问刘鉴雄要黑旗军，刘鉴雄给了他一个奇怪的牌子之类的，她都略过不提。

事实上，她自己也忘得差不多了。

听完他们之间的事情，玄墨越发有些胸口发闷。

想想，刚才那声"喜不喜欢"还是不问的好，看眼前这个小丫头说起玄尘的时候，眼神发亮，一脸的笑意，也不知道她心中到底是怎么想的。

也许当初自己的想法是对的呢？

这小丫头也许要告诉自己"不许喜欢"呢？

想到这里，玄墨打算把头埋在沙子里，当一次鸵鸟。

不问，岂不就是永远不知道了？

"我和他，谁长得比较好？"问这问题的时候，玄墨开始觉得自己和玄尘就好像是跟丈夫争风吃醋的妻妾。

整一个男女颠倒，反了啊！

姬小小毫不犹豫地将当初看到玄尘的时候心中的那些对比说了出来："玄尘是出尘的美，只可远观不可亵玩，好像高高在上，只可以欣赏。你和他完全不同，虽然也很漂亮，不过可以接近，是属于人间的。"

玄墨青筋爆裂了，翻了个白眼，一脸的不高兴："哼哼，你直接说我长得俗气，他长得谪仙不就完了。"

"这么说也没错啊！"姬小小很快接口，完全没有丝毫犹豫。

……

玄墨直接沉默了，这丫头，还真是一点面子都不给他啊。

伤自尊呐，很伤很伤。

"天色不早了，我要走了！"总之是很闷很闷，还是走出去透透气算了。

"陪我睡吧！"姬小小没打算让他走，"还没到后半夜呢！"说完，一把拉过他，就要往床边走。

"不要，我自己来！"看她又打算抱着自己上床，玄墨惊慌失措地大叫。

刚才被丢了面子也就算了，现在让个女人抱着上床（虽然之前也有类似事件发生），那是面子里子都没了。

他还是自动自发，自己妥协算了。

深知自己还没有资格去拥有她，可这样子真的是很考验人的忍耐力啊。

第十章　夜沉沉暗潮汹涌天地变

　　夜黑露重，连夜幕中仅有的几粒星子也忍不住藏到了乌云背后，冷宫的男人，真是好可怜呢，连它们都不忍看了。
　　而一条黑影，从冷宫的墙上，跃了出去，消失在夜空之中。
　　冷宫之内，夜明珠闪亮，并不漆黑。
　　即使姬小小能在夜中视物如同白昼，她却依然还是喜欢光明的感觉，夜明珠放在屋内，一直照亮着整个房间。
　　床上的男子半眯着眼，在那道黑影蹿上墙头的同时，一下睁开了眼。
　　眼中清明，一丝倦意都无。
　　佳人在怀，想要睡着确实难如登天，若是再加上有人扰了清梦，那便更是不用睡了。
　　蹿出去的黑影并没有发现，她的身后，多了两条"尾巴"。
　　同样的黑衣，跟着她大约三丈远近，不疾不徐，似乎在等待着什么。
　　"师父……"前方的黑影在皇宫一处角落停了下来，随即，清脆的女音响了起来。
　　破空声忽然传来，"噗"，"噗"两声，三丈外的两个黑影，无声无息地倒了下去。
　　一个黑影从阴影之中走了出来，冲着眼前的女子狠狠挥了一掌："为师教了你这么多年功夫白教了，后面有尾巴都不知道？！"
　　"师父恕罪，徒弟大意了！"女子身形一矮，跪下了。
　　"哼，起来吧！"苍老的声音，带着不屑，"看起来，你的身份已经引起别人怀疑了，知道那些是什么人吗？"
　　"这……徒弟不知！"
　　"先不说这个了，上次让你查的事情，查得怎么样了？"
　　女子一低头："师父，已经查清楚了，是兰陵宫江淑媛的丫鬟金香玉送的饭，她们之前是蓬莱阁的人，依徒弟看，师父还是得从蓬莱阁下手。"

"为师要怎么做还不需要你教！"

"是，徒儿明白！"女子恭恭敬敬地低头。

"还有什么新的发现吗？"苍老的声音语气一转，换了话题。

女子摇摇头："暂时没有。"

"没有吗？"老者冷笑一声，"你确定没有事情瞒着为师？"

女子沉吟一阵，道："似乎冷宫附近多了不少人，不过徒儿还不知道是哪派的，请师父给徒儿时间去查。"

老者沉默了一阵，忽然道："你就是不愿意离开冷宫，是不是？"

"师父……"

"行了，那个小丫头，真的能让你这样死心塌地地跟着？"老者这话，像自言自语，随即又道，"不过最近冷宫事情确实多，你待着也好，放心，师父不会为难你的。"

女子点点头："师父，徒儿不会忘记肩上的责任的，但是后宫之中如果徒儿忽然离开，恐怕也会惹人怀疑。冷宫是个避人眼球的好地方，徒儿觉得，那是个很好的掩护。"

"你考虑得也算周到。"老者点点头，冲着她身后三丈远的地方示意了一下，"去看看，他们到底是什么人。"

女子点点头，依言走到那两个黑影面前，蹲下身子，看他们的脸，是两个陌生男子，不认识。

解开他们的衣衫，搜了一下身，从他们腰间各搜出了一个铁牌子。

"师父，你看这个！"女子拿起那块牌子，上面有一个"暗"字，却不知道是什么意思。

"暗……"老者的语气有些踌躇，"这是什么组织？"

"在皇宫里出现的，会是谁？"女子也有些不解。

"去查清楚！"老者直接下令。

"是！"女子毫不犹豫地接下。

"刘家有黑旗军，田袁两家都是文官，不过不排除在背后养势力的可能，另外，还有那个小皇帝……"

"徒儿明白了。"女子点点头，语气很慎重。

老者呵呵一笑："好了，你回去吧，为师听说冷宫可不止外面热闹，里面，也热闹得很！"

"师父！"女子将斗篷一展，赶紧跪下，语气间，尽是惊慌失措。

"别慌张。"老者依然笑着，"就是有人半夜走访了一下，看到二女争一夫而已，不是什么大事，你不说，也没什么。"

女子身子一抖，依然跪着："师父，是……是徒儿忘了，徒儿以后一定事无巨细，一定……"

"行了，看把你吓的，起来吧！"老者伸出手，在女子肩上轻轻拍了拍，女子的身子狠狠抖了两下，才颤抖着声音道："徒儿明白了！"

老者叹口气:"边境已经秘密屯兵了,但这里的水显然不够浑,为师的意思,你可明白?"

"徒儿明白!"

"好了,为师这几天就修书一封给君上,让他可以准备起来了,只等咱们这边一乱,边境,也可以乱起来了。"

"徒儿明白!"

老者一扬袖子,整个人往后一退,竟然是平平退去,不见他有任何的借力助力,就这样飞了出去。

他的功夫,竟然已经到了至高的境界。

女子缓缓起身,身子还是晃了晃,一手,轻轻放到刚才老者拍到的肩头,往回走的步履,有些蹒跚。

她从怀里拿出一个什么东西,很快,有点粉末撒在身后跟着的两个黑衣人身上,一股青烟冒起,黑暗中,依然可以闻到一股肉类烧焦的味道。

不久以后,女子走了,屋顶上,什么都没有剩下。

天已经大亮,政和殿。

玄墨对着奏折已经发了好久的愣,两个暗卫,都没有回来。

他们的武功,自己是很清楚的,虽然比不上姬小小,但是也算是一流的高手。

但是,一夜之间,人没有回来,就这样消失了。

活不见人,死不见尸。

他碰到厉害角色了,那个人,恐怕比刘鉴雄,或者说,比三大家族联合在一起更难对付。

但那个小丫头,很明显不过是一枚棋子。

现在没有必要打草惊蛇。

正想着,景德安匆匆跑了进来:"皇上,不好了不好了!"

"怎么回事?"玄墨回神,看着已经被滴上一大滴墨汁的奏折,顺手一合,有些不耐烦地看着进来的人。

"奴才听说,安国夫人去了摄政王府,把她亲哥哥给骂了!"景德安擦一把汗。

"兄妹吵架而已,有什么稀罕。"玄墨皱皱眉头,心中暗喜。

自己想要的局面,是不是差不多了?

"不止!"景德安继续道,"兄妹两个在王府门口大打出手,据说……摄政王爷,把安国夫人打得吐血了!"

"这么严重?!"玄墨佯装惊讶地起身,"赶紧带朕去看看!"

"是!"景德安赶紧前面带路,让人准备龙辇。

"等一下!"玄墨走到门口,收住脚。

"皇上,还有何事?"

【第十章 夜沉沉暗潮汹涌天地变】

玄墨想了想:"去慈宁宫告诉太后一声,这事儿,恐怕还得她老人家出面!"

"是!"

"等等……"

"呃,把皇后也叫上吧,毕竟是她舅父和娘亲。"

"是!"

"愣着干什么,还不快去!"

"是是!"

景德安一阵小跑,叫了两个小太监赶紧通知去了。

"皇上,要不……咱们先去?"吩咐完,景德安小心翼翼地走到玄墨面前,提议。

玄墨瞪了他一眼:"和太后皇后一起去,朕一个人去,被打伤了怎么办,你也不是不知道亚父的武功……"

景德安缩了缩脖子,怎么有这样的皇帝啊,不去劝架,居然是怕被误伤?叫上自己的母后妻子齐上阵去壮胆,也够窝囊的。

玄墨看着景德安有些鄙夷的眼神暗自好笑,哼哼,他巴不得他们多打一会儿呢。

刘鉴雄打安国夫人,兄妹彻底撕破脸了。估计过不一会儿,袁家和刘家都能打起来。

"两个人加起来都快一百岁了,怎么能打起来?"这是太后赶过来说的第一句话。

"什么,将我娘打得吐血了?"皇后紧接着赶到,脸上怨恨之色极浓,"舅父也太狠了,我们袁家到底哪里对不起他,我娘到底哪里对不起他,他要这般对我们。"

一人一辇,三人急匆匆赶到摄政王府,果然已经围聚了不少人。

袁家的护院家丁几乎全部出动了,不过毕竟是文官,哪里打得过刘家的人?

安国夫人和她哥哥都是从小习武的,不过她是女子,又没有刘鉴雄这样好的机遇,得到百年的内力,哪里会是他的对手?

只见她捂着胸口,脸色苍白,衣服上面果然有一摊血迹。

不过很明显,她也明白自己是打不过自己亲大哥的,只是站着气恼,并没有再上前。

护国公扶着自己的妻子,本是想离去,可安国夫人一脸的不甘心,非要争出个长短来不可。看起来,她的伤势并不算很严重,至少人还是清醒的。

刘家的人,从小习武,没这么不堪一击。

当年皇后袁敏的功夫,还是母亲教的呢,不过她的性子无法稳下来,学了个三脚猫四不像罢了。

袁家和刘家都在对峙,不过袁家的护院们已经不敢上前了。

毕竟不是势均力敌的场景,刘家的人杀人跟杀鸡一样,从管家到护院,基本上都是从战场上摸爬滚打下来的,不怕血。

"娘,怎么样了?"皇后先冲到父母身边,帮父亲扶着安国夫人。

"娘没事,娘今天总算看清楚了你舅舅的真面目!"安国夫人狠狠跺脚,有些气弱。

"摄政王，到底怎么回事，安国夫人怎么都是你亲妹妹，怎么打起来了？"太后第一个选择的劝解对象，自然是一脸恼怒的刘鉴雄。

刘鉴雄看了太后一眼，冷笑一声："我刘鉴雄，从今天起，就没有这个妹妹！"

"我还不想要你这个哥哥呢！"安国夫人针锋相对，"有什么稀罕的，当年说会护我一辈子，如今为了自己的女人和儿子，当年说的话就像放屁！"

她这话一出，刘鉴雄和太后的脸色同时都变了。

整个魏国的人都知道，刘鉴雄虽然年近五十，却并未娶妻，更没有一儿半女。

现在被亲妹妹这么一说，在场起码有一半的人都清楚安国夫人说的是什么，一个个只能低着头，假装没有听到。

"你胡说什么！"太后瞪着她，再看看护国公，"护国公，安国夫人受伤不轻，神志都不清楚了，赶快带她找大夫治疗去吧！"

护国公见妻子口没遮拦，这是将太后都骂进去了。

袁家和刘家对抗尚且没有一丝胜算，若是加上田家，他们袁家估计满门都不用活了。

他这个夫人，就是冲动起来，什么话都说得出口。

"臣知道了，臣这就带她回府！"心念一动，护国公赶紧扯过安国夫人，让她不要再叫骂了，毕竟这不是在摄政王府之内，而是在门口，等于是在大街上了。

虽然来往的百姓不敢靠近看热闹，但是远处还是有几个人的，若是被他们听了去，不光是刘鉴雄和太后，连皇上的面子都会被扫光。

"我不走，我又没错！"安国夫人挣扎着，可惜力气已经被抽光，最终还是被两个家丁扶着上了轿子走了。

袁家的人散去，玄墨看看皇后，一副为她着想的样子："皇后，你母亲伤重，不如你回家看看吧，很多年都没回去了！"

宫妃省亲，那是多大的荣耀？

皇后就算再没脑子，也是清楚的。

一入宫门深似海，有些人，进了宫门以后，一辈子都回不去了。

现在，玄墨一句话，她轻轻松松就可以回家转。而且，还不用护国公府准备什么省亲大典之类的麻烦事，可谓皇恩浩荡啊。

"谢皇上！"皇后这会儿的感激，倒是很真实的。

那一边，太后已经跟着刘鉴雄进了摄政王府，耳边还传来刘鉴雄的咆哮："他袁家若不是有本王，能有今天吗？这个妹妹，本王不会再认了，袁家的人，都该受点教训！"

玄墨的冷笑，挂在嘴角，只是一瞬，便隐了下去。

从头到尾，他这个皇帝好像隐形人，整个闹剧，就因为安国夫人一句话，就这样散去。不过反正没人会注意到他这个没有主见没有威信的傀儡皇帝。

只是，接下来的几天里，事情恐怕会越来越好玩了。

【第十章 夜沉沉暗潮汹涌天地变】

287

玄墨这次是笑了，不再是冷笑，而是发自内心的笑意。

"回宫吧！"他没有催着太后走的意思，反正他没有什么话语权。

"是！"景德安看着玄墨，有些迟疑。

皇上看上去怎么心情很好的样子？

莫非这袁刘两家的事情终于搞定了，所以特别高兴？

反正他的这位主子，大概也就这点追求了吧？

接下来的日子里，魏国朝野上下果然一阵鸡飞狗跳。

先是刘鉴雄以误判之罪，将京兆尹袁天宝连降三级，紧接着袁家也不甘示弱，出示了刘家某位官员贪赃枉法的证据。

现在，就是大家一起翻老底的时候了。

袁刘两家闹得不可开交，玄墨也是睁一只眼闭一只眼，反正在他们眼中他也管不了什么不是？

近半个月的时间，袁家的官员已经被撤去大半，甚至有几个远房的判了斩立决。

不过很显然，大树不是一天长成的。

袁家发展这么大，可不光光是只靠着刘家的力量，不然，护国公也不敢和刘鉴雄撕破脸了。

所以这半月之内，刘鉴雄也是伤了不少元气。

刘家麾下的官员，也被扫出来不少。

证据确凿，加上刘鉴雄这人极爱面子，天天装得大公无私的样子。另外还有玄墨让江晚月从中搅了几次浑水，成功引起太后的怒气，田家对两家之争不光不闻不问，甚至偶尔还落井下石。

这样一来，刘鉴雄损失几员大将也是无可厚非的。

不过玄墨是很好说话的主儿，很快便将那几名官员的空缺补上，而且那几个官员私下都去过摄政王府，对刘鉴雄极尽巴结讨好之能事。

其中，包括了江晚月失散多年的"父亲"，江杰江县丞大人。

表面上看，刘家的人倒了一批，又补了一批，基本上没受多大影响。只不过因为一时之间找不到那么多替补的官员，刘家的新人多了起来，估计和他们的"主子"刘鉴雄还要一些时日磨合。

而袁家呢，则是真正的伤元气了。

倒下的官员，没几个是自己人补上的，基本上都被刘家的人占了。

袁家人只有生闷气的份，就连沈幽婉的老爹沈传风，也没有幸免于难，倒不至于丢官挟制，可吏部尚书的位置是保不住了，降为了侍郎。

沈幽婉的小月子也坐完了，站在漩涡中心，倒也不敢为所欲为了，乖乖搬进了瑶华宫，之前说要住进长乐宫的事情，就这样不了了之。

总之，这么多天以来，朝野上下可以说是血雨腥风，人人自危。

而此刻，京城之中竟又起了谣言。

谣言说，皇上凌玄墨才是主导这场闹剧的幕后黑手，他趁机在暗中培养自己的势力，和三大家族抗衡。

而势力的核心，正是京城最大的妓院——蓬莱阁。

后宫兰陵宫的江淑媛娘娘，原本就是蓬莱阁的头牌，此刻她在后宫，就是为了助皇上一臂之力。

谣言越传越多，自然也瞒不过刘鉴雄的耳朵。

他这几日抓紧时间监视着蓬莱阁，意外让他抓到了一个人。

"你是谁？"黑暗中出现在蓬莱阁附近活动的人，而且离开以后准备往皇宫撤退。

不过那个人根本不理会刘鉴雄，只是一咬牙，咬碎了牙中的毒药，死了。

死人身上还是会留下证据的，比如令牌，比如纹身。

那个死去的人肩上文了一枚云纹，那是楚国南领军死士身上的标志。

至此，有些谜底解开了。

不是那个小皇帝在活动，而是有楚国的奸细混入了京城，想要扰乱一池春水。

刘鉴雄是武将，魏楚边境的事情，他自然是比谁都清楚。心中的疑虑，虽没有全部放下，也放下了一大半。

现在这个小皇帝本来就是他从小看着长大的，有什么本事他会不清楚吗？

而同一时刻，在兰陵宫的暗室里，玄墨站在江晚月身边敛眉，半响才冒出一句："记得好好照顾他的家人！"

"是！"江晚月点点头，有些迟疑，"皇上，走到这一步，楚国该看到的也看到了，是不是还按原来的计划行事？"

原来的计划……

玄墨眉头紧锁，摇摇头："不要，我不希望小小卷入这场争斗！"

所以说计划赶不上变化啊，心境不同，做出的决定便会不同。

当初他心中的小小，和现在他心中的小小，根本不是同一个分量的啊。

这半个多月以来，不管多忙，他晚上都一定会去冷宫看她。

因为有了玄尘的出现，他很不放心。

他怕时间长了，玄尘在她心目中的分量越来越重，而自己，则会被渐渐淡忘。

三个人就在这样的冷宫之中你躲我藏，半月下来倒也相安无事，甚至连萧琳都没有发现什么异样。

而金玲，大概能听到一些动静，不过也没多问，一切平静得似无风的湖面，不起一丝涟漪。

但是江晚月坐不住了，他们的计划少了关键的一环，他必须亲自去跟原本计划中的人谈谈。

【第十章 夜沉沉暗潮汹涌天地变】

"晚月，你来了。"姬小小看到来人十分高兴，算起来，近一个月没见他了，忽地想起那串珠子来，"不是身子出什么问题了吧？"

江晚月摇摇头："没有任何问题，反而比以前更舒服了。"

不管是调息打坐，还是平日里的生活，他都感觉格外有精神，特别是晚上，好像感觉到有使不完的力气。

姬小小帮他把了脉，只觉得阴阳两股气息相撞得厉害，却也不知道对他的身体有什么影响，这样怪异的病症她以前没见过，所以也不好下什么决断。

只是看看江晚月确实脸色红润，身体健康，倒也没有再关注什么。

"那你来找我什么事？"江晚月和她现在可是后宫对立的两个人，没有什么大事，他绝对不会冒险来见她的。

冷宫周围监视的人最近不见了，不知道忙什么去了，不过不代表就完全没有人留意冷宫这边的情况。

"知道为什么没人监视冷宫了吗？"江晚月悠哉地看着姬小小，缓缓道，"因为三大家族内讧厉害，皇后把那些人都调走帮她老爹护国公去了，没时间来查看这无关紧要的冷宫了。"

"内讧？"姬小小挑眉，这关她什么事？

"现在还需要有人推波助澜一下。"江晚月看着她，"小小，你信不信我？"

姬小小点点头："自然相信。"

"那么好，我们之中只有你可以打得过刘鉴雄。"江晚月深吸一口气，他也知道这样做有违玄墨的心意，可是为了报仇，他必须这么做，"还记得我上次跟你说的吗，现在到了要动手的时候了。"

"让我打伤刘鉴雄？"姬小小立刻想起当初的谈话来，"这不是难事。"

江晚月点点头："这是帮皇上的，我想你一定会帮的，是不是？"

姬小小点点头："只要关系到他的安危，我会帮！"

"就在这两天，你找个机会出宫去。"江晚月起身，"我等你好消息。"

两人达成协议，江晚月甚至都没有要求姬小小去保密。因为他知道，只要姬小小决定去做一件事情，就是是玄墨也是阻拦不住的。

他没有办法再等待了，忍受着这样的身子，这样的身份，忍辱偷生，就是为了报仇。

想到这里，江晚月深吸一口气，看着天上的满月，轻喃一声："皇上，就算你要怪我，也没办法了，如果我死可以为姜家上下几十口报仇，也值了。"

今晚又是十五，玄墨应该会翻他的牌子，晚上会到兰陵宫。

不过依然是老规矩，各干各的，当然，是在他"变身"以后。

时候差不多了，到了兰陵宫，换身衣服就应该可以出门了。

但是今晚的月亮似乎特别明亮，颜色由黄变白，让他很有冲上去，靠近的冲动。

江晚月使劲甩掉脑海之中奇怪的想法，加快脚步，越过几个墙头，越来越接近兰陵宫。

忽地一阵头晕目眩，他差点一头栽了下去。

"该死的，到底怎么了？"看着似乎在旋转的周围一切，他的脑子还是混沌起来，好像有什么东西，牵引着他，让他在兰陵宫前，转了个身，竟然就这样，朝着宫外跃去。

京城的夜晚，掩去了喧嚣，只留下打更人呼喊："天干物燥，小心火烛！"

除却夜市和花街柳巷，很多地方，都只有月亮和星星来照明，需要早起劳作的人们，已经早早地躺下。

好像有什么牵引着，江晚月脚下越来越快，越过几个民宅的上空，落到城东一处不大不小的院落里。

一处房间前，两个丫头正打着灯笼走动着。

"咱家少奶奶大概就这几天了吧？"

"可不是，肚子都这么大了，日子也近了，少爷说了，府里每天都得有人值夜，省得少奶奶半夜肚子疼。"

"少爷可真是疼少奶奶，其实稳婆都早早请到府上来了，还怕什么，只要少奶奶一叫唤，眨眼工夫就能到呢……"

两个丫头越走越远，江晚月起身，轻轻飘落在她们之前站的地方，没有发出任何声音。脚步无比笃定地走进前方的房间，手一挥，房门被打开了。

"你……你是谁？"屋内传来女子惊慌的声音。

"啊……"两个小丫头尖叫起来，"有鬼啊，有鬼啊……"

江晚月冷笑一声，只一瞬，就已经到了床边，准确无误地掐住床上女子的脖子，手一伸，揽住她的腰，带起她，蹿上外面的墙头，很快消失不见。

"少奶奶，少奶奶……"整个院子沸腾起来，一时间鸡飞狗跳，却无可奈何。

江晚月带着那女子跃过几处屋檐，终于在某处阴暗的巷子停了下来。看她的肚子，腹大如箩，现在离生产不远了。

"你……你要干什么？"母亲天性，妇人护住自己的肚子，"我快要生了，求求你放过我，我家里有很多银子，我可以让相公都给你。"

江晚月伸到前方的手略微迟疑了一下，忽地嘴角闪过一丝残忍的笑意："我不要钱，我要……你！"

妇人有些急了："公……不不，姑娘，我是个大肚子的孕妇，行动又不便，你要我有什么用呢？"

听眼前这人的声音，好似男人，可衣着容貌却好像是女子。

拜今晚月光所赐，妇人看得比较清楚。

"我要的，就是孕妇！"江晚月伸在半空的手，缓缓往她的肚子上摸去。

"我……我要生了，姑娘求求你了，放过我的孩子！"妇人苦苦哀求，她现在已经不祈求自己的命了，只想要保住腹中的孩子。

冷汗，顺着她的额头冒出来，江晚月的手依然放在她的肚子上，眼中明显带着迟疑。

"砰！"一缕劲风，闪过靠近妇人的手，江晚月一个不防，整个人都被拍飞了起来，撞到身后的墙上。

"冤孽啊冤孽！"随着话音，一个穿着白色衣服，雪白头发的老头，缓缓走了过来，"还好还好，还来得及！"

江晚月的神志慢慢有些清明，看着眼前的妇人和老头，狠狠咬了一下嘴唇："你……快带她走，她……她要生了！"该死的，心头想要打开她肚子的欲望如此强烈。

他到底是怎么了，刚才又发生了什么，为什么他自己都无法控制住自己？

那老头笑呵呵地走到缩在墙角的妇人面前，从怀里拿出个瓷瓶，倒出一粒药丸，塞到她嘴里："吃下去，要生也得明早呢！"

说完，回头看着江晚月，拉起他的手腕，把了一下脉："果然不出我所料！"

接着他从怀里拿出一串碧绿色的珠子，戴到他的手腕上："天干地支都全了，子珠也在了！"

江晚月这才感觉好像自己的灵魂归位一般，抹了一下额头的汗，看着眼前的白胡子老头，闷声道："前辈，发生什么事了？"

"记得戴着珠子，别再掉了！"老头不回答他的话，只是抱起地上的妇人，"她动了胎气，我得送她回去生孩子去，我老头子可不做稳婆，麻烦死了！"

说完，只见他的身形晃了晃，也不知怎地，就这样不见了，就好像凭空消失了一般。

江晚月只觉得浑身虚脱了一样，现在想想，这一个月来似乎都特别有精神，而现在好像把所有的体力都透支光了一样。

也顾不得脏，也没有那个力气去考虑脏还是不脏，江晚月靠墙坐在地上，不知道过了多久，直到启明星都升到了半空之中，他才找到一些力气，缓缓往蓬莱阁走去。

恢复了一点点力气，可以撑住他回宫。

只是宫墙那么高，他是实在没有力气越过去了，也不知道晚上到底是什么附身了，居然可以直接就这样越过半个京城，找到孕妇。

为今之计，只能找人先去找玄墨了。

蓬莱阁最近的监视松动了很多，墙也没有皇宫的高，所以他要进去，还不是很难。

"三阁主！"看到江晚月，小菊吓了一跳。

"找人，去通知墨爷，来接我！"江晚月说完这句话，直接趴在床上。

"三阁主……"小菊推推他，根本推不醒，以为他晕倒了，后来发现他还能摆手，才知道只是睡着了而已。

蓬莱阁外，不知什么时候竟下起雨来，豆大的雨点落下来，眼看顷刻间就要变成瓢泼大雨。

夏季的雨，总是来得让人措手不及。

小菊戴上斗笠，穿上蓑衣，将蓬莱阁众人吩咐完，便出门而去。

外面监视的人没剩下几个，看起来，那个死士作用很大。刘鉴雄在大魏境内可以说是奸臣，可好歹是武将出身，卖国这种事情，应该是做不出来的。

雨声，可以掩盖很多东西。

小菊的身影，在雨中顷刻消失。

不到一个时辰，江晚月的床前多了好几个人，其中一个，穿着紫衣，一脸放荡不羁的样子，脸上还露着玩味的笑意："难得难得，晚月这家伙也会被人算计到如此地步！"

"侯爷……"小菊有些着急起来，"你好歹是二阁主，你快想想办法啊，晚上三阁主若是不回宫，明天一早被人发现可不得了。"

原来，这人是逍遥侯凌未然，看他一脸幸灾乐祸的样子，小菊也是很无奈。

还好，床上的江晚月看不见。

"你们，把他抬走！"凌未然冲着后面几个黑衣人挥挥手，立刻过来两个人，把江晚月抬了起来，就往蓬莱阁门外走。

门外马车早就停留着了，他们将江晚月放入马车，里面有个暗室，正好可以躺一个人。

凌未然是姬小小名义上的哥哥，虽然姬小小已经被打入冷宫，可是金矛王爷的王位还在，凌未然的爵位也还在，大魏对老臣子极其照顾，何况金矛王爷当年可是立下过汗马功劳的。

王府中的人进宫，即使是去冷宫，也是畅通无阻的。

雨大，做哥哥的担心在冷宫的妹妹，无可厚非。

雨大，也掩盖了很多声音，让别人听不到。

雨大，夜幕之中，更是漆黑一片，很多人看不到。

江晚月被姬小小扶到床上，一脸惊讶地帮他号脉："气虚体弱，体力透支，奇怪，之前我还给他看过，好像特别有精神，怎么一夜之间就虚脱成这样了？"

以江晚月的功夫和身体底子，就算和人纠缠斗上一夜，也不至于能虚脱到这种地步啊！

现在的感觉，好像连着跟人打了一个月似的。

"到底是怎么回事……"姬小小握着江晚月的手腕，手轻轻碰了一下他手上的珠子，不由"咦"了一声。

"怎么了？"凌未然有些不明白。

"十二粒珠子回来了。"姬小小看着那串黑色的手珠，再看看那串绿色的手珠，"天干地支，两串珠子都在了，我师父来过了！"

"你师父？"凌未然并不知道姬小小师从何人，不过心中知道她的厉害，想必她的师父，应该是更厉害的人。

姬小小有些急："你在哪里看到他的？"

"他自己走到蓬莱阁门口的。"凌未然只是从小菊那里听说过具体情况。

"师父到京城了？"姬小小皱皱眉头，"那他为什么不来见我？"

江晚月估计至少要睡上三天三夜才能醒来，为今之计，只能先送他回兰陵宫，再对外称

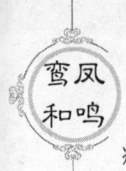

病了。

玄墨在下雨之前已经走了，他在冷宫的目标太大，会引起人注意，所以这边的情况他并不知道，只是忧心江晚月为什么至今未归。

等雨小一些，姬小小带着江晚月先回了兰陵宫。要神不知鬼不觉地把人送走，这宫里，恐怕只有姬小小可以办到了。

而政和殿内，玄墨此刻正在暗室中接见两个人。

"你们说，小小的师父到了京城？"

"姬……娘娘是这么说的，很肯定。"

"到了京城，为什么连自己的徒弟都不来见？"玄墨有些不明白，"通知所有暗卫，派最多的人手，一定要把人找到！"

"是！"

接下来的日子，宫里传言，兰陵宫江淑媛忽染重病，卧床不起，闭门谢客。

三大家族正是明争暗斗的重要关头，关于这种"小事"自然没有什么人会去关注的。

只不过，有人听见慈宁宫那边太后和摄政王又大吵了一架，具体原因不明，吵架内容不明。只有人听见太后让摄政王去探望一下江淑媛，摄政王拒绝，两人便吵了起来。

具体原因，大概只有两个当事人知道了。

不过传说，太后让摄政王去看江淑媛的时候，语气酸溜溜的。

不出一天，摄政王到郊外游玩的时候，忽然遭到一群来路不明黑衣人的袭击，有人认出，其中一个黑衣人，前几天在护国公府出入过。

摄政王倒是没受什么伤，不过当天晚上，刘鉴雄带兵包围了护国公府，说要搜查刺客。

当然，他什么都没有搜到。

玄墨拉着太后皇后出来做了和事佬，这一次，太后根本没有帮刘鉴雄，让他对护国公和安国夫人道歉。

刘鉴雄脖子一梗，谁的面子都没给，拂袖回府。

太后大怒，田家从中立公然表示支持袁家——当然，并没有做什么，很多人说，那只是太后一怒之下做出的决定，事实上，田家没对刘家做出什么不得了的事情。

但是太后的立场，已经表明了。

翌日晚，刘鉴雄在府内再遭袭击，这次他没这么幸运，受了重伤。所有人都认为那是护国公两口子干的，因为有前车之鉴。

三大家族的争战，让整个大魏国都处于动荡不安的状态之下。

刘鉴雄重伤卧床，黑旗军却开始大肆活动起来，在城内以抓捕刺客为名，实际上是在扫清袁家的势力。

朝中上下，包括民间都是人人自危。

既不敢说姓刘，更不敢说姓袁。

一时间，大魏国境内，只能用乌烟瘴气四个字来形容。

而此刻，玄墨却在政和殿悠哉地看着从各地送来的奏折。

刘鉴雄此刻还清醒着，有些重要的奏折，自然不会送到他手上的。不过暗卫的折子，同样可以让他知道外面到底发生了什么事情。

小小，终究还是出手了。

虽然他也知道怨不得晚月，可是最终他还是把小小给绕到这漩涡里去了。

隐忍了十八年，准备了十年，就等着这反戈一击的机会。

大殿内，空无一人，所有的人都让他以心烦为借口遣出去了。宫人们没有人觉得奇怪，毕竟，皇后天天来哭闹，而皇上又是个没主意的。

如今摄政王重伤，只能去求助太后。

而太后的态度，大家这么多年都是清楚的，就是根本没把皇帝当亲生儿子看待，在她心目中，亲生儿子大概只有一个吧——那个儿子，如今在宫外。

"呵呵，小徒婿，好悠哉啊，大魏国可就遭殃喽！"空气中，忽然飘来一句话，那话音苍老，应该是个老者。

玄墨皱了一下眉头，条件反射地发问："谁，是谁？"

"哎呀，不要慌嘛，堂堂一国皇帝，要临危不乱才对！"依然是只有声音，不见人影。

玄墨沉吟了一下，嘴角忽地闪过一丝笑意："若还不出现，朕可要叫人了！"

"你能找到老头我在哪里吗？"老者的声音再次响起，"到时候，进来的人不把你这个小皇帝当怪物看才怪！"

"那朕去把小小带过来如何？"玄墨最后一丝惊慌都没有了。

"哼哼！"两声冷哼，空中飘下一个白衣白胡子白发的老头，身形不高，不过颇有几分仙风道骨。

当然，这得忽略他的动作和说话的语气。

"小徒婿，你太不给我老人家面子了，派了这么多人来找我这个糟老头子，害得我老头子整天提心吊胆的，连个觉都睡不好。这样对一个老人家，是不是太过分了？"白衣老头一下坐到玄墨龙椅的扶手之上，毫不在意地拿起桌上的糕点吃了一口，顺便喝了一口玄墨喝了一半的雨前龙井。

玄墨无奈地笑道："师父，谁让你躲着不见呢，小小可想你想得慌呢，我不是为了完成她的心愿嘛。"

自动将"朕"改成了"我"，玄墨对眼前这个不按理出牌的老头，保持着高度的恭敬。

虽然……

实在没看出他到底哪里值得人恭敬。

可他的的确确是姬小小的师父，那个传说中的世外高人——天机老人啊。

【第十章　夜沉沉暗潮汹涌天地变】

"行了行了，别跟老头我耍心眼。"天机老人拍拍肚子，"你那位淑媛娘娘需要我这糟老头子，你就直说，干吗扯上小小。"

玄墨被说得脸上红一阵白一阵的，不过话既然已经说到这个份上了，也就索性将厚脸皮进行到底了："还请师父帮晚月治病！"

天机老人摇摇头："他这个可不是病，治起来很麻烦，得天时地利人和啊，现在时候未到！"

"那何时才是好时机？"玄墨可不想被他糊弄过去。

"天机不可泄露！"天机老人笑嘻嘻地看着玄墨，"小徒婿，先别管别人了，还是先管管自己的事情吧。"

玄墨一愣："自己的事情？"

天机老人伸手一钩，从他的脖子上钩出一根丝线来，下面晃着一根七彩羽毛。

"啧啧，我这小徒弟可真不得了，把一国皇帝都收为己有了，果然是名师出高徒，嘿嘿！"

呃……

他这是夸小小呢，还是变相在夸自己？

"师父……"玄墨有些尴尬，毕竟眼前这个是长辈啊——虽然他这作风真的很不像。

现在，他终于能彻底相信小小果然是天机老人的徒弟了，大概只有这样的师父才能教出姬小小这样的徒弟来吧。

"别叫得这么亲热，我老人家都不好意思了。"天机老人立刻摆出"害羞"状，"算了算了，你都叫我师父了，好像不送你点礼物不太好。"

呃……

天机老人的礼物？

玄墨大喜："多谢师父！"

"喂喂喂，还没送呢，年轻人，别这么心急！"天机老人笑嘻嘻地看着他，拍拍他的肩，语重心长地道，"小皇帝，被我那小徒弟欺负得够呛吧？"

呃……

这个，那个……

"其实小小心地很善良的。"就是有时候有些事情跟她说不通，偏偏自己又打不过她，真是很无奈啊。

"如果我的武功能比她高，以后可以保护她，就更好了。"顺便可以保护自己，有些事情，说不定可以"主仆"颠倒一下，嘿嘿。

天机老人看着玄墨，忽地冷笑一声："小伙子，别以为你那点花花肠子老头子我不知道，那可是老头我最喜欢的小徒弟，我怎么可能帮着你这个外人欺负自己人？"

呃……

他有表现得这么明显？

"师父，我哪舍得欺负她……"玄墨弱弱地应一声，声音越来越小。

"哼哼。"天机老人嘟嘟嘴，又笑开了，"跟你开个玩笑呢，别害怕。"

一边说着，他一边从怀里拿出三本蓝色的册子递了过去："喏，这个就是老头我带来的礼物，年轻人，好好学，大有用处。"

玄墨大喜，接过来，看着那三本册子上面分别是：《养生经》，《轻功秘笈》，《秘制丹药大全》。

"师父，这个是……"玄墨满脸的不解。

天机老人一本正经地道："老头我想了半天，不能让你的武功超过小小，省得你将来欺负她，所以精心帮你挑选了这三本秘笈。"

呃……

"还请师父明示！"

"喏，你先要好好练轻功，将来小小要是抓你去做你不愿意做的事情呢，你可以逃得快些，练好了，你的轻功就比她高了，别说是皇宫的墙，就算是点苍山，你也可以随便上。"说到这里，天机老人又加了一句，"这话，你今天可得记住，别忘了。"

什么话，实在没听出什么重点。

玄墨一脸茫然，却还是点头："我记住了。"

"另外两本，是针对你被她抓住的情况。"天机老人满意地点点头，继续道，"这本《养生经》可以调息的内力，强健你的体魄，即使被打得遍体鳞伤，也还能用最后一口气护住心脉，不至于翘辫子……"

"那……那个师父，这个，我好像用不上吧？"玄墨听了一半已经满头黑线了。

眼前这个天机老人，和姬小小果然是师徒俩……

"老头子还没说完呢，年轻人真没礼貌！"天机老人瞪他一眼，继续兴致勃勃地介绍最后一本《秘制丹药大全》："这本就更重要了，记得照上面的方子多炼点丹药放在身边，什么骨折、骨裂、瘀青、内伤、外伤等等，最快一天，最慢三个月，只要你不死，都可以痊愈！"

……

玄墨抹了一把额头的汗，这夏天的鬼天气，怎么越来越热了？

关键是，出了汗的后背，凉飕飕的。

"师父……"他本能地想拒绝。

"收着收着，别跟我老人家客气！"天机老人完全不理会他满头黑线的脸，直接将三本秘笈塞到他怀里，"虽然不可能让你欺负我那小徒弟，不过也希望你们能和和睦睦，这样你们就能和平相处了！"

汗，是要挑起战争了好不好？

玄墨有些无奈地收了秘笈，但愿这些秘笈永远都用不到——好吧，轻功可以除外。

"好了好了，你收了我老头的礼了。"天机老人忽然一脸严肃地看着他，"所谓拿人的

【第十章 夜沉沉暗潮汹涌天地变】

手软，你的手该软了，放过老头我，让你那些暗卫都去干正经事吧！"

玄墨皱皱眉："可是师父，小小她真的很想你。"

"嘿嘿，我们师徒缘分又没尽，该见的时候，自然是会见的。"天机老人高深莫测地笑笑，"倒是你啊，别看大魏现在这么乱，可这乱的结果，未必是你想要的那个结果。"

玄墨一愣，知道天机老人精通周易八卦，莫非他算出了什么？

"师父请明示！"

"明示就不叫天机了。"天机老人挥挥手，"言尽于此，该做什么，你就去做，问心无愧就好。还有天下的苍生，你也该顾着！"

说完，摇晃着身子，下了龙椅的扶手，拍拍屁股："都抢着想坐这把椅子，今天老头也算过了把干瘾，说实在的，这么硬的椅子，坐起来真不舒服。"

"师父……"玄墨还想叫住他。

可是眼前的白影，走到政和殿门口，忽然晃了晃，就消失了。

玄墨揉揉眼睛，他刚才一眨不眨地盯着天机老人看的啊，就是没看清楚他到底是怎么消失的。他到底是人是仙啊？

"师父来过了？"姬小小看着这几天每晚必来的玄墨，惊讶地睁大眼，"那他干吗不来看我？"

玄墨摇摇头："你师父说，你们师徒缘分未尽，总有见面的一天的，不过现在还不到时候。"

姬小小嘟起了嘴，有些闷闷不乐："都进宫了，也不来看我。"

"算了，你师父这么做，肯定有他的道理。"玄墨只能安慰她。

姬小小看看他，有些疑惑："你怎么那么帮他啊，是不是师父给你什么好处了？"

呃……

这小丫头是不是太聪明了点？

"给了我三本秘笈。"算了，反正也不想瞒她，"我会好好学的。"不过天机老人给他三本秘笈的理由，他是绝对不会说的。

打死都不说，哼哼！

"师父就知道收买人心。"好在姬小小也没有多问，只是语气有些酸溜溜的。

不过她是个不记仇的人，很快便把这茬给忘了，师父不来看她就不来看她，反正她也无力改变什么不是？

"晚月现在一直沉睡着，你那边事情怎么样了？"还是关心一下"自己人"比较好。

"这事你别管了，我会处理的。"玄墨不想让她担心。

大魏境内如今已经够乱了，那么，那暗中的人，应该也差不多该达到目的了吧？

可能，很快就要硝烟四起了。

连着几日，玄墨都让宫里的御医每天上门去给刘鉴雄看诊。

刘鉴雄的内伤很严重，不过神志一直处于清醒的状态。玄墨对他的眷顾尊重，朝野上下有目共睹。

但是外间的谣言并没有停止，关于一切主导都是当今大魏皇帝的传言，越来越像真的。

有些聪明一点的朝臣，开始试探起皇上的底线来。

然而时间一天天过去了，皇上一直没有任何表示，只是对刘鉴雄越发尊重体贴。即使在他伤重期间，皇上每每去探望，都是带着家事，国事去的，表现他对这位股肱之臣的器重。

而此刻，民间传言，楚国在魏楚边境屯兵十万，而且大有继续加派兵力的势头。

刘鉴雄实在有些躺不住了，传令他麾下骁骑营先到边关驻扎，防止楚国有什么异动。

就在刘鉴雄发出这道命令不到一个时辰以后，摄政王府内，玄墨缓缓走了出来，一脸的沉痛："摄政王忧心国事，乃至伤重昏迷！"

天气炎热，伤口本就不容易愈合，发炎化脓引起发烧乃至昏迷都是常见的现象，没有人表示怀疑。

三个时辰以后，一道新的命令传到军中。

除骁骑营外，摄政王在昏迷之前，还下令，虎骑营也一同开往边境。

对于这个命令，自然也没有人怀疑。

相对于驻扎在京城附近的骁骑营，远在玥城的虎骑营，离魏楚边境，楚国屯兵的无忧城，更近。

摄政王能下这样一道命令，在旁人眼中看起来，是十分合情合理的。

这样，骁骑营三万士兵加上虎骑营五万士兵，在这道命令之下，开往无忧城。

边境的局势看上去缓和了一些，大魏国内的硝烟却并没有随着刘鉴雄的昏迷而停止。刘家的势力经过几十年的繁衍，已经根深叶茂，不是倒下了一个刘鉴雄就可以连根拔除的。

不过因为没有了刘鉴雄这个主心骨，袁刘两家的争斗倒有点显得势均力敌起来。

后宫之中，兰陵宫中江晚月睡足了七天七夜总算醒转。

其间多亏了姬小小给他喂了不少补气养身的药丸，不然这七天七夜不吃不喝，没睡死之前，早就饿死了。

醒来之后的江晚月，听到刘鉴雄昏迷的消息，在御花园焚香祷告，祈求上天垂怜，让摄政王早日康复。

很"不小心"地，太后正好路过，看到了这一幕。

田家至此，完全没有一点因为刘鉴雄昏迷，而支持刘家的想法。

中立的田家，打得混乱不堪的袁刘两家，使目前大魏国内的势力一乱再乱。

很多人都在盼望着有人可以把这一局势稳定一下，但是他们还没等到的时候，楚国忽然发难。

【第十章 夜沉沉暗潮汹涌天地变】

刘鉴雄昏迷半月，也就是骁骑营和虎骑营出发八天以后，楚国在楚河上捞起两具楚国百姓的尸体。

因为楚河的源头在魏国境内，所以他们有理由相信，这两个百姓是在魏国被害的。

更要命的是，经过勘察，这两名死者不是普通的百姓，而是楚国宰相韩志忠的亲信，带信前去拜访魏国一个故友。

当然，那位故友已经去世多时。

宰相家臣七品官，魏国杀了楚国的"七品官"，自然是罪大恶极。

不出两日，早就屯在无忧城的十万大军，逼近魏国边境苍城。

而此刻，虎骑营已经驻扎，和当地守军一起，死守苍城。而骁骑营，则还有两天路程才能到达魏楚最边境的地带。

至此，魏楚两国宣战，楚河一带的百姓纷纷内迁，魏国国内形势越发混乱。

苍城当地守军两万，加上虎骑营士兵五万，七万士兵面对早有准备的楚国十万精锐，抵抗起来虽有些吃力，但是守城还是没有多大问题的。

虎骑营统领张思禄，是个年过三十的年轻将领，在他的带领下，在骁骑营未到苍城的两天时间里，将苍城的防守布置得井井有条。

即使十万大军强攻，亦不能得逞。

一时间，在苍城一带，张思禄统领的威信，大大提高。

在骁骑营到来之后，三万大军，只落得个协同作战的下场。想要占领主导地位，指挥全场战役，已经没有人是张思禄的对手了。

边关告急，八百里快马，传到京城。

"终究还是打起来了。"玄墨敛眉，眯起眼睛看着送来的加急文书，看着朝堂上的大臣们，"你们可有什么主意吗？"

朝堂上一片喧哗，在习惯了你争我夺、尔虞我诈的朝堂之战以后，面对真正的战争，这些习惯了享受和平的大臣们，一时之间，确实没什么好主意。

"臣等一切听凭皇上安排！"新任京兆尹江杰带头，跪下表示忠心。

这种把事情推给别人的做法，顿时合了朝堂上不少大臣的意。顷刻间，"哗啦啦"又跪下了不少刘家的人。

其实有心细者看一下的话，就会发现，跪下的人之中基本上是在袁刘两家争斗之中，被替换掉，刘家新上任的新一代掌权者。

如果真的有人心细，恐怕就会发现哪里不对，但是很明显，没有人去注意。

毕竟，自己的官职，自己的权势，才是最重要的。

枪打出头鸟啊，跟在一大群人后面，总是没错的。

于是，刘家人都高高兴兴地跪下了，反正即使最后跟错了主子，错也不在他们身上。

法不责众，要惩罚，也该惩罚那个带头的。

占了大魏六成以上兵力的刘家都找到新的带头人了，文职的袁家还能有什么意见？

争斗了好久的两家人，在这个关键时刻，意见出奇的统一。

田家，又还能有什么意见？

作为田家主宰的太后，此刻隐隐感觉到了不对劲。

毕竟，在后宫浸淫多年，对权势的变更，总是格外敏感。

但是很明显，来不及了。

在她发现疑点的时候，慈宁宫的人，好像都变了。

专供慈宁宫守卫的大内侍卫，在她想到接见的时候，才发现，所有人的人都已经换了，没有一个是她认识的。

溶华嬷嬷失踪了，身边多了两个陌生的宫女，所有的太监宫女，都变得陌生起来。

"哀家要见溶华！"太后大怒，看着身边的人，"你们把她弄到哪里去了？"

"太后娘娘少安毋躁！"身边的两个宫女一脸的和颜悦色，"太后乖乖下懿旨，让田家跟着袁刘两家走，自然就会看到溶华嬷嬷了。"

"你……你们……"太后急着往外冲，刚走了两步，膝盖一麻，整个人都倒在了地上。

"太后娘娘，怎么这么不小心啊！"其中一个宫女走了过来，轻轻松松就将她扶了起来，"走得这么急，是要去哪里？"

太后终于有些慌了："你们是谁？"

"奴婢名叫烟翠！"

"奴婢名叫柳眉！"

两个宫女恭恭敬敬地行礼，恭恭敬敬地回答。

"你们到底是什么人，想干什么？"慌归慌，这几年的后宫也不是白待的，强自镇定，太后还是会的。

两个宫女对视一眼，笑道："奴婢们，自然都是太后的人！"

太后气结，这两个宫女根本就是油盐不进的类型，而且很明显身怀绝技。

再看看外面来来去去的太监宫女，恐怕都不是善类。

一夜之间，要变天了吗？

让田家照着袁刘两家人的选择去做……

这个意思，摆明了幕后那个人已经呼之欲出了。

他是正统的皇家子嗣，果然是继承了他父皇的霸气。

可是那又怎么样？

当年霸气的先帝，还不是一样沉醉在她的温柔乡里不能自拔？

每个人都是有弱点的，不是吗？

想到这里，太后反倒不慌了。

【第十章 夜沉沉暗潮汹涌天地变】

她十五岁进宫,十六岁生下玄墨,二十岁就登上皇后之位,足足花了五年的时间。

五年,她没有强大的家世,当年的田家,不过只是文武百官之中,普通的一员。

她花五年时间,壮大田家和刘家,培养袁家的势力,逐渐可以左右朝政。

二十三岁守寡,刘鉴雄靠着军功早隐隐坐稳了第一把手的位置,再靠着田家在朝野上的势力,将他推上摄政王的位置。

当年先帝的那道遗旨,到底有多少人相信,现在已经不清楚了。

她最后悔的是,当初不知道自己肚子里的是男是女,不然,直接立了玄尘为皇帝,到如今岂不省事?

为今之计,除却忍,她似乎什么都不能做。

想起这几日和刘鉴雄的关系,太后忽地醒悟,不由捶胸顿足:"哀家上当了!"

"太后,文房四宝已经齐全了,请太后下懿旨吧。"不理会她脑海中千回百转,那一边,柳眉已经摆好了笔墨。

太后深吸一口气,叹道:"事到如今,就算是你帮哀家写,又有什么人会怀疑?"

柳眉笑起来,眉眼弯弯:"还是太后自己写,比较像那么回事嘛。"

太后也不恼,此刻恼了,对她没什么好处。

提笔,按要求将懿旨写了,递给柳眉,有些问题,还是问了出口:"你们到底是怎么被他训练出来的?"

柳眉和烟翠对视一眼,笑笑:"我们有个统一的名字,叫暗卫,都是这几年从三大家族手中侥幸存活下来的人。太后娘娘,奴婢这么说,娘娘可能明白了?"

太后颓然地靠在椅子上:"是,是哀家疏忽了,让他钻了空子。"

柳眉叹息一声摇摇头,已经懒得跟她理论了。

何止是疏忽呢,三大家族的人,恐怕还在扬扬自得,以为自己很得人心。

事实上,三家专政,那些因为关系被推上去当官的人,多少是为民着想的?

早就搞得遍地民怨沸腾了。

说起来,要怪,只能怪他们自己。

有了懿旨,如今三大家族表面上看起来,算是高度统一了——全部归皇帝管。

不过玄墨他们心中也是清楚的,三大家族不是一年两年积攒下来的势力,而是几十年。

袁家田家,很早就有在朝为官的人,已经百年历史。其枝叶有多庞大,恐怕超出他们的想象。

现在,玄墨只敢和太后撕破脸,其他人,先暂时蒙在鼓里的好。

当然,刘鉴雄是否继续昏迷下去,要昏迷多久,也还在他的控制之中。算起来,这一切都该感谢上天赐给他一个姬小小,不然事情不会这般顺利。

虽然他培养暗卫已经有十年的时间,但是要跟刘家手中的千军万马比,还是有差距的。

特别是刘家还有一支所向披靡的黑旗军,是精英中的精英,不是那么好降服的。

所幸现在刘鉴雄昏迷在床上，没有人可以指挥得动他们。

而其他的军队里，除却刘家子弟带领的士兵，他已经暗中动了手脚。先锋，节度使，漕运使，很多已经被暗卫替代。

接下来的日子里，他要消磨黑旗军的士气。

试想，一支不参与战争的军队，又怎么会有实战经验，又怎么发展壮大？

不过，现在他要做的一件很重要的事情，是要去一个地方，请一个人出来。

玄墨想到这里，嘴角泛起一丝笑意。若不是那丫头的帮助，他永远都想不到这一步棋，小小真是她命中的福星啊。

不摆御驾，微服出宫，现在的他，不怕监视。

景德安，如今也不常跟在他身边了。

跟在身边也无妨，暂时他找不到人去汇报什么了。

金矛王府，凌未然早就在门口等待了。

"皇叔呢？"玄墨似笑非笑地看着他，"可会走路了？"

"会了，那老头倔着呢，每天不停地练走路，身子骨也健壮啊，这几天，还有点瘸，不过不用人扶了，还能提着长矛练两手。"说起他那位父王，凌未然玩世不恭的脸上，也只能留下无奈而已。

两人边说着，一边往金矛王爷的别院走。

金矛王爷，是刘鉴雄在大魏国内，唯一一个要防着的人了吧？

若不是当年中毒腿伤，估计今日的金矛王爷不是成了肉泥，便是已经将刘鉴雄踩到了脚下。

没错，金矛王爷，算起来，是刘鉴雄的恩师。

带着他入伍，将他从一个小兵，升为先锋，中郎将。一路以来，若不是他的慧眼，刘鉴雄根本走不到今天这一步。

只是不知道，当年金矛王爷的慧眼，是好是坏。

刚走进别院，便听得有破空声传来，一个身影，在树下挥着长矛。

金色的长矛，在阳光之下泛起道道金光，让人无法逼视。站在几十尺外，都能感觉寒气森森，仿佛能被那力道所伤。

凌未然行欲上前叫一声，被玄墨制止。

他想看看，皇叔到底恢复到什么程度了。

现在看他练功，还是那条好腿用的力道比较大，除非必然，不会用到那条伤腿。但是有几下下盘用力的时候，也没见到假腿有多少吃力。

看起来，他恢复得确实相当好。

良久，矛竖起，气收，立刻有人递上汗巾，抹去他满头的汗。

"啪啪啪！"掌声传来，引起他的注意，一下惶恐起来："皇上……"

"皇叔不用多礼！"玄墨赶紧上前，"朕来探望一下皇叔，看起来，皇叔的伤似乎是大好了！"

金矛王爷顿时十分得意地道："我这把老骨头啊，算是还没散架。算起来，多亏了小小啊，这几天我听未然说了，原来一切都是皇上安排的，老臣感激涕零啊！"

说完，他又要下拜。

玄墨还是扶住他，半真半假地笑道："皇叔大可不必太过感激，朕这样做，可是要你报恩的！"

金矛王爷一愣："这……"随即又道，"皇上对臣有再造之德，只要老朽这残躯用得上的地方，只管驱使，臣肝脑涂地，在所不惜！"

"不需要皇叔肝脑涂地，只要皇叔肯跟朕去一趟军营就行。"玄墨的话语，轻描淡写，却让金矛王爷差点老泪纵横。

多少次梦回吹角连营，可现实中，终究不能如愿。

四匹马，轻装简行，只带了王府的老管家，也是金矛王爷的老部下，便去了军营。

京城外，骁骑营去了边关以后，还留下十万大军驻扎在京城百里外。

烈日下，风乍起，吹动着满营的军旗飘动，飒飒作响。

马蹄声扬，沙尘纷飞，一声声军令传来，山摇地动。

"冬练三九，夏练三伏，倒是做到了。"金矛王爷满意地点点头，当初他立下的规矩，看起来，刘鉴雄接手以后，还是继续在沿用的。

玄墨到军营门口，也不表明身份，却只见金矛王爷一个利索地翻身，从马上落地，沉重的金属腿，微不可见地晃了晃，最终被他稳住，丝毫不见为难。

到了军营门口，老王爷当年那股意气风发的劲头，看样子是又回来了。

玄墨眼中满是赞赏，看着凌未然跑过去和守营的士兵说了两句，出示了侯爷的令牌，那士兵忙不迭地跑过去禀报了。

很快有人出来迎接，对玄墨这个皇帝不待见是一回事，他在朝一天，最起码的礼节都还是必须到的。

所有营中将领都出来了，行完礼，看着金矛王爷，忽然有人高叫起来："大元帅，是大元帅来了！"

金矛王爷循声看去，见是个三十出头的副将，一脸的激动。

"大元帅，真的是大元帅！"很快，有更多的人开始叫喊起来，一声比一声激动。

金矛王爷呵呵笑起来，步入营中，一半以上的将领他都认识，居然还能叫出名字来。

"呵呵，柳三，不错啊，当年还只是个马夫，现在当上副将了！"他拍拍第一个认出他的将领，一脸的笑意。

那叫做柳三的副将一脸诚惶诚恐："大元帅，十三年了，您还记得小的？"

"当年本王中了箭，还是你小子把本王从死人堆里背出来的，怎么可能把你忘了！"金矛王爷拍拍他的肩，"当年本王就说，你小子，将来绝对是人中龙凤！"

"大元帅，就因为您当初的话，才有小的今天！"柳三拍拍胸膛，"不然，做到死小的也不过是个马夫！"

"呵呵，好好！"金矛王爷转头，看着身边几个人，分别叫出名字："金虎，陈广，哎呀，王大毛，本王差点就认不出你来了！"

"大元帅……"老兄弟相见，几个人都泛着激动的泪花。

没想到的是，十几年不见了，当年这些小兵，居然还可以被堂堂大元帅记得这么清楚，这让他们怎么能不激动感恩呢！

玄墨只在旁边看着，一点都不介意自己这个堂堂皇帝被忽视。

他应该庆幸，当年的金矛王爷真是带兵有方，以至于刘鉴雄接手大魏军队以后，不敢来一次大换血，而是顺着老元帅拟定的那些方法，还是留下了大批旧人，还进行了提拔。

这其中，有对金矛王爷的敬畏，也有对他双腿不可能再站起来的肯定吧？

想到这里，玄墨微微皱了一下眉头。刘鉴雄还是对自己太有自信了啊，还真当这世上有解不了的毒吗？

"大元帅，这里请！"早有人反应过来，迎着金矛王爷往军营里一路走，一边又介绍，"如今招了不少新兵，恐怕都不认识大元帅了，不过大元帅当年的事迹，他们可是都知道的。"

魏国军队里，有大半的将领都是金矛王爷一手带出来的，关于他的传说，一直在军营中流传。

外面的呼喊声依然不绝于耳，这位传说中的战神，是一个被神化了的形象。

当人看到神的时候，会不激动吗？

"元帅，我等兄弟等着你回来带领我们上阵杀敌呢！"柳三走过来，说出大家的心声，"如今正是国难之际，热血男儿都想上苍城去，元帅回来带领我们兄弟吧！"

"是啊元帅，之前听说元帅身中剧毒，现在看起来，元帅健朗一如当年，实在是兄弟们之福啊！"

"元帅！"

"元帅！"

一个个将领，都过来行礼，言辞恳切殷勤。

"这……"金矛王爷心中有数，玄墨让他到军营的目的，不过最后还是得让他定夺。

往日里，他也没多瞧得起身边这位小皇帝，只不过，经过凌未然的口，对他已经有了新的认识。

再加上自己这条腿，基本上也算得上是玄墨安排有功，才让姬小小能帮他治好，确实是欠了他的。

【第十章 夜沉沉暗潮汹涌天地变】

金矛王爷此人素来讲义气，欠了人家的，一定加倍偿还。

"皇叔，你看这么多人让你当这个元帅，都这样说，皇叔你老当益壮，理该出山啊！"玄墨微笑着，扫一眼众将，再看一眼金矛王爷。

那几个将领这才想起冷落这位皇帝似乎很久了，忙接口："元帅，皇上都这么说了，元帅就不要推辞了，我等都等着元帅归来，带领我们报效国家呢！"

虽然对眼前这个皇帝是打心眼里看不起，不过对于国家，这些当兵的，都有一份报效之心。

这就够了，玄墨不计较。

只能说，在之前的那十年时间里，他掩藏得太好，瞧不起很正常。

但是，从今天起，他要一点一点，让他们改观。

就从……金矛王爷这里开始吧。

"那臣，就恭敬不如从命了！"金矛王爷没有对着那些将领们，却对着玄墨行了大礼。

那些将领们一看自己的偶像都如此恭敬，哪里还有不恭敬的道理？

况且，今日一见，他们对这个皇帝也有了一些改观。

先不说他识人善用堪比伯乐，光是他一路被漠视，都没有发表任何不满，到了关键时刻，还可以顺应民意，适时提点两句，这种胸襟，恐怕他们在场任何一个人都是无法做到的。

或者，这个皇帝，之前不叫懦弱，而是收敛锋芒，蓄势待发。

这些将军们都是个粗人，对于勾心斗角一事也不会过多细问，他们只会效忠对自己好的人。

武人，没有那么多花花肠子。

他们的偶像效忠于谁，他们自然也会跟随。

"皇叔就在这里等候圣旨吧！"玄墨笑起来，"几位将军，不如带朕看看士兵们操练！"

"是！"几个将军脸上的不屑之色已经收敛了很多。

既然大元帅都对这个皇帝恭恭敬敬的，自然是有他恭敬的理由，他们没理由不恭敬不是？

出了主营大门，后面就是练兵场。

烈日炎炎，很多士兵都是光着膀子，汗流浃背，不过士气依然不错。

"嗯，不错！"金矛王爷也点点头，玄墨注意到，他之前在王府之内走路还有点点瘸，可到了军营以后，竟然一直走得很平稳。

虽然知道他是咬着牙关保持平衡，毕竟腿上新长出来的肉磨着金属，还是很疼的，可是这份精神，已经是无人可比的了。

心中的敬仰，此刻才算真真切切涌现出来。

毕竟当年金矛王爷在魏晋战争时期，冒出来"战神"名气的时候，玄墨还小，没有多大印象。而此刻，他终于明白，"战神"这个名号，真的是有血有汗，一分一分靠着命去拼来的。

有人送上了长矛，金矛王爷也不客气，舞得虎虎生风。最后的时候，虽然看他有点体力透支，不过脸色红润，还是很高兴的。

回宫的路上，玄墨信心满满，一切都十分顺利。

但是天机老人之前的那话，又在他耳边回响起来。难道，之后还会有什么变数吗？

他想不出来，应该处处都做到了吧？

现在，他回去就下旨，应该就没什么问题了。

先去看看小小吧，她是大夫，又是金矛皇叔的义女，她应该早点知道这个好消息。想到这里，玄墨连金矛王府都没进，直接就回宫，直奔冷宫而去。

现在虽然不能名正言顺地将小小接出来送回长乐宫，但是去看她，已经可以正大光明了。

三家已经表明立场，太后也已经被控制起来，皇后一个人闹不出什么风浪。

只不过，难得三家之中，袁家算是目前最死心塌地倒向自己这边的，不能失了他们的心就是了。

侍卫已经大部分由暗卫来统领了，那些做小兵的，没有多大影响，谁统领他们，他们便听谁的。

皇后那边，月嬷嬷早就失去了信任，被送到杂役房做苦力去了。

袁刘两家的争斗虽然消停了不少，却依然是继续着，所以皇后目前也没有心思去理会冷宫这边，毕竟，后宫之中靠着三家，特别是刘家关系进来的妃子不少，少不得要让她花点心思去整顿。

太后早就出来说再也不管后宫之事了，将所有的事情都交给了皇后。

皇后自然是乐得领命，哪里还会去怀疑其他？

冷宫内，姬小小自然是很高兴得到这个消息，但是兴奋之余的两个人，忘记了这冷宫之中还有他人。

"皇上……"当萧琳出现在姬小小房门口的时候，玄墨顿时充满了无奈和挫败感。

如今的萧琳在姬小小的医治之下，脸上的疤已经开始慢慢脱落，新长出来的皮肤是粉红色的，还是和周围的皮肤不太搭调。

再加上这几天她总是坐在太阳底下痴痴傻傻的，让原本就有些发黄的皮肤变得有些黑，那粉红色的皮肤，越发明显了。

不得不说，这萧琳原来的肤色一定是很白皙的，看她新长出来的皮肤就能猜出一二来。

只可惜，好好的一个美人儿，在这后宫之中，就这样被毁了。

"琳儿，你……怎么来了？"玄墨一脸无奈，本来挺高兴的心情，此刻变得有些郁结。

后宫之中的女人们，他可以冷眼看着她们拿着皇后的麝香袋子不去戳破，也可以看着她们被皇后一步步迫害，甚至送命。

当年那些被送进来的女人，既然入了冷宫，就要做好这样的准备。若是肯收敛锋芒，其实还是可以平平淡淡过下去的。

但是看到萧琳，他的心情是很复杂的。

当年年少轻狂，惹出来的冤孽债。

"皇上你怎么总是走错地方，臣妾的屋子在那边。"萧琳一脸痴笑地拉着玄墨的手臂，"皇上别打扰妹妹了，去臣妾屋里吧！"

她的渴望那般明显，却不令人讨厌。

也让人，无法拒绝。

姬小小看了看玄墨，再看看萧琳，咬了一下嘴唇，没有出声。

玄墨双手一握拳，轻轻从萧琳手中抽离，嘴动了动："琳儿……朕，不是来看你的！"

"琳姐姐，皇上是来找我给金矛王爷治病的，他说待会就去看你！"姬小小的话，根本不经过思索，就冒了出来。

此刻她才发现，原来撒谎，竟也不是那么难。

"小小……"玄墨皱了眉头，他刚刚就是想要把话说清楚。

不管她喜不喜欢自己，但是他看得出来，她不喜欢自己跟萧琳走。刚才她狠狠地咬了一下自己的唇，他看到了。

这就是进步，因为这个进步，他雀跃不已。

现在，无论如何，他都不能让她退了回去。如果真的要有个人心伤，他只能选萧琳。

就当他自私吧。

但是现在小小这样说，到底是什么意思？

"朕还有事，今天比较忙，以后再来看你……吧！"玄墨见姬小小坚定的神色，叹口气，回头看看萧琳。

最后那句话，好像是对萧琳说的，眼神，却瞟向了姬小小这边。

"臣妾恭送皇上，皇上以国事为重！"萧琳二话不说，行礼送行。

玄墨深吸一口气，没有勇气再多看一眼姬小小，怕看不到自己想要的那个答案，一转身，大步往外走去。

罢了罢了，以后还是半夜来比较好，省得遇到如此尴尬的局面。

关于萧琳，将来将小小接出冷宫的时候，似乎也该给她安排好个去处。他对不起她，却也只能一直对不起她了。

她要的，他已经给了别人，再也给不起了。

"皇上，常陵王进宫，要面见皇上！"龙辇还未到政和殿，却见一个小太监急匆匆跑来报。

凌玄尘……

玄墨眉一皱，眼中一片阴霾。

这个时候，他进宫到底所为何事？

之前自己也算步步为营，却从未将他放在眼中。自从十年前知道事情真相，这位自己曾经最疼爱的弟弟，就已经被放到角落不闻不问。

而玄尘自己，似乎也很有意识将自己缩在一方自己的天地之中，对外界的事情，亦是不闻不问。

只是这半年来，随着朝中形势的逐渐紧张，他似乎也越来越高调起来。

为了什么，玄墨心中隐隐有答案。

那个时候，正好是姬小小进宫的时候，时间很吻合。

而就在刘鉴雄被打伤的几天之前，暗卫就有来报。因为袁刘两家争斗的白热化，刘鉴雄蓄谋已久的计划打算提前。

再过半月就是太后寿诞，到时候，恐怕就是一片血雨腥风，皇位易主。

玄墨苦笑一声，若不是他早在十年前开始培养了自己的势力，又安插了卧底在摄政王府，真到了那天，恐怕连自己怎么死的都不知道。

可刘鉴雄的势力他是清楚的，有那样的想法也不是一天两天了，却为什么最近忽然加快了脚步？

不光光是因为袁家的事情上，他不能完全掌控吧？

想到这里，玄墨脸色越发凝重起来。难道天机老人所说的箴言，是和里面那个人有关吗？

考虑了这么多人，自己怎么偏偏就忽视了他呢。

深吸一口气，让自己看上去足够平和，玄墨一脚跨进政和殿，果然看到那千年不变的白衣，不是常陵王玄尘是谁？

"臣弟参见皇兄！"他的态度是倨傲的，即使是行礼，也完全看不出低人一等的感觉。

玄墨心中冷笑，这个时候来的人，绝不是为了请安这么简单。

"这么热的天，常陵王倒有空到朕这里来请安，难道，是有什么急事吗？"也不兜圈子，他倒要看看，这个平素只知弹琴弄箫的闲散王爷，到底要掀起什么风浪来。

"请皇兄屏退左右！"玄尘泛起一丝似笑非笑的神色，白衣似雪，飘逸若仙。

玄墨抬头，直视着他，玄尘亦是不避不让。电光石火间，仿佛有火苗，在两人之间燃烧，仿佛可以摧毁一切。

"都退下！"半晌，玄墨眯起了眼，挥挥手。

整个大殿内，就只剩下他和玄尘。

他起身，走到案台前方，黑色的长袍上，金色的苍龙发出夺目的光彩。颀长的身形，稳稳走到玄尘面前，一黑一白，形成鲜明的对比。

绝美的容颜，对视着绝尘的容颜，一瞬间，连天地都为之失色。

造物主真是神奇，仿佛将所有的美好都倾注在这两个男子身上，偏偏，这两个男子水火不容。

"说吧！"玄墨的唇轻轻一扯，眨了眨眼，那声音，仿佛清风吹过，散在空气中。

"我有黑旗军的龙吟符！"玄尘只是淡淡地开口，眼睛微微眯起，依然是那般，似笑非笑地看着眼前这位名义上的兄长。

【第十章 夜沉沉暗潮汹涌天地变】

玄墨心中咯噔一下，目光一寒。

龙吟符是黑旗军的军符，谁能拥有龙吟符，再加上刘鉴雄的亲笔函件，就可以指挥这支军队。

简而言之，黑旗军就是属于刘鉴雄自己的军队，完全不受朝廷的管制——虽然，它领的是朝廷发的军饷。

当然，黑旗军中都是刘鉴雄一手提拔的亲信，没有金矛王爷当年的下属。

玄尘既然有了龙吟符，那么，以他和刘鉴雄的"关系"，要一份授权的函件肯定不是很难。

玄墨脸上阴晴不定，直直地盯着前方的男子："说吧，什么要求！"

原本以为刘鉴雄昏迷了以后，黑旗军基本上就处于闲置的状态，只要每天给足粮饷，消磨他们的意志，逐渐便不会再有威胁。

但是现在眼前之人，忽然拿着龙吟符出现在他面前，局势就要发生变化了。

"我要挂帅出征！"沉吟间，玄尘已经缓缓说出他的要求。

玄墨倒抽一口气，看起来，今日带着金矛王爷去军营，他是已经知道了，不然不会在这个关键时刻出现在这里。

"你从未打过仗！"玄墨皱眉，"这仗，关系着大魏千千万万百姓的生命！"

"我要挂帅出征！"玄尘根本就直接忽略他的话，只是盯着他看。

他的目的很明显，兵权，他要兵权。

不管他是不是有这个能力去领兵，不管他是不是有这个能力去打仗，他都要这个兵权。

百姓的死活，与他无关！

玄墨的心，终究有些发凉。

幸好如今坐在皇位上的人，不是眼前这个人，不然，后果会如何？

他的要求已经很明显了，要兵权，不然等着内乱。

袁刘两家之争，只是当官的纷争，毕竟还很少扯上无辜的百姓。可如果黑旗军一乱，国内就乱，遭殃的，还不是那些百姓吗？

况且，如今魏楚边境战乱已起，很快那些边境难民就会蜂拥入京城。

到时候，如果京城一乱……

两头乱的局面，魏国是无法经受得住的。

"边关急报，边关急报！！！"正对峙间，外面忽地响起马蹄声。

只有边关紧急军情，才允许传令兵骑马入皇宫。

玄墨心头一紧，那只见已经有太监拿着一个竹筒跑了进来："皇上，苍城失守了！"

"什么？"玄墨大惊，接过竹筒，打开看。

原来楚国十万大军竟只是表象，无忧城早就聚集了三十万大军，虎骑营和骁骑营加起来只有八万，一下没有抵挡住楚军的猛烈进攻，已经往玥城方向退守，此刻，问朝廷要援军。

苍城到玥城之间八个州郡，已经落入楚军手中，玥城此刻也是摇摇欲坠。

"皇兄，你还在犹豫什么？"反观玄尘倒是波澜不惊，语气平淡闲适。

玄墨转过身，深吸一口气，对外叫道："来人，笔墨伺候！"

文房四宝立刻送了上来，玄墨对着摊开的圣旨，握笔的手有些发抖，却还是一咬牙，写了下去。

常陵王凌玄尘挂帅，金矛王爷凌豪为副帅，统兵出征，救苍城之危。

事到如今，只能如此了。

"多谢皇兄！"玄尘拿起圣旨，微微一笑，收入袖中。

玄墨看着他离开的背影，只能咬碎牙往肚子里吞，又看着还在眼前的小太监："去金矛王府传旨！"

"是！"小太监拿过圣旨，有些战战兢兢地跑了出去。

皇上的脸色可不大好，做下人的要小心啊。

大军要即刻出发，玄尘动作倒是快，黑旗军已经整顿好，在城郊候命。

玄墨也知道金矛王爷多半有些接受不了从大元帅变成副帅，可是事情都逼到这个份上了，没有办法了。

最后只得让凌未然进宫，将这些情况告诉他，让他去劝服他的父王了。

好在金矛王爷是个顾全大局的人，明确表示会好好辅佐大元帅，一切以国家社稷为重，二话不说，整理了东西，带着便奔赴军营而去。

从京城到玥城，急行军估计也需要五天的时间，而且大军恐怕不能同时到达，先派先锋队过去，解了玥城之围再说。

黑旗军的征战能力，玄墨是相信的，但是对于一个完全没有任何作战经验的统帅，他有些担忧。

但是现在，他无计可施。

夜黑月凉，当空一轮弯月，三十万大军，已经连夜启程，赶往玥城。而西南方向还有军队，也日以继夜，开往玥城。

如果能顺利赶到，至少在人数上，魏国的军队占有了优势。

希望玄尘真的有些军事上的才能才好，玄墨忧心忡忡，也不带侍卫，抬头，竟然已经是冷宫门口。

本想着走进去，却听得里面欢声笑语。

"寿王殿下，晚上还跑来，不怕皇后娘娘打你小屁屁吗？"金玲戏谑的声音传来，带着孩子的欢笑声。

悦儿？

玄墨一愣，他怎么在冷宫？

顺着门缝看过去，却见小红，金玲，姬小小，还有萧琳，围着悦儿正在吃着西瓜。

【第十章 夜沉沉暗潮汹涌天地变】

西瓜？

呵呵，看上去，她们生活得很不错。

"琳姨，你脸上的伤好多了呢，痛不痛，悦儿给吹吹！"悦儿看着萧琳，一本正经地就要凑上小嘴。

"这孩子，真是乖。"萧琳笑起来，将悦儿一抱，坐到她腿上。

经过多日调养，她的身子已经健壮了很多，抱悦儿问题不大。

玄墨愣了愣，莫非萧琳不知道悦儿是皇后的儿子吗？不然，怎么还能如此和颜悦色？

"姨不痛了，早就不痛了。"萧琳低头哄着悦儿，顺便喂他吃一口西瓜，脸上母性的光芒，在月色之下，显得圣洁无比。

即使容颜不再，当一个女子展现母性光芒的时候，总是显得那般美丽。

"师父姐姐，母后这几天都好忙，没有时间管悦儿，悦儿可不可以经常来这里玩，不一定是早上。"悦儿咬一口萧琳手中的西瓜，大眼睛乌溜溜地转，盯着姬小小看。

玄墨失笑，"师父姐姐"这个称呼，真是有些怪异。

姬小小笑得有些诡异："这个啊，师父姐姐可回答不了你，得你父皇做主！"说完，眼神有意无意朝着门口瞟了一下。

悦儿歪着脑袋，嘟嘴："父皇好像比母后还忙呢，他才不会管悦儿呢！"

"原来父皇这么坏啊？"姬小小笑得越发厉害，站起身，"那师父姐姐可要好好教教他，怎么才能好好做人家父亲了。"

说着，身影已经到了门边，一开门，玄墨顿时全部暴露在了月光之下。

"来了就来了，干吗偷偷摸摸，鬼鬼祟祟的？"姬小小似笑非笑地看着有些尴尬的玄墨，说话十分直接。

"皇上……"萧琳惊呼一声，"皇上怎么来了，臣妾……"

"不用多礼了！"玄墨挥挥手，"朕只是信步走来，见到你们这里气氛太好，不忍心打扰而已。"

萧琳拉着悦儿手，走到他身边，拉拉他的袖子："皇上是来找寿王的吗？"

面对玄墨，她用的都是无比敬畏的语言，连带着说悦儿的时候，也称呼的是他的爵位。

玄墨想了想，也没否认："好久没见悦儿了，朕确实有点想他。"

"皇上是不是不喜欢寿王来臣妾这里？"萧琳小心翼翼地看着他，"如果皇上不喜欢，臣妾立刻送他回去……"

"不，朕没有这个意思。"玄墨摇摇头，"这里挺好的，少了宫里面那些乌七八糟的事情，朕倒希望悦儿能多来这里走动走动，难得这里这么有人情味。"

听他这么一说，萧琳明显松了口气，情绪也放松了一些，脱口道："皇上，若是咱们的女儿还在，也和悦儿一般大了……"

说到这句的时候，她的神情有些落寞："不知臣妾今生，还能不能有一个属于自己的孩子。"

　　姬小小的脸色微微变了一变，之前看到萧琳带着悦儿走上去迎驾的时候，她的感觉还不是很强烈。可是萧琳这话一说，如此明显，让她心中忍不住一阵阵发酸。

　　"如果你喜欢，就让悦儿多来走走，你也算是他母亲辈的，按理，他也应该叫你母妃的。"玄墨叹口气，这个问题，只能打打太极。

　　倒是金玲机灵，赶紧拿着托盘走到玄墨面前："皇上，今日西瓜可口香甜，可要尝一块吗？"

　　玄墨见到有解围的，赶紧拿起一块，点点头："好！"

　　挥挥手，让大家坐下，姬小小坐在他左边，萧琳坐在他右边。玄墨有些无奈，只得抱过悦儿坐到自己右边腿上，稍微隔开一点和萧琳的距离。

　　好在萧琳通过这几天的相处，大概是常常想起自己死去的那个孩子，对于悦儿有些移情过去了，总是将他当自己女儿的替身一般宠爱。

　　而现在，她也不会介意好像玄墨离自己有些距离，离姬小小近些。

　　有了悦儿的打岔，玄墨有了机会和姬小小说话："你义父今晚出征了！"

　　"哦！"姬小小点点头，"义父的身子都恢复了，依他的性子，他肯定坐不住的。"

　　前方发生了战事，她也是听说了的。要知道，刘鉴雄还是她亲手打伤的呢，要发生什么她也早就被告知了。

　　"他是副帅！"玄墨叹气。

　　姬小小皱一下眉头："那谁是元帅呢？"

　　如果她没有看错，玄墨应该是要让义父当元帅才对，难道有更好的人选？

　　"常陵王！"玄墨看着她，一字一顿地回答。

　　"他？"姬小小眉头皱得更紧了。

　　她实在没办法将那个白衣飘飘的男子，和金戈铁马联系在一起。

　　漫天沙尘飞扬，血腥和尸体，这是姬小小最初对战场的印象。

　　她虽然没见过，却可以想象出一些来。

　　玄尘，和那样的场景，实在有些格格不入。

　　"是不是很诧异？"玄墨继续叹气，"他有黑旗军的令符，如果不让他挂帅，京城就会乱，大魏就会乱！"

　　"为什么？"姬小小想不明白，"他有令符，你收回来就是了。"

　　"是刘鉴雄给的。"

　　姬小小一拍脑门："哎呀，我想起来了，那天到慈宁宫，发现他身份的时候，我看到他问刘鉴雄要什么黑旗军的令符来着……"

　　"你看到了？"玄墨有些惊诧，"原来这么早就已经在他手上了。"

　　凌玄尘，他到底想干什么？

【第十章　夜沉沉暗潮汹涌天地变】

"这个……影响很大吗？"姬小小不大明白。她只是觉得不让金矛王爷当统帅是有些不好，玄尘不太适合战场那个地方。

"让一个完全没有带兵打仗经验的人去打仗，等于拿着几十万将士的生命当儿戏，当试验，你说呢？"玄墨眼神悠悠地对着天空，"但愿皇叔在他身边能提些建议，也希望他能听得进去。"

姬小小眨眨眼："我总觉得玄尘不适合那里。"

"事已至此，没有办法了！"玄墨也是忧心忡忡。

不过现在说这些也没用了，不如开心一些，再说也不该带着姬小小一起不高兴不是？

"不说这些了，对了，悦儿怎么叫你师父姐姐？"玄墨转移话题，之前那个话题，实在太过沉闷。

姬小小一听，倒也不隐瞒，将上次遇到悦儿，后来拜她为师，学轻功的事情说了一遍。

"原来如此，难怪那天悦儿失踪了。"玄墨点点头，"既然如此，以后让悦儿多来这里几次吧，就说去我那里就行了，反正最近皇后忙得很。"

"皇后再忙，也不该不管自己的孩子啊。"久未出声的萧琳，忍不住开口。

"皇后的性子素来如此。"玄墨也有些头疼，只是现在袁家还用得着。

不过，即使用不着袁家了，废后毕竟是大事，将来恐怕也不好实施啊。

"小小，你们在这里先稍等几日，等皇后那边事情差不多了，朕就接你们回去。"

他说的是"你们"，当然包括萧琳。

如果让她恢复当年头衔可以让她生活得好一点，他愿意让她挂着这个贤妃的空头衔。

如果，她真的喜欢孩子，就把悦儿过继给她吧。

到目前为止，他也只能做这些了。

"谢皇上！"真正高兴的大概只有萧琳一个人。

姬小小摇头："那个长乐宫，还没有这里住得舒服呢。"至少她可以在这里吃着香玉姐姐送来的西瓜，没有莫名其妙的人来打扰她们。

"你放心，等你回去以后，保证和在这里一样自在！"玄墨信誓旦旦地回答。

玥城坚守了五日，终于等到了援军。

在金矛王爷的指挥下，楚军被击退三百里，接下来的日子里，大军在玥城整顿，准备一鼓作气，夺回被楚军占领的八个州郡和苍城。

捷报到了京城，玄墨大喜。

然而同时到达的，还有暗卫的密函。

上面的内容，让他皱起了眉头。

大元帅与三军将士格格不入，根本没有交流。但是在冲锋陷阵之时，大元帅凌玄尘，却要求将黑旗军放在最重要的位置。

没有理由，完全不解释。

这让将士们十分不满。

黑旗军确实是精英中的精英，放在重要位置也无可厚非，但是，凌玄尘完全不解释的做法，一副倨傲的态度，加上一句：我是元帅就要听我的话，让很多将士们都有些寒心。

好在目前为止，他还是听金矛王爷的作战计划比较多，倒是没有出过其他主意。

很多将领们都知道最初他并非是大元帅的人选，只是用了手段胁迫皇上做出的选择，这让原本支持金矛王爷的一些军营主要将领对他颇有微词。

但是玄尘还是一如既往的态度——不解释。

暗卫的密函写得相当详细，不过即使没有这般详细，玄墨也能想象出来玄尘是如何领兵打仗的。

万幸，还有金矛王爷。

更万幸，除却黑旗军外，金矛王爷在其他将士心目中的威信极高，令出必行。

再万幸的是，目前玄尘没有跟金矛王爷起冲突，似乎由着他去布置作战任务，而他，只要发展黑旗军就行了。

最万幸的是，金矛王爷以国事为重，没有倚老卖老，对于副帅一职，难得的是没有带上什么个人情绪。

老臣，忠臣啊！

也许他不该将玄尘逼宫的事情传扬出去的，现在将士们对统帅有意见，金矛王爷夹在中间恐怕是很为难吧？

玄墨叹口气，目光深邃，看向天际。

只是不这样做，他自己就要失去三军将士的心了。作为一个皇帝，出尔反尔，是件多么让人寒心的事情。

传言这种事情，他很清楚玄尘是不会去做的，同样的，辟谣这种事情，他也不会去做。

当然，自己所传不过是事实，以玄尘的性格，他更不会去撇清，或者说，不屑去掩饰什么。

他要的东西赤裸裸，兵权，就是兵权！

在过去的十八年里，玄尘对争权夺利都没有任何兴趣，甚至有些厌恶。那么，为什么他现在想起来要争夺了？

玄墨忍不住想到他日日送饭菜去冷宫的场景，是吗，是和小小有关吗？

只是因为如此而抢的话，玄尘这么做太不明智了。他没有领兵的才能，玄墨从暗卫的密函之中就能看得出来。

领兵打仗，要的就是将帅一心，同仇敌忾，要和那些士兵打成一片，成为兄弟。

即使残暴多疑如刘鉴雄，在军中也是和将士们同桌吃饭，同营睡觉，亲密无间的。

摄政王战功赫赫，确实不是浪得虚名。

即使到今天，金矛王爷也会赞赏当年还是小兵的刘鉴雄，英勇无敌，不怕死，不怕受伤，

【第十章　夜沉沉暗潮汹涌天地变】

次次冲在最前面。

　　从一个小兵到将军，如果没有这点能耐，普通人是绝对做不到的。

　　然而玄尘不同，他不是从最底层摸爬滚打上来的，十八年幽尘居的生活，造就了他不问世事的性格，也直接造成他与周围的格格不入。

　　并非说他没有能力，但是没有经历过最底层的人实在是很难和那些人融合在一起的。

　　想当初，他接近金香玉，江晚月那些人，就用了多年的时间，超过别人几倍的时间。

　　就算是这样，如果不是当年自己算是他们的救命恩人，现在也不会如此融洽。

　　这些道理，如果玄尘明白，那么会好做很多。

　　但是很显然，他现在并不明白。

　　玄墨幽幽叹口气，或者，他应该多寄希望于金矛王爷，也希望玄尘能够一直如现在这样，不在战事上乱出主意，这样，可能这场仗胜算会大很多。

　　但玄尘这个统帅，总归是个隐患啊。

　　天色很黑，上弦月高挂空中，却没有让周围显得明亮多少。

　　一如既往的后宫小巷，两条黑影窃窃私语。

　　"这次不错，没有人跟随！"苍老的声音，听不出什么赞赏的意味，仿佛只是在说一个事实。

　　言语之间，便是如此才是正常的，是应该的。

　　"师父，急着叫徒儿什么事？"女子的声音平淡之极，听不出什么起伏。

　　关于赞赏，关于激怒，都不过是眼前这个老者可以拿来利用的工具，她心中其实明白得很。

　　"边关告急，没想到这小皇帝也挺有能耐，居然请动了十几年前的战神凌豪挂帅！"老者冷哼一声，"所以为师要走了，这里就留给你了，记得继续搅乱魏国的形势，越乱越好！"

　　"徒儿知道了。"女子依然是淡淡地开口，随即又道，"师父不是让君上迟些时候开战吗，怎么如此突然就打起来了？"

　　老者语气顿时不悦："君上的事情，不是你这个小丫头片子应该管的，老老实实做好交代到你手上的事情，不该问的不该说的，不许问不许说！"

　　"徒儿知道了！"女子点点头，不再开口。

　　"蓬莱阁的事情，你去查过没？"老者继续开口。

　　女子点点头："魏国皇帝明明那天带我们去的蓬莱阁和那些人团聚的，依徒儿想，那里必定有些证据，可是徒儿什么都没找到。"

　　"哼哼，也罢，如今这些已经不是重点了，小皇帝的势力要铲除，三大家族也不得不防他们死灰复燃。"老者叹息一声，"如今太后已经被软禁，后宫是皇后的天下，田家不参与这场争乱可不好啊！"

　　女子沉吟一阵，随即道："徒儿这就去办！"

老者身形一闪，如风一般消失不见。

女子深吸一口气，仰起头，看看天空。

她的天空，永远是黑色的吧？

月隐日出，又是一日新气象。

八月了，炎炎夏日也终将快过去了。

这几日玄墨最畅快的事，莫过于不用翻着牌子，想着去哪位嫔妃那里过夜。战事国事十分繁忙，他可以以此理由来推搪宫里那些隐隐期盼的女人。他宁愿去静心苑和姬小小一群人一起嬉闹。

即使那里杂草丛生，即使那里有一个神志不算太清楚的萧琳，可是那里的快乐，那里的欢笑，让他好似上瘾一般，一次次地跑去。

悦儿最近也跑得勤，因为皇后疏忽管理的缘故，他的时间也多了起来，最近跟着姬小小，学了一些基本的功夫。

这小子挺聪明的，用姬小小的话说，是块好料子。

当然，这还要感谢姬小小这个好师父，她身上，带了很多从点苍山上拿下来的补药，对于内力的增加十分有效。

这让玄墨忍不住好好研究起天机老人留下的三本书，特别是炼药的书，果然发现里面有不少补充内力的药物。

皇宫向来都不缺少珍稀的药品，要炼制这些药，很多都只需要就地取材便可。有了这些药物的帮助，练起养生内力和轻功来又事半功倍。

不得不说，天机老人绝对是个奇才，他的这三本书似乎是特意为他编的，无论是从练功还是炼药，都十分适合他，就连药材都选择了皇宫里面现成的药。

玄墨发现，书上写着不管多珍贵的药，他都能"正好"在宫里找到。

看起来，这老头虽然看上去一副玩世不恭的样子，对于因材施教，怕是研究颇深。

姬小小这几天都说，玄墨的呼吸越来越轻，脚步也越来越轻。以前大老远就可以知道他来，现在，基本上要隔着一堵墙的样子才能感觉到他的到来。

看起来，他的内功修为又上了一层次。

但这不足以让他心情轻松愉快，边关的战事一日不停，他就无法让自己真的快乐起来。

最近边关传来的倒都是捷报，一个又一个州郡开始被收复，形势一片大好。

朝中已经有人开始上表赞美常陵王，却没有人去想那个真正指挥的人——金矛王爷凌豪。

或者，这就是玄尘想要的效果吗？

但愿他只需要这些而已，到此为止。

"玄墨，你心情不好吗？"姬小小终于在连续几天看着身边的男人唉声叹气以后，后知后觉地感觉到他似乎真的心情不好。

【第十章 夜沉沉暗潮汹涌天地变】

"没事，不用你操心。"玄墨搂过她的肩，深吸一口气。

她的体香，似乎能给他力量。

"是不是因为边关的战事？"姬小小不是笨蛋，这种事情，但凡了解一点玄墨，都能猜出来。

玄墨沉默，不想让她担心，却也不想骗她。

"对了，今天玄尘让人送了信过来。"姬小小忽地想到了，从床头拿着一封信递给玄墨看，"边关战事不是很忙吗，他居然还有空给我写信。"

玄墨一愣，小小对自己，真的很信任。

"算了，我不看了，你看过就好。"想了想，他还是拒绝了。

虽然他很想看，但是既然小小这般信任他，那么，自己也应该对她有基本的信任，是不是？

"没事，你是我的人，自己人看看信没事。"姬小小耸耸肩，毫不在意。

对于"自己人"，她一向觉得没有什么可隐瞒的。再说之前她忘记了刘鉴雄给玄尘兵符一事，好像对玄墨造成了很大的困扰。

"真的让我看？"玄墨定定地看着眼前女子。

说实话，他心中痒痒的，这对他来说，是个不小的诱惑。

"看吧！"姬小小失笑，"我干吗要骗你？"

玄墨当下也就不客气了，接过信件，看了起来。

信上确实没有说什么暧昧的言语，只是跟小小说这几天他不能来送饭，让她注意吃饭，天冷了注意加件衣服什么的，都是很普通的朋友之间的关心。

但是最后，却有一句：小小，我如今在外面壮大自己的实力，等有一天，我足够强，强到能够保护你的时候，我要回来让你待在我身边，一生一世。

玄墨心头一凛，看着身边的女子。

"这最后一句是什么意思？"姬小小皱皱眉头，"他是说，要练好武功，比我强，然后将我变成他的吗？"

玄墨低头，嘴角弯起一丝笑意。看起来，这丫头根本不理解玄尘信中所说的意思。

"大概是吧！"玄墨也不戳穿，这种谎言，他还是乐意骗一骗的。

最好她永远不懂，一辈子都不懂，那他就放心了。

"他好像不可能打得过我！"姬小小嘟嘟嘴，"他的武功很差呢，还不如你呢，你最近倒是功夫越来越好了，看起来，师父的书没白给你写。"

"写，真的是他写的？"玄墨诧异。

"当然啊，师父给我和师兄他们练习武功和医术的册子，都是他自己写的，适合我们每一个人的体格和理解。"姬小小很自然地回答，"所以，我们所练的功夫几乎每个人都不一样。如果那三本册子是我师父给你的，那就是你专有的，给别人练未必练得起来。"

原来真的是这样，玄墨之前只是怀疑，怎么这么巧，都适合自己。

这份礼，真的是够大，够用心的了。

抱着姬小小躺下，他的脑海之中还想着玄尘心中的话。

看起来，自己的直觉再一次灵验，玄尘果然是因为姬小小才起了变化的。那么，他想要的，恐怕不止是兵权而已吧？

虽然刘鉴雄贵为摄政王，却依然不能和太后光明正大在一起。以自己对玄尘的了解，他最痛恨的就是自己的身世，也最痛恨太后和刘鉴雄那所谓的"隐情"。

所以，他绝对不会允许自己走老路。

即使是单纯为了小小，他也不会允许！

要不要提醒一下小小呢？

玄墨看着缩在自己怀里睡得安稳的小人儿，不由苦笑了一下。

算了，最好这样懵懵懂懂一辈子，就这样单纯地，傻乎乎地让她留在自己身边好了。

好吧，自己就是这样自私，最好她不懂，不要懂。

万一最后，她选的不是自己怎么办？

在男女之事上，没有谁君子谁小人一说，人人都是自私的，他也不例外。

就这样，把她绑在自己身边好了……

呃——

事实上，现在好像是她把他绑在身边。

【第十章 夜沉沉暗潮汹涌天地变】